Über dieses Buch

Karl-Helmut Anatol Brencken, aus dem 2. Weltkrieg heimgekehrt, hat sich geschworen, nie wieder Soldat zu werden. Trotzdem – er hat ja nichts gelernt – tritt er 1956 als Oberleutnant in die Bundeswehr ein. Der sympathische Offizier, Whiskytrinker, Skatspieler und Feinschmecker, groß, gut aussehend und nicht schüchtern, hat in seiner Karriere kein Glück. Um so erfolgreicher ist er in seinen Amouren. Die durch Rückblenden in die Kriegs- und Nachkriegszeit aufgelockerte, in den Jahren 1952 bis 1973 spielende Handlung führt mitten hinein in den Alltag der deutschen Bundeswehr. Kasernenleben, Schießübungen, Casino-Zechereien, Mannschaftssorgen, Lehrgangsängste, politische Streitgespräche, Kriegsdienstverweigerung, Sabotagefälle, vor allem aber die Auseinandersetzung zwischen Traditionalisten und fortschrittlichen Offizieren – das sind nur einige Szenerien und Aspekte, aus denen sich das atmosphärisch dichte Bild der Welt ergibt, die Millionen junger Deutscher aus eigenem Erleben vertraut ist. Daß der Autor, als aktiver Bataillonskommandeur, positiv zur Bundeswehr steht, bedeutet keineswegs, daß er ein »zahmes« Buch geschrieben hat.

Reinhard Hauschild

Beurteilung für Hauptmann Brencken

Roman

Fischer
Taschenbuch
Verlag

Fischer Taschenbuch Verlag
April 1976
Ungekürzte Ausgabe

Umschlagentwurf: Jan Buchholz / Reni Hinsch
unter Verwendung eines Fotos (Foto: Harro Wolter)

Fischer Taschenbuch Verlag GmbH, Frankfurt am Main
Lizenzausgabe mit freundlicher Genehmigung des
C. Bertelsmann Verlages, München/Gütersloh/Wien
© 1974 Verlagsgruppe Bertelsmann GmbH/C. Bertelsmann Verlag,
München/Gütersloh/Wien
Gesamtherstellung: Clausen & Bosse, Leck/Schleswig
Printed in Germany
780-ISBN 3 436 02230 6

Meinen Söhnen

Ulrich
Thomas
Michael

Beurteilung

Schriftliche Würdigung des Persönlichkeitswertes des Beurteilten im Hinblick auf seine dienstlichen Leistungen und seine Eignung für bestimmte militärische Aufgaben. Die Beurteilung soll ein anschauliches, getreues Bild der Persönlichkeit mit ihren positiven und negativen Merkmalen zeichnen. Nach § 29 Soldatengesetz ist dem Soldaten eine Beurteilung in allen Punkten zu eröffnen, die seine Laufbahn, seine Beförderung oder sein Dienstverhältnis beeinflussen. Außerdem dürfen Behauptungen tatsächlicher Art, die für den Soldaten ungünstig sind oder ihm nachteilig werden können, erst dann in einer Beurteilung verwendet werden, wenn der Soldat zu ihnen gehört worden ist.

Vorbereitende Beurteilungsnotizen

Notizen des zuständigen Vorgesetzten über Eindrücke und Erkenntnisse, die er während des Dienstes in persönlicher, truppendienstlicher und fachlicher Hinsicht über einen von ihm zu beurteilenden Soldaten gewonnen und möglichst unmittelbar danach niedergeschrieben hat. Sie werden unter Angabe des Datums gesammelt. Die Notizen sind spätestens einen Monat nach Eröffnung der Beurteilung zu vernichten.

Zitate aus Fuchs/Kölper, »Militärisches Taschenlexikon«, Bernard und Graefe Verlag für Wehrwesen, Frankfurt am Main

»*Es geht uns bestimmt nicht darum, wieder Soldaten zu spielen, weil die Alliierten es uns freundlichst erlauben; es geht nicht darum, Deutschland wieder zu einer Militärmacht zu machen; es geht uns auf keinen Fall darum, alliierten Wünschen zu folgen, wenn sie das deutsche Menschen- und Rüstungspotential für ihre Sicherheitszwecke einspannen möchten. Uns geht es darum, dem Volk zu zeigen, daß diese Frage zu ernst ist, als daß sie lediglich zum Spielball der Argumente zwischen den Parteien gemacht werden darf. Diese Frage ist eine Schicksalsfrage unseres Volkes: an ihr wird sich unsere Zukunft entscheiden.*«

Dr. h.c. Franz Josef Strauß, MdB (CSU), am 9. Oktober 1952 vor dem Deutschen Bundestag.

»*Die Sozialdemokratische Partei sieht in den Möglichkeiten der Handhabung des Vertrages über die Europäische Verteidigungsgemeinschaft und in der Beziehung, in die wir dazu gebracht werden sollen, die Gefahr einer Koreanisierung Deutschlands . . .*«

Herbert Wehner, MdB (SPD), am 9. Oktober 1952 vor dem Deutschen Bundestag.

»*Aber, meine Damen und Herren, will man das nicht, will man Deutschland wehrlos und schutzlos im Gefahrenfeld liegen lassen, der Gefahr ausgesetzt, Schlachtfeld oder aber ein neuer*

Satellitenstaat Sowjetrußlands zu werden – nun, in Gottes Namen, dann sage man nein...«

Bundeskanzler Dr. h.c. Konrad Adenauer (CDU) am 3. Dezember 1952 vor dem Deutschen Bundestag.

»Die Politik der Sowjetunion wird in erster Linie von dem Kräfteverhältnis zwischen den Vereinigten Staaten und der Sowjetunion bestimmt. Und ich meine, wir sollten uns gerade in dieser Beziehung nicht wieder eine zu große Schuhnummer anziehen. Fußkranke sind eine große Belastung für eine effektive Verteidigung.«

Erich Ollenhauer, MdB (SPD), am 3. Dezember 1952 vor dem Deutschen Bundestag.

»Gott hat uns zweimal die Waffen aus den Händen geschlagen, wir haben kein Recht, sie wieder mit eigenem Willen in die Hand zu nehmen.«

D. Dr. Gustav Heinemann im Jahre 1953.

1952

Der Saal war mit den Fahnen der Stadt und des Landes drapiert, darüber hing die schwarzrotgoldene Flagge, dazwischen das taktische Zeichen der alten Division, die 1945 verblutet war.

»Brencken, Karl-Helmut Anatol Brencken!« dröhnte eine Stimme. »Her mit Ihnen an meine Brust!«

Der Mann im dunklen Anzug schlug ihm die Hände auf die Schultern, daß es knallte.

»Petrick!« rief Brencken, »Mensch, Petrick, wie geht es?«

Petrick zog ihn an seinen Tisch und drückte ihn auf den nächsten Stuhl. »Wie es geht? Beim letzten Mal ging's noch! Hahaha!« So war der Hauptmann Petrick schon immer gewesen, laut und grob und aufsässig, aber geliebt von seinen Soldaten. »Na, schön, Brencken, wie es geht«, sagte er dann leiser, »mein Gott, wie es geht? Ich bin 1949 aus Rußland gekommen. Die Frau hat es nicht ausgehalten, sie hatte – wie sagt man, Beiluft. Gott verdammt, nehmen Sie mir meinen Zynismus nicht übel, sie hatte einen Kerl, ja. Die Kinder, beide Buben, haben nichts gemerkt. Naja, nach dem ersten Schreck, da habe ich mir überlegt, wie es mir gegangen wäre, wenn ich fünf Jahre nichts von der Frau gehört hätte, die ich ja unter anderem auch geheiratet habe, um mit ihr zu schlafen. Und als ich dann für mich auch nicht garantieren konnte, habe ich gesagt: Scheiß, vorbei, Kind, willst du noch? Sie wollte. Und jetzt haben wir wieder eine einigermaßen gute Ehe. Der Lack ist ab, aber wo ist der noch dran?« Petrick trank einen langen Schluck aus dem grauen Bierkrug. »Ja, und sonst bin ich bei der Post. Schalterdienst liegt hinter mir. Mache jetzt in Renten und werde vielleicht noch mal Oberinspektor. Und Sie?«

»Ich habe erst mal studiert, Jura. Bißchen trocken, aber man muß es ja schließlich zu was bringen. Und als ich merkte, daß ich es zu nichts Juristischem bringen würde, habe ich den Kram hingeschmissen und bin zu einer Versicherung gegangen.«

»Verheiratet?«

»Noch nicht. Oder besser ohne noch, ich weiß nicht, ob ich das schaffen werde.«

»Rangehen, Brencken, rangehen! Es laufen genug rum, die es wert sind!« Brencken erhob sich und lachte. Der General stand vor ihm, sein letzter Divisionskommandeur, eine hagere Gestalt mit sehr hellen blauen Augen unter buschigen Brauen.
»Tag, Brencken, Tag, Petrick!«
»Tag, Herr General!«
»Artillerie und Infanterie fröhlich vereint, wie gehabt. Das gefällt mir«, sagte der General.
Petrick griff nach dem Literkrug. »Diesmal haben die Fußfantristen die schweren Waffen. Prost, Herr General!«
»Naja, Brencken, dann ziehen Sie mal nach!« Der General wandte sich einer anderen Gruppe zu.
Petrick zog Brencken zum Büfett. »Wieso eigentlich ›Herr General‹? Er ist nicht mehr als wir, ein noch ziemlich schäbig gekleideter Zivilist, der seine Brötchen durch Gelegenheitsarbeiten verdient. Wenn einer hier in Deutschland mal ein Amt gehabt hat, wird er den Titel nie mehr los. Trinken Sie einen Kurzen mit?«
Brencken fand diese Bemerkung deplaciert. Ein General blieb ein General – zumal hier, beim Traditionstreffen der Division. Oder?
Auf der Bühne trat ein Mann ans Mikrofon, aber bevor er ein Wort sprechen konnte, setzten Fanfaren ein, und mit dumpfem Schlag aufs Fell der Landsknechtstrommeln zog eine Spielschar in den Saal. Und wieder hatte Petrick etwas auszusetzen: »Ich kann Fanfaren und Landsknechtstrommeln nicht mehr hören. Mir ist immer, als stünden wir vor dem Krieg.«
Der Mann am Pult hatte seine Rede begonnen.
»Wer unter den Sternen Rußlands lag, wenn die Waffen schwiegen, dem erschloß sich das Wesen des Krieges in diesem Lande am ehesten«, sagte er nicht ohne Pathos, »und das Gebet vor der Schlacht nahm die Angst und hob –«
Petrick drehte sich zur Theke. »Um Gottes willen, können Sie das noch hören? Das Wesen des Krieges in der Sternennacht, das Gebet vor der Schlacht, ohne Angst – geht das schon wieder los?« Er setzte den Literkrug an und ließ den Inhalt in sich hin-,einlaufen.
»– daran denken, wie wir im großen Donbogen unter Ihrer

Führung, Herr General, in jener bereits Geschichte gewordenen Zangenbewegung –«
Petrick schüttelte sich und zog Brencken am Ärmel hinaus vor die Tür. »Wenn wir eines gelernt haben, Junior, dann dies: Nicht mehr pathetisch zu sein, sondern zu leben, wie es einem gegeben ist, zufrieden, daß man nach all der Scheiße noch leben darf. Und da kommt uns dieser Mensch jetzt, im Jahre 1952, schon wieder mit seinem verfluchten Unfug!«
Im Saal rauschte Beifall auf.
Die Drehtür schwang, ein Mann trat heraus, stutzte einen Augenblick.
»Mensch, Petrick, wir haben uns lange nicht mehr gesehen, was? Und Sie, Brencken, Sie hab' ich zum letzten Mal gesehen, als ich mit Ihnen entlassen wurde.« Dr. Stasswerth war der erste Generalstabsoffizier des Generals gewesen. Er kannte alle Offiziere der Division.
»Tag, Herr Stasswerth«, sagte Petrick. »Wir sind geflüchtet, der Brencken und ich.«
»Sie auch?« fragte Dr. Stasswerth.
»Na ja«, Brencken entschloß sich, mit Petrick einer Meinung zu sein, »Trommeln, und dann diese Rede!«
»Ach wissen Sie, es gibt Leute, die es nie begreifen. Aber sie mögen auch ihre liebenswerten Seiten haben. Ehe ich auf die Barrikaden gehe, ertrag' ich es lieber noch ein Weilchen.«
»Noch ein Weilchen Gebet vor der Schlacht, noch ein Weilchen Sternenstunden in russischen Nächten – ich versteh' Sie, Herr Stasswerth, ich versteh' Sie schon. Aber meine russischen Nächte waren voller Hunger und Läuse und Schmerzen und Zorn. Und das Gebet vor der Schlacht habe ich vergessen, weil ich das Blut und die Verwundungen nicht vergessen kann, und das Wesen dieses Krieges sitzt mir noch immer quer und wird mir quer sitzen mein ganzes Postinspektorleben lang.«
Dr. Stasswerth legte Petrick die Hand auf den Arm. »Natürlich haben Sie recht, aber diese ewig Jugendbewegten werden Sie auch nicht mehr bekehren können. Nur eines, meine Herren! Unsere jungen Leute, die sollen diesen Unfug nicht mehr mit der Muttermilch einsaugen! Die sollen, sachlich informiert, ihre Probleme durchdenken und dann handeln. Wer denen die

Köpfe vernebelt, dem müssen wir an den Kragen. Und jetzt, jetzt gehen wir einem Kurzen an den Kragen. Auf geht's!«
Im Saal zitterten die Fahnen und Flaggen, als die goldenen Instrumente die Kreuzritterfanfare bliesen und die dumpfen Trommeln den Rhythmus schlugen. Der hagere General stand an seinem Tisch, lächelte und klatschte Beifall.
Stasswerth schaute Petrick und Brencken in die Augen, lächelte und schüttete sich den klaren Korn in den Rachen. »Das war's, Genossen!« sagte er und ging an seinen Tisch zurück.

Später stand Brencken für einen Augenblick allein draußen in der hellen Nacht. Sterne glitzerten kalt. Er riß ein Streichholz in der hohlen Hand an, wie sie es in Rußland gemacht hatten, wenn der Wind ihnen die Schneeflocken waagerecht entgegentrieb, und sog den Rauch der Zigarette tief in die Lungen.
Im Saal hieben sie die Fäuste auf die Tische und sangen. Erst ein Reiterlied, dann den Westerwald mit dem Eukalyptusbonbon. Genau wie früher, dachte Brencken. Wenn sie hundert Meter laufen, müssen sie singen. Wenn sie zwei Bier und zwei Kurze getrunken haben, müssen sie singen. Er hatte früher auch gern gesungen, zwar nicht sehr schön, aber gern. Das hatte ihm in Preußisch-Eylau schon sein Musiklehrer bescheinigt. Nach der Grundausbildung hatte er den Spaß am Singen verloren. Seither beteiligte er sich an gemeinsamen Gesängen nur noch, wenn er getrunken hatte.
Sie tranken alle heute abend, manche soffen schon. Familienväter und Witwer und Junggesellen. Was wohl die Kinder sagen würden, wenn sie ihre Väter singen und saufen sähen?
Für einen Augenblick überkam ihn die Sehnsucht, Kinder zu haben, Söhne, die seinen Namen trugen, und einen Menschen, dem er den Kopf auf die Schulter legen könnte, wenn es schwer wurde. Er hatte keinen Sohn, er hatte niemanden. Er hatte nur sich. Ein nutzloses Dasein, schien es ihm, während er die Zigarette im Rinnstein austrat, ein Dasein mit Versicherungsakten und einer verspielten Zukunft.
Verspielte Zukunft?
Da war noch einiges, das er aus sich machen konnte, das ihn aus der selbstgewählten Nutzlosigkeit herausführen könnte. Er

könnte sein Studium fortsetzen. Warum hatte er es aufgegeben? Warum raffte er sich nicht auf, ging zur Universität, studierte weiter? Warum, zum Teufel, riß er sich nicht aus der blassen Gleichgültigkeit? Da war doch erst eine klare Linie gewesen: Der Krieg zu Ende, die schwere Verwundung überstanden, er hatte Mut gehabt, neu anzufangen, die ersten Semester, beflügelt vom Bewußtsein, nun erst recht etwas leisten zu dürfen für das Land, für die Menschen, für sich selber! – Und dann, unversehens, diese zermürbende Gleichgültigkeit. Jäh fiel die Kurve ab – warum, verdammt, warum?
In dieser Nacht der kalten Sterne, der dröhnenden Landsknechtstrommeln, der hellen Fanfaren und der angetrunkenen Kameraden aus einer dunklen Zeit nahm er sich vor, von vorn anzufangen. Ja, er würde die Versicherung hinwerfen und wieder zur Universität gehen und lernen und seine Examen ablegen. Wenn Stasswerth, ehedem aktiver Offizier mit drei Kindern, seinen Doktor gebaut hatte in schlechter, armer Zeit – dann würde er es ja wohl auch schaffen. Tausend andere schafften es.
Brencken lächelte und fühlte sich freier. Und auf einmal verspürte er eine unbändige Freude daran, mit den anderen zu trinken, einfach fröhlich zu trinken und Pläne zu schmieden. Rasch ging er wieder in den Saal.
Blaugrau hing der Rauch über den Tischen. Die Männer standen an der Theke, sprachen ernst und eifrig aufeinander ein, an den Tischen sang man noch immer.
Der Postinspektor Petrick entdeckte ihn. »Kommen Sie her! Wir brauchen noch einen zum Saufen! Auf die alten Zeiten, damit sie nie wiederkehren, auf die neuen, damit sie besser werden.« Er packte Brencken an der Schulter, zog ihn an den Tisch, setzte einen Krug Bier vor ihn. »Brüderchen, Brüderchen, Sie schauen drein wie Karlchen Miesnick. Bißchen lasch, wie?« Er lachte, sie tranken.
»Ich bin gar nicht so lasch, Petrick«, sagte Brencken, »ich habe eben einen Entschluß gefaßt!« Er lächelte ein wenig gequält. Gern hätte er Petrick gesagt: Ich habe mich entschlossen, weiterzustudieren. Wenn du wüßtest, was das für mich bedeutet, mich entschlossen zu haben! Aber es war wohl nicht sehr sinn-

voll. Petrick hatte schon zuviel getrunken. »Raus mit der Sprache, Brencken, was für ein Entschluß?« Brencken leerte den Krug. »Reden wir morgen darüber, ich muß das erst verdauen.«
»Also, reden wir morgen drüber – aber heute wird getrunken. Hoch die Tassen, Freunde, ganz hoch die Tassen!« Petrick stellte den Krug auf die Theke und reichte Zigaretten herum.
»Gute Nacht!« sagte Brencken.

Der Nachtwind strich kühl über die heiße Stirn. Er trottete durch die nächtlichen Straßen, sah durch Butzenscheiben ein Licht.
Nein, er wollte jetzt nicht in sein Hotel.
»Was soll's sein?« fragte das Mädchen an der Bar. Sie war sehr jung, schwarzhaarig, und hatte einen braunen Fleck unterhalb der rechten Schläfe. »Was trinken wir denn? Oder wollen Sie hier mit offenen Augen schlafen?«
»Whisky«, sagte er, »zwei Whisky, einen für Sie. Pur. Scotch.«
– »Na ja«, sagte das Mädchen, »also doch. Zwei Whisky, pur und Scotch.« Der rauchige Geschmack biß in die Zunge. Sie lächelte ihn an. »Ist Ihnen was über die Leber gelaufen?«
»Nein, nichts. Manchmal hat man so seine Stunden, nicht wahr. Geht Ihnen das nicht auch so?«
»Bei dem Betrieb hier kann ich mir das nicht leisten.« Sie gab einen zweiten Eiswürfel in sein Glas. »Das ist der beste Whisky, den wir haben. Heute wird wohl wieder was los sein, wir haben doch dieses Soldatentreffen in der Stadt. Die gießen sich einen auf die Lampe, dann kommen sie hierher, ich kenne das schon. Und dann sind sie los und ledig und glauben, daß sie nach dem zehnten Whisky mit jedem Mädchen schlafen können.«
Brencken hob den Kopf. Das Getränk hatte ihm die Schwaden aus dem Hirn gefegt. »Nicht verallgemeinern, Mädchen. Das sind einige, aber nicht alle.«
»Die meisten. Die sehen ein einigermaßen attraktives Frauenzimmer, und schon tanzen die Hormone Ballett.«
»Noch zwei, bitte!« Während sie einschenkte, sagte er: »Alle angetrunkenen Männer wollen mit hübschen Mädchen schlafen. Ach was. Stimmt ja gar nicht.«

Während sie tranken, sah sie ihm in die Augen. »Sie sind vielleicht eine Ausnahme. Vielleicht. Woher soll ich wissen, daß Sie nicht mit mir schlafen wollen?«
»Sie könnten den Versuch machen, mir zu glauben. Ich will nicht.« Er ließ den dritten Whisky über die Zunge laufen.
Sie trank mit. »Eigentlich ist das auch nicht gerade ein Kompliment.« Ihre Stimme war rauchig wie Whisky.
»Wie heißen Sie eigentlich?«
»Anja. Warum wollen Sie das wissen?«
»Ich möchte wissen, wie jemand heißt, der bei mir so eine positive Gänsehaut erzeugt.«
»Und wie heißen Sie?«
»Karl-Helmut.«
»Also, Karl-Helmut, noch einen Whisky, auf meine Rechnung.«
Er spürte, wie sich sein Hirn wieder vernebelte. Einen Augenblick dachte er an Petrick, der jetzt noch im Saal, im Lärm fröhlich saufender Männer stehen mochte. Aber die graugrünen Augen hielten ihn fest.
»Verheiratet?« fragte sie.
»Nein.«
»Sie gehören auch zu den alten Soldaten? Genug von dem Betrieb?«
»Ja.«
»Prost, Karl-Helmut!«
»Prost, Anja.«
Laut schwadronierend betraten zwei Gäste die Bar und schwangen sich auf die Barhocker neben ihm. »Nun fahr mal Schampus auf, schönes Kind, auf daß die Kehlen alter Krieger nicht eintrocknen!«
Anjas Augen verloren sich für einen Moment an Brencken, er glaubte, daß sie ihn ernsthaft prüften. Sie stellte zwei Gläser hin und entkorkte eine Flasche Sekt.
»Mittrinken, Fürstin, mittrinken!« grölte der Mann neben ihm.
»Danke, ich habe noch Whisky. Vielleicht nachher.«
»Dann eben nicht.«
Anja setzte sich Brencken gegenüber auf einen Barhocker. Er

reichte ihr Feuer. »Schrecklicher Kerl«, flüsterte sie. »Der kriecht ja in meinen Ausschnitt!«
Brencken hob das Glas. Er kannte dieses Stadium. Zu einem bestimmten Zeitpunkt macht der Whisky plötzlich den Kopf ganz klar, es läßt sich sehr rasch und folgerichtig denken. Nachher fällt alles wieder auseinander. Was für ein Unfug, dachte er. Da sitze ich hier in einer wildfremden Bar mit einem wildfremden, wildschönen Mädchen und saufe, und wir reden über das Schlafen und die Männer und den Whisky. Was soll's? Er rechnete nach, wann er das letzte Mal mit einer Frau zusammen gewesen war. Sechs Wochen? Barbara – nein, das war noch länger her.
»Nun steigen Sie in den Ausschnitt«, sagte Anja und lächelte ihn an.
»Pardon.«
Sie beugte sich zu ihm. »Wetten, daß Sie eben daran dachten, wie es wäre, mit mir ins Bett zu gehen?«
»Zum Teufel«, sagte er, »geben Sie mir noch einen Drink.«
»Ich halte mit, wenn Sie wollen, Karl-Helmut.«
»Selbstverständlich halten Sie mit, Anja. Vertragen können Sie mindestens so viel wie ich.«
Die Herren nebenan hatten ihre Flasche geleert. »Fürstin! Drei Whisky!«
Sie trank mit den anderen, aber ihre Blicke ließen Brencken nicht los. Komisch, dachte er, die Bardamen trinken doch sonst immer was Leichteres, damit sie nicht voll werden. Anja verträgt eine Menge.
Sie saß ihm wieder gegenüber. Er hatte gar nicht gemerkt, daß die anderen gegangen waren.
»Sie müssen jetzt bald aufhören«, sagte sie.
Er wurde eigensinnig. »Ich bin noch keineswegs besoffen!«
Natürlich war er betrunken, er spürte es. »Noch zwei, bitte!«
»Höchstens einen. Ich habe nämlich auch genug.«
»Schließlich kann ich für mein Geld trinken, soviel ich will.«
»Aber ich habe gleich Feierabend, Karl-Helmut.«
Er schlenkerte den linken Arm nach vorn und starrte angestrengt auf seine Uhr.
»Halb vier«, sagte Anja.

»Prost, Anja.« Er hielt ihr das Glas hin. »Noch einen, ich bin nicht besoffen, ich will so viel trinken, daß ich schlafen kann.«
»Also noch einen letzten.« Sie griff nach der Flasche. »Ich trinke auch den letzten – mit Ihnen.«
»Ich habe gelogen«, sagte er.
»Wieso?«
»Ist natürlich Quatsch – aber ich möchte wirklich mit Ihnen schlafen, Anja. Entschuldigen Sie.«
»Schon gut«, sagte sie und notierte die Rechnung. »Mit Stempel?«
»Was soll's, kann ich doch nicht absetzen. Ich geh' jetzt nach Hause.«
»Vierundsechzig Mark.« Sie wechselte den Hunderter. »Ich lasse Sie hinten 'raus, Karl-Helmut.«
Er erhob sich von dem Barhocker, seine Knie waren nicht mehr ganz fest. Sie faßte ihn unter dem Arm und brachte ihn zur Hintertür. Als sie abgeschlossen hatte, griff sie nach seiner Hand und zog ihn zur Treppe. »Da hinauf geht es«, sagte sie.
»Hinauf?« fragte er.
»Hinauf.«
Er drückte ihre Hand.
»Au«, sagte sie, »nicht so fest!«
Ihr Zimmer lag im ersten Stockwerk. Brencken ließ sich schwer in einen Sessel fallen. Anja legte ihre Ohrringe ab. »Den Reißverschluß bitte«, sagte sie.
Er erhob sich, während sie die Schuhe in eine Ecke schleuderte. Sie stand vor ihm. Er zog den Verschluß langsam auf. Sie trug keinen Büstenhalter. Als sie das Kleid abstreifte, sah er ihre nackte Brust.
»Den mußt du schon ausziehen«, sagte sie.
Seine Fingerspitzen fuhren ganz sanft an ihren Oberschenkeln entlang und streiften den Slip ab. Dann ging sie, selbstverständlich in ihrer Nacktheit, ins Bad. »Der Whisky steht auf dem Nachttisch«, rief sie. »Jetzt darfst du noch einen haben.«
Seine Hände zitterten, als er die Gläser füllte. Der erste Schluck schmeckte hart, weil das Getränk nicht eiskalt war.
»Willst du im Anzug schlafen?« fragte die Stimme von nebenan.

Er zog sich aus.
Als Anja aus dem Bad kam, ließ sie die Tür offen. »Eil dich, ich trink inzwischen auch einen Schluck.«
Er ließ das kalte Wasser aus der Brause über die Haut laufen. Als er den Hahn abdrehte und nach einem Handtuch greifen wollte, war Anja neben ihm: »Nein, bitte komm so, komm so naß, wie du bist, komm!« Er trug sie aufs Bett.
»Was wartest du? Komm!«
Da schloß er die Augen, bog ihre Schenkel auseinander und spürte, wie sie in seine Unterlippe biß.
Später, als er aus dem Bad kam, fühlte er seinen Kopf frei.
»Ich habe es gleich gewußt«, sagte Anja. Ihre Augen waren riesengroß, satt und zufrieden.
»Woher?«
»Ich habe es gewußt.«
Er trank wieder einen Schluck, aber es schmeckte ihm nicht recht. »Machst du das öfter?«
»Was?«
»Einen Mann mitnehmen und schlafen.«
Sie setzte sich auf und bettete seinen Kopf auf ihre nackten Schenkel. »Manchmal.«
»Einfach so, einen Mann mitnehmen, den du gar nicht kennst, ausziehen, duschen, lieben?«
»Ja, einfach so, wenn mir einer gefällt, mitnehmen, ausziehen, duschen, lieben.«
»Und?«
»Du willst wissen, warum. Das ist so: Ich muß es haben. Seit ich sechzehn war, muß ich es haben. Damals, im Luftschutzkeller, auf einem Feldbett, hat mich einer genommen, der war nur einen Tag in Urlaub. Ich kannte ihn, es war der Sohn vom Nachbarn. Ich liebte ihn. Schon lange. Als die Sirene ging, mußten wir in den Keller. Als entwarnt wurde, gingen die anderen hinauf. Er blieb mit mir im Keller und nahm mich. Nicht nackt, einfach so, mit Kleidern und auf die Schnelle. Aber ich liebte ihn. Er kam nicht wieder. Dann habe ich es bekämpft. Bis es nicht mehr ging.«
Er sah eine Träne in ihren Wimpern. »Du hast ihn sehr geliebt?«

»Ich habe ihn nicht geliebt, weil er im Luftschutzkeller mit mir geschlafen hat. Ich habe ihn geliebt, weil ich ihn liebte. Ach, das ist natürlich keine Erklärung. Und mein Körper hat von da an geliebt. Ich war oben. Wie eben bei dir. Damals, das war das erste Mal, daß ich oben war.« Sie griff nach Zigaretten, zündete zwei an und schob ihm eine zwischen die Lippen. »Man sagt doch, daß man den ersten nicht vergißt. Glaub ich nicht. Man vergißt ihn leicht, wenn er uns nicht hochgebracht hat.« Sie sog den Rauch tief in die Lungen. »Ich hab' ihn nicht vergessen, nicht nur deswegen – aber hauptsächlich deswegen. Das war das Stärkste.«

Er wußte nicht recht, was er sagen sollte. Schließlich: »Du bist auch gut, Anja. Einfach gut.«

Sie schob seinen Kopf von ihren Schenkeln, drückte die beiden Zigaretten aus und legte sich neben ihn. »Ich will auch gut sein. Ich will einfach gut sein.« Ihre Hand suchte ihn, er spürte erneut, wie er sie begehrte. Sie schloß die Augen. Ihre Oberlippe, die er zart berührte, bebte ein wenig.

Seine Hand zog die Schnur, das Licht erlosch, aber sie zog das Licht wieder in den Raum. »Ich will dich sehen.«

Ihre graugrünen Augen waren weit geöffnet. Er sah, wie die Iris sich zusammenzog, als sie den Atem anhielt.

Als Karl-Helmut Brencken am anderen Morgen das Hotel betrat, saßen die Veteranen bereits am Frühstückstisch.

»Schönen guten Morgen!« rief Petrick. »Schon zurück oder erst zurück?«

»Herrliches Wetter, lohnt sich zu laufen«, rief er und hoffte, daß das reichen würde.

Sein Bett war unbenutzt geblieben. Er dachte, mein Gott, ich war ja richtig glücklich, diese Nacht. Ich bin noch immer richtig glücklich.

Anja.

Wann würde sie wieder einen nassen Mann ins Bett nehmen? Er nahm sich vor, sie irgendwann wiederzusehen. Wenn er die Augen schloß, spürte er den Duft ihrer Haut.

Am späten Vormittag zogen sie in losen Gruppen zum Ehrenmal der Stadt. Sechs Säulen, die auf ihren Kapitellen einen schmucklosen Sims trugen, umrundeten einen Findling, an dem steinerne Tafeln lehnten. Regimenter und Divisionen verkündeten feierlich, wieviel Tote sie in Rußland und Afrika und Frankreich und wer weiß wo noch gelassen hatten.
Stasswerth solle sprechen, hieß es.
Aber dann sprach, als alle rund um die Säulen standen, ein General. Brencken kannte ihn als einen umgänglichen Mann, der in seiner Kommandeurzeit das Herz seiner Leute besessen hatte, so frei nach Walter Flex. Generale von gestern – heute in Zivil –, sie sahen völlig verändert aus, als seien sie andere Menschen geworden. Und Brencken? Der Leutnant Brencken mit seinen einsneunzig, im grauen Rock mit grünem Kragen, die Mütze fesch aufs Ohr gezogen – und heute, im dunkelblauen Anzug – besserer Konfirmandenanzug, na ja.
Der General räusperte sich. »Karraden!«
Schnarrende Stimme, rostige Fanfare. Warum eigentlich? Im Ersten Weltkrieg gelernt, in der Reichswehr gepflegt, das wird er nicht mehr los.
»Karraden!« Noch einmal!
»Wir stehen heute an diesem Ehrenmal –.« Pause. »– um unsere toten Helden zu ehren.«
Also, Brencken, nun hörst du erstmal schön andächtig zu! Gut also, tote Helden. Tote Helden? Waren das Helden, mit denen man zusammen war? Wurden sie es im Augenblick, da sie fielen? Und wäre man selber umgekommen – bitte sehr, ganz neutral gesagt: umgekommen, nicht gefallen und nicht verreckt – wäre man dann auch ein Held? Würden Stasswerth und der General dann an Karl-Helmut Anatol Brencken als an einen Helden denken? Ein Held: so einer mit unerhört markantem Profil, das Antlitz – nicht das Gesicht, nein, das Antlitz vom Helmrand beschattet, bereit, ein Held zu werden.
Gesehen: wie sie die Därme in die entsetzlichen Bauchwunden zurückdrückten, wie ihnen die Schädeldecke weggeblasen war.
Gesehen: wie Hirn aussieht, Menschenhirn.
Die Schreie, die in der Luft standen.

Der Dreck.
Die Angst.
Entleerte Blasen und Därme.
Entleeren Helden Blasen und Därme? Und so viele anständige Kerle haben in die Hosen geschissen. Vor Angst.
»Wir gedenken«, schnarrte der General, »ihrer als der Opfer dieses Krieges. Sie gaben ihr Leben hin für das Vaterland.«
Dulce et decorum est pro patria mori.
Es ist süß und ehrenvoll, für das Vaterland zu sterben.
Süß zu sterben. Bitte sehr, süß:
Die Därme zurückschieben.
Beide Beine ab.
Freies Hirn, weggeblasene Schädeldecke.
... und ehrenvoll, für das Vaterland zu sterben.
Irgendwie haute das nicht hin.
Vaterland – ja. Er liebte dieses Land. Noch immer. Damals hatte er es »glühend geliebt«. So liebte man damals sein Vaterland.
Heute war dieses Land, dieser Teil seines Landes, für ihn ein Wertobjekt, für das zu leben und zu arbeiten sich lohnte. Vielleicht auch zu sterben.
Aber das wäre dann nicht süß.
»Das Höchste, was all diesen Millionen Toten, unter ihnen die Kameraden unserer Division, heilig war, das Vaterland –, sie haben es verteidigt und ihr Leben hingegeben.«
Ruhig zuhören, Brencken. Natürlich haben sie ihr Leben nicht hingegeben, es wurde ihnen genommen. Und ich weiß nicht, wie vielen das Vaterland heilig war. Dieses Vaterland, das Juden und Polen umbrachte.
Nein, das war nicht so, wie es der General sagte.
Aber die Gefallenen wußten nichts von den Judenlagern. Und von den Polenerschießungen.
Sicherlich, sie wußten nichts davon. Aber durfte man denn 1952 so reden, als hätte man nach 1945 nichts erfahren?
Vor dem General standen zwei Männer, sie hielten den Kranz mit den schwarzrotgoldenen Farben aufrecht.
»Und so müssen wir, in der Erinnerung an ihr Opfer lebend, dafür sorgen, daß sie nicht vergessen werden.«
Da hat er recht. Vergessen dürfen wir sie nicht. Wir waren

schließlich mit ihnen zusammen. Manchmal jahrelang. Wir kannten sie, wie sie waren, wenn sie lachten, wie sie waren, wenn sie Angst hatten.
Besonders, wenn sie Angst hatten.
Die Männer legten den Kranz nieder. Der General neigte sich, zupfte an den Schleifen, trat zurück.
Brencken hatte nur wenige Sätze mitbekommen. Seine Gedanken machten ihn aggressiv.
Als sie wieder vor dem Hotel standen, trat Petrick zu ihm.
»Ziemliche Scheiße, was der General da redete«, sagte er leise. Und: »Wenn wir mal darüber eine Rede zu halten haben, irgendwann, irgendwo, dann müssen wir sagen, daß diese Toten für eine falsche Sache gestorben sind.«
Brencken dachte an die großen Auseinandersetzungen dieser Tage: ob neue Armee oder nicht. Und er dachte, daß man vor jungen Soldaten nicht so reden dürfte wie dieser General.
Vielleicht sollte man schweigen.
Oder man müßte der Worte so mächtig sein wie Perikles, der den toten Athenern die Grabrede hielt. Und es ist die Frage, ob Perikles so geredet hätte, wären in Athen die Gaskammern von Maidanek eingerichtet worden.
Dies war eine Zeit, in der man jedes Wort auf seinen Inhalt abzuklopfen hatte. Aber wer tat das schon?
Brencken jedenfalls kam nicht davon los: Wie war das mit den Toten? Vorbilder? Helden? Heroen?
Der Krausse war ein großartiger Soldat und starb. Ein Held.
Der Mayerstein war ein Schwein, das den Kameraden die Verpflegung klaute und den Zivilisten in Frankreich die Teppiche und Staubsauger. Er kam zum Strafbataillon und starb.
Ein Schwein?
Ein Held?
Den einen fetzte ein Granatsplitter auseinander, daß er nichts spürte.
Dem anderen entzündete ein Explosivgeschoß die Patronentaschen. Er starb fünf Stunden. Mayerstein starb fünf Stunden.
Der Leutnant Rothe fiel einfach um und verröchelte an einer russischen Granate, die ihm die Halsschlagader aufgerissen hatte.

Der Wachtmeister Güldberg fiel beim Pinkeln besoffen aus dem dritten Stockwerk und brach sich das Genick. Der Frau hatte Brencken geschrieben, Wachtmeister Güldberg sei in Erfüllung seiner Pflicht für Führer, Volk und Vaterland gefallen. Helden.
Karraden. Helden. Opfer. Leben hingegeben.
Nein, er war nicht fertig damit. Denn die, die anders dachten als er und Petrick, die hatten schließlich dasselbe hinter sich. Aber vielleicht hatten sie nur nicht richtig genug nachgedacht. War er ein Schweinehund, weil er anders dachte?
Wenn er dem General sagen würde: Mein Herr, damit können Sie heute keinen Hund hinter dem Ofen hervorlocken! Das stimmt doch alles gar nicht, Herr General! Oder besser noch: Herr Schlambitten. Nichts stimmt. Sie gaben ihr Leben nicht, es wurde ihnen genommen. Und sie wollten keine Helden sein, sondern weiterleben. Karl-Helmut Brencken wußte, daß er mit alldem noch lange nicht fertig war.

Der frühere Divisionskommandeur sprach Brencken kurz vor der Abfahrt an: »In Bonn sitzt der Graf Schwerin und plant eine neue Armee. Schon gehört, Brencken?«
»Ja, aber keine Meinung, Herr General.«
»Verstehe ich nicht. Ich halte mich bereit.«
Er hielt sich bereit, na, was sonst! Gelernt hatte dieser ganz nette General außer dem Militär nichts, gar nichts. Nun saß er zu Hause auf irgendeinem Stammschloß westlicher Verwandter und versuchte, mit irgend etwas zu handeln. Eisen oder so – nein, Stahl. Einer seiner früheren Untergebenen hatte eine große Stahlfabrik und konnte es sich leisten, den verdienten, aber sehr einseitigen Mann, der schon über fünfzig war, zu beschäftigen, auch wenn es nicht viel einbrachte. Nun hielt er sich bereit
»Sie waren doch ein ganz brauchbarer Artillerist, Brencken. Warum also nicht? Die neue Armee braucht junge Leute mit Erfahrung – und alte auch, natürlich.«
»Ich stamme aus Ostpreußen, Herr General, ich habe den ganzen Krieg mitgemacht. Ich möchte dieses Handwerk nicht mehr ausüben.«

»Was machen Sie jetzt?«
»Versicherungen. Ernährt seinen Mann.«
»Warum sollten Sie nicht noch einmal anfangen, Herr Brencken?«
»Ich glaube, ich mag nicht, Herr General.«
»Das ist zwar kein Argument, wohl aber ein Grund. Schade.«
Wer von all diesen wollte eigentlich? Und wer da wollte, wen würde man nehmen? Nahm man jeden unbesehen? Bei diesem so heftigen Widerwillen gegen den Militarismus, worunter man alles verstand, was mit Militär zu tun hatte. Wie einfach man sich das machen konnte.
Ohne mich, dachte er, dieses Militär, wenn es eines wird, ohne mich.
Ohne mich – das stand überall an den Wänden. Es galt auch für ihn.
Würde auch Dr. Stasswerth sagen: Ohne mich? Er erinnerte sich an den Tag der Entlassung in Kiel, an das Gerücht, daß die Alliierten alle deutschen Generalstabsoffiziere auf eine Atlantikinsel deportieren wollten. So verrückte Gedanken hatte es gegeben. Stalin hatte Roosevelt zugeprostet: Er trinke darauf, daß fünfzigtausend deutsche Offiziere erschossen würden. Wo hatten die getrunken? Potsdam? Nein, da war Roosevelt schon tot, und Churchill war von Attlee abgelöst worden. Teheran? Nein – es war auf Jalta gewesen, und der Trinkspruch des schnauzbärtigen Georgiers, der sein Imperium inzwischen hübsch abgerundet hatte, war sogar schriftlich überliefert worden. Würde Dr. Stasswerth, Major im Generalstab außer Diensten, wieder zur Armee gehen – oder würde er in der Industrie bleiben? Hatte er sich schon gemeldet?
Würden sich viele melden, die eigentlich auch etwas ganz anderes mit sich anzufangen wüßten? Oder nur solche, die in der Uniform und dem lausigen Obendrüberhinleben – zweimal am Tage kam der Kompaniechef zum Unterschreiben, zwischendurch ritt er, haha – ein Stück lebenswerten Lebens fanden?
Brencken gab Stasswerth Feuer. »Der General sprach mich eben an. In Bonn bereitet Graf Schwerin eine neue Armee vor. Gehen Sie hin?«
»Ehrlich, Brencken, ich weiß es nicht. Ich weiß es wirklich

nicht. Vielleicht. Wir leben ja in einer Zeit, in der wir eduziert und reeduziert werden. Wenn ich gehe, das steht fest, dann nur, wenn die Sicherheit besteht, daß wir vieles, das meiste, anders machen können, als wir es gestern gemacht haben.«
»Was zum Beispiel?«
»Nun, wir leben in einem freien Land, Brencken. Sie sind in einem unfreien aufgewachsen und haben es sicher nicht so empfunden wie wir Älteren damals: daß wir zwar glanzvoll privilegiert, daß wir aber alles andere als frei waren. Ihr Regimentskommandeur, der gefallen ist, scheute sich am 20. Juli 1944, am Tage des Putsches gegen Hitler, Ihnen und den anderen Offizieren zu sagen, daß er diesen Putsch zwar für entsetzlich dilettantisch, nichtsdestoweniger aber für notwendig hielt. Er hatte fast alles vorher gewußt.«
»Er wußte? Und warum hat er nicht –«
»Weil er damit rechnen mußte, daß einer von Ihnen hingehen und ihn anzeigen würde.«
»Das hätte keiner von uns getan.«
»Vielleicht nicht – vielleicht doch, Brencken. Waren Sie nicht auch empört, daß Offiziere ihren Obersten Kriegsherrn aus dem Wege räumen wollten – mitten im Kriege?«
Brencken nickte zögernd. »Na ja, das stimmt schon. Immerhin war es Eidbruch.«
»Und woher wissen Sie, daß die Verschwörer diesen Eidbruch nicht eigens auf sich genommen haben, um ihn Ihnen und allen anderen zu ersparen?«
»Helden also, die Verschwörer, Herr Dr. Stasswerth?«
»Wir haben uns schon einmal, in Kiel, kurz eh wir auseinandergingen, über den Eid unterhalten, wissen Sie noch? Damals sagte ich Ihnen, daß schon der Eid auf Hitler – statt auf die Verfassung – unmöglich war. Doch läßt man ihn gelten, dann war der Eidträger auch im Eid – hat er seinen gehalten, Brencken? Den Eid auf die sehr moderne Weimarer Verfassung?«
»Er hat ihn nicht gehalten. Aber durften Offiziere wirklich ihren Staatschef umbringen, mitten im Kriege?«
»Sie wiederholen Ihre Frage auf andere Weise. Ich will sie Ihnen beantworten: In meinen Augen waren alle diese Leute, soweit sie aus sauberen Motiven handelten, ehrbare und ihrem

Gewissen folgende Menschen, die ihrem Volk aus der Tyrannis helfen wollten. Und weil sie den Aufstand wagten, den schon der Generaloberst Beck als vergeblich ansah – er hat ihn trotzdem versucht, um dem deutschen Volk für die Zeit danach ein Alibi zu geben –, weil sie den Aufstand wagten, sind sie, so sehe ich das, Helden.« Und nach einer Weile setzte er hinzu: »Wenn es überhaupt noch Helden gibt. Dieser Hitler hat die ehrwürdigsten Begriffe ausgehöhlt und diskreditiert.«
Brencken schwieg einen Augenblick. Dann sagte er: »Ich kann mich diesen Gedankengängen nicht anschließen – Eidbruch bleibt Eidbruch, Herr Dr. Stasswerth.«
»Ich wundere mich nicht, daß Sie so denken. Der General denkt genau wie Sie.«
»Sollte der denn wieder – ich meine, er möchte gern wieder Soldat werden, wie sehen Sie das?«
»Daß er möchte? Das liegt auf seiner Denklinie, Herr Brencken, das wundert mich nicht, daß er mit seinem ideologischen Ballast in eine neue Armee einrückt. Er ist ein guter General gewesen, im Krieg, wenn es schoß, großartig. Um den Nationalsozialismus hat er sich zunächst überhaupt nicht gekümmert, interessierte ihn nicht. Das war die Ausrichtung der Reichswehr: Der Soldat im Ghetto, keine Politik. Und das muß anders werden, wenn es wieder Soldaten gibt, Brencken. Ohne Wahlrecht geht es nicht. Wir werden keine halben oder minderberechtigten Staatsbürger mehr haben dürfen, auch nicht, wenn sie Uniform anhaben. Erst recht nicht, wenn sie Uniform anhaben. – Ja, also unser General. Als der Krieg kam, hat der Oberstleutnant – das war er damals – sein Bataillon geführt, der Oberst sein Regiment, das hatte er gelernt, da zeigte er, was er konnte. Ein scharfer Hund im Angriff, aber mit Herz, er schonte seine Leute, sie dankten es ihm, indem sie für ihn durchs Feuer gingen. Dann wurde er General, bekam eine Vision und das Ritterkreuz. Das hat ihm der Feldmarschall von Manstein umgehängt, eine großartige Zeremonie, ich erinnere mich genau. Ein halbes Jahr später verlieh ihm Hitler das Eichenlaub. In Ostpreußen, in der Wolfsschanze hat er sich's abgeholt. Von da an war der Alte verwandelt.«
»Sie meinen, daß Hitler ihn fasziniert hat?«

»Genau das. Ich weiß nicht, wieviel da gesprochen wurde, ich weiß auch nicht, was – aber als er zurückkam, hielt er uns einen durchglühten Vortrag über den großen Feldherrn Hitler und den Menschen, der Deutschland zu ungeahnter Größe führen werde – na ja, was da so alles kam...«
»Und Sie glauben nicht, daß er tatsächlich beeindruckt war?«
»Doch, natürlich – ich habe Hitler selbst erlebt, und auch ich bin seiner Faszination erlegen. Wissen Sie, es gibt gute und schlechte Dämonen. Der Adaimon, der böse, wie er im Griechischen heißt, ist genau so ein Dämon wie der Eudaimon, der gute; so faszinierend, so schillernd, ja manchmal sogar schön. Wen wundert es, daß so viele dem bösen Dämon Hitler erlegen sind? Na, schön war er sicher nicht... Aber das Hitlerbild, das uns derzeit vorgesetzt wird, ist so dumm und banal, daß unsere Kinder uns fragen werden, wie es kam, daß eine ganze Generation einem Scharlatan aufgesessen ist.« – »Und der General?«
»Ja, dessen Hitlerbild ist beim Eichenlaub stehengeblieben – nicht daß er nicht sähe, was gelaufen ist – so dumm ist er nicht. Aber bei ihm rumort so etwas wie die Vermutung, daß die Leute um Hitler herum ohne sein Wissen gehandelt haben. Ich fürchte, er wird höchstens bis zur Erkenntnis kommen, daß eben alles falsch war und daß der olle Seeckt doch recht hatte, wenn er der Reichswehr politische Passivität verordnete. Und deshalb möchte ich diesen verdienten alten Mann – Gott, er ist gerade fünfundfünfzig – nicht mehr gern in einer neuen Armee sehen. – Und Sie, werden Sie, wollen Sie?«
»Ich weiß es nicht, ich glaube, ich möchte nicht, mir langt es.«
»Warum langt es?«
»Mit dem Soldatsein hängt bei mir alles zusammen, Krieg und Familie und Verlust der Heimat – und überhaupt.«
»Bißchen unpräzise, Herr Brencken – was heißt überhaupt?«
Brencken wand sich: »Ich meine, das ist weit hinter mich gefallen, ich lebe jetzt in einer anderen Zeit, ich möchte –«
»Sie möchten nicht mehr konfrontiert werden – stimmt es?«
Brencken dachte nach, schließlich sagte er: »Vielleicht, Herr Dr. Stasswerth.«
»Sie weichen sich selbst aus. Warum?«
»Ich weiche mir nicht aus, bestimmt nicht.«

»Fragen Sie sich doch einmal, ob es irgendwelche Dinge gibt, die Sie nicht noch einmal tun würden. Irgend etwas, das Sie verdrängt haben.«
»Ich brauche nichts zu verdrängen. Ich bin kein – wie soll ich sagen –«
»Nein, Sie sind zum Beispiel kein SS-Mann, der der Erinnerung an die Maschinenpistole ausweichen muß, mit der er Hunderte von Frauen und Kindern erschossen hat, weil sie andere Nasen hatten als er. Das ist es nicht. Aber wenn Sie genau nachforschen, werden Sie irgend etwas finden. Ich weiß nicht, ob ich Ihnen die neue Armee wünschen soll. Und ich weiß auch nicht, ob ich Sie der neuen Armee wünschen soll. So, wie Sie jetzt sind. – Ich muß gehen – Wiedersehen, Herr Brencken. Und handeln Sie nicht wie etliche dieser herrlichen Männer mittleren Alters, mit denen wir heute nacht gesoffen haben. Bei einigen, die ich menschlich sehr schätze, hat schon vor dem Kriege der Verstand am Arsch der Pferde aufgehört. Tschüs, Brencken.«
Brencken lächelte. Aber dieser Satz ließ ihn nicht los: Wenn Sie nachforschen, werden Sie etwas finden. Und dieser andere: Ich weiß nicht, ob ich Sie der neuen Armee wünschen soll. Nun, er selber fühlte sich durchaus so, daß ihn diese neue Armee brauchen konnte.
Er erinnerte sich an den gestrigen Abend. Hatte er nicht neu anfangen wollen? Ja, sicher. Was war vorher? Vorher war dieses abgebrochene Studium und dieser lasche Versicherungskram, vorher waren Barbara und Anni und Anita und Gisela und dieses hübsche französische Mädchen Chantal und die knöcherne Amerikanerin – wie hieß sie doch? Louella, richtig – die nach der ersten Nacht überhaupt nichts anderes mehr wollte als morgens und mittags und abends, da war Jeannie, die bezaubernde Amerikanerin, die in der Botschaft arbeitete und ihn erst einen Abend vor ihrer Abreise nach Hongkong in Bett nahm und ihn unendlich beglückt und allein zurückließ, da waren alle Menschen, die etwas von ihm erwarteten, erhofften, da war, an erster Stelle, Brencken selber, der sich ein abgeschlossenes Studium wünschte, da war Barbara, die ihn geheiratet hätte, wenn ihre Eltern es zugelassen hätten, und die

hätten es zugelassen, wenn er etwas anderes gewesen wäre als ein Versicherungsvertreter – ja, sie hätten ihn auch noch akzeptiert, wenn er daraus etwas gemacht hätte, eine Agentur, die etwas abwarf, oder so.

Brencken geriet wieder in die Stimmung der gestrigen Nacht, als er sich entschlossen hatte, weiterzustudieren. Jura, damit konnte man heute alles anfangen, sogar in Bonn. Dazu brauchte er noch sechs Semester, drei Jahre, Geld war nicht vorhanden. Das heißt, es wäre vorhanden, wenn er weiterarbeitete. Tags arbeiten und Vorlesungen besuchen, abends ausarbeiten und die geschäftlichen Notizen festhalten – müßte eigentlich gehen. Aber dann befiel ihn neuer Zweifel. Würde er es schaffen? Den Abschluß schaffen? Sich drei volle Jahre über alles Maß anstrengen?

Er entschied, daß er es nicht schaffen und folglich gar nicht erst beginnen würde.

Karl-Helmut Anatol Brencken fand weder den Grund, warum er es nicht schaffen würde, noch die Antwort auf die Frage, warum man ihn dieser neuen Armee möglicherweise nicht zumuten könne. Und er entschloß sich, nicht zu dieser Armee zu gehen.

*»Ich gebe das vorläufige Ergebnis der namentlichen Abstimmung bekannt. Abgegebene Stimmen insgesamt 456 Mitglieder des Hauses und 16 Berliner Abgeordnete. Mit Ja gestimmt haben 270 stimmberechtigte Abgeordnete und 6 Berliner Abgeordnete. Mit Nein haben gestimmt 166 Mitglieder des Hauses und 8 Berliner Abgeordnete. Enthalten haben sich 20 stimmberechtigte Mitglieder und 2 Berliner Abgeordnete.
Ich stelle fest, meine Damen und Herren, daß damit das Wehrpflichtgesetz in dritter Lesung angenommen ist.«*

Bundestagspräsident D. Dr. Gerstenmaier (CDU) am 7. Juli 1956 gegen 3.40 Uhr im Deutschen Bundestag.

1956

Der Bonner Bahnhof hat drei Gleise. Zwei werden mehr befahren als das dritte. Eines der beiden führt nach Norden, nach Köln, das andere nach Süden, in Richtung Koblenz. Das dritte nimmt gelegentlich einen D-Zug, meist aber die Nahzüge auf, die in die Eifel führen, nach Euskirchen. Die Züge fahren mitten durch die Stadt. An den schienengleichen Bahnübergängen stauen sich die Fahrzeuge. Die Gleise schneiden die Stadt entzwei.
»Entweder ich bin müde oder es regnet oder die Schranken sind zu«, sagen Zugezogene und Einheimische.
Der Bonner Bahnhof, erbaut in der »Post- und Telegraphengotik Wilhelms II.«, ist durch eine schmale Straße von der gegenüberliegenden Häuserfront getrennt, dort reiht sich Hotel an Hotel, kleine Hotels ohne großen Glanz. Wozu auch hätte die rheinische Universitätsstadt, ehedem Gelegenheits-Residenz des Kölner Kurfürsten und Erzbischofs, glanzvolle Hotels gebraucht? Auf der schmalen Straße fahren die Straßenbahnen nach Beuel, nach Rheindorf und nach Dottendorf, dazu die »BGM«, die Bonn mit Bad Godesberg und Mehlem verbindet.
Wenige hundert Meter nördlich des Bahnhofs münden die beiden Linien der Bonn-Kölner Eisenbahnen in den »Katholischen Bahnhof«. Keiner weiß genau, warum die moderne Bahn zwischen Köln und Bonn »Katholische Eisenbahn« heißt. Vielleicht, weil diese Bahnen zum ehrwürdigen Kölner Dom führen, wo der Metropolit der rheinischen Kirchenprovinz, Kardinal Frings, fast blind, aber sehr streitbar, residiert.
An diesem kühlen Morgen des 16. November 1956 fuhren die Straßenbahnen nicht. Bonn hatte Fahnenschmuck angelegt. Polizei sperrte den Verkehr. Im Bahnhof rollten Bedienstete der Bundesbahn einen langen roten Teppich aus, auf den Zentimeter genau bis an den Rand des Bahnsteiges 1. Der Lokführer würde so halten, daß Paul, König der Griechen, und Königin Friederike an dieser Stelle den Sonderzug verlassen konnten, um vom Präsidenten der Bundesrepublik Deutschland, Theodor Heuss, begrüßt zu werden. Dieser würde, nachdem er der Königin einen Blumenstrauß überreicht hatte, den Majestäten das Kabinett vorstellen. Dabei würde der Bundeskanzler der

Bundesrepublik Deutschland, Konrad Adenauer, nicht am rechten Flügel des Kabinetts stehen – wie er denn seinerzeit auch die Weisung der drei Hohen Kommissare, im Hotel Petersberg den Teppich nicht zu betreten, souverän mißachtet hatte. Konrad Adenauer würde nicht unter dem Bundestagspräsidenten, der protokollarischen Nummer Zwei, rangieren wollen – er würde irgendwo stehen, wo die Unterordnung nicht sichtbar werden konnte. Vielleicht würde er die Königin am Arm nehmen und ihr seinerseits seine Minister vorstellen, wer weiß.
Karl-Helmut Anatol Brencken starrte auf die heranmarschierende Ehrenkompanie. Bundeswehr hatte man die neuen Streitkräfte genannt. Brencken sah den Schellenbaum herannahen, vor dem sich einige Monate später ein afrikanisches Staatsoberhaupt zeremoniell verneigen würde, in der Annahme, die schwarzrotgoldenen Pferdeschweife seien eine Art Sonderausfertigung der deutschen Fahne.
Vor dem dicken Feldwebel mit dem Schellenbaum schwang ein hagerer Hauptmann den Taktstock. Auch nicht mehr jung, dachte Brencken, älter als ich, vielleicht vierzig oder schon drüber. Er trug, wie alle anderen, den neuen Stahlhelm. Ein häßlicher Helm, dachte Brencken, ein amerikanischer Helm. Auch in zwei Teilen tragbar, Pappe drunter, Stahl drüber. Trugen sie Pappe oder Stahl? Er konnte es nicht ausmachen. Nur nichts übernehmen, was deutsch war – und wenn es sich noch so bewährt hatte ... Oder bot der nachgemachte US-Stahlhelm wirklich besseren Schutz?
Allmählich sammelten sich Menschen vor dem Bahnhof an. Die weiß-blauen griechischen Fahnen hingen träge an den Masten. Zwei Lorbeerbäume säumten den Eingang.
Die Ehrenkompanie schwenkte ein, ein scharfes Kommando ließ die Soldaten erstarren. Karabiner 98 k, stellte Brencken fest – und der alte Infanteriegriff. Wie sie ins Holz hieben, das freute ihn. Und wie dieser Griff saß, verdammt, das war gut. Wie im alten Wachregiment, am Ehrenmal Unter den Linden. Wenn nur diese schrecklichen Fräcke nicht wären! Zweireihig, kurz, vorn etwas ausbeulend. Und Mützen nach New Yorker Polizeischnitt ... Sie konnten ihm beinahe seinen Entschluß

verleiden. Noch zwei Stunden, bis man ihn am Wilhelm-Spiritus-Ufer erwarten würde.
Einige Leute klatschten. Ein schwarzer Mercedes fuhr vor. Ein weißhaariger, etwas dicklicher Herr stieg aus, wandte sich lächelnd um, winkte und verschwand im Bahnhofseingang. Hinter dem Bundespräsidenten stiegen schwarzgekleidete Herren die Treppe empor.
Wieder ein schwarzer Mercedes. Lang aufgerichtet, mit dem maskenhaften Gesicht eines Indianers, entstieg ihm Konrad Adenauer. Auch er winkte, lächelte ein wenig, nickte den Soldaten zu und begab sich in den Bahnhof.
Staatsempfang. Und zum ersten Male wieder deutsche Soldaten als Ehrenformation. Keine Fahne, natürlich, auch kein Zeremoniell, wie ehedem, wenn der Führer seine Gäste abholte. Dazu dieser zivile, gemütliche, schwäbelnde Professor als Staatsoberhaupt. Wilhelm I. – Wilhelm II. – Friedrich Ebert – Paul von Hindenburg – Adolf Hitler. Und nun Theodor Heuss. Ein Professor. Journalist, Künstler, Politiker. 1933 hatte auch er dem Ermächtigungsgesetz zugestimmt. Aber dann war er belehrt worden von der Geschichte, entsetzlich belehrt. Wie so viele. Das Land der Dichter und Denker. Nein, Dichter und Denker hatten die Mühlen von Auschwitz nicht in Gang gesetzt – Richter und Henker sind es gewesen. Aber dieses Deutschland war nicht das von Auschwitz, auch wenn es davon belastet war. Warum, zum Teufel, sollte kein Professor Staatsoberhaupt sein?
Im Bahnhof quietschten die Bremsen des Sonderzuges. Erwartungsvolle Stille. Die Menschen warteten auf den ersten leibhaftigen König, der nach dem Krieg die provisorische Hauptstadt besuchen sollte. Der kommandierende Offizier wippte nervös auf den Fußspitzen. Es war sein erstes Kommando nach dem Krieg – und in einer Öffentlichkeit, die die Soldaten nicht so ins Herz geschlossen hatte wie früher einmal.
Dann erschien der König auf dem Bahnhofsplatz, hob die rechte Hand mit dem Marschallstab und verharrte in dieser Haltung. Theodor Heuss komplimentierte die Königin an die Seite des Monarchen und stellte sich daneben. Kommandos. Der Schellenbaum wurde hochgehoben, ins Halfter gesteckt, der Stab des

Musikoffiziers senkte sich – die griechische Nationalhymne ertönte. Der König führte die Hand mit dem Marschallstab an den Mützenrand.
Dann erklang die Hymne der Bundesrepublik – getragen, nicht mehr so militärisch stramm wie früher, mit weniger Becken und Pauke. Aber wie früher rann Brencken ein Schauer über den Rücken. Das war es, was ihn immer gepackt hatte, bei jedem Zeremoniell, bei der Hymne wie beim Zapfenstreich, auch damals, Mai 1942 im Sportpalast, als der Hymne das Lied des SA-Sturmführers Horst Wessel folgte.
Deutschland, Deutschland über alles.
Brencken erbaute sich an dem Gedanken, diesem Land zu gehören, ihm wieder dienen zu dürfen, Deutschland, Deutschland über alles ... Von der Maas bis an die Memel, von der Etsch bis an den Belt. Die Maas gehörte Frankreich, die Memel den Russen, die Etsch den Italienern, der Belt den Dänen. Von der Eider bis zur Zugspitz, von der Werra bis nach Aachen? Aber sie sangen ja nur die dritte Strophe. Einigkeit und Recht und Freiheit für das deutsche Vaterland. Und hier sangen sie gar nicht. Gut, dachte er – die dritte ist nicht übel.
Die Musiker setzten die Instrumente ab. Während der kommandierende Offizier meldete, hob der Hauptmann den Taktstock. Der König dankte, tat den ersten Schritt, der Taktstock senkte sich, der preußische Präsentiermarsch Nummer eins klang auf, jener, auf den Generationen deutscher Soldaten die Waffen präsentiert hatten.
Der König ging neben dem Präsidenten, drei Schritte hinter ihnen folgte der kommandierende Offizier. Wieder berührte der König mit dem Marschallstab seine Mütze. Und Brencken erinnerte sich an jene Filmaufnahme: Der Generalfeldmarschall Keitel unterschrieb, Monokel eingeklemmt, in Reims die Kapitulationsurkunde, stand auf, hob den Stab und verließ den Raum ... Der König nahm den Stab in die Linke, reichte dem Offizier die Hand und begab sich mit dem Bundespräsidenten zum schwarzen Mercedes, der die Stander des Königs und des Präsidenten trug. Auch der Kanzler ging zu seinem Wagen. Verteidigungsminister Blank nickte dem Offizier zu, der den Abmarsch zu kommandieren begann.

»Doch schön, sowat«, sagte ein alter Mann im rheinischen Singsang. »Jetz hamme wiede Militär, dat ist jut.«
Brencken lächelte. Wenigstens einer, der ja sagte zu dieser verketzerten Armee.
»Können Sie mir sagen, wie ich zum Wilhelm-Spiritus-Ufer komme?« fragte er.
»Sische dat! Da sitz doch de Kommission. Da wolle Se auch Soldat werden?«
»Vielleicht. Und wo ist das?«
»In der Näh vom Bundeshaus. Am beste fahre Se mit dem Bus da, links nebe dem Bahnhof. Viel Jlück!«

Brencken sah sich um.
In dem schmalen Zimmer der barackenähnlichen Anlage am Rheinufer saßen und standen sechs Männer, alle etwa in seinem Alter. Vom Rhein her tönte das Horn eines Frachtschiffes, das er kurz darauf durch die Fenster stromabwärts ziehen sah. An der Wand hing ein Bild von Theodor Heuss, daneben das des früheren »Beauftragten des Bundeskanzlers für die mit der Vermehrung der alliierten Truppen zusammenhängenden Fragen«, des jetzigen Ministers Theodor Blank. Kein bedeutender Mann, dachte Brencken, wirklich nicht. Aber wo war ein Minister, der sich für seine Sache blutig schlagen ließ, wie eben dieser Theo Blank jüngst in Augsburg!
Einige der Männer unterhielten sich leise. Brencken musterte sie. Was mochten sie für Dienstgrade gehabt haben? Hauptleute? Majore? Würden sie mit dem alten oder mit einem neuen Dienstgrad eingestellt werden?
Und er?
Oberleutnant der Reserve außer Diensten Karl-Helmut Anatol Brencken aus Preußisch-Eylau in Ostpreußen, ehedem Adjutant einer schweren motorisierten Artillerie-Abteilung, entlassen 1946 in Kiel, Student der Rechte in Frankfurt am Main, Versicherungswerber und Versicherungsagent, unverheiratet, einmeterneunzig groß, bißchen schlaksig, fünfunddreißig Jahre alt.
Er hatte nie wieder Soldat werden wollen, nie wieder. Schluß. Für immer.

Nicht noch einmal »Jawohl, Herr Oberst« und »Nein, Herr Hauptmann«. Lieber die Freiheit, zu tun, was zu tun war. Hatte er getan, was zu tun war?
Usch hatte immer getan, was sie zu tun hatte. Sie hatte sich auch von ihm getrennt, als das so richtig war. Was war richtig? Daß er unentschlossen war? Sein Studium abgebrochen hatte und Zigaretten verkaufte? Studieren – du lieber Himmel, er hätte es spielend geschafft. Wenn er gewollt hätte.
Aber jetzt werde ich es schaffen, verdammt. Jetzt, in der Bundeswehr.
Nie wieder Soldat?
Man kann sich irren. Wie beim Studium, Brencken, wie bei Usch? Ich habe mich geirrt. Natürlich habe ich mich geirrt, als ich sagte, ich wolle nie wieder Soldat werden. Dieses Land braucht Soldaten, um seine Freiheit zu schützen. Oder sollen das immer nur die Alliierten tun? Und außerdem habe ich das ja auch gelernt, richtig gelernt. Und wenn sie mich brauchen können, will ich mein Bestes geben.
Manchmal, dachte er, muß es Schriftstellern auch so gehen wie mir mit mir selber: daß ihnen ihre Figuren aus der Feder laufen und auf eine so vertrackte Art selbständig werden, daß man sie nicht mehr in den Griff bekommt. Natürlich bringen meine edlen Motive – Freiheit, mein Bestes geben – einen falschen Ton hinein. Sicherlich, auch ich will frei sein, will reden und denken können, wie ich will. Aber im Grunde kommt es mir doch nur darauf an, daß ich gesichert bin und pensionsberechtigt. Und daß ich in ein Getto der Ordnung komme. Wie früher. »Die Kaserne ist das Kloster der Ordnung, in der wir, Mönche einer neuen Zeit, leben für die Zukunft« – irgendeiner hatte das damals geschrieben, als die Tornisterschriften der Wehrmacht auf ihre Weise »Innere Führung« machten. Kasernen als Klöster einer neuen Ordnung. Das Bild gefiel ihm nicht übel.
Draußen zogen die Schiffe tal- und bergwärts. Einmal kam ein neuer Mann ins Zimmer, zehn Jahre älter, schätzte Brencken, grüßte kurz und setzte sich. Dann erschien ein untersetzter Mann, der sofort in das Zimmer der Prüfgruppe ging.
»Das ist der Oberst de Maizière«, sagte einer. »War zuletzt beim Oberkommando des Heeres oder der Wehrmacht, weiß

ich nicht mehr genau. Guter Mann. Übrigens ein ausgezeichneter Pianist.«
Der Oberst kam wieder aus dem Nebenzimmer, grüßte freundlich und verließ den Raum.
»Die tragen hier fast immer Zivil«, sagte einer, »wie früher in der Bendlerstraße in Berlin.«
»Warum auch nicht«, sagte ein anderer.
Brencken dachte an den klavierspielenden Oberst – und dachte an Gabitschka, seine Mutter, die daheim in Preußisch-Eylau so manchesmal ihren Landsmann Chopin gespielt hatte. Zum letzten Male hatte er sie spielen gehört, als er das Haus seiner Eltern verlassen hatte, um zum Arbeitsdienst an den Westwall zu fahren. Er hatte Gabitschka nicht mehr wiedergesehn . . .
Und er dachte jetzt auch an Oma und Opa. Opa, Pole, und stolz auf seine Hauptstadt, und deutsche Panzer in seiner Stadt. Wie gut, daß er das nicht mehr erlebt hat. Er hatte Gabitschka gegenüber ein schlechtes Gewissen gehabt. Sein Vater hatte ihn als ostpreußischen, deutschbewußten Jungen erzogen. Aber die Mutter war im Herzen immer Polin geblieben – wenn Polin sein bedeutet, daß sie auf polnische Weise europäisch und damit auch ostpreußisch ist. Sie hatte nie etwas gegen Vaters Erziehung gesagt, aber geschwiegen, auf ihre Weise, und die war mehr als Widerspruch.
Der Hauptmann Friedrich-Wilhelm Anatol Brencken war im Jahre 1939 zum Major befördert worden, Stabsoffizier, trug weiß unterlegte Raupen auf den Schultern. Major der Infanterie Brencken. Aber im selben Brief, der als Absender Vaters neuen Dienstgrad aufwies, schrieb er auch von Gabitschka. Gabitschka hatte nie geschrieben, was sie tat, wie es ihr ging, sie hatte ihren Karl-Helmut nur ermahnt, gut zu bleiben, ein guter Mensch zu sein – das sei das Höchste, was man erreichen könne.
Merkwürdiges schrieb sein Vater: Gabitschka habe angefangen, polnisch mit ihm zu sprechen, leise und vorsichtig, als fürchte sie sich. Es sei schlimm.
Als er in der veränderten Uniform vor sie getreten sei, habe sie sich so sehr erschrocken, daß sie in einen Weinkrampf gefallen sei.

Brencken hatte zu alldem geschwiegen, weil sein Vater auch schwieg und weil er sich einredete, mit den Untermenschen, von denen die Führer sprachen, seien ja nur die »Polacken« gemeint, denen man in Ostpreußen die »polnische Wirtschaft« nachsagte. Nein, Oma und Opa und Gabitschka konnten damit nicht gemeint sein. Der Führer meinte schließlich auch nicht den verstorbenen verehrungswürdigen Marschall Pilsudski, sondern die anderen. Wenn der Führer Oma, Opa und Gabitschka kennen würde, hätte er sie und viele andere nicht zu den Untermenschen gerechnet.
In jenem Brief schrieb Vater, Gabitschka sei fast durchsichtig geworden, spreche nicht mehr viel, lächle auf eine merkwürdig entrückte Weise und habe vor den großen Ölbildern ihrer Eltern Kerzen aufgestellt. Ihm selbst hatte damals seine Mutter schon seit Wochen nicht mehr geschrieben. Sie starb im Februar 1940.
Er stand, aus dem Arbeitsdienst am Westwall entlassen, am Grab. Mit Vater.
Ein Hügel, ein paar Blumen, ein Stück Holz mit einer dreistelligen Nummer darauf. Sie war allein gestorben. Vater war bei seinem Bataillon nördlich von Memel gewesen. Als er kam, hatte man sie schon eingesargt. Er sah sie noch einmal. Karl-Helmut sah sie nicht mehr. Ein Hügel mit ein paar Blumen. Niemals mehr das Lachen von Gabitschka. Niemals mehr ihre Hand in seinen Haaren, ihre Lippen auf seiner Stirn. Niemals mehr Gabitschka.
Später saß er mit Vater im Wohnzimmer. Er meinte, Gabitschka müsse jeden Moment hereinkommen, strahlend vor guter Laune.
»Herzschwäche«, sagte Vater.
»Herzschwäche«, wiederholte er.
»Der Arzt hat es gesagt.«
»Ja.«
»Aber es war etwas anderes.«
»Nicht Herzschwäche, Vater?«
»Deine Mutter ist an uns Deutschen gestorben.«
»Der Krieg mit Polen?«
Der Vater stand auf und schloß die Knöpfe seiner Uniform. Er

ging einige Schritte, wandte sich dann plötzlich seinem Sohn zu und sagte sehr hart: »Nein, nicht der Krieg mit Polen, nicht nur der Krieg mit Polen.«
»Was sonst?«
»Mal was von Untermenschen gehört, Karl-Helmut?«
»Ja. Aber das ist doch Unsinn.«
»Unsinn, der mordet, ist sehr real.«
»Was hat Mutter damit zu tun?«
»Ich habe sie sehr geliebt, sie hat mich genauso geliebt. Und es hat ihr nicht so viel ausgemacht, wenn man sie mal schief ansah. Das gibt es überall, sagte sie. Sie müßte nicht eine polnische Adelige gewesen sein, wenn sie nicht ihr Land mit all der Heftigkeit geliebt hätte, die man armen, unglücklichen Kindern zuwendet. Arm und unglücklich – ich meine damit das so oft geteilte Polen.« Er stand wieder auf. »Es fällt mir schwer, es zu sagen, wie es mir schwerfiel, es zu glauben. Unser Land, Karl-Helmut, hat begonnen, die polnische Intelligenz systematisch auszurotten.«
»Ausrotten? Die Intelligenz?« Er kapierte es nicht.
»Doch, Karl-Helmut. Deutsche Kommandos fahnden nach polnischen Intellektuellen und schießen sie, ohne jedes Urteil, zusammen. Vor Massengräbern.«
»Nein!«
»Doch. Und deine Mutter hat es gewußt.«
»Wenn das so ist – der Führer weiß das nicht. Er würde sie alle . . .«
»Sei still!« fuhr ihn der Vater an. »Laß nie etwas davon verlauten! Du weißt es nicht, ich weiß es nicht. Wir dürfen es nicht wissen, wenn wir leben wollen.«
»Das ist feige, Vater – wenn es stimmt.«
»Es stimmt, und es ist feige.« Vater stand am Fenster und wiederholte leise: »Es ist feige, Karl-Helmut. Auch deinen Opa hätten sie erschossen. Und unsere Gabitschka hätten sie auch erschossen, wenn sie nicht hier in Deutschland gewesen wäre.«
Immer wenn er an dem frischen Hügel stand, kamen die Gedanken wieder, die der Vater ausgesprochen hatte. Untermenschen. Ausrotten der Intelligenz. Opa Untermensch. Oma Un-

termensch. Man mußte das einmal durchdenken. Also: Der Staat dekretiert, die Menschen des besiegten Nachbarstaates seien Untermenschen, schmutzig und dumm und zu keinen großen Leistungen fähig. Und was an Intelligenz vorhanden ist, das wird erschossen. Damit nur die Dummen übrigbleiben. Die Konsequenz: miese Schulen, kein Abitur, keine Wissenschaft, keine Forschung. Ein Volk von Dummen, die für die Klugen zu arbeiten haben.
Damals dachte er: Das ist ein solcher Unfug, daß ich dieses Denkmodell beiseite schiebe. Denn dann wären unsere Leute ja so etwas wie Verbrecher, Verbrecher am Schreibtisch. Nicht alle natürlich, aber doch die, die sich das ausgedacht haben und die es durchführen. Und auch die, die es wissen und geschehen lassen? Schluß, sagte er sich, das ist wirklich Quatsch. Und ich glaube, daß Vater verallgemeinert, wo er differenzieren sollte.

Ein freundlicher schwarzhaariger Herr mit Brille war schon zweimal aus dem Nebenzimmer gekommen und hatte einen der Wartenden hereingebeten. Jetzt war Brencken an der Reihe.
Drei Männer saßen vor ihm und lächelten ihn an. Psychologen? Offiziere?
»Sie sind fünfunddreißig?« fragte ein Älterer mit weißen Haaren.
»Ein halbes Jahr drüber.«
»So genau wollen wir es nicht wissen, Herr Brencken. Sie haben sich gemeldet, weil Sie wieder Offizier werden wollen. Warum?«
»Ich denke, daß man meine Kenntnisse gebrauchen könnte, wenn man eine neue Armee aufbaut. Und ich sehe auch heute noch einen Sinn darin, zu dienen.«
»Was wollen Sie damit sagen: auch heute noch?«
»Ich meine, daß dieses Land den Dienst brauchen kann, so wie früher auch.« Das war schwach. Hastig fuhr er fort: »Und schließlich möchte ich gern, daß wir mit unseren Erfahrungen dazu beitragen, daß die Fehler von gestern nicht wiederholt werden.«
»Welche Fehler?« fragte der Schwarzhaarige.

»Nun, Staat im Staat, totale Hierarchie und so.«
»Staat im Staat – meinen Sie damit, daß die Armee anders werden soll als früher?«
Stasswerth hatte es gesagt; jetzt griff er den Gedanken schnell auf: »Ich meine, daß die Soldaten Bürger sein müssen, wie jeder andere, Staatsbürger in Uniform. Mit aktivem und passivem Wahlrecht. Mit offenen Kasernen.« Offene Kasernen – vorhin hatte er sie noch »Klöster einer neuen Ordnung« genannt. Er war inkonsequent.
»Und die totale Hierarchie soll abgebaut werden? Wie stellen Sie sich das vor?«
»Mehr Teamarbeit, denke ich.«
Der Schwarzhaarige sah den Weißhaarigen an, dann wechselte er das Thema. »Was haben Sie seit 1945 gemacht, Herr Brencken?«
»Jura studiert, dann aufgehört und bei einer Versicherung gearbeitet, als Vertreter.«
»Und warum haben Sie Ihr Studium nicht beendet?«
»Mir gingen die Mittel aus.« Das war noch schwächer, er spürte, daß er an Boden verlor. Wie viele hatten kein Geld und trotzdem ihr Studium beendet. Nein, er hatte aufgegeben, wie so oft. Aber hier mußte er durchhalten. Wenn es hier schiefging, blieben ihm wirklich nur noch die Hausbesuche für seine Versicherung. »Ich konnte wegen meines angegriffenen Gesundheitszustandes nicht gleichzeitig arbeiten und studieren. Im Oktober 1944 bin ich schwer verwundet worden.«
»Wo?« fragte der Weißhaarige.
»Bei Ariupol, Ukraine«, sagte Brencken.
Der Weißhaarige lächelte. »Nein, ich meine: wo am Körper?«
»Ach so, Entschuldigung, am Rücken. Ich spüre es manchmal heute noch.«
Der dritte Mann tat den Mund nicht auf. Das war wohl der Psychologe.
»Wollen Sie wieder zur Artillerie?«
Er wußte nicht, warum er mit der Antwort zögerte. »Wenn es geht, ja. Ich meine, das kann ich am besten.«
»Und wohin würden Sie gehen wollen, wenn das nicht möglich wäre?«

»Ich glaube, ich würde mich auch für einen Stab eignen, Divisionsstab oder so.«
»Warum glauben Sie das, Herr Brencken?«
»Weil ich als Adjutant meiner Abteilung alles habe machen müssen, Personalfragen und Gefechtsführung, manchmal auch Nachschub.«
»Sie wissen, Herr Brencken, daß der NS-Staat nur so lange leben konnte, weil er über eine intakte Armee verfügte. Die Armee war lange Zeit loyal. Nur am 20. Juli 1944 sah es anders aus. Wie beurteilen Sie die Tat der Männer um Stauffenberg?«
»Ich habe viel darüber nachgedacht. Und ich meine, daß ich den Eidbruch nicht auf mich genommen hätte. Und daß ich im Kriege nicht meinen Obersten Befehlshaber umgebracht hätte. Ich kann mich in die Leute nicht hineindenken.«
»Die Männer haben den Eidbruch auf sich genommen, um ihn anderen, Ihnen und mir beispielsweise, zu ersparen. Wie beurteilen Sie das?«
»Das ist groß gedacht.«
»Würden Sie es jetzt nachvollziehen können?«
Brencken dachte einen Augenblick nach. »Nein, ich glaube nicht. Meine soldatische Haltung macht es mir unmöglich.«
»So dachten damals viele, weil sie den Umfang des Unrechts nicht kannten. Wußten Sie von den Judenerschießungen?«
»Andeutungsweise. Später, im Oktober 44, habe ich mehr davon erfahren. Von den Polenerschießungen hörte ich schon 1940.«
»Und?«
»Ich nahm an, daß es untergeordnete Organe waren und daß Hitler es nicht wußte.«
»Aber Sie mußten doch immerhin annehmen, daß das System nichts taugte, in dem so etwas geschehen konnte – und ungesühnt blieb.«
»Ich habe geglaubt, daß untergeordnete Organe ohne Wissen der Regierung gehandelt haben. Ich konnte mir nicht vorstellen, daß in der deutschen Regierung Verbrecher sitzen.«
»Und jetzt?«
»Jetzt weiß ich es. Jetzt wissen wir's alle.«

»Und die Konsequenz, Herr Brencken? Würden Sie mit Ihrem heutigen Wissen die Tat vom 20. Juli nachvollziehen können?«
Brencken wand sich. Endlich sagte er: »Nein, ich glaube nicht. Ich würde den Tyrannenmord nicht begehen und auch nicht sanktionieren können.«
»Und den Eidbruch?«
»Den auch nicht.«
»Aber der Oberste Befehlshaber hat seinen Eid bereits früher gebrochen – Sie waren daher Ihres Eides sowieso ledig.«
»Ich habe mich daran gehalten, wie ich mich auch heute daran halten würde.«
Der Weißhaarige nickte dem schweigenden dritten Mann zu, der sich Notizen gemacht hatte. »Was halten Sie von Tradition?« fragte er.
»Wertvolles mitnehmen, Wertloses liegen lassen.«
»Säbel? Mützenkordel? Dritte Person? Was lassen Sie da, was nehmen Sie mit?«
Die Armee stand ein knappes Jahr – all das gab es nicht bei ihr. Also, das war eine simple Fangfrage. »Nichts, kein Säbel und keine Kordel an der Mütze. Und schon gar keine dritte Person in der Anrede. Das sind auch keine Traditionen, sondern höchstens Konventionen.«
»Sehr richtig«, sagte der Weißhaarige.
»Was nehmen Sie denn mit?« bohrte der Mann rechts außen weiter.
Brencken überlegte einen Augenblick. »Nun, ich denke: die soldatischen Tugenden – Mut und Treue und Wahrhaftigkeit und Fürsorge für den Untergebenen und ein rechtes Verhältnis zwischen Befehl und Gehorsam.«
»Anders als früher?«
»Ja und nein. Befehle aus Verantwortung gab es auch schon im Krieg und vor dem Krieg. Und Gehorsam aus Einsicht ist auch nicht neu. Aber hier sollte die totale Hierarchie wegfallen, von der ich vorhin sprach.«
»Wenn Sie nun entschlossen sind, Offizier in dieser neuen Armee zu werden – werden Sie mit dem zurechtkommen, was wir ›Innere Führung‹ nennen?«

Geistige Rüstung und zeitgemäße Menschenführung. Brencken rekapitulierte in Gedanken, was er kurz zuvor einer Broschüre entnommen hatte. »Ja«, sagte er, »ich glaube schon. Das Verhältnis zwischen den Generationen hat sich erheblich verändert, dem muß ebenso Rechnung getragen werden wie der Tatsache, daß wir in einer geistigen Auseinandersetzung mit dem Kommunismus stehen. Und dazu fühle ich mich in der Lage.«
»Danke, Herr Brencken«, sagte der Schwarzhaarige, »das war es. Das Ergebnis wird Ihnen mitgeteilt. Ich habe mich gefreut.«
Er erhob sich und reichte Brencken die Hand.
Als Brencken die Tür geschlossen hatte, sagte der Mann rechts außen, während er in seinen Notizen blätterte: »Anfangs war der lange Kerl schwach, ich dachte schon, wir müssen ihn feuern. Aber wie er zu seiner Meinung über den Tyrannenmord stand, das hat mir gefallen.«
»Und das andere über Tradition und Innere Führung auch.«
Der Schwarzhaarige ging zur Tür. »General wird er nicht, bestimmt nicht, aber ein brauchbarer Truppenoffizier könnte er schon werden.«
Dann bat er den nächsten Kandidaten herein.

Brencken wohnte im Frankfurter Vorort Bonames. Sein möbliertes Zimmer hatte einen separaten Eingang. Schließlich konnte man seine Mädchen nicht durch die Wohnung des pensionierten Geschäftsführers einer Industrie- und Handelskammer führen ... Der freundliche alte Herr tat sehr vornehm und auch wohl prüde, aber Brencken nahm sich in acht. Später hörte er, daß seine entsetzte Witwe eine Fülle pornographischer Magazine gefunden hatte, nicht einfach Aktfotos, nein, Fotos von Aktionen. Die eine der beiden Töchter, Sonja, hoch in den Zwanzigern, ließ keinen Mann aus, auch Brencken hatte schon mit ihr geschlafen. Aber sie trennten sich schnell wieder, weil sie sich nichts zu sagen hatten. Nur manchmal klopfte sie abends an die Tür, ob er ihr wohl helfen könne, da sei etwas an der Schranktür oder an der Lampe, am Radio. Wenn er die Tür geschlossen hatte, stieg sie aus dem Kleid, unter dem sie

nichts trug, zog ihn aus und schlief mit ihm. Er hatte ein paarmal versucht, sich ihr zu entziehen, aber das mißlang, weil er nicht hart genug nein sagen konnte. Da sie nicht unappetitlich war, schlief er dann doch ganz gern mit ihr. Sie kannte ein paar Praktiken, die ihm Spaß machten. Derzeit hatte sie einen amerikanischen Sergeanten, einen Bären von Mann, von dem sie sagte, er sei eine wundervolle Maschine und immer bereit. Brencken grinste säuerlich – als ob er nicht auch immer bereit gewesen wäre. Der Sergeant erschien beinahe täglich.
Ihre ältere Schwester, Mitte Dreißig, lebte abstinent. Die brauchte es nicht, sagte Sonja. Sie hatte eine merkwürdige Flüsterstimme. Wenn sie ihre Mutter fragte, ob der Herr Brencken schon aus dem Haus gegangen sei, ließ sie, aus Rücksichtnahme, Vokale aus. Das ergab ein so scharfes Flüstern, das durch alle Türritzen drang. »Ist Hrr Brnckn schn weggegangen? Ich hab nscht gesshn. Vllaischt mtm Mädschn?«
Brencken klopfte bei der jüngeren Tochter an. Dann trat er in ihr Zimmer. Sonja trug einen schmalen roten Slip und einen ebenso schmalen Büstenhalter. »Zurück aus Bonn?«
»Ja, ich weiß aber nicht, was rausgekommen ist. Die sagen das nicht gleich, das erfährt man schriftlich.«
Sie schwieg einen Augenblick. »Und wenn, dann gehst du nach Bonn?«
»Nicht unbedingt. Dahin, wo meine Truppe in Garnison liegt, oder der Stab, dem ich zukommandiert werde.«
»Aber auf jeden Fall weg aus Frankfurt.«
»Es gibt hier ja keine Bundeswehr.«
»Schade, daß du weggehst. Ich meine, ich habe es gern mit dir getan, Charly.«
»Und ich mit dir. Aber man kann ja schließlich nicht alles nach dem Bett richten, Sonja.«
»Nein, aber es ist wichtig.«
»Es ist das zweitwichtigste Ding von allen. Ich nehme an, daß dir dein Johnny dieses zweitwichtigste Ding gut besorgt.«
»Hat.«
»Wieso?«
»Er ist wieder bei seiner Frau. Die macht ihn anscheinend satt.«

»Und du?«
»Ich werde eben nicht satt. Schade.« Sie setzte sich auf den Rand der Couch und ließ ihn neben sich sitzen. »Eigentlich«, sagte sie, »hätte es etwas zwischen uns werden können. Auf Dauer, meine ich.«
»Eigentlich ja.«
»Warum eigentlich nicht?«
»Das weißt du selbst. Wir sind einander ziemlich fremd, auch wenn wir öfter miteinander geschlafen haben.«
»Das kann sich ändern.«
O Gott, dachte Brencken, bitte nicht, keinen Heiratsantrag, lieber noch ein paarmal miteinander schlafen.
»Aber lassen wir das«, sagte sie. »Du wirst sowieso gehen. Und ich suche mir was Neues. Einen mit Herz, damit das wichtigste Ding mit dem zweitwichtigsten Ding übereinstimmt.«
»Dann achte aber bitte zunächst auf Nummer eins, Nummer zwei kommt bei deiner horizontalen Begabung ganz von selber.«
Ihre Augen bekamen den Glanz, den er kannte. Alsdann, registrierte er, wir sind wieder mal soweit. Ich werde mit ihr schlafen, ich werde befriedigt sein, sie wird satt sein, auch ohne den Bären Johnny. Nur – warum wird denn eigentlich nie etwas aus meinen Amouren?
Sie griff auf ihren Rücken und löste den Verschluß des Büstenhalters. Auf ihren kleinen Brüsten standen die Warzen. Als sie ihn berührte, warf er sie auf die Couch und begann ihren Rücken zu kneten, daß sie aufstöhnte. Sie kam, ehe er die Hand zwischen ihren Schenkeln hatte. Später legte sie ihren Kopf auf seine Brust, so schliefen sie ein. Als er Stunden später erwachte, weckte er sie. Sie küßte ihn, und er spürte Tränen auf ihren Wangen.

Drei Tage später kam der Brief. Das Bundesministerium der Verteidigung, Bonn, Ermekeilstraße, zog ihn als Oberleutnant ein und kommandierte ihn zunächst für einen Anfangslehrgang auf die Artillerieschule in Idar-Oberstein, Klotzberg-Kaserne. Er kündigte, verabschiedete sich von dem pensionierten Geschäftsführer der Industrie- und Handelskammer, von sei-

ner unscheinbaren Frau, von der älteren Tochter, die diesmal alle Vokale mitsprach, schließlich von Sonja.
»Mach's gut«, sagte er, »viel Glück und überhaupt.«
Er betrachtete die Couch, den Schrank, in dem ihre Kleider hingen, die Schublade, in der sie die kleinen Slips und die Büstenhalter verwahrte und den Vibrator, den sie ihm einmal vorgeführt hatte.
»Du auch«, sagte sie, »viel Glück. Und ein Mädchen, das es dir gut macht.«
»Denkst du an nichts anderes?«
»Bei dir denke ich immer zuerst daran, Charly. Weil ich es mit dir immer gut gehabt habe. Johnny war ein Bär und ein starker dazu, aber er war eben nur ein Bär, während du auch noch Hände hast. Bewahr dir deine Hände. So wie sie streicheln können, streicheln sie eine Frau in den Himmel.« Sie legte seine Hände auf ihre Brust, er spürte ihre Erregung, sah das Glitzern in ihren Augen und ging schnell. –
Er löste den Fahrschein an einem Sonderschalter. Viel Gepäck besaß er nicht. Nur die wichtigsten Dinge hatte er mitgenommen – die wenigen anderen Sachen blieben bei einer Spedition in Frankfurt. Seine Versicherungs-Agentur ließ ihn mit freundlichen Worten ziehen, aber er spürte, daß man ihm keine Tränen nachweinte.
Nun würde er ein neues Leben anfangen, endlich eines, das ihn vorwärtsbringen würde. Frankfurt lag hinter ihm. Neun Jahre hatte er hier gelebt, seit 1946, als Usch ihn im Wartesaal aufgelesen hatte. Sie war die erste hier gewesen, Sonja die letzte – gestern.
Irgendwann würde diese zweite militärische Karriere zum Erfolg führen, zu dem Erfolg, den er brauchte, um an sich glauben zu können. Denn das konnte er schon lange nicht mehr so recht.
Idar-Oberstein, Klotzberg-Kaserne. Der Oberleutnant Karl-Helmut Anatol Brencken war mit seinem Entschluß zufrieden.

»Wir ... geben dem ›Kommiß‹ keine Chance. Er ist und bleibt außer Dienst gestellt. Freilich sind wir auch skeptisch gegen allzu optimistische Behauptungen, wie: ›Die Reform hat endgültig gesiegt‹, oder: ›Die Integration der Soldaten in die Gesellschaft ist abgeschlossen.‹ In diesen Fragen gibt es nun einmal keine Endstation, an der man sich niederlassen und die Hände bequem in den Schoß legen kann. Gesellschaft und Strategien, politische Lagen und ihre militärischen Instrumente verändern sich laufend. Wir glauben freilich, augenblicklich, wenn wir die Bundeswehr betrachten, Anlaß zum Optimismus zu haben. Was die Truppenoffiziere geleistet haben, ist eine gute und solide Arbeit. Unsere Beobachtungen und Untersuchungen führen uns – bei Einrechnung aller erwähnten Schwächen – zu der Zwischenbilanz: Die Bundeswehr ist eine gute Streitmacht. Die ›Staatsbürger in Zivil‹ können mit den ›Staatsbürgern in Uniform‹ zufrieden sein ...«

Generalmajor Gerd Schmückle, »Kommiß a. D.«, Seewald-Verlag.

1962

Eigentlich hatten sie sich auf Oberstleutnant Frédéric gefreut. Ihm ging kein Ruf voraus, keiner kannte ihn, einer wußte, daß er das Ritterkreuz hatte. Den französischen Namen deuteten sie richtig als hugenottisches Erbe. Der neue Mann kam aus Berlin. Dort hatte vor beinahe dreihundert Jahren der brandenburgische Kurfürst Friedrich Wilhelm um ihres Glaubens willen geflüchtete Franzosen aufgenommen. Die Brandenburger und die Preußen profitierten davon, besonders auch die preußische Armee.

Vielleicht und hoffentlich würde auch das Feldartilleriebataillon davon profitieren. Nicht daß der Vorgänger, Oberstleutnant Hitz, ein schlechter Mann gewesen wäre – keineswegs. Er war aus dem Generalstabsdienst gekommen und hatte die erforderlichen zweieinhalb Jahre absolviert, bis sein Personalreferat ihn in eine neue Verwendung rief. Der neue Mann kam nicht aus dem Generalstabsdienst, also würde er länger bleiben, vielleicht dem Bataillon mehr Halt und Beständigkeit geben können.

Die Einheit stand im Karree angetreten. Der Brigadekommandeur, Oberst Bergener, nahm die Meldung des stellvertretenden Bataillonskommandeurs, Major von Wächtersberg, entgegen. Der preußische Präsentiermarsch erklang, während Bergener die Front abschritt, begleitet von dem scheidenden Oberstleutnant Hitz. Neben dem Rednerpult stand der Neue. Hauptmann Brencken beobachtete ihn. Klein, korpulent, anscheinend noch recht vital. Die Augen unter dem Stahlhelm blickten selbstbewußt. Bißchen übertrieben straffe Haltung, dachte Brencken, so wie die kleinen Staturen sich manchmal geben, um auszugleichen. Diesen Typ hatte Brencken bisher noch nicht erlebt – nicht auf dem Klotzberg, wo er angefangen hatte, nicht in dem Artilleriebataillon in der Heide, wo er 1959 Hauptmann geworden war, und nicht in fremden Casinos.

Der Marsch brach ab, der stellvertretende Kommandeur gab die Kommandos, das Bataillon stand im »Rührt Euch«.

Oberstleutnant Hitz hatte seinen Soldaten kaum etwas, seinen Offizieren nichts, sich selbst gar nichts geschenkt. Er konnte, vor allem abends im Behelfsheim für Offiziere, überraschend

aufgeschlossen sein, sonst war er eher wortkarg. Knapp war auch seine Rede. Er habe ein gutes Bataillon führen dürfen, dafür sei er dankbar. Ob er es gut geführt habe, bleibe dem Urteil anderer überlassen. Er wünsche allen Soldaten viel Glück.
Während Oberst Bergener die Brille aufsetzte und seine Spickzettel sortierte, betrachtete Brencken den Neuen noch einmal. Unruhig stand er neben dem Rednerpult, wippte auf den Fußspitzen, schaute zu den Chefs, zum Musikkorps. Gelegentlich zuckte es in seinem Gesicht. Warum ist er so unruhig, dachte Brencken.
Oberst Bergener hielt seine vorbereitete Ansprache. Er dankte dem scheidenden Oberstleutnant, er lobte seine Arbeit, die der Brigade ein wohlfunktionierendes Artilleriebataillon beschert habe, er sprach von neuen Führungselementen, wie sie Hitz wohlabgewogen verwendet habe, und empfahl diese Methoden auch dem neuen Kommandeur.
Dann verabschiedete er Hitz und reichte Oberstleutnant Frédéric die Hand: »Ich übergebe Ihnen ein gutes Bataillon. Ich wünsche Ihnen und Ihren Soldaten Glück. Sie haben ein königliches Amt, auch heute und gerade heute. Verwalten Sie es mit Fortune, Herr Frédéric!«
Nun stieg er auf das Rednerpodium, der Neue.
»Soldaten meines Bataillons!« Das war eine viel zu helle, viel zu laute Stimme. »Ich übernehme dieses Bataillon mit der Absicht, es im Sinne des Herrn Brigadekommandeurs zu führen. Als alter Soldat, der schon im Zweiten Weltkrieg Führungserfahrungen machen durfte...«
»Um Gottes willen«, flüsterte neben Brencken der Leutnant Schmahl, »das fängt ja gut an!«
»Maul halten!« zischte Brencken ihm zu.
»... werde ich die Werte des Soldatentums pflegen, die die Zeitläufte überdauern, und werde auch die Moderne nicht vergessen.«
»Das fängt wirklich gut an. Wenn der so weitermacht«, sagte Leutnant Schmahl.
»Und so fordere ich Sie denn auf, um der guten Sache willen treue Gefolgschaft zu leisten, damit wir, im Rahmen des großen Ganzen, unserem Vaterlande dienen können!«

Oberstleutnant Hitz sah ausdruckslos vor sich hin, Oberst Bergener sah aus, als habe er einen Kaugummi verschluckt. Dann kamen die Kommandos zum Vorbeimarsch, die Musik setzte ein, Frédéric eilte an die Spitze und führte das Bataillon am Brigadekommandeur und an Hitz vorbei.
Brencken ließ die Batterie von Leutnant Schmahl zur Unterkunft führen, vertauschte den Stahlhelm gegen die Schirmmütze und ging zum Offizierheim, wo der alte und der neue Kommandeur zu einem kleinen Empfang gebeten hatten.
Auf den Fußspitzen wippend, wie vorhin auf dem Antreteplatz, stand Frédéric vor Oberst Bergener. »Schade«, sagte er, »daß es hier keinen Golfplatz gib. Ich golfe leidenschaftlich, sozusagen ein Erbe meines Vaters, der in Berlin sein halbes Leben lang Golf spielte.«
»Nun«, erwiderte Bergener, »da wird sich schon ein Ersatz finden.«
Oberstleutnant Hitz stellte vor: »Das ist Hauptmann Brencken, Chef der dritten Batterie.«
»Tach, Brencken«, sagte Frédéric. Die Hand war schmal und heiß.
»Guten Tag, Herr Oberstleutnant!«
»Werden gut miteinander auskommen, wie?«
»Ich denke schon, Herr Oberstleutnant.«
»Na also, prost, Brencken, auf gute Zusammenarbeit!« Sie tranken, Frédéric wandte sich dem Chef der Stabsbatterie zu. Der stellvertretende Kommandeur des Bataillons, Major von Wächtersberg, jünger als Brencken, viel jünger als Frédéric, stand neben Brencken und stieß sein Sektglas an: »Auf ein Neues!«
»Was für eins, Herr Major?«
»Weiß ich nicht.«
»Ich auch nicht. Hoffentlich ein gutes.«
»Ich hoffe es auch, Herr Brencken, aber ich weiß es nicht. Übrigens hat der Kommandeur heute zu einem Herrenabend geladen. Will wohl seinen Einstand geben.«
»In die vollen also?«
»Wahrscheinlich.«
»Wissen Sie, wo er herkommt?« fragte Brencken.

»Berliner. Hört man wohl auch raus. Nicht unsympathisch, Batteriechef in der alten Wehrmacht, Zehnzentimeterkanone. Ritterkreuz irgendwo in der Ukraine. Seine Batterie hat wohl ein halbes Dutzend T 34 geknackt.«
»Das ist doch schon was.«
»Bestimmt. Wiedereintritt 1956, also vor sechs Jahren. Zuerst an der Artillerieschule auf dem Klotzberg in Idar-Oberstein, dann zwei Jahre beim ersten Korps, dann zwei Jahre bei der NATO, in Fontainebleau, glaube ich. Und nun bei uns erstes Truppenkommando.«
»Bißchen forsch ist er ja, Herr Major.«
»Das macht seine Statur, das muß nichts heißen. War übrigens ein Anblick für Götter, Sie mit Ihren einsneunzig und er daneben. Sie sollten immer ein paar Schritte entfernt von ihm stehen, Herr Brencken, damit er nicht senkrecht nach oben schauen muß, das mag er wohl nicht.«
Brencken nahm sich das vor. Mittlerweile hatten sich die Offiziere versammelt, die Ordonnanzen schenkten Sekt nach, Gespräche füllten den Raum.
»Meine Herren« – die helle Stimme des Oberstleutnants Frédéric setzte sich durch –, »ich trinke, gestatten Sie, Herr Oberst, mit den Offizieren meines Bataillons auf gute Zusammenarbeit!«
Sie hoben die Gläser und taten Bescheid.

Der neue Kommandeur verließ sein Amtszimmer in den ersten Wochen kaum; er saß über den allerdings zahlreichen täglichen Eingängen und regierte vom Schreibtisch aus. Die Chefs, meist bei ihren Einheiten irgendwo im Gelände des Standortübungsplatzes, sahen ihn nur zum Essen und gelegentlich abends beim Doppelkopf.
Den ersten Abend hatte er bestritten, mit Wein, Sekt und Gesprächen und mit einem volltrunkenen Abgang.
Seine Rede hatte viele freundliche Anspielungen auf die gemeinsame Arbeit enthalten, auf die gemeinsame Zeit, die vor ihnen lag, auf die gemeinsame Zeit im Kriege – das Wort gemeinsam kam häufig vor.
Major von Wächtersberg hatte ihm versichert, daß dieses Ba-

taillon loyal zu seinem neuen Kommandeur stehen werde.
Wächtersberg liebte keine großen Worte – auch nicht zu bedeutenderen Anlässen.
Zu später Stunde lockerten sich die Formen. Der Chef der Stabsbatterie, Hauptmann Violan, erzählte von seiner Zeit als Kriminalbeamter. Oberinspektor Summsberger, Rheinländer nach Temperament und Tonfall, sprach über den Lehrgang auf der »Schule für Innere Führung« in Koblenz.
In diesem Augenblick ging mit Oberstleutnant Frédéric eine Veränderung vor sich. Er wurde unvermittelt ernst, lief rot an und sagte überlaut: »Das haben uns diese Demokraten aufgehängt!«
Major von Wächtersberg wandte sich seinem Kommandeur zu: »Ich verstehe nicht, Herr Oberstleutnant.«
»Ich sagte es deutlich genug: Das haben uns die Demokraten angedreht, diese Schule und überhaupt diese ganze Innere Führung! Als ob wir diesen neumodischen Quatsch brauchten!« Die Offiziere, aus ihren Gesprächen gerissen, saßen schweigend.
»Ich verstehe immer noch nicht«, sagte Wächtersberg. »Das, was wir Innere Führung nennen, ist ein Gesetz, dem wir uns verbunden haben. Und außerdem –«
»Das will ich Ihnen sagen, Ihnen allen sagen«, schrie Frédéric, »das ist alles neumodischer Unfug, das ist weiche Welle, das ist eine Gefahr für die Schlagkraft unserer Armee! Eine Armee kann nicht demokratisch sein, alles Blödsinn, alles Unfug!«
»Der ist schon besoffen«, konstatierte Violan leise.
Major von Wächtersberg stand auf. »Vielleicht sollten wir jetzt Schluß machen, Herr Oberstleutnant. Immer dann, wenn es am schönsten ist –«
»Wir leben in einer Demokratie, ich werde doch wohl im Casino noch meine Meinung sagen dürfen!« schrie Frédéric.
»Das haben zu allen Zeiten, in allen Casinos deutscher Streitkräfte, alle, vom Fähnrich bis zum General, tun dürfen, Herr Oberstleutnant«, entgegnete Wächtersberg. »Aber es stellt sich natürlich die Frage, ob es nicht vielleicht doch ein bißchen spät ist –«
»Ich lasse mir das Wort nicht verbieten«, sagte Frédéric, leiser

geworden. »Und ich meine, daß meine Herren wissen sollten, woran sie mit mir sind. Ich bin gegen diese Innere Führung, ich bin für das harte Prinzip der alten Wehrmacht, nicht für die Scheißweichewelle, die uns dieser Baudissin beschert hat. Der hat ja nie eine Einheit geführt –«
»Ach, Herr Oberstleutnant«, fiel ihm Wächtersberg ins Wort, »ich meine, eine solche Diskussion sollten wir wohl besser morgen – vielleicht morgen mittag – führen.«
Frédéric fing sich. »Na, schön«, sagte er, »hören wir auf damit. Los, Ordonnanz, was zu trinken, bringen Sie Schumm!«
Der Soldat schaute ihn fragend an. »Was bitte?«
»Schumm, Mann, nie gehört? Schampus, Champagner, Sekt – o Gott, ist das lahm hier!«
Der Sekt floß in die Gläser, Frédéric sagte, man solle jetzt auf die alte deutsche Wehrmacht trinken und auf die vielen toten Kameraden und überhaupt auf alle anständigen Soldaten. Sie tranken schweigend, die Unterhaltung kam wieder in Gang.
»Mann, Brencken«, sagte Violan, »wenn wir uns da nicht einen ganz Besonderen eingekauft haben!«
»Wir haben«, bestätigte Wächtersberg.
Gegen zwei Uhr morgens hatten sie Frédéric, volltrunken, lallend, in einen Jeep verladen und in sein Hotel gefahren.
Die Chefbesprechung am anderen Morgen um zehn Uhr mußte ausfallen; Oberstleutnant Frédéric kam erst um fünfzehn Uhr zum Dienst. Es sei ihm schlecht gewesen, sagte er zur Entschuldigung.
Frau Frédéric war knapp zwanzig Jahre jünger als ihr Mann. Als sie zum ersten Mal in der Kaserne war und den Offizieren vorgestellt wurde, sagte Frédéric: »Meine Herren, meine Frau möchte Sie begrüßen. Und bei Gelegenheit auch Ihren Damen guten Tag sagen. Ich glaube, sie wird eine gute Kommandeuse sein.«
»Gern«, sagte Frau Frédéric.
Der Handkuß des Stellvertreters war förmlich.
»Was will sie sein, eine Kommandeuse?« fragte später Violan. »Ich denke, der Quatsch ist gestorben, zum Teufel.«
»Der Quatsch ist leider nicht gestorben, Violan«, sagte Wächtersberg. »Kommandeuse . . .«

Im KZ Buchenwald, da hat es eine ›Kommandeuse‹ gegeben, dachte Brencken.

Gartenstadt hat zehntausend Einwohner, wenig Industrie und viele Hotels und Pensionen. Seine Einwohner sprechen ein hartes Hessisch.
Brencken lernte in diesem Herbst Elina Merkter kennen. Das hatte er seinem Kommandeur zu verdanken, der ihm aufgetragen hatte, »die Dame von der Presse« abzuwimmeln. »Diese Schreiberseelen«, sagte er, »die wollen einem nur die Würmer aus der Nase ziehen, um daraus Sensationen zu fabrizieren. Da ist so eine vom Generalanzeiger – erzählen Sie ihr möglichst wenig und schicken Sie sie wieder heim.«
Elina Merkter war knapp über fünfundzwanzig, einssiebzig groß, mit seidigen hellblonden Haaren, die sie lang trug.
»Ich möchte gern etwas über Ihre Schießübung in Grafenwöhr wissen«, begrüßte sie ihn.
»Ich bin Hauptmann Brencken, und Sie kommen vom Generalanzeiger?«
»Nein, von der Rundschau.«
Er lud sie zu einem Glas Wein ein.
Der Artikel war zweispaltig, sechzig Zeilen lang und gab alles, was Brencken ihr erzählt hatte, mit großer Genauigkeit wieder.
»Sehr ordentlich«, lobte Frédéric. »Haben Sie gut gemacht, Brencken.«
»Ich nicht, die Reporterin, Herr Oberstleutnant.«
Er lud sie zu einem Spaziergang ein, trank mit ihr in einem Ausflugslokal Kaffee, ging mit ihr ins Kino. Sie nahm ihn in ihrem Wagen mit in die größere Nachbarstadt, sie gingen ins Theater.
»Gschpusi mit der Presse?« fragte Frédéric eines Tages.
»Nein«, sagte Brencken.
»Meine Frau hat Sie aber schon zweimal mit Fräulein Merkter gesehen.«
»Das muß nicht unbedingt ein Gschpusi sein. Wir haben viele gleiche Interessen, Herr Oberstleutnant. Klassiker im Theater, Krimis im Film, Science-fiction als Entspannung . . .«

»Na, auf meine Frau verlasse ich mich eher als auf das, was Sie sagen.«
Brencken antwortete nicht.
»Verdammt, was geht den denn an, mit wem ich ausgehe?« fragte er Hauptmann Violan.
»Nichts, natürlich. Aber das ist die ganz alte Masche, mein Lieber. Wenn es nach dem ginge, müßten wir noch um Erlaubnis bitten, wenn wir heiraten wollen.«
Oberstleutnant Frédéric brachte das Gespräch schon zwei Tage später aufs Heiraten. »Man muß stets darauf achten, daß der eigene Kreis gewahrt bleibt, daß man nicht neben seinen Kreis heiratet. Wenn man in seinen Kreisen bleibt, ist die Wahrung des guten Blutes gewährleistet.«
»Ach du lieber Gott«, entfuhr es Violan.
Leutnant Schmahl grinste offen und griff nach seinem Glas.
»Aber ja, Violan, was ich sage, stimmt. Ich will Ihnen ein Beispiel erzählen, aus meiner eigenen Familie. Ein Vetter hatte sich in ein hübsches Lärvchen verliebt, einfaches Mädchen, Sekretärin oder so was, wissen Sie. Naja, daß sie miteinander schlafen, das ist selbstverständlich, wer von uns hat das nicht getan! Aber dann wollte er die Dame partout heiraten. Sein Vater, sein Onkel, mein Vater, ich – alle redeten auf ihn ein: Laß das, das ist nicht unsere Kragenweite! Aber er lachte uns aus: Was versteht ihr schon von Kragenweite! – Was soll geschehen? Bitte, meine Herren?«
Violan griff an: »Was soll schon geschehen, Herr Oberstleutnant? Der Vetter heiratet das Mädchen, sie werden glücklich und kümmern sich einen Dreck um die Familie.«
»Möglich«, erwiderte Frédéric, »daß das bei Ihnen so geregelt wird. – Noch einer eine Lösung?«
Leutnant Schmahl, den die Mädchen der Garnisonstadt anhimmelten, feixte, als er seine Meinung vortrug: »Na ja, Herr Oberstleutnant, bei so strenger Familie: Wegfahren, heiraten, wiederkommen, Frau Gemahlin vorführen: Wir sind glücklich, seid so nett und nehmt's zur Kenntnis!«
Frédéric schüttelte den Kopf. »Das ist auch nicht meine Lösung. Haben Sie eine, Brencken?«
Das ist wohl ein Quiz heute abend, dachte Brencken. »Ja, eine

andere Lösung sehe ich auch nicht. Ich würde auch heiraten, und wenn ich der Familienboß wäre, würde ich nichts mehr unternehmen. Offenbar haben sich die beiden doch geliebt.«
»Haben sie auch, aber das spielt keine Geige, meine Herren. Der engere Familienrat hat einen anderen Vetter dazu bestimmt, die betreffende Dame zu verführen. Der hat sich rangemacht und nach, wie wir zugeben müssen, ziemlich langer Zeit auch Erfolg gehabt. Dann hat man unserem verliebten Vetter den Seitensprung präsentiert. Thema durch.«
»Also ins Bett gehen darf man mit so einem Mädchen, aber nicht heiraten?« fragte Wächtersberg.
»Natürlich.«
Da sagte der Leutnant Schmahl ganz leise, aber sehr deutlich: »Wenn Sie mich fragen, Herr Oberstleutnant, das ist eine infame Schweinerei. Schlicht eine Sauerei.«
Frédéric lief rot an. »Ich verbitte mir dieses Wort, Schmahl! Sie benehmen sich schlecht! Das sage ich Ihnen als Ihr Kommandeur.«
Major von Wächtersberg erhob sich, Hauptmann Violan folgte. Sie verbeugten sich knapp und gingen.
»Guten Abend, meine Herren«, sagte Frédéric schneidend. »Für diese Contenance haben Sie natürlich kein Verständnis!«
Brencken konnte es sich wochenlang nicht verzeihen, daß er nicht auch gegangen war.

Elina Merkter trug ein schwarzes Cocktailkleid, das sie eben erst gekauft hatte. Die Einladung zum Standortball hatte sie gern akzeptiert.
Frédéric stand mit seiner Frau am Eingang der großen Speisehalle, die für den Ball umgeräumt worden war. »Aha, die Dame von der Presse«, sagte er, als sie ihm die Hand reichte. Frau Frédéric bewegte den Zeigefinger hin und her: »Ein Schlimmer sind Sie, Herr Brencken, daß Sie uns die Dame so lange vorenthalten haben. Wo Sie doch so oft zusammen waren!«
Am Tisch wandte sich Elina an Brencken. »Was wollte die denn?«
»Nichts Besonderes. Sie hat uns ein paarmal gesehen und dichtet uns eine Liebschaft an.«

»Na, dann wollen wir mal«, sagte Elina.
Sie tanzten sehr eng an diesem Abend, besonders nachdem die speziellen Tänze des Kommandeurs, Langsame und Wiener Walzer und Tangos, vorbei waren und modernere Rhythmen gespielt wurden.
Brencken führte Frau Frédéric an den Rand der Tanzfläche, wo es mehr Platz gab, während der Oberstleutnant ziemlich hilflos die große Reporterin durch die Menge steuerte.
»Nettes Mädchen, Herr Brencken.«
»Gewiß, gnädige Frau.«
»Warum sind Sie eigentlich nicht verheiratet?«
Geht dich nichts an, dachte er. »Es hat noch nicht hingehauen«, sagte er.
»Dann lassen Sie es hinhauen, Herr Brencken, jetzt«, empfahl Frau Frédéric.
Er verneigte sich und geleitete sie an ihren Platz.
»Sie will uns verheiraten«, sagte er zu Elina, als sie an den Tisch zurückkam.
»Und er hat mir Komplimente gemacht, so ähnlich wie Sahnebonbons im Sommer.«
An der Sektbar stand Leutnant Schmahl.
»Na, Schmahl, haben Sie Ihre Freundin nicht mitgebracht?«
»Hat der Alte verboten.«
»Verboten? Wieso?«
»Ich habe ihn gefragt, ob ich meine Freundin mitbringen dürfe. Das hat er abgelehnt. Begründung: die Töchter der Gesellschaft müßten eingeladen werden.«
»Na ja, das ist gelegentlich Usus. Dabei hätte Ihre Freundin auch nichts verdorben – oder gehört die nicht zur Gesellschaft?«
»Sie ist die Tochter eines Postbeamten, Herr Hauptmann. Das wäre ja alles nicht weiter schlimm, wenn er nicht diesen einen Satz gesagt hätte. Er hat gesagt: ›Ich möchte nicht, daß diese Mädchen die Höschen schon auf der Tanzfläche ausziehen!‹«
»Das hat er wirklich gesagt, Herr Schmahl?«
»So wahr ich hier vor Ihnen stehe und am liebsten das Sektglas an die Wand schmisse: das hat er gesagt.« –
In dieser Nacht, fünf Monate nachdem er Elina Merkter ken-

nengelernt hatte, schlief er zum erstenmal mit ihr. Seine Wirtsleute waren verreist, er nahm sie mit.
»Ich habe mich lange gegen dich gewehrt«, sagte sie später. »Denn ich weiß, daß du der Typ bist, dem ich verfalle. Übrigens liebe ich dich schon lange.«
»Seit wann?«
»Seit wir zum erstenmal im Theater waren. Du hast dich so nett um mich gekümmert, daß ich mich in dich verliebt habe. Liebst du mich?«
»Ich weiß es nicht, Elina. Ich habe mich oft verliebt, dann verblies sich das Feuer wieder. Diesmal wünsche ich mir, daß es bleibt, daß ich bei dir sein kann, so lange wie möglich. Wenn das Liebe ist, dann liebe ich dich.«
Sie legte die Hand auf seinen Rücken und zuckte zurück.
»Die Narben? Hat früher oft weh getan. Jetzt nur noch manchmal. Nicht drankommen, das ist das beste.«
»Warum bist du noch allein?«
»Ich habe mich bisher nicht entschließen können.«
»Der Grund?«
»Nicht die richtige, wirklich nie die richtige.« Hoffentlich fragt sie nun nicht, ob sie die richtige ist, dachte er.
Elina biß ihn sanft auf die Oberlippe, drängte sich an ihn.
Vielleicht ist sie wirklich die richtige Frau für mich, fragte sich Brencken in den folgenden Tagen. Guter Stall, wie Frédéric sagen würde, aber das war ihm ziemlich egal. Wichtiger war, daß Elina ein offener Mensch war, von gutem Charakter und einer Bildung, gegen die er kaum ankam. Sie wußte von vielen Dingen mehr als er. Aber sie paßte zu ihm. Daß sich das kleine Feuer nicht verblase, dachte er, dafür müßte er wohl sorgen.

Oberstleutnant Frédéric ließ Major von Wächtersberg, seinen Stellvertreter, vor dem Schreibtisch stehen.
»Die erste Batterie hat heute Stehtag für ihre Kraftfahrzeuge. Trotzdem sind zwei Fahrzeuge hinausgefahren, ich habe sie selbst gesehen. Wer hat die Fahrbefehle unterschrieben?«
»Ich weiß es nicht, ich werde nachsehen.«
»Das ist eine Riesenschweinerei! Sehen Sie nach und melden Sie mir, wer das gemacht hat.«

Zwanzig Minuten später meldete Major von Wächtersberg vor dem Schreibtisch, daß Hauptmann Violan, der Chef der ersten Batterie, die Fahrbefehle unterschrieben habe.
»Schweinerei!« schrie Frédéric. »Das ist wohl das hier übliche Verfahren – wie?«
»Nein«, erwiderte Wächtersberg, »nicht das übliche Verfahren, Herr Oberstleutnant. Der Befehl kam vor drei Tagen von Ihnen – nicht von Hauptmann Violan. Sie haben ihm befohlen, die Fahrzeuge zu einer Treibjagd zu stellen.«
Auf der Stelle wurde Frédéric freundlich. »Ach Gott, ja, habe ganz vergessen, der Landrat hatte darum gebeten. Danke, die Sache ist erledigt.«
Fortan erschien der Kommandeur häufiger bei den Außendiensten seiner Batterien.
Er stand neben den Geschützen, wippte auf den Fußspitzen, ließ sich die Vorschriften zeigen, die die Vorgesetzten bei sich zu führen hatten, examinierte diesen oder jenen Unterführer, wirkte ausgeglichen und ruhig.
Wenige Wochen danach wurde der Leutnant Körbis, dreiundzwanzig Jahre, als Offizier für Personalangelegenheiten in das Bataillon versetzt. Bisher hatte er als Batterieoffizier in einem süddeutschen Artilleriebataillon Dienst getan. Die S-1-Stelle war seine erste in einem Stabe. Körbis vertrug sich vom ersten Augenblick an glänzend mit dem Kommandeur. Frédéric besprach nun alles mit ihm.
»Sind Sie aus dem Stand der Gnade gefallen, Herr Major?« fragte Violan eines Tages nach dem Essen.
»War ich nie drin«, sagte Wächtersberg. »Aber ich bin sozusagen ein bißchen in die Ecke gestellt worden.«
»Und Körbis?«
»Ein junger Offizier, der vorwärtskommen will – ich bitte Sie!«
»Der Stellvertreter ist noch fair, wenn ich schon längst auf den Tisch gehauen hätte«, sagte Violan später zu Brencken.

Für diesen Sommer hatte die Personalabteilung die Kommandierung des Hauptmanns Brencken nach Hamburg zum Stabsoffizierslehrgang vorgesehen. In acht Wochen würde er nach-

zuweisen haben, daß er das Zeug zum Stabsoffizier, zum Major, hatte.
Es wurde vieles erzählt über diese Lehrgänge, Falsches und Richtiges. 1958, als die ersten Kurse anliefen, trat das Lehrpersonal noch sehr zaghaft auf. Wächtersberg hatte im Offizierheim davon erzählt. Erst kam der Hörsaalleiter und entschuldigte sich, daß man diese Lehrgänge eingerichtet hatte, dann erschien der Inspektionschef und bedauerte, daß man so alte Kameraden und kriegsgediente Offiziere noch einmal auf die Schulbank setzte. Der Lehrgruppenkommandeur äußerte sich nicht anders als der Schulkommandeur – ach Gott ja, es würde schon werden. Aber schon die Lehrgänge in den Jahren 1960 und 1961 hatten gezeigt, daß die Zügel angezogen wurden. Die von da wiederkamen, berichteten von acht Wochen strammen Paukens und von psychologischen Schwierigkeiten älterer Offiziere, meist der Technischen Truppe. Einer hatte sich erschossen, mehrere hatten um ihre vorzeitige Ablösung gebeten. Regelmäßig fielen zwanzig Prozent durch.
Als Brenckens Kommandierungsverfügung kam, sagte der Stellvertreter: »Nicht mit den Nerven durchdrehen, Herr Brencken, es ist zu schaffen. Allerdings müssen Sie sich anstrengen und kontinuierlich arbeiten. Sie kennen Ihre Neigung, allzu große schöpferische Pausen einzulegen, mit halbem Engagement zu arbeiten – ich habe Ihnen das schon gesagt. Aber wenn Sie am Mann bleiben, wird es sicherlich gehen.«
»Jawohl«, sagte Brencken.
Was der stellvertretende Kommandeur schöpferische Pausen genannt hatte, das war nichts anderes – darüber war er sich durchaus klar – als diese verdammte Entschlußlosigkeit, die immer wieder seine guten Vorsätze zerstörte. Entschlußlos, wenn es um rasche Disziplinarstrafen ging, entschlußlos, wenn es um notwendige Befehle ging, entschlußlos auch, wenn es um Elina ging.
Er bewunderte den Major von Wächtersberg, weil der kühl, nüchtern und stets gleichmäßig freundlich an der richtigen Stelle das Richtige tat. Auch die Fröhlichkeit, mit der Violan seine Stabsbatterie führte, war ihm Vorbild. Manchmal dachte er an den Major i. G. Stasswerth, der im Krieg auf die gleiche

Weise geführt hatte. Übrigens war der nicht wieder Soldat geworden. Dr. Stasswerth leitete eine in Norddeutschland weitverbreitete Kette von chemischen Reinigungen, die er geerbt hatte.
Und er stellte sich manchmal vor, wie sein Vater, wie der Major Friedrich-Wilhelm Anatol Brencken, wohl sein Grenadierbataillon in Rußland geführt haben mochte.
Auch Oberst Gelterblum fiel ihm ein, der seine Familie und sich erschossen hatte, und der Major Prachlowitz, von dem er damals viel hatte lernen können.
Ob die sich heute zurechtfänden, in dieser Bundeswehr? Frédéric fand sich nicht zurecht. Wie mochte der wohl im Krieg, als junger Batteriechef mit Ritterkreuz, gewesen sein? Das war damals alles viel einfacher. Was der Vorgesetzte befahl, wurde getan. Das geschah ja heute auch – aber all dies Drumherum, das jetzt beachtet werden mußte! Innere Führung – gut und schön, das mußte wohl sein. Aber hatte es denn so etwas in seiner alten Division etwa nicht gegeben?
Darauf hatte ihm Major von Wächtersberg einmal geantwortet: »Natürlich gab es das, lieber Herr Brencken. Aber wir brauchen heute ein paar wesentliche Zutaten. Dieser sehr personale Führungsstil, wie er früher gepflegt wurde, muß heute, in einer technisierten Armee, einer kooperativen Führung weichen, ganz einfach, weil der Vorgesetzte nicht mehr alles besser weiß und besser kann. Der Zwang, sich auf sachverständige Untergebene zu verlassen, ist zugleich der Zwang zum Team, zum Kooperieren. Und dann sollten wir nicht übersehen, daß wir in einer Demokratie leben, die sich diese ihre Armee selber geschaffen hat. 1920 war das anders, da stand die Reichswehr – und die Demokratie bildete sich an ihr vorbei.«
»Es ist heute viel schwieriger, Herr Major.«
»Es ist verdammt viel schwieriger, Herr Brencken.«
Das leuchtete ein, sicherlich, aber von dieser Erkenntnis bis zur Praxis war ein weiter Weg. Brencken wollte ihn gehen. Aber es war für ihn ein Weg über abgedeckte Fallgruben, in die er jederzeit rutschen konnte.
Ihm mißfiel auch das Parteiengezänk in Bonn. Schrecklich, wenn die sich im Bundestag um die Bundeswehr rauften, wenn

Regierung und Opposition um Waffen feilschten! Und um Gesetze, die nach seiner Meinung überflüssig waren. Der Wehrbeauftragte – wozu mußte es ihn geben? Die Armee war die einzige Institution, die kontrolliert wurde. Als ob man sich nicht auf die Treue der Soldaten verlassen könnte! Und die übergroße Verwaltung, die immerzu reinredete. Und keine Militärgerichtsbarkeit, die früher alles so einfach machte. Wenn heute ein Chef einen einsperren wollte, mußte er die Sache an den Bataillonskommandeur abgeben, und der wiederum hatte den Richter am Truppendienstgericht zu fragen, ob er dürfe, und wenn ja, wie viele Tage. Und daß Soldaten in politischen Parteien sein durften! Der Parteienhader nun auch noch in der Armee – warum, zum Teufel, warum? So hing Brencken immer noch sehr an den Formen und Inhalten der alten deutschen Wehrmacht. Nicht so wie Frédéric, beileibe nicht. Aber das Gute daran hätte man übernehmen sollen. Was war denn der Soldat heute? Sechster Mann und achter irgendwo hinten, statt vorn, mit an der Spitze!

Primat der Politik, nun gut, das mußte sein. Aber die Armee mußte aus der Diskussion gerückt werden, die mußte tabu sein. Mit den Soldaten von heute kam man schon zurecht, die waren nicht viel anders, als sie selber gewesen waren, damals.

Nur ein bißchen mehr Respekt vor den Kriegserfahrungen hätte er sich gewünscht. Als er einmal Major von Wächtersberg darauf ansprach, hatte der ihn gefragt: »Hatten Sie denn Respekt vor Ihren damals kriegserfahrenen Kameraden, den alten Frontschweinen aus dem Ersten Weltkrieg? Ich bin erst 1944 Soldat geworden, ich hatte welchen. Aber meine Offiziere waren nur zwei Jahre älter als ich, und es waren Erfahrungen aus dem gleichen, aus unserem Krieg. Aber wir sind eine Generation älter als unsere Soldaten, und die sind außerdem noch ganz anders erzogen.«

»Trotzdem«, hatte Brencken gesagt.

Er hatte noch einige Monate Zeit – erst im Juni würde er nach Hamburg fahren. Bis dahin würden sich Möglichkeiten genug ergeben, um zu lernen, was zu lernen war, um bestehen zu können.

Elina Merkter spürte seine Unrast. Er war zerfahren, wenn er abends zu ihr kam, griff öfter zur Whiskyflasche.
»Ist was, Chéri?«
»Nein, frag nicht, es ist nichts.«
Sie ließ nicht locker. »Karl-Helmut, wir sollten offen zueinander sein. Dich bedrückt etwas. Ich will es wissen. Darf ich?«
»Also gut, ich muß zum Lehrgang, nach Hamburg.«
»Dieser Lehrgang an der Majorsecke?«
»Ja, der.«
»Und nun hast du Angst davor?«
»Wer sagt das?« fuhr er auf.
»Ich sage das«, erwiderte sie ruhig.
»Nein, ich habe keine Angst vor dem Lehrgang. Ich möchte nur bestehen.«
»Also hast du Furcht, nicht zu bestehen? Lieber, du mußt dich nicht selbst belügen. Wer Furcht hat, eine Prüfung nicht zu bestehen, hat Furcht vor der Prüfung. Du bist unlogisch.«
»Und du kannst mir mit deiner Logik vom Hals bleiben.«
»Das nutzt dir aber nichts. Denn du trägst das in dir herum, nicht ich bringe es dir. Aber heute wird es sowieso nichts mit einem Gespräch, ich glaube, es ist besser, wenn du gehst.«
»Du wirfst mich hinaus?«
»Nein, ich möchte nur unsere Liebe davor bewahren, aus dummen Gründen zerredet zu werden.«
Er griff nach ihren Hüften, sie entzog sich ihm. »Du bist nicht in Stimmung, mich hast du auch herausgebracht.«
Er griff zum Glas. »Okay, Baby, dann gehe ich eben.«
»Gute Nacht, Karl-Helmut. Komm wieder, wenn du nüchtern bist und wieder so einigermaßen in der Waage.«
»Ich komme wieder, wann ich will, Nacht!«
Er setzte das Glas hart auf, die Tür fiel hinter ihm ins Schloß.
»Dann eben nicht«, sagte er laut, »Scheiße, verdammte.«
An diesem Abend fuhr er seinen Wagen gegen einen anderen, der mittelschwer beschädigt wurde. Die Polizei kassierte seinen Führerschein. Er mußte sich einer Blutprobe unterziehen. Sie ergab 1,4 Promille. Im Schnellverfahren erhielt er eine Geldstrafe in Höhe von fünfhundert Mark, die er sofort bezahlte. Der Führerschein wurde ihm nach der Verhandlung wiederge-

geben. Oberstleutnant Frédéric verwarnte ihn, sah von einer Disziplinarstrafe ab und empfahl ihm, künftig die Hand vom Steuer zu lassen, wenn er getrunken hatte.
Die »Rundschau« berichtete nicht über diesen Fall.
Als er nach der Verhandlung – seit dem Unfall waren zwei Wochen vergangen – wieder bei Elina erschien, bereitete sie einen Tee und stellte die Rumkaraffe neben die Tasse.
»Ich war sehr dumm«, sagte er, »verzeih.«
»Ich habe dir längst verziehen, wenn es da überhaupt etwas zu verzeihen gibt. Mir machen ganz andere Sachen Kopfschmerzen.«
»Was?«
»Daß du nicht ehrlich genug vor dir selber bist.«
»Fängst du schon wieder an?«
»Es hat keinen Zweck, daß du dir wegläufst, Karl-Helmut. All das paßt doch sehr gut zusammen, was ich von dir weiß: daß du wenig erfolgreich bist, seit fünf Jahren dabei und erst Hauptmann – nein, laß es dir doch einmal sagen, wenn du es dir schon nicht selber sagst! – und schon Wochen vorher zerfahren, wenn es in eine ganz normale Prüfung geht. Freudig im Bett, aber unentschlossen, wenn es um Bindungen geht – das ist es: unentschlossen, wenn es sich um Bindungen und Konsequenzen handelt. Warum ist das so?«
Er schwieg.
»Du weichst dir aus.«
»Ich weiche mir aus! Wenn ich das schon höre!«
Das war ein Scheiß, verdammt, immerzu dasselbe, immerzu derselbe Karl-Helmut Anatol Brencken, in dessen Beurteilungen der Passus wiederkehrte, er müsse konsequenter denken und handeln.
»Du hast recht, Elina«, sagte er, »eigentlich bin ich mir immer davongelaufen. Und wenn ich vor zwei Wochen dir davonlief, dann eigentlich doch nur mir selbst. Ich weiß nicht, warum, es ist einfach so. Gut, ich werde mich zwingen, diese Prüfung zu bestehen, vor der ich Angst habe. Angst, obwohl mir nichts passieren kann. Wenn ich sie nicht bestehe, dann eben nicht. Übrigens kann man sie wiederholen. Aber ich will sie bestehen.«

Elina strich ihm nachdenklich über das Haar. Sie machte sich erst später klar, daß sie in diesem Augenblick den Entschluß gefaßt hatte, Brencken aufzugeben, weil sie an seiner Seite nicht glücklich geworden wäre. Sie liebte ihn, aber ihren Verstand verlor sie nicht. Sie würde ihn stets gernhaben, auch wenn sie ihn nicht heiratete.
An diesem Abend log sie ihn an; sie fühle sich nicht wohl.

Oberstleutnant Frédéric meldete dem Brigadekommandeur, daß seine Frau in wenigen Tagen niederkomme. Er bitte darum, daß er von der nächsten Übung auf dem Truppenübungsplatz Münzingen dispensiert werde. Oberst Bergener, der die Bitte telefonisch entgegennahm, genehmigte sie. Er genehmigte sie vor allem deshalb, weil er nicht wußte, wie er sich verhalten sollte. Denn bisher war ihm ein Wunsch dieser Art noch nie vorgetragen worden.
Major von Wächtersberg führte das Bataillon in Münzingen. Sein Können riß die Offiziere mit und überzeugte die Soldaten. Leutnant Körbis beobachtete sorgfältig, was geschah. Violan vermutete, daß er Buch führe.
»Solange nicht erwiesen ist, daß er dem Alten zuträgt«, sagte Brencken, »so lange können Sie ihm nichts unterstellen.«
»Aber Sie werden nichts dagegen haben, daß ich mich in acht nehme.«
Brencken schwieg.
Major von Wächtersberg besprach nach dem gemeinsamen Abendessen den vergangenen Tag. Er ordnete seine Notizen und sagte: »Im allgemeinen bin ich zufrieden, meine Herren. Besonders das schnelle Feuertempo hat mir gefallen – die Präzision ist ja alter Schnee bei uns, das haben wir bei Oberstleutnant Hitz ausreichend geübt. Ein paar Kleinigkeiten: Der Draht wird zu langsam gelegt, das haut nicht hin. Hier muß mehr Tempo rein. Daß der Leutnant Schmahl seine Leute erst in die Irre führt und dann doch noch rechtzeitig feuerbereit wird, Brencken, das sollten Sie als Kuriosum Ihrer Batterie besonders anmerken.«
Brencken erwiderte: »Die Geschützstaffel hat –«
Wächtersberg unterbrach: »Wir wollen keine Einzelheiten

erörtern, Sie selber werden den Fehler ermitteln – ich möchte jetzt keine Diskussion, bitte. Für morgen, Hauptmann Sibolt, müssen die Schützenpanzer klar sein. Wir werden morgen um vier Uhr anfangen – Angriff aus der Bewegung. Lassen Sie die Dinger bitte noch einmal durchsehen.«
»Ist schon geschehen, alles in Ordnung, Herr Major.«
»Danke. Hauptmann Violan, die Essenszeiten. Ich möchte das warme Essen morgen am Abend ausgeben. Abendkost am Mittag.«
»Das geht ohne weiteres, wir geben die Pakete morgen früh mit aus, außer den Konzentratdosen mit der Linsensuppe.«
»Schon wieder Einheitspakete«, flüsterte Oberleutnant Müller-Trix, der Chef der zweiten Batterie.
»Abmarsch dann übermorgen«, befahl Wächtersberg. »Die Übung morgen beendet unseren Aufenthalt hier. Ist der Marschkredit beantragt?«
Oberfeldwebel Goos bejahte. »Und erteilt. Abmarsch gegen zehn Uhr.«
»Gut. Hauptmann Violan, Sie kümmern sich um die Verpflegung der Männer während der großen Rast.«
Leutnant Körbis hob die Hand. »Kann ich vorfahren? Ich werde hier nicht gebraucht.«
Wächtersberg überlegte einen Augenblick. »Ja, können Sie. Marschüberwachung machen wir auch ohne Sie. Wann wollen Sie fahren?«
»Übermorgen, gleich gegen acht.«
»Einverstanden, Leutnant Körbis.«

Oberstleutnant Frédéric ließ Wächtersberg wieder einmal vor dem Schreibtisch stehen. »Mir paßt das alles nicht, mein Herr«, sagte er. »Mir paßt nicht, daß das Bataillon mit handgemalten Marschkreditnummern anrollt, mir paßt nicht, daß die Männer keinen Stahlhelm aufhaben, mir paßt nicht, daß Ihre Besprechungen auf dem Platz so lasch geführt werden.«
Wächtersberg hob die Augenbrauen. Körbis ist früher losgefahren, erinnerte er sich.
»Und mir paßt vor allem nicht, mein Herr, daß die Offiziere meines Bataillons sich nicht genieren, kegeln zu gehen.«

Mit keinem Wort hatte er nach dem Ergehen des Bataillons gefragt, sich mit keinem Wort die Leistungen der Truppe melden lassen, nicht nach Marschausfällen gefragt.
»Herr Oberstleutnant, ich habe nichts dabei gefunden, daß Oberleutnant Müller-Trix abendliches Kegeln vorgeschlagen hat.«
»Aber ich finde etwas dabei. Das ist kein Zeitvertreib für Offiziere.«
»Warum nicht, Herr Oberstleutnant? Ich kenne viele Offiziere, die zum Ausspannen auf die Kegelbahn gehen. Und es gibt auch viele Kasernen mit Kegelbahnen.«
»Neumodischer Schnack, Wächtersberg! Kegeln ist nichts für Offiziere, ich wiederhole es. Kegeln ist was für Kutscher und Kellner, verstehen Sie!«
Wächtersberg entschloß sich, darüber hinwegzugehen. »Ich melde Ihnen, daß das Ausbildungsziel erreicht worden ist.«
»Das interessiert mich im Augenblick nicht. Im Augenblick«, wiederholte er, als er merkte, daß der Major ihn erstaunt ansah. »Mich interessiert, daß meine Offiziere sich benehmen wie Offiziere, immer und überall, Herr von Wächtersberg. Und ich bitte mir aus, daß Sie eingreifen, dazu sind Sie mein Stellvertreter. Wenn der Leutnant Schmahl seine Geschütze falsch führt, dann überlassen Sie es nicht dem Batteriechef, dem Herrn Brencken, das zu rügen, sondern das tun Sie selbst.«
»Ich hielte es für besser, wenn Sie Ihre Informationen von Ihrem Stellvertreter, statt von einem Leutnant erhielten, Herr Oberstleutnant«, sagte Wächtersberg plötzlich hart.
»Das geht Sie nichts an. Der Leutnant Körbis hat seine Pflicht getan, als er mir auf meinen Befehl hin meldete, was auf dem Übungsplatz los war. Außerdem verbitte ich mir Ihren Ton, Major von Wächtersberg, der steht Ihnen mir gegenüber nicht zu.« Frédéric war immer lauter geworden.
Wächtersberg maß ihn mit einem langen Blick und sagte dann sehr ruhig: »Herr Oberstleutnant, als Ihr Stellvertreter bin ich jederzeit bereit, Ihre Befehle auszuführen. Als Major und stellvertretender Bataillonskommandeur bin ich nicht bereit, dieses Gespräch so hinzunehmen. Sie haben bisher nicht einmal da-

nach gefragt, ob und wie die Truppe sich gehalten hat, Herr Oberstleutnant. Sie haben nur die – Meldungen, wenn man das so nennen kann, des S 1 zum Anlaß genommen, nebensächliche Dinge auf den Tisch zu packen. Das spricht nicht für Sie. Ich melde mich ab.«
Er grüßte, schloß die Tür und ging wortlos an dem Leutnant Körbis vorbei, den der Kommandeur soeben in sein Zimmer rief.
Obwohl Major von Wächtersberg kein Wort von dieser Unterredung verlauten ließ, spürten Offiziere und alle Soldaten aus dem Stab des Bataillons, wie gespannt das Verhältnis zwischen Kommandeur und Stellvertreter war.
Frédéric machte aus seiner Abneigung gegen Wächtersberg und gegen Violan keinen Hehl. Leutnant Körbis erfreute sich seiner besonderen Sympathie, den Oberleutnant Müller-Trix, den Kegelfreund, behandelte er sozusagen gar nicht.
In der zweiten Woche nach der Rückkehr vom Übungsplatz Münzingen forderte Major von Wächtersberg jeden, der Lust hatte, auf, am kommenden Abend zum Kegeln zu erscheinen. Außer Leutnant Körbis erschienen alle. Es wurde ein heiterer Abend, der den Offizieren einen neuen, vollends gelösten Wächtersberg zeigte. Müller-Trix und Sibolt tranken nur Limonade und fuhren die anderen später nach Hause.
Offensichtlich wollte sich Oberstleutnant Frédéric wegen des Kegelns nicht endgültig mit allen seinen Offizieren anlegen. Nach dem Mittagessen am darauffolgenden Tag sagte er lediglich: »Kegeln, das ist etwas für Proleten, meine Herren, nehmen Sie meine Meinung zur Kenntnis, wenn Sie sich schon nicht danach richten wollen. Ich werde Ihnen das natürlich nicht in die Beurteilung schreiben, aber Sie sollen wissen, daß ich das mißbillige.«
»Schade, daß Sie nicht dabei waren«, sagte Oberleutnant Müller-Trix unnötig laut zu Leutnant Körbis. »Es war einer der fröhlichsten Abende, seit ich hier bin!«
Frédéric schwieg.

Nein, die Herren in Hamburg entschuldigten sich nicht mehr, daß es einen Stabsoffizierslehrgang gab. Sie packten ganz ein-

fach, mit ein paar netten Worten, eine Fülle von Aufgaben auf den Tisch.
Taktik wurde nicht ganz so groß geschrieben wie Innere Führung. Im Hörsaal 3 waren zwanzig Hauptleute, darunter zwei im Alter von über fünfzig Jahren, beide von der Technischen Truppe. Ihnen sah man die Furcht vor dem Kommenden an. Die jüngsten Hauptleute waren knapp um die vierzig.
Brencken teilte die schmale Stube in der Douaumont-Kaserne mit einem etwas älteren Panzerhauptmann, der die Dinge mit einer für Brencken beneidenswerten Souveränität anfaßte. Schon am ersten Abend sagte er: »Ich denke nicht daran, mich einmachen zu lassen, Herr Brencken. Mein abendliches Bier nimmt mir niemand, nicht einmal der Bund in Hamburg.«
»Aber, Herr Brittschneider, Sie wollen doch bestehen?«
»Bedeutet das, daß ich abends bis in die Puppen über diesen Büchern brüten muß? Nein, das bedeutet es mitnichten. Kommen Sie mit? – Schade, tschüß, bis später.«
Der Hörsaalleiter, Major Killgus, gab Taktik; er war Grenadier. Schon weißhaarig, stand er wie angenagelt hinter dem Rednerpult, setzte die Brille auf und ab, suchte nach Worten. Er bewies jedoch ein überdurchschnittliches Wissen und schien nicht bereit, die Lehrgangspsychose anzuheizen.
Der Inspektionschef, Major Schwerte, Aufklärer, der drei Hörsäle betreute, unterrichtete in allen Fragen der Inneren Führung. Er war untersetzt, hatte kaum noch Haare auf dem Kopf und sagte schon in der ersten Stunde jovial: »Also, meine Herren, vielleicht haben Sie es anders gelernt, ich halte es so: Wenn ich mit Ihnen Unterricht mache, werden Sie mich wandern sehen, Hände in den Taschen vielleicht auch. Das ist gegen den Komment, aber ich gestehe Ihnen, daß ich nicht viel übrig habe für jene Offiziere, die die Langeweile fördern, indem sie sich saugend-schraubend am Pult festhalten. Natürlich bedeutet das nicht, daß Sie sich bei Ihren Referaten mit dem Arsch auf die erste Bank – pardon, hier auf den ersten Tisch setzen. Sie sind erwachsene Menschen, finden Sie den richtigen Mittelweg.«
Brencken fand ihn zwar im Hörsaal – er stand locker neben dem Pult –, aber er fand ihn nicht bei der Bewältigung des Lehr-

stoffs. Er bewunderte den Stubenkameraden, der die Dinge leicht nahm und tatsächlich jeden Abend in Hamburg verschwand.
»Süßes Mädchen entdeckt«, sagte er eines Morgens. »Ganz schnuckelig. Mehr wird nicht verraten.«
»Sie sind doch verheiratet?«
»Natürlich, aber was soll das – meiner Frau geht nichts verloren, wenn ich hier die Schönheit anbete. Sie sind nicht verheiratet und gehen trotzdem nicht weg.«
»Meine Arbeit –«
»Mein Gott, Herr Brencken, wenn Sie bis nachts um zwölf büffeln, meinen Sie, Sie bestehen dann eher?«
Als die ersten vier Wochen verstrichen waren, wurden die Hauptleute zu ihren Vorgesetzten gerufen.
»Ohrenbeichte«, sagte einer, der den Lehrgang bereits wiederholte. »Da wird uns gesagt, was wir noch tun müssen, um zu bestehen.«
Brencken war der erste im Alphabet.
Major Killgus bat ihn, Platz zu nehmen, Major Schwerte hockte auf einer Tischkante.
»Ja, Herr Brencken«, sagte Killgus, »gar nicht ganz einfach. Man spürt bei Ihnen, daß Sie fleißig arbeiten, aber man spürt nicht, daß Sie sich vom Stoff freimachen können, um ihn zu beherrschen. Die ersten beiden Taktikarbeiten zeigen nicht eben glanzvolle Lösungen. Wissen Sie, woran das liegt?«
Brencken schüttelte den Kopf. »Ich arbeite wirklich bis in die Nächte, Herr Major. Ich weiß nicht, woran es liegt.«
»Vielleicht kann ich es Ihnen sagen oder Ihnen wenigstens auf die Sprünge helfen.« Major Schwerte schob sich vom Tisch. »Die G-1-Arbeiten bei mir zeigen zwei Dinge. Einmal, daß Sie sich der Inneren Führung spröde entziehen, daß Sie an alten Formen hängen. Das ist zwar recht ehrenwert, aber komplett falsch. Die Zeiten haben sich geändert, Brencken. Und die neue Zeit, die heraufkommt, verlangt eben andere geistige Positionen, die man sich erarbeiten muß. Und Ihre Arbeiten zeigen, als zweites, leider, daß Sie quälend lange die Lage beurteilen, ohne zu einem Entschluß zu kommen. Major Killgus wird mir bestätigen, daß derselbe Fehler, besser, dieselbe Charakter-

eigenschaft auch Ihre Taktikarbeiten beeinflußt. Sie haben, trotz unerhört viel Fleiß, nicht eine der bisherigen Arbeiten ordnungsgemäß abschließen können.«
Er bot ihm eine Zigarette an, Brencken lehnte ab.
»Und dasselbe Bild ergeben Ihre mündlichen Referate. Schauen Sie sich Ihren Zimmernachbarn an. Hauptmann Brittschneider sortiert sich seine Gedanken, wählt zielsicher aus und trägt unbekümmert vor. Sie wissen es wahrscheinlich nicht, aber ich habe ihn und noch einen Hauptmann gebeten, sich in meinem Unterricht nicht mehr zu melden, weil die älteren Kameraden immer gleich Minderwertigkeitskomplexe bekommen, wenn die beiden Hände hochgehen. Ihre mündlichen Referate leiden an Inhaltlosigkeit – erinnern Sie sich bitte an das Referat über Drill und Schikane. Ich sage Ihnen das ganz offen, damit Sie wissen, woran Sie sind: Sie stehen bis jetzt auf der Liste derer, die allenfalls noch einmal wiederholen dürfen.«
»Na ja«, fiel Major Killgus ein, »wir haben ja noch vier Wochen vor uns, vier Wochen Zeit, Herr Brencken, um Fuß zu fassen. Sie wissen jetzt, worum es geht. Also, Kopf hoch.«
»Meine ich auch«, sagte Schwerte, »mein Urteil galt nur für den Fall, daß Sie die vier Wochen nicht nutzen.«
Als Brittschneider an Brencken vorbei in das Zimmer der beiden Majore ging, fragte er: »Na?«
»Schiet, Mann.«
»Wir reden noch drüber.«
Sie redeten später drüber, am Abend, als Brencken zum ersten Mal mit Brittschneider zu einem Bier auf die Reeperbahn fuhr.
»Versteh' ich nicht, Mann«, sagte Brittschneider. »Ich gebe Ihnen nun doch wirklich viele Tips – woran liegt es eigentlich?«
»Ich fürchte, es liegt ganz einfach an mir, schlicht an mir, an meiner Konstruktion oder an den Fehlern meiner Konstruktion oder an den Zeiterscheinungen, die mich benagt haben.«
»Wer von uns ist nicht benagt?«
»Ja, wer ist es nicht«, sagte Brencken.
An diesem Abend erschoß sich im Hörsaal fünf ein neunundvierzigjähriger Hauptmann aus München, Vater von vier Kindern, mit der mitgeführten Dienstpistole. Er hinterließ keine

Abschiedszeilen. Hörsaalkameraden berichteten, er habe vor der »Ohrenbeichte« öfter von seinem Sohn erzählt, der vor dem Abitur stehe, und von drei Töchtern, die ebenfalls die Höhere Schule besuchten. Und er habe gemeint, es sei wohl die schwerste psychologische Belastung, wenn der Sohn das Abitur bestehe, der Vater seinen Stabsoffizierslehrgang jedoch nicht.
Ein anderer Hauptmann erlitt drei Tage nach der »Ohrenbeichte« einen Nervenzusammenbruch und mußte ins Lazarett eingeliefert werden.
Die beiden Fälle nahm der Lehrgruppenkommandeur zum Anlaß einer Ansprache.
»Meine Herren«, sagte er, »was wir hier erleben mußten, ist sehr betrüblich. Es ist auch nicht das erste Mal, daß es so etwas bei uns gibt. Sie könnten daraus den Schluß ziehen, daß die Anforderungen hier, mindestens in Einzelfällen, lebensgefährlich seien. Das ist jedoch nicht der Fall. Natürlich verkennen wir, Ihre Lehroffiziere, die besondere Belastung eines solchen Lehrgangs für gestandene Männer keineswegs. Andererseits haben wir die Aufgabe, aus der Fülle der Hauptleute unserer Bundeswehr die herauszufinden, die zum Stabsoffizier geeignet sind. 47 Prozent aller Offiziere werden nun eben mal nicht mehr als Hauptmann – und alles andere wäre auch falsch. Sie werden mir zugeben, daß mit der Führung eines Bataillons, allein was die Menschenführung, die Handhabung der Disziplinargewalt betrifft, größere und schwerere Aufgaben verbunden sind. Unsere Lehrgänge sollen nicht mehr und nicht weniger, als nach bestem Wissen und Gewissen feststellen, wer dazu geeignet ist.« Er unterbrach sich einen Augenblick, ehe er fortfuhr. »Wir unterschätzen auch nicht die Belastung, die Sie hierher mitbringen, meine Herren. Der tragische Fall des Hauptmanns, der sich erschoß, weist das deutlich aus. Da tritt urplötzlich im Leben eines Mannes, der seinen Dienst immer brav und ordentlich verrichtet hat, die Streßsituation ein: Er muß noch einmal auf die Schulbank. Die längst überstandene Lehrer-Schüler-Konfrontation ist wieder da, verstärkt durch die Furcht, sich vor Frau und Kindern und Vorgesetzten und Freunden und Feinden zu blamieren, wenn man nicht besteht. Das sitzt in vielen Hirnen, das kann sogar die Fähigkeit, seine

Aufgaben ordentlich zu lösen, ganz gehörig blockieren. Wir verstehen das, wir versuchen, durch ein relativ liberales System diesen Umständen Rechnung zu tragen. Aber sagen Sie selbst: Können wir, denen nun einmal eine Qualitätsanalyse aufgegeben ist, anders, als werten und ordnen und entscheiden nach bestem Wissen und Gewissen? Ich wollte Ihnen dies nur sagen, damit Sie verstehen, daß wir diese Fälle zutiefst bedauern, daß wir deswegen aber das Prinzip nicht ändern können.«

An einem Sonntagmorgen hörte Brencken, als er über den totenstillen Gang des Obergeschosses ging, eine psalmodierende Stimme. Er blieb stehen, lauschte, stellte fest, daß die Stimme vom Boden kam, stieg die Treppe empor und öffnete vorsichtig die Tür. Der Hauptmann Schermula aus seinem Hörsaal hatte die Rechte auf den Rücken gelegt, hielt in der Linken ein Manuskript und ging auf und ab. Dabei deklamierte er: »Herr Major, meine Herren! Der Unterschied zwischen Drill und Schliff ist ein exorbitanter. Während der Drill Schweiß kostet und damit später Blut spart, was noch zu belegen ist, weise ich den Schliff –« Er unterbrach sich. »Nein, so nicht. Ein bißchen tiefer. Noch mal!« Er senkte die Stimme zum markanten Bariton und begann von vorn: »Der Unterschied zwischen Drill und Schliff ist ein exorbitanter.«
Brencken zog sich leise zurück.
Schermula hielt am Montag den Vortrag mit der tieferen Stimme.

Die Lehrgruppe bestand aus zwei Inspektionen, deren eine Major Schwerte, deren andere Oberstleutnant Hanger führte. In der Douaumont-Kaserne war auch ein Teil der Heeresoffizierschule Hamburg untergebracht. Täglich mehrmals verließen beide Gruppen ihre Hörsäle, einhundertzwanzig Hauptleute begegneten einhundertzwanzig Fahnenjunkern. Obwohl das Reglement der Bundeswehr die allgemeine Grußpflicht nicht kennt, war sowohl den Hauptleuten als auch den Fahnenjunkern befohlen worden, jeder habe jeden zu grüßen.
So flogen denn morgens und mittags und nachmittags und gelegentlich auch abends die Hände an die Mützen. Sie flogen

auch, wenn das Lehrpersonal vorbeikam. Sie flogen auch, wenn Oberstleutnant Hanger vorbeikam. Aber der Oberstleutnant Hanger grüßte nur selten zurück.
»Schluß«, sagte eines Tages Brittschneider, »wir lassen es darauf ankommen. Ich grüße den Hanger nicht mehr, wir alle grüßen ihn nicht mehr.«
Oberstleutnant Hanger rief Brencken zurück. Seine Stimme klang heiser: »Sagen Sie mal, ich beobachte das jetzt schon seit Tagen. Ihre Inspektion glänzt darin, nicht zu grüßen.« Brencken schwieg. »Na, und? Warum?«
»Herr Oberstleutnant, wir haben hier Grußpflicht. Die gilt auch für Vorgesetzte. Wir haben Sie immer gegrüßt, aber Sie haben höchst selten wiedergegrüßt. Da haben wir es gelassen.«
»Unverschämtheit!« schrie Hanger. »Sie haben zu grüßen, verdammte Tat! Wie heißen Sie? Ich werde Sie melden?«
»Hauptmann Brencken, Herr Oberstleutnant.«
»Hörsaal?«
»Hörsaal drei.«
»Sie werden von mir hören. Unverschämtheit!«
Er ließ Brencken stehen.
Brittschneider beruhigte ihn. »Keine Sorge, da werden wir durchkommen. Der Schwerte ist okay und der Lehrgruppenkommandeur auch. Ruhe bewahren.«
In der nächsten G-1-Stunde sagte Major Schwerte: »Ein Inspektionschef hat sich beschwert, daß er aus meiner Inspektion nicht gegrüßt würde. Ich habe festgestellt, daß das stimmt. Ab sofort wird der Oberstleutnant Hanger von allen gegrüßt. Ich garantiere Ihnen, daß er zurückgrüßt.«
Oberstleutnant Hanger grüßte abgezirkelt zurück, wenn er gegrüßt wurde.

Der Kameradschaftsabend fand im Freien statt, im Garten des Offizierheimes, unter hohen Bäumen. Sie tranken aus Maßkrügen. Einer der süddeutschen Hauptleute, Kommandant eines Munitionslagers im Bayerischen Wald, hatte von einer ihm bekannten Brauerei ein Fünfzigliterfaß kommen lassen.
Beim vierten Maßkrug forderte Major Schwerte zum Singen

auf. Sie sangen das Hofbräuhaus und die blauen Dragoner, und Schwerte steuerte ein Solo bei, das Lied des Falstaff vom Büblein klein an der Mutterbrust.
Killgus, der neben Brencken saß, sang nicht mit. »Mögen Sie das denn, Herr Brencken?«
»Singen? Aber ja. Ist doch schön.«
»Das nennen Sie schön, wenn hier zwanzig Männer herumgrölen?«
»Ich meine, es verbindet, Herr Major, Kameradschaft und so.«
»Herumgrölen verbindet nicht, und Kameradschaft ist das schon gar nicht. Nichts als Kumpanei im Saufen.« Die anderen sangen ein Lied, das die Frage aufwarf, ob denn das Meer die Treue brechen könne. Killgus schüttelte den Kopf. »Also wenn Sie mich fragen sollten, ich ginge lieber. Nicht, daß Sie meinen, der Major Schwerte sei mir nicht sympathisch – er ist ein ganz moderner Mann, aber wenn er singt, fällt er ins Archaische.«
Major Killgus trank einen großen Schluck.
Inzwischen fragten die anderen, ob das Meer die Liebe scheiden könne. Brencken dachte an sein Bataillon – sie hatten noch nie zusammen gesungen. Frédéric und singen – der ja! Und die alten Lieder! Wächtersberg sang bestimmt nicht – das paßte nicht zu ihm. Und doch hatten sie schöne Abende verlebt, besonders unter Oberstleutnant Hitz.
Killgus hatte ein Bataillon geführt, bevor er hier nach Hamburg versetzt wurde, auch Schwerte war nach drei Jahren als Bataillonskommandeur zu den Stabsoffizierslehrgängen versetzt worden. Ihm gelang, was Brencken bewunderte: eine klare Darstellung der Inneren Führung. Aber er vermochte sie nicht nachzuvollziehen.
»Sie sind Ostpreuße?« fragte Killgus.
»Ja, Herr Major. Aus Preußisch-Eylau.«
»Preylau«, sagte Killgus, »das kenne ich gut. Was hat Sie bewogen, wieder Soldat zu werden, Herr Brencken?«
»Gott ja, Herr Major, das war ein Beruf, in dem ich mal was geleistet habe, früher. Und schließlich ist es diese Demokratie wert, verteidigt zu werden.« Er spürte, daß dies eine Phrase war. Er wollte schlicht Sicherheit, jeden Monat sein Geld, später Pension, ruhiges Leben. So deutlich empfand er das jetzt,

daß er hinzusetzte: »Ich meine, frei sein, heißt ja auch, die Freiheit schützen.«
Killgus schwieg.
Brencken spürte, daß diese Phrase noch schlimmer war als die erste. Er räusperte sich und trank.
»Sie sind nicht verheiratet?« fragte der Major.
»Nein.«
»Sie sind mir bitte nicht böse, Herr Brencken, wenn ich jetzt etwas Ernsteres sage. Ich beobachte Sie sehr genau im Hörsaal. Und dort sind Sie so, wie Sie jetzt geantwortet haben: nahe dran an den Dingen, aber nicht in der Lage, zuzugreifen. Ich wundere mich darüber, denn vom Typ her wirken Sie sehr energisch. Wenn man Sie so sieht, mit Ihren einsneunzig, mit dem an sich doch ganz klaren Gefühl für falsch und richtig – dann möchte man nicht glauben, daß Ihre Entscheidungen meist an den Dingen vorbeigehen. Haben Sie Schwierigkeiten bei der Führung Ihrer Batterie?«
»Ich wüßte nicht.«
»Ihre taktischen Arbeiten liegen unter dem Schnitt. Major Schwerte weint auch über Ihre anderen Ausarbeitungen. Irgendwo gibt es bei Ihnen einen Bruch, Herr Brencken. Wenn Sie den finden, werden Sie auch keine Schwierigkeiten mehr haben.« Er lächelte. »Nun genug von dem ernsten Zeug. Trinken wir und genießen wir den Abend!« Er prostete Brencken zu.
Später wußte Brencken, daß dieser Satz stimmte: Irgendwo gibt es bei Ihnen einen Bruch. Wenn er ihn fand, würde er mehr wissen. Und vielleicht »keine Schwierigkeiten mehr haben«. Wenn er ihn fand.
Es war nicht das erste Mal, daß Brencken nach diesem Bruch suchte. Es war auch nicht das erste Mal, daß man ihn darauf hingewiesen hatte. Damals, bei der Wiedersehensfeier seiner Kriegsdivision, hatte Stasswerth etwas Ähnliches gesagt. Auch Elina und ein paar andere hatten es gesagt oder merken lassen.
Und er hatte auch gesucht. Ganz kritisch, wie er meinte, und ohne Vorurteil.
Kontinuierlich war stets der Mißerfolg.
Es mußte etwas geben, was diesen Mißerfolg verursachte.

Das alles war logisch. Unlogisch war, daß er die Ursache nicht fand.
Bis zum Kriegsende hatte er blindlings geglaubt, nichts als geglaubt – auch noch, als er wußte, daß alles anders war: gegen alle Regeln, böse, verbrecherisch, unzumutbar.
Vielleicht war es gar kein Bruch, sondern eine natürliche Folge jener Jahre, die ihn untüchtig gemacht hatten für tragfähige Entscheidungen?
Manchmal dachte er an die Mühle von Ariupol, aber nie sehr lange.
Bruch hin, Bruch her – der Lehrgang war vergeigt.

Von den zwanzig Hauptleuten im Hörsaal fielen fünf durch. Hauptmann Brittschneider war, ohne daß es einer ausdrücklich erwähnte, aus einhundertneunundzwanzig Hauptleuten als Lehrgangsbester hervorgegangen. Dazu hatte nicht zuletzt ein Referat von neunzig Minuten Länge beigetragen. Er hatte, sachlich und klar gegliedert, über strategische und politische Probleme in Europa gesprochen. Der Schulkommandeur merkte lobend an, daß dieser Referent völlig frei gesprochen habe, wenn man von einem kleinen Spickzettel absehe.
»Tut mir leid, lieber Brencken«, sagte Brittschneider beim Abschied. »Aber Sie können ja schließlich wiederholen.«
»Tut mir leid«, sagte Schwerte, »ich hätte es Ihnen gern gegönnt, aber Sie müssen etwas mehr auf den Tisch packen.«
»Tut mir leid«, sagte Killgus, »sehr schade. Ich hätte Sie gern mit dem Freifahrschein zum Major hier weggehen sehen. Aber sicherlich kommen Sie bald wieder.«
Scheiße das, dachte Brencken auf der Heimfahrt. War ich so viel schlechter als die anderen, war ich so schlecht wie der Hauptmann Bergholz von den Gebirgsjägern, der auch wiederholen darf? Sogar der Hauptmann von der Technischen Truppe aus dem Bayerischen Wald hatte bestanden, wenn auch nicht gerade sehr weit vorn. Seine taktischen Lösungen waren zwar nicht leitungsgerecht, aber sie hatten doch eigenes Denken bewiesen. Und er, Brencken, hatte gepaukt wie kaum ein anderer. Natürlich, so ein Überflieger wie Brittschneider war er nicht. Aber daß man ihn gerecht behandelt hatte, das bezweifelte er.

Die Frage des Major Killgus vom Bierabend stellte er sich nicht. Sie meldete sich wohl zuweilen, aber er verbannte sie aus seinen Gedanken.
Hauptmann Brittschneider hatte ihm seine Unterlagen überlassen, für die Wiederholung, wie er sagte, und als Unterlage für mehr Glück. Brittschneider wurde übrigens nach etwas mehr als acht Wochen, als erster des ganzen Lehrgangs, Major.
Eigentlich war es für Brencken nie einfach gewesen, seine Lehrgänge zu bestehen. Auf dem Klotzberg hatte er viel arbeiten müssen, um »dranzubleiben«. Nur einmal war ihm das Lernen leichtgefallen: damals, als er noch »gläubig« war. Da war alles viel einfacher gewesen, alles geordnet und übersichtlich und klar. Damals, im Frühling 1942, in Jüterbog.

»Das verlangen wir von Ihnen, daß Sie im Moment, in dem es ganz hart wird, und das Schicksal an Sie die bittersten Anforderungen stellt – daß Sie dann emporwachsen und das Gefühl bekommen: in dem Augenblick sind Sie, meine kleinen Leutnants, die Repräsentanten des Deutschen Reiches. Ihre kleine Gruppe oder Kompanie, die Sie führen, die ist in dem Augenblick Deutschlands Ihnen zu treuen Händen anvertraut. Ein schwerer innerer Seelenkampf, um den oft keiner herumkommt, aber der die wahre Seelengröße eines Mannes ausmacht. Was in solchen Augenblicken wächst, über sich hinauswächst, und nur den einen Gedanken hegt: jetzt hängt alles von mir ab – denn wenn jeder so denken würde: von mir hängt es nicht ab, dann: armes Deutschland! Dann würde die Nation verloren sein!«

Adolf Hitler in einer Rede an junge Leutnants im Berliner Sportpalast, 1942.

1942

Der Unteroffizier vom Hörsaaldienst kommandierte: »Stillgestanden! Augen rechts!« Dann meldete er dem Hörsaalleiter: »Hörsaal 20 steht mit eins : zwanzig!«
»Danke, Morgen, meine Herren«, sagte Oberleutnant Möller. Sie holten Luft und riefen: »Morgen, Herr Oberleutnant!« Der Unteroffizier vom Hörsaaldienst kommandierte: »Augen gerade – aus! Rührt euch!« Er trat an den rechten Flügel. Oberleutnant Möller strich die grauen Wildlederhandschuhe über den Handrücken glatt und legte die Hände auf den Rücken. »Meine Herren«, sagte er, »der Lehrgruppenkommandeur macht heute den Unterricht für alle drei Hörsäle selbst.«
»Pflichtsoll«, flüsterte Unteroffizier Scherenberg dem Unteroffizier Brencken zu.
»Schnauze!« flüsterte Unteroffizier Brencken zurück.
Scherenberg galt als Spötter und Zyniker. Sein Vater hatte einen hohen Posten in der kaiserlichen Kolonialverwaltung bekleidet. Mit den nationalsozialistischen Herren des Reiches schien der alte Herr sich nicht sonderlich zu verstehen, jedenfalls merkte man das seinem Sohn an, der aus seiner Abneigung gegen die Goldfasane, wie er sie nannte, kein Geheimnis machte. Brencken war schon ein paarmal mit ihm zusammengeraten, zuletzt in Berlin. Der Streit hatte für ein paar Tage einen Schatten auf das bisher gutnachbarliche Verhältnis geworfen. Aber Scherenberg lag im Bett über Brencken und hatte den Spind neben dem Brenckens, außerdem war er, abgesehen von seiner Antipathie gegen die Nazis, ein guter Kamerad, und so arrangierte man sich wieder.
Brencken mit seinen einsneunzig stand als Flügelmann im dritten Glied, Scherenberg neben ihm.
»Die Herren mit den großen Längen reden mir zuviel, Scherenberg und Brencken – ich hoffe, Sie verstehen mich.« Oberleutnant Möller wandte sich wieder an die übrigen: »Der Herr Lehrgruppenkommandeur wünscht den Geburtstag des Führers zum Anlaß zu nehmen, ein paar Worte an seine Lehrgruppe zu richten. Unteroffizier vom Hörsaaldienst, führen Sie die Mahalla zum Antreteplatz.«
Die Kommandos kamen präzise, die Ausführung entsprach ih-

nen. Auf der Lagerstraße des Hanns-Kerrl-Lagers in Jüterbog marschierten fünf Dutzend Unteroffiziere. Aus Oberleutnant Möllers Hörsaal waren es zwanzig. Zwanzig junge Männer, die in weniger als zwei Monaten Leutnants sein würden. Dann würden sie an die Front gehen. Wer weiß, wie viele am Ende dieses Jahres 1942 noch leben würden.
Auf der rechten Straßenseite kam ein kleiner, dicker, beinahe runder Offizier. Leutnant Lehmann-Kreuzhaus gab artilleristische Mathematik. Im Zivilberuf war er Professor an der Universität in Berlin.
Der Unteroffizier vom Hörsaaldienst kommandierte: »Achtung! Augen rechts!«
Die Unteroffiziere warfen die Beine im gekonnten Stechschritt und blickten auf den kleinen, dicken Leutnant, der die Hand an die Mütze legte und geradeaus sah. Er mochte dieses Theater nicht, aber er mußte es über sich ergehen lassen. »Scheißkram, Möller«, sagte er halblaut zum Hörsaalleiter, der an ihm vorbeiging.
»Einmal großer Feldherr sein, Professor!« grinste Möller zurück.
»Augen gerade – aus! Rührt euch!« Die Unteroffiziere verfielen wieder in ihren normalen Marschtritt.
»Wenn wir in drei Monaten in Uniform rumlaufen«, sagte Scherenberg halblaut, »dann werfen unsere lieben Freunde ihre Beinchen ebenfalls, ist das nicht schön?«
Brencken drehte sich halb zurück. »Na und – ist das dann nicht normal?«
»Natürlich, großer Meister, das ist dann völlig normal.«
»Also halt dein Maul, Scherenberg.«
»Ruhe im Beritt!« schrie der Unteroffizier vom Hörsaaldienst von der Spitze her.
Als alles auf dem Antreteplatz im Karree stand, erschien Major Grün. Er trug ein Monokel und das Ritterkreuz. »Heil, Junker!«
Die sechzig Unteroffiziere, die demnächst Leutnant werden sollten, schrien zurück: »Heil, Herr Major!«
Das Einglas fiel in seine rechte Hand, er schob es zwischen den zweiten und dritten Knopf seiner Uniform. »Junker!« sagte er

mit einer unangenehm scharfen Stimme, »der Führer und Oberste Befehlshaber der Wehrmacht wird morgen dreiundfünfzig Jahre alt. Dieser Tag vergeht, mitten in der gewaltigen Auseinandersetzung um Sein oder Nichtsein unseres Großdeutschen Reiches, ohne die Feierlichkeiten, die dieser Mann verdient hat.«
Unteroffizier Scherenberg knurrte, Brencken rammte ihm den Ellbogen in die Seite.
»Wir aber, an der Schule der Artillerie in Jüterbog, wir wollen an diesem Tage besonders dankbar dafür sein, daß die Vorsehung uns diesen Mann geschenkt hat. Dieses gigantische Ringen wird einst Generationen beeindrucken, und erschauernd werden die Söhne erkennen, was ihre Väter geleistet haben.«
Major Grün trat zwei Schritte vor. Seine Hand fischte das Einglas aus dem Rock und schob es vors Auge.
»Sieht er nicht aus wie der alte Reichswehr-Seeckt?« flüsterte Scherenberg.
»Halt endlich dein Maul!« schimpfte Brencken.
»Als Adolf Hitler im Jahre 1889 geboren wurde, sah die Welt noch heil aus«, fuhr Major Grün fort. »Unser deutscher Kaiser regierte, es war Ruhe und Frieden. Bis dann die angloamerikanischen und französischen Intrigen gegen das junge Reich begannen.«
»Scheiße«, flüsterte Scherenberg. Brencken trat ihm auf den Fuß.
»Sie gipfelten in der Einschließung unseres jungen Kaiserreiches, und der Dolchstoß in den Rücken der Front beendete ein übermenschliches Ringen, in dem wir den Sieg verdient hätten. Wir wurden um ihn betrogen, weil gewissenlose Elemente in der Heimat uns verraten haben. Und das Diktat von Versailles, das uns übermütige Sieger auferlegten, hat erst dieser Mann Adolf Hitler zerbrochen. Er gab uns unsere Ehre wieder, er gab uns das Bewußtsein zurück, daß wir Deutsche sind, die den Teufel aus der Hölle holen können, wenn sie nur zusammenhalten.« Das Monokel fiel ihm in die rechte Hand. »Der uns aufgezwungene Kampf um unser Großdeutsches Reich aber kann ohne die Opferbereitschaft Ihrer Generation nicht bestanden werden. Junker, ich rufe Sie auf, an diesem Tage unse-

rem geliebten Führer zu geloben, daß Sie alles einsetzen werden, um dem Reich zum Siege zu verhelfen. – Lehrgruppe G – stillgestanden! Dem Reichskanzler und Obersten Befehlshaber der Wehrmacht, unserem geliebten Führer, ein dreifaches Sieg –«

»Heil!« brüllten sechzig Unteroffiziere. Dreimal.

»Mensch, Scherenberg«, sagte Brencken später in der Stube, »wenn du doch dein Maul halten wolltest, du redest dich nochmal um Kopf und Kragen.«

»Tut mir leid – aber wenn ich so was höre, kann ich mein Maul nicht halten. Übrigens muß ich dafür höchstens mal über die Tangowiese, und das nehme ich in Kauf.«

»Und was hast du auszusetzen an dem, was der Major gesagt hat?«

Scherenberg drückte seine Zigarette aus und sah Brencken an. Leise sagte er: »Alles, Brencken, rein alles.« Er legte ihm die Hand auf den Arm. »Hör mal einen Augenblick zu, ohne gleich auf die Barrikaden zu gehen. Schau, dein Alter ist Major und hat irgendwo draußen ein Bataillon. Mein Alter ist pensioniert, sitzt in Berlin und rauft sich die Haare, weil seine Welt versunken ist – nein, weil sie zerstört wurde. Ich weiß nicht, ob dein Alter auch so ein scheißmoderner Major ist wie der Grün. Hoffentlich nicht.«

»Du hast also was gegen den Führer?«

»Nein«, sagte Scherenberg, »nein, nichts.« Er schloß für einen Moment die Augen. »Schau«, fuhr er dann fort, »was der Major von der angloamerikanischen Einkreisung gesagt hat, das ist schon einmal falsch. Ich glaube eher, unsere schimmernden Vorfahren haben schwere politische Fehler gemacht – ich weiß es, mein Vater war in kaiserlichen Diensten. S. M. haben zuviel ehernen Unfug geredet – das kommt dazu. Und das mit dem Dolchstoß –«

»Sag bloß, daß das auch nicht wahr ist!«

»Schlicht unwahr, Brencken. Wir haben ganz einfach einen Krieg verloren, weil wir unterlegen waren.«

»Aber die Tapferkeit unserer Soldaten –«

»Was nutzt die gegen mehr Stahl, mehr Dynamit, mehr Soldaten? Ich habe was gegen diese Art, aus dem Geburtstag unseres

– Führers . . .« Er hatte eine fast unmerkliche Pause vor dem letzten Wort gemacht, ». . . eine Geschichtsklitterung zu machen. Und so ganz reine weiße Lämmer sind wir Deutschen ja heute auch nicht – oder?«
Brencken überlegte. »Ich denke da an etwas, was mein Vater mir sagte, als ich vom Arbeitsdienst kam.«
»Was sagte er denn?«
»Na ja, das mit den Polen. Meine Mutter war Polin. Sie ist 1940 gestorben.«
»Und?« fragte Scherenberg.
»Mein Großvater war, als Vertreter der polnischen Minderheit, zu Kaisers Zeiten Abgeordneter im deutschen Reichstag.«
»Lebt der noch?«
»Nein. Er und meine Großmutter sind 1939, kurz vor Kriegsausbruch, gestorben.«
»Das war vielleicht ihr Glück.« Brencken fuhr hoch. »Red keinen solchen Unfug. Ihm hätten sie bestimmt nichts getan.«
»Genauso wenig wie den Juden mit dem Eisernen Kreuz aus dem ersten Krieg, was?«
»Haben sie denn?«
»Und wie sie haben!«
Da steckte er wieder drin in der Zange der nicht zu beantwortenden Fragen. Man muß sich entscheiden, dachte er . . .
»Und noch einiges mehr haben sie auf dem Kerbholz«, sagte Scherenberg. »Es ist gut, daß wir mal darüber reden. Gemessen an diesen Tatsachen – polnische Menschen sind Untermenschen, russische Menschen sind Untermenschen, deutsche Menschen sind Übermenschen – gemessen daran, ist das doch kalter Kaffee, was der Major da geredet hat. Nein –« fügte er beschwichtigend hinzu, ohne Brencken anzusehen, »ich meine nicht unseren Führer.« Er machte eine kleine Pause. »Den lassen wir mal raus. Aber sonst . . .«
»In einer großen Zeit wird eben auch mal was falsch gemacht.«
»Gewiß, aber das Prinzip –«
»Im Prinzip«, unterbrach ihn Brencken, »im Prinzip geht es doch darum, daß unser deutsches Vaterland die ihm angemessene Geltung erlangt, die ihm die anderen mißgönnen. Schau,

ich habe mich oft in einer Zwickmühle befunden: die Polen sind mit mir verwandt, ich kenne sie von den Besuchen auf dem Gut meiner Großeltern. Natürlich ist es schrecklich, was mit ihnen geschieht. Meine Mutter hat das vor ihrem Tode alles noch mitbekommen – wenigstens die Anfänge. Mein Vater, damals schon im Einsatz, sagte mir, wir müßten schweigen, wir dürften es nicht wissen, wenn uns unser Leben lieb sei. Ich sagte, das sei feige, und er stimmte mir zu. Ich habe nie darüber gesprochen. Und ich habe dann, während meiner Ausbildung, die höheren Ziele, um die es geht, begriffen. Und wo gehobelt wird, fallen eben Späne. Vielleicht müssen wir, die wir mehr wissen als die anderen, ein bißchen schizophren sein. Wir müssen eben lernen, auch mit den Dingen zu leben, die – scheinbar – gegen die herrliche Idee des Reiches sprechen.«
Scherenberg schüttelte den Kopf. »Gott erhalte dir deinen Glauben! Und er lasse die Schizophrenie nicht über deinen Verstand wachsen.«
»Und außerdem«, sagte Brencken, »ist die Armee unpolitisch, und deshalb hat sie sich draußen zu halten. Sie erhält ihre Befehle und führt sie aus. Das ist alles.«
»Amen«, sagte Scherenberg, schloß seinen Spind ab und ging hinaus.

Heute morgen hatte Brencken einen Brief von Gerda erhalten, Gerda aus Preußisch-Eylau. Hübsches Mädchen, aber ein bißchen dumm. Obschon kaum dümmer als die beiden anderen, die danach kamen. Eine in Jüterbog, in der Stadt hatte er sie kennengelernt, abends beim Ausgang. Bier, noch ein Bier, Schnaps, noch ein Schnaps, Kuß, noch ein Kuß, Griff – naja. Er hatte sie nicht wiedergetroffen.
Die andere hier in Berlin, vor vier Wochen, als er zum ersten Mal ein Wochenende in der Reichshauptstadt verbracht hatte. Zeughaus und Unter den Linden, einen Kaffee – Ersatz natürlich – im Romanischen, dann ein Varieté – und immerzu auf Jagd. Gesehen hatte er sie in einer kleinen Gaststätte, sie saß am Nebentisch, schaute ihn oft und offen an. Schon etwas älter, dachte er, vielleicht vierundzwanzig. Neunzehn war sie, stellte sich später heraus.

Sie tranken eine Karaffe Wein, sie ging mit ihm spazieren, mit schwingendem Schritt. Er lud sie zum Essen ein, sie nahm ihn mit in die Wohnung. Sie war Sprechstundenhilfe bei einem Frauenarzt, erzählte sie ihm, dies sei die Wohnung ihrer Eltern. Vater eingezogen, Ostfront, Mutter zur Aushilfe bei ihrer Schwester in Breslau, die gerade ein Kind bekommen hatte. Der Vater hatte vorzügliche Weine im Keller. Ein Grammophon spielte Barnabas von Geczy. Und plötzlich hatte er Sigrun im Arm. Sie küßte auf eine ihm neue Weise, sofort fordernd, dann wieder weich, empfangend, und im nächsten Augenblick wieder aktiv. Er liebte sie und spürte, daß er nicht der erste war. Aber er hatte trotzdem Herzklopfen. Er blieb über Nacht.
»Die Nachbarn? Geht mich nichts an«, sagte Sigrun.
Er kam auch am nächsten Tag und war am Wochenende wieder bei ihr und am darauffolgenden Sonntag nur für Stunden, weil er nicht länger Urlaub hatte. Aber für die Stunden im Bett war Sigrun so dankbar, wie er es selber war.
Nun war er wieder auf dem Weg zu ihr.
Sigrun war groß, schwarzhaarig, in ihrem Gesicht waren die Backenknochen betont. Ihre grünen Augen hatten Brencken zuerst eingefangen, er liebte sie. Und ihren großen Busen. Liebte er auch Sigrun? Er hatte viel von ihr gelernt. Aber ob er sie wirklich liebte, ob er sie heiraten würde, Kinder mit ihr haben könnte – die Frage drängte er weg.
Jetzt war Krieg, und wenn er mit ihr im Bett lag, wollte er Lust, und sie wollte Lust, und keiner wollte Kinder; sie nahmen sich in acht. Und heiraten wollte er auch nicht, er wollte erst mal Leutnant werden und in den Krieg. Als er die Treppe hinaufging, überlegte er einen Augenblick: Wollte er in den Krieg?
Ja, er wollte, wollte sich bewähren, zeigen, was in ihm steckte. Wollte ein Führer sein, der seine Leute mitreißt, der mit ihnen das Reich verteidigen hilft. Scherenberg würde jetzt sagen, daß dieser Feind in Rußland schließlich ein selbstgemachter sei, denn Deutschland hatte angegriffen. Aber da würde er kontern: Wenn nicht wir, dann hätten die Sowjets angegriffen. Daß wir ihnen zuvorkamen, ist unser gutes Recht.
Sigrun wartete.

Sie trug einen Morgenmantel, der sich beim Gehen öffnete. Sie sagte kein Wort, sondern küßte ihn schon an der Tür. Seine Hände öffneten den Mantel und drückten sie gegen sich. Dann trug er sie auf die große Couch. Sie hatten noch kein Wort gesprochen. Später rauchte Sigrun eine Zigarette. Sie lagen nackt. Brencken trank ein Glas Wein in einem Zuge aus.
»Wie lange hast du Zeit, Lieber?«
»Ich muß um 24 Uhr wieder in Jüterbog sein.«
»Mit dem Zug?«
»Ja.«
Sie führte seine Hände an ihre Brustwarzen und ließ die Finger streicheln. Er sah, wie sich die Warzen aufrichteten, und spürte ihre wachsende Erregung. Er streichelte ihre Hüften und das Rückgrat.
Als sie sich an ihn drängte, schellte es. Sigrun warf ein Kleid über, das sie schon bereitliegen hatte, bedeutete ihm, sich schnell anzuziehen, und ging zur Tür. Während Brencken blitzschnell – im Arbeitsdienst gelernt! – in seine Hose stieg, hörte er Sigrun an der Tür: »Ach, Mutti, fein, daß du da bist!«
Er schloß die Hosenknöpfe.
»Komm, leg ab!«
Die miesen hohen Schuhe mußten erst geschnürt werden.
»Oh, nein, den Koffer nehm' ich schon! Komm ins Wohnzimmer!«
Er streifte den schweren Uniformrock über, schloß die Haken am Kragen, dann die silbernen Knöpfe. Die Stimmen kamen jetzt aus dem Nebenzimmer.
Brencken zog sich einen Scheitel. Nun mußte Sigrun doch endlich sagen, daß sie Besuch hatte. Ob die Mutter merkte, daß sie unter dem Kleid nackt war? Mit ein paar Handgriffen räumte er auf. Gut, daß er die Mütze mit ins Zimmer genommen hatte.
»Du, ich habe Besuch.« Der Auftritt wurde vorbereitet. »Ein Freund, Mutti, der ist Unteroffizier bei den Artilleristen in Jüterbog.«
»Wo ist er denn?«
»Nebenan. Warte, ich hol' ihn!« Als Sigrun ihn angezogen sah,

nickte sie zufrieden und winkte ihn heran. »Das ist Herr Brencken.«
Er verbeugte sich. »Ich freue mich, gnädige Frau.«
Sie sah ihn aufmerksam an, reichte ihm die Hand, aber sie lächelte nicht. Ahnte sie etwas?
»Sigrun und ich – wir kennen uns schon einige Wochen«, sagte er.
»So.« Sie sah ihre Tochter an. Erst jetzt lächelte sie dünn und erhob sich. »Da werde ich mal Kaffee kochen, was?«
Als sie allein waren, atmete das Mädchen tief auf. »Das ging ja gerade noch mal gut.«
»Hat sie nicht gemerkt, daß du nichts drunter hast?«
Sigrun schüttelte den Kopf und streifte den Kleidsaum hoch. Brencken griff nach ihr, sie stöhnte ein wenig und drängte sich in seine Hand.
Später saßen die beiden Frauen auf der Couch, Brencken erzählte von Preußisch-Eylau. Die Mutter ließ sie bald allein. »Junge Leute haben sich gewiß viel zu sagen, was uns ältere nichts angeht.«
Sigrun ermunterte ihn wieder, aber er fürchtete sich vor der Mutter.
In der Eisenbahn nach Jüterbog überdachte er den Tag und kam zu dem Ergebnis, daß er Sigrun nicht heiraten würde. Denn diese Sigrun war zwar ein heißes und herrlich liebendes Mädchen, aber sie hatte nicht ein einziges Mal zu ihm gesagt: Ich liebe dich. Sie hatte nur mit ihm geschlafen, viel und gut und aufregend und scharf, aber eben nur dies.
Nein, er würde sie nicht heiraten, bestimmt nicht. Aber am kommenden Wochenende würde er ganz bestimmt wieder mit ihr schlafen. Und dann kam noch ein Wochenende und dann der Sportpalast am 31. Mai, und dann war Feierabend in Berlin.
Auch mit Sigrun.

Am Tage vor der Rede des Führers und Reichskanzlers im Sportpalast zu Berlin kam Major Grün in den Taktikunterricht des Oberleutnants Möller, klemmte das Glas ins Auge und sagte:

»Meine Herren! Sie werden morgen den Führer sehen. Er wird zu Ihnen sprechen. Sie werden den Anblick dieses genialsten Mannes unserer Epoche mitnehmen dürfen in Ihre neuen Aufgabenkreise. Dazu habe ich ein paar Bemerkungen.« Er setzte sich auf den vordersten Arbeitstisch. »Ich bin schon im ersten Krieg Offizier gewesen – Kriegsende ist ja schließlich erst vierundzwanzig Jahre her. Wir müssen diesen Krieg bestehen, weil er uns die Chance gibt, in dieser Welt unseren Platz zu behaupten.« Das Monokel fiel in die Hand. »Sicherlich hat es vieles gegeben, was uns nicht paßt, ganz bestimmt sogar. Aber Sie dürfen nie vergessen, daß es hier nicht um kleinliche Dinge geht, sondern um den Bestand unseres Reiches. Wir Deutschen haben ein Anrecht auf den Platz an der Sonne, den man uns streitig machen will. Gut, dann müssen wir ihn uns eben erkämpfen. Und das tun wir. Wir alle, auch Sie, in Kürze an führender Stelle. Vielleicht werden Sie mit Dingen konfrontiert, die Ihnen Abscheu einflößen. Überwinden Sie Ihren Widerwillen – diese Dinge müssen sein. Es heißt mit großen Schritten nach morgen marschieren, meine Herren, mit großen Schritten! Was fällt und liegen bleibt, das war nicht wert, weiterzuleben.« Er schob das Glas wieder ins Auge. »Ganz konkret, meine Herren: Es gibt da so sentimentale Leute, die kritisieren, wie wir mit den Russen und Polen verfahren. Man sollte doch lieber Verbündete aus ihnen machen. Meine Herren, aus diesen Leuten werden nie Verbündete! Aus denen, die eliminiert werden müssen, werden nie Verbündete. Das ist Unfug. Wir müssen bekämpfen, was sich dieser getretenen deutschen Nation entgegenstellt. Und wer untergeht, macht den Platz frei für Menschen unseres Blutes, die mit uns die Zukunft gestalten.«
»Schöne Rede, was?« sagte Scherenberg zu Brencken.
Leutnant von Esterhold ging neben ihnen. »Junger Freund, das war notwendig.«
»Wieso?«
»Da gehen Gerüchte um – Gerüchte über Massenerschießungen. Der Kommandeur hat es so vage angesprochen, damit Sie gewappnet sind, wenn Sie davon hören.«
»Was für Erschießungen, Herr Leutnant?«
»Ich weiß es auch nicht genau, Juden und so.«

Juden und so – Brencken lief es kühl über den Rücken. Juden und so – Polen und so, Russen und so.
Scherenberg kniff die Lippen zusammen. »Habe ich auch schon gehört, Herr Leutnant. Und nicht nur einmal. Brencken weiß auch was – aus Polen – nicht wahr?«
»Ja«, sagte Brencken, »aus Polen habe ich schon vor zwei Jahren davon gehört.« Habe davon gehört. Quatsch! Mein Vater hat mir davon erzählt. Das ist ja wohl ein Unterschied. Krieg gegen Russen? Polen? Juden? Gegen Zivilisten? Nein, Wehrmacht tat das nicht.
»Ach verdammt«, sagte Scherenberg, »große Sachen fordern angemessene Opfer – so war das doch, Herr Leutnant?«
»Ja«, sagte von Esterhold, »große Sachen fordern große Opfer.« Brencken schwieg.

Im Unterrichtsraum standen zwanzig Unteroffiziere. Leutnant von Esterhold meldete dem Oberleutnant Müller. Der schaute einmal in die Runde und sagte dann: »Im Namen des Führers und Obersten Befehlshabers der Wehrmacht werden zu Wachtmeistern der Reserve befördert die Unteroffiziere Brencken, Caspar, Didocky . . .«
Brencken hörte die Namen nicht mehr. Nun war er Wachtmeister, einfach so, mit dem Verlesen seines Namens und dem Vorspruch. Im Namen des Führers und Obersten Befehlshabers der Wehrmacht.
Oberleutnant Möller legte den Zettel beiseite, nahm den nächsten zur Hand: »Es werden zu Reserve-Offiziersanwärtern ernannt die Wachtmeister der Reserve: Brencken, Caspar, Didocky, Derkat, Efferlich, Gerhardt . . .« Nun war er Wachtmeister ROA. Und das war nicht das letzte.
Oberleutnant Möller nahm den dritten Zettel und sagte: »Im Namen des Führers und Obersten Befehlshabers der Wehrmacht ernenne ich folgende Wachtmeister ROA zu Leutnanten der Reserve: Brencken, Caspar, Didocky, Derkat, Efferlich, Gerhardt, Hauschner, Ihrenstat . . .« Die Liste der Namen endete mit dem des nunmehrigen Leutnants Scherenberg.
Oberleutnant Möller ging von Reihe zu Reihe und gratulierte. Bei Scherenberg verhielt er einen Augenblick. »Alsdann, viel

Glück«, sagte er leise. »Danke«, erwiderte Leutnant Scherenberg. Kannte Möller die Ansichten von Scherenberg? Wenn er sie kannte, billigte er sie? Wenn er sie billigte, war das dann Landesverrat?

Sie eilten in ihre Zimmer, rissen die neuen Hosen aus dem Spind, die mit den großen gebogenen Flächen an der Seite, mit den hirschledernen Teilen an Knie und Gesäß. Sie zogen weiße Hemden an und schlossen mit Behagen die kleinen Knöpfe am Kragen – endlich Schluß mit Kragenbinden und Betonkragen! Sie schlüpften in das Gehänge, an dem später der Säbel zu tragen war, dessen Karabinerhaken durch die eigens zu diesem Zwecke geschlitzten Rocktaschen gezogen wurde. Sie stiegen in die funkelnagelneuen Reitstiefel, die sie sich in Burg bei Magdeburg hatten anfertigen lassen, und legten die Sporen an, deren Rädchen fein klingelten, wenn sie ein paar Schritte taten. Sie setzten die Mützen mit der silbernen Kordel auf, zogen sie schief herunter, schnallten die neuen braunen Koppel mit den braunen Pistolentaschen um und streiften die neuen grauen Wildlederhandschuhe über.
Sie traten vor den Spiegel, nacheinander, sie sahen sich und freuten sich an sich selbst.
Der Leutnant vom Hörsaaldienst – es war Scherenberg – pfiff und rief: »Raustreten zum Appell!«
Sie lachten und traten vor die Tür. Scherenberg ließ stillstehen, rückte ab. Die jungen Offiziere kamen, hörsaalweise, von allen Seiten. Sie strahlten und lachten.
An diesem Abend schrieb der Leutnant der Reserve Brencken an den Major der Reserve Brencken. Er meldete sich militärisch als zu seinem neuen Dienstgrad befördert. Er schrieb, daß er stolz sei, nun auch Offizier geworden zu sein. Er schrieb, daß er nun wieder nach Rußland fahren werde; seine alte Division habe ihn angefordert, aber er werde zu einer anderen abgedreht, die in der großen Offensive eingesetzt sei – eine Panzerdivision, fügte er stolz hinzu.
Er schrieb weiter, daß es ihm im Hörsaal gut gefallen und daß er feine Kameraden und gute Vorgesetzte gehabt habe. Und daß auch hier leider die Gerüchte kursierten, über die er damals mit

ihm gesprochen habe – Anfang 1940, er wisse schon, damals, als Mutter starb. Und es sei eine schwere Zeit, er verstehe das, aber sie müsse bestanden werden, auch wenn Späne flögen. Und schließlich bauten sie das Reich für morgen.
Als er den Brief zugeklebt hatte, kam ihm der Schluß etwas pathetisch vor. Aber er änderte ihn nicht.

Urlaub aus besonderem Grunde beantragte der Leutnant der Reserve Karl-Helmut Anatol Brencken am 30. Mai 1942. Besuch von Verwandten in Berlin vor der Versetzung nach Rußland.
»Verwandte?« fragte Oberleutnant Möller.
»Kusine«, sagte Brencken.
»Ach so, Kusine«, sagte Oberleutnant Möller und unterschrieb.
Natürlich war die Mutter da. Sie öffnete eine Flasche Wein, sie stellte drei Gläser auf den Tisch. Sigrun hatte große grüne Augen.
»Prost«, sagte die Mutter, »alles Gute, Herr Brencken.« Sie tranken.
»Morgen sind wir im Sportpalast«, sagte Brencken.
»Der Führer spricht, ich weiß«, sagte die Mutter. »Er spricht immer, wenn Lehrgänge zu Ende sind.«
»Jaja«, sagte Sigrun und wurde rot.
Warum wird sie rot, dachte Brencken.
»Wir gehen nach nebenan, für ein Viertelstündchen«, sagte Sigrun.
»Ja«, sagte die Mutter, »geht nach nebenan. Morgen spricht der Führer und übermorgen fährt Herr Brencken nach Rußland.«
Warum wird sie schon wieder rot, dachte Brencken und folgte ihr. Sie hatte nichts unter dem Kleid.
Nachher fragte er: »Warum wirst du rot, wenn deine Mutter von diesen Sportpalastveranstaltungen redet?«
»Bin ich rot geworden?« fragte sie.
»Und dann bist du nochmals rot geworden«, sagte er.
»Na ja«, sagte sie, »vielleicht, weil du weggehst.«
Sicher, das war eine Erklärung. Sie hatte es gern mit ihm, sie mochte ihn wohl auch wirklich, die schöne, dunkle, neunzehn-

jährige Sigrun mit den grünen Augen, auch wenn sie es ihm nie gesagt hatte. Natürlich, das war der Grund, sie wußte, wie sehr er ihr fehlen würde.
Er erhob sich. »Vielleicht sehen wir uns – ich meine, wenn es gut geht, ach verdammt, ich meine, wenn ich keinen verplättet bekomme, dann komme ich mal wieder nach Berlin, und dann –«
Er hörte auf, was sollte er noch sagen. Ich liebe dich? Nee, das stimmte ja auch gar nicht, er mochte Sigrun, ihr Feuer im Bett und ihre Nähe und all das, was sie ihm gegeben und beigebracht hatte, bis eben noch.
Er zog sie an sich, berührte ihr Haar mit den Lippen. »Ich wünsche dir alles Gute, mein Schatz, viel Glück, laß dich nicht zerbomben.«
»Und du dich nicht erschießen, Lieber.« Sie zog ihn an sich, küßte ihn noch einmal leidenschaftlich, drängte sich an ihn und verschwand in ihrem Zimmer.
»Tschüß«, sagte er. Und dann: »Gnädige Frau – ich wünsche Ihnen und Sigrun viel Glück. Und Dank für alles, was Sie mir gegeben haben, gnädige Frau.«
Sie erhob sich und reichte ihm die Hand. »Viel Glück, Herr Brencken, viel Glück. Und nehmen Sie das bißchen Glück aus Berlin mit sich.«
Erst als er zum Bahnhof ging, wurde ihm klar, daß diese Mutter vermutlich eine gewisse Routine im Umgang mit frischgebackenen Leutnants besaß.
Aber trotzdem dachte er: Es war doch schön, dieses bißchen Glück aus Berlin, dieses Mädchen Sigrun, das nicht genug haben konnte. »Hallo, Sigrun«, sagte er halblaut, »viel Glück!«

Der Sportpalast war mit zehntausend jungen Offizieren bis auf den letzten Platz gefüllt.
Brencken und Scherenberg hatten, zusammen mit ihrem Hörsaal und der Hälfte der Leutnants aus Jüterbog, auf der Galerie Platz gefunden. Unten saßen die Infanterie- und Panzerleutnants, vorn rechts die aus Döberitz. Hinten links saßen Fähnriche der Marine, die erst später Leutnants wurden. Weiter hinten rechts die von der Luftwaffe. Viele von ihnen mit Kreuzen

und Spangen. Auf der großen Tribüne hatte man einen grüngedeckten Tisch aufgebaut. Darüber, in einer großen Loge, dirigierte ein Stabsmusikmeister sein Heeresmusikkorps.
Eine Stimme kam durch den Lautsprecher: »Wenn der Führer den Sportpalast betritt, ist er mit Heilrufen zu empfangen!«
»Scheiße«, flüsterte Scherenberg. »Wenn so was schon befohlen werden muß!«
»Hast ja so recht«, sagte Brencken.
Plötzlich brach der Marsch ab, der Dirigent hob den Stock, dann setzten die Bleche mit dem Badenweiler Marsch ein – der Führer kam! Die Offiziere standen auf, schauten auf den freigehaltenen Mittelgang.
Da kam er. Schwarze Hose, grauer Rock. Adler auf dem Arm. Das Eiserne Kreuz erster Klasse, das goldene Parteiabzeichen. Die Mütze in der Linken. Langsamen Schrittes.
Keiner beachtete die Männer, die hinter ihm gingen.
Und plötzlich entlud sich die Spannung. Plötzlich schrien zehntausend junge Offiziere, sie schrien nicht »Heil«, sie schrien einfach ihre Begeisterung hinaus, sie jubelten dem Mann im grauen Rock zu.
Als Brencken Atem holte, sah er voller Erstaunen neben sich den Leutnant der Reserve Scherenberg mit erhobenem Arm dem Mann in grauem Rock und schwarzer Hose zujubeln.
Der Marsch war verklungen, Hitler stand auf der Tribüne. Jetzt erst erkannte Brencken den massigen Reichsmarschall in einer sektfarbenen Uniform mit Umhang, er sah, in Feldgrau, einen schmalen Mann mit Kneifer, den Reichsführer SS Heinrich Himmler, er sah, groß und aufrecht, den Feldmarschall Keitel. Aber eigentlich sah er, sahen alle nur diesen einen Mann: Adolf Hitler.
Göring winkte lachend mit dem Marschallstab, langsam erstarb der Jubel. Göring wandte sich Hitler zu: »Mein Führer, ich melde Ihnen zehntausend junge Offiziere zur Begrüßung angetreten!«
Hitler hob die rechte Hand. Er schaut uns alle an, dachte Brencken. Dann setzte er sich, wie die anderen.
Göring betrat das Rednerpodium. Seine Stimme verriet eine Energie, die man dem fetten Mann gar nicht mehr zutraute.

Dann bat er Hitler, zu sprechen – »das Wort zu ergreifen«, sagte er.
Hitler trat ans Rednerpult. Er sprach frei. »Ein – vielleicht – sehr – großer – Mann –« begann er seine Rede, hinter jedes Wort eine Pause einlegend, »– sagte – einmal: –« Wieder verhielt er einen Augenblick. »– Der Krieg ist der Vater aller Dinge!« Heraklit. Polemos pater hapanton. Brencken folgte dieser Stimme, die gar nicht laut war, die auch nicht laut wurde, er folgte ihr auf dem Wege, den sie beschrieb: dem Weg zum Sterben.
Nichts blieb ihm später von dieser Rede als das Bewußtsein: Wir alle können sterben, wir werden vielleicht sogar alle sterben, aber es wird sein für dieses Reich, es wird sein für die, die nach uns kommen. Und wir müssen gut sterben. Vorsterben!
Sie standen auf, sie sangen »Die Fahne hoch, die Reihen fest geschlossen –«, sie sangen »Deutschland, Deutschland, über alles –« und sie schwiegen, als der Mann im grauen Rock die Halle verließ. Erst, als er sich kurz vor dem Ausgang herumdrehte, brandete der Jubel noch einmal so laut auf, daß nicht einmal mehr der Badenweiler Marsch zu hören war.
Und Brencken ertappte Scherenberg und sich noch einmal in einträchtiger Begeisterung für den Führer und Obersten Befehlshaber der Wehrmacht, Adolf Hitler.
Es war der 31. Mai 1942.

»Jetzt wirst du wissen wollen, warum ich mitgejubelt habe, wie?« fragte der Leutnant Scherenberg auf dem Weg zum Casino. Sie hatten die Gepäckstücke an die Bahn befördert und wollten nun, zum ersten Mal als Offiziere im Casino, einen Abschiedstrunk nehmen.
»Vielleicht will ich es gar nicht wissen, weil ich es weiß«, antwortete Brencken.
»Nichts weißt du!«
»Gut, dann will ich es dir sagen: Wo wir gestern noch zweifelten, sind wir heute belehrt worden. Dieser Mann führt uns rechtens und gut in die Zukunft.«
»Ich bin einfach seiner Faszination erlegen, Brencken. Einfach hingerissen worden. Wie so viele. Ich gebe es zu. Aber sind Be-

geisterung und Jubel tragfähige Elemente für morgen? Hat mein Vater unrecht? Hat dein Vater unrecht? Warum vorsterben, verdammt, warum nicht vorleben?«
»Wir leben in einer neuen Zeit, wir müssen neue Mittel anwenden, und wir dürfen uns vor allem nicht von den ewigen Miesmachern beeinflussen lassen. Das ist unser Weg.«
»Ich, Werner Scherenberg, juble dem Führer zu – ich fasse es nicht. Ob du recht hast, Brencken?«
Die Faszination, welcher der Leutnant der Reserve Brencken, der am Tage darauf an die ukrainische Front abfuhr, erlegen war, hielt an bis nach dem Zusammenbruch.
Der Leutnant Scherenberg fiel, nachdem er auf der Wehrkreis-Reit- und Fahrschule I der Wehrmacht in Lyck in Ostpreußen seine reiterlichen Fähigkeiten vervollkommnet und das Fahren sechsspännig vom Bock gelernt hatte, Anfang November 1942 vor der Panzerfabrik »Rote Barrikade« in Stalingrad. Sein Vater wurde im Zusammenhang mit der Verschwörung gegen Hitler im Juli 1944 verhaftet und entging der Hinrichtung nur, weil die Alliierten rechtzeitig das Gefängnis besetzt hatten und ihn befreiten.

1962 Hauptmann Brencken meldete sich vom Stabsoffizierlehrgang zurück.
»Bestanden?« fragte Oberstleutnant Frédéric.
Dumme Frage, dachte Brencken, er hat die Papiere schon längst gelesen.
»Nein, nicht bestanden.«
»Und warum?«
Daß man das auch noch sagen mußte. »Weil nach Ansicht des Lehrkörpers die Leistungen nicht ausreichten, Herr Oberstleutnant.«
»Und nach meiner auch, Brencken. Sie können wiederholen, bereiten Sie sich darauf vor. Vielleicht statt zu kegeln, Hauptmann Brencken?«
»Jawohl, Herr Oberstleutnant.«
Er salutierte und verließ das Zimmer. Körbis, inzwischen zum Oberleutnant befördert, schien auf ein Wort zu warten. Brencken schaute auf den zweiten Stern und sagte: »Glückwunsch, Herr Körbis. Der Anfang zur großen Karriere ist gemacht.« Er lächelte etwas mühsam.
»Danke, Herr Hauptmann«, sagte der S 1, »ich denke, daß Sie recht haben.«
Scheißer, dachte Brencken und verließ das Zimmer.
Sibolt und Violan luden ihn am Abend zu einem Umtrunk ein.
»Nichts draus machen«, sagte Violan, »kommt öfter vor, ich bin auch nicht sicher, ob ich es schaffen werde – oder Sie, Sibolt?«
»Nein, ich werde wahrscheinlich sogar verzichten.«
»Nanu, so schnell?«
»Ja, sehen Sie, ich bin Handwerksmeister, Kraftfahrzeugschlosser. Im Kriege wurde ich Oberinspektor, technischer Oberinspektor, mit so schönen bunten Raupen auf der Schulter. Dann bin ich als Oberleutnant eingestellt worden, Hauptmann geworden. Damit habe ich für meine Begriffe verdammt viel erreicht. Hauptmann ist immerhin Amtmann. Ich weiß, was ich kann, ich weiß, was ich nicht kann. Ich kann keine Bataillone zum Angriff führen, ich kann auch keine großen Gedanken zur Demokratie und zur Freiheit äußern. Ich bin Tech-

nischer Offizier, das langt mir, bis ich mit zweiundfünfzig Jahren in Pension gehe.«
»Mensch, Sibolt«, sagte Violan, »das nenne ich sauber gedacht. Respekt. Und Prost.«
Später kam Oberleutnant Müller-Trix dazu. Er stellte eine Flasche Kognak auf den Tisch.
»Wie solches?« fragte Violan.
»Ich habe heute gehört, daß ich versetzt werde.«
»Wer hat Ihnen das gesagt?«
»Erst Körbis, dann der Alte.«
»Mann, Müller, versetzt – wie schön! Ich beneide Sie!«
Sie tranken die Flasche leer. Brencken spürte, daß er Schlagseite hatte.
Violan packte ein Spiel Karten auf den Tisch. »Doppelkopf, meine Herren?«
Brencken dankte, er hatte genug.
»Übrigens«, sagte Violan, als er hinausging, »in drei Wochen Baumholder. Vierzehn Tage. Zum Abgewöhnen. Diesmal mit dem großen Meister an der Spitze.«
Auch das noch, dachte Brencken und zog die Tür ins Schloß.

Als Brencken Elinas Wohnung betrat, fand er sie beim Kofferpacken. »Du verreist?«
»Naja, was man so nennt. Ich habe ein Angebot vom Fernsehen.«
»Das freut mich!« Er setzte sich auf den Rand des Schreibtisches. »So plötzlich?«
»So plötzlich kam das gar nicht, Karl-Helmut. Ich habe es mir lange überlegt. Bisher habe ich geschrieben und mich gedruckt gesehen. Nun soll ich reden und dabei gesehen werden. Das muß man sich schon ein bißchen überlegen. Man setzt mehr von seiner Persönlichkeit ein, so kommt es mir vor.«
»Verstehe ich. Und wie wirkt sich das im Privaten aus?«
Sie schloß den Koffer und richtete sich auf. »Privat, Karl-Helmut? Ich hatte mir auch das schon vorher überlegt. Daß nichts aus uns wird.«
Er war sprachlos.
Sie trat auf ihn zu, legte ihm die Hände auf die Schultern und

schaute ihn an. »Ich spürte das schon länger. Wir passen nicht zueinander. Nicht wegen des Alters, Karl-Helmut, das nicht.«
»Was aber? Was kann dich hindern, mich weiter zu lieben und vielleicht sogar zu heiraten?«
Sie nahm die Hände herunter. »Vom Heiraten hast du nie gesprochen. Das ist das erste Mal heute abend. Aber wenn das ein Heiratsantrag sein sollte – ich muß ihn ablehnen, Lieber. Wir passen nicht zueinander. Ich meine damit, daß wir in unserem Wesen, in unserem Verhalten zu verschieden sind.« Wie sage ich ihm, daß ich ihn für einen Mann halte, der sich nie entscheiden kann, dachte sie.
Mein Gott, dachte er, diesmal hatte ich wirklich geglaubt . . .
»Und worin sind wir so verschieden?« Er schluckte. »In den Wünschen im Bett?«
»Nein«, sagte sie hart, »das ist nicht der Fall und ist auch nicht das Wesentliche. Aber auf diese Frage habe ich gewartet. Um es genau zu sagen: Wenn du die Aktivität, die du im Bett hast, auch sonst hättest, wäre über uns beide zu reden gewesen.«
»Was willst du eigentlich von mir?«
Elina lehnte sich gegen eine Kommode. »Um es genau zu sagen, Lieber, nichts mehr.« Ihre Stimme wurde leiser, traurig. »Nichts mehr. Ich habe mir einmal gewünscht, daß es ein ganzes Leben mit uns beiden geben sollte.«
»Ich habe dir eben einen Antrag gemacht.«
»Als ob das wichtig wäre. Das war nie wichtig. Wichtig war für mich, einen Mann zu haben, den ich nicht nur liebe, sondern der auch meinen ganzen Respekt vor der Leistung seines Lebens beanspruchen darf.«
»Und das darf ich nicht?«
»Nicht mehr. Ich habe dich so genau beobachtet, daß es mir weh getan hat. Weißt du, es tut weh, wenn du siehst, daß ein Mensch, den du liebst, nichts aus alldem zu machen versteht, was ihm mitgegeben ist.«
»Ah, ich weiß, du spielst darauf an, daß ich meinen Lehrgang nicht bestanden habe. Das lag aber an –«
»Nein, das ist nicht wichtig. Ich liebe nicht den Hauptmann oder den Oberst, sondern den Mann Karl-Helmut Brencken. Aber der Mann Karl-Helmut Brencken, so sehe ich dich, nimmt

keine Chance wahr, die sich ihm bietet. Er lebt vor sich hin, er trinkt einen guten Whisky, er kocht hinreißend, er macht seinen Dienst, aber . . . haben deine Vorgesetzten nicht manchmal dasselbe gesagt?«
Brencken setzte sich auf die Couch. Er dachte an Hamburg, an seine Meditationen, an seine Frage an sich selbst, ob es einen Bruch gebe oder eine Ursache, die ihn, seit ihn der Krieg durch den Wolf gedreht hatte, unfähig zur Entscheidung machte.
»Antworte mir doch wenigstens, bitte«, sagte Elina.
Er schaute sie an und schwieg. Sie würde gehen, er würde sie nicht halten können, er spürte es. Und gerade sie hatte er halten wollen.
»Siehst du, Karl-Helmut, es gibt keine Antwort. Ich würde mit meiner Aktivität ganz schnell aus unserer Gemeinsamkeit hinauswachsen. Ich würde um alles in der Welt gern mit dir leben und lieben und auch alt werden mit dir – nur um einen Preis nicht: einen Mann neben mir zu haben, der keine Aktivität hat. Vielleicht nutzt es dir, wenn du einmal zu einem Psychiater gehst.«
»Du wirst unsachlich, Elina!«
»Nein, ich bin sachlich. Ich glaube nämlich, daß du gar nicht weißt, warum du so bist. Und warum du dich ununterbrochen an Entscheidungen vorbeidrückst –«
»Ich verbitte mir –«
»Nein«, sagte Elina, »nein, du kannst dir nichts verbieten. Einmal muß es dir jemand sagen, in aller Zuneigung, von der du vielleicht gar nichts merkst, weil du zu sehr in dich selbst versponnen bist. Du mogelst dich vorbei, und ein Arzt könnte dir, wenn du dich selbst analysierst, vielleicht sagen, was du tun kannst, um der Brencken zu werden, den man lieben und auf den man stolz sein kann. Ich liebe dich auch jetzt noch, aber ich kann nicht stolz auf dich sein.«
»Du schickst mich weg, weil ich nicht Major werde!«
Elina stieß die Zigarette energisch in den Aschenbecher.
»Nein!« rief sie, »verdammt nein, ich pfeife auf den Major!«
Sie warf die Haare zurück und funkelte ihn an. Wie schön sie ist, dachte er.
»Du bist so verbohrt, daß du nicht begreifst! Du willst nicht be-

greifen, du wirst es nie begreifen! Es ist sinnlos!« Sie wurde lauter, erregter, schüttelte die Fäuste vor seinem Gesicht, Tränen traten ihr in die Augen. »Du bist ein stupider Mann, der erst einmal mit dem Hammer geweckt werden muß! Ich liebe dich, du Narr, du blöder Narr, ich liebe dich –« Sie weinte, schluckte an den Tränen, warf sich auf einen Sessel und barg den Kopf in den Händen. Das Haar fiel ihr vors Gesicht.
Brencken erhob sich und legte die Hand auf ihre Schulter. Sie entzog sich mit einem Ruck.
»Du wirst es nie begreifen! Und es ist gut, daß ich es weiß!« Sie wandte sich ab, trat zum Fenster.
Brencken sagte leise: »Das ist ja wohl so etwas wie ein Rausschmiß.«
Er ist beleidigt, dachte sie und wurde ganz ruhig. Er kämpft nicht. Nicht einmal um mich. Sie hörte seine Stimme: »Laß uns gute Freunde bleiben, manchmal noch einen Schluck trinken.«
Sie lächelte dünn und tupfte die Tränen ab.
»Das mit den guten Freunden ist Schnack, das weißt du«, sagte sie. »Vielleicht denkst du auch daran, daß man gelegentlich in Erinnerung an frühere Zeiten miteinander schlafen kann. Nein, es ist Schluß. Und vom Schluck entbinde ich dich und mich. Jetzt und auch für morgen und übermorgen und überhaupt. Leb wohl, und denk mal an das, was ich dir eben gesagt habe. – Wenn du kannst.«
Er reichte ihr die Hand und ging ohne ein weiteres Wort.
Es tat ihr ein bißchen sehr weh, ihn gehen zu lassen, aber es würde unerträglich weh tun, wenn sie ihn nicht gehen ließ. L'amour fait passer le temps – le temps fait passer l'amour. Lange hatte die Liebe die Zeit vergehen lassen. Nun kam der zweite Teil. Le temps fait passer l'amour.
Sie hatte jetzt kein stärkeres Gefühl als diese Hoffnung. Sie griff nach ihrem Koffer.

»Wenn du die gleiche Aktivität wie auf dem Bettlaken auch sonst gehabt hättest ...«, erinnerte sich Brencken, als er kurz darauf allein im Offiziersheim saß. Das war genau das, was er mit sich herumtrug. Sie hatte es ausgesprochen, daß er, Karl-

Helmut Anatol Brencken, Hauptmann der Bundeswehr, gewesener Versicherungskaufmann, abgebrochener Jurastudent, nichts in seinem Leben ordentlich zu Ende gebracht hatte – absolut nichts.
Schule? Ja, doch. Richtiges, sauberes Friedensabitur 1939. Arbeitsdienst? Scheißzeit, verdammt, nicht daran denken. Kommiß? Verlorener Krieg, verlorene Heimat, Eltern tot, verlogene Zeit, unendlich verlogene Zeit, die er nicht erkannt hatte.
Oberleutnant a. D. Ja, das war er. Jurastudent. Schwarzhandel mit Rays Zigaretten, Versicherungen. Ohne mich. Nie wieder – Heimat verloren, Elternhaus verloren, Krieg verloren, Mut verloren, jetzt Elina verloren.
Er schlug die Faust auf den Tisch, holte die Whiskyflasche, goß das Glas halbvoll. Der Whisky war warm. Er drang schnell und bitter in die Zunge ein. Brencken schüttelte sich. Schmeckte wie – wie wann und wo – er versuchte, sich zu erinnern – Anja, richtig. In dem Zimmer über der Bar. Naß von der Dusche ins Bett. Damals, beim ersten Treffen der alten Kriegsdivision. Anja, vorbei – Schluß mit Elina. Fernsehen gut, sollte sie.
Hatte er sie geliebt?
Nun ja, er hätte sie heiraten können, so stark war sein Gefühl schon gewesen.
Wäre er glücklich geworden mit ihr? Hätte sie Kinder haben wollen? Kinder, die plärrend im Haus herumliefen, während sie schrieb? Die auch ihn belästigen würden, wenn er müde vom Dienst käme?
Warum hatte er sie nie gefragt?
Ehrlich, Brencken, du hast doch nur deine Bequemlichkeit bei Elina gesucht und gefunden. Konntest mit ihr schlafen, wann du wolltest, denn sie wollte auch. Daran konnte es nicht gelegen haben. Warum ging sie? Sie ging, »weil ihr Wesen und seines einander fremd waren«. Er spürte, wie seine Gedanken nur noch mühsam den Weg an die Oberfläche fanden, er spürte aber auch, wie die Wahrheit nachsetzte.
Nun noch einmal ganz langsam, zum Zergehen auf der Zunge sozusagen: Nichts geworden, Brencken.
Quatsch, Hauptmann ist doch was! Immerhin A 11, immerhin Amtmann. Aber sogar der Frédéric war mehr – ja, der war ja

schon als Major mit Ritterkreuz und Brunhildenpiez aus dem Krieg gekommen. Aber A 11 ist auch was! Und der Wächtersberg, viel jünger, ist schon Major. Na und? Erst Major und wird noch mehr. Hat vielleicht noch vor vier Jahren Herr Hauptmann zu dir gesagt, Brencken.
Und der Lehrgang – den hast du auch verbaut. Nicht ich allein – zwanzig Prozent! Und ich kann ihn wiederholen. Und wenn ich wieder durchsause?
Dann haben die eben was gegen mich.
Quatsch, Brencken, keiner hat was. Elina hat dich sogar geliebt, und doch ist sie gegangen. Sag dir endlich mal selbst ins Gesicht, daß du ein mieser Versager bist, vielleicht hilft das. Laß mich in Ruhe, ich bin kein Versager, ich habe eben meine Zeit nötig, zu allem. Und das begreifen die anderen nicht. Ich will meine Zeit haben, dann habe ich meinen Erfolg.
Schwaden von Whisky zogen durch sein Hirn. Natürlich war Elina gut im Bett, und Anja war auch sehr gut, Anja über der Bar. Er hatte einen Riecher für gute Mädchen, die etwas losmachen konnten. Er hatte auch nie Not gelitten, immer war eine dagewesen. Sogar Louella war gut, aber sie war zu hungrig, sie fraß ihn auf, die Amerikanerin, und die kleine Barbara war auch gut, das hatte sie von ihm gelernt. Er lächelte einen Augenblick: Gerade einmal hatte sie mit einem Mann geschlafen, mit einem Jungen, der es ihr nicht gut genug gemacht hatte, jedenfalls sagte sie, sie habe ihn in den Wind geschossen, das sei ja alles nichts, aber er, Karl-Helmut, er imponiere ihr. Und warum? Weil er ein Mann sei. Da hatte er ihr am Abend darauf gezeigt, was für ein Mann er war. Und sie hatte geschrien – und dann hatte sie sich an ihn geschmiegt . . .
Barbara – auch sie war gegangen, morgens nach dem Aufstehen und vor dem Frühstück. Die lieben Eltern wollten es nicht.
Alle waren gegangen, alle.
Tschüß, Elina, dachte er, hau ab, komm her – ach Schluß! Ich habe dich geliebt, Elina.
Aber es hat nicht gelangt.
Er trank das letzte Glas Whisky, schwankte in sein Dienstzimmer und übernachtete auf der Couch.

Der rote Staub saß in allen Nähten und Falten. Die Stiefel waren rot gepudert. An trockenen Tagen war auf dem Truppenübungsplatz Baumholder alles rot gepudert. Der Gefechtsstand lag in der Spitze eines nach Norden aufgebogenen Waldstückes.
Frédéric las ein Schriftstück, als Brencken sich meldete. Er dankte kurz und las weiter.
Major von Wächtersberg saß in einem der beiden Gefechtszelte und rechnete mit Oberfeldwebel Goos aus, welche Veränderungen die soeben eingetroffene Wettermeldung in den Kommandos für die Zielpunkte hervorrufen würde.
Oberleutnant Müller-Trix, Oberleutnant Schaumbaum und Brencken hatten die vorgehende Infanterie in ihren Schützenpanzern begleitet und das Feuer kommandiert. Major Wächtersberg führte auf Befehl von Oberstleutnant Frédéric das Bataillon.
»Drückt sich, wenn es um große Übungen geht«, hatte Violan geflüstert. »Ein 36-Stunden-Manöver der Brigade – das ist zuviel für ihn, da schaut er nicht durch.«
»Ich frage mich manchmal, wie der Kommandeur werden konnte«, sagte Brencken.
»Fragen Sie das lieber nicht, Brencken. Die Ratschlüsse des Herrn und der Personalabteilung sind unerforschlich, das waren sie immer schon. Spaß beiseite – woher sollen die denn oben wissen, wie Frédéric wirklich ist?«
»Vielleicht ist er katholisch, und der Abt von Duisdorf hat ihn protegiert?« schlug Brencken vor.
»Nee, evangelisch – ich glaube, katholisch hält er für unanständig.«
Jetzt, gegen Mittag, hatte sich der Angriff festgefahren. Jedenfalls hatte das die Leitung so befohlen. Natürlich hatten sie nicht scharf geschossen. Die Kommandos und das Feuer waren notiert worden. Sie absolvierten eine Gefechtsübung ohne scharfen Schuß. Frédéric hatte nichts gesagt, als Brencken ihm in der Nacht seine dritte Batterie feuerbereit gemeldet hatte. Er sprach nur das Nötigste.
Um die Waldspitze bog ein Jeep und hielt zwischen den Zelten.
»Der General!« rief Hauptmann Violan.

Oberstleutnant Frédéric meldete seinen Gefechtsstand.
Generalmajor Drehtigk lächelte – sein Lächeln war bekannt und verhieß nicht immer Gutes.
»Nun, Frédéric«, sagte der Divisionskommandeur, »schon viel geschossen heute?«
Frédéric ließ sich die Zettel aus dem Zelt reichen. »Es geht, Herr General«, sagte er und schlug die Absätze aneinander.
»Was heißt, es geht, Herr Frédéric?« fragte Drehtigk.
»Es war nicht allzu viel los, Herr General.«
Wenn er nur nicht immer mit den Absätzen klappen würde, dachte Brencken. Wächtersberg trat von einem Fuß auf den anderen.
»Das nun, Oberstleutnant Frédéric, stimmt nicht«, lächelte der General, sein Ton wurde eine Spur schärfer. »Ich habe schließlich diese Übung selbst angelegt, weiß also, was los war und was nicht. Waren Sie vorn?«
»Nein, Herr General, ich habe den Stellvertreter nach vorn geschickt.«
»Und warum, wenn ich mir die Frage erlauben darf?«
Brencken spürte, daß der General ungehalten wurde. Merkte Frédéric das nicht auch?
»Weil ich die Arbeit hier am Gefechtsstand beurteilen wollte, Herr General.«
»Haben Sie sie beurteilt?«
»Jawohl, Herr General, ich finde sie vorzüglich.«
»Wie schön, Frédéric, wie schön!« Das war blanker Hohn. »Also geschossen haben Sie nicht viel. Sind denn wenigstens genügend Feuerzusammenfassungen herausgegangen?«
Frédéric suchte auf seinem Zettel.
»Zwei, Herr General«, sagte Wächtersberg ruhig.
»Zwei. Müßten Sie eigentlich wissen, Frédéric, wenn Sie die Arbeit Ihres Stabes als vorzüglich beurteilen. Warum so wenig?«
»Wir legen heute größeren Wert auf die S-2-Arbeit, Herr General!« Frédérics Stirn zeigte Spuren von Schweiß. Geschieht ihm recht, dachte Brencken schadenfroh.
»Na, dann zeigen Sie mal, was Sie aufgeklärt haben an feindlichen Bewegungen und Waffen.« Generalmajor Drehtigk

beugte sich über das Papier, das ihm Major von Wächtersberg vorlegte. Er trat an den Kartentisch und blickte auf die aufgespannte Folie. »Nicht sehr toll, oder wie sehe ich das?«
Major von Wächtersberg sagte ruhig: »Das ist alles, was von der Leitung über unsere Batterien hereingegeben wurde, Herr General. Mehr konnte nicht aufgeklärt werden.«
Drehtigk lächelte Wächtersberg einen Augenblick an. »Also, Frédéric warum ist so wenig geschossen worden?«
»Die Feindaufklärung, Herr General –«
Drehtigk konnte sozusagen aus dem Stand laut werden, scheinbar ohne sich zu engagieren, ohne das Lächeln aus dem Gesicht zu verlieren. »Sie reden immerzu von Ihrer S-2-Arbeit, worüber mir Ihr Stellvertreter Auskunft gibt, der dazu noch den ganzen Morgen vorn war. Und ich höre immer noch keine Begründung, warum Sie so wenig geschossen haben, Frédéric. Vielleicht kann mir Ihr Stellvertreter darauf antworten?«
Major von Wächtersberg legte ruhig die Hand an den Stahlhelm: »Herr General, ich habe heute morgen von vorn geführt, ich habe den ganzen Angriff mitgefahren. Ich melde Ihnen, daß sich nach der mir und uns vorn geschilderten Lage nicht mehr Ziele anboten, auf die sich Feuerschläge lohnten. Ich habe daher davon abgesehen, unnötig Munition zu verpulvern.«
Drehtigk schaute Wächtersberg an, lächelte und sagte: »Das, Major von Wächtersberg, ist eine Begründung, die ich anerkenne. Danke, Major von Wächtersberg.« Und lächelnd fügte der General hinzu: »Ach, Frédéric, wenn Sie mich doch bitte noch ein paar Schritte begleiten würden.«
Er salutierte, wandte sich, ging hundert Schritte, blieb stehen. Sie sahen, daß er die Hände in den Hosentaschen hatte, daß Oberstleutnant Frédéric in der Vorschriftsposition »Stillgestanden« verharrte, während der General, mindestens vier Minuten lang, seinen Monolog hielt.
Sie sahen Frédéric salutieren, der General winkte seine Begleitung ab, ging zu seinem Jeep und fuhr davon.
Diesmal wird er ihn durchschaut haben, dachte Brencken.
»Ich wäre Ihnen dankbar«, sagte Frédéric, als er zurückkam, zu Major von Wächtersberg, »wenn Sie in Gegenwart des Generals nur redeten, wenn Sie gefragt werden.«

»Ich bin gefragt worden – Sie haben es selbst gehört«, erwiderte Wächtersberg.
Frédéric ließ ihn stehen und ging in sein Zelt.
Hauptmann Violan klopfte sich den Staub aus der Feldhose.
»Nun gibt der Alte dem Stellvertreter noch einen drauf, weil er ihn aus der Scheiße gezogen hat«, sagte er.
»Haben Sie was anderes erwartet?« fragte Oberleutnant Müller-Trix.
»Nein, aber der General weiß sicher nicht, daß der Alte den ganzen Morgen in der Gegend herumgefahren ist und keineswegs den Feindnachrichtenkram beobachtet hat.«
»Bei mir in der Feuerstellung hat er gemeckert, weil einer meiner Unteroffiziere ein Halstuch umhatte.«
Brencken fügte hinzu: »Ich habe alle meine Befehle heute nur vom Stellvertreter bekommen, den Kommandeur habe ich kein einziges Mal gesehen.«
Wächtersberg, der zu der Gruppe trat, sagte: »Schluß, meine Herren, ich möchte das nicht hören.«

Die große Brigadeübung ein halbes Jahr später beendete den Ausbildungsabschnitt.
Oberst Bergener wußte, daß er nicht mehr General werden würde. Er resignierte, aber er war bemüht, es niemand merken zu lassen.
Der Ausbildungsabschnitt hatte den Winter umfaßt.
Jetzt, im Februar, rollte die Brigade zur Senne. Sonne und Mond machten mit ihrer scharfen Helle die Kälte nur noch bewußter.
Es war die kälteste Nacht des Jahres.
27 Grad unter Null.
Der Fahrtwind fraß eisige Löcher in die Wangen. Die Kraftfahrzeuge waren offen, die Windschutzscheiben abgeklappt. Das war so befohlen. Basta. Kopfschützer, Halstücher, Schals, dicke Handschuhe – alles nutzte nichts, die Soldaten froren. Sie froren so sehr, daß sie nicht einmal mehr schimpften.
Auf den Straßen, die sich von Beckum her auf den Truppenübungsplatz Senne zuschoben, gerieten die Kolonnen ineinander.

Oberst Bergener, der in einer Scheune die Lage an seine Kommandeure ausgab, erfuhr davon, als es längst zu spät war. Die Petromaxlampe, von der der G 3 behauptete, man könne sie ohne vorherige Absolvierung eines Sonderlehrgangs nicht bedienen, verströmte scharfen Benzingeruch.
Der G 3 erläuterte die Situation. Bergener hatte sich nie an die Arroganz dieses Generalstabsoffiziers gewöhnen können. Aber er mußte zugeben, daß er sein Geschäft verstand.
Die Kommandeure verfolgten die Angaben auf der Karte, hauchten auf die Fingerspitzen, malten rote und blaue Kringel, schrieben Notizen auf die Meldeblocks.
Bergener suchte nach Frédéric und fand Wächtersberg. Wo mochte Frédéric, der Kommandeur seiner Brigadeartillerie, sein? Die 27 Grad unter Null fraßen sich durch die Heuballen der Scheune. Es zog unsagbar kalt in die Knochen.
Bergener war froh, als alle ihre Befehle hatten. »Wo ist Ihr Kommandeur?« fragte er einen Augenblick später Wächtersberg.
»Der ordnet das Bataillon, Herr Oberst.«
»Ordnet was?«
»Das Bataillon, Herr Oberst. Die Spitze ist an einem haltenden Teil des Panzerbataillons vorbeigezogen, und da hat es Durcheinander gegeben.«
Bergener war entsetzt. »Dann gute Nacht«, sagte er. »Wenn wir die Panzer rechtzeitig vorn haben, fresse ich einen Besen.«
Gegen vier Uhr morgens war die Verwirrung vollkommen. Das Panzerbataillon konnte wegen der engen Straße nicht an der Artillerie vorbeiziehen, die ihrerseits erst gegen fünf Uhr in die Stellungen auf dem Platz einrücken durfte.
Später, als alles entwirrt war, fand sich der Fehler: Zwar hatte Oberleutnant Schaumbaum, der die vierte führte, den Befehl Frédérics befolgt, auf jeden Fall dem vorauffahrenden Bataillon auf den Fersen zu bleiben, aber er hatte sich nicht um die Weisung des Feldjägers gekümmert, die Artillerie habe hierher, die Panzer hingegen hätten dorthin zu fahren.
Schaumbaum war falsch gefahren, Frédéric hatte ihn angebrüllt, ihm befohlen, umzukehren, was gar nicht ging, und da-

mit den Wirrwarr perfekt gemacht. Nun aber war die Straße auch für den Gegenverkehr gesperrt, weil die gesamte Artillerie neben dem zweiten Panzerbataillon stand.

Gegen vier Uhr traf Oberst Bergener den Oberstleutnant Frédéric. Er stand an seinem Jeep, über die Karte gebeugt.

»Frédéric«, sagte Bergener, »wenn Sie jetzt nicht endlich eine Entscheidung treffen und den Weg frei machen, den Ihr Bataillon vermurkst hat, geht die ganze Übung baden.«

»Daran ist der Oberleutnant Schaumbaum schuld, Herr Oberst.«

»Wenn Sie sich dazu noch angewöhnten, Fehler Ihres Bataillons auf sich zu nehmen, statt sie auf einen Offizier abzuschieben, wäre das nachgerade schön.« Bergener sah seine Übung untergehen. »Also – was wollen Sie machen, Frédéric?«

»Die Straße ist –«

»Das will ich nicht wissen. Ich sage Ihnen jetzt, was Sie machen sollen: Sie ziehen sofort alle Ihre Batterien nach vorn und verhalten am Platzrand. Dann gehen Sie in Stellung.« Er wartete die Bestätigung nicht ab, sondern stieg in seinen Jeep. Es war sowieso alles zu spät. Die Artillerie kam zwar rechtzeitig, aber die Panzer erreichten die Ausgangsposition erst zu einem Zeitpunkt, als die Angriffsspitzen schon zwei Kilometer weiter sein sollten.

Bei unverändert 27 Grad minus ging der Angriff erst zwei Stunden nach vorgesehenem Beginn los.

Dabei stieß dann das eine der Panzergrenadierbataillone auf vier Hubschrauber vom Typ Vertol H 21, kurz »Banane« genannt, und auf den gesamten Feind, den die Drehflügler gebracht hatten. Der Kommandeur faßte einen schnellen Entschluß, kassierte die Hubschrauber und den Feind und meldete dies stolz seinem Brigadekommandeur.

Oberst Bergener wurde einmal an diesem Tage laut. Das war, als er den Bataillonskommandeur anschrie, wieso er dazu käme, »den für den Fortgang der Übung bitter nötigen Feind zu kassieren«, statt an ihm vorbeizuziehen und damit der Übung den rechten Lauf zu lassen.

Später, in einem Hörsaal, saß Generalmajor Drehtigk lächelnd und schweigend auf der Bühne des halbrunden Hörsaals mit

den ansteigenden Bänken. Bergeners Bekenntnis, so ziemlich alles, was hätte schiefgehen können, sei schiefgegangen, schien an ihm vorüberzuwehen.
Endlich erhob er sich und trat an das Rednerpult. Er lächelte. »Herr Oberst Bergener, meine Herren!« Er machte eine wirkungsvolle Pause, schaute die Offiziere der Brigade ringsum an und fuhr fort: »Einer der Inspekteure des Heeres hat einmal folgende Manöverkritik gehalten: Das einzig Bemerkenswerte war der Sonnenaufgang – und der war heute auch nicht gut. Ich möchte es anders sagen: die Übung heute, die Herr Oberst Bergener bereits in so dankenswerter Weise kritisch gewürdigt hat, zeigte, daß wir sie noch einmal machen sollten. Herr Oberst Bergener wird mir zustimmen, wenn ich mit ihm zusammen die Wiederholung dieser Übung auf den kommenden Samstag festlege. Ich danke Ihnen, meine Herren, guten Abend, meine Herren!« Trat zurück, griff nach seiner Mütze, nickte Bergener zu und ging.
Bergener wußte nun, daß ihn sein Divisionskommandeur bei schicklicher Gelegenheit versetzen lassen würde.
Die Offiziere des Artilleriebataillons vernahmen aus dem Munde des Oberstleutnants Frédéric eine abfällige Kritik über die Brigadeübung und ihre Anlage, die deutlich auf den Brigadekommandeur Bergener zielte. Sie hörten ferner, daß das Bataillon zwar eine ganze Menge kleiner Fehler gemacht hatte, daß es aber sonst brav seine Arbeit geleistet habe.
Tatsächlich, brav, sagte Frédéric.
Major von Wächtersberg meldete sich zu Wort. »Dem kann ich nicht zustimmen«, sagte er. »Daß die Brigade durcheinandergeriet, ist eindeutig ein Fehler dieses Bataillons gewesen. Die Chancen, das Bataillon auf einem Nebenweg aus dem Durcheinander herauszuführen und damit dem Panzerbataillon den Weg frei zu machen, sind nicht genutzt worden. Es waren nach meiner Meinung keine Pannen, sondern entscheidende Fehler, die gemacht wurden, Herr Oberstleutnant.«
Frédéric schwieg ein paar Sekunden, dann sagte er: »Ich sehe das nicht so, Herr von Wächtersberg.«

Noch ehe Hauptmann Karl-Helmut Anatol Brencken zum zweiten Mal nach Hamburg fuhr, um erneut den Anlauf zum Major zu nehmen, wurde Wächtersberg versetzt. Der Abschiedsfeier blieb Frédéric, der sich kurz zuvor lautstark mit dem Major zerstritten hatte, fern. Er verabschiedete ihn vor der Front des Bataillons mit wenigen Worten, wünschte ihm viel Soldatenglück und ging davon.
Hauptmann Violan überreichte dem scheidenden Stellvertreter einen silbernen Teller.
Oberst Bergener wurde kurz darauf in den Ruhestand versetzt. In seiner Beurteilung des Oberstleutnants Frédéric hatte er unter VII 2 auf der rechten Seite oben, wo die Schwächen aufgezeichnet werden, vermerkt, der Oberstleutnant Frédéric müsse sein Geltungsbedürfnis bezähmen und einsehen lernen, daß auch ihm Fehler unterlaufen können.
Eigentlich sollte ich ihn ablösen lassen, dachte Bergener. Oder wegloben.
Es geschah keines von beiden. Generalmajor Drehtigk entschied, daß der Oberstleutnant Frédéric schnellstens einen Lehrgang an der Schule der Bundeswehr für Innere Führung in Koblenz zu absolvieren habe; vielleicht lerne er es dann.
Als Frédéric erfuhr, daß er für mehrere Wochen nach Koblenz sollte, lief er rot an. Er stand im Offizierheim, als Körbis ihm die Nachricht überbrachte. Der G 1 der Division habe angerufen, Befehl des Generals.
»Das hat man nun davon!« schrie er. »Ich scheiß' auf den Lehrgang!«
Violan schaute Brencken an, dann Frédéric.
»Überhaupt, diese Armee ist ein Scheißladen, meine Herren! Was soll uns das, diese Scheißdemokratie, die uns die Alliierten beschert haben! Und dazu diese Verbrecher in Bonn! Jawohl, Verbrecher in Bonn, im Bundestag, die machen die ganze Armee kaputt mit ihrem Kram!«
Violan ging dazwischen: »Aber Herr Oberstleutnant, so kann man das doch nicht –«
»Man kann. Ich sage es. Scheißdemokratie, an der Spitze dieser verkalkte Adenauer, dieser Erfüllungspolitiker!«
Violan wurde heftiger: »Herr Oberstleutnant, so kann man das

nicht sagen – das können nicht einmal Sie so sagen! Das ist nicht der richtige Ton!«
Frédéric fuhr herum: »Nicht der richtige Ton? Das ist so, nehmen Sie das zur Kenntnis!«
Violan ließ nicht nach. »Gott sei Dank hat dieses Casino dichte Wände, Herr Oberstleutnant, und Gott sei Dank gilt noch, was immer galt: daß alle hier frei reden können. Aber das, was Sie eben gesagt haben, Herr Oberstleutnant, widerspricht doch in ungeheuerlicher Weise allem, was Sie, als Sie den Rock wieder anzogen, als Auftrag und geistiges Gepäck mitbekommen haben!«
»Jawohl!« schrie Frédéric. »Alles Verbrecher in Bonn, die alles falsch machen – und bleiben Sie mir nur vom Halse mit ›Innerer Führung‹! Dieser Quatsch dient doch nur dazu, daß es bald keine anständigen Soldaten mehr geben wird!«
Violan stand auf, sagte, das wolle er sich nun nicht mehr länger anhören, guten Abend. Er ging hinaus, ohne an der Tür mit einer Verneigung zu grüßen.
Auch Brencken hatte sein Glas beiseite geschoben, war aufgestanden und mit Verneigung, aber ohne ein Wort gegangen.
Melden oder nicht melden? Violan und Brencken sprachen lange darüber. Dann sagte Violan, er sei nicht derjenige, der seinen Kommandeur hinhänge, und sei er noch so unhaltbar. Brencken stimmte ihm zu.
Am Abend des folgenden Tages bat Frédéric Violan und Brencken zu sich. »Natürlich bin ich für Demokratie«, sagte er, »damit Sie mich nicht mißverstehen, meine Herren.«
»Es war nichts mißzuverstehen«, erwiderte Violan, »Sie haben eindeutig und wiederholt gesagt, unsere politischen Vertreter in Bonn, an der Spitze der Bundeskanzler, seien Verbrecher, und wir lebten in einer Scheißdemokratie.«
»Genügt Ihnen meine Erklärung nicht?« fuhr Frédéric auf.
»Reden wir nicht mehr darüber«, sagte Violan.
Brencken schwieg.
»Sie müssen das so sehen«, lenkte Frédéric wieder ein, »ich sprach als ein Soldat von früher.«
»Sie sind aber einer von heute, Herr Oberstleutnant. Ich bleibe dabei, reden wir nicht mehr darüber.«

Scheißdemokratie und Verbrecher in Bonn – Brencken, der gewisse Neuerungen in dieser Armee nicht eben liebte, würde diese Worte nicht vergessen. Was der Oberstleutnant Frédéric in den acht Wochen, die er auf einem Kommandeurlehrgang an der Schule der Bundeswehr für Innere Führung verbringen mußte, wohl lernen würde?
Vermutlich gar nichts.

Am Tage vor seiner Abreise nach Hamburg sah Brencken im Regionalprogramm des Fernsehens zum ersten Male Elina Merkter. Sie machte sich gut auf dem Bildschirm. Elina interviewte einen Sänger, der sich sehr schüchtern gab. Ihre Fragen waren gescheit. Und sie redete, im Gegensatz zu vielen ihrer Kollegen, viel weniger als der Star. Später sang er einen seiner neuen Titel und begleitete sich selbst auf dem Flügel. Elina lehnte sich an das Instrument, die Kamera blieb einige Sekunden auf ihrem Profil.
Schade, dachte Brencken. Aber es schmerzte nur noch ganz leicht.

»*Clausewitz schreibt: ›Ohne Mut und Entschlossenheit kann man in großen Dingen nie etwas tun; denn Gefahr gibt es überall.‹*
Der Dienst am Frieden ist ein ›großes Ding‹; eine notwendige Tat in einem Augenblick, da die Menschheit vor Aufgaben steht, die nur mit äußerster gemeinsamer Anstrengung und nur aus einem neuen Geist zu lösen sind.
Denn soviel ist sicher: Die deutsche Situation ist nur ein Beispiel dafür, daß Gewaltsamkeiten nicht mehr vorwärts, noch rückwärts, sondern platterdings ins Nichts führen. Vergangene Zustände lassen sich unter keinen Umständen restaurieren. Die Lösung ist in größeren Zusammenhängen zu suchen.«

Generalleutnant Wolf Graf von Baudissin in einem Vortrag über den »Beitrag des Soldaten zum Dienst am Frieden«, gehalten am 29. 7. 1968 in Kloster Kirchberg.

1968

Der Hauptmann Karl-Helmut Anatol Brencken, siebenundvierzig Jahre alt, einsneunzig hoch, unverheiratet, wohnte in einer Zweizimmerwohnung am Rande der kleinen Stadt Werkenried. Er fuhr einen schnellen Sportwagen. Und er hatte Susi.
Zur Zeit hatte er Susi.
Ein Offizier aus dem Brigadestab hatte einmal gemosert, das gehöre sich doch nicht, ein Altersunterschied von zweiundzwanzig Jahren. Und überhaupt.
Der Bataillonskommandeur, Oberstleutnant Stertzner, hatte erwidert, er denke nicht daran, in die Betten seiner Offiziere zu leuchten. Die gingen ihn nichts an, und jeden anderen auch nicht. Jener aber hatte gekontert, man könne doch den Ehefrauen nicht die Freundin eines Offiziers zumuten.
Da war Stertzner explodiert. Er wiederhole, bitte sehr, zum Einprägen, daß ihn die Privatverhältnisse seiner Offiziere nichts angingen, daß die Zeiten vorbei sein müßten, in denen das Privatleben der Offiziere Gegenstand dienstlicher Erörterungen zu sein pflegte. Und er denke nicht daran, einem unverheirateten – er wiederhole: unverheirateten! – Hauptmann Vorschriften zu machen, mit wem er und wo, und jetzt verbitte er sich dieses Gespräch.
Brencken hatte davon erfahren und sich bei seinem Kommandeur bedankt. »Quatsch, Brencken«, sagte Stertzner. »Diese Arschlöcher haben völlig vergessen, daß sie selber, als sie noch unverheiratete Leutnants waren, ganz andere Dinge berissen haben. Ich finde Ihre Freundin hübsch und klug. Bringen Sie sie bitte mit, wenn Sie demnächst zu mir zum Abendessen kommen.« Nach einer Weile hatte Stertzner hinzugesetzt: »Sehen Sie, ich war als junger Leutnant für kurze Zeit in einer Genesenenkompanie, wir waren verhältnismäßig viele Offiziere, acht oder zehn. Der Chef, einer aus dem Ersten Weltkrieg, wissen Sie, so einer, der noch bei der Löhnung fragte: ›Haben Sie noch Ansprüche an Geld, Brot oder sonstigen Kompetenzen an die Kompanie, so treten Sie vor!‹ – der Chef war knapp fünfzig, seine Frau fünfunddreißig. Und einer von unseren Leutnants schlief in schöner Regelmäßigkeit mit ihr, wenn

der Alte mit der Kompanie draußen war. Er dachte, wir merken das nicht, aber einer, ein mieser Giftzwerg, steckte es dem Chef. Wir haben das natürlich verurteilt, daß der Kerl mit der Frau seines Chefs ins Bett ging, wir haben auch versucht, ihm klarzumachen, wie unanständig so was ist – aber er sagte, das ginge uns nichts, aber auch gar nichts an, er liebe diese Frau, Schluß. Na ja, der Kompaniechef hat sich drei Tage später erschossen. Der Leutnant, bestürzt über die Folgen, ließ sich versetzen, er ist dann in den letzten Tagen vor Berlin gefallen. Sehen Sie, seit dieser Zeit hänge ich mich in nichts hinein, auch wenn es den Vorstellungen dieser Herren von gestern nicht entspricht.«

Manchmal sah Brencken ein paar Kameraden bei sich. Sie spielten Karten, sie tranken, manchmal sogar sehr viel. Brenckens Hausbar war stets wohlgefüllt. Er bevorzugte Scotch Whisky, den er pur über Eiswürfeln trank. Susis Lieblingsgetränke waren Campari und Cynar, ein Artischockenbitter, der erst vor kurzem Eingang auf den deutschen Markt gefunden hatte.

Susanne Widderstein zählte fünfundzwanzig Jahre. Das schlanke Mädchen mit den kurzgeschnittenen, aschblonden Haaren, mit großen, stets apart grün umtuschten Augen und silberig rot gelackten Nägeln, reichte Brencken bis an die Schultern. Sie trug am liebsten Hosen, auch auf der Straße. Wenn sie Röcke trug, waren es die kürzesten der Stadt.

»Du trägst breit geratene Gürtel«, sagte Brencken anerkennend.

»Nein. Die Leute hier sagen, das sei eine Popomanschette.«

Susanne Widderstein hatte sechs Semester Germanistik studiert, die letzten beiden in Frankfurt. Dann hatte sie die Buchhandlung eines Onkels übernommen, der sich vom Geschäft zurückziehen wollte.

Eines Tages hatte sich ein Mann von ziemlicher Länge vor einem der Regale festgelesen und nicht bemerkt, daß sie ein Buch aus diesem Regal holen wollte.

»Verzeihen Sie, mein Herr, ich muß an Ihnen vorbei.« Sie warf einen Blick auf den Titel »Stille Tage in Clichy«. Henry Miller.

»Ach du lieber Gott!« sagte sie.

Er klappte das Buch schnell zu und stellte es wieder an seinen Platz. »Ist ja schließlich Weltliteratur«, sagte er entschuldigend.
Sie lachte. »Aber so war's doch gar nicht gemeint, ich bin nicht so prüde. Es ist unser letztes Exemplar, und ich will es gerade verkaufen.«
Er wurde beinahe rot, griff ins Regal und reichte ihr das Bändchen.
Sie verkaufte den Miller und wandte sich dann an Brencken.
Er erinnerte sich an das Firmenschild: »Frau Kappenberger –«
»Das ist der Name meines Onkels, ich heiße Susanne Widderstein.«
»Brencken, Hauptmann«, stellte er sich vor.
»Sie sind bei der Bundeswehr?«
»Ja, oben in der Kaserne.«
»Schon lange? Ich habe Sie noch nie gesehen.«
»In Werkenried seit zwei Jahren.«
»Einige Herren kenne ich – Hauptmann Sagel und den netten kleinen Leutnant Mörberg zum Beispiel.«
»Dann wird es Zeit, daß Sie auch den Hauptmann Brencken kennenlernen.«
»Haben Sie Ihre Familie hier in der Stadt?«
Er konstatierte ein kleines Lauern in ihren Worten und wurde fröhlich. »Nein, meine Familie gibt es nicht. Ich bin allein. Aber bitte die Gegenfrage: Wie geht es Herrn Widderstein?«
Sie lächelte. »Ich weiß es nicht, mein Bruder lebt in Argentinien.«
»Und Ihr Mann? So eine schöne Frau ist doch nicht allein?«
»Den gibt es nicht. Und ob ich allein bin – na, ich denke, das geht Sie nichts an.«
»Oh, Pardon!« sagte er enttäuscht.
Er kaufte ein paar Taschenbücher, er verabschiedete sich und bat, sie wiedersehen zu dürfen – vielleicht einmal außerhalb der Buchhandlung.
»Vielleicht«, lächelte sie.
Das war der Anfang gewesen. Und bald wußte Karl-Helmut Anatol Brencken, daß von allen Frauen, die er geliebt hatte, diese ihm am nächsten stand. Und daß bei ihr das Bett wirklich

nur das Zweitwichtigste war. Für ihn war die Tatsache, daß er erst nach vier Monaten zum ersten Mal mit ihr geschlafen hatte, die Gewähr dafür, daß sie anders war als die anderen. Er wußte nicht, daß er bei ihr anders war als bei den anderen.
Schon am nächsten Tage war er wieder in der Buchhandlung erschienen.
»Alles ausgelesen?« fragte Susanne.
»Alles liegen gelassen, ich möchte nicht lesen.«
»Warum sind Sie dann hier?«
»Ich möchte mit Ihnen ausgehen.«
»Sie haben ein ziemliches Tempo drauf, Captain.«
»Wenn ich es nicht vorlege, sind Sie vielleicht morgen schon in festen Händen.«
»Und woher wollen Sie wissen, daß ich nicht schon in festen Händen bin?«
»Sind Sie?«
»Welche Bücher darf ich Ihnen heute empfehlen, Herr Brencken? Vielleicht lesen Sie einmal diesen Roman hier. Da geht es um die Liebe eines älteren Mannes zu einer Zwanzigjährigen.«
»Sind die festen Hände noch jung?«
»Dieses Buch zeigt, daß ältere Männer mit ihren Erfahrungen durchaus in der Lage sind, jungen Mädchen den Himmel auf Erden zu bereiten. Aber dreißig Jahre Unterschied – das ist eben doch zuviel.«
»Also – wie ist das nun mit den festen Händen?«
Susanne Widderstein wurde ernst. »Ja, Herr Brencken, sie sind da. Und sie sind jünger als Ihre.«
»Schade«, sagte er.
Später hatte sie ihm dann alles gesagt. Daß sie seit eineinhalb Jahren mit einem Studienrat liiert war, daß der ehrgeizige junge Mann sein Studium fortsetzte, daß ihm sein Beruf alles war. Und daß er lediglich Entspannung bei seiner Freundin Susanne suchte, im Bett. Das war ihr nicht genug. Auch ohne Brencken hätte sie sich von ihm getrennt – er beschleunigte nur das Verfahren – das war alles.
Eines Tages hatte sie ihn angerufen, ob er Zeit habe zum Ausgehen.

»Ich bin ziemlich glücklich«, sagte er, als sie abends durch die Straßen gingen.
»Ziemlich ist zuwenig. Darf ich Karl-Helmut zu Ihnen sagen?«
»Meine Freunde nennen mich Charly.«
»Karl-Helmut Brencken. Haben Sie noch mehr Vornamen?«
»Anatol!«
»Wie kommen Sie dazu?«
»Stammt von einem Vorfahren.«
»Soll ich Sie Anatol nennen?«
»Bitte sagen Sie Charly zu mir – oder Karl-Helmut, wie Sie wollen.«
»Also gut, Charly.«
»Und ich darf Susi sagen?«
»Sie dürfen, Charly. Und wehe, wenn Sie meine anderen Vornamen nicht sofort vergessen!«
»Wie heißen Sie denn noch?«
»Susanne Magdalene Irmela Donata-Maria.«
»O Gott, ist das schön, Donata-Maria!«
»Unterstehen Sie sich!«
Nach einer Weile hakte sie sich bei ihm ein.
»Schwergefallen?« fragte er.
»Was?«
»Die anderen Hände wegzutun.«
»Nicht meinetwegen, seinetwegen. Er hing an mir, aber der gebende Teil war immer nur ich. Aber einmal hat man sich ausgegeben . . .« Unvermittelt fügte sie hinzu: »Ich will Ihnen ganz offen sagen, Charly, ich mag Sie. Ich mag Sie so, daß ich diese Trennung schneller vollzogen habe, als ich's ursprünglich vorhatte. Nur eine Bitte: lassen Sie sich dadurch nicht verleiten, ein Tempo anzuschlagen, das unsere Freundschaft nur zerstören würde.«
Er blieb stehen. »Susi, ich will Ihnen zwei Dinge sagen. Erstens: ich liebe Sie. Zweitens: Ihr Tempo ist mein Tempo.«
Sie zog seinen Kopf herab und küßte ihn zart. Es war nur ein Hauch, aber er meinte, nie im Leben hätte ein Mund ihn so berührt.
Manchmal, wenn er sie in ihrem Zimmer in den Armen hielt,

während er mit den Lippen in ihren kurzen Haaren spielte, glaubte er, sie an sich reißen zu sollen. Aber er hatte ihr Tempo als das seine akzeptiert.

»Ich liebe dich, Charly, ich habe noch niemanden so geliebt, Charly, himmellanger geliebter Captain.«

»Und alle anderen vor dir sind vergangen.«

»Wieviel waren vor mir?«

»Warum willst du es wissen?«

»Nur so.«

»Ist das so wichtig?«

»Ja.«

»Ich müßte sie zählen.«

»Zähle sie.«

»Also Gerda – 1940 –«

»Wer war Gerda?«

»Wenn du anfängst, bei jeder Fragen zu stellen, werden wir nie fertig.«

»So viele?«

»Also, ich soll zählen.«

Sie zog ihn an sich.

»Nein, laß das! Ich werde eifersüchtig auf jede.«

»Und du? Wie viele Männer gab es vor mir?«

Sie schwieg.

»Wie alt warst du beim erstenmal?«

»Warum willst du das wissen, Liebster?«

»Weil ich gern alles über dich wissen möchte.«

»Ich war sechzehn, und es war nicht schön. Einer nahm mich so einfach im Auto. Und wenn ich nicht so neugierig gewesen wäre, wäre es auch nicht passiert.«

»War es schlimm?«

»Ziemlich. Es war auch das erste Mal für ihn. Aber ich wollte es, ich darf mich nicht beschweren.«

»Und dann?«

»Dann war drei Jahre nichts.«

»Nichts?«

»Gar nichts – ach was, ich kann es dir doch nicht verschweigen, ich will es auch nicht verschweigen. In dieser Zeit hatte ich eine Freundin. Findest du das schlimm?«

»Nein, ich verstehe es gut. Ich glaube, so etwas kann sehr zart und zärtlich sein. War es so?«
»Es war so. Bis dann der zweite kam, ein Studienfreund. Mit ihm habe ich unvergeßlich schöne Stunden erlebt –« Sie hielt die Hand an den Mund. »Hätte ich das nicht sagen sollen?«
»Aber ja doch! Erzähl weiter!«
»Aber nach einem Jahr haben wir uns getrennt, weil wir eben doch nicht zueinander paßten. Er hat geheiratet, und heute ist er glücklicher Vater von zwei kleinen Mädchen.«
»Und der dritte?«
»Rechnen wir die nächsten drei als einen, das waren Notlandungen, weißt du. Und dann kam mein Studienrat. Nach Adam Riese waren es also sechs.«
»Und ein Mädchen.«
»Sechs und ein Mädchen – schlimm?«
»Ich liebe dich«, sagte er und küßte sie.
»Bist du eifersüchtig auf die Männer?«
»Höchstens auf das Mädchen.«
»Warum?«
»Weil das drei Jahre gehalten hat.«
»Rechenmaschine!«
Er fragte: »Bist du wirklich eifersüchtig auf meine Vergangenheit?«
Sie wurde plötzlich ernst, kam ihm ganz nahe und schaute ihm in die Augen. »Ich bin eifersüchtig auf jede, mit der du geschlafen hast, auf jede, die du mit diesem Blick angeschaut hast – ja, so wie du mich jetzt ansiehst! Und ich bin sogar eifersüchtig auf die, die schon mit dir geschlafen haben, als ich noch gar nicht geboren war. Ich werde immer eifersüchtig sein, Charly, denn ich liebe dich. Und nur dich und nichts als dich.«
Er schaute in ihre graugrünen Augen. Er war glücklich.
»Als du da vor mir an dem Regal standest, und als ich dich zum ersten Mal ansah, da hat es mir einen Ruck gegeben. Kennst du das auch?«
»Ja, mein Liebling.«
»Hat es geruckt damals?« fragte sie.
»Es ruckt immer noch, Liebling.«
»Wenn du gewußt hättest, wie du mich an diesem ersten Tag

zurückgelassen hast – ein Backfisch, dem das Herz weggeflogen war.«
»Aber angesehen hast du mich wie eine Dame, die einem Mann klarmacht, daß er am Rande einer Ohrfeige spazierengeht.«
»Nein, ich war weg, Charly – ich wußte damals schon, der Mann ist für mich gebacken.«
»Ich bin für dich gebacken, Susi.« Und nach einer Weile: »Ich möchte dich haben. Wenn du willst.«
Sie richtete sich auf. »Ich möchte, ich möchte lieber als alles andere dich jetzt haben, Charly. Aber ich möchte auch, daß wir noch warten. Ich möchte, daß alles noch stärker wird, ehe ich spüren will, wie du bist, Charly.«
»Ich verstehe es nicht, aber ich möchte, daß geschieht, was du willst.«
Sie stand auf, schüttelte die Haare zurecht und ging ins Bad. Als sie zurückkam, hatte sie etwas Rouge aufgelegt und die Augenumrandung erneuert. Sie küßte ihn auf die Nasenspitze.
Er zog sie in seinen Arm und küßte sie, daß ihr der Atem wegblieb.
Er liebte Susanne Widderstein.
Sie war anders, ernsthafter. Sie war zum Bleiben. An ihr war etwas, was er bisher nicht gefunden hatte – aber was war es? Klugheit und Charme und Herzlichkeit und Zuneigung. Aber das war nicht alles. Er würde es herausfinden müssen, wenn er wissen wollte, wie Susanne Widderstein wirklich war. Er würde sich im Laufe der Wochen und Monate sorgfältig um sie bemühen müssen. Er mußte sie ernstnehmen als Mensch und als Partner, um ihr Geheimnis zu ergründen. Ihre Vergangenheit, ihre Gegenwart, ihre Zukunft – das alles hatte ihn zu interessieren.
Aber dann dachte er, er könne es sich auch einfacher machen, indem er es darauf anlegte, so bald wie möglich mit ihr zu schlafen.
Ja, das wäre wohl der einfachere Weg. Er würde dann sehr schnell herausfinden, was ihn auf so besondere Weise an sie band. Er legte sich keine Rechenschaft darüber ab, daß er seiner Linie treu blieb und sich an einer klaren Entscheidung vorbei-

drückte. Und daß er – nichts Neues in seinem Leben – damit schon das Ende ihrer Beziehungen abgesteckt hatte.
Als sie ihm schließlich gewährte, worauf er gewartet hatte, an einem Winterabend in seiner Wohnung, als er sie langsam entkleidete und mit den Fingerspitzen ihre Körperlinien nachzog, als er begann, ihren Körper zu küssen, entflammte sie in solcher Wildheit, daß er mit ihr zusammen einen fast schmerzenden Höhepunkt erreichte.

Daß der Hauptmann Brencken mit seinen siebenundvierzig Jahren die dritte Batterie führte, während ringsum sogar die Kommandeure schon aus den kriegsungedienten Jahrgängen kamen und knapp vierzig Jahre und weniger zählten, hing weniger mit dem Hauptmann Brencken als vielmehr mit dem Hauptmann Birling zusammen.
Birling, bislang Chef der Dritten, hatte das Temperament eines quicken Holzfällers, und außerdem das, was Major Warwitz »Chuzpe« nannte. Der Kommandeur des Feldartilleriebataillons in Werkenried, Oberstleutnant Stertzner, versuchte es lange mit der ihm eigenen behutsamen Art, Birling auf nullnull zu bringen, wie er es nannte. So redete er ihm, zum Beispiel, aus, den Parlamentarischen Staatssekretär aus Bonn zu einem Bierabend der Batterie einzuladen. »Mit Gschaftlhubern muß man zurechtkommen«, sagte er zu seinem Stellvertreter, Major Warwitz.
Dann kam die Sache mit der Diszi. Diszi nannten die Soldaten in unzulässiger Abkürzung eine Disziplinarstrafe. Birling hatte eine Strafe verhängt, die einigermaßen dubios, aber gerade noch zu rechtfertigen war. Jedoch hatte er die Ausgangsbeschränkung für den bestraften Gefreiten verschärft, indem er ihm verbot, zu telefonieren, und ihm auch untersagte, ein eigenes Fernsehgerät in der Stube laufen zu lassen. Schließlich hatte er die sofortige Vollstreckung angeordnet, was wiederum die Wehrdisziplinarordnung verbot. Auch wenn der Bestrafte einverstanden war, so sagte der Paragraph 33, mußte eine Frist von vierundzwanzig Stunden verstreichen, ehe eine Strafe vollstreckt werden konnte. Als Birling das aufging, änderte er die Daten auf den Strafverfügungen.

Damit war für Stertzner das Maß voll. Er sprach mit dem Rechtsberater der Division, erfuhr, daß dies vielleicht doch keine Urkundenfälschung sei, wiewohl Stertzner diese Meinung vertrat, und bestrafte den Hauptmann Birling dann mit einem strengen Verweis. Dieser muß durch Bekanntgabe vor dienstgradgleichen und -höheren Soldaten der Einheit vollstreckt werden.
Der Oberstleutnant Walther Stertzner stand vor seinem Schreibtisch, halblinks vor der schwarzrotgoldenen Fahne mit dem roten Fahnenband. Er schaute auf seine Fußspitzen und schwieg.
Major Warwitz zog die Tür hinter sich ins Schloß. »Alles da, Herr Oberstleutnant«, meldete er dem Kommandeur.
Außer Warwitz waren nur Hauptleute befohlen.
Oberstleutnant Stertzner sah den Chef der dritten Batterie, Hauptmann Birling, an, räusperte sich und sagte: »Meine Herren, ich habe eine Strafe zu vollstrecken.«
Natürlich hatten sie es gewußt. Das Verhältnis zwischen dem Kommandeur und dem Chef der dritten Batterie hatte sich in den letzten Wochen rapide verschlechtert. Mehrmals war Birling zum Kommandeur befohlen worden. Einmal hatte Stertzner sogar gebrüllt – das erste Mal in all den Jahren, in denen er das Bataillon führte.
Stertzner hob das Papier, das neben ihm auf dem Schreibtisch gelegen hatte, und las mit kalter Stimme den Text ab: »Ich habe den Hauptmann Heinrich Birling mit einem strengen Verweis bestraft.« Die Strafformel, die er jetzt verschwieg, hatte er Birling schon vor Tagen unter vier Augen vorgelesen. »Der Bestrafte hat am 22. April in Werkenried eine Disziplinarstrafe entgegen den Vorschriften des § 33 der Wehrdisziplinarordnung unmittelbar nach der Verhängung vollstreckt und am selben Tage in Werkenried im Beisein des Bestraften das Datum der Verhängung, der Anhörung des Bestraften und des Vertrauensmannes um einen Tag zurückdatiert, um den Verstoß gegen die WDO zu vertuschen. Er hat außerdem in einer dienstlichen Meldung gelogen, indem er die Radierung abstritt.«
Die Offiziere standen, ohne sich zu rühren. Hauptmann Birling starrte am rechten Ohr seines Kommandeurs vorbei auf das

Bild des Bundespräsidenten. Stertzner faltete das Papier zusammen und legte es auf den Schreibtisch.
»Das wäre es also, Hauptmann Birling. Ich glaube, wir brauchen nicht mehr drüber zu reden, es ist alles gesagt. Danke, meine Herren!«
Die Offiziere legten die Hand an die Stirn und verließen das Zimmer ihres Kommandeurs. Hauptmann Birling ging starren Gesichtes geradewegs zu seiner Batterie, während Major Warwitz den Chef der ersten Batterie und den Nachschuboffizier, Hauptmann Brencken, zurückhielt.
»Klar, meine Herren, daß wir den Mund halten.«
»Es wird sich schon rumgesprochen haben«, sagte Hauptmann Sagel, der Chef der ersten Batterie, »zumal der Kommandeur ja heute die Vollstreckung nachzog.«
»Sicher«, sagte Major Warwitz zu dem kleinen, runden Hauptmann, »bestraft hat er ihn schon vor zehn Tagen. Aber da Birling sich beschwert hatte, mußte der Brigadekommandeur erst über die Beschwerde entscheiden. Das hat er gestern getan. Abgelehnt natürlich.«
»Warum eigentlich?« fragte Brencken. Nach seiner Zeit als Chef einer schießenden Batterie in Gartenstadt hatte ihn die Personalabteilung als S 4, als Versorgungsoffizier, nach Werkenried versetzt.
Major Warwitz schüttelte den Kopf. »Herr Brencken, wir haben neulich darüber gesprochen – der Verstoß von Birling ist eindeutig.«
»Aber konnte man das nicht mehr gentlemanlike erledigen?«
»Gentlemanlike – wie lange sind Sie eigentlich bei der Bundeswehr, Captain Brencken?«
»Über elf Jahre, seit 56.«
»Elf Jahre, Mann – und Chef waren Sie auch und Disziplinarstrafen haben Sie auch ausgesprochen. Haben Sie sich bei so eindeutigen Verstößen gentlemanlike verhalten, Herr Brencken?«
Hauptmann Brencken zog die Mundwinkel ein. »Ich kann mich nicht erinnern, daß ich in die Verlegenheit kam. Aber schließlich sind wir doch Offiziere, Herr Major.«
Hauptmann Sagel legte ihm die Hand auf den Arm. »Begreifen

Sie doch bitte; Verstoß gegen das kodifizierte Recht. Und wenn der Alte – wenn der Kommandeur das durchgehen läßt, dann kann er auch bei anderen Gelegenheiten nicht mehr konsequent sein.«

»Das ist genau so«, sagte Major Warwitz, »als würde ich einen Unteroffizier bestrafen, der im Dienst gesoffen hat, und einen im Dienst volltrunkenen Major laufenlassen. Geht nicht – geht bestimmt nicht. Ich begreife nicht, daß Sie das nicht begreifen, Herr Brencken.«

»Früher wäre das jedenfalls nicht so gelaufen, Herr Major.«
Warwitz drehte sich noch einmal um. »Liebster Meister Brencken, früher ist vorbei. Heute ist alles anders, oder wenigstens fast alles.«

Major Warwitz, mit seinen einsachtundachtzig kaum kleiner als Brencken, war sechsunddreißig Jahre alt, als er im vorigen Herbst nach Werkenried versetzt wurde. Hauptmann Brencken war elf Jahre älter. Es trennten sie aber nicht nur diese elf Jahre, sondern auch die Tatsache, daß Warwitz den Krieg nur aus der Perspektive des Flakhelfers erlebt hatte, während Brencken so ziemlich alles hatte mitnehmen müssen, was angeboten wurde. Außer der Gefangenschaft. Und es trennte sie die vitale Modernität, die Warwitz nun wieder mit Oberstleutnant Stertzner gemeinsam hatte. Hauptmann Sagel stammte aus Pillkallen in Ostpreußen, das nach 1933 in Ebenrode umgetauft worden war. Er war Landsmann von Brencken, gerade achtundzwanzig.

Brencken war nach dem Kommandeur der älteste Offizier im Bataillon. Und er verstand nicht, warum der Kommandeur dem Hauptmann Birling diese Strafe verpaßt hatte – da war doch nun alles Sense, nichts mehr mit der großen Karriere. Na ja, der Buchstabe gab Stertzner recht – aber früher hätte man das eben doch anders geregelt. Hätte man?

Hauptmann Sagel klopfte ihm auf die Schulter. »Versuchen Sie, es zu verstehen, Brencken. Birling hat einen seiner Soldaten benachteiligt, er hat ihm verwehrt, über die Chance einer Beschwerde nachzudenken, obwohl das Gesetz nicht einmal dem Bestraften zugesteht, daß er auf diese Frist verzichtet. Und dann hat er – statt zum Alten zu gehen und zu sagen, pater pec-

cavi, Herr Oberstleutnant, ich habe Mist gebaut, bitte heben Sie die Strafe auf – eine Urkundenfälschung begangen. Und er kann noch froh sein, daß der Alte das nicht ans Truppendienstgericht abgegeben hat!«
Aus dieser Sicht hatte es Brencken noch nicht betrachtet. »Na ja, Sie werden schon recht haben«, sagte er.
»Nein, nicht ich, der Kommandeur hat recht. Und Sie haben unrecht!«
»Schön«, Brencken nickte ergeben, »dann habe ich eben unrecht.«
Er hätte wohl eher darüber nachdenken sollen.

Oberstleutnant Stertzner biß die Zigarre ab, legte das abgebissene Stück auf den Aschenbecher und riß ein Streichholz an. Dann sog er vorsichtig und blies den ersten Rauch auf die frische Glut. »Natürlich haben Sie recht, lieber Herr Warwitz. Ich weiß das schon lange. Diese abgefahrenen Hauptleute sitzen in den Ecken der großen Offiziersheime und mopsen sich, weil sie den Lehrgang nicht geschafft haben.«
»Brencken mopst sich nicht«, erwiderte Warwitz.
»Nein, aber er kann nicht aus seiner Haut, aus seiner ostpreußischen – und aus seiner Wehrmachtshaut. Ich möchte wissen, warum der noch mal Soldat geworden ist.«
»Von denen gibt's genug, Herr Oberstleutnant, und viele schleppen immer noch die Ideen von gestern und vorgestern mit sich herum. Ich erinnere mich an einen Fall auf der Heeresoffiziersschule, ich war damals Hörsaaloffizier. Der Kommandeur der Schule ließ einen Gefreiten zu sich kommen und entschuldigte sich bei ihm. Er hatte ihn zwei Tage vorher auf einer Ausfallstraße getroffen, als der Gefreite nach Ansicht des Generals viel zu schnell fuhr. Es gab einen Anschiß von großen Graden. Dann behauptete der Gefreite, daß das nicht möglich sein könnte. Der Kommandeur ließ seinen Tacho überprüfen und siehe da – der zeigte fünfzehn Kilometer zuviel.«
»Und da hat er sich entschuldigt. Na großartig, Warwitz. Und selbstverständlich.«
»Meine ich auch. Aber da hätten Sie mal unseren Lehrgruppenkommandeur hören sollen: was das für neumodische Ge-

schichten seien, ein General entschuldigt sich bei einem Gefreiten! Ein Offizier entschuldige sich nicht.«
»Wahrhaftig? Ein Offizier entschuldigt sich nicht? Und das 1966?«
»Anfang 67. Natürlich haben wir protestiert, aber immerhin gab es etliche Offiziere, die der Meinung dieses Obersten waren.«
»Und wird dieser Scheiß auch gelehrt?«
»Bei mir nicht, bei vielen nicht – aber ich fürchte, daß der eine oder andere aus der Prägekiste Brencken tatsächlich diese Meinung vor den angehenden Offizieren vertritt.«
»Der Brencken ist jetzt siebenundvierzig, ein halbes Jahr jünger als ich. Warwitz, seien wir ehrlich, er ist zu alt für diesen Truppenbetrieb. Wir sollten allmählich einen Stabsjob für ihn in Aussicht fassen.«
»Das Alter spielt keine so große Rolle – sehen Sie sich an, Herr Oberstleutnant.«
»Schnack, Warwitz. Wenn ich mir morgens beim Rasieren in die Pupille schaue, sage ich mir auch – Waltherchen, mit achtundvierzig bist du zu alt für ein Bataillon. Da gehören heute Männer von sechsunddreißig oder achtunddreißig hin, und wenn wir anstreben, daß ein Brigadier um die Mitte Vierzig sein sollte, dann dürften die Bataillonskommandeure eben ein Trumm drunter bleiben.«
Warwitz gab ihm recht. Der neue Brigadekommandeur war fünfundvierzig Jahre alt, Oberst, und bestimmt noch nicht am Ende der Karriere.
Oberstleutnant Stertzner wies auf ein Aktenstück. »Ich bin gerade dabei, Brencken zu beurteilen. Routinesache, in diesem Jahr sind die Hauptleute dran.« Er blätterte in der Akte. »So richtig toll waren die Beurteilungen für Brencken noch nie. Irgendwie haben sich die guten Ansätze immer wieder zerschlagen. Erster Stabsoffizierlehrgang – Innere Führung völlig ärschlings. Durchgefallen. Na ja, einmal vergeigen, reden wir nicht drüber. Zweiter Lehrgang, ein knappes Jahr später. Wie schön die Leute in Hamburg so was ausdrücken, hören Sie mal her: ›B. hat die anfänglich gezeigten Ansätze zum Verständnis und zum Praktizieren moderner Führungsmethoden ohne er-

sichtlichen Grund schon im zweiten Drittel des Lehrgangs wieder verloren. Seine Leistungen, sowohl im Schriftlichen als auch im Mündlichen, berechtigen nicht zur Hoffnung, daß ein dritter Lehrgang erfolgversprechender wäre.‹«

»Knallharte Fünf, das«, sagte Warwitz.

»Der S-4-Lehrgang in Idar-Oberstein liegt dagegen mit ›befriedigend‹ schon weiter vorn. Halt, da ist noch eine Beurteilung aus seiner Chefzeit. Dienstliche Eignung und Leistung – warten Sie mal: ›Fehl an wünschenswerter Straffheit.‹ Wer hat denn das geschrieben? Frédéric – Oberstleutnant Frédéric – kennen Sie den?«

»Nicht persönlich, Herr Oberstleutnant, vom Hörensagen. Den hat der General Drehtigk damals gefeuert, einer von den vielen, die der gefeuert hat. Drehtigk war einige Jahre Kommandeur dieser Division aus dem Industriepott.«

»Sagt mir nichts. Frédéric – irgendwo ist mir der Mann schon mal begegnet – na, ich werde mich erinnern.«

»Wann wollen Sie, daß Brencken versetzt wird?«

»Ach Gott ja, so schnell nicht, Warwitz. Ich muß mal mit dem Brigadekommandeur sprechen – der kennt ihn übrigens, hat er mir neulich gesagt. Kennen Sie den Oberst von Wächtersberg schon?«

»Nein.«

»Guter Mann, noch jung, aber sehr gut. Und modern, Gott sei Dank.«

»Und woher kennt der Brencken?«

»Jetzt fällt es mir ein – Wächtersberg war Stellvertreter bei Frédéric, und der Brencken war da Chef einer schießenden Batterie. – Nein, ich werde mit Wächtersberg reden, irgendwann am 1. Oktober oder am 1. April nächsten Jahres. Wir wollen Brencken ja nicht feuern. Ich spreche dann auch noch mit dem Personaloffizier der Division, damit die ihm über die Personalabteilung in Duisdorf einen anständigen Posten zum Auslaufen besorgen, vielleicht einen mit Gehaltserhöhung auf A 12. Er hat gerade noch vier Jahre bis zur Pension.«

Er nickte Warwitz zu, der sich erhob, salutierte und hinausging. Stertzner begann mit der Beurteilung für den Hauptmann Karl-Helmut Anatol Brencken.

In einer Offizierbesprechung, die Stertzner eigens einberufen hatte, erklärte er, zwischen ihm und Birling habe nicht das Vertrauensverhältnis bestanden, das einen Bataillonskommandeur mit seinen Batteriechefs verbinden müsse.
»Um es deutlich zu sagen, meine Herren, ich kann nicht jede Meldung, die ein Chef erstattet, darauf überprüfen, ob sie stimmt oder nicht, ob Teile stimmen oder nicht, ob irgendwelche Leute oder Stellen beeinflußt worden sind. Lieber trenne ich mich von einem solchen Chef. Sie selbst haben miterlebt, wie schnell das Vertrauen zerstört werden kann. Deshalb habe ich um die Herauslösung dieses Offiziers aus meinem Bataillon gebeten. Mit der Führung der dritten Batterie beauftrage ich, bis zum Eintreffen des Nachfolgers, Hauptmann Brencken.«

Der Batteriefeldwebel der dritten Batterie, Hauptfeldwebel Schöffung, meldete: »Herr Hauptmann, dritte Batterie steht mit zehn siebenundsechzig zum Appell angetreten!«
Brencken hob die Hand an die Mütze. »Guten Tag, Soldaten!«
»Guten Tag, Herr Hauptmann!«
Brencken kommandierte: »Augen gerade-aus! Batterie – rührt euch!« Er legte die Hände auf den Rücken und sah auf die Soldaten. »Der Kommandeur hat mich beauftragt, Ihre Dritte zu führen, bis der neue Chef kommen wird. Ich denke, daß wir uns vertragen werden, zumal die Älteren unter Ihnen mich schon kennen. Ihr Chef, Hauptmann Birling, ist –« er zögerte eine Sekunde – »versetzt worden, kaum daß Sie sich an ihn gewöhnen konnten. Ich will, zusammen mit Ihnen, versuchen, die Leistungshöhe dieser Batterie zu halten, bis der neue Chef eintrifft. Ich verlange klare Pflichterfüllung, mir sind die Pflichten wichtiger als die Rechte, das gilt auch für mich selbst – damit es da keine Mißverständnisse gibt. Und im übrigen machen wir so weiter wie bisher.« Er wandte sich an den Spieß: »Lassen Sie wegtreten. Nachher möchte ich Sie gern noch sprechen.«
Brencken betrat das Gebäude der dritten Batterie und suchte das Chefzimmer auf. Er setzte sich in den Sessel, legte die Hände auf den Schreibtisch und dachte daran, daß dieses wohl

das letzte Mal gewesen war, daß man ihm eine Einheit anvertraut hatte. In vier Jahren würde er in Pension gehen. Mit achttausend Mark auf die Hand und vielleicht siebzig Prozent seines letzten Gehaltes. Reservisten wurden die zwischen Kapitulation und Wiedereinstellung liegenden Jahre nur zu einem Drittel angerechnet, ehedem aktiven Soldaten dagegen voll. Was für ein Quatsch, dachte er.
Ob er wieder Versicherungen übernehmen würde, wie früher?
Der Batteriefeldwebel trat ein. »Da wäre noch der Gefreite Überitz, Herr Hauptmann.«
»Überitz?«
»Rechnungsführergehilfe. Hat zwei Mille beiseite geschafft.«
»Unterschlagung? Das ist ein besonderes Vorkommnis, Spieß. Muß fernschriftlich an alle möglichen Stellen gegeben werden, das geht an Kriminalpolizei und Staatsanwaltschaft. Gibt jede Menge Vernehmungen. Steht das auch einwandfrei fest?«
»Oberinspektor Schallinke hat es nachgeprüft.«
»Dann stimmt's auch. Wo ist der Überitz?«
»Im Geschäftszimmer.«
»Rein mit ihm! Verdammter Mist!«
Der Batteriefeldwebel öffnete die Tür und winkte den Gefreiten herein.
»Gefreiter Überitz meldet sich wie befohlen.«
Hauptfeldwebel Schöffung zog die Tür von außen leise ins Schloß.
»Nun?« fragte Brencken.
»Herr Hauptmann, ich habe das nicht gewollt.«
»Ich will nicht wissen, was Sie gewollt oder nicht gewollt haben. Ich will wissen, ob Sie zweitausend Mark beiseite geschafft haben und warum.«
»Das will ich Ihnen gerade erklären, Herr Hauptmann.«
Brencken biß die Zähne zusammen. Brüllen wäre jetzt wirklich verkehrt.
»Ich habe das nicht gewollt, Herr Hauptmann, weil ich aus einem guten Hause komme, Herr Hauptmann.« Überitz trat von einem Fuß auf den anderen, Schweißperlen erschienen auf seiner Stirn.

»Und?«
»Aber da ich ein Mädchen in der Stadt habe, und die in Not geraten ist, da habe ich – ich meine –« Er schwieg und schaute aus dem Fenster.
»Was heißt hier: in Not geraten? Hat sie etwa auch Geld unterschlagen?«
»Nein, ich habe, ich meine –«
»Sie haben ihr ein Kind gemacht, ja?«
»Jawohl, Herr Hauptmann, sie empfing.«
»Reden Sie keinen literarischen Quatsch, Überitz. Weiter!«
»Da hat sie – ich meine – ihr Vater ist ein strenger Mann und sehr religiös –«
»So, nun lassen Sie mich mal, ja? Sie haben also mit Ihrem Mädchen geschlafen und nicht aufgepaßt, und damit der strenge Herr Vater nicht dahinterkommen sollte, haben Sie's mit einer Abtreibung versucht. Die kostet achthundert, Überitz, was war mit den restlichen zwölfhundert?«
»Da haben wir einen Urlaub mit'nander gemacht, weil sie doch so schwach war.«
Brencken schob den Hefter mit den Personalpapieren beiseite.
»Sie haben das alles nicht gewollt, nicht wahr? Erst das Mädchen verführt und dann nicht aufgepaßt, dann zu feige, für den Quatsch geradezustehen, Schiß vor dem Vater, Geld geklaut und abgetrieben und hinterher auch noch Urlaub auf Staatskosten. Wissen Sie, was Sie das kostet?«
Überitz schwieg.
»Das kostet Sie einmal Gefängnis, das kostet Sie Rückzahlung, das Mädchen wird verurteilt und der, der es gemacht hat, auch.« Er schlug den Hefter mit den Personalpapieren auf. »Was, Zeitsoldat sind Sie auch? Z 3? Zwei Jahre herum. Das kostet Sie auch noch den Rausschmiß nach Paragraph 55, Soldatengesetz. Und den Verlust aller Ihrer Gebühren und Beihilfen. Vielen Dank, sage ich da.«

Der Abend war kühl. In Brenckens Wohnung lief die Ölheizung auf vollen Touren. Er legte das Kartenspiel zurecht, holte Gläser herbei und sah in den Kühlschrank, ob genügend Eiswürfel vorhanden seien.

Kurz vor zwanzig Uhr erschien der zivile Vertragsarzt, Dr. Ferbing, danach klingelte Hauptmann Sagel, als letzter betrat Leutnant Mörberg die Wohnung.
»Auf denn«, sagte Brencken, »lasset uns des Teufels Gebetbuch mischen – Skat oder Doppelkopf?«
»Skat«, sagte der Doktor, »da kann man früher aufhören, Sie wissen, ich kann jederzeit zu einem Patienten gerufen werden.«
»Okay, Skat«, sagte Sagel, »einer sitzt halt. Wer schreibt? Doktor?«
»Nein, bitte nicht«, sagte Ferbing, »wer schreibt, der bleibt. Ich möchte gewinnen.«
»Ich auch«, erklärte Leutnant Mörberg, »aber ich schreibe trotzdem.«
Während Brencken Flaschen und Gläser bereitstellte, mischte der Vertragsarzt die Karten.
»Unser Technischer Offizier möchte auch mal mitspielen«, sagte Mörberg.
»Perino? Kriegt der denn Urlaub? Ist doch erst drei Monate verheiratet.«
Sagel grinste. Mörberg behauptete: »Aber er hat die Hosen an, Herr Hauptmann, nicht sie. Oberleutnant Perino spielt übrigens gut Skat; ich habe schon vor seiner Hochzeit ein paar Nächte mit ihm durchgespielt.«
»Alsdann«, sagte Brencken und hob sein Glas, »dann wollen wir erst einmal die Kalebassen aneinander reiben – haben alle?«
Der Doktor goß Wasser in seinen Whisky. »Immer dasselbe, diese ganz strammen Bourbons hauen mir gegen Mitternacht einige Bretter vor das Hirn – Teakholz natürlich!«
»Prost«, sagte Brencken und trank den bitteren, eiskalten Scotch in einem Zug leer.
»Nichts geht«, sagte Sagel und setzte sein Glas ab, »überhaupt nichts geht über einen schönen schottischen Landwein – und von allen schottischen Landweinen ist mir der Whisky der liebste.«
»Und von allen Whiskysorten säuft der Mensch stets meinen teuersten, den zwölf Jahre alten Dimple«, sagte Brencken.

»Weil er Geschmack hat«, erwiderte Sagel lachend.
Dr. Ferbing gab Karten. »Mörberg sagt Brencken was«, forderte er auf.
Sie steckten die Karten, Brencken übersah sein Spiel – die beiden letzten Bauern, Herz-As, zweimal klein besetzt, vier Pik, der Rest war Schweigen.
»Na denn«, sagte er, »ich höre auf Sie, Mörberg.«
»Achtzehn.«
»Ja.«
»Zwanzig.«
»Gerade noch, mein Herr.«
»Und die schöne zwei.«
»Ist mein Spiel – in dulci jubilo!«
»Null.«
»Das ist nicht mehr mein Spiel.«
Mörberg griff nach dem Skat in der Mitte, als auch Sagel paßte.
»Nichts geht mehr«, sagte Mörberg und steckte die Karten zueinander.
»Übrigens hat mir heute in der Frühe der Feldwebel vom Sanitätsbereich gesagt, es stünde der NATO-Alarm ins Haus«, warf Dr. Ferbing ein.
»Stimmt schon, das hat die NATO schon bekanntgegeben: In der Zeit zwischen Mitte November und Anfang Dezember kann mit Quicktrain gerechnet werden.« Hauptmann Sagel schaute auf die Hand Mörbergs, die gerade eine Karte zögernd auf den Tisch legte. »Nun machen Sie schon, Mörberg«, sagte er, »wir wollen ja schließlich noch mehr spielen.« Und zu Dr. Ferbing: »Kann durchaus heute kommen, Dottore, aber ich hoffe, daß unser Skat nicht gestört wird.«
»Der Feldwebel Kurz hatte es übrigens aus dem Sender 904, sagte er mir.«
Brencken sah auf.
»Das sind die ständigen Quicktrain-Propheten. Manchmal stimmt es, manchmal nicht. Und weil es manchmal stimmt, sagen die Leute, es stimmt immer. Warum verbietet man das Abhören dieses Hetzsenders nicht?«
Sagel schüttelte den Kopf. »Habe ich Ihnen schon mal gesagt, Brencken. Weil wir ein Grundgesetz haben, und danach kann

Radiohören nicht verboten werden. So, und nun wollen wir endlich Skat spielen.«
Leutnant Mörberg hatte zwei Karten vor sich liegen. »Die werden Soldat und Pik«, sagte er.
»Aus dem Keller schallt es dumpf, Pik ist Trumpf, Pik ist Trumpf!« kommentierte der Arzt.
Mörberg kam mit einer Pik-Sieben heraus. »Die Kleinen ziehen die Großen.«
»Friedensangebot schon am Anfang«, entgegnete Sagel und warf die Zehn drauf.
Brencken gab den König dazu.
Sagel spielte Karo-As. »Hoch vom Dachstein«, murmelte er.
Brencken legte die Zehn dazu, Mörberg warf die Acht hinterher.
»Ich hätte kontra sagen sollen«, bekannte Brencken, »vergessen.«
»Noch ist nicht aller Tage Abend«, tröstete der Arzt.
Mörberg stach einen Kreuzstich, spielte seinen Pikbuben, steckte den Stich ein und sah dann zu, wie Brencken die restlichen Stiche für sich und Sagel vereinnahmte.
Mörberg zählte, schüttelte den Kopf, zählte noch einmal.
Brencken grinste. Er hatte auch gezählt. »Sechzig-sechzig«, sagte er, »der teure Secondelieutenant hat verloren.«
»Gespaltener Arsch«, sagte Sagel, »das gibt einen Schieberamsch.«
»Scheißramsch«, sagte der Doktor.
»Wieso?« fragte Sagel. »Das ist doch schön. Buben bitte nicht schieben.«
Brencken gab schnell, stand dann auf und goß neuen Whisky ein.
Dr. Ferbing legte die Hand auf sein Glas. »Nicht so hastig!«
»Wer ist vorne?« fragte Sagel.
»Ich«, sagte Mörberg.
»Ei, ei«, sagte der Arzt, »was sehe ich denn da?«
»Er sieht einen Durchmarsch, einen richtigen Durchmarsch mit Fanfaren und Trommeln, versalzen Sie ihm den!«
Mörberg spielte aus, Sagel gab ein kleines Blatt dazu, Ferbing steckte ein. Dann zog er den zweiten Buben, registrierte grin-

send, daß der Herz-Bube fiel, legte den Kreuzbuben auf den Tisch, kassierte auch den von Karo – »Karauschen mit Maibutter«, sagte er und begann dann, genüßlich sein Blatt auszubreiten. »Durchmarsch vollendet«, sagte er, »und die Herren haben denselben verloren – erster Ramsch vorbei.«
»Verdammt«, sagte Sagel, »wenn ich Herz-Sieben rausgespielt hätte –«
»Wäre ich drin gewesen«, sagte Ferbing.
»Schluß mit den Leichenreden!« forderte Brencken.
Mörberg mischte, gab den zweiten Ramsch, der Sagel die meisten Augen brachte, verdoppelt, weil Brencken keinen Stich hatte.
»Jungfrau, nach dem Stich eines alten Meisters«, grinste Brencken zu Sagel.
»Jungfrau?« fragte der Doktor. »Was ist das? Gibt es solche noch?« Der Ramsch brachte Punkte für den Doktor und Mörberg.
»Dann geht es jetzt wieder ehrlich, wer gibt?« fragte Brencken.
»Semper saudumm quaerens, wie der Lateiner sagt.« Der Doktor schob ihm die Karten hin. Brencken mischte sorgfältig.
»Mann«, sagte Sagel und nahm einen kräftigen Schluck, »in Altenburg in Thüringen hat sich ein Förster mal zu Tode gemischt.«
»Da sollten Sie mal den Friedhof von Altenburg sehen«, sagte Ferbing, »da liegen viele, viele Förster, die haben sich zu Tode gedrückt.«
»Müder Scherz, Doktor«, sagte Hauptmann Sagel.
Mörberg reizte bis sechsunddreißig, nahm den Skat auf und sah, daß er den ersten Buben gezogen hatte. Überreizt, es sei denn, er spielte einen Grand.
»Der Förster von Altenburg«, begann Sagel.
»Der wird Soldat«, unterbrach ihn Mörberg und legte eine Karte ab, »diese Lusche marschiert in den tiefen Keller.«
Während Brencken Whisky nachgoß und die Karaffe mit Wasser danebenstellte, spielte Mörberg seine erste Karte aus.
»Grand«, sagte er.

Der Doktor beobachtete ihn und erwiderte: »Kontra, Meister Mörberg, ein schlichtes Dagegen, wenn es gefällt, bitte sehr.«
Mörberg überprüfte seine Karte. Wieso kontra, der war doch bombensicher. Kreuzbube, Herzbube, Karobube, zwei Asse, eines davon lang besetzt. »Re«, sagte er entschlossen.
Brencken grinste, er hatte erkannt, warum der Arzt Kontra gab.
»Hirsch«, sagte der.
»Spielen wir bis zum alten Waschbären?« fragte Sagel.
Mörberg schaute noch einmal in seine Karten. »Selbstverständlich«, sagte er, »das wollen wir doch mal sehen. Hindenburg!«
Hindenburg war die vierte Verdoppelungsstufe, dahinter kam als unwiderruflich letzte das, was der Doktor nun verkündete: »Alter Waschbär, Mörberglein, ganz alter Waschbär! Und Sie brauchen gar nicht mehr zu spielen, Sie haben verloren, weil Sie vergessen haben, einen zweiten Kameraden in den Keller zu schicken!«
Mörberg erschrak, zählte seine Karten – es waren elf statt zehn. Er hatte nur einen gedrückt. »O Gott«, sagte er und warf seine Karten hin, »das ist ja das letzte.«
»Amen«, sagte Brencken und schob ihm das Blatt zu. »Dafür dürfen Sie mischen und sich dann anschreiben: Grand mit einem, Spiel zwei, verloren vier, Kontra acht, Re sechzehn, Hirsch zweiunddreißig, Hindenburg vierundsechzig und der alte freundliche Bär macht zusammen einhundertachtundzwanzig mal zwanzig – wie war das denn – ich habe in Kopfrechnen stets schwache Noten gehabt.«
Sagel rechnete im Kopf nach und sagte dann: »Zweitausendfünfhundertsechzig Pünktlein, junger Freund, das ist der Beweis, daß der Teufel ein Eichhörnchen ist.«
Mörberg gab.
Als der Doktor den Skat aufnahm, sagte er: »Hier mauert einer, aber gewaltig. Mauern ist unanständig.«
Hauptmann Sagel blätterte seine Karten zurecht. »Ich habe mal mit einem Militärpfarrer gespielt, in Idar-Oberstein auf dem Klotzberg, bei einem Lehrgang. Der beste Skatspieler, der mir in meiner Bundeswehrzeit begegnet ist. Aus dem lausigsten

Luschenblatt hat der noch Feuer geschlagen. An jenem Abend hatte ich einmal zwar drei Buben, aber kein Beiblatt, aus jedem Dorf einen Hund, aber nichts zum Spielen. Also paßte ich bei achtzehn und sagte dann kontra. Hochwürden verlor haushoch und wurde böse. Ich sei kein Maurer, sagte er, ein Polier sei ich, das sei unanständig. Das war gegen neun Uhr abends, er blieb böse, bis es halb eins war. Da stand er auf, schaute mich an und erklärte, nun werden wir wieder Frieden machen. Ich kann nicht mit meinem Groll morgen früh die Messe zelebrieren. Gute Nacht. Und drehte sich um und ging zur Tür und guckt noch mal zurück: Aber ein Polier bischt du doch! Dann schmiß er die Tür zu.«
Sie lachten. »Samiel hilf!« rief der Doktor und spielte seine erste Karte aus.
»Wie heißt denn dieser Wechselbalg?« fragte Brencken.
»Null ouvert.«
Sagel spielte eine kleine Karokarte, Ferbing blieb mit der Karo-Acht drunter, Brencken stach mit dem As.
»Alsdann, Hosen runter, Doktor«, sagte er.
Ferbing legte seine Karten auf den Tisch. »Mit dieser Hose in der Hand – wandre ich durch das ganze Land!« zitierte er.
»Gewonnen«, konstatierte Brencken nach einem Blick auf seine und des Doktors Karten, »schlicht gewonnen. Ich weiß nicht, warum Sie solche Sorgen kundtun.«
»Nur so«, lachte der Doktor, »belebt das Geschäft ein wenig.«
»Aber jetzt werden wir Ihnen zeigen, wo der Barthel den Most holt«, sagte Sagel und mischte, lange und nachdrücklich.
»Es gibt jetzt Mischmaschinen, die machen alles schneller«, sagte Leutnant Mörberg.
»Die Förster in Altenburg drehen sich im Grabe!« Der Arzt hielt Brencken das Glas hin. »Machen Sie mir bitte nochmals eine solche Mischung, bitte.«
Brencken warf Eis in das Glas. »Nicht ein bißchen strammer, Doktor? Das war doch ein Bonbonwässerchen.«
»Es bekommt mir so besser, danke, genug des Landweines, bißchen mehr Wasser – so, danke.«
Er schwenkte das Glas und trank einen Schluck.

»Stop jetzt«, sagte Brencken, »ich eile zum Herd und bereite das übliche Steak, diesmal eines vom Schwein.«
Dr. Ferbing stand auf. »Ich komme mit in die Küche, ich brauche das Rezept für mein Eheweib.«
Brencken band sich eine weiße Schürze um, erhitzte Palmfett in einer Pfanne, schnitt die Schweinefilets in der Mitte halb auf und begann sie zu würzen. »Ganz einfach«, sagte er, »schwarzer Pfeffer, Salz, etwas Curry, etwas Ingwer und dann rein ins schreiend heiße Fett.«
Die Filets brieten langsam, während Brencken für jeden Gast eine Birne schälte, viertelte und vom Kernhaus befreite. Die Birnen legte er zwischen die Steaks, wartete, bis sie sich leicht bräunten, streute frischen Estragon darüber und schichtete die Steaks auf Weißbrotscheiben. »Bitte sehr«, sagte er, »wir essen gleich hier an meiner Küchenbar, Bestecke liegen. Mörberg, machen Sie schnell die Flasche Tavel auf! Sie trinken einen edlen französischen Rosé.«
Ferbing kostete das erste Stück, drehte die Augen nach oben. Sagel sagte: »Nie gewußt, daß Schweinernes so schmecken kann. Respekt, Respekt!«
Der Rosé kam kalt und herb über die Zunge.
Dann räumte Brencken das Geschirr beiseite. »Auf geht's, meine Herren.« Brencken gab. Sie rückten die Whiskygläser wieder in Reichweite.
Mörberg spielte. »Pik.«
»Pikmann-Hollweg«, sagte der Doktor.
»Na los, Herr Doktor«, drängte Mörberg, »Karte oder ein Stück Holz.«
»Karte«, sagte Ferbing und spielte Herz-As. Mörberg gab die Zehn dazu, Sagel grinste und warf die Karo-Zehn.
»Kein Herz?«
Sagel grinste stärker. »Doch, eines für meine Untergebenen, eines für meine Familie und eines für unser Vaterland, aber keines für Sie und keines für diesen Stich.«
Ferbing zählte genüßlich die einunddreißig Augen. »Das ist der halbe Weg nach Rom!«
»Sie kommen auch noch auf meinen Lokus Wasser schlürfen«, warnte Mörberg und stach das nächste As mit Trumpf-As.

Dann servierte er seine Trumpfblätter und ließ zum Schluß noch eine kleine Kreuzkarte für die beiden anderen.
»Er hat keinen sehr schönen Lokus zum Wasserschlürfen«, sagte der Doktor, nachdem er gezählt hatte, »wir sind gerade aus dem Schneider.«
Brencken hob das Glas: »Auf daß der Kelch heute an uns vorübergehe, der Quicktrain-Kelch!« Sie tranken.
»Geht es denn raus ins Gelände bei Quicktrain?« fragte der zivile Arzt.
»Aber ja doch.« Sagel stand auf und holte die Wasserflasche. »Und auf gestoppte Zeit geht es raus. Da kommen die Herren von der Brigade und von der Division und prüfen nach, ob und wann der befohlene Raum erreicht worden ist. Bisher hat es immer geklappt bei Stertzner.«
Zwei Stunden später klingelte das Telefon.
»Susi«, grinste Sagel.
Brencken nahm den Hörer ab und sagte »Danke«.
»Sagen Sie bloß, Brencken, sagen Sie bloß . . .« Der Doktor lächelte unsicher.
»Ja«, sagte Brencken. »Quicktrain. Sie warten schon auf uns.«
Sagel und Mörberg sprangen auf. »Tschüß, Doktor! Wir sehen Sie gleich, Brencken.« Sie nahmen ihre Mäntel und gingen.
Brencken schob die Karten beiseite, trug die Gläser in die Küche und verabschiedete den Doktor. Dann setzte er sich in seinen Wagen und fuhr zur Prinz-Eugen-Kaserne.
Dort zog er seinen jagdmelierten Kampfanzug an und kümmerte sich um die dritte Batterie, dann fuhr er mit den ersten Fahrzeugen in den Übungsauflockerungsraum, der rund fünf Kilometer entfernt war. Er befahl eine saubere Tarnung gegen Luft- und Erdsicht.
Oberstleutnant Stertzner und Major Warwitz kamen eine Stunde später. »Ich erwarte den Divisionskommandeur«, sagte er. »Der Chef des Stabes sagte mir, er käme. Alles klar?«
»Alles klar«, sagte Brencken, »kommen lassen.«
Stertzner zog eine Zigarre aus der Kartentasche. Brencken reichte ihm Feuer.
»Bißchen spät in die Kaserne gekommen, wie, Herr Brencken.«

»Stimmt, Herr Oberstleutnant, aber ich habe erst meine Gäste rausschmeißen müssen.«
»Dafür war er ziemlich als erster draußen«, ergänzte Warwitz.
»Mein Gott, ich will ihm ja nichts«, lachte der Kommandeur.
Der General kam nicht. Oberstleutnant Stertzner blies den Alarm ab, als alle Teile seines Bataillons aus der Kaserne waren. Als Brencken wieder die graue Uniform trug, fragte ihn Mörberg, ob der Skat weiterginge.
»Nee, mein Lieber, heute nicht mehr. Es ist gleich drei Uhr – ich denke, es reicht. Vielleicht morgen?«
»Vielleicht morgen. Nacht, Herr Hauptmann.«
Morgen ging auch nicht, fiel Brencken ein, morgen war er bei Susi.

Die Quecksilberleuchte schnitt einen Streifen aus dem abendlichen Halbdunkel des Kasernenhofes. Schräg tanzten Schneeflocken im eisigen Wind an den Leuchtstäben vorbei.
Die zwölf Soldaten in ihren olivfarbenen Arbeitsanzügen standen reglos, dunkle Schatten, mit Stahlhelm und Gewehr vor dem Streifen Quecksilberlicht.
Die Stimme klang jung und ein bißchen unangenehm forsch:
»Ich bitte mir aus, daß das nun besser klappt, als heute nachmittag, meine Herren! Wenn Sie mir schon den Abend vermiesen – ich kann das mit Ihnen noch besser, das werden Sie erleben!«
Eine andere Stimme kam aus dem Dunkel. Leise, ungeduldig:
»Nun fangen Sie endlich an, Unteroffizier Schorn, fangen Sie verdammt an!«
»Jawohl, Herr Leutnant!«
Die junge Stimme wurde noch forscher. »Stillgestanden!« Er sagte natürlich nicht »Stillgestanden«, er sagte »Schtieestan!« und betonte die erste Silbe. Andere sagten »Schdann!« oder ähnlich. Wie vernünftig ist das österreichische »Hab – acht!« dachte der Leutnant.
»Rrreechts – um! – Im – Gleichschritt – marsch!« Der große Schritt zum Antreten, dann die exakten 80-Zentimeter-Schritte hinterher.

Die zwölf Soldaten, die mit Genehmigung des Batteriechefs nachexerzierten, weil sie sich am Vormittag um keinen Preis zu einer korrekten Ausführung der Kommandos beim Formaldienst hatten bewegen lassen, marschierten aus dem Quecksilberstreifen ins Dunkle. »Links schwenkt – marsch! Gerade – aus!« Die zwölf kamen wieder in den hellen Streifen.
Der Leutnant schlenderte näher heran. Die Hände auf dem Rücken, blieb er neben dem Unteroffizier stehen.
»Sehen Sie nichts?« fragte er.
»Nein, Herr Leutnant, nichts.«
»Mann, die gehen viel zu dicht auf! Monieren Sie die Abstände. So etwas müssen Sie selbst sehen!«
»Jawohl, Herr Leutnant!« Und dann wieder mit unangenehmer Fanfarenstimme quer über den Platz: »Halten Sie Abstände, meine Herren! Der dritte Mann von vorn, gehen Sie nicht auf wie ein Arschficker! Wohl verrückt geworden – Abstände!«
Der eiskalte Wind fuhr unter die Stahlhelme.
Die Soldaten marschierten am anderen Ende des Platzes ins Dunkel. Der Unteroffizier wollte gerade zu einem Schwenkkommando ansetzen, als er vom dunklen Platzrand her angerufen wurde: »Lassen Sie halten – kommen Sie!«
Mit raschen Schritten näherte sich ein Mann von der Straße her. Jäh fuhr der Unteroffizier herum und wollte Meldung machen, als der Leutnant dazukam. »Leutnant Mörberg beim Nachexerzieren!«
Major Warwitz trat nahe an ihn heran. Das Haltkommando erreichte die zwölf Soldaten im Dunklen. Dort blieben sie stehen.
»Wieso Sie, Leutnant Mörberg?«
»Chef Dritte hat mich darum gebeten, Herr Major!«
Der stellvertretende Kommandeur blieb sehr leise, als er sagte: »Leutnant Mörberg, haben Sie gehört, was dieser Unteroffizier eben gesagt hat?«
Leutnant Mörberg stand in vorschriftsmäßiger Haltung.
»Jawohl, Herr Major! Uffz Schorn hat –«
»Wer hat?« unterbrach der Major.
»Uffz Schorn hat –«
»Ich weiß nicht, wie oft ich das schon gesagt habe; ich dulde

keine gesprochenen Abkürzungen, das ist Unfug – verstanden?«
»Jawohl, Herr Major!«
»Also weiter, was hat der Unteroffizier Schorn?«
»Auf die Einhaltung der Abstände gedrungen, Herr Major!«
»Unteroffizier Schorn, was haben Sie gesagt?«
Der Unteroffizier stand, wie sein Leutnant, stramm. »Ich habe gesagt, Herr Major, die Soldaten sollen Abstände halten, sie sollen nicht so aufgehen.«
»Und? Weiter?«
»Aufgehen, wie –«
»Wie was?«
»Wie ein Arschficker, habe ich gesagt, Herr Major!«
»Und das sagen Sie Ihren Soldaten so einfach hin?«
Der Unteroffizier schwieg.
»Sie melden sich morgen bei Ihrem Batteriechef!«
»Jawohl, Herr Major!«
»Machen Sie weiter.« Der Major wandte sich Leutnant Mörberg zu. »Daß Sie so etwas hören und nicht beanstanden, Mörberg, das ist – pardon – Scheiße!« Leutnant Mörberg schwieg. »Jedenfalls werden wir uns darüber noch unterhalten. Geht Ihnen denn nicht auf, daß das eine Beleidigung der Soldaten ist?«
Leutnant Mörberg schlug einen Moment die Augen nieder. »Jetzt, wo Sie mir das sagen, Herr Major – ja. Aber ich habe das als Rekrut auch oft genug gehört.«
»Und Sie haben sich nie beschwert?«
»Nein, Herr Major. Das schien mir Soldatensprache zu sein. Wir haben das alle hingenommen.«
Der Major trat einen Schritt zurück. »Wir haben das alle hingenommen – wenn ich das höre! Mann, in jenen Scheißjahren haben die auch alles hingenommen – immer nur hingenommen! – Begreifen Sie doch, Mörberg, daß wir nicht hinnehmen dürfen, hören Sie, niemals hinnehmen dürfen, wenn etwas gegen unser Recht und gegen unsere Ehre geht! Haben wir denn immer noch nichts dazugelernt?«
Der Leutnant schwieg. »Melden Sie sich morgen bei Hauptmann Brencken«, sagte der Major, drehte sich um und ging. Ich

muß mit Brencken sprechen, dachte er, so geht das nicht. Als ob er auch für diese Dinge kein Gefühl hätte, als ob er ganz und gar von gestern wäre!
Das war er auch: von gestern.
Merkwürdig. Eigentlich ein Offizier mit Herz auf dem rechten Fleck, wie man so sagt, konnte mit seinen Männern, am besten mit den Unteroffizieren, die vom Bundesgrenzschutz gekommen waren, den harten. Mit den Methoden, die gestern gerade noch gingen, aber heute eben nicht mehr.
Brencken: der Kommandeur hatte ihn neulich gelobt, weil er mit rechtzeitigem Munitionsnachschub die Übung gerettet hatte. Kurz darauf hatte der Kommandeur ihm unter vier Augen Beurteilungsnotizen angedeutet, weil Hauptmann Brencken die vier Mann, die nicht zur Kirche wollten, mit dem Befehl in ihren Stuben belassen hatte, einen Aufsatz zu schreiben über das Thema »Warum wir nicht zur Kirche gehen«. Ich muß mit Brencken sprechen, dachte er, schon damit er mir den Mörberg nicht aufs falsche Gleis setzt.
Der junge, hochgewachsene Unteroffizier Schorn stand plötzlich vor dem Major. »Ich bitte, Ihnen etwas melden zu dürfen, Herr Major!«
»Ja, was ist?«
»Herr Major, ich habe mich eben bei den Soldaten entschuldigt, weil ich das gesagt habe mit dem – ich – ich meine –« Er unterbrach sich verlegen, rührte sich aber nicht.
»Und?« fragte der Major.
»Ich sehe ein, daß das nicht geht, Herr Major.« Warwitz nickte ihm zu und verschwand aus dem Licht des Quecksilberstreifens im Dunklen.
»Lassen Sie einrücken«, sagte die Stimme des Leutnants, sie klang belegt.

Der Gefreite Bohrkamp schlug die Faust auf den Tisch. »Jetzt machen wir ihm einen!« schrie er. »Arschficker hat er gesagt! Und wir machen ihm einen großen, Jungs, verdammt!«
Der Gefreite Lawanski beobachtete, an die Spindwand gelehnt, seinen aufgeregten Kameraden. »Quatsch«, sagte er, »großer Quatsch. Denn erstens ist der Schorn ein anständiger Kerl –«

»Das ist mir scheißegal!« schrie Bohrkamp. »Wenn ich einem von denen einen machen kann, mach' ich ihm einen!« Er warf sich aufs Bett und starrte Lawanski wuterfüllt an. »Du mit deinem Gerechtigkeitsfimmel – du spinnst doch, ehrlich, du spinnst! Und was du da sagst, das ist doch ärschlings. Das hier ist alles Scheiße, und deshalb gehe ich ran, wo ich kann.«
»Mensch, Hubert – dein Verstand ist wirklich zu kurz. Wenn du das System nicht leiden kannst, dann fang da an, wo es sich lohnt. Bei dem Schorn lohnt es sich nicht. Der hat zwar Arschficker gesagt –«
»Und das langt nicht, wie?«
»– und du weißt das aus zweiter Hand, nämlich aus meiner. Und dann weißt du auch noch nicht, daß sich der Schorn entschuldigt hat.«
»Scheiße, echte Scheiße, Will.«
Lawanski setzte sich an den Tisch und bot Bohrkamp eine Zigarette an. »Hier, schmök dich eine, Hubert. Du denkst immer ein paar Grade zu schnell und zu heiß. Der Warwitz hat dem Mörberg eine gewischt. Ich weiß zwar nicht, was er gesagt hat, aber der Mörberg stand immerzu stramm, weißt du, Hände an denselben. Na, und den Warwitz kennen wir doch, Mann. Den kann man sogar akzeptieren, wenn man das System nicht mag. Und den Stertzner auch. Hast du selbst neulich gesagt, als er deine Schießergebnisse vom Übungsplatz gelobt hat.«
»Scheiß, Mann.«
»Spinner, du willst ja doch immer nur darauf hinaus, daß deine sogenannte persönliche Freiheit eingeengt sei.«
»Alles Arschlöcher, alles Scheiße; von oben angefangen. Ich will hier raus, raus aus der Scheißbundeswehr!« Er drückte die Zigarette im Aschenbecher aus. »Wenn ich noch lange hierbleibe, krepiere ich!«
»Idiot«, sagte Lawanski, »Vollidiot. Waren schon ganz andere vor dir hier, die sind auch nicht krepiert, obwohl sie raus wollten. Du ziehst immer den kürzeren, die sind stärker. Außerdem haben sie das Gesetz auf ihrer Seite.«
»Scheißgesetz – ich will raus hier und meine Mamis vögeln. Und ich will nicht um dreiundzwanzig Uhr im Bett sein, wenn es der Chef so will. Und ich will auch am Tage mit meinen Ma-

mis ins Heiabett, statt diese Scheißkanonen zu putzen. Die Vorstellung, daß sich meine Mami auszieht – da halt' ich's in dieser Scheißkaserne einfach nicht mehr aus – und wenn tausend Mann mit dem G 3 herumstehen.«
Lawanski kannte diese Reden – er wußte, daß alles stimmte. Bohrkamp kannte eigentlich nur eines – seine Mädchen, von denen er die meisten hintereinander, manchmal aber auch etliche nebeneinander betreute. »Red doch keinen Stuß«, sagte er. »Wenn du im Beruf bist, Dreher, kannst du auch nicht auf deine Miezen steigen. Was soll dein Geschwätz?«
»Ach, du verdammter Klugscheißer!« Bohrkamp ging zur Tür. »Ich sauf' mir einen in der Kantine.«
Lawanski hielt ihn auf. »Du redest immer nur von einem, von deinen Mädchen, wie und wann du es ihnen machst und wie oft und wo und wie sie es mögen. Und dann redest du noch vom System, das dir nicht paßt. Und von Scheiße redest du auch ununterbrochen. Aber dann ist auch schon Schluß. Bißchen wenig, he?«
Bohrkamp fuhr herum. »Und wer richtet am besten, du Klugscheißer? Und warum bin ich immer am Grundgeschütz, du Schwätzer? Und warum sagt der Alte, ich sei ein guter Schütze, du Idiot? Es ist mir halt das Allerschönste, wenn ich meiner Mami einen Schönen verpassen kann – und der Staat kann mich im Arsch lecken – im, nicht am! So, und nun halt dein Maul, du Klugscheißer, halt es verdammt endlich!« Bohrkamp warf die Tür ins Schloß.
Lawanski lachte. »Schieß in den Wind, du änderst dich doch nicht.«
Der Gefreite Wilhelm Lawanski hatte 1967 an einem neusprachlichen Gymnasium in Bonn seine Reifeprüfung abgelegt und war dann gleich einberufen worden. In der dritten Batterie des Feldartilleriebataillons in Werkenried, in die er nach der Grundausbildung versetzt worden war, hatte er es abgelehnt, Reserveoffizier zu werden. Ist nichts für mich, hatte er seinem Vater gesagt, der selber Reserveoffizier war. Sorry, Chef, wir müssen ja nicht alles nachmachen, was ihr uns vorgemacht habt, wirklich nicht.
Ursprünglich hatte er den Wehrdienst verweigern wollen. Das

wäre nicht schwer gewesen. Gewissensgründe konnte man sich besorgen, wenn man keine hatte, die wurden beinahe schon gehandelt. Der größere Teil der Abiturientia hatte sowieso keine Lust zum Dienen. Verlorene Zeit. Vaterland ist eh hin, und Freiheit haben wir genug, und wer bedroht sie denn? Diese Offiziere reden einen Stuß zusammen, die Politiker übrigens auch, der Marx von der CDU und der Schmidt von der SPD auch. Und noch ein Dutzend mehr.

Aber der alte Herr Lawanski, Geschäftsführer eines Industrieverbandes – Kapitalist, selbstverständlich –, hatte seinem Sohn erklärt, er habe auch Respekt vor einem, der nur seine achtzehn Monate abdiene, wenngleich es ihm weh tue, zu sehen, daß einer ihm zuwachsende Führungspositionen und das dazu notwendige Handwerkszeug verschmähe. Wenn er allerdings den Wehrdienst verweigere, sperre er ihm die Gelder für das Studium. Das sei altmodisch und diktatorisch? Bitte sehr, dann sei dies eben altmodisch und diktatorisch. Na ja, das wollte er dem alten Herrn nicht antun, und außerdem hatte er wirklich keine Gewissensgründe – sich welche zu besorgen, nein, das kam nicht in die Tüte.

Also riß er die eineinhalb Jahre ab. Mit ihm eingetretene Kameraden waren bereits Fähnriche, standen vor der Front. Er feixte, wenn sie kommandierten. War doch Scheiße, ehrlich, was soll der Quatsch.

In der dritten Batterie traf er Hubert Bohrkamp, einundzwanzig Jahre, Dreher aus Gelsenkirchen. Ältestes von drei Kindern, Wuschelkopf, aufbrausend, auf nichts mehr versessen als auf seine Mädchen. Lawanski vermutete nicht ohne Grund eine überdurchschnittliche Potenz – Maulhure war Bohrkamp nicht. Er redete fast nur von den Mädchen und vom Scheißsystem, hielt die Kommunisten für die ehrlichsten Politiker, war mit Bärenkräften zur Hand, wenn es galt, anderen zu helfen, schmiß Bierrunden und lachte, daß der Putz von der Decke fiel. Unteroffiziere und Offiziere nahmen ihn, wie er war. Lawanski nahm ihn auch, wie er war. Und Bohrkamp war dem geistig überlegenen Lawanski einfach sympathisch.

Das Nachexerzieren hatte Lawanski vom Platzrand aus beobachtet, als er von der Kantine kam. Er hatte gesehen, wie War-

witz eingriff, und gehört, wie Unteroffizier Schorn sich entschuldigte. Respekt, dachte er, ist ihm bestimmt nicht leichtgefallen.
Natürlich hatte er im ersten Augenblick auch gedacht, jetzt können wir denen einen machen – Arschficker war eine Beleidigung. Aber wie es dann lief, das hatte ihn wieder davon abgebracht. Und er würde auch Bohrkamp davon abbringen.
Lawanskis Geschützführer war Unteroffizier Pützke, ehedem städtischer Angestellter, ehrgeizig, wollte Berufssoldat werden – war aber keiner von den Strebertypen. »Zettschwein«, hatte Bohrkamp einmal gesagt, womit er andeutete, daß die – länger dienenden – Zeitsoldaten Vollidioten seien.
Lawanski kam mit seinem Geschützführer gut aus. Der Batteriechef in der Grundausbildung hatte schon in den ersten Tagen die Abiturienten zusammengenommen und ihnen gesagt, sie wüßten wohl selbst, daß sie mehr wüßten als ihre Ausbilder. Oder wenigstens die meisten von ihnen. Indessen käme es nicht darauf an, jenen Platos Bild vom Staat nahezubringen oder sich darüber zu mokieren, daß jene endgültig nicht mit »d« schrieben, sondern mit einem »t«. Vielmehr hätten die Herren Abiturienten zu lernen, wie man mit Haubitzen und Richtkreisen und Munition und Kraftfahrzeugen umgehe; das aber verstünden die Ausbilder besser. Das hatte Lawanski gefallen.
Unteroffizier Pützke war einer von denen, die endgültig mit »d« schrieben. Der junge Vorgesetzte hatte Lawanski in manches Gespräch gezogen. Da war viel Substanz. Nur bei Mädchen war Pützke schüchtern, entwickelte keine Initiative.
Bohrkamps zupackende Art, die ihn meist schon in den ersten vier oder fünf Stunden ins Bett, auf den VW-Rücksitz oder auf eine Wiese führte, mochte Lawanski auch nicht. Aber Bohrkamps Mädchen waren auch danach – handfest, sexbewußt, einem raschen Partnerwechsel nicht abgeneigt. Er erinnerte sich an einen Abend, als Bohrkamp nach Hause kam und sich ausschüttete vor Lachen. Da hatte er in irgendeiner Kneipe ein Mädchen aufgerissen, war in zehn Minuten einig, packte sie auf den Rücksitz und stellte fest, daß die Dame ein handtellergroßes Loch im Schritt ihrer enganliegenden Jeans hatte – sie brauchte sich gar nicht auszuziehen. Das hatte ihn so sehr ani-

miert, daß er tags darauf das Mädchen in der Stadt traf, sie in eine Unterführung zog und es dort in aller Öffentlichkeit mit ihr trieb, ohne daß die Straßenpassanten mehr sahen als ein Paar, das sich küßte. Bohrkamps Mädchen waren anders als Lawanskis Freundin. Und Pützkes Mädchen müßten schon so schüchtern sein wie er. Oder raffinierte Luderchen, die ihn herumkriegten und auf denen er lernen konnte.
Nein, Lawanski lagen Bohrkamps Mädchen nicht sonderlich. Der nannte sie alle »Mamis« und bevorzugte messerrückenbreites Hirn, stramme Busen und ausgeprägte Hinterteile. Lawanskis Freundin Birgit würde in wenigen Monaten Abitur machen und dann in Bonn studieren – wie er, wenn er seine achtzehn Monate herum hatte. Er liebte sie sehr, sie liebte ihn ebenso. Sie schliefen nicht allzu häufig zusammen, weil es an Gelegenheit fehlte. Sie behalfen sich mit Petting-Praktiken. Stinknormale Sachen möge sie nicht, sagte Birgit, das langbeinigste Geschöpf ihrer Klasse, mit schwarzen langen Haaren und einem zart geschnittenen, auffallend schönen Gesicht. Lawanski hatte sie gebeten, keine Schuhe mit hohen Absätzen anzuziehen, weil er sonst – mit seinen einsachtzig – zu klein neben ihr wirke.
Pützke würde auch noch seinen Deckel finden – ein so schlechter Topf war er nicht.
Lawanski sah sich in der Stube um. Über dem sauber gebauten Bett des Gefreiten Bohrkamp hing ein Aktbild, aufgeklebt auf ein anderes, das dem Spieß zu obszön gewesen war. Ein transportables Fernsehgerät stand auf einem kleineren Tisch. Die Stube war mit vier Soldaten belegt. Außer Lawanski und Bohrkamp zählten die Gefreiten Werwirth und Schlommel die Tage bis zur Entlassung. Lawanski mußte am längsten bleiben, ein Jahr noch. Bohrkamp ging ein Vierteljahr früher, die beiden anderen waren am nächsten Quartalsende dran. Schlommels Bett war am besten gebaut, der technische Zeichner war akkurat in allen Verrichtungen.
Dagegen hatte der Gefreite Werwirth schon eine Disziplinarstrafe hinter sich. Hauptmann Köh hatte ihm einundzwanzig Tage verschärfter Ausgangsbeschränkung zugedacht, weil er von einem Wochenendurlaub nicht rechtzeitig zurückgekehrt

war – genau gesagt, waren es neunzehn Stunden, die er irgendwo mit seiner Freundin verbracht hatte. Damit war Werwirths dringlicher Wunsch, auf vier Jahre verpflichtet zu werden, zunächst dahin. Er hatte sich beim Chef und beim Kommandeur gemeldet – er bestehe darauf, »Z 4« zu werden. Nach der Ablehnung hatte Werwirth plötzlich seine Sympathie für die Wehrdienstverweigerung entdeckt und einen Antrag gestellt. Die erste Instanz hatte entschieden, die Gründe des ehedem der Verpflichtung auf vier Jahre zugeneigten Soldaten reichten nicht aus.
Da hatte Werwirth sich in Köln einen Anwalt genommen, der die Sache in die zweite Instanz brachte. Auf das Ergebnis wartete er nun. Was er danach machen wollte, wußte er nicht. Die Oberschule hatte er auf Obersekunda abgebrochen und sein Herz für den Journalismus entdeckt. Aber offenbar waren seine Talente nicht sehr bedeutend. Er würde es erneut versuchen und dann »gegen diese Scheißarmee schreiben, bis die Feder glüht, verdammt«. Bohrkamp fand das großartig, nannte Lawanski und Schlommel und Pützke und Schorn böse Scheißer und versprach Werwirth, er werde ihm helfen.
Lawanski lächelte. Was konnte Will dem hochgestochenen Arno Werwirth schon helfen! Er zog den Arbeitsanzug aus, ging zum Waschraum, streifte die kurzgeschnittenen Unterhosen ab und stellte sich unter die Dusche Das heiße Wasser zog ihm wohlig die Schulterblätter zusammen. Er seifte sich ein und spülte den Schaum herunter. Er rieb sich den Körper mit einem harten Frottiertuch rot, streifte den Slip über und ging wieder in seine Stube.
Als er den Schlips festzog, polterte Werwirth ins Zimmer.
»Gehst du aus?«
»Ja.«
»Ich komme mit.«
»Sei nicht böse, ich will allein weggehen.«
»Dämlicher Hund, ich gebe einen aus.«
»Ein andermal gern, Arno.«
»Ein andermal leck mich am Arsch.«
»Na dann bitte.«
Als Lawanski das Zimmer verließ, ärgerte er sich über den ar-

roganten Werwirth. Als er der Wache den Ausweis zeigte, war sein Ärger schon wieder verflogen. Er freute sich auf Birgit.

»Hauptmann Brencken meldet sich wie befohlen!«
Major Warwitz blickte vom Schreibtisch auf. »Morgen, Brencken, setzen Sie sich.« Warwitz reichte ihm die Hand. »Im Stehen möchte ich nicht mit Ihnen reden.«
Brencken setzte sich auf den Stuhl vor dem Schreibtisch. Warwitz rekapitulierte kurz den gestrigen Abend auf dem Kasernenhof und wiederholte den Ausdruck, den der Unteroffizier Schorn gebraucht hatte.
»Ja, und?«
Ich habe es gewußt, dachte Warwitz. Er kann nur so reagieren.
»Nichts weiter, Brencken. Ich habe eingegriffen und den Unteroffizier zur Rede gestellt. Und der Unteroffizier hat mir, nachdem ich mit Mörberg gesprochen hatte, gemeldet, daß er sich bei seinen Soldaten entschuldigt habe. Was weder dem Mörberg noch Ihnen in den Sinn gekommen wäre, Hauptmann Brencken – oder?«
Brencken wurde nervös. »Wenn man es näher besieht, natürlich, da haben Sie recht, Herr Major. Aber früher haben wir uns ganz andere Sachen sagen lassen müssen, Herr Major.«
»Eben, Brencken, früher. Und das habe ich auch dem Mörberg gesagt; früher haben Sie alles hingenommen, Brencken, alles. Und das Hinnehmen fängt bei diesen Scheißkleinigkeiten an, Brencken. Ich möchte Sie nur ersuchen, in aller Deutlichkeit ersuchen, derartigen Unfug ein für allemal abzustellen. Nehmen Sie sich Ihre Unterführer vor, reden Sie ihnen ins Gewissen.«
Brencken erhob sich. Er war blaß.
»Wiedersehen, Brencken.«
»Wiedersehen, Herr Major.«
Brencken verließ das Arbeitszimmer des Majors, setzte die Mütze auf und blieb vor der geschlossenen Tür im leeren Kasernenflur stehen.
Er spürte plötzlich seine Narben wieder, die Narben der Wunden, die er im Oktober 1944 an der Mühle von Ariupol empfangen hatte.

Er schob die Mütze auf das rechte Ohr und ging den Flur entlang. An den Wänden hingen großformatige Fotos: Der M 48 A 2, amerikanischer Panzer, die amerikanischen Haubitzen, die mit der deutschen Mündungsbremse weiter schossen als vorher, Hubschrauber, die Lasten abhoben, vom Himmel segelnde Menschen an Fallschirmen, der Minister. Er lächelte. Neben ihm, ernst, der Generalinspekteur.
Wer wird denn so empfindlich sein, verdammt, wer wird so empfindlich sein? Nur Warwitz, der Stellvertreter? Nein, ehrlich, der Kommandeur würde ihm ebenfalls den Marsch blasen. Aber wo harte Männer ein hartes Handwerk ausüben, fallen harte Worte.
Und doch war es ein Teufelskreis.
Denn die Homosexuellen wurden damals ins KZ gebracht, wie die Politischen, wie die Zigeuner, die Juden, die Polen. Wie die Polen.
Vater hatte die blutjunge polnische Comtesse kurz nach dem Ersten Weltkrieg geheiratet, es hatte dumme und böse Gesichter gegeben in Preußisch-Eylau. Später hatte man sich daran gewöhnt, daß die junge Frau Brencken so reizend ihr Deutsch radebrechte; man sah eine Ehre darin, die Brenckens einladen zu dürfen.
Polnische Gräfin – nicht polnische Wirtschaft. Gräfin! Das war natürlich etwas anderes ...
Hauptmann Brencken sah seine Mutter vor sich, während er die Treppe des Stabsgebäudes betrat und mechanisch den Gruß des Truppenversorgungsbearbeiters, des Stabsfeldwebels Kuttert, erwiderte. Sie hatte später stets einen leicht mokanten Zug um die Mundwinkel, so, als habe sie nie vergessen, daß man sie einmal geschnitten hatte, sie, die Polnische. Sie hatte es nie vergessen können, bis zu ihrem Tode. Vater hatte immer wieder versucht, es ihr auszureden – vergeblich. Vater rief sie so, wie die Großeltern auf dem großen Gut bei Warschau: Gabitschka. Das kam von Gabriella, ein Name, den sie von einer italienischen Großtante samt einem Smaragdkollier geerbt hatte. Auch Brencken durfte sie später Gabitschka rufen.
Ich muß mir den Leutnant Mörberg kommen lassen, dachte er. Der Schorn hatte richtig gehandelt; er hatte sich entschuldigt.

Aber manchmal rutschte schon mal ein Wort heraus, das gar nicht so gemeint war. Wie neulich beim NATO-Alarm Quicktrain, als er die letzten Schläfer aus dem Bett warf. Das Wortbild »Schlafratte« spukte ihm im Kopf, er sagte aber, sie sollten aufstehen, die faulen Ratten.
Wenn sich einer beschwert hätte – nun, er wäre wohl dran gewesen, obwohl er sich nichts dabei gedacht hatte. Hätte er sich entschuldigt? Zunächst natürlich nicht.
Im Offizierheim erinnerte er sich plötzlich an den einarmigen Hauptmann. Mühle von Ariupol, Oktober 1944. Der hatte von den Juden gesprochen, die man erschoß, Frauen, Kinder, Greise. Er hatte ihm geglaubt, aber: der Führer wisse das sicher nicht.
Während die Ordonnanz ihm eine Tasse Kaffee brachte, wurde sich der Hauptmann Brencken darüber klar, daß es ihm trotz allem nicht gelungen war, einen festen Standpunkt zu gewinnen.
Nicht jetzt, nach diesem Gespräch mit Warwitz, nicht während seiner nun schon viele Jahre währenden Dienstzeit in der Bundeswehr und schon gar nicht in der Zeit von der Verwundung bis zum Entschluß, wieder Soldat zu werden.

Die Prinz-Eugen-Kaserne hatte erst Dag-Hammerskjöld-Kaserne heißen sollen. Der in Afrika abgestürzte Generalsekretär der UNO schien dem Kommandeur ein gutes Vorbild zu sein. Aber dann hatten Offiziere der Brigade abgeraten: ein Schwede, na ja, das ginge noch an. Und überhaupt sei dieser Hammerskjöld ein wirklich toller Mann gewesen, ein Einzelgänger, beinahe ein Alleinherrscher, dem man alles, nur keinen übertriebenen Respekt vor dem Parlament der Vereinten Nationen habe nachsagen können. Und ein bißchen verschroben sei er ja auch gewesen – also, ob man denn keinen aus der eigenen Geschichte finden könne. Wohlgemerkt, nichts gegen Dag Hammerskjöld, aber da gäbe es doch sicherlich noch ein paar passende Figuren aus dem eigenen Stall.
Stertzner hatte sich bei einem Spaziergang durch die nagelneue Anlage einiges einfallen lassen. Er dachte an Friedrich Ebert, aber der war gerade anderswo Namenspate geworden. Das war

ein Mann nach seinem Herzen, einer, der vieles hatte ertragen müssen und, an der Spitze des Reiches, in den Sielen gestorben war. Dann dachte er an den Grafen Schenk von Stauffenberg, jenen Generalstabsobersten, der am 20. Juli 1944 die Bombe gelegt und am gleichen Tage tapfer gestorben war, erschossen im Hof des Hauses, in dem er gearbeitet hatte. Widerstand und Revolution ist nichts für den an Gehorsam gewöhnten Soldaten, aber wer erkennen mußte, daß der oberste Kriegsherr seinen Eid gebrochen hatte, durfte zum Rebellen werden. Freilich: Wer seit Jahrhunderten nur gehorchen gelernt hat, wird kein Profirebell. Und so war denn diese Revolution am 20. Juli 1944 ein Aufstand des Gewissens, aber gewiß kein Lehrstück für Revolutionäre.
Aber Stertzner wußte, daß auch dieser Name schon vergeben war. Dann schlug Hauptmann Brencken eines Tages beim abendlichen Doppelkopf vor, man möge doch den Prinzen Eugen nehmen, der sei erstens schon zweihundert Jahre tot, zweitens ein berühmter Mann und drittens bestimmt nicht in der Partei gewesen.
»Sie sind ein Schlitzohr, Brencken«, hatte Stertzner gesagt, »noch dazu eines mit Schlappmaul, wenn Sie über die etwas konfuse Anatomie hinwegsehen wollen. Aber die Idee ist gut – wissen Sie, warum?«
»Ein großer Soldat«, warf Leutnant Mörberg ein, »ein Feldherr mit Charisma.«
»Sicher, aber eines ist noch wichtiger: daß dieser kleine, häßliche Mann aus Savoyen die Idee vom Deutschen Reich nie vergessen hat.«
»Verzeihung, Herr Oberstleutnant«, der Technische Offizier, Oberleutnant Perino, hob die Augen von seinem Blatt, »das klingt ein bißchen nach deutschem Wesen, nach deutscher Vorherrschaft über Europa.«
Leutnant Mörberg ging Perino an: »Und? Haben Sie etwas gegen deutsche Geltung?«
Der Kommandeur klopfte auf den Tisch und schob seine Karten zurecht. »Erstens habe ich Hochzeit, das heißt, die beiden Alten. Also geht der erste Fremde mit. Zweitens sage ich Re. Und drittens mag ich keine dummen Gespräche am Abend. Mör-

berg, Sie sind jung. Trotzdem sollten Sie eigentlich wissen, daß dieses entsetzliche Geltungsbedürfnis der Deutschen uns einen schrecklichen Krieg gekostet hat. Und viertens, meine Herren, der Prinz Eugen hat an das Reich der Deutschen so gedacht, wie wir vielleicht an die Wiedervereinigung denken sollten – wenn wir überhaupt daran denken wollen, und außerdem ist jetzt Schluß. Ich werde den Namen einreichen. Und fünftens komme ich heraus mit dem Herz-As. Bitte sehr.«
Die Bonner Hardthöhe hatte den Namen schnell genehmigt. Und Hauptmann Brencken war stolz, daß er ihn vorgeschlagen hatte. Mit dem kleinen Feldherrn des Kaisers konnte er sich identifizieren.

Der Posten meldete keine besonderen Vorkommnisse, Brencken war in dieser Woche Offizier vom Dienst, also einer in der Reihe der ständigen Vorgesetzten. Er dankte und ging auf das Gebäude der dritten Batterie zu. Der Batteriefeldwebel, die gelbe Schnur an der Achsel, das dicke Buch in der Hand, meldete ihm, daß zwei Soldaten diese Nacht zwei Stunden zu spät aus der Stadt gekommen seien, daß ein Mann aus der Werkstatt in betrunkenem Zustand auf dem Gang randaliert habe, daß ein Unteroffizier versucht habe, ein Mädchen mit auf seine Stube zu nehmen, und daß sechs Mann sich krank gemeldet hätten.
»Na ja«, sagte Brencken, »bißchen viel, wie? Leiten Sie gleich die nötigen Vernehmungen ein. Den Unteroffizier schicken Sie heute mittag zu mir, Stahlhelm und Stiefel und so. Guten Morgen, Spieß.«
»Um acht Uhr ist aktuelle Information, Herr Hauptmann, ganze Batterie. Es fehlen –«
»Ich weiß. Haben Sie je erlebt, daß die ganze Batterie zusammen war?«
»Jawohl, Herr Hauptmann, beim Batteriefest.«
In der aktuellen Informationsstunde begann Brencken mit Amt und Person des Wehrbeauftragten des Deutschen Bundestages. Er wies darauf hin, daß konservative Kritiker vorgeschlagen hatten, diese Institution wieder abzuschaffen.
»Wer möchte dazu etwas sagen?«
Ein junger Unteroffizier hob die Hand.

»Bitte, Unteroffizier Pützke.«
»Nun, das Amt steht über den Dingen, die da in letzter Zeit vorgekommen sind. Und über den Personen.«
»Danke«, sagte Brencken. Der Unteroffizier setzte sich. »Genau das ist es – das Amt steht über den manchmal unzulänglichen Personen. Und deshalb muß ich noch ein paar Anmerkungen machen: es wurde geschaffen, um die Kontrolle über die Bundeswehr –« Er unterbrach sich. »Bitte, Unteroffizier Pützke.«
»Darf ich unterbrechen, es wurde geschaffen, um über die Einhaltung der Grundrechte der Inneren Führung zu wachen und –«
»Wenn Sie nicht so voreilig wären, Unteroffizier Pützke, würden Sie dasselbe von mir gehört haben. Um also die Kontrolle über die Bundeswehr hinsichtlich der Grundrechte der Inneren Führung zu gewährleisten. Um Verstöße gegen die Grundrechte, also Rechte, die in unserer Verfassung verankert sind, festzustellen und zu ahnden. Wir Deutschen haben die Demokratie zweimal als Folge verlorener Kriege von den Alliierten frei Haus beschert bekommen. Wir sind alle noch keine gelernten Demokraten. Und es ist gewiß nicht leicht, in einer Demokratie zu leben, viel schwerer, als in einer Diktatur, in der einem alles, aber auch alles, befohlen werden kann. Hier besteht ein weitverzweigtes Netz von Pflichten und Rechten – oder Rechten und Pflichten, ich bin mehr für die erste Reihenfolge. Möglicherweise werden wir eines Tages keinen Wehrbeauftragten mehr brauchen, wenn wir alle Staatsbürger aus Überzeugung sein werden. Bis dahin bleibt er. Auch so alte Demokratien wie Schweden haben einen solchen Wehrbeauftragten. Seien wir also froh, daß es ihn gibt. Sie können sich an ihn wenden, ohne daß Ihr Chef es weiß. Und wenn Ihre Beschwerde berechtigt ist, bekommen Sie recht – auch gegen einen Kompaniechef, gegen einen Oberst, gegen einen General, auch gegen Ihren Minister, wenn es sein muß. Denn der Wehrbeauftragte ist Beauftragter des Bundestages, der Minister aber Mitglied der Exekutive. Wenn also die Frage nach dem Wehrbeauftragten auftaucht, dann sollte sie positiv beantwortet werden.«

Er beendete den Unterricht. Während er zu seinem Dienstzimmer ging, überlegte er, warum er nicht gesagt hatte, daß er persönlich diesen Wehrbeauftragten ablehnte – unnütze Kontrolle, unverdiente Kontrolle. Desavouierende Kontrolle.
Oder gab es Offiziere, die die Grundrechte verletzten?
An sich machte er gern Batterieunterricht, auch früher schon. Aber damals war das einfacher gewesen, damals befand er sich stets in voller Übereinstimmung mit dem, was er vorzutragen hatte. Gewiß, als der Krieg weiter voranschritt, fochten ihn immer mehr Zweifel an – sie betrafen aber kaum den Geist oder die Organisationsformen der Wehrmacht.
Jetzt hatte er in allen Unterrichtsstunden die offizielle Version der Bundeswehr zu vertreten, was ja korrekt und rechtens war. Aber im Inneren sehnte er sich nach der klaren Einfachheit jener Jahre, ohne Wehrbeauftragten, ohne Innere Führung, mit strenger Grußpflicht und fest umrissenen Befugnissen der Vorgesetzten.
Zwei Soldaten seiner Batterie kamen ihm entgegen, offensichtlich unentschlossen, ob sie grüßen sollten oder nicht. Sie grüßten nicht.
»Warum grüßen Sie nicht?« schrie Brencken. Die beiden schwiegen. »Wissen Sie nicht, daß Sie Ihre direkten Vorgesetzten einmal am Tage zu grüßen haben?«
»Wir hatten Sie doch schon im Unterricht gesehen, Herr Hauptmann, und da dachte ich –«
»Scheißegal, was Sie denken«, schrie Brencken. »Sie haben zu grüßen, verstanden?«
»Jawohl«, sagten die beiden.
»Das heißt: Jawohl, Herr Hauptmann!« schrie Brencken.
»Jawohl, Herr Hauptmann«, sagten die beiden.
Brencken wußte, daß sein Tadel mindestens zweifelhaft war. Denn er hätte ihr Stillstehen bei der Meldung im Hörsaal als Gruß werten können. Zum mindesten aber war das Schreien falsch. Schreien ist kein Argument.
Er betrat das Batteriegebäude, riß die Tür zum Geschäftszimmer auf: »Schicken Sie mir den Unteroffizier Schanze herein, der da gestern das Mädchen mit auf die Bude nehmen wollte – aber ein bißchen dalli!«

Er knallte die Tür ins Schloß, setzte sich hinter den Schreibtisch und griff zur Zigarettenschachtel. Es klopfte. »Ja!« brüllte er. Die Tür wurde aufgerissen. »Unteroffizier Schanze meldet sich wie befohlen.«
Brencken hielt die Zigarette ruhig in der Rechten und starrte dem Unteroffizier ins Gesicht. Schanze war untersetzt, breitschultrig, durchtrainiert. Er gehörte zu den besten Leuten, stand zum Stabsunteroffizier heran.
»Na?« fragte Brencken.
Schanze zuckte verlegen mit den Schultern. »Herr Hauptmann, ich wollte gar nicht –«
»Was wollten Sie nicht, Schanze?«
»Ich meine, ich hatte gar nicht vor, mit dem Mädchen –«
»Was hatten Sie nicht vor, Schanze?«
»Da auf der Stube – und so.«
»Was hatten Sie denn vor, Schanze?«
»Ich wollte ihr meine Stube zeigen, Herr Hauptmann.«
»Aber Sie wußten doch, daß das verboten ist, Zivilpersonen dürfen nicht auf die Zimmer der Soldaten, nur in die Gemeinschaftsräume.«
»Sie wollte es so gern mal sehen –«
»Um diese Zeit, Schanze?«
»Es war gegen 22 Uhr, Herr Hauptmann – erst.«
Brencken drückte die Zigarette aus. »Nun will ich Ihnen etwas sagen – Unteroffizier Schanze. Das ist eine Unverschämtheit, mir so etwas ins Gesicht zu lügen! Wer nimmt denn nachts um zehn Uhr heimlich ein Mädchen mit auf sein Zimmer, um ihm zu zeigen, wie er beim Kommiß eingerichtet ist! Das können Sie einem erzählen, der sich die Hose mit der Kneifzange anzieht, aber nicht mir, verstehen Sie?« Er wurde immer lauter. »Sie haben das Mädchen mit auf Ihre Bude genommen, um mit ihm zu pennen! Seien Sie ruhig, mir langt das dumme Geschwätz! Und Sie haben das getan, obwohl Sie wußten, daß es verboten ist. Die Meldung heute nachmittag im Stahlhelm können Sie sich sparen – aber morgen reden wir weiter! Mich für so dumm verscheißen zu wollen – raus!«
Brencken überlegte. Er brauchte Schanze nicht zu bestrafen; das Gesetz stellte es ihm frei. Und niemand konnte ihm drein-

reden, auch nicht der Kommandeur, der sich ohnedies hütete, ungebeten Ratschläge zu erteilen.
Schanze war ein guter Mann – er könnte ihn mit einer erzieherischen Maßnahme davonkommen lassen. Andernfalls müßte er ihm eine Disziplinarstrafe geben, die er eine Zeitlang mit sich herumzuschleppen hatte. »Diszis«, wie die Soldaten so etwas nannten, machten sich in den Papieren nicht sehr gut. Meinetwegen, dachte Brencken, ein paar Sonntagsdienste als UvD außer der Reihe, das würde vielleicht genügen.

Der Unteroffizier vom Dienst pfiff anhaltend. »Aufstehen!«
Auf Stube 15 knurrte der Gefreite Lawanski: »Schon wieder raus, wie spät ist es denn?«
»Sechs«, sagte Schlommel und schwenkte die Füße aus dem Bett. »Auf geht's, Männer, sonst kriegen wir Ärger mit dem UvD.«
»Wer hat denn heute?«
»Unteroffizier Schanze.«
»Mann, dann raus, der lebt auf Wiedergutmachung, seit er neulich seine Ische mitgebracht hat.«
Lawanski erhob sich, das Bett neben ihm war leer. »Au Scheiße«, sagte er, »der Bohrkamp fehlt.«
Werwirth hob den Wuschelkopf aus dem Kissen. »Der hatte Ausgang bis eins.«
»Dann ist er jetzt schon fünf Stunden über den Zapfen«, sagte Schlommel. »Das gibt Ärger mit Brencken.«
Lawanski nahm sein Waschzeug und ging zum Waschraum. Er stand ungern so früh auf. Morgenstund' hat Blei im Arsch, dachte er. Der Rasierer schabte die Bartstoppeln, kaltes Wasser erfrischte und machte ihm die Augen klar. Er kämmte das hellblonde Haar zum Scheitel, hielt die Spraydose unter die Achselhöhlen, putzte die Zähne, gurgelte laut, wischte sich das Gesicht ab und ging zur Stube zurück. »Ist Bohrkamp gekommen?«
»Nein«, sagte Schlommel. »Aber der UvD war da.«
»Gemeldet?«
»Sicher, ich kann das doch nicht weglassen.«
Konnte er wirklich nicht, dachte Lawanski.

Auf dem Weg zum Mannschaftsspeiseraum warf er einen Blick auf den Dienstplan. Erst Parole, dann Geschützexerzieren auf dem Standortübungsplatz, bis zum Mittag. Am Nachmittag Lebenskundlicher Unterricht beim Kasak: Katholische Sündenabwehrkanone. Der Esak war das Gegenstück aus Luthers Lager.
Der Kaffee schmeckte wie Kaffee beim Kommiß. Und Kaffee beim Kommiß schmeckte, so hatte Hauptmann Köh einmal gesagt, beim Großen Kurfürsten nach Blech, bei Wilhelm und Hitler, bei Heuss und Lübke nach Blech, und er dürfte noch nach Blech schmecken, wenn das deutsche Kontingent der Weltstreitkräfte auf dem Mars Kaffee kochen würde. Das Frühstück war reichlich, Butter, Marmelade, Wurst und Käse. Das waren nicht ausgegebene Reste der gestrigen Abendverpflegung.
Lawanski sah sich um – die Reihen waren nur lückenhaft besetzt. Fast die Hälfte der Soldaten ging nicht zum Frühstück, sei es, weil sie sich zu Hause was Besseres besorgt, sei es, weil sie morgens keinen Hunger hatten. Die kauften sich dann später in der Kantine belegte Brötchen.
Vor dem Block der dritten Batterie sammelten sich die Soldaten. »Antreten in drei Gliedern«, rief Oberfeldwebel Schmidt. Sie ordneten sich langsam. Die Gefreiten mit der abgeschlossenen Unterführerausbildung traten an den rechten Flügel, die Unteroffiziere stellten sich im rechten Winkel dazu auf.
Hauptfeldwebel Schöffung stand vor der Front, das dicke Buch in der Linken, und kommandierte: »Augen geradeaus! Dritte Batterie – rührt euch!« Sie setzten den linken Fuß vor und bewegten sich. Schöffung begann mit der Verlesung der Namen.
»Gefreiter Bohrkamp!«
Schweigen.
»Wo ist der Bohrkamp?«
»Nicht da«, sagte Werwirth.
»Ich habe nicht gefragt, wo er nicht ist, Werwirth, sondern wo er ist.«
»Das weiß ich nicht, Herr Hauptfeldwebel.«
Schöffung runzelte die Brauen, beschloß dann aber, sich mit diesem renitenten Mann nicht öffentlich anzulegen. Der lief

ihm schon irgendwann zu. »Bohrkamp meldet sich bei mir, wenn er zurückkommt. Das gibt ein dickes Ding, so lange über den Zapfen.« Dann las er die Namen der anderen vor.
»Der letzte Quicktrain, meine Herren«, sagte Schöffung, »war schon besser als der vorletzte. Ich muß noch einmal ins Gedächtnis zurückrufen, wozu diese Alarme da sind: zur Überprüfung der Alarmbereitschaft. Wie lange dauert es, bis alles verpackt ist, bis die Fahrzeuge fertig und draußen sind, bis die ganze Batterie in den Übungsräumen ist. Ich weiß, daß einige das Schikane nennen – in Wirklichkeit ist es ein Training zum Überleben, meine Herren. Wenn es ernst wird, erreichen die modernen Waffen alle programmierten Ziele. Also müssen diese Ziele erst einmal geräumt werden, soweit das unsere Bundeswehr betrifft. Ist das klar?«
»Scheiße«, flüsterte Werwirth.
»Halt's Maul«, sagte Lawanski.
»Wer quatscht denn da herum?« fragte Schöffung.
Werwirth starrte an seinem Batteriefeldwebel vorbei.
»Wenn Sie nochmals reden, wenn ich rede, Lawanski, erleben Sie einen mittleren Ärger.«
»Jawohl«, sagte Lawanski und grinste.
»Wir werden daher«, fuhr der Spieß fort, »den ersten Teil des Übungsalarms, also das Verpacken und das Fertigmachen der Fahrzeuge, auf Befehl des Chefs demnächst erneut üben. Aus dem Stand. Irgendwann nachts oder am Tage.«
Mist, dachte Lawanski, zweimal im Jahr reicht das doch. Und so schlecht waren wir auch wieder nicht.
»Weiter«, sagte der Spieß, »unser Vertragsdoktor ist in Urlaub. Der vertretende Stabsarzt hat andere Revierstunden. Krankmeldungen wie gehabt, bei Abfrage durch den UvD. Meldung im Sanitätsbereich um sieben Uhr fünfzehn. Ferner: Dem Chef ist aufgefallen, daß die meisten von Ihnen ohne Kopfbedeckung durch die Kaserne latschen. Sie haben die Kopfbedeckung stets aufzuhaben, die Unterführer und ich werden darauf achten. Wer nicht spurt –« Er brach den Satz ab.
»Chef kommt!« rief Oberfeldwebel Schmidt.
Hauptfeldwebel Schöffung meldete. Brencken dankte. Während die Batterie wieder rührte, betrat er das Gebäude. La-

wanski schaute ihm nach. Er kannte Brencken seit einem Aufenthalt des Bataillons auf dem Truppenübungsplatz Bergen-Hohne im letzten Quartal. Damals war er mit ihm während eines Batterieabends ins Gespräch gekommen. Brencken hatte ihm erklärt, was er als Versorgungsoffizier zu tun habe: Munition, Verpflegung, Bekleidung, Sanitätsdienst – alles, was mit Versorgung zusammenhing, war seine Aufgabe. Ob er denn auch schießender Chef gewesen sei. Aber ja, noch vor ein paar Jahren – und früher natürlich, im Kriege. Es war ein langes Gespräch geworden, aus dem Lawanski einige Erkenntnisse über den Hauptmann Brencken gewonnen hatte – positive, wie er zugab.
Und jetzt war Brencken Chef der dritten Batterie, bis der Neue kam.
Sein Nachbar stieß ihn in die Seite. »Paß doch auf!«
»Lawanski, schlafen Sie?«
»Herr Hauptfeldwebel?«
»Sie melden sich nachher beim Chef.«
»Jawohl, Herr Hauptfeldwebel.«
Was wollte Brencken von ihm? Blitzschnell dachte er an die letzten Tage – nein, nichts Besonderes. Aber ein schlechtes Gewissen hatte er doch. Hatte er übrigens auch immer in der Schule und bei seinem Vater gehabt. Auf dem Wege zum Geschäftszimmer überlegte er, ob seine Meldung bei Hauptmann Brencken etwas mit Bohrkamp zu tun haben könnte. Aber er hatte wirklich keine Ahnung, wo der abgeblieben war. Scheiße, würde Hubert sagen, geht dich auch nichts an.
Wenn man den Umgangston in Stube 15 hörte, mußte man glauben, Soldaten redeten nur von Scheiße und vom Vögeln. Ein bißchen hatte der Bohrkamp den Ton verdorben, aber ganz so wild war es doch nicht. Die draußen im Zivilleben redeten auch nicht viel anders. In Lawanskis Oberprima hatten sie sich zwar etwas vornehmer ausgedrückt, aber es ging doch meistens ums »Thema 1«. Auch sein Vater dürfte, als er jung war, so geredet haben. Heute freilich predigte er, daß man als junger Mann bei der Wahl seiner Mädchen vorsichtig sein solle, daß man den GV – er sagte wirklich GV, Geschlechtsverkehr – möglichst erst nach der Heirat vollziehen solle. Vollziehen,

sagte er. Und dabei hatte er, wie Lawanski einmal von seiner Mutter erfahren hatte, nicht nur vor der Hochzeit mit seiner späteren Frau geschlafen, nein, sie war auch keineswegs seine erste gewesen. Das war doch verlogen. Einer seiner Klassenkameraden hatte erzählt, sein Vater lasse sich auf solche Gespräche gar nicht erst ein, der grinse nur: das sei kein Thema zwischen Vater und Sohn, wann wer mit wem und wo.
Lawanski öffnete die Tür zum Geschäftszimmer. »Ich soll zum Chef.«
»Ah, da sind Sie ja, Lawanski«, sagte Schöffung und gab ihm die Hand. »Morgen. Der Alte will Sie sehen. In der Sache Bohrkamp. Sie sind doch Vertrauensmann der Mannschaften.«
Schöffung öffnete die Tür. »Herr Hauptmann, hier ist der Gefreite Lawanski.«
»Rein mit ihm!«
Lawanski betrat das Zimmer des Chefs. Ein Bild von Minister Schröder, eines von Bundespräsident Lübke, das Foto einer Einhundertfünfundsiebzigmillimeterkanone auf Selbstfahrlafette, ein Spruch – »Gott gebe mir die Gelassenheit, Dinge zu ertragen, die ich nicht ändern kann, den Mut, solche zu ändern, die ich ändern kann, die Weisheit, beides voneinander zu unterscheiden« – ein Wappenteller mit einer Haubitze und einer Widmung für Hauptmann Karl-Helmut Anatol Brencken.
»Tag, Lawanski, setzen Sie sich. Ich habe Sie hierher gebeten, um ein paar Worte über Bohrkamp zu reden.«
»Ich petze nicht, Herr Hauptmann.«
Brencken sah ihn einen Augenblick schweigend an. »Sie sollen auch nicht petzen, Lawanski. Bohrkamp ist gewaltig über den Zapfen, ohne Strafe geht das nicht. Und da ich die Batterie nicht kenne, muß ich mir vorher ein Bild machen können. Sie sind Abiturient?«
»Jawohl, Herr Hauptmann.«
»Humanist?«
»Nein, neusprachlich.«
»Was wollen Sie mal werden?«
»Jurist.«
»Da gibt es viele Verwendungsmöglichkeiten – vom Ministerialdirektor bis zum Wehrdisziplinaranwalt.«

»Eher das erste, Herr Hauptmann.«
»Sie sind nicht gern hier?«
»Nein.«
»Warum?«
»Weil ich dieses alles nicht mag.«
»Bißchen dünn, wie? Warum haben Sie dann den Wehrdienst nicht verweigert, wenn Sie dieses alles nicht mögen?«
»Das wollte ich meinem Vater nicht antun, der ist Reserveoffizier.«
»Wie freundlich.«
Lawanski begann sich zu ärgern. Was ging Brencken das an!
»Sie wollten über den Gefreiten Bohrkamp mit mir sprechen, Herr Hauptmann.«
Mein Gott, dachte Brencken, wenn wir früher so mit unseren Vorgesetzten gesprochen hätten ... »Bohrkamp fällt mir in den wenigen Tagen, die ich hier bin, ständig auf. Renitent, großes Maul gegenüber den Unterführern ...«
»Aber auch bester Richtkanonier, einer der besten Schützen, Herr Hauptmann.«
»Das sagte mir schon der Spieß. Wie paßt das zusammen?«
»Das ist nun mal so.«
Was wollte der Chef von ihm? Material gegen Bohrkamp? Das kam nicht in Frage. Ihm stank Hubert Bohrkamp zwar gelegentlich auch, aber verpfeifen würde er ihn nie.
»Diese Mischung aus plus und minus ist mir nicht begreiflich, Lawanski. Wenn ich bestrafen muß, muß ich wissen, wie ich den Beschuldigten einzuordnen habe. Deshalb sind Sie hier.«
»Ich habe an ihm einen zuverlässigen Stubenkameraden, am Geschütz ist er der beste Mann, manchmal aber zeigt er, daß er keine Lust hat.«
»Warum?«
»Weil er sich nicht einordnen will. Er motiviert das zwar politisch, aber das ist es nicht. Und außerdem ist er sicherlich manchmal von den Unteroffizieren falsch angefaßt worden, da neigt er dann zum Widerstand.«
»Und wo ist er jetzt?«
»Ich weiß es wirklich nicht.«
Lawanski begriff, daß Brencken ihn nicht ausforschen wollte,

um Bohrkamp nachher um so empfindlicher treffen zu können. Vielleicht konnte er im Gegenteil noch etwas für ihn herausholen. Allerdings, er sah verstohlen zur Uhr, bald sieben Stunden war Bohrkamp nun über den Zapfenstreich. Ausgangsbeschränkung, tippte Lawanski. Verschärft dadurch, daß er keine Gemeinschaftsräume betreten durfte. Tat der Gefreite Bohrkamp es dennoch, so war das Bruch der Ausgangsbeschränkung und kraft Gesetzes mit Arrest zu bestrafen. Und wenn Hubert eine Woche kein Mädchen hatte, drehte er durch.
»Danke, Lawanski. Vielleicht können Sie dafür sorgen, daß solche Geschichten künftig unterbleiben. Auf Leute wie Bohrkamp haben Kameraden mehr Einfluß als Vorgesetzte.«
»Hoffentlich«, sagte Lawanski.
»Danke«, sagte Brencken. »Sie können gehen.«
»Gefreiter Lawanski meldet sich ab.«
Man müßte dem Bohrkamp wirklich in den Hintern treten, dachte er, als er seinen Stahlhelm, die ABC-Schutzmaske und das G-3-Gewehr aus der Stube 15 geholt hatte und zum nahegelegenen Standortübungsplatz ging. Der Hubert könnte es einfacher haben. Verdammt, dachte er dann, jetzt fühle ich mich schon beinahe solidarisch mit diesem Hauptmann Brencken und seinesgleichen. Scheiße. Der Gefreite Hubert Bohrkamp erschien am späten Abend, gegen 23 Uhr, in der Prinz-Eugen-Kaserne. Er war nicht nüchtern, schwieg und ging sofort zu Bett. Der Unteroffizier vom Dienst notierte die Rückkehr ins Buch.

Oberstleutnant Stertzner rief an: »Herr Brencken, Ihre Batterie hat Wache. Ich erwarte heute den Kommandierenden General. Der Kommandeur unserer Panzerbrigade ist übrigens auch unterwegs.«
Brencken fragte zurück: »Hat der Kommandierende besondere Wünsche?«
»Nein, er wohnt dem Dienst bei, will nachher die Offiziere sprechen. Der Brigadekommandeur kommt etwas früher. Den kennen Sie übrigens.«
»Ja, Oberst von Wächtersberg.«

»Guten Tag, Herr Brencken«, sagte Oberst von Wächtersberg, »wir haben uns Jahre nicht gesehen.«
»Guten Tag, Herr Oberst. Ja, sechs Jahre, das war 1962 in Gartenstadt. Unter Oberstleutnant Frédéric.«
Wächtersberg lächelte. »Setzen wir uns. Ja, Frédéric. Der General hat ihn damals weggepackt, wie so viele vor ihm. Und er soll sogar von Oberst Bergener noch einigermaßen glimpflich beurteilt worden sein.«
Oberstleutnant Stertzner reichte dem Brigadekommandeur die Zigarettenpackung. »Wenn ich mich recht entsinne, kam er als Kommandeur eines Verteidigungskreises irgendwohin in den Bayerischen Wald«, sagte Stertzner.
»Er ist inzwischen pensioniert«, berichtete Wächtersberg. »Das ist auch das beste für ihn und uns.«
»Sie hatten viel Ärger?« fragte Stertzner.
»Da müssen Sie mal Ihren S 4 konsultieren – was, Herr Brencken?«
»Stimmt, Herr Oberst. Ich habe selten einen Mann gesehen, der so viel falsch gemacht hat.«
Wächtersberg lächelte und wandte sich an Stertzner: »Haben Sie Schwierigkeiten mit den jungen Soldaten? Ich meine, mehr als früher?«
»Wenn ich davon absehe, daß die Haare länger sind, nein, Herr Oberst.«
»Stören Sie die länger gewordenen Haare?«
»Nicht sehr, wir liegen hier auf einem von allen akzeptierten Mittelkurs.«
Brencken schüttelte den Kopf. »Ansehen kann man das nur sehr schlecht«, sagte er. »Verzeihen Sie, Herr Oberstleutnant, ich finde es schrecklich.«
»Und warum?«
»Der Soldat muß einen kurzen Haarschnitt haben. Schon wegen der Tätigkeit an Maschinen und Waffen. Und auch wegen der Hygiene.«
»In Schweden haben sie jetzt Haarnetze eingeführt«, sagte der Brigadekommandeur, »ich sehe die Dinger bei uns auch schon kommen.«
»Gott bewahre!« sagte Brencken.

Wächtersberg lachte: »Wenn man uns Haarnetze befiehlt – bitte, ich bin zu teuer bezahlt, um mich aufzuregen.«
Oberstleutnant Stertzner legte die Hand auf Brenckens Unterarm. »Ich weiß natürlich, Brencken, was Sie bewegt. Sie können den schmucken, auf Streichholzlänge geschnittenen Wehrmachtsoldaten nicht vergessen. Aber –«
»Verzeihung, Herr Oberstleutnant«, unterbrach Brencken seinen Bataillonskommandeur, »ich meine, das gesunde Volksempfinden verlangt den kurzen Haarschnitt.«
Stertzner wurde ernst. »Lieber Brencken, Sie gehören, wie ich, der Kriegsgeneration an, die das NS-Regime noch voll mitbekommen hat. Aber wenn Sie, als nun bald Fünfzigjähriger, das gesunde Volksempfinden anführen, dann läuft es mir kalt über den Rücken.«
Brencken biß sich auf die Lippen. »Habe ich nicht bedacht, Verzeihung«, murmelte er.
Oberst von Wächtersberg lenkte das Gespräch wieder zurück. »In einem muß ich allerdings gegen meine einigermaßen liberale Auffassung sprechen, meine Herren. Leider, ich betone das, leider wird die Effektivität unserer Bundeswehr von den Leuten draußen am Erscheinungsbild unserer Soldaten gemessen. Das ist zwar ein ziemlich müdes Klischee, aber es wirkt doch immer: Wer lange Haare hat, ist weibisch und taugt nichts, eine Armee von Langhaarigen bringt nichts. Taugt nichts. Ist weich und lahm und so weiter und so weiter.«
»Das stimmt überhaupt nicht«, ergänzte Stertzner, »ich habe bei meinen Soldaten noch nie feststellen können, daß längere Haare in irgendeinem Verhältnis zu ihrer Einsatzbereitschaft stehen. Im Gegenteil, ich kenne viele langhaarige Soldaten, die ohne Murren bis an die Grenze ihrer Leistungsfähigkeit gehen. Das werden Sie mir bestätigen können, Herr Brencken.«
»Jawohl. Aber ich meinte vorhin, daß das überlieferte Bild des Soldaten –«
»Rest geschenkt, Brencken, ich hab' es schon begriffen.«
Später sagte Oberstleutnant Stertzner zu seinem Brigadekommandeur, mit siebenundvierzig Jahren sei Brencken nun zu alt für den Truppendienst. »Ich möchte gern, daß er die letzten Jahre irgendwo in einem Stab verbringt.«

Und Wächtersberg sagte: »Ich kenne Brencken aus der gemeinsamen Zeit mit Herrn Frédéric. Ein Mann voll guten Willens, ganz sicher, aber einfach nicht mitgekommen. Er begreift diese Zeit nicht.«

Hubert Bohrkamp warf die Tür zur Stube 15 ins Schloß, setzte sich auf einen Stuhl an den Resopaltisch und stützte den Kopf in die Fäuste.
Schlommel trat ein. »Nanu, Bohrkamp, was ist?«
»Halt's Maul.«
»Man wird doch noch fragen dürfen.«
Bohrkamp fuhr herum und schrie: »Halt dein Maul, verdammt!« Er stützte den Kopf wieder in die Hände.
Hauptmann Brencken hatte ihn angehört, wie man das nennt, wenn ein Beschuldigter wegen eines Disziplinarvergehens bestraft werden soll. Dabei war der Chef ganz ruhig geblieben. Bohrkamp hatte ihm auf Befragen, warum er knapp zweiundzwanzig Stunden vom Dienst ferngeblieben sei, keine Antwort gegeben. Wie Sie wollen, hatte der Chef gesagt. Aber da müsse doch ein Grund vorliegen. Bohrkamp hatte den Kopf geschüttelt. Das ging den Alten nichts an. Gar nichts. Ob es wegen eines Mädchens gewesen sei. Wieder hatte Bohrkamp den Kopf geschüttelt. Dann hatte ihn der Chef entlassen.
Nun saß er hier und war nahe am Heulen. Scheiße, verdammte. Konnte er dem Chef sagen, was gewesen war? Nein, das konnte er nicht. Lieber einsperren lassen.
Wilhelm Lawanski schloß seinen Spind auf. »Na, Alter, was ist?«
»Geht dich nichts an.«
Lawanski setzte sich neben ihn. »Hör zu, du Scheißer. Ich bin Vertrauensmann und der Alte wird mich anhören müssen. Und da muß ich etwas zur Person sagen, also über dich. Wie soll ich das können, wenn ich nicht weiß, was los war. Hast du Brencken gesagt, warum du so lange weg warst?«
Bohrkamp schüttelte den Kopf.
»Und mir willst du's auch nicht sagen?«
Neues Kopfschütteln.
»Heulst du?«

»Halt dein Maul«, schrie Bohrkamp, »dein verdammtes Maul sollst du halten!« Er sprang auf und wollte sich auf Lawanski stürzen, Schlommel trat dazwischen und faßte ihn an den Schultern. Bohrkamp drehte sich mit Wucht um und warf den schmächtigen technischen Zeichner gegen den nächsten Spind. »Laßt mich in Ruhe, verdammt, laßt mich in Ruhe, ihr Idioten – haut ab!«
So hatte Lawanski Hubert Bohrkamp noch nie gesehen. Glühende Augen, gebückte Haltung, die Hände zu Fäusten geballt – fehlt nur noch der berühmte Schaum vor dem Mund, dachte Lawanski.
»Geh mal raus, Schlommel«, sagte er.
Als sich die Tür geschlossen hatte, drückte Lawanski den Kameraden auf den nächsten Stuhl, zog sich einen anderen mit der Lehne nach vorn heran und setzte sich dicht vor Bohrkamp.
»So, nun mach keinen Scheiß, sondern rede.« Hoffentlich spricht er jetzt, dachte er, in fünfzehn Minuten ist die Frühstückspause herum.
Bohrkamp schaute angestrengt an Lawanski vorbei.
»Komm, Hubert, sag doch was.«
Bohrkamp holte tief Luft. Lawanski konnte er es vielleicht sagen. »Weißt du, zu Hause –«
»Also nichts mit Mädchen?«
Bohrkamp schüttelte den Kopf. »Nein – zu Hause ist – ich meine, daß mein Vater –« Er schwieg und schluckte. Lawanski unterbrach ihn nicht. »Meine Mutter ist weg.«
»Weg?«
»Weg, abgehauen.«
»Und dein Vater?«
Bohrkamp schluckte wieder. »Mein Vater ist mit meinen beiden kleinen Schwestern allein.«
»Mann, Hubert –«
»Einfach abgehauen.«
»Kann dein Vater denn die kleinen Mädchen –«
»Nein«, unterbrach ihn Bohrkamp, »er kann nicht. Er muß arbeiten. Er ist auch Dreher. Und wenn er nicht arbeitet, fehlen die Kröten.«
»Und warum ist deine Mutter abgehauen?«

Bohrkamp schüttelte den Kopf. »Ich verstehe es nicht, Will. Gemerkt haben wir nie was. Aber sie ging fremd. Mit irgendeinem, der mehr Geld hatte. Bekannter meines Vaters.«
»Und der hat auch nichts gemerkt?«
»Doch, hat er mir aber erst gestern gesagt.«
»Und warum hat er nicht dreingehauen?«
»Er hat mir gesagt, daß er sie sehr liebhat.«
Lawanski schwieg. Das also war der Grund. Er mußte es dem Chef sagen. Nur das konnte Bohrkamp helfen.
»Die hängt am Geld, sage ich dir. Ich habe auch immer zu Hause abgegeben. Und mein Vater hat manchmal so komisch geguckt, wenn er seine Lohntüte hinlegte. Verstanden habe ich das nie so richtig. War ja auch meine Mutter.«
»Und wie soll es weitergehen?«
»Mutter geht in fremde Betten, Vater sorgt für uns.«
»Das mußt du dem Chef sagen.«
Bohrkamp schüttelte wild den Kopf.
»Willst du eingesperrt werden, nur weil du die Zähne nicht auseinanderbringst?«
Bohrkamp schwieg.
»Und was soll nun werden?«
»Weiß ich nicht.«
Lawanski sah zur Uhr. Noch acht Minuten bis zum Ende der NATO-Pause, der Frühstückspause, die in der ganzen Bundeswehr so hieß. Böse Zungen behaupteten, die nicht erlaubte Kaffeepause am Nachmittag heiße demnach die Warschauer-Pakt-Pause.
Er klopfte Bohrkamp auf die Schulter, setzte seine Mütze auf und ging zum Offizierheim der Kaserne. Das mußte der Chef wissen, dachte er, sonst gibt es eine Fehlentscheidung, die Bohrkamp vollends verbiestert.
Die Ordonnanz schaute ihn fragend an. »Wen willst du sprechen?«
»Hauptmann Brencken.«
Lawanski schaute sich um. Eine in Braun gemalte Merian-Ansicht von Werkenried, das Bild von Heinrich Lübke, daneben eines von Theodor Heuss, darunter eines von Gerhard Schröder. Auf der anderen Seite das schon beinahe längsgefaltete Ge-

sicht des ehemaligen Bundeskanzlers Konrad Adenauer. Auf dem Ablagetisch die Mützen der Offiziere. Die Ordonnanz kam zurück. »Was es gibt, will der Hauptmann wissen.«
»Kann ich nur ihm selber sagen. Eil dich!«
Nach einer halben Minute kam Brencken. »Na, Lawanski, was Neues?«
»Jawohl, Herr Hauptmann. Wegen Bohrkamp. Ich möchte Ihnen ein paar Dinge sagen, die die Sache in einem anderen Licht erscheinen lassen.«
Brencken nahm Lawanski am Arm und zog ihn in die kleine Bar des Offizierheims, die im Augenblick leer war. »Schießen Sie los.«
Lawanski holte tief Luft. »Der Gefreite Bohrkamp hat Sorgen, Herr Hauptmann. Seinem Vater ist vorgestern die Mutter der drei Kinder weggelaufen.«
»Ach du lieber Gott – und nun schämt er sich, das zu sagen.«
»Genau das ist es, Herr Hauptmann.«
»So genierlich ist er doch sonst nicht.«
»Nein, ich liege auf einer Stube mit ihm. Bohrkamp ist ein – nun, ein munterer Vogel, Herr Hauptmann. Aber das scheint ihn tief getroffen zu haben.«
»Danke, Lawanski, es war gut, daß Sie mir das sagten. Schicken Sie ihn heute nach der Mittagsparole zu mir.«

Zu Beginn des Nachmittagsdienstes eröffnete Hauptmann Brencken dem Gefreiten Bohrkamp, er habe falsch gehandelt, als er einfach dem Dienst ferngeblieben sei; schließlich hätte er anrufen können, man hätte sicher Verständnis für seine Situation gehabt. Er habe weiter falsch gehandelt, als er seinem Batteriechef den eigentlichen Grund seines Fernbleibens nicht genannt habe. Dies sei zu rügen. Er belege ihn deswegen mit einer erzieherischen Maßnahme, nämlich zweimal Einteilung als Gefreiter vom Dienst außer der Reihe, aber er habe sofort nach Hause zu fahren und erst in drei Tagen wiederzukommen, wenn zu Hause alles einigermaßen wieder im Lot sei. Und Haushälterinnen gebe es bei der Caritas, und beim Roten Kreuz könne er auch fragen und vielleicht auch bei seinem zuständigen Pfarrer.

Der Gefreite Bohrkamp stand stramm vor seinem Chef, meldete sich ab und murmelte auf dem Gang vor sich hin: »So was, so was, Scheiße, Mensch, so was.«

Natürlich war Brencken in den letzten zwei Jahren öfter der Gedanke gekommen, Susi zu heiraten. Das hätte Vorteile gehabt: gemeinsame Wohnung, gemeinsamer Haushalt, immer jemand daheim, wenn er vom Dienst kam. Und wenn er die Vorteile abwog gegen die Nachteile – etwa, daß er dann angebunden sein würde, innerlich und äußerlich, daß er vielleicht Vater werden, daß er verlieren würde, was er seine Freiheit nannte – spätestens bei diesem Abwägen kam ihm der Gedanke, daß eigentlich etwas ganz anderes den Ausschlag geben müßte: das Zusammenlebenwollen.
Ich will dich und ich möchte bei dir bleiben.
Statt dessen dachte er, manchmal jedenfalls, an eine gemeinsame Steuererklärung und an die Rendite der Buchhandlung und an die Probleme, die entstehen müßten, wenn er versetzt würde. Mit Susi wollte er über diese Dinge nicht sprechen. Er wußte nicht, ob sie ihn überhaupt heiraten würde. Aber er konnte sich immerhin vorstellen, daß sie ja sagte, wenn er ihr einen entsprechenden Antrag machte. Und dabei liebte er sie wirklich, nun schon seit zwei Jahren. Sie sahen sich mehrmals in der Woche, sie fuhren an den Wochenenden hinaus in die Umgebung, sie hatten nach Weihnachten einen ersten gemeinsamen Kurzurlaub in der Schweiz verbracht.
Sie liebten einander, sie schliefen miteinander, und Brencken spürte, wie sehr er Susi brauchte. Sie liebte ihn auf eine beinahe schmerzliche Art, und er hatte in den zwei Jahren nichts davon gespürt, daß ihre Zuneigung auch nur ein wenig nachgelassen hätte.
Nur, daß er nachgelassen hatte, das spürte er. Er war nicht mehr jung genug, um so stürmisch zu lieben wie früher. Und auch die Frequenz hatte nachgelassen.
»Du bist dumm, Charly«, hatte Susi einmal gesagt, als sie spürte, wie er unter Störungen litt, »du bist dumm, Liebster. Meinst du, ich weiß nicht, daß deine siebenundvierzig Jahre sich auch da bemerkbar machen? Und ich bin doch keine Ma-

schine, die von einer Maschine angeworfen werden will. Schenk mir die Summe deiner siebenundvierzig Jahre, und ich werde glücklich sein.«
An diesem Abend hatte er sie dankbar geküßt und lange und zärtlich, aber nur einmal, geliebt.
Susanne Widderstein liebte Brencken seit dem Tage, da sie ihn in ihrer Buchhandlung gesehen hatte. Diese Liebe war wie ein Orkan in sie eingebrochen und hatte alles andere hinweggeschwemmt. Sie wußte, daß sie das nie mehr erleben könnte, wenn Charly einmal nicht mehr da sein würde. Und im Grunde ihrer Seele zweifelte sie keinen Augenblick daran, daß es einmal soweit kommen würde.
Er hatte ihr oft gesagt und gezeigt, wie sehr sie ihm fehlte, wenn sie auch nur einen oder zwei Tage getrennt waren. Aber nie hatte er einen Anlauf genommen, ihr zu sagen: Komm, wir bleiben zusammen. Für immer.
Sie wußte, daß sie sein größtes Erlebnis war. Und sie wußte – obwohl er es nie ausgesprochen hatte, daß sie es schon allein deshalb war, weil sie einem Mann, der das Alter nahen fühlte, ihre Jugend geschenkt hatte. Insofern hegte sie keine Illusionen – auch ein Mädchen, das ihn weniger geliebt hätte, wäre für ihn das größte Erlebnis geworden . . .
Wollte sie überhaupt Frau Brencken werden?
Er hatte ihr von den Mädchen erzählt, die vor ihr waren. Er hatte nie davon gesprochen, daß er auch nur einer einen Antrag gemacht hätte. Nur einer beinahe – das erfuhr sie, als eine Journalistin auf dem Bildschirm erschien.
Wer denn Schluß gemacht habe?
Brencken hatte einen Augenblick geschwiegen und dann gesagt: »Sie. Meistens haben sie Schluß gemacht. Wirst du auch einmal sagen: Feierabend?«
Sie erinnerte sich, daß sie ihn lange angesehen hatte. »Ich glaube, nicht. Aber ich glaube, ich kenne dich. Und daher weiß ich, daß, wenn einer von uns aufhört, ich es sein werde.«
»Warum?«
»Weil du nicht Schluß machen wirst, Charly, gestern und morgen nicht. Denn dazu müßtest du eine Entscheidung fällen. Und das liegt dir nicht so sehr.«

»Warum reden wir vom Schlußmachen, Liebling? Ich will nicht. Du?«
»Nein, Charly, bestimmt nicht. Aber du hast damit angefangen und mich etwas gefragt.«
»Forget about, darling.«
»Einverstanden.«
Sie sprach nicht mehr davon, aber sie vergaß es auch nicht.

Oberstleutnant Stertzner bog um die Ecke des Blocks der dritten Batterie und sprang zurück.
Dicht vor ihm hielt mit kreischenden Bremsen ein silbergrauer Sportwagen, Marke Alfa Romeo. Der Mann hinter dem Steuer sagte: »Entschuldigen Sie bitte, Herr Oberstleutnant.«
»Als Technischer Offizier, lieber Herr Perino, sollten Sie wissen, daß die befohlenen dreißig Stundenkilometer auch von den Herren Offizieren einzuhalten sind.«
»Ich habe es übersehen, bitte, entschuldigen Sie«, sagte Oberleutnant Perino.
Stertzner trat an die Wagentür. »Schneller Schlitten – seit wann haben Sie den?«
»Seit drei Tagen, Herr Oberstleutnant.«
»Teuer?«
»Ziemlich.«
Stertzner schwieg und betrachtete das Armaturenbrett.
»Aber ein heißer Ofen, da haben Sie recht«, sagte Perino.
»Wie schnell können Sie denn damit?«
»Ach, so hundertachtzig sicher.«
»Und wo wollen Sie die fahren?«
»Höchstens auf der Autobahn. Aber wesentlich ist das Reservepotential in der Maschine. Kann beim Überholen lebenswichtig sein.«
»Na ja«, sagte Stertzner, »dann fahren Sie mal. Im übrigen möchte ich keinen Zweifel daran lassen, daß ich Sie beim nächsten Mal am Kanthaken kriege, wenn Sie Befehle übertreten. Wenn wir Offiziere nicht einmal unsere eigenen Befehle achten – was sollen dann unsere Männer sagen?«
»Jawohl, Herr Oberstleutnant, danke, Herr Oberstleutnant«, sagte der Technische Offizier. Stertzner trat zurück, Perino

fuhr an und entschwand auf der Hauptstraße in Richtung auf das Stabsgebäude.
Alfa Romeo ist nicht billig, dachte der Kommandeur. Woher mochte der Oberleutnant Perino das Geld haben, um sich diesen Schlitten zu kaufen? Ich werde ihn fragen. Man sollte auch mal mit Warwitz drüber sprechen.
Stertzner betrat den Block der dritten Batterie. Er erwiderte den Gruß des Unteroffiziers Pützke, den er vor ein paar Wochen, noch unter Birling, vor der Front der dritten Batterie befördert hatte. Er mochte den aufgeweckten Unterführer, der jetzt als Richtkreisunteroffizier eingesetzt war und artilleristisch viel leistete. Überhaupt hatte er, wenn er es recht besah, ein gutes Unteroffizierkorps. Es fehlten allerdings mindestens fünfzehn Unteroffiziere, für die er freie Planstellen bereithielt. Aber die fehlten bei den Grenadierbataillons der eigenen und der anderen Brigaden ebenso wie in vielen Divisions- und Korpsbataillons. Der Soldat war mit Erfolg aus dem Getto der früheren Jahre heraus, aber der Beruf war auch nicht mehr so attraktiv wie früher. Viele erklärten heute offen, sie hielten das alles für Quatsch und dächten gar nicht daran, zu dienen. Außerdem, das wollte Stertzner gar nicht unterschätzen, zahlte die Industrie erheblich mehr.
Als Stertzner die Tür öffnete, sprang Hauptfeldwebel Schöffung auf. »Dritte Batterie keine Vorkommnisse.«
Stertzner lächelte. »Tag, lieber Schöffung, danke schön. Ist Hauptmann Brencken da?«
»Jawohl, Herr Oberstleutnant!« Er klopfte energisch an die Tür zum Nebenzimmer und öffnete sie: »Herr Hauptmann, der Kommandeur!«
Stertzner reichte Brencken die Hand und setzte sich auf den Polsterstuhl vor dem Schreibtisch. »Behalten Sie bitte Platz, Herr Brencken.«
Was wollte der Alte? »Ich habe mir die Geschichte mit dem Mörberg noch einmal durch den Kopf gehen lassen – nein, keine Sorge«, unterbrach er sich lächelnd, »das ist erledigt. Mich interessiert an dieser Sache etwas anderes, das ich gern mit Ihnen besprechen möchte.« Er zündete sich eine Zigarette an und blies den ersten Zug durch die Nase. »Sie sind lange ge-

nug in dieser Armee, so lange wie ich, um zu wissen, daß sich einiges geändert hat. Nicht wahr, der Chef von ehedem, der Sie genauso waren wie ich, der könnte heute unseren jungen Leuten nicht mehr imponieren. Er war eine Mischung aus patriarchalischer und Amtsautorität. Manchmal, wenn Glück im Spiele war, spürten die Soldaten an ihrem Chef auch die Persönlichkeit.«
»Das stimmt«, sagte Brencken.
»Aber es ist nun einmal so: Mein Sohn steht anders zu mir, als ich zu meinem Vater stand. Oder um es klar zu sagen: Ich durfte mir nie gegenüber meinem Vater leisten, was ich meinem Sohn als Selbstverständlichkeit zugestehe. Unser Verhältnis hat dadurch nicht gelitten. Mein Batteriechef von früher würde verrückt, wenn er sähe, wie wir das heute machen. Was brauchen wir also heute statt des alten hierarchischen Verhältnisses, Brencken?« Er ließ den Hauptmann gar nicht zu Wort kommen: »Eine mehr funktionsbezogene Autorität. Und außerdem verstehen heute mehr und mehr Untergebene sehr viel von mehr und mehr fachlichen Dingen, die der militärische Vorgesetzte nicht wissen kann – nicht so wie früher, als er noch rundherum Bescheid wußte, weil die Spezialisierung noch nicht so weit fortgeschritten war.«
Worauf wollte er hinaus?
»Also bedarf das Verhältnis Vorgesetzter–Untergebener einer neuen Definition. Und das ist mit dem schönen und auch wahren Begriffspaar – hier Befehl aus Verantwortung, dort Gehorsam aus Einsicht – nicht getan. Dazu gehört auch ein anderer Umgang mit den Soldaten. Anders als früher, meine ich. Sind wir uns da einig, Brencken?«
»Ja, darin sind wir uns einig.«
»Und deshalb, weil wir uns da einig sind, müssen Sie mir erklären, warum Sie manchmal meinen, früher sei vieles besser gewesen. Denken Sie mal ein paar Wochen zurück!« Stertzner schaute Brencken voll an und wartete. »Ich meine, Sie müssen sich doch etwas dabei denken. Wenn Sie begriffen haben, daß die Dinge sich geändert haben, müssen Sie doch auch die Konsequenzen daraus ziehen können. Oder?«
»Herr Oberstleutnant, auch ich verstehe das so, wie Sie es ge-

sagt haben. Ich merke es nur manchmal ein bißchen spät, wenn ich etwas falsch gemacht habe.«

»Und genau das ›Warum‹ interessiert mich«, sagte Stertzner. »Ich gestehe Ihnen offen, daß Sie mir manchmal ein Rätsel sind, Hauptmann Brencken. Sie leisten Ihre Arbeit gut und schlecht. Manchmal möchte ich Sie loben, aber sofort entdecke ich etwas, wofür ich Sie tadeln muß. Ihnen fehlt der Durchbruch zur Leistung. – Warum?«

Brencken lief der Schweiß über die Nackenmuskeln. »Ich weiß es nicht, Herr Oberstleutnant.«

»Damit ist mir nicht geholfen – beziehungsweise Ihnen nicht.« Stertzners Stimme wurde härter. »Sie sind 1956 eingetreten, Sie haben eine Batterie geführt, Sie waren S 4, Sie sind jetzt auch noch S 4, Sie haben den Stabsoffizierlehrgang zweimal verhauen. Sie sind siebenundvierzig Jahre alt und Hauptmann und werden mit zweiundfünfzig Jahren als Hauptmann pensioniert. War das die Karriere, die Sie sich vorgestellt haben, als Sie zur Bundeswehr gingen, Herr Brencken?«

»Nein, sicherlich nicht, Herr Oberstleutnant. Eigentlich dachte ich, daß mehr drin sei.«

»Manchmal sah das auch so aus, wenn man Ihre Beurteilungen liest. Aber wie ein roter Faden zieht sich in der Beurteilung für den Hauptmann Brencken der Satz, daß Ihre unerklärbaren Hemmungen Ihre Leistungsfähigkeit auf der Plus-minus-null-Note halten. Ich habe manchmal über Sie nachgedacht, Herr Brencken, und ich habe das Gefühl, daß ich mehr über Sie nachgedacht habe, als Sie selber.«

»Das stimmt nicht, Herr Oberstleutnant, ich denke oft darüber nach, warum das so ist. Ich sehe das ja schließlich auch.«

»Mich gehen Ihre privaten Dinge nichts an. Aber ich habe mich auch gefragt, warum der gut aussehende Hauptmann Brencken unverheiratet ist. Und ich habe mich weiter gefragt, ob da vielleicht dieselben oder ähnliche Gründe mitgespielt haben könnten. – Nein«, fügte Stertzner schnell hinzu, »es geht mich wirklich nichts an, aber ich gestehe Ihnen meine Gedanken über Sie offen, das merken Sie wohl.«

Brencken schwieg gequält. Er spürte, daß sein Kommandeur ihm helfen wollte. Aber er selbst hatte Jahre vergeblich ver-

sucht, sich zu helfen. Auch Usch hatte versucht zu helfen und Elina und die anderen. Niemand konnte ihm helfen. Auch Stertzner nicht.
»Etwas muß es bei Ihnen geben, ich kenne Sie nicht gut genug, das müssen Sie selbst herausfinden, Brencken. Vielleicht überwinden Sie es, wenn Sie es gefunden haben. Sehen Sie«, schloß Stertzner versöhnlich, »ich will Ihnen nicht die Seele durch die Mangel drehen, ich will, daß ich Sie positiv beurteilen kann. Und dazu bedarf es einiger vorzeigbarer Leistungen aus der Sonderkiste des Hauptmanns Brencken. Bisher war alles so wischiwaschi. Und wenn ein an sich gut veranlagter Mann so gar nichts aufs Tablett legen kann, dann fragt man sich, woran das wohl liegen könnte. Besonders, wenn man den Mann auch noch mag. Und sehen Sie bitte dieses Gespräch einfach als Privatgespräch an.«
»Danke, Herr Oberstleutnant. Vielen Dank, ich sehe das ganz so wie Sie.«
Nicht einmal hat er einen Satz herausgebracht, an den man sich anhängen konnte, dachte der Kommandeur. Er weicht mir aus. Es gleitet alles an ihm ab, als ob ich Wasser über eine Regenhaut gösse. Und er verhält sich bestimmt nicht aus Böswilligkeit so, er verhält sich so, weil er nicht anders kann. Ich wollte mal seine Beurteilung aus dem Kriege sehen – ob er da auch so war? Oder ob der Krieg etwas mit seinem heutigen Zustand zu tun haben könnte?
»Nach dem Inoffiziellen nun das Halboffizielle, Herr Brencken. Sie sind, wie es scheint, allmählich zu alt für den Truppendienst.« Er sah den Blick Brenckens und lächelte. »Ich weiß, ich bin noch älter als Sie, aber ich weiß, daß auch ich zu alt dafür bin.«
»Nein, Herr Oberstleutnant –«
»Doch, Brencken, ich weiß es. Lassen wir es dabei. Natürlich bin ich nicht der idiotischen Meinung, nur die Jungen könnten alles, und wir Alten hätten uns mittlerweile in Kalkstreuer verwandelt. Schließlich ist die Spur, in der die Bundeswehr läuft, von Leuten gefahren worden, die eben nicht mehr die Jüngsten waren, die als blutjunge Leutnants in die Scheiße geworfen wurden und damit fertig wurden oder nicht. Und hinterher ha-

ben wir fast alle einen ordentlichen Zivilberuf verlassen, um eine neue Armee aus dem Nichts zu zaubern. Aber es ist sehr dumm, anzunehmen, die Jungen könnten alles. Richtig ist, daß unter den Jungen viele sind, die Großartiges leisten. Und ich geniere mich auch nicht, das laut zu sagen. Aber unsere Zeit in der aktiven Truppe ist vorbei, Ihre und meine. Warwitz mit seinen sechsunddreißig Jahren wird es schaffen, unser Brigadekommandeur, der ja noch drei Jahre jünger ist als Sie, wird es auch schaffen. Ich rechne jeden Tag mit seiner Beförderung zum General. Meines Bleibens – bitte reden Sie nicht drüber – wird auch nicht mehr allzu lange sein. Irgendwann in naher Zukunft werden sie mich in einen Silo für ältere Stabsoffiziere umbetten und dort bis zur Erreichung des Pensionsalters aufbahren. Und Ihnen wird es nicht anders gehen.«
Der Alte ist beinahe zynisch, dachte Brencken. Aber was will er wirklich? Will er mich weg haben?
»Hatten Sie schon einmal ein Personalgespräch, Herr Brencken?«
»Nein, Herr Oberstleutnant, es war bisher nicht nötig.«
Personalgespräch – schriftlicher Antrag auf dem Dienstwege, mit dem bearbeitenden Hilfsreferenten über die weiteren dienstlichen Verwendungen zu reden, Reise nach Bonn, Gespräch.
»Dann sollten Sie eines beantragen, Herr Brencken. Ich meine, es wäre nicht schlecht, wenn Sie mit Ihrem Personalreferenten über Ihre Wünsche und Ansichten redeten. Einverstanden?«
»Wollen Sie mich weg haben, Herr Oberstleutnant?«
Stertzner schüttelte resigniert den Kopf. »Ich will Sie nicht weg haben, Brencken, ich möchte, daß Sie eine ruhigere Verwendung finden, ohne Truppenübungsplatz und alle die anderen Dinge, die den Mann in der aktiven Truppe auch körperlich belasten.«
»Ich fühle mich durchaus fit.«
Stertzner spürte, wie sein Widerstand gegen Brencken wuchs. »Ich versuche, Ihnen klarzumachen, Herr Brencken, daß nicht Sie, der Herr Karl-Helmut Anatol Brencken – wo haben Sie eigentlich den Namen Anatol her?«
»Mein Urgroßvater hat ihn von seiner französischen Mutter

erhalten, seither ist er Familienvorname geworden, jeder männliche Brencken heißt an irgendeiner Stelle seiner Vornamen Anatol.«
»Hübsche Sitte. Ich kenne einen Kriegskameraden, dessen Familie im Dreißigjährigen Krieg den Namen Kreuzwendedich für die männlichen Familienmitglieder eingeführt hat – Gelübde bei Abwendung der Pest. – Ja, also, ich versuche, Ihnen klarzumachen, daß Sie und ich zu alt sind. Deshalb kann sich das nicht gegen Sie persönlich richten, kapiert?«
»Ja doch, Herr Oberstleutnant.«
»Also, ich finde morgen den Antrag auf ein Personalgespräch auf meinem Schreibtisch, ja?«
Brencken schaute seinen Kommandeur offen an. »Ich glaube, daß Sie es gut mit mir meinen, Herr Oberstleutnant. Ich werde den Antrag noch heute schreiben.«
Stertzner erhob sich und griff zur Mütze. »Gut, Brencken. Und nun noch eins. Meine Frau und ich würden uns freuen, wenn wir heute abend Fräulein Widderstein und Sie bei uns begrüßen könnten. Es kommen noch ein paar nette Leute – einverstanden?«
»Ich weiß nicht, ob Susi – ob Fräulein Widderstein andere Termine hat – wenn nicht, sehr gern. Und vor allem herzlichen Dank für die Einladung.«
»Bitte, lieber Brencken, und leger im Anzug, nicht wahr? Wir wollen ein Glas trinken, ein Gespräch haben, sonst nichts.«
»Gern, Herr Oberstleutnant.«
Stertzner zog die Handschuhe an, tippte an die Mütze und ging. Brencken begleitete ihn zur Tür, salutierte und kehrte in das Dienstzimmer des Chefs der dritten Batterie zurück.
Er würde also nach Bonn fahren.
Und irgendwann versetzt werden – irgendwohin.
Und Susi? Was würde aus ihrer Liebe? Susi hatte den Buchladen, ihre Existenz. Würde sie die aufgeben, um dem ewigen Hauptmann irgendwohin zu folgen? Die Pension eines Hauptmanns gab keinen Anlaß, große Sprünge zu planen. Nicht einmal halb soviel würden sie sich leisten können, wie Susi sich schon jetzt leisten konnte.
Er griff zum Telefon. Vorläufig würde er Susi nichts sagen. Da-

mit mußte er erst einmal selber fertig werden. Jetzt würde er nur fragen, ob sie heute abend mit zu Stertzners käme.
Und ihr sagen: Du, ich mag dich.

Als Brencken am Abend mit Susanne Widderstein zum anderen Ende der Stadt fuhr, war er versucht, ihr zu sagen, daß irgendwann in absehbarer Zeit seine Versetzung ins Haus stünde.
Aber dann schwieg er doch. Jedes Wort darüber würde eine Entscheidung mindestens näherrücken, wenn nicht schon präjudizieren. Und er wollte noch keine Entscheidung.
»Nachdenklich, Liebling?« fragte Susi.
»Ja, ein wenig. Ich hatte heute ein Gespräch mit meinem Kommandeur.«
»Darf man fragen, über welches Thema?«
»Natürlich. Wir sprachen über uns ältere Offiziere, über die Jungen, über neue Autoritätsverhältnisse und so was.«
»Hatte dein Kommandeur einen besonderen Anlaß?« Vorsicht – warum fragt sie das? »Ja und nein. Er ist dabei, eine Beurteilung zu schreiben.«
»Über dich?«
»Ja, Beurteilung für Hauptmann Brencken.«
»Wie oft wirst du eigentlich beurteilt?«
»Normalerweise alle zwei Jahre. Oder wenn der Kommandeur wechselt oder wenn man selber versetzt wird.«
»Darfst du lesen, was man über dich schreibt?«
»Selbstverständlich, das ist schon seit 1956 so. Ich muß sogar unterschreiben.«
»War das früher anders?«
»Ja, da erfuhr man nicht, was die Vorgesetzten über einen geschrieben haben.«
»Dann ist aber die neue Regelung viel besser.«
»Und schwieriger für den Vorgesetzten. Denn der muß Aug' in Auge mit dem Beurteilten seinen Text vertreten. Bei schönen Sprüchen ist das leicht, bei Tadeln ist es viel schwieriger.«
»Und mit was rechnest du?«
»Susilein, das weiß man vorher nicht. Ich glaube, ich werde so ähnlich beurteilt wie beim letztenmal.«

»Und wie war das?«
Brencken hätte jetzt gern gesagt: Gut, man hat mich richtig gut beurteilt. »Ohne Lob und Tadel sozusagen.«
»Durchschnitt also.«
»Ja, aber das ist doch nicht schlecht.«
Susanne schwieg.
»Ich muß übrigens demnächst nach Bonn«, sagte er nach einer Weile und merkte zu spät, daß er darüber eigentlich nicht hatte sprechen wollen.
»Was sollst du in Bonn?«
»Besprechung, Susi.«
»Ein Hauptmann hat eine Besprechung in Bonn? Was sollst du denn besprechen?«
Stopp, dachte er, hier ist Schluß. »Darüber kann ich nun wirklich nichts sagen, Liebling, verzeih, aber das ist dienstlich.« Gott sei Dank, daß ihm diese Ausrede eingefallen war.
»Bitte«, sagte Susi, »das versteh' ich sogar. Und wann fährst du?«
»Weiß ich noch nicht, vielleicht in zwei Wochen oder in vier. Das hängt von Bonn ab, wann die einen Termin befehlen.«
Brencken parkte seinen Sportwagen neben einem großen, schwarzen Mercedes mit Bonner Kennzeichen. Hatte Stertzner Besuch aus der Hauptstadt?
Er half Susi aus dem Wagen, nahm die Blumen vom Rücksitz und schloß ab. Susi trug einen dunkelroten Hosenanzug, der ihre schmale Figur vortrefflich unterstrich. Ihr Haar war mit einem Haarteil ergänzt.
Oberstleutnant Stertzner trug einen Blazer über hellgrauen Hosen. Er küßte Susanne die Hand, begrüßte Brencken und führte beide in das Wohnzimmer.
Frau Stertzner, eine Dame um die Mitte Vierzig, mehr mütterlich als jugendlich, wiewohl eine gelungene Mischung aus beidem, begrüßte Susanne besonders herzlich. »Sie haben sich uns lange entzogen, Fräulein Widderstein. Ich freue mich, daß mein Mann Sie aus Ihrer Bücherkiste herauslocken konnte. Guten Abend, Herr Brencken.«
Er beugte sich über ihre Hand. »Ich danke für die freundliche Einladung – darf ich Ihnen ein paar Sommerblumen streuen?«

Frau Stertzner lachte. »Lieber hätte ich sie in der Vase, herzlichen Dank, Herr Brencken.«
Stertzner machte sie mit einem weißhaarigen Herrn bekannt: »Mein alter Freund, Herr Pauling aus Bonn.« Pauling küßte Susi die Hand, begrüßte Brencken und blieb bescheiden stehen.
Stertzner reichte das Tablett herum: »Das ist Persisch Öl, ein hübscher Name für ein anregendes Getränk, das uns Herr Pauling vor Jahren einmal kredenzt hat. Seither haben wir's auch als Begrüßungsschluck eingeführt. Zum Wohlsein!« Er hob das Glas.
»Persisch Öl ist ein Cocktail, den wir servieren, wenn wir den Magen für ein großes Essen aufreißen wollen«, sagte Pauling.
»Was es heute abend nicht gibt, mein Guter. Wir trinken eine ordinäre Pfirsichbowle, und für mittendrin hat meine Frau ein paar Kleinigkeiten bereit. Mehr ist nicht.«
»Was heißt hier mehr«, sagte Pauling, »das ist schon genug. Aber gnädiges Fräulein, damit Sie wissen, was Sie trinken: zwei Drittel weißer, süßer Wermut, ein Drittel Williamsbirne – Schnaps, nicht Likör.«
Herr Pauling aus Bonn entpuppte sich als Besitzer eines Lebensmittelgeschäftes, das sich auf erlesene Delikatessen spezialisiert hatte.
»Wenn Sie jemand kennen, der dringend kandierte mittelafrikanische Ameisen oder kandierte Parmaveilchen oder achtzigjährigen Portwein oder roten Endiviensalat oder Sprotten aus Riga braucht«, sagte Stertzner lachend, »dann wenden Sie sich an Pauling – entweder hat er's vorrätig, oder er ruht nicht, bis er es herbeigeschafft hat.«
»Kundendienst.«
»Stell dein Licht nicht unter den Scheffel, Bernd«, sagte Frau Stertzner, »dein Geschäft ist ein Geheimtip für Feinschmecker – und nicht nur in Bonn.«
»Und eine Apotheke«, sagte Stertzner, »in der man sein gutes Geld schnell los wird – allerdings auch für gute Sachen, das muß man der Ehrlichkeit halber hinzufügen.«
Inzwischen hatte Susanne das Buch ausgepackt, das sie mitgebracht hatte. »Ich wollte es Ihnen schicken, aber es ergab sich,

daß wir heute hierherkamen«, sagte sie zu Frau Stertzner. »Ich habe es gelesen, und es sieht so aus, als präsentiere Rußland einen neuen großen Dichter, den die Sowjetunion am liebsten verschweigen möchte.« Sie gab ihr das Buch. »Alexander Solschenizyn: Der erste Kreis der Hölle.«
Während Stertzner die Pfirsichbowle in die kugeligen Keramikbecher schenkte, sprachen sie über russische Dichter. Susanne und Pauling bestritten das Gespräch allein, wobei Pauling sich als ausgezeichneter Literaturkenner erwies.
»Man liest sich ziemlich schwer ein«, sagte Susi.
»Wie's einem meistens mit den Russen geht«, bestätigte Pauling. »Oder ist es Ihnen bei Tolstoj, Dostojewskij und den anderen leichter gefallen? Ich denke nur an den ›Schiwago‹ von Pasternak – ehrlich, ich hab' ihn viermal angelesen und wieder weggelegt. Dann kam der Film, und ich bin noch mal rangegangen. Erst dann erschloß er sich mir. Ich habe daraus gelernt, daß man bei den Russen die Flinte nicht zu früh ins Korn werfen darf.«
Frau Stertzner sagte: »Mir geht es ähnlich. Aber das ist wie beim Latein: Hat man erst einmal die Syntax begriffen, die Grammatik parat, dann erschließen sich die alten Schriftsteller verhältnismäßig leicht. Bei den Russen muß man sich durch den Anfang kämpfen. Und gerade bei Solschenizyn wird die kleine Mühe, sich an seine Sprache zu gewöhnen, reich belohnt.«
Stertzner hob nachdenklich das Glas. »Als wir 1941 nach Rußland kamen, stieg ich vom Pferd und legte die Hand auf den Boden – blöd, nicht? Aber da war ein Gefühl, das man schlecht beschreiben kann. So etwa: Du kommst zu Verwandten. Ein Russe würde sagen, deine Seele hat Mütterchen Rußland gespürt.«
Brencken nickte. »Mein Vater hat, wenn er von Rußland sprach, auch immer so eine Art andächtiges Gesicht gemacht. Ich habe das nie ganz begriffen – bis zu dem Moment, als ich selbst nach Rußland kam.«
»Wir kamen mit Panzern und Bombern«, sagte Pauling.
Stertzner nickte. »Aber trotzdem fühlte ich damals so etwas wie Heimkehr.«

»Liegt das nicht daran, lieber Walther«, fragte Pauling, »daß die Russen und die Deutschen sich im Volkscharakter so verflucht ähnlich sind? Denk an die Geschichte Rußlands vor der Revolution, denk an unsere eigene Geschichte. Gibt es da nicht Parallelerscheinungen, die Maßlosigkeit zum Beispiel? Vergleiche die Komponisten miteinander! Das Wort Gemüt ist deutsch und unübersetzbar. Ich kann kein Russisch, aber wenn ich recht habe, müssen die Russen ein ähnliches Wort haben – denn Gemüt haben sie auch.«
Stertzner unterbrach ihn. »Als wir 1941 kamen, haben sie uns Salz und Brot geboten. Wir haben es angenommen. Und dann haben wir sie als Unmenschen behandelt.«
»Und sie haben sich am Ende des Krieges furchtbar und blutig dafür gerächt. Beides war schreiendes Unrecht, blutiges Unrecht, unauslöschbar in unserer Geschichte. Und uns verbindet leider auch, daß in unseren Ländern die blutigsten europäischen Diktaturen dieses Jahrhunderts installiert waren. Ich habe Russen vor Wut heulen sehen, weil die von ihnen geliebten Deutschen sich so entpuppten, wie wir leider teilweise waren, besonders, wenn wir den großen Geier auf dem Arm hatten, statt auf der Brust.«
Sie schwiegen einen Augenblick. Dann sagte Stertzner: »Ich bin fest davon überzeugt, daß wir in der NATO auf der richtigen Seite stehen, unser Engagement gilt der Freiheit und einer Ordnung, die diese Freiheit ermöglicht. Klingt ein bißchen pathetisch, aber lassen wir es einmal so stehen. Ich bin auch davon überzeugt, daß die meisten Russen und die anderen Völker im Sowjetimperium eine solche Ordnung ihrer eigenen Diktatur vorziehen würden. Man braucht nur die Untergrundschriften zu lesen, die im Land zirkulieren und Menschenrechte und Demokratie fordern. Aber es besteht für mich auch kein Zweifel darüber, daß uns die Russen wesensmäßig viel näher stehen als die Amerikaner.«
Susi erwiderte: »Ich kann das nicht beurteilen, Herr Stertzner, weil ich Rußland nur aus der Perspektive unserer Bundesrepublik kenne – und die ist, wie alle Perspektiven, einseitig. Jede Diktatur ist mir vollends unsympathisch, aber ich muß ehrlich gestehen, ich liebe ihre Dichter, ich bewundere ihre Fähigkeit,

zu leiden – ich denke an Jewgenija Ginsburg mit ihrem Buch ›Marschroute eines Lebens‹, um nur eines zu nennen. Und das alles zieht mich viel mehr an, als die laute Fröhlichkeit unserer amerikanischen Freunde.«
»Nun«, sagte Stertzner, »wir werden heute abend nicht alle Unterschiede und Parallelen berücksichtigen können, das sollten wir auch gar nicht erst versuchen. Wenn wir heute russophil sind, dann sind wir deshalb doch nicht sowjetfreundlich. Und daß uns die Russen innerlich näher stehen als die Amerikaner, sollte uns nicht veranlassen, unsere Freunde aus Übersee vor die Tür zu setzen.«
»– zumal wir sie noch auf Jahre hinaus dringend brauchen, weil das System unserer militanten Seelenverwandten uns nicht paßt«, ergänzte Pauling lächelnd.
Frau Stertzner servierte eine Blätterteigpastete mit Steinbutt und einer pikanten Sauce hollandaise, mit Paprika gefärbt und geschärft. Sie tranken dazu einen eiskalten Faisca, einen portugiesischen Rosé, den Pauling mitgebracht hatte.
»Übrigens«, sagte Pauling, »was ihr noch gar nicht wißt, ich war vor ein paar Wochen in Polen.«
»Hast du gleich ein Visum bekommen?«
»Keine großen Schwierigkeiten. Ich war in Danzig und Zoppot und Warschau, übrigens auch in Olsztyn, das früher Allenstein hieß.«
»Sie waren in Ostpreußen?« fragte Brencken. »Ich bin Ostpreuße.«
»Viel gesehen habe ich nicht«, sagte Pauling, »es waren nur ein paar Stunden. Ich habe dort ein altes Buch gekauft. Ihr wißt ja«, sagte er entschuldigend zu Stertzner, »daß ich ein Büchernarr bin.«
»Ja«, sagte Stertzner zu Susanne, »er sammelt alte, kostbare Bücher und hat eine Bibliothek – da gehen Ihnen die Augen über!«
»Wenn Sie in Bonn sind, Fräulein Widderstein, schauen Sie doch einmal herein. Es sind wirklich hübsche Sachen dabei.«
»Sind die Polen eigentlich schon in der Verfassung, eine Versöhnung mit den Deutschen hinzunehmen oder gar anzunehmen?« fragte Stertzner.

»Das ist nicht leicht zu beantworten, Walther. Ich weiß, was wir den Polen angetan haben – nein, nicht nur die letzte Teilung, an der die Sowjets so hübsch fett beteiligt waren. Und wenn die Sowjets zwölftausend polnische Offiziere erschossen haben, woran es keinen Zweifel zu geben scheint, so ist das keine Entschuldigung für uns Deutsche.«
»Unterscheiden die Polen zwischen den Deutschen hier und denen unter Ulbricht?«
»Ja und nein – jein, Walther. Im Grunde mögen sie weder diese noch jene. Andererseits wollen sie, nachdem sie selber im Ostteil ihres Landes von den Sowjets um etliche Quadratkilometer erleichtert wurden, ihre Westgrenze festgeschrieben haben. Dabei interessiert mich vor allem, daß sie das von der Bundesrepublik verlangen, die ja mit ihnen gar keine gemeinsame Grenze hat. Die hat der Ulbricht. Aber sie wollen unsere Garantie.«
»Vielleicht denken Sie mehr gesamtdeutsch als wir?« fragte Stertzner. »Oder unsere Sorte Deutschland scheint ihnen wichtiger? Oder wollen sie von beiden garantiert werden?«
»Ich weiß es nicht«, sagte Pauling. »Ich habe es nicht herausbekommen können.«
»Hatten Sie nicht einen polnischen Großvater?« fragte Stertzner.
»Ja, der Vater meiner Mutter besaß ein Gut in der Nähe von Warschau«, sagte Brencken. »Er starb vor Kriegsausbruch. Es war zwar schon einiges schief in den Beziehungen zwischen dem Reich und Polen, aber mein Großvater hätte sich niemals vorstellen können, was dann wirklich geschah.«
»Und Ihre Mutter?« fragte Pauling.
Brencken schwieg.
»Ich wollte nichts anrühren, was mich nichts angeht«, entschuldigte sich Pauling.
»Meine Mutter starb 1940«, sagte Brencken. Er sagte nicht, woran sie gestorben war.
Pauling überbrückte das Schweigen. »Ich habe übrigens auch aus Zoppot einige Bücher mitgebracht.«
»Ging das ohne weiteres?« fragte Susanne.
»Ich habe sie herausgeschmuggelt. Mit Hilfe einer jungen Po-

lin. Ein bißchen schlechtes Gewissen hatte ich ja doch, weil ich gegen die Zollvorschriften verstoßen habe. – Noch einmal«, er wandte sich an Susanne, »wenn Sie einmal in Bonn sein sollten – ich würde Ihnen wirklich gern meine Bücher zeigen!«
»Danke«, sagte Susanne, »ich werde gern kommen.«
»Das gilt natürlich auch für Sie, Herr Brencken«, fügte Pauling hinzu.
Brencken schrak auf. »Entschuldigen Sie. Ich war mit meinen Gedanken woanders.«
»Herr Pauling hat Sie eingeladen, ihn in Bonn zu besuchen«, sagte Stertzner.
»Danke, ich werde gern kommen, bestimmt.« Brencken beeilte sich, als ob er etwas gutzumachen hätte.
»Sie werden sowieso bald in Bonn sein, ergreifen Sie die Gelegenheit.« Stertzner lächelte.
Susanne Widderstein wurde aufmerksam.
Warum fährst du wirklich nach Bonn? dachte sie.

Der Gefreite Franz Überitz, zwanzig Jahre alt, Rechnungsführergehilfe in der dritten Batterie, nahm Haltung an.
»Ich bestrafe den Gefreiten Überitz mit einundzwanzig Tagen Arrest. Der Beschuldigte hat . . .«
Brencken hörte nicht mehr auf das, was Stertzner verlas. Stertzner hatte mit ihm lange gesprochen, ehe er beim Truppendienstgericht die drei Wochen beantragt hatte. Die Unterschlagung des Gefreiten würde überdies noch ein gerichtliches Nachspiel haben. Die Unterlagen waren, mit einem entsprechenden Antrag, bereits der zuständigen Staatsanwaltschaft übergeben worden. Die Wehrdisziplinarordnung schreibt vor, daß der Beschuldigte vor dem strafenden Vorgesetzten vorher zur Sache angehört wird. Bei Oberstleutnant Stertzner wurden aus diesen Anhörungen meist längere Gespräche, in denen der Kommandeur gegebenenfalls seine Enttäuschung über das Verhalten seiner Soldaten nicht verhehlte. Sie hatten schon manchen mit verheulten Augen aus seinem Zimmer kommen sehen. So blieb ihm in den meisten Fällen bei der Verhängung der Strafe nicht mehr viel zu sagen.
Er stand vor der Fahne, die in einem Gestell in der Zimmerecke

befestigt war – er mußte dort stehen, die andere Zimmerecke nahm der große Feldschreibtisch ein. Stets war der Batteriechef des Bestraften dabei. Die Soldaten erschienen im Dienstanzug, mit Stiefeln und Stahlhelm. Ihnen mußte die gesamte Strafformel vorgelesen werden, einschließlich der Rechtsmittelbelehrung.
Jetzt würde der Gefreite Überitz erst einmal die drei Wochen Arrest absitzen, nicht mehr bei Wasser und Brot, wie früher, sondern bei voller Verpflegung. Die gerichtliche Bestrafung folgte später. Disziplinare Ahndung und gerichtliche Bestrafung hintereinander sind möglich. Stertzner hatte schon manchem jungen Soldaten durch eine harte Disziplinarstrafe die gerichtliche Strafe erleichtert oder verkürzt, denn disziplinare Arreststrafen wurden angerechnet.
Stertzner übergab dem Gefreiten die Strafformel: »Was zu sagen war, habe ich Ihnen schon vor Wochen bei der Anhörung gesagt. Ihr Verhalten mißfällt mir sehr, das wissen Sie. Unter den unterschlagenen Summen waren Postgelder für Kameraden. Das gerichtliche Nachspiel kommt noch, wenn Sie entlassen sind. Wir haben den Antrag gestellt, Sie als Zeitsoldaten zu entlassen. Sie verlieren dadurch Ihre Übergangsgelder und Ihren Dienstgrad. Aber damit werden Sie ja gerechnet haben. Gehen Sie zum S 1 und unterschreiben Sie die Formulare.«
Er wartete, bis der Gefreite, blaß bis unter die Lider, das Zimmer verlassen hatte, und sagte dann zu Brencken: »Ohne Namensnennung können Sie im Chefunterricht darauf hinweisen, daß solchen Delikten die Strafe gleich auf dem Fuße folgt.« Er griff nach einem Notizzettel. »Hier habe ich noch was für Sie. Die Personalabteilung hat angerufen – P III 3, das ist unser Referat. Sie sollen übermorgen um zehn Uhr bei Oberstleutnant Wiegand sein. Dienstreise ist genehmigt.«
»Danke, Herr Oberstleutnant.«
»Das Gespräch wird gut für Sie sein, Brencken. Sie brauchen Luftveränderung, vielleicht werden Sie dann glücklicher.«
»An sich fühle ich mich hier ganz wohl.«
»An sich, Brencken, fühlt man sich überall wohl, wo man sich eingewöhnt hat. Aber das ist es nicht. Sie brauchen Tapetenwechsel. Natürlich nicht sofort, sondern dann, wenn Bonn es

richtig einplanen kann. Was würden Sie denn am liebsten machen?«
»Am liebsten bleibe ich im Versorgungsgeschäft. Das kann ich.«
»Und da haben Sie auch eine ganz ordentliche Beurteilung auf dem Klotzberg bekommen. Tragen Sie Ihre Wünsche ruhig dem Oberstleutnant Wiegand vor. Und wenn Sie Pauling besuchen sollten – Grüße von mir!«
»Ich werde sie ausrichten, Herr Oberstleutnant.«
Das Telefon klingelte. Stertzner nahm den Hörer. »Ja? Erwischt? Mann, großartig, da hat Ihre Idee doch Erfolg gehabt, Sagel. Wer ist es denn? – Das ist nicht möglich. Wer?« Er schüttelte den Kopf. »Ich komme gleich rüber, halten Sie ihn fest.« Er legte den Hörer auf. »Wir sprachen neulich drüber: auf dem Parkplatz stehen die Jeeps und die Unimogs frei herum. Schon wiederholt waren die Plomben der Kanister an den Jeeps aufgebrochen, und der Sprit war verschwunden. Trotz verstärkter Wachen haben wir den Kerl nicht erwischt. Bis Sagel die Idee hatte, in einige Kanister Wasser zu füllen. Wessen Privatfahrzeug stehen blieb und Wasser im Vergaser hatte – nun, Sie wissen ja. Jetzt hat Sagel ihn erwischt.«
»Wen?«
»Sie werden es nicht glauben. Unteroffizier Praller von der zweiten Batterie. Sein Volkswagen blieb vor der Wache stehen. Wasser im Tank.«
»Schweinerei.«
»Wahrhaftig eine Schweinerei. Nun geht das wieder los: Meldung an die Brigade und Disziplinarsache und außerdem Abgabe an die Staatsanwaltschaft. Es hört nicht auf.«
Stertzner nahm Mütze und Handschuhe und verließ sein Zimmer.
Brencken ging in den Block der dritten Batterie. Hauptmann Langenbach, der Chef der zweiten, würde genug Ärger bekommen. Und wann kam der neue Chef der dritten, damit Brencken in seine Versorgungsfunktion zurückkehren könnte? Bonn – wie lange war er nicht mehr dort gewesen? 1956 Prüfgruppe, 1961 kurzer Besuch bei seinem ehemaligen Kommandeur, der in der Ermekeilstraße Dienst als Hilfsreferent tat und sich mit

Fragen der Nachwuchswerbung beschäftigte. Seit sieben Jahren hatte er Bonn nicht mehr gesehen. Das Ministerium residierte nun auf dem Hardtberg. Er mußte nach Duisdorf. Meldung bei P III 3, Oberstleutnant Wiegand. Ob Stertzner schon mit dem gesprochen hatte? Sicherlich. Was er ihm wohl gesagt hatte? Versager? Gehemmt? Alter Kapitän, den man aus dem Verkehr ziehen sollte?
Brencken hatte nicht das Gefühl, etwas ganz Neues anfangen zu können, wie damals, als er zum ersten Mal in Bonn gewesen war.

Am Tage darauf stellte Stertzner beim gemeinsamen Mittagessen vor: »Meine Herren, ich möchte Ihnen den Oberleutnant Buttler präsentieren – er ist der neue Chef der dritten Batterie.«
Oberleutnant Buttler, mittelgroß, breitschultrig, pechschwarze Haare über blauen Augen, gab jedem die Hand. Er konnte kaum älter als siebenundzwanzig, höchstens achtundzwanzig sein. Würde wohl in Kürze Hauptmann werden.
Am Nachmittag meldete Brencken in Stahlhelm und Stiefeln die angetretene dritte Batterie an Oberstleutnant Stertzner. Dann sagte er ein paar Worte über die Zeit seiner Vertretung und empfahl, dem neuen Chef das gleiche Vertrauen entgegenzubringen. Stertzner dankte Brencken, entpflichtete ihn von der Führung und übergab die Batterie an Oberleutnant Buttler.
»Hoffentlich geht es diesmal gut«, sagte Brencken.
»Ich glaube schon. Buttlers bisheriger Kommandeur – er war dort S 1 – lobt ihn über den grünen Klee.« Er reichte Brencken die Hand. »Gute Fahrt nach Bonn!«

In diesen Tagen wurde der Gefreite Arno Werwirth entlassen. Die zweite Instanz, in der er sich wegen seines Antrages auf Kriegsdienstverweigerung von einem Rechtsanwalt vertreten ließ, entschied, dem Antrag sei stattzugeben. Genüßlich hatte der Anwalt die Stellungnahme des Bataillonskommandeurs, Oberstleutnant Stertzner, verlesen. Die Motive des Gefreiten Werwirth waren in Zweifel gezogen worden. Wer vom Z 4, also

vom freiwillig länger dienenden Zeitsoldaten, in kürzester Zeit zum Kriegsdienstverweigerer werde, hatte Stertzner geschrieben, habe wohl kaum Motive, die im Gewissen oder in der politischen Einstellung lägen. Die zweite Instanz war darüber hinweggegangen.
Werwirth betrachtete seinen Laufzettel, auf dem die meisten Stationen schon abgehakt waren. Nur noch zum Spieß und zum Chef, um sich abzumelden.
»Ich habe erreicht, was ich erreichen wollte«, sagte Werwirth. »Ihr macht hier hübsch weiter, ich tu, was ich will.«
»Hoffentlich verpassen sie dir einen schönen Ersatzdienst«, sagte Lawanski. »Du drückst dich doch nur, weil du nicht Zeitsoldat werden konntest.«
»Hat sich was mit Ersatzdienst! So viel Plätze gibt es gar nicht. Und ob ich einen kriege, steht in den Sternen. Bethel und so ist nichts für meines Vaters Sohn.« Er zog den Mantel aus dem Spind, schaute noch einmal in alle Fächer. Dann nahm er das Vorhängeschloß vom Wertfach ab. »Freunde, ihr seid doof«, sagte er und öffnete das Fach. »Hier sind meine Unterlagen für KDV – hübsch zurechtgemacht. Die waren immer im Wertfach. Und den Befehl zur Öffnung darf bekanntlich nur der Disziplinarvorgesetzte geben. Meines war immer zu – und meine Unterlagen, vom Verband maßgerecht für mich geschneidert, versteht sich, lagen darin. Will sie einer haben?«
Bohrkamp ging hinaus. »Arschloch«, quetschte er durch die Zähne.
Schlommel sagte: »Steck sie dir an den Hut.«
»Und du?« fragte Werwirth Lawanski.
»Häng sie aufs Scheißhaus, Junge.«
»Mann, wirklich, ihr seid doof.«
Lawanski stellte sich vor Werwirth: »Nun hör mich mal eine Sekunde an. Ich habe die Wehrdienstverweigerung erwogen, bevor ich hierherkam, nicht wie du, nachdem dir die Petersilie verhagelt war. Und wenn ich hätte Wehrdienstverweigerer werden wollen, hätte ich's geschafft. Gewissensgründe brauche ich mir nicht, auf Flaschen gezogen, irgendwo abzuholen. Und wenn du es wissen willst oder auch wenn du's nicht wissen willst – ich halte das, was du gemacht hast, für Scheiße – und

dich für einen Scheißer. Da ist mir der Bohrkamp mit seinen
Redereien und mit seiner Ehrlichkeit tausendmal lieber. Und
nun putz die Platte, Junge, ganz schnell!«
Werwirth grinste säuerlich und verließ das Zimmer.
Oberleutnant Buttler reichte ihm die Hand, wünschte ihm alles
Gute und fand es in Ordnung, daß einer, seinem Gewissen fol-
gend, nun einen Ersatzdienstplatz einnehmen würde. Werwirth sagte »Jawohl!« und ging.
Hauptfeldwebel Schöffung meinte: »Sie konnten es nicht wissen, Herr Oberleutnant, der Werwirth hat den Dienst verweigert, weil er nicht Z 4 werden konnte. Dazu taugte er nämlich
nicht.«
»Du lieber Gott«, sagte Buttler, »da habe ich goldene Worte an
den falschen Mann verschwendet.«
»Eben«, sagte der Batteriefeldwebel.

Der zivile Posten verlangte den Ausweis. Brencken zog ihn aus
der linken oberen Rocktasche.
»P III 3?« fragte der Posten mit einem Blick auf die rote Paspe-
lierung an Brenckens Uniform. »Das Artilleriereferat ist in dem
langgestreckten Block, den Sie vor sich sehen, wenn Sie gleich
hinter dem nächsten Gebäude links abfahren.«
Es war kurz vor zehn Uhr. Brencken hatte länger gebraucht, als
er gedacht hatte. Dieses Bonn hatte sich sehr verändert. Die
Autobahn Köln–Bonn mündete in eine Stadtautobahn; er
mußte darauf achten, daß er nicht auf eine falsche Abfahrt geriet. Er setzte rückwärts in eine Parklücke, zog die Bremse an
und stellte den Motor ab. Er zog die Handschuhe straff und ging
auf den langgestreckten Block zu, den der Posten ihm gewiesen
hatte.
Hier also saßen die Personallöwen. Duisdorf bei Bonn. Irgendwann würde es eingemeindet werden. Nach viel Komfort sahen
diese Bauten nicht aus. »Menschenhandel« nannten die Perso-
nalsachbearbeiter ihr Geschäft, »Selbstbedienungsladen« ihre
Dienststelle, Handel in »Flaschenzügen« und »Seilschaften«.
Immerhin: diese Armee hatte rund 28 000 Offiziere, deren
Konduiten sauber geführt, deren Laufbahnen geplant werden
mußten. Oberste und Generale bäckt man schließlich nicht aus

der hohlen Hand – da mußte schon ein genaues Ausleseverfahren vorgeschaltet sein. 28 000 Akten enthielten 28 000 Schicksale, die von hier gelenkt wurden – selbstverständlich in ständigem Konsens mit den jeweiligen Vorgesetzten.
Eines dieser Schicksale hieß Karl-Helmut Anatol Brencken. Vermutlich würde es Herrn Wiegand nicht sehr viel Kopfschmerzen bereiten. Noch etwas mehr als vier Jahre – am 1. April 1973 würde Brencken den Hut nehmen und zum zweiten Mal von der Fahne gehen.
»Hauptmann Brencken meldet sich wie befohlen.«
Ein untersetzter Oberstleutnant erhob sich hinter seinem Schreibtisch. »Herr Brencken, guten Tag. Kommen Sie herein, legen Sie ab, nehmen Sie Platz.«
Das Zimmer war nicht viel mehr als zwei Meter breit. Vor dem Schreibtisch blieb gerade noch Platz für einen runden Tisch und einen Sessel. Wirklich nicht sehr komfortabel, dachte Brencken, während Wiegand ein Aktenstück aus dem Schrank nahm. »Ihr Kommandeur hat Sie mir angekündigt, Herr Brencken. Hatten Sie eine gute Fahrt?«
»Danke, ja. Aber Bonn hat sich sehr verändert. Man findet sich kaum zurecht.«
»Ja, mein Lieber, das Provisorium beginnt, sich endgültig zu etablieren. Schauen Sie mal ins Regierungsviertel am Rhein, Tulpenfeld und Umgebung. Da ist nichts mehr provisorisch.«
Wiegand schlug die Akte auf. »Sie sind jetzt S 4 in Ihrem Bataillon, seit 1. Februar 1965. Das sind über drei Jahre. Und Sie sind – mal sehen – Sie sind jetzt siebenundvierzig Jahre alt. Stertzner sagte mir, Sie brauchten Luftveränderung, Herr Brencken.«
»Mein Kommandeur ist der Ansicht, daß wir älteren Offiziere allmählich aus der aktiven Truppe zurückgezogen werden sollten.«
»Teilen Sie diese Auffassung?«
Brencken nahm die angebotene Zigarette. »An sich ja, Herr Oberstleutnant. Nur wäre ich gern noch ein bißchen geblieben.«
»Gründe?«
»Persönliche.«

»Na ja, mein Lieber, daß Sie nicht immer bei der Truppe bleiben würden, haben Sie sich wohl schon früher gedacht. Und Ihre persönlichen Gründe in allen Ehren, so relevant werden sie nicht sein – oder?«
Brencken zögerte. Susi. Relevant oder nicht relevant? »Sie sind schon wichtig, aber sicher müssen sie sich den dienstlichen Belangen unterordnen.« Susi. Nicht relevant. Würde sie mitgehen? Sollte er sie darum bitten? Vielleicht mit dem Hinweis, daß man ja schließlich auch heiraten könnte?
»Was haben Sie sich denn gedacht?«
»Eigentlich möchte ich im Versorgungsgeschäft bleiben, Herr Oberstleutnant. Das habe ich lange Jahre gemacht, man lernt schlecht um, meine ich.«
»Sehen Sie, da spielen Sie schon selbst auf Ihre siebenundvierzig Jahre an. Aber ich gebe Ihnen recht. Haben Sie besondere Wünsche – ich meine, wohin wollen Sie? Nord oder Süd?«
»Ist mir ziemlich egal, Herr Oberstleutnant. Ich bin ohne Anhang und habe mich schon öfter neu einleben müssen. Man gewöhnt sich daran.«
»Das müssen unsere verheirateten Offiziere auch. Mit allen Folgen. Die Väter werden versetzt, die Kinder bleiben sitzen – so ist das doch heute.« Wiegand blätterte in der Akte. »Ihr Nachfolger kann frühestens im Herbst, wahrscheinlich erst zum 1. April 1969 kommen. Dann wird beim G 4 in Mainz eine Stelle frei – vielleicht ist auch noch der A 12 für Sie drin.«
A 12, das war der Oberamtmann, eine Stufe mehr als Amtmann-Hauptmann. Mehr Geld, aber auf der Schulterklappe nichts zu sehen. Also gut, der A 12 ist drin, dachte er.
»Einverstanden, Herr Brencken?«
»Jawohl, Herr Oberstleutnant, einverstanden mit Mainz.«
»Ihre Beurteilungen, wenn ich die hier so durchblättere, Herr Brencken, sind gleichmäßig auf einer Linie; sie wechseln zwischen ›befriedigend‹ und ›ausreichend‹. Ich weiß, daß der – sagen wir, der geometrische Ort für Beurteilungen in der Bundeswehr nie der gleiche ist. Der eine Vorgesetzte beurteilt wohlwollend, der andere knallt hart drauf, was er denkt. Es ist für uns hier nicht einfach, das so zu sortieren, wie es sein soll. Aber Gott sei dank kennen wir meistens die Kommandeure so

gut, daß wir wissen: bei dem mußt du einen Punkt zudenken, bei dem einen ab. Demnächst werden wir das System übrigens rationalisieren. Die Kommandeure kriegen dann eine Liste mit allen möglichen Eigenschaften, und dann brauchen sie nur in den entsprechenden Feldern ihre Kreuzchen zu machen. Wo es ihnen nötig erscheint, können sie noch ein paar Sätze dazuschreiben.«
»Wird diese Umstellung nicht Schwierigkeiten machen?«
Wiegand schaute Brencken durch die Hornbrille an. »Ganz bestimmt sogar. Denn wir können mit unserem Verzeichnis nicht das ganze Spektrum erfassen. Aber das pendelt sich ein.«
»Auf den Computer.«
»Eben, auf den Computer.« Wiegand winkte dem eintretenden Hauptfeldwebel ab. »Ich bin jetzt in einer Besprechung, sagen Sie dem Oberst, daß ich in einer halben Stunde bereit bin. – Ja, Herr Brencken, Ihre Beurteilungen sind unter dem Durchschnitt der meisten Artillerieoffiziere, auch wenn die Noten Durchschnitt anzeigen. Andererseits gibt es in Ihrer Akte nichts, was Ihnen und uns ärgerlich wäre. Woher kommt es, daß Ihre Leistungen nicht steigen, Herr Brencken?«
Das hatte ihn Frédéric auch schon gefragt, aber boshaft und zynisch. Auch Stertzner hatte das gefragt, aber kameradschaftlich besorgt und hilfsbereit. Und nun fragte Wiegand – sachlich, unpersönlich.
»Ich weiß es nicht, Herr Oberstleutnant, ich gebe mir Mühe, aber manchmal differieren meine Auffassungen mit denen meiner Vorgesetzten.«
»Und Sie denken manchmal ein bißchen wie früher?«
Brencken reagierte beinahe trotzig: »Nicht alles, was früher war, war schlecht – wenn Sie das meinen.«
Wiegand lächelte. »Sicherlich nicht, Herr Brencken, ich habe schließlich auch damals gelernt, ich bin sogar zwei Jahre älter als Sie. Aber mir kommt es darauf an, zu erfahren, warum Sie die Änderungen nicht mitvollziehen, die diese Zeit mit sich bringt.«
»Weil sie manchmal die Schlagkraft der Truppe beeinträchtigen, Herr Oberstleutnant.«
»Ein Beispiel?«

»Ja. Die Grußpflicht.«
»Aha, dahin geht es. Sehen Sie, Herr Brencken, ob es sie gibt oder nicht gibt, das ist zunächst einmal die Frage des Befehls. Wir haben sie nicht, also haben wir uns damit abzufinden. Das Parlament hat es so angeordnet. Wir müssen damit fertig werden. Das heißt aber für mich nicht, daß ich die Grußpflicht wiederhaben will. Mir ist das derzeitige System ganz recht. Wenn wir dort, wo der Gruß befohlen ist, eingreifen, sofern er lasch oder gar nicht erwiesen wird, werden wir die Disziplin haben, die wir brauchen. Wenn wir überall dort eingreifen, wo die befohlene Disziplin nachläßt, haben wir eine Armee, die ihre Pflicht tut, ohne daß das immerzu im Stechschritt geschieht. Sie verstehen, wie ich das meine?«
»Und es gibt auch viel zuwenig Formaldienst, deshalb sieht diese Armee so lasch aus!«
Wiegand drückte seine Zigarette aus und lächelte. »Ihre Beispiele sind – ein wenig matt. Aus Ihrer Praxis eine Frage: Wenn Sie mit dem Bataillon auf dem Übungsplatz sind, werden Ihre Soldaten dann gefordert?«
»Jawohl, sehr sogar.«
»Und machen sie mit?«
»Sie machen großartig mit.«
»Und woran liegt das nach Ihrer Meinung?«
Brencken dachte einen Augenblick nach. »Vielleicht weil sie einsehen, daß die Sache einen Sinn hat. Und sicherlich auch manchmal daran, daß sie einen Kommandeur, den sie mögen, nicht enttäuschen wollen.«
»Denselben Kommandeur, der das zugestandene Maß an Formaldienst für ausreichend erachtet, der auch ohne Grußpflicht aus seinen Männern alles herausholt, was sie haben, bis an die Grenzen der Leistungsfähigkeit! Glauben Sie, daß einer der Offiziere, die auf Grußpflicht und Formaldienst herumreiten, dasselbe erreichen könnte?«
Brencken fühlte sich überrumpelt. »Vielleicht nicht, nein, ich glaube nicht.«
»Sehen Sie«, sagte Wiegand, »wir müssen endlich begreifen, daß Autorität und Mündigkeit sich in dieser Armee nicht beißen dürfen. Ihr Kommandeur hat Autorität unter anderem

auch deshalb, weil sie ihm von seinen Soldaten zugestanden wird. Von unten nach oben.«
»Das stimmt«, sagte Brencken.
»Und warum haben Sie sich nicht zu Anschauungen dieser Art durchringen können? Sehen Sie, Sie sind an sich ein begabter Offizier, der sich im Kriege einige Meriten erworben hat; Sie haben die beiden Kreuze und das Sturmabzeichen, das ist sicherlich nicht entscheidend für Ihre Beurteilung, sollte aber vielleicht dem, der sich mit Ihnen befaßt, zu denken geben.«
Wirklich, dachte Brencken. Der Frédéric hatte das Ritterkreuz und war eine Flasche, ein »AGM-Offizier«: A wie Anzug, G wie Gruß, M wie Meldung. Darüber hinaus ging es selten.
»Sie sind seit einem Dutzend Jahren in der Bundeswehr, waren zweimal in Hamburg – entschuldigen Sie, wenn ich davon spreche, und sind ohne Erfolg heimgekehrt.«
»Ich habe mich wohl nicht recht darauf einstellen können, Herr Oberstleutnant.«
»Bestimmt nicht – und darum geht es ja auch. Aber wir sind nicht hier, um diese Frage zu beantworten, das müssen Sie selbst tun. Sie sollen nur wissen, daß wir uns hier Gedanken über Sie gemacht haben.«
Ich werde mich nicht mehr ändern, dachte Brencken. Und das weiß der Oberstleutnant Wiegand auch.
»Also, lieber Herr Brencken, im Herbst oder im Frühjahr gehen Sie nach Mainz zum Wehrbereichskommando vier. Und bis dahin wünsche ich Ihnen eine gute Zeit. Grüßen Sie Stertzner von mir, wir haben vor acht Jahren gemeinsam unseren Kommandeurlehrgang auf dem Klotzberg absolviert.« Wiegand hatte sich erhoben. »Alles Gute, Herr Brencken!«

Mainz. Das ist fünfhundert Kilometer von Susi entfernt. Während er auf die Stadtautobahn fuhr und nach rechts abbog, um nach Bonn-Süd und Bad Godesberg zu gelangen, wurde ihm klar, daß seine Argumentation auf schwachen Füßen gestanden hatte. Gruß und Formaldienst waren sicherlich nicht die geeigneten Begründungen für seine Ansicht.
Die zunehmende Disziplinlosigkeit – woher kam sie eigentlich? Die Ausbildung der Ausbilder wurde immer kürzer. Auch das

war ein Grund. Laschheit gab es zu beiden Seiten der Kasernenmauern. Diesseits wurde sie nicht mehr genügend gerügt. Stertzner hatte neulich erst in einer Chefbesprechung gesagt, er wisse, daß es sich nicht immer um bösen Willen handle, aber die Schlamperei sei sozusagen zum Prinzip erhoben worden. Und er kenne auch nur eine einzige Disziplin, nicht eine formale und funktionale, beide gehörten so eng zusammen, daß sie nur Teile derselben Sache seien.
Die Stadtautobahn endet an der Reuterstraße. An der Ampel stauten sich die Fahrzeuge. Brencken schaltete herunter und trat auf die Bremse.
An sich reichten die Mittel der Disziplinarordnung aus, um alle Disziplinlosigkeiten zu ahnden und damit auch zu verhindern, daß sie überhandnähmen. Aber hatte nicht jener Hauptmann Birling auch davon gesprochen, daß die Zahl der Strafen im Disziplinarbuch der Batterien auch eine Art Zeugnis für den Chef sei und daß man sie deshalb immer »schön tief« halten müsse? Das bedeutete doch, Disziplinlosigkeiten zu übersehen, nicht zu bestrafen, wenn bestraft werden mußte. Und hatte Oberstleutnant Stertzner nicht recht, wenn er darauf hinwies, daß ungerügte Disziplinlosigkeiten immer nur neue Disziplinlosigkeiten zur Folge haben?
Mein Gott, wie einfach war das früher! Und wie anders waren damals die jungen Leute, war er selbst als junger Mann gewesen. Einen Bohrkamp hätte die Wehrmacht anders behandelt, einen Lawanski hätte er verachtet – warum tat er es heute nicht? Also hatte er sich auch geändert.
Reichte das aus? Vielleicht nicht, aber damals war alles wirklich viel einfacher gewesen.

Der Mann der Bücher und Delikatessen stand zwischen einem Bord mit Salat, Avocados, frischen Bohnen, Mangofrüchten und prallroten Radieschen und einer Wand aus Spirituosen.
»Beinahe hätte ich Sie nicht erkannt«, sagte er, »das Zivil verändert den Menschen. Äußerlich meine ich.« Er schüttelte Brencken die Hand.
»Ich dachte an Ihre freundliche Einladung und soll Ihnen viele Grüße meines Kommandeurs übermitteln.«

Pauling zog Brencken, der in heller Hose und Lederjacke erschienen war, in sein Büro. »Nehmen Sie Platz und einen Schnaps«, sagte er. »Sie trinken Whisky?«
»Ich trinke sogar gern Whisky, Herr Pauling.«
»Dann sollten Sie sich diesen über die Zunge rieseln lassen.« Er zog eine mächtige Flasche herbei, auf der ein rostbraunes Lederetui mit einem kleinen Hahn saß. »Das ist ein Chivas Regal. Eine ganze Gallone, etwas mehr als vier Liter. Wir trinken ihn ohne Eis und Wasser.« Er drückte auf den Lederball, der tiefgoldbraune Trank floß aus dem kleinen Hahn in die Gläser. Brencken sog den Duft dieses schottischen Whiskys in die Nase, dann ließ er den ersten Schluck über die Zunge laufen und drückte sie gegen den Gaumen.
»Sie machen das richtig«, sagte Pauling, »richtig austapezieren muß man den Mund mit dem ersten Schluck, und dann den zweiten drüberlaufen lassen, wie bei einer Auslese.«
»Mein Gott, das ist eine Auslese!« sagte Brencken.
Pauling füllte nach. »Übrigens, wenn Sie Zeit haben – bei mir treffen sich ein paar nette Leute zum Abendessen. Wir essen in der Küche, wo einige meiner Brüder kochen werden.«
Wieso kochten Brüder für Bernd Pauling?
»Ich bin Mitglied eines Klubs kochender Männer, wir nennen uns Brüder. Haben Sie Lust?«
»Gern«, sagte Brencken, »ich komme.«
»Und bitte ohne Riechbesen oder sonstiges Gemüse – es ist eine reine Männerparty.«
Später fragte Pauling nach Susi. »Ein kluges Mädchen. Ich erinnere mich gern an unser Gespräch über die russischen Dichter. Ganz schön beschlagen, ich habe großen Respekt vor der Dame.«
Brencken schwieg.
»Ich bin übrigens ein alter Kommißkopf«, sagte Pauling etwas später. »Im Krieg war ich Fahnenjunkerfeldwebel, zu mehr hat es nicht gelangt. Aber ich mag alles Militärische, und alles Preußische übrigens auch.«
»Das trifft sich mit meinen Interessen«, erwiderte Brencken.
»Sind Sie auch Monarchist?« fragte Pauling.
»Monarchist?«

»Ja, ich glaube, die Monarchie wäre die beste Staatsform für uns.«
»Da stimme ich nicht mit Ihnen überein. Ich habe mich inzwischen zu einem Republikaner gemausert.«
»Schade.«
»Warum?«
»So ein Mann wie Sie müßte eben Monarchist sein.«
Brencken lachte. »Lassen wir es bei der Mischung aus Preußentum und Republik.«
Pauling preßte den Lederbeutel zusammen und füllte den Boden von Brenckens Glas. »Cheerio«, sagte er, »gegen 19 Uhr bitte, hier ist meine Karte.« Er beschrieb ihm den Weg zu seiner Wohnung und begleitete ihn zur Tür. »Mögen Sie eine Mangofrucht?« Brencken nahm dankend an. »Bis heute abend«, sagte Pauling.

Der Duft einer Bouillabaisse zog durch den Flur. Lauch und Fisch. Pauling empfing Brencken in weißer Kochjacke. »Nehmen Sie einen Port, Herr Hauptmann, hier in der Bibliothek.« Brencken begrüßte einen weißhaarigen Herrn, der sich als Kriminaloberrat Saunders vorstellte und in der Bonner Sicherungsgruppe Dienst machte. »Spione jagen?«
»Auch, Herr Brencken. Politiker beschützen und schwere Fälle aufdecken.« Er schwenkte das Glas mit dem Kognak. »Wenn man sie aufdecken kann«, fügte er hinzu. »Manchmal dauert das sehr lange.« Vor der Küche machte Pauling seinen Gast mit einem jüngeren, ebenfalls in weiße Jacke gekleideten Herrn bekannt: »Oberst Klinkerström.«
»Pauling hat mir schon von Ihnen erzählt«, sagte der Oberst. »Besuch von der Front.«
»Na ja, Front, Herr Oberst. Ich bin S 4 bei einem Linienartilleriebataillon.«
»Für uns Ministeriale kommen so Leute wie Sie von der Front«, sagte Klinkerström lächelnd. »Wissen Sie, es sind halt viele da, die schon Jahre auf dem Hardtberg zubringen und ihre Ministerialzulage beziehen. Aber darüber können wir nachher reden – ich muß die Krebse in die Suppe schichten.« Er verschwand in der Küche. Pauling sah ihm lachend nach.

»Klinkerström sitzt bei der Inneren Führung, ich glaube, der hat was mit Haarschnitt und ähnlichem zu tun.«
»Wahrscheinlich Referat ›Soldatische Ordnung‹.«
»Kann sein. Übrigens – falls Sie Fräulein Widderstein mal anrufen wollen – dort steht der Apparat.«
»Wenn ich darf? Ja, was sie macht – ich nehme an, daß sie auch heute viele schöne Bücher verkauft hat.«
»Und ich sehe, daß Sie noch immer keinen Port haben – hier steht er, gießen Sie sich bitte ein. Ich bin in der Küche.«
Der Herr von der Sicherungsgruppe betrachtete die Buchrücken. »Haben Sie schon einmal so viele kostbare Bücher auf einem Haufen gesehen?«
Brencken roch an dem Portwein und ließ den Blick über die Regale gehen. »Noch nie. Das scheinen mir lauter alte, seltene Sachen zu sein.«
»Herr Pauling sammelt so etwas wie unsereins kostbare Weine. Hier –« er zog einen Quartband aus der Reihe – »das ist das Kochbuch des Bartolomeo Scappi, weiland Papst Pauls des Zweiten Leib- und Mundkoch. Und hier, dieses Reisebuch aus den ersten Jahren nach Columbus' Entdeckung behauptet, daß die Leute aus Westindien ihresgleichen mästeten und schlachteten und brieten und schlicht auffraßen.«
Brencken betrachtete die Zeichnungen von menschlichen Beinen und Flanken. »Also auch ein Kochbuch . . .«
Der Geruch der Bouillabaisse wurde intensiver und köstlicher. Während Brencken Susis Nummer wählte, schellte es. Pauling brachte den nächsten Gast. Im Hörer erklang das Besetztzeichen.
»Darf ich bekannt machen: Henrik Lucking, Bonner Korrespondent des dänischen Fernsehens.«
Lucking, fast so lang wie Brencken, mit einem mächtigen roten Schnauzbart, kannte Kriminaloberrat Saunders und schüttelte Brencken die Hand.
Saunders schnüffelte. »Wonach riecht es denn jetzt noch?«
»Safran«, sagte Klinkerström. »Safran macht den Kuchen gehl.«
»Kann ich das Rezept haben?« fragte Lucking.
»Gern«, erwiderte Klinkerström. »Also: erst mal lauter ver-

schiedene Fischsorten, Meerbarben und Drachenkopf, Knurrhahn und Rotbarben, ein paar Weißlinge, Meeraal –«
»Und das haben Sie alles hier?«
»Wenn bei Pauling gekocht wird, ist alles original. Neulich hat er doch tatsächlich für einen Bataillonskommandeur, der seinen Standortball kulinarisch aufputzen wollte, einen veritablen Bären besorgt.« Pauling lachte und goß Port nach. Klinkerström fuhr fort: »Dann brauchen wir zur Original-Bouillabaisse aus Marseille noch eine Languste und ein paar Krebse. Und Lauch und Zwiebeln und Knoblauch.«
»Igitt«, sagte Saunders.
»Knoblauch gehört hinein. Viel sogar. Dann schwitze ich Lauch und Zwiebeln in Öl, gebe ein paar abgehäutete Tomaten hinzu, lege die meisten Fische, außer den Weißlingen, die schneller gar werden, und den Krebsen, hinein, fülle mit Wasser auf, lasse die Fische gar werden, na, und dann allerlei Gewürze, Fenchel und Lorbeer, Petersilie und Safran. Und nachher kommen die Krebse drauf, wir reiben kräftig Knoblauch auf die Weißbrotscheiben und legen die in die Teller.«
Brencken wählte erneut. Dann kam ihre helle Stimme.
»Hallo, Susi!«
»Charly! Nett, daß du anrufst.«
»Ich bin bei Herrn Pauling – wir essen gleich Bouillabaisse.«
»Da möchte ich mitessen dürfen. Hast du alles erreicht, was du wolltest? – Hörst du mich noch?«
»Ja, Susi, ich habe alles erreicht, was ich wollte.« Hatte er?
»Das ist schön. Was hast du denn erreicht, Charly?«
Er hatte ihr nicht gesagt, was ihn nach Bonn führte. Gedrückt hatte er sich, hatte vorgegeben, er könne nicht darüber sprechen. Und jetzt fragte sie ihn frei heraus.
»Reden wir drüber, wenn ich wieder da bin. Morgen abend, ja?«
Für einen sehr langen Augenblick hörte Brencken nur ein Knacken in der Leitung.
»Und wann gehst du von hier weg?« Susis Stimme war ganz klar.
»Wie kommst du darauf?«
»Wann gehst du?«
»Susilein, ich –«

»Wann gehst du, Charly?«
»Ich weiß es noch nicht genau, aber wohl in nicht allzu ferner Zeit.«
»Und warum hast du mir das nicht vorher gesagt?«
Brencken spürte, wie ihm der Schweiß auf die Stirn trat. »Weil ich es noch nicht wußte.«
»Und warum hast du mir gesagt, du dürftest nicht verraten, weshalb du nach Bonn fährst?«
»Ich kann jetzt nicht darüber sprechen, Susi. Morgen abend, ja?«
Wieder schwieg Susi, dann sagte sie schnell: »Ruf mich bitte an, wenn du zurück bist.« Sie hängte ein.
Ein paar Dialogfetzen am Telefon, ein paar Fragen, und er stand nackt da. Natürlich hätte er ihr vorher sagen können: Ich gehe nach Bonn, weil ich versetzt werden soll. Aber dann hätte er die bis dahin unausgesprochene Frage beantworten müssen, die Frage, was aus ihnen beiden werden würde. Und zu der Antwort darauf hatte er sich bisher nicht entschließen können.
Pauling bat zu Tisch. Der Duft der großen marsilianischen Fischsuppe lag über Herd und Eßtisch – Küche und Eßraum gingen ineinander über. Der Geruch nach Knoblauch, streng und köstlich zugleich, mischte sich mit dem der Fische und der Krebse und des Safrans. In den Tellern lagen die Weißbrotschnitten.
Als sie Platz genommen hatten, goß Pauling einen weißen französischen Wein in die Gläser. »Das ist ein Muscadet. So recht ein Reisebegleiter für die Fischsuppe. Ich erhebe das Glas auf das Wohl meiner Gäste!« Sie taten ihm Bescheid. Dann schöpfte Pauling die Suppe aus dem Topf, den Oberst Klinkerström hielt. Saunders winkte ab, als Pauling ihm eine zweite Kelle in den Teller tun wollte. »Bitte, haben Sie Verständnis für einen armen Mann, dem der köstliche Knoblauch so gar nichts sagt.«
Pauling lachte. »Nehmen Sie beim nächstenmal kein Knoblauchbrot dazu«, empfahl er.
Henrik Lucking bot Brencken eine Zigarre an. Er sprach fast akzentfrei, das scharfe »s« für den deutschen Zischlaut »sch«.
»Wieso sprechen Sie so gut Deutsch?«

Lucking grinste. »Das habe ich in Deutschland gelernt.«
»Sie sind schon lange hier?«
»Mit kleinen Unterbrechungen fünfundzwanzig Jahre.«
Brencken rechnete zurück. »Seit 1943?«
»Seit September 1943. Damals passierten wir die Grenzen zum Deutschen Reich in der Luft.«
»Bomber?«
»Bomber.«
»Aber es gab doch keine dänischen.«
»Nein, ich flog für England.« Er grinste. »Ich hatte etwas gegen die Nazis, Herr Hauptmann.«
»Runtergefallen?«
»Abgeschossen.«
»Von deutschen Jägern?«
»Nein, von der Flak. Die war nämlich verdammt gut, das können Sie mir glauben.« Lucking reichte Brencken Feuer. »Wir flogen am Tag meistens Störangriffe mit unseren Mosquitobombern, in der Nacht aber Angriffe auf Flächenziele – auf Einzelziele flogen die Amerikaner. Damals haben wir zum ersten Mal – ich glaube bei einem Angriff auf Hamburg – Stanniolschnitzel abgeworfen und damit Ihre Ortung durcheinander gebracht. Das war im Juli, Ende Juli. Wir haben uns dann mit den Amerikanern abgewechselt und round-the-clock gebombt – sechs Tage lang.« Lucking drückte das alles sehr sachlich aus.
»Ich kann mich auch erinnern«, sagte Brencken, »die Hamburger Zivilbevölkerung hatte schwere Verluste.«
»Was wollen Sie damit sagen, Captain?«
»Nur das: es gab ziemlich viel Tote.«
»Natürlich waren es viele Tote. Und in England war diese Bomberei, mindestens nach dem Krieg, sehr umstritten. Ich war damals, was Sie jetzt sind: Captain. Und was haben Sie damals gemacht?«
»Wie meinen Sie das?«
»Haben Sie Ihre Befehle ausgeführt?«
»Ja, habe ich.«
»Ich auch.«
Pauling schenkte Muscadet nach. »Fachsimpelei?«

»Krieg«, sagte Brencken.
»Scheißkrieg«, sagte Lucking.
»Mann«, sagte Pauling, »wenn uns einer hier zuhört, ohne uns zu kennen – der meint, wir schlügen noch bei der Bouillabaisse auf uns ein, wenn unsere Regierungen das befehlen würden.«
Lucking sah Brencken an. »Ich wiederhole: Scheißkrieg. Und ich meine das auch so. Und wir werden nie wieder aufeinander einschlagen. Und wenn Sie, Captain Brencken, von der Ausführung Ihrer deutschen Befehle reden, wenn ich von meinen Befehlen rede, dann sind wir beide – und der Oberst Klinkerström draußen in der Küche –, dann haben wir alle ein – wie sagt man in deutsch – schlechtes Gewissen, sagt man, glaube ich. Oder meinen Sie, mir wäre es nicht anders geworden, als ich nachher, abgeschossen und gut heruntergekommen, gesehen habe, was unsere Bomben angerichtet hatten?«
Brencken dachte an Rußland, an das Elend der Menschen, an die Bäuerin, die neben der Straße gebar, an die zerfetzten Dörfer. »Scheißkrieg, verdammter, mieser, beschissener Krieg.«
Pauling gab Brencken Feuer. »Wir wollen heute keine rhetorischen Beteuerungen, daß der Krieg nichts taugt, zumal der Wortschatz nicht sehr groß ist. Ich glaube, darin sind wir uns quer durch alle Nationen und Menschen einig.«
»Hoffentlich«, sagte Lucking. »Aber wenn das so sicher wäre, hätten die Herren Klinkerström und Brencken einen anderen Beruf.«
Pauling ging in die Küche, Lucking trank Brencken nachdenklich zu. Der setzte das Glas ab. »Abgeschossen, sagten Sie?«
»Ja, ein Motor montierte ab. Ich will Ihnen nur sagen – Sie haben das möglicherweise anders gehört: Wir hatten alle ziemlichen Respekt vor Ihrer Flak, besonders vor der schweren, der zwölf-acht, aber auch vor der acht-acht.«
»Und Sie sind abgesprungen?«
»Ja, kam gut unten an. Dann wollten mich einige lynchen, aber einer in Uniform hat mich mit der Pistole beschützt und in ein Gefangenenlager gebracht. Ich habe ihn nach dem Kriege gesucht und gefunden. Auf dem Friedhof. Er ist von einer amerikanischen Bombe getötet worden.« Lucking streifte die Asche von der Zigarre. »Dann lernte ich ein wenig Deutsch im Camp.

Nach dem Krieg schickte mich meine Zeitung erst nach Berlin, dann nach Hamburg und dann nach Bonn. In Berlin lernte ich besser Deutsch, in Hamburg meine Frau kennen und in Bonn, daß man mit euch Deutschen leben kann.«
»Danke«, sagte Brencken.
»Ich meine das ernst«, setzte Lucking hinzu, »denn ich möchte nicht verhehlen, daß mir die Deutschen, ›die‹ besonders betont, lange nicht geschmeckt haben. Mein Land besetzt, Luftschlacht über England, vorher Krieg vom Zaun gebrochen, Dünkirchen, Auschwitz – na ja, Sie wissen schon. Aber man lernt mit der Zeit, daß das alles nicht so ist – *die* Deutschen. *Die* Deutschen vergasen die Juden, *die* Italiener haben die Absätze vorn, *die* Franzosen lieben immerzu, *die* Engländer sind immer fair, *die* Dänen produzieren nur Käse – das sind Klischees, Captain.«
Oberst Klinkerström stand plötzlich neben ihnen. »Ernstes Thema drauf, Henrik?«
»Wir kamen auf den Krieg«, erwiderte Brencken.
»Krieg gibt es hierzulande seit dreiundzwanzig Jahren nicht mehr, Gott sei Dank. Reden Sie von was anderem – zum Beispiel von dieser köstlichen Bouillabaisse.«
»So einfach kann man das nicht wegwischen, Armin«, sagte Lucking zu Klinkerström, »wenn solche Dinge zwischen den Menschen hängenbleiben, bleiben sie auch zwischen den Völkern hängen. Und nichts haben wir alle nötiger, als die Schreckenskammern des Nationalismus auszuräumen.«
»Gut gesagt.« Klinkerström hielt ihm einen Schwenker mit Kognak hin. »Aber wir sollten jetzt trotzdem das Thema verlassen und in die gute Stube gehen. Pauling will eine Feuerzangenbowle ansetzen.«
Lucking lachte: »Das ist eine typisch deutsche Sache. Und die gehört nicht in die Schreckenskammer. Okay, laßt uns gehen.« Er nahm Brencken am Arm und schob ihn in das große Wohnzimmer.
Pauling trank seinen Gästen zu. »Trinken Sie diesen Muscadet noch aus, wir gehen dann zur Feuerzangenbowle über.«
Das Gemälde hinter ihm reichte von der Decke bis zum Fußboden. Es stellte einen preußischen Feldmarschall aus der ersten Hälfte des 18. Jahrhunderts dar.

»Wo haben Sie das her?« fragte Brencken.
»Gekauft, Herr Hauptmann, für teures Geld. Das Bild hat kein anderer als Friedrich Wilhelm I., ja, der preußische König, gemalt. Hier sehen Sie seine Signatur.« Er wies auf einen Schnörkel am Bildrand.
»Der Soldatenkönig? Hat der viel gemalt?« fragte Brencken.
»Man sagt es, ich weiß es nicht genau. Möglicherweise hat einer geholfen. Warum auch nicht? Geistermaler hat es immer gegeben, wie Geisterschreiber. Mich stört es nicht. Der König hatte jedenfalls seine hohen Offiziere schlicht zum Sitzen befohlen, ob es ihnen stank oder nicht. Was da heraus kam, sehen Sie hier.«
»Sammeln Sie Bilder?«
»Eigentlich nicht. Aber ich wollte nicht, daß dieses Bild mit der königlichen Signatur in Hände käme, die für Preußen nichts übrig haben.«
»Aus Pietät, Herr Pauling?«
»Ja, nennen Sie es ruhig so, aus Pietät. Ich sagte Ihnen schon: Ich bin preußischer Monarchist.«
»Respekt«, sagte Brencken.
Sie redeten durcheinander und rauchten einen blauen Hecht in das Zimmer. Pauling hatte einen Kupfertopf mit heißem Rotwein auf ein Rechaud gesetzt. Jetzt legte er die Zange mit dem Zuckerhut über die Öffnung und begann, Rum über den Zucker zu gießen. Kleine blaue Flämmchen tanzten auf dem schmelzenden, sich gelblich verfärbenden Weiß.
»Wieso brennt der Rum?« fragte Saunders. »Wieviel Prozent hat er?«
»Über siebzig, Herr Kriminaler. Der brennt aus der hohlen Hand.«
Die Flammen fielen in den Topf, tanzten auf der dunkelroten Oberfläche des Weines weiter. Ein würziger Duft zog durch das Zimmer. Oberst Klinkerström löste Pauling ab, der in seine Bibliothek eilte, um das älteste Feuerzangenbowlenrezept zu holen.
Brencken lehnte sich zurück. Er fühlte sich wohl in dieser Runde. Pauling – Gewürzkrämer, Spezereienhändler, Preußenfan, irgendwie konsequent, wenn auch ein sympathisches

bißchen von gestern, sozusagen ein paar schwarzweißpreußische Querstreifen mit Barockornament. »Beschützer der Könige« hatte ihn Klinkerström einmal genannt, was er jetzt gerade wiederholte.
»Also, da er gerade draußen ist: Alles, was aus dem Hause Hohenzollern kommt, sammelt er. Neulich war er Tage nicht zu gebrauchen, weil er bei der Versteigerung eines Schwarzen-Adler-Ordens nicht dabeigewesen war. Der Nachfahre irgendeines preußischen Adligen hatte ihn verscheuern lassen« – verscheuern, sagte Pauling. »Also: Beschützer der Könige, der preußischen natürlich nur.«
»Aber wirklich nur der preußischen«, sagte Pauling, der wieder hereinkam. »Die anderen waren zwar auch wer, aber sehen Sie sich die Leistungen der Hohenzollern an – wer wäre würdiger, den Thron zu besteigen?«
»Welchen Thron?« fragte Klinkerström. »Den preußischen? Preußen ist hin – als Land jedenfalls. Oder etwa den deutschen? Den gibt es auch nicht mehr. Und überhaupt: Ich mag eigentlich nicht, daß Leute nur deshalb Kaiser sind, weil der Herr Vater es auch war. Und aus diesem Grunde bin ich Republikaner.«
Pauling füllte das erste Glas mit Feuerzangenbowle und gab es weiter. »Natürlich ist das ein Handikap«, sagte er lächelnd, »daß die Söhne der Kaiser und Könige auf den Thron folgen, ob sie närrisch sind oder nicht. Aber die Kontinuität wäre ebenso gegeben, wie beispielsweise bei unserem Freunde Lucking in Dänemark.«
»Oh«, sagte Lucking, »ich könnte mir auch vorstellen, daß ich einen Präsidenten hätte.«
»Wie auch immer – es gibt überall Pfeifen«, sagte der Kriminaloberrat.
Oberst Klinkerström nickte: »Sogar bei der Bundeswehr.«
Sie tranken noch lange nach Mitternacht. Brencken dachte an Susi – sie hatte gewußt, warum er nach Bonn fuhr. Und er war ihr ausgewichen. Wie immer, resümierte er bitter, wie immer.
Irgendwann mitten in der Trinkerei überkommt uns ein Augenblick fast hellsichtiger Klarheit, und wir glaubten, daß wir die Rätsel dieser Welt mit dem kleinen Finger der rechten Hand

lösen können. Plötzlich sehen wir durch die Dinge hindurch und formulieren unsere Entscheidungen überdeutlich. Und vergessen sie nachher wieder, natürlich.
Brencken spürte die hellsichtige Klarheit, wie damals, 1952 beim Divisionstreffen, als er die Blätter seines Lebens auseinandersortierte, um sie neu zu ordnen. Diesmal sortierte er sie nur auseinander; zum Ordnen blieb ihm keine Zeit und keine Kraft.
Das war es: die Zeitläufte – gut gesagt: Zeitläufte! – die können einem nicht nur das Kreuz brechen, nein, sie können es auch langsam aufweichen, Jahr um Jahr, bis es so flexibel geworden ist, daß es jede Bewegung mitmacht.
Ihm, Karl-Helmut Anatol Brencken, hatten die Zeitläufte das Kreuz aufgeweicht. Das war es. Aufgeweicht – wie die Rückengräte eines Bratherings.
Und deshalb gingen sie alle von ihm – der Erfolg und Uschi und der Lehrgang in Hamburg und Barbara und Elina und Susi.
Er erschrak. Susi – ging sie auch? Er hatte sie belogen, weil er sich nicht entscheiden konnte.
Was heißt hier konnte – wollte!
Aber Susi liebte ihn, er liebte Susanne Widderstein, er, siebenundvierzig Jahre alt, liebte sie, achtundzwanzig Jahre alt. Er spürte, daß ihn seine Klarheit verließ. Klinkerström trank ihm zu: »Auf gute Gesundheit, Herr Brencken, damit Sie dem Staat einen rüstigen Pensionär erhalten! Prost!«
Sie tranken, und Brencken vergaß wieder, daß er seine Situation zum ersten Male seit seinem Eintritt in die Bundeswehr nüchtern und realistisch beurteilt hatte.
Es war schon fast Morgen, als sie auseinandergingen.

Sie begrüßte ihn mit dem gewohnten Lächeln, als er sie vor der Buchhandlung erwartete. Als ob nichts sei, dachte er. Ihre Lippen lagen einen flüchtigen Augenblick warm auf den seinen.
»Wie war es?« Sie hakte sich ein. »Ich meine bei Pauling. Kocht er gut?«
»Ein Oberst hat eine Bouillabaisse gemacht – für meine Begriffe großartig. Du weißt, ich bin ein großer Schlemmer.«
»Nicht nur beim Essen.«

»Oh!«
Sie zog seinen Arm an sich. »Ich habe sehr auf dich gewartet, Charly.«
»Und ich hatte Sehnsucht nach dir, Susi.«
»Nach was?«
»Nach dir. Ein Abend bei dir, mit dir und so.«
»Aha, und so.«
»Das auch, Susi.«
Sie lächelte ihn an. »Ich habe etwas zu essen vorbereitet, komm, wir bleiben heute bei mir.«
»Das habe ich mir gewünscht.«
In der Wohnung half er ihr aus dem Mantel und folgte ihr in die Küche. »Was Besonderes, Susi?«
»Was Schnelles, Liebling. Hummerkrabben, aber kalt. Eine Kognakmayonnaise dazu. Und ein Chablis.«
»Du hast einen Chablis aufgetrieben?«
»Extra für dich.«
»Danke.« Er umfaßte sie von rückwärts, zog sie an sich und legte seine Hände um ihre Brüste. Sie bog den Kopf zurück und küßte ihn auf die Wange. Seine Hände bewegten sich.
»Nicht so schnell, Charly.«
»Ich möchte aber.«
»Ich auch, aber nachher.«
Er ließ von ihr ab, setzte sich in einen Sessel und griff nach dem Glas mit Pernod, das sie ihm anbot.
»Ein Viertel, dazu drei Viertel Sekt – dein Rezept.« Sie sah ihn nachdenklich an und legte die Tischdecke auf.
Er küßte ihr die Hand, als sie Platz nahmen. »Du bist zauberhaft heute abend.«
»Ich liebe es, dich so zu lieben, Charly.«
»Das hast du schön gesagt.«
»Und wenn ich irgend etwas habe, das nicht mehr zu dieser Liebe paßt, dann sage ich es dir.«
»Hast du etwas, was nicht dazu paßt?«
Sie strich ihm mit den Fingerspitzen über den Nasenrücken. »Prost, Charly, laß es uns gutgehen.« Sie stießen an.
Vielleicht fragt er noch einmal, dachte Susanne Widderstein, hoffentlich fragt er diese Frage noch einmal.

»Wunderbar, dieser Cocktail, Liebling! Du überraschst mich immer aufs neue, Susi.«
»Ich möchte dir nie langweilig werden, und du sollst mir auch nicht langweilig werden – deshalb.« Sie erhob sich und legte eine Platte auf: Jacques Loussier – Play Bach. Susi mochte diese modernisierten Klassiker, er hatte ein zwiespältiges Gefühl für sie.
»Wie war das vorhin, das mit dem Nichtpassen, Susi?«
»Ach, nur so eine Bemerkung. Wir müssen immer ehrlich zueinander sein – das wollte ich sagen.«
»Wir waren es immer.«
War er es immer? Auch gestern, als sie ihn am Telefon gefragt hatte? Er zog sie zu sich herüber und küßte sie. Sie erwiderte den Kuß sanft, dann plötzlich mit einer Heftigkeit, die ihn überraschte. Er öffnete den Reißverschluß ihrer engen Hose, streifte ihr den Pullover über den Kopf, öffnete den schmalen Büstenhalter und trug sie auf die breite Couch. Sie schaute ihn mit großen Augen an, während er sich rasch auszog. Ihre Arme umfingen ihn und zogen ihn an ihre Seite. »Charly«, sagte sie leise.
Er küßte ihre Augen und ihren Hals, nahm zärtlich die Ohrläppchen zwischen die Zähne und streichelte ihre Brust. Sie flüsterte immer wieder seinen Namen. Sie ist so glücklich, daß sie weint, dachte er, als sein Mund zu ihren Augen zurückkehrte. Sie umklammerte seinen Rücken, so daß er seit langer Zeit wieder die Narben spürte. Sie liebt dich heute wie in den ersten Wochen, dachte er. »Ich bin glücklich, Susi.«
»Sei glücklich, Charly«, erwiderte sie mit geschlossenen Augen.
»Und du bist es auch, denn du weinst.«
»Ich bin es auch, denn ich weine, Charly.«
Er küßte die Tränen fort und stand auf. Als er ihr das Glas reichte, beugte er sich schnell zu ihr und berührte mit der Zungenspitze ihre Brustwarzen. »Auf unser Glück, Susi!«
Sie trank, ohne ihn aus ihren Augen zu lassen. Er spürte ihren schmalen, warmen Körper neben sich. Dies ist das Glück, dachte er.
Nicht das körperliche Miteinander allein, das ist stets das

zweitwichtigste. Gut zu lieben ist eine, aber nicht die Voraussetzung. Er sollte seine Hände auf ihren Leib legen und sagen: Laß uns zusammenbleiben.
Sie legte das rechte Bein über seine Schenkel, stützte sich auf seine Brust und sah ihm in die Augen. »Wie lange lieben wir uns jetzt schon?«
»Knapp zwei Jahre. Warum?«
»Wie oft haben wir uns geliebt?«
»Oft. Warum fragst du? Sollte ich eine Strichliste führen?«
»Ich habe jeden Tag des Glücks aufgeschrieben, Charly. Wir haben uns über zweihundertmal geliebt.«
Er versuchte, sich aufzurichten. Aber sie drückte ihn hinab.
»Warum zählst du, wie oft wir uns lieben?«
»Weil, mein Charly, weil ich niemals vergessen möchte, wie und wann es war. Und deshalb habe ich es in meinem Kalender aufgeschrieben, weißt du, mit einem Kürzel, das keiner außer mir kennt. Ich habe Charly geliebt, steht da, ohne daß es einer lesen kann.« Er legte seine Hände auf ihre Schultern. »Wie sehr liebst du mich, Charly?« fragte sie.
»Am meisten von allen bisher. Und du?«
»Am meisten von allen bisher.«
»Mehr als das zärtliche Mädchen?«
»Unendlich viel mehr. Und deine Zärtlichkeiten sind männlich, vergiß das nicht. Ich mag es, wenn deine Hände spazierengehen und mich führen.«
Er streichelte ihren Rücken und spürte, wie sie sich öffnete.
»Aber wie sehr liebst du mich wirklich, Charly?«
Er hob sie etwas an, spürte ihren Gegendruck. »Am meisten von allen«, sagte er und begann, seine Zärtlichkeit auf sie zu übertragen. Sie atmete tiefer. »Am meisten von allen und am schönsten, Susi.«
»Du liebst mich am meisten von allen?«
»Von allen.«
Ihr Körper war leicht, sie bestimmte die Bewegungen. »Und ich mag dies und alles und dich –«
Er hielt sie noch lange umfangen. Und ihre Tränen liefen auf seine Brust. So sehr liebt sich mich, dachte er und nahm sich vor, dies alles nicht enden zu lassen.

Als sie eine neue Platte aufgelegt hatte – Eugen Cicero verjazzte Chopin –, brachte sie die Flasche, goß ein, reichte ihm das Glas.
»Auf dein Wohl, Charly.«
»Auf das deine, ich danke dir.«
»Und ich danke dir, für alles, Charly.«
»Das klingt so endgültig, Liebling.«
»Das ist endgültig, Charly.«
Er fuhr hoch. »Bitte?«
»Das war endgültig, Charly, wir werden uns trennen. Heute abend – das war das letzte Mal, daß wir uns geliebt haben.«
»Aber um Gottes willen, Susi –«
Sie ging, kam mit einem Morgenmantel wieder.
Brencken fühlte sich plötzlich peinlich berührt, weil er nackt war. Er erhob sich von der Couch, ging ins Bad und kam wieder mit einem Frottiertuch um die Lenden. »Das ist nicht dein Ernst!«
»Doch, das ist mein Ernst, ich mache Schluß.«
Brencken sank in den Sessel. »Aber warum, Susi, sag mir um Himmels willen, warum?«
»Kannst du dir das nicht denken? Nein? Schade, aber ich dachte es mir. Hast du vorhin, als wir heimkamen, meine Bemerkung gehört, ich würde dir immer sagen, wenn es einmal etwas gebe, das nicht mehr zu unserer Liebe paßt?«
»Ja, ich habe auch gefragt, ob etwas nicht paßt.«
»Und dann hast du diese Frage gleich wieder vergessen. Ich habe darauf gewartet, daß du sie ernsthaft ein zweites Mal stellen würdest, Charly. Dann hätte ich unserer Liebe noch eine Chance gegeben.«
»Ich habe sie zweimal gestellt.«
»Ich sagte, ernsthaft. Das war nicht ernsthaft.«
»Aber davon kann man doch nicht abhängig machen –«
»Davon nicht, aber vom Hintergrund dieser Frage. Wir sind jetzt knapp zwei Jahre zusammen. Wir lieben uns. Ich liebe dich, wie ich nie einen Mann geliebt habe. Mein ganzes Leben habe ich darauf eingestellt, auch wenn du es nicht gemerkt haben solltest.«
»Aber ich weiß es doch.«
»Um so schlimmer. Du hast nicht ein einziges Mal davon ge-

sprochen, ob das eine Sache von Dauer sein würde, daß wir uns lieben.«
»Es hat aber doch schon Dauer!«
»Zwei Jahre, knapp zwei Jahre. Aber ob ich mein ganzes Leben bei dir bleiben würde? Ich hätte mit Freuden Ja gesagt!«
»Ich hätte dich das bald gefragt.«
Sie schaute ihn an. »Bald?«
»Bald. Ich habe heute abend, während –« Er genierte sich auf einmal, davon zu sprechen, daß sie sich eben noch geliebt hatten. »Ich meine, vorhin habe ich daran gedacht.«
»Charly, laß uns vernünftig reden.«
»Das ist vernünftig. Ich habe vorhin daran gedacht.«
»Hör mir weiter zu. Du bist siebenundvierzig Jahre alt, hast drei oder vier Dutzend Mädchen gehabt, teils vernascht, teils geliebt. Und von denen, die du geliebt hast, ist nicht eine deine Frau geworden. Hast du dich einmal gefragt, ob nicht die eine oder die andere genauso gern deine Frau geworden wäre wie ich?«
»Ja, aber dann – ich meine – vielleicht hätte ich wirklich –«
Sie unterbrach ihn. »Die haben darauf gewartet, wie ich gewartet habe. Nicht um versorgt zu sein, meine Buchhandlung geht gut bis glänzend. Nein, weil ich dich haben und glücklich machen wollte und selbst dabei glücklich werden wollte. Deshalb, Charly.«
Sie zog den seidenen Morgenmantel über das Knie. Plötzlich spürte sie, daß sie sich schämte, vor ihm, der, das Handtuch um die Lenden, vor ihr saß.
»Aber ich will ja doch, Susi –« Er spürte, daß er die Worte falsch wählte. Daß er sie auch weiter falsch wählen würde, weil es in ihm nicht mehr stimmte.
»Das ist nicht mehr so wichtig, Charly. Sieh, all das, was zwischen uns war, hat nicht gereicht, um dich aus deiner Lethargie zu lösen. Und dann kam die Sache mit Bonn.«
»Mit Bonn?«
»Ja, du hattest mir verschwiegen, weshalb du zu deiner Personalabteilung mußtest. Aber ich wußte es.«
»Du wußtest?«
»Ja, ich hatte deinen Kommandeur angerufen, mich für den

Abend bedankt und es dabei erfahren. Stertzner ahnte natürlich nicht, daß du es mir verschwiegen hattest. Und ich weiß auch, warum du nichts gesagt hast, Charly Brencken.« Sie hielt ihm ein gefülltes Glas hin. »Weil du dich nicht entschließen konntest, meinetwegen ins reine zu kommen. Ob oder nicht – das war die Frage, die du nicht beantwortet hast. Mir nicht, was für mich der Grund zu diesem Ende ist – und auch dir selbst nicht, was du wahrscheinlich nicht einmal besonders beklagenswert findest.«

Brencken stellte das Glas auf den Couchtisch. Ein lächerlicher Zustand. Die Frau, die er eben noch glühend auf dieser Couch geliebt hatte, saß da und erklärte ihm, daß Schluß sei. Und er – die Blöße mit einem roten Frottiertuch bedeckt!

»Ich verstehe das alles nicht.«

»Um so besser, daß wir Schluß machen, Charly. Du hast dein ganzes Leben lang nicht verstanden, vielleicht ist es gut, wenn es dir einmal eine Frau sagt. Weißt du eigentlich, woran das liegt?« Sie wartete keine Antwort ab. »Weil du nicht genug Selbstvertrauen hast, um mehr zu werden: Ein Mann, der aus einer Liaison mit einer geliebten Frau ein neues Leben macht.«

»So gern wärst du verheiratet, Susi?« fragte er bitter.

Sie fuhr herum. »Bilde dir das nicht ein, Karl-Helmut! Aber ich sehe, daß du nicht verstehst. Ich liebe dich und wollte uns unsere Liebe erhalten. Und ich hoffte, daß deine Liebe ausreichen würde für uns beide, so wie die meine ausgereicht hätte.« Sie stand auf und setzte sich neben ihn. »Ich möchte es dir offen sagen, Charly, niemals war bei mir einer so gut im Bett wie du. Auch nicht das Mädchen damals. Du hast Phantasie und wunderbare Hände und bist ein Mann, auch dann, Charly, wenn deine Natur es nicht mehr als einmal zuläßt. Ich habe nie gewußt, wie sehr ich es brauche, von dir brauche. Aber das kann nicht darüber hinwegtäuschen, daß ich nicht mehr kann und will.«

»Ich will doch.«

»Das ist zu spät. Ich kann nicht mehr. All das wäre ungesagt geblieben, wenn du mir vor der Reise nach Bonn gesagt hättest, daß du eine Versetzung erwartest.«

»Und du wärst mit mir gekommen – egal, wohin es gegangen wäre?«
»Du zweifelst, nach allem, was ich gesagt habe, auch nur einen Moment daran?«
»Oh, Susi!« Er zog sie sanft an sich heran und drückte seinen Mund in ihre Haare.
Abschied also. Wie bei Uschi Kronring. Und bei Barbara. Und bei Elina. Das waren die ernsten Fälle.
Sie ging, diese zarte Susanne Widderstein, sie ging, wie die vor ihr gegangen waren. Immer waren sie gegangen, wenn es sich um ernsthafte Bindungen gehandelt hatte – nie war er als erster gegangen.
Bei Louella, ja, da war er gegangen. Die verrückte Amerikanerin hatte immer nur das Bett gewollt. Irgendwann hörte der Spaß daran auf.
Abschied.
Er spürte, wie ihre Schultern bebten. Plötzlich stieg wieder das Begehren in ihm hoch. Er zog sie näher an sich. Ihre Hand fiel auf seine Schenkel, sie spürte seine Erregung, entzog sich ihm mit einer sanften Bewegung.
Wütend schleuderte er das Frottiertuch zur Seite und ging ins Bad. Als er herauskam, hatte Susi sich in das Schlafzimmer eingeschlossen. Seine Kleider lagen auf der Couch.
Was empfand er, als er ging? Schmerz? Ja, Schmerz. Trauer um ein verlorenes Stück Glück. Um ein verspieltes Stück Glück, wenn man es genauer betrachtete.
Es war so unsinnig – zwei Menschen lieben sich, sie trennen sich, obwohl die Liebe nicht erloschen ist. War es so unsinnig?
Während er den Motor anließ, sagte er laut: »Und wenn ich verdammt ehrlich bin, dann muß ich zugeben, daß sie recht hat.«
Er würde sich nicht ändern, das wußte er auch. Und er begann, sich von neuem in das zu schicken, was er sein Schicksal nannte: allein zu bleiben.
Bevor er sich niederlegte, nackt, wie es seine Gewohnheit war, allein, wie es nun seine Gewohnheit für die nächste Zeit werden würde, überdachte er die Kette seiner Niederlagen.
Am Ende stand die Erkenntnis, daß Susi die beste aller Frauen

war, die er gekannt hatte, und daß er schon bei Ursula Kronring in Sachsenhausen versagt hatte.
Und wie brachte er es jetzt Oberstleutnant Stertzner bei, daß Susanne Widderstein sich von ihm getrennt hatte?

Der Gefreite Bohrkamp war verändert.
»Was ist los mit dir?« Lawanski schaute ihn während des Geschützexerzierens verwundert an.
»Nichts, frag nicht so viel.« Bohrkamp war viel ruhiger als früher.
»Habt ihr jetzt jemand zu Hause?«
»Ja, mein Vater hat bei der Caritas angerufen, seitdem hilft uns eine ältere Frau.«
»Na, Gott sei Dank. – Und deine Mutter?«
Es schien, als wolle Bohrkamp auffahren, aber er beherrschte sich. »Abgezischt, Junge, mit einem ziemlich reichen Scheich. Der hat ihr eine Wohnung gemietet und besucht sie zweimal in der Woche.«
»Scheiße.«
»Nicht, daß sie es tut – aber daß ihre Kinder es wissen, daß sie für Geld mit diesem widerlichen Kerl ins Bett geht. Sie liebt ihn, hat sie meinem Vater geschrieben. Na ja. Wir müssen eben so zurechtkommen. Nur die Kleinen, die fragen oft. Und heulen. Das ist auch Scheiße.«
»Was soll das Geschwätz am dritten Geschütz?« schrie die helle Stimme des Chefs herüber. »Wenn da nicht bald Ruhe ist, mache ich welche!«
Bohrkamp knurrte Unverständliches und sah durch das Rundblickfernrohr.
»Ich freue mich«, flüsterte Lawanski, »daß du ruhiger geworden bist. Und was machen deine Mamis?«
Bohrkamp drehte an den Handrädern und grinste: »Was sie immer gemacht haben, du Flasche.«
Später saßen sie nebeneinander auf der Faun-Zugmaschine, als die Geschützstaffel in die Prinz-Eugen-Kaserne zurückfuhr.
»Eigentlich mußt du dich bei Brencken bedanken«, sagte Lawanski. »Der hat dich rausgepaukt, neulich.«
»Habe ich schon.«

»Was hat er gesagt?«
»Schon gut oder so ähnlich. Nee – eigentlich muß ich dir noch danke schön sagen. Ohne dich hätte ich die Zähne nicht auseinandergekriegt.«
»Halt's Maul, Junge.«
Der Frühling tuschte die Rasenflächen auf dem Kasernengelände intensiv grün.

Anfang April überreichte Oberstleutnant Stertzner dem Oberleutnant Buttler die Ernennungsurkunde zum Hauptmann.
In diesen Tagen kamen neue Soldaten, die am 1. Januar zur Grundausbildung einberufen und bereits infanteristisch und allgemein ausgebildet worden waren.
Auf Stube 15 zogen die Panzerkanoniere Gustav Stockdreher aus Düsseldorf und Ignaz Tolini aus Frechen bei Köln ein. Stockdreher hatte das erste Semester Jura und Soziologie an der Universität in Münster hinter sich. Tolini, dessen Großvater aus Messina eingewandert war, um aus der Kunst der Eisherstellung bei den Deutschen Geld zu machen, hatte nach der mittleren Reife eine Lehre als kaufmännischer Gehilfe absolviert und war seinem Vater Cesare Tolini, der ebenso unverfälschten rheinischen Singsang sprach wie er selbst, behilflich gewesen, den bislang auf die Stadt beschränkten Eisbetrieb auf die umliegenden Ortschaften zu erweitern. Folglich hatten die beiden Panzerkanoniere nicht jenen entschlossenen Willen zum Dienen wie einst ihre Väter und Großväter.
»Dat is ne rechte Scheiß«, sagte Tolini, »sone kleine Spind un so'n hartet Bett – zu Haus hab ich et besser.«
»Kannst du nicht hochdeutsch sprechen?« fragte Bohrkamp.
»Sischer dat, wenn isch will. Isch will abe nit.«
Lawanski, Stubenältester, wies die Neuen in ihre Aufgaben ein.
»Du nimmst das Bett oben, Stockdreher – und den rechten Spind. Und Tolini nimmt das untere Bett und den linken.«
»Warum soll ich unten liegen?« fragte Tolini. Er sprach jetzt hochdeutsch, offenbar hatte der Singsang nur ausdrücken sollen: Ich habe zwar einen italienischen Namen, aber ich bin Kölner ...
»Von mir aus kannst du auch tauschen, werdet euch einig.«

Tolini blieb unten. Lawanski zeigte ihnen, wie der Spind »gebaut« wurde. Kleine Pappstreifen in Hemden und Unterhosen hatten beide mitgebracht. Das war in der Ausbildungsbatterie so üblich gewesen, um die Kanten der gestapelten Wäsche recht scharf zu machen.
»Brauchst du hier nicht, das muß nur ordentlich hingelegt werden. Und das Wertfach bleibt zu. Mit Schloß.«
»Darf der Spieß hier reinsehen?« fragte Stockdreher.
»Nein«, sagte Lawanski, »nur der Chef. Manchmal tut er es, meistens nicht.«
»Wie ist er denn?«
»Mit dem Hauptmann Buttler kann man auskommen. Er verlangt etwas und gibt dann auch lange Leine.«
Stockdreher hängte die Feldjacke auf einen Bügel und griff nach der olivfarbenen Unterwäsche für Kampf- und Arbeitsanzug.
»In der Ausbildungsbatterie hat der Zugführer in die Fächer geschaut.«
»Das ist aber verboten.«
»Wußten wir auch, aber beschwert hat sich keiner.«
»Warum nicht?«
»Unser Zugführer hat gesagt, ein deutscher Soldat beschwert sich nicht.«
»Mann, der war wohl von vorgestern?«
»Kein Stück, dreiundzwanzig war er.«
»Aber einer hätte doch den Versuch machen können –«
»Hat aber keiner. Jeder hatte Schiß, daß ihm Nachteile entstehen.«
»Also, wie ich den Laden hier kenne«, sagte Lawanski überzeugt, »hier kriegt keiner Schereien, wenn er sich zu Recht beschwert. Und wenn er eine Beschwerde zu Unrecht losläßt, dann wird sie zwar abgeschmettert, aber Nachteile hat er auch dann nicht.«
Stockdreher drehte sich herum. »Und das glaubst du?«
»Nein, Jurastudent, das glaube ich nicht, das weiß ich. Denn ich kenne hier ein paar Figuren, die sich beschwert haben, wegen irgendwelchem Kleinkram, auch noch zu Unrecht. Da gibt es bei Stertzner nichts.«
»Das ist der Kommandeur?«

»Oberstleutnant Stertzner. Schon ein paar Jahre hier, hoffentlich bleibt er noch so lange, wie ich hier bin.« Lawanski blickte prüfend in den Spind Tolinis. »Wo hast du denn den Schmarren her?« fragte er und deutete auf ein Aktfoto.
»Aus dem ›Playboy‹. Ist das verboten?«
»Weiß ich nicht, ich find's nicht übel.«
»Laß mal sehen«, drängte sich Bohrkamp herbei. »Heia«, sagte er nach einer Weile, »da würde ich auch kein Geld für nehmen. Ganz bestimmt nicht.«
»Da kannst du nicht mal mit dem Finger dran tippen, die geht nicht mit jedem«, sagte Tolini.
Bohrkamp sah ihn einen Augenblick an.
»Bestimmt nicht«, fiel Lawanski schnell ein. Er kannte Bohrkamp. »Und mit dir wird sie es auch nicht tun. Klapp deinen Laden zu, Mann.«

Im Mai begann man in der Bundesrepublik über die Tschechoslowakei zu sprechen. Ende April hatte Alexander Dubček den sowjetischen Botschafter Tscherwonenko zu sich gebeten, um dessen fortlaufende Kontakte mit dem abgesetzten Antonin Novotny zu unterbinden. Am 4. Mai flog er mit Parlamentspräsident Smrkovski und Parteisekretär Bilak auf Einladung des Kreml nach Moskau – nachdem das Parlament auf dem Hradschin gerade die Gesetze zur Wirtschafts- und Sozialreform verabschiedet hatte. Über eine Woche weilte Ministerpräsident Kossygin zur Kur in der Tschechoslowakei.
»Glaubst du an Kur?« Tolini fragte Stockdreher.
»Warum nicht?« grinste der Jurastudent. »Man kann Karlsbader Brunnen trinken und trotzdem Fraktur mit seinen lieben Gastgebern reden.«
Sie saßen auf Stube 15 und zogen die Arbeitsanzüge an. Für die kommende Nacht war ein Marsch über zwanzig Kilometer vorgesehen. Bohrkamp stellte den nackten Fuß in ein weißes Tuch und legte die Enden über Knöchel und Ferse fest an.
»Was machst du denn da?« fragte Tolini.
»Fußlappen umlegen.«
»Fußlappen? Das ist doch was aus dem Ersten Weltkrieg.«
»Mein Vater hat den zweiten mitgemacht. Er sagt, er hat nie

eine Blase gehabt, weil er Fußlappen trug. Und ich weiß, daß ich auch keine gehabt habe und keine haben werde.«
»Was meint ihr, geht das gut mit den Tschechen?« fragte Tolini.
Bohrkamp zog den Stiefel über den Fuß und band die Hose um den Schaft. »Wenn du mich fragst, ich glaube, daß die dem einen verpassen, dem Dubček.«
»Nie«, sagte Stockdreher. »Die werden doch einem aus der eigenen Kiste keinen überbraten!«
»Und sie werden doch.«
»Du bist ein Schwarzseher, Bohrkamp«, sagte Tolini.
»Warum ist der Hubert ein Schwarzseher?« fragte Lawanski, der in diesem Augenblick die Stube betrat.
»Weil er unbedingt recht haben will. Nie im Leben marschieren die Russen in Prag ein!«
»Ich habe so das Gefühl«, sagte Bohrkamp.
»Für ausgeschlossen halte ich es auch nicht«, sagte Lawanski. »Die haben die reine Lehre gepachtet – wer dagegen ist, wird erledigt. War übrigens bei der katholischen Kirche auch so. Wer nicht spurte, mußte dran glauben.«
»Aber wir leben in einer anderen Zeit!« sagte Stockdreher vorwurfsvoll. »Jeder soll nach seiner Fasson selig werden.«
»Hat der Alte Fritz vor zweihundert Jahren gesagt. Das war damals modern«, warf Lawanski ein.
»Und außerdem werden die das Echo fürchten, das so ein Überfall im Westen hervorruft«, sagte Bohrkamp.
»Mann«, sagte Lawanski, »ich komme mir hier vor wie ein richtiger kalter Krieger, wenn ich dazu was sagen soll. Aber ich muß doch fragen, ob die vielleicht ein Echo aus dem Westen gefürchtet haben, als sie Anno 53 am 17. Juni dem Ulbricht mit ihren Panzern zu Hilfe kamen. Oder 56, als sie Ungarn zerschlugen und gegen ihr Wort den Pal Maleter und den Imre Nagy festnahmen und umlegten. Nee, da werden die sich einen Scheiß fürchten!«
»Kein Wort glaube ich«, erregte sich Stockdreher.
»Dann laß es. Ich habe ja auch nicht gesagt, daß sie es tun. Aber ich halte es für möglich. Und interessanterweise hat keiner von euch gefragt, was dann mit uns wird.«

»Mit uns?« fragte Bohrkamp. »Was soll da werden?«
»Ob wir es hinnehmen werden, wenn sie es tun.«
Sie griffen nach dem kleinen Sturmgepäck, nach Stahlhelm und ABC-Schutzmaske. Das G-3-Gewehr vervollständigte die Ausrüstung.
»Wir werden ja sehen«, sagte Stockdreher.
Auf dem Gang wurde gepfiffen. Die Stimme des Unteroffiziers vom Dienst: »Batterie – raustreten zum Nachtmarsch!« Sie traten in Linie zu drei Gliedern an.
Der Batteriechef wandte sich an die Soldaten: »Meine Herren, dieser Nachtmarsch ist Routine für Sie, zwanzig kleine Kilometerchen, zehn hin und zehn zurück. Ich erwarte, daß Sie bei diesem milden Frühlingsklima den Marsch unbeschadet überstehen. Achten Sie darauf, daß Sie sich bei Marschpausen nicht mit dem Hintern auf den immer noch kalten Erdboden setzen! Das gibt in kürzester Frist einen Wolf mit reißenden Zähnen, dem Sie dann mühsam mit kalten Arschbädern zu Leibe rücken müssen. Und ziehen Sie Ihre Stiefel nicht aus, laufen Sie weiter! Wer es trotzdem nicht packt – für die Fußkranken der Nation lassen wir einen Wagen hinterherfahren.«
»Schon mal einen Wolf gehabt?« fragte Tolini.
»Und wie!« sagte Bohrkamp. »Der hat mir den Arsch aufgerissen bis zum Kragen.«
Hauptmann Buttler winkte dem Personaloffizier, der im Arbeitsanzug, Stahlhelm und Gepäck mit ihm gekommen war: »Die Batterie auf dem Marsch führt heute Leutnant Ullrich, damit er's nicht verlernt – wie, Herr Ullrich?«
»Stabssoldaten müssen ja gelegentlich auch mal ran, Herr Hauptmann.«
»Ich erwarte, daß alles so läuft, als wenn ich selbst dabei wäre. Sie finden mich unterwegs irgendwo und überall. Auf geht's, Ullrich!«
Leutnant Ullrich trat vor die Front und kommandierte: »Dritte Batterie hört auf mein Kommando!« Er nahm die Absätze zusammen, legte die leicht geballten Hände an die Oberschenkel: »Dritte Batterie – stillgestanden! Rechts um – im Gleichschritt – marsch!« Sie nahmen die Hacken zusammen, machten die vorgeschriebene Rechtswendung, traten mit dem Achtzigzen-

timeterschritt an. Die Zugführer eilten an die rechten Flügel, Leutnant Ullrich lief an die Spitze und schrie: »Ein Lied!« Die drei Soldaten der ersten Rotte schrien: »Schwer mit den Schätzen beladen!« Ach du lieber Gott, diese schreckliche Schnulze, in der gefragt wurde, ob das Meer die Liebe scheiden und die Treue brechen kann. Die drei Soldaten der ersten Rotte sangen, einen gräßlichen halben Ton zu tief: »Schwer mit den Schätzen beladen –« Dann hörten sie auf, einer schrie: »Drei ... vier!« Und sie fielen alle ein, teilweise diesen halben Ton zu tief, teilweise richtig. Leutnant Ullrich schrie in die erste Pause: »Lied aus! Das ist ja schrecklich! Noch einmal!« Das Zeremoniell wiederholte sich. Als sie an die Wache kamen und der Posten den Schlagbaum hob, feixend, weil er nicht mitzumarschieren brauchte, sangen sie, grölend und richtig: »Frag doch das Meer, ob's die Treue brechen kann!«

Eine Stunde später machte Leutnant Ullrich die erste Rast. Sie stellten die Gewehre zusammen, rauchten, nahmen einen Schluck Tee aus der Feldflasche. Tolini, der vor Lawanski marschierte, setzte sich auf den moosigen Waldboden.

»Denk an den Wolf!« warnte ihn Bohrkamp.

»Ich scheiß' auf den Wolf.«

»Das wird dir dann erst recht weh tun.«

Nach zehn Minuten ergriffen sie ihre Gewehre und marschierten weiter. Die Batterie hatte sich auseinandergezogen. Einige liefen schon langsamer. Gegen 23 Uhr begann Tolini zu klagen.

»Mann, das brennt infam.«

»Wolf?« grinste Bohrkamp.

»Halt's Maul«, sagte Tolini.

»Schöne Zähne, was?«

»Du sollst dein Maul halten!«

Tolini fiel zurück. Schließlich trat er beiseite, ließ die Hose herab und legte ein Blatt Toilettenpapier zwischen die Gesäßbacken. Nach weniger als fünf Minuten hatte sich das Papier zerrieben, es schmerzte wie vorher.

»Kannst du noch?« fragte der Sanitäter.

»Nein«, sagte Tolini.

»Dann leg dich hierher auf die Seite, gleich kommt der Nullfünfundzwanzig und holt dich ab.«

»Nullfünfundzwanzig?«
»Frag nicht so dämlich, der Jeep, der die Fußkranken aufliest. Oder die Arschkranken, du Heini.«
Tolini setzte sich auf den Wiesenboden, sorgfältig darauf bedacht, auf der Hüfte und nicht auf dem Gesäß zu ruhen. Später lud ihn der Jeep des Chefs auf.
Lawanski und Stockdreher marschierten in der Spitzengruppe. Lawanski legte Tempo zu. Ihm machte das nichts aus, er lief gern. Stockdreher hielt mit.
»Respekt«, sagte Lawanski, »du hast ein schönes Tempo drauf.«
»Ich werde es dir zeigen.«
»Angeber.«
Lawanski legte weiter zu.
Der Offizier an der Spitze, der gelegentlich zurückblieb und wieder aufholte, mahnte: »Langsam, Freunde, wir wollen keine Rekorde.«
»Der will offenbar doch einen, Herr Leutnant«, sagte Lawanski.
Stockdreher schwieg und marschierte noch schneller. Jetzt erhöhte auch Leutnant Ullrich das Tempo, einige Unteroffiziere und Soldaten hielten mit. Bald löste sich die Gruppe vom Gros.
»Kannst du noch?« fragte Stockdreher.
»Solange wie du – immer«, erwiderte Lawanski.
Sie wischten sich den Schweiß von der Stirn. Lawanski spürte, wie es ihm über den Rücken rann, spürte in den Leisten erste Reibschmerzen. Er hätte das – vergessen, verdammt! – mit etwas Creme verhindern können.
Stockdreher grinste, der Leutnant atmete schneller. Sie bogen in einen Waldweg ein, die letzten vier Kilometer begannen. Stockdreher blieb an der Spitze. Lawanski spürte starke Schmerzen, er biß die Zähne zusammen.
»Dem Kerl werden wir's zeigen«, sagte Bohrkamp neben ihm.
»Unser Tempo ist idiotisch«, sagte der Leutnant.
»Warum gehen wir dann nicht langsamer?« fragte Stockdreher ironisch.
Ullrich schwieg, wischte sich den Schweiß ab. Sie waren zu

viert, erst hundert Meter hinter ihnen marschierten die nächsten sechs Soldaten.
Nun begann auch Stockdreher schneller zu atmen.
Blödsinn, dachte Lawanski, Unfug. Aber er darf nicht gewinnen. Warum eigentlich nicht? Was hatte er gegen Stockdreher? Oder was hatte Stockdreher gegen ihn? Wollte der seinen Stubenältesten mit diesem Gewaltmarsch fertigmachen? Das würde er nicht schaffen. Lawanski sah den langen Jurastudenten vor sich, mit weitgreifenden Schritten, er versuchte, ihn einzuholen. Aber der andere legte noch zu. Lawanski blieb zwei Schritte hinter ihm. Seitenstechen, kurzer Atem, Schmerzen in den Lenden, taubes Geschlecht, erste Druckschmerzen an den Fersen, Schweiß, Schweiß.
Bohrkamp kam neben ihm auf. »Wir schaffen ihn!«
Der Leutnant blieb zurück und wartete auf die nächste Gruppe. Sie waren nur noch zu dritt.
An der rechten Seite des Waldweges öffnete sich die Baumkulisse und gab den Blick auf die Lichter der kleinen Stadt Werkenried frei.
»Noch zwei Kilometer«, schnaufte Lawanski und legte zu. Er stolperte über eine Wurzel am Straßenrand, faßte wieder Tritt und holte die verlorenen Meter zäh auf. Stockdreher sagte nun nichts mehr, er hielt seinen Vorsprung. Lawanski spürte die Hand Bohrkamps auf dem Rücken, sah seinen aufmunternden Blick, nickte. Vielleicht schaffte er es, wenn Will mitzog.
An der linken Straßenseite hielt ein Jeep. »Donnerwetter«, sagte der Batteriechef, »ich hab' noch keinen erwartet. Wer ist das?«
Stockdreher schüttelte den Kopf, marschierte weiter, Lawanski nannte heiser seinen Namen. Nur Bohrkamp sagte mühsam: »Bohrkamp, Herr Hauptmann – und Lawanski – und Stockdreher.«
»Respekt«, sagte der Chef.
Sie sahen die Kasernenwache. In großer Erschöpfung hielt Stockdreher immer noch zwei Schritte Vorsprung vor Lawanski und Bohrkamp. Der mobilisierte seine Reserven. Nach fünfzig Metern hatte er Stockdreher erreicht, winkte nach rückwärts zu Lawanski – komm mit! Auch der beschleunigte

das Tempo. Die Lenden brannten wie Feuer, seine Blasen schmerzten, der Atem stach tief in den Lungen. Endlich waren alle drei auf gleicher Höhe. Als der Wachhabende heraustrat und die Schranke öffnete, nahm Lawanski seinen Willen noch einmal zusammen – Himmelarschundzwirn, er mußte es schaffen – und erreichte einen Schritt nach Bohrkamp und einen Schritt vor Stockdreher die Schranke.
Dann blieb er abrupt stehen, mit zitternden Knien, hechelndem Atem, rinnendem Schweiß, Schmerzen in der Seite, in den Lungen, in den Leisten; er glaubte, sich übergeben zu müssen, und sah, wie Stockdreher ins Wachlokal wankte, und wußte, der kotzte jetzt über der Klosettschüssel.
»Verdammt, verdammt«, keuchte Bohrkamp, und seine Augen strahlten. »Den haben wir geschafft, was?«
Lawanski atmete heftig: »Der hat aber – ne Menge – drauf!«
Erst zehn Minuten später kamen die nächsten, im Verlauf von eineinhalb Stunden passierte der Rest der dritten Batterie die Wache. Außer Tolini hatte der Jeep noch drei andere Fußkranke heimgefahren.
»Dieser Gewaltmarsch war der helle Quatsch«, sagte Hauptmann Buttler am nächsten Tag. »Was die drei da gemacht haben, ging an die Gesundheit. Immerhin war das eine reife Leistung. Alle drei, Bohrkamp, Stockdreher und Lawanski, erhalten einen Tag Sonderurlaub und den Befehl, diesen gewaltigen Unfug in Zukunft zu lassen. Verstanden?«
Lawanski nahm die Hacken zusammen: »Jawohl, Herr Hauptmann.« Dann drehte er sich zu Stockdreher um und grinste.

Oberstleutnant Stertzner deutete auf den Stuhl vor seinem Schreibtisch. »Bitte nehmen Sie Platz, Herr Brencken!« Er bot ihm eine Zigarette an. »Was war in Bonn?«
»Ich soll Sie grüßen – von Oberstleutnant Wiegand und von Herrn Pauling.«
»Danke. Und? Was wird aus Ihnen?«
Brencken biß sich auf die Lippen. Natürlich, das hätte er zuerst sagen müssen. »Ich werde zum Wehrbereichskommando IV nach Mainz kommen, in die G-4-Abteilung.«
»Wann?«

»Im Herbst oder im Frühjahr, je nachdem, das will Oberstleutnant Wiegand noch prüfen.«
»Na ja, Herr Brencken, das wird eine gute Auslaufposition für Sie sein. Und möglicherweise ist auch noch der Superhauptmann mit der Gehaltsgruppe A 12 drin.«
»Das wäre schön, Herr Oberstleutnant.«
»Bestimmt, das wirkt sich auf die Pension mit fünfundsiebzig Prozent aus. Und wenn Sie weggehen, Herr Brencken – geht Fräulein Widderstein mit?«
»Das weiß ich noch nicht, ich werde sie fragen.«
»Ich möchte es Ihnen wünschen.« Stertzner schwieg.
Brencken dachte, Gott sei Dank, er fragt nicht weiter. Oder ob ich es ihm sagen sollte? Jetzt? ›Wir haben Schluß gemacht, Herr Oberstleutnant.‹ Falsch. Es müßte heißen: sie hat Schluß gemacht. Nicht ich. Also, sie hat Schluß gemacht. Frage des Kommandeurs: ›Warum?‹ Antwort des Hauptmanns Brencken: das sei Privatsache.
Ging nicht, Stertzner war viel zu sehr freundschaftlich verbundener Vorgesetzter. Er mochte Susi. Vielleicht wartete er auf die Büttenkarte – als Verlobte grüßen ... Nein, besser den Mund halten. Er würde es ihm bei passender Gelegenheit sagen. Oder gar nicht, falls er die Sache wieder ins reine brächte.
Das war es überhaupt: alles wieder ins reine bringen. Und um die Hand anhalten. Mit Blumenstrauß.
»Also, Herr Brencken«, sagte Stertzner, »das wäre es für jetzt. Vergessen Sie bitte nicht, daß wir demnächst von den 105-Millimeter-Haubitzen umrüsten auf die M 109. Schon gesehen?«
»Jawohl, bei meinem letzten Lehrgang auf dem Klotzberg. Macht einen guten Eindruck.«
»Das ist ein gutes Rohr, Brencken. Bitte bereiten Sie schon immer, soweit das möglich ist, die Abgabe der Geräteträger Faun und der Geschütze vor.«
»Jawohl, Herr Oberstleutnant.« Brencken grüßte und ging. Stertzner folgte ihm nachdenklich mit den Blicken. Aus dem hätte etwas werden können, dachte er. Ob er der Richtige ist für Susanne Widderstein? Natürlich hatte er gemerkt, wie sie einen Augenblick den Atem anhielt, als er ihr am Telefon gesagt hatte, warum Brencken nach Bonn gefahren war. Sie

wußte von nichts. Er würde sich nicht wundern, wenn die attraktive Buchhändlerin dem Herrn eines Tages den Stuhl vor die Tür setzte. Dann wandte er sich wieder seinen Akten zu.
Der Militärische Abschirmdienst schrieb ihm, unter »Persönlich – Personalangelegenheit«, daß Oberleutnant Perino, sein Technischer Offizier, öfter in einer bestimmten Bar in Düsseldorf gesehen werde, wo er größere Geldbeträge ausgebe. Die Höhe der Barrechnungen stehe im Mißverhältnis zum Gehalt eines Oberleutnants. Perino fuhr den teuren silbergrauen Alfa Romeo, Perino gab viel Geld in einer Düsseldorfer Bar aus. Woher hatte er das?
Er würde ihn fragen müssen – schon um dem Abschirmdienst berichten zu können, daß alles normal zuging. Vielleicht bezahlte Frau Perino einen Teil? Oder eine Erbschaft? Ein Lottogewinn? Irgendwo mußte eine Geldquelle sprudeln.
Mit ein bißchen Neid dachte Stertzner daran, daß er mit seiner Familie meistens um die Nullgrenze pendelte, wenn man davon absah, daß er ein paar Tausender liegen hatte, die er nicht anzureißen gedachte. Er sagte seiner Sekretärin, sie möge den Oberleutnant Perino zu ihm bestellen.
Die Beurteilungen Perinos, in denen Stertzner blätterte, wiederholten unter der Rubrik »Stärken« die Bemerkung, Perino sei ein allzeit fröhlicher und dienstbereiter Soldat, der sich anbiete und stets gute Erfolge erziele. Man wußte nicht, ob da der eine Vorgesetzte beim anderen abgeschrieben hatte. Auch das gab es, man konnte es manchmal an den wörtlich übernommenen Formulierungen erkennen. Beurteilungen schreiben will gelernt sein. Stertzner trug seine Gedanken stets tagelang mit sich herum, ehe er sie niederschrieb. Mit Bleistift, den Radiergummi in der Hand. Schon als Batteriechef hatte er sich angewöhnt, der Vorschrift gemäß Notizen zu machen. Immer, wenn ihm ein Offizier positiv oder negativ auffiel, notierte er sich den Tatbestand und ließ den Zettel in einem Hängeordner seines Schreibtischs verschwinden.
Das erleichterte die Arbeit. Immerhin entschieden Beurteilungen über das weitere militärische Schicksal der Offiziere. Wie anders als höchst verantwortungsbewußt konnte man an ihre Abfassung gehen? Stertzner erinnerte sich an eine Geschichte,

die er für gut erfunden gehalten hätte, wäre ihm nicht versichert worden, sie sei auf Ehre und Gewissen wahr.
Seit Jahren schleppte da ein Offizier – in der alten Wehrmacht war das noch – in seiner Beurteilung herum: guter Sportangler. Einer der Vorgesetzten hatte sie von seinem Vorgänger abgeschrieben, der nächste übernahm den Sportangler erneut. Bis der Beurteilte in Gegenwart von alten Freunden einmal darüber sprach. Er habe nie eine Angelrute in der Hand gehabt, aber zu seinem Erstaunen bei einem Einblick in seine Beurteilungsakten jenen Passus gefunden. Zu jener Zeit waren die Akten dem Beurteilten im allgemeinen nicht zugänglich.
Einer der Anwesenden konnte die Geschichte dann aufklären: Der damalige Kommandeur des Beurteilten habe bei einem Essen auch ihn zu Gast gehabt. Nun habe er gewußt, daß sein Freund damals – bitte, heute sei er glücklich verheiratet! – dem weiblichen Geschlecht außerordentlich zugetan gewesen sei, ein großer Stecher vor dem Herrn sozusagen, hahaha. Und er habe seinen Freund in Gegenwart des Regimentskommandeurs gefragt, ob er denn immer noch so oft einen guten Fisch an der Angel habe. Der Freund habe erwidert, natürlich sei das noch immer so, und er habe jetzt auch den richtigen Köder gefunden, dem kein Fisch widerstehen könne, hahaha. Das Gespräch, dessen wahres Thema nur ihnen beiden erkennbar gewesen sei, habe sich dann in zahlreichen Fischereiausdrücken fortgesetzt. Daraus habe der Oberst den Schluß gezogen, daß es sich bei seinem Hauptmann um einen versierten Sportangler handeln müsse.
Oberleutnant Perino meldete sich.
»Setzen Sie sich bitte. Ich habe da eine Sache, die ich mit Ihnen besprechen möchte. Eine mehr private.« Er unterbrach sich für einen Augenblick. Der Oberleutnant blickte ihn arglos an. »Es handelt sich um Ihre Geldausgaben, Herr Perino.«
»Meine Geldausgaben, Herr Oberstleutnant? Ist das nicht meine Privatsache? Und welche Ausgaben?«
»Natürlich ist das normalerweise Ihre Privatsache. Nur müssen Sie es der Armee gestatten, daß sie fragt, wieso einer ihrer Offiziere mehr Geld ausgibt, als er an Gehalt einnimmt.«
»Sie denken an meinen Alfa?«

»Auch, Herr Perino. Übrigens ist es mir wirklich nicht gerade angenehm, Sie danach fragen zu müssen. Sie sind öfter in Düsseldorf?«
Perino schwieg einen Augenblick. »Wie darf ich das verstehen?«
»Geben Sie viel Geld in Bars aus?«
»Wer schnüffelt mir nach, Herr Oberstleutnant?«
»Ich habe Kenntnis davon erhalten. Und Sie wissen selber, daß große Geldausgaben aus unbekannten Quellen immer Verdacht erzeugen. Also, Sie sind öfter in Düsseldorf?«
»Ja.«
»Auch in Bars?«
»Ja, auch in Bars. Darf ich das nicht?« Es klang ein wenig trotzig.
»Doch, natürlich. Und Sie geben größere Summen dort aus?«
»Wenn ich da hingehen darf, kann ich wohl auch mein Geld ausgeben, Herr Oberstleutnant. Ich verstehe das Verhör nicht.«
»Das ist kein Verhör, Herr Perino. Es muß Ihnen wie mir wichtig sein, daß Sie ohne einen Schein von Fehlverhalten dastehen. Sie sollten mir helfen, damit helfen Sie sich auch. Wie hoch sind die Summen? Wie oft gehen Sie nach Düsseldorf?«
»Manchmal zweimal in der Woche, manchmal nur alle vierzehn Tage. Und ich gebe dann manchmal auch ein paar hundert Mark aus. Weil es mir Spaß macht.«
»Und woher haben Sie soviel Geld?«
Perino lächelte etwas überlegen. »Ist das soviel, Herr Oberstleutnant? Nun ja, meine Frau verdient noch ganz schön nebenbei und kann mein Gehalt etwas aufstocken.«
»Was tut Ihre Frau?«
»Modebranche, Herr Oberstleutnant. Sie ist Mitinhaberin einer Boutique in Düsseldorf. Und meistens ist sie auch mit in der Bar.«
Stertzner atmete auf. »Na ja, dann ist ja alles klar. Entschuldigen Sie, Herr Perino, ich mußte Sie das fragen, und Sie haben es aufgeklärt. Verstehen Sie bitte, daß aus solchen Eiern schon öfter ganz hübsche Spionage-Enten geschlüpft sind. Nichts für ungut, und schöne Grüße an Ihre Frau.«

Gott sei Dank, dachte Stertzner, ein Nebel von Verdacht ist zerstreut. Allerdings, daß Frau Perino in Düsseldorf Mitinhaberin einer Boutique war, das hat bisher keiner gewußt. Vielleicht würden seine Frau und er bei ihrem nächsten Aufenthalt in Düsseldorf dort einmal einkaufen. Er klappte die Akte Perino zu und rief nach seiner Sekretärin, der er einen Antwortbrief an den Militärischen Abschirmdienst diktierte – unter »Persönlich! Personalangelegenheit!«

Brencken wählte und wartete. Der Ruf ging ab. Nach einiger Zeit kam das Besetztzeichen. Susi meldete sich nicht. Entweder hob sie nicht ab, oder sie war nicht zu Hause.
Ob er hinfahren sollte? Nein, das wäre falsch. Er würde es nachher noch einmal probieren.
Wenn er im Herbst oder im Frühjahr nach Mainz ginge, würde ihm erneut deutlich werden, daß er wieder allein war. Gut, Frankfurt und Sonja wären nicht weit. Aber konnte er damit rechnen, daß Sonja nach einem Dutzend Jahren die Arme für ihn öffnete? Und überhaupt, wie konnte er Sonja mit Susi vergleichen? Da paßte nichts zueinander. Hatte Sonja ihn geliebt? Vielleicht ein bißchen, mit so viel Wärme, wie gerade nötig war, neben dem Herzen auch den Hormonspiegel zu erwärmen. Hatte Susi ihn geliebt? Ja, sie hatte. Und sie hatte ihn weggeschickt.
Brencken goß sich einen Dimple ins Glas, trank ihn ohne Eis und Wasser, spürte seine belebende Wirkung und dachte an Paulings Chivas Regal.
Wenn Susi ihn liebte, warum hatte sie ihn weggeschickt? Oder war das gar nicht so?
Sie hatte zweimal an jenem Abend mit ihm geschlafen. Er spürte noch jetzt, wie aktiv sie gewesen war, wie sie einander genommen hatten. Und nach dem zweiten Mal, als er noch nackt war, hatte sie ihm seelenruhig erklärt, es sei alles zu Ende.
Seelenruhig? Sie hatte es auch begründet. Weil er ihr nicht gesagt hatte, daß man ihn versetzen werde.
Das hätte er bestimmt noch getan. Aber nein, es war anders gewesen, er fühlte sich gedrängt, sich deutlicher zu erinnern.

Sie hatte ihr Leben auf ihn abgestellt, sie wollte ihn glücklich machen und dabei glücklich werden. Er aber hatte nur Zärtlichkeit und gute Worte gehabt, kein einziges darüber, keine Andeutung, wie er sich vorstellte, daß es weitergehen solle. Das war es wohl: daß Susi es leid war. Wie vor ihr Uschi.
Häufiger denn je dachte er an Uschi. Was aus ihr geworden sein mochte? Nach der gescheiterten Ehe mit Ray hatten sie noch einmal miteinander geschlafen, dann hatte sie ihn fortgeschickt.
Wie Susi. Susi hatte noch einmal mit ihm geschlafen, dann hatte sie ihn fortgeschickt.
Er griff zum Telefon und wählte. Das Freizeichen. Jemand hob ab. »Ja?« Das war ihre Stimme.
»Hier ist Charly. Susi, kann ich dich noch einmal sprechen?« Sie gab nicht sofort eine Antwort. Dann: »Wozu, Charly?« »Ich meine, so einfach kann man zwei Jahre mit allem, was da war, nicht abtun. Ich möchte noch einmal mit dir sprechen.« Wieder das Zögern. »Es hat wenig Sinn, glaube ich, Charly.« Ihre Stimme war ganz ruhig. Als ob nichts gewesen sei.
»Doch, Susi, es hat bestimmt Sinn. Schau –«
»Charly, es hat wirklich keinen Sinn. Ich habe mich entschlossen, unser – Zusammensein abzubrechen, weil es über meine Kraft geht.« Er hörte sie schlucken. »Und ich möchte wieder ruhiger werden, Charly. Laß mir Zeit, zu mir zu kommen, dann werden wir sicherlich wieder miteinander reden können. Über viele Dinge, nur nicht über uns.«
»Aber gerade darüber müssen wir reden, Susi.«
Sie schluckte erneut. »Gerade darüber werden wir nicht mehr reden, Charly. Mach es mir bitte nicht so schwer! Ich muß erst über vieles hinwegkommen.«
»Denk auch einmal an mich, Susi, Liebling. Ich liebe dich doch.« Klang so pathetisch, war es falsch, das zu sagen?
»Charly« – nun spürte er, wie sie das Weinen gerade noch unterdrückte –, »Charly, ich habe so lange an dich gedacht, daß ich fast vergessen habe, an mich zu denken. Und wenn ich das wieder gelernt haben werde, können wir miteinander reden. Tschüß.« Er hörte sie aufschluchzen, ehe sie den Hörer auflegte.

Was er sich nur gedacht hatte – die Sache ins reine bringen!
Da war nichts mehr – nichts. Aus und Schluß und nie wieder
Susi.
Er warf sich auf die Couch und drehte das Licht aus.

Hauptmann Buttler, der neue Chef der dritten Batterie, gewöhnte sich schnell in das Offizierkorps ein. Seine Batterie führte er straff, der Kontakt zu seinen Unteroffizieren war schnell geknüpft, die Soldaten der Dritten mochten den sportlichen Offizier, der ihnen alles vormachen konnte – nicht nur im Sport, sondern auf allen Gebieten der Ausbildung. Der Feuerleitfeldwebel lobte sein Wissen ebenso wie die Geschützführer.
Nur mit dem Technischen Offizier geriet er zusammen. Anlaß war Perinos Weigerung, einen Geräteträger in der Reparatur vorzuziehen, eine Weigerung, die er nicht ausreichend begründete. Er sagte nur, er könne die Reparatur nicht vorziehen, weil die anderen ebenso dringlich seien.
Oberstleutnant Stertzner griff zunächst nicht ein. »Lassen Sie mal«, sagte er zu Major Warwitz, »ich denke, daß diese sachlichen Auseinandersetzungen sich geben werden.«
»Das ist nicht mehr sachlich«, widersprach Warwitz. »Die beiden können sich nicht riechen, Herr Oberstleutnant.«
»Bis tatsächlich etwas passiert, werden wir zusehen«, sagte Stertzner. »Wir sind schließlich Erwachsene. Und wenn der eine den anderen nicht riechen kann, dann hat er sich eben zusammenzunehmen. Oder glauben Sie, daß ich den Birling riechen konnte?«
Warwitz lachte. »Sicher nicht. Das ist auch verständlich, wenn man erlebt hat, wie er mit dem Notizblock vor Ihnen am Schreibtisch saß und alles aufschrieb, was Sie sagten. Trotzdem, Herr Oberstleutnant, ich habe bei Perino einige Bedenken. Mir gefällt nicht, daß er als Oberleutnant einen so teuren Alfa fährt. Und haben Sie mal seine Zivilanzüge gesehen?«
»So gute Anzüge haben Sie auch, Herr Warwitz. Und den Alfa hat seine Frau bezahlt. Ich hatte ihn nämlich gestern hier, weil er außerdem noch sündhaft viel Geld im Düsseldorfer Nachtleben auszugeben scheint.«

Er erzählte Warwitz, was Perino ihm gesagt hatte. »Was dagegen?«
»Im Prinzip nicht, Herr Oberstleutnant. Nur – Frau Perino ist ganze zweiundzwanzig Jahre alt. Wie kommt man in dem Alter an eine Boutique?«
»Das ist heutzutage doch nichts Ungewöhnliches. Braucht ja nur ein bißchen geerbt zu haben. Aber bitte: Sie können sich ja mal vorsichtig drum kümmern.«
»Ich fahre sowieso in Kürze nach Düsseldorf. Wie heißt denn die Boutique?«
»Donnerwetter, das habe ich ganz vergessen zu fragen. Ich werde es nachholen.«
»Das kann ich ja machen.«
»Nein, Warwitz, das mache besser ich. Er braucht nicht zu wissen, daß Sie ein Verdachtschöpfer sind.«
»So würde ich das nicht ausdrücken –«
»Ist auch nicht so gemeint. Aber ich halte es für besser, wenn ich zunächst allein damit befaßt bin. Ich glaube sowieso, daß das alles auf normale Weise erklärbar ist – aber sicher ist sicher.«

Hauptmann Brencken schloß die Tür seines Dienstzimmers im Stabsgebäude. Sein Blick streifte das Schild an seiner Tür: »S 4 – Hauptmann Brencken«. Seit 1965 steckte das Stück Pappe an dieser Tür – seit über drei Jahren »S 4«. Spezialstabsabteilung vier. Versorgungsoffizier, verantwortlich für das Materielle im Bataillon.
Der Betriebsstoff mußte rechtzeitig in die Tankanlage der Kaserne gefüllt werden, mußte bereitstehen, wenn das Bataillon auf den Übungsplatz zog. Das Auftanken unterwegs war auch seine Sache – rasches, zeitsparendes Auftanken aus Kanistern. Auch Bekleidung gehörte zu seinem Ressort, die Kammer mit dem Socken-Ede, wie der Bekleidungsfeldwebel genannt wurde. Er war ferner verantwortlich für die rechtzeitige Beschaffung der Verpflegung, die in der Truppenküche zubereitet wurde – und auch ein bißchen für die Abrechnung, die ein ziemlich kompliziertes Geschäft war, zudem eng verknüpft mit der Gegenstelle in der Standortverwaltung. Mit den Beamten

dort kam er ganz gut zurecht, wenn auch einer der Oberinspektoren ein Lahmarsch war und immerzu Ärger machte. Auch Munitionsbeschaffung und -lagerung gehörte in das Ressort des S 4; schön geordnet nach Klassen und verschiedenen Gefahrenmomenten hatten sie zu lagern, die Patronen für die G-3-Gewehre lagen an anderer Stelle als die Sprenggranaten für die Hundertfünfer. Brencken war als S 4 letztes Glied in einer Versorgungskette, die vom Korps über die Division und die Brigade bis zu den Bataillonen reichte. Und in dieser modernen Armee war die Versorgung kein einfaches Geschäft.
Hinzu kam, daß Anforderungen und Lieferungen Computern anvertraut waren, was sorgfältiges Ausfüllen zahlreicher Formulare mit vielen Durchschlägen nötig machte. Und, ja, da waren noch die Ersatzteile für Fahrzeuge und Geschütze, die Öle und Fette, der Transport all dieser Dinge mit der ihm unterstehenden Versorgungsstaffel der ersten Batterie, Pflege und Wartung, materielle Bevorratung nach Maßgabe der Stärke- und Ausrüstungsnachweisung. Endlich gehörte auch die Sanitätsversorgung zu seinem Aufgabenbereich.
Das alles hatte er auf Lehrgängen gelernt, das konnte er. Natürlich hatte er dies alles nicht auf einmal zu erledigen. Aber die Bearbeitung von Schäden und Verlusten nahm täglich mindestens zwei Stunden in Anspruch. Der Truppenversorgungsbearbeiter, der erfahrene Stabsfeldwebel Kuttert, ging ihm dabei gut zur Hand. Und die Materialbuchhaltung hatte er stets auf dem neuesten Stand gehalten. Vor ein paar Wochen war in einem Nachbarbataillon der Kommandeur abgelöst worden, weil er seine Versorgung hatte schleifen lassen. Er mußte auch damit rechnen, daß er in Regreß genommen würde. Das hieß: bezahlen.
Es war nicht zu glauben, was diese Soldaten alles verloren. Oder stahlen. Die Feldjacken wurden als Parkas getragen, Werkzeuge fanden den Weg in die Privatfahrzeuge, Benzinkanister verschwanden, wurden bunt angestrichen und so der Nachforschung entzogen. Wenn die Kolonnen mit offenen Verdecken fuhren, nahm der Wind die Schiffchen oder jene merkwürdigen, olivfarbenen Schirmmützen mit, die sie Kanalarbeitermützen nannten. Das war dann höhere Gewalt, der Mann

brauchte nicht zu bezahlen. Irgendwann in den ersten sechziger Jahren waren zwölf Granaten für die Feldhaubitze 105 Millimeter gestohlen worden, sie tauchten nie wieder auf. Wer mochte mit diesen Dingern etwas anzufangen wissen? Der Kommandant des Munitionslagers war abgelöst worden.
Eßbestecke wurden ebenso gestohlen wie gelegentlich ein Stahlhelm oder warme Lederhandschuhe für den Winter. Die Fahrzeuge waren nicht abschließbar, die Standortverwaltung lieferte keine Schlösser, was Wunder, daß das Fernmeldegerät in Mengen verschwand.
All das lief über Brenckens Tisch.
Brencken atmete tief ein und ging die wenigen Schritte zum Dienstzimmer des wachhabenden Offiziers.
Leutnant Mörberg stand auf. »Guten Abend, Herr Hauptmann.«
»Hallo, Mörberg. Nachtdienst?«
»Alleweil, wir kommen bloß ein bißchen häufig dran.«
»Leutnants sind Mangelware, Portepeefeldwebel übrigens auch. Daher kommt das.«
»Es melden sich nicht genug, die bei uns was werden wollen, Herr Hauptmann.«
»Eben, man dient nicht mehr gern.«
»Dienen mögen die sowieso nicht, wir übrigens auch nicht, Herr Hauptmann, das Wort schmeckt nicht.«
»Wir waren früher stolz darauf, dienen zu dürfen. Und unsere Väter auch, Mörberg.«
»Und wir tun dasselbe, Herr Hauptmann, ohne große Worte drumherum, oder was glauben Sie, warum ich aktiv geworden bin?«
»Sicher, sicher, Mörberg. Ich glaube, der Unterschied zwischen zwei Generationen war nie größer als zwischen der Ihren und der meinen. Wenn ich je zu meinem Vater gewesen wäre, wie Ihr Jungen zu Euren Vätern seid – nicht auszudenken!«
»Und glauben Sie nicht, Herr Hauptmann, daß wir unsere Väter genauso gern haben wie Sie die Ihren, nur ehrlicher? Sehen Sie, mein Vater ist Postdirektor in Hamburg. Selbstverständlich Offizier gewesen – das ›selbstverständlich‹ stammt übrigens von ihm, nicht von mir. Anschließend studiert, Elektro-

technik und was dazugehört. Postkarriere. Er hat meinen Bruder und mich knallhart erzogen, was soviel heißen soll, daß er seine Meinung als Doktrin auf den Tisch legte und verlangte, daß wir gehorchten. Wir wußten das zunächst nicht anders.«
»Sie haben also gehorcht. War das so schlecht, Mörberg?«
»Im nachhinein sage ich, es war nicht schlecht, daß wir dazu erzogen wurden, zu Zeiten zu gehorchen. Nur fehlte uns an unserem Vater das klärende, kritische Wort über sich selbst. Mein Vater kriegt es nicht fertig, zuzugeben, daß er auch Fehler gemacht hat.«
»Gut, Herr Mörberg, sehe ich ein, muß sein. Ich bin nie in die Lage gekommen, eigenen Söhnen sagen zu müssen, daß ich Mist gebaut habe. Das habe ich manchmal beim Rasieren dem Kerl im Spiegel gesagt. Aber ist das der Weltuntergang, wenn Vater das nicht hinkriegt?«
»Für mich nicht. Aber mein Bruder ist dabei schlecht weggekommen. Der hat ein gutes Stück Dickköpfigkeit von meinem Vater geerbt. Kurz vor dem Abi haute er ab, meldete sich ein halbes Jahr gar nicht, dann aus Kalkutta, schwieg dann wieder ein Jahr und sprach dann persönlich vor. Was soll ich viel erzählen – er ist ausgeflippt, voller Hasch und böser Worte und was da noch alles läuft. Mein Vater hat ihn rausgeschmissen.«
»Was sicher falsch war.«
»Bestimmt, Herr Hauptmann. Aber der Alte ist so. Mein Bruder hat dann eine Entziehungskur gemacht. Dann –«
»Wer hat ihn denn dazu überreden können?«
»Clarisse, seine französische Freundin. Dann hat er sein Abi nachgebaut, hat sie geheiratet, und nun studiert er Geschichte.«
»Und Ihr Vater?«
»Das ist es ja – von dem will er nichts mehr wissen.«
»Das kann man verstehen.«
Hätte er, Brencken, den ausgeflippten Sohn aufgenommen, mit dem er sich vorher überworfen hatte? Oder hätte sein Vater einen ausgeflippten Karl-Helmut aufgenommen?
»Wir bemühen uns jetzt, die beiden wieder zusammenzubringen, besonders da mein Vater offensichtlich umgelernt hat.«
»Hat er das gesagt?«

»Das nicht. Aber vor kurzem hat er meiner Mutter mitten in einer Unterhaltung beiläufig erklärt, er habe einen ziemlichen Respekt vor Leuten, die die Rauschgiftsucht überwinden. Daher wissen wir das.«
»Ihr Bruder auch?«
»Ja, wir haben es ihm gesagt. Er hat nur abgewinkt. Aber Clarisse will demnächst zu ihm.«
»Viel Glück.«
»Können wir brauchen, Herr Hauptmann. Es geht nicht überall so gut aus.«
»Gute Nacht, Herr Mörberg.«
»Gute Nacht, Herr Hauptmann.« Brencken zog die Handschuhe über, ging quer über den Antreteplatz. Das waren die Schicksale, die man so beiläufig erfuhr, in weniger als fünf Minuten berichtet.
Was würde er von seinem sagen können? Gabitschka – würde sie stolz auf ihn sein? Sie würde ihn lieben, den einzigen Sohn, sie, die nun schon achtundzwanzig Jahre tot war. Lieben würde sie ihn, wie alle Mütter ihre Söhne lieben, auch die miesen und ausgeflippten und farblosen. Und sie würde vielleicht daran denken, daß eigentlich mehr in ihm gesteckt hatte, damals, als er in Preußisch-Eylau sein Abitur gemacht hatte.
Brenckens Aufmerksamkeit wurde auf den technischen Bereich gelenkt. Zwischen den Fahrzeugen stand der silbergraue Alfa Romeo des Oberleutnants Perino. Der sprang gerade in den Fahrersitz, ließ den Motor an und jagte den Wagen in einer mehr gerissenen als gefahrenen Kurve zur Wache.
Der Abend war frei.
Susi – das war vorbei. Allein ins Kino – nein. Seit der Unteroffizier Praller von der dritten Batterie erwischt worden war, überprüften der Offizier vom Dienst und auch der Offizier vom Bataillonsdienst unregelmäßig den technischen Bereich und die abgestellten Fahrzeuge. Unteroffizier Praller war vernommen worden – er hatte schon seit langem Betriebsstoff gestohlen und davon die Fahrten mit seinem Privatfahrzeug bestritten. Hauptmann Buttler hatte ein Disziplinarverfahren beim Truppendienstgericht beantragt – Praller, als Soldat auf Zeit, würde sich dort verantworten müssen. Die Anklage konnte sogar auf

Sabotage lauten, dachte Brencken. Wer bei den Geräteträgern Wasser ins Benzin bringt, verhindert, daß sie einsatzbereit sind.
Brencken ging langsam durch die Reihen der abgestellten Fahrzeuge, bei einigen überprüfte er die verplombten Benzinkanister. Alles in Ordnung. Als er an den ersten Geräteträger kam, bemerkte er unterhalb des Einfüllstutzens Spuren eines weißlichen Pulvers. Er bückte sich, roch daran – nichts. Er stippte vorsichtig mit der Zunge – süß. Zucker. Zucker unterhalb des Einfüllstutzens.
Er eilte zum nächsten, betrachtete den Einfüllstutzen.
Nichts.
Er fuhr mit dem Finger über den Rand. Spürte körnige Substanz. Probierte mit der Zunge.
Zucker.
Unterhalb des Einfüllstutzens des dritten Geräteträgers fand er wieder Spuren von Zucker. Das war System. Einer hatte drei Geräteträger außer Gefecht gesetzt. Sabotage.
Wer kam hierher? Wer kam durch die Wache? Konnte einer über den Zaun geklettert sein?
Brencken schaute sich um. Ja, das war möglich. Er eilte zu den anderen Geräteträgern, untersuchte den Erdboden und die Einfüllstutzen.
Von achtzehn Geräteträgern waren neun nicht einsatzbereit. Nein, das mußte korrekter gesagt werden: Bei neun Trägern gab es Zuckerspuren. Bei den neun anderen mußte festgestellt werden, ob auch sie Zucker im Tank hatten.
Vor allem mußte er dem Kommandeur seine Entdeckung melden. Er eilte um die Reihe der abgestellten Fünftonner herum – und sah, wie eine Gestalt zwischen zwei Fahrzeugen verschwand. Er lief sofort dort hin, sah aber niemand mehr.
Brencken lauschte angestrengt. Schritte. Links von ihm? Er sprang ein paar Schritte vor. Stille. Beobachtete ihn der andere? Wieder Schritte. Wieder Stille.
Von der Kantine kamen die Fetzen eines Schlagers. Verdammt, konnten sie die miese Pufftrommel nicht abstellen!
Vorsichtig tastete sich Brencken an den Kühler des Fahrzeuges, zog sich an der Tür hoch und schaute über die Fahrzeuge.

Da war er! Ein Soldat. Graue Uniform mit Schiffchen. Lief gebückt an das Ende der Fahrzeugreihe.
Brencken sprang vom Trittbrett des Fünftonners und hetzte dem Fremden nach. Der spurtete über den großen Antreteplatz, in Richtung auf die Wache.
Brencken jagte hinterher, sein Herz schlug hoch im Hals. Der andere war jünger, schneller, er lief ihm davon. »Halten!« schrie Brencken. »Haltet ihn fest!«
Ein paar Soldaten sahen den Fremden auf sich zukommen, sahen den Offizier dahinter. Sie unternahmen nichts. Natürlich nicht. War ja nicht ihr Ding, einen festzuhalten, hinter dem ein Offizier her war. Wenn der einen in die Pfanne hauen wollte, sollte er es doch selber tun!
»Haltet ihn!« schrie Brencken.
Der Fremde jagte durch die Wache, stieß den Posten beiseite, daß er der Länge nach hinschlug. Ehe der das Gewehr im Anschlag hatte, war der Fremde schon über die Straße. Passanten deckten ihn ab. Brencken sah gerade noch, wie der Soldat in einen Wagen stieg, den Schlag zuwarf, der Wagen zog an, die Reifen drehten durch, dann war er um die nächste Straßenecke verschwunden.
Brencken atmete tief. Der Wachhabende trat zu ihm. »Was war, Herr Hauptmann?«
»Ich weiß nicht, wer das war. Haben Sie den gekannt, der da durch die Wache gerast ist?«
»Nein.« Der Wachhabende winkte den Posten herbei. »Kannten Sie den?«
»Nein, ich habe ihn nie gesehen, Herr Unteroffizier.«
»Ein Unbekannter – wie kommt der herein, Herr Hauptmann?«
»Das müßten Sie eigentlich wissen. Jedenfalls weiß ich, was er getan hat. Zucker in die Tanks! Rufen Sie die Kriminalpolizei!«
Der Unteroffizier starrte ihn an. »Zucker in die Tanks?«
»Ja, nun rufen Sie schon die Kripo. Ich gehe zum Kommandeur.«
»Der ist vor einer Viertelstunde nach Hause gefahren, Herr Hauptmann.«

»Dann telefoniere ich.«
Brencken versuchte sich zu erinnern, wie der Wagen ausgesehen hatte, in dem der Fremde verschwunden war. Aber es gelang ihm nicht. Er eilte zum Stabsgebäude, lief an Leutnant Mörberg vorbei, griff zum Telefon. »Die Nummer des Kommandeurs! – Rasch, Mörberg!«
»Drei – sechs – vier – zwo, Herr Hauptmann.«
Brencken wählte. »Herr Oberstleutnant, ich habe eben festgestellt, daß neun unserer Geräteträger Zucker im Tank haben. Ein Fremder, vermutlich der, der es getan hat, ist mir entwischt. Die Kriminalpolizei ist benachrichtigt.« Dann hörte er einen Augenblick zu und erwiderte: »Danke, Herr Oberstleutnant.«
»Das haben Sie gut gemacht«, hatte der Kommandeur gesagt.

Zwei Beamte der Kriminalpolizei begannen zu fragen und zu suchen. Aber sie fragten ins Leere, Spuren fanden sie nicht.
Stertzner grübelte nach dem Mittagessen, als er mit Brencken, Warwitz und Mörberg beim Kaffee saß, laut vor sich hin. »Brencken hat recht. Der kann, wenn er ein Fremder war, nur über den Zaun gekommen sein – oder einer hat ihn mit hereingebracht. Einer von uns?«
»Vielleicht ein Lieferant der Kantine. Metzger oder Bäcker vielleicht. Vielleicht auch der Getränkehändler, der das Bier bringt und die Limonade.«
Warwitz putzte sich umständlich die Nase. »Vielleicht war es doch einer von uns.«
»Der Posten kannte ihn nicht«, sagte Brencken.
»Was heißt das schon! Kennt jeder Posten jeden Soldaten dieses Bataillons? Die Soldaten zeigen ihre Ausweise und sind drin. Registriert werden sie nicht.«
»Einfacher wird das Problem durch diese Version auch nicht«, sagte Brencken.
Stertzner schob die Tasse beiseite. »Wir kommen dem Ding nicht bei«, sagte er. »Vielleicht sollten wir vorsichtigerweise Posten aufstellen, ohne daß es einer merkt. Und irgendwann einmal eine Razzia auf Kofferräume machen. Ein paarmal, Warwitz, sehen wir das vor, ja?«

Oberleutnant Perino kam herein und fragte: »Darf ich?«
»Bitte«, sagte Stertzner. »Wir sprechen gerade über die Sabotage im technischen Bereich, Perino. Haben Sie schon festgestellt, wieviel Geräteträger Zucker mitbekommen haben?«
»Dreizehn, Herr Oberstleutnant. Es ist eine Sauarbeit, das Zeug wieder rauszubekommen.«
»Kann ich mir denken. Also dreizehn von achtzehn Faun haben Zucker. Sonst noch Fahrzeuge?«
»Ich habe die Batterien gebeten, nachzusehen. Das Ergebnis soll um fünfzehn Uhr bei mir sein. Ich melde es Ihnen sofort.«
»Gut, tun Sie das. Dreizehn von achtzehn. Der Kerl muß bei seiner Arbeit gestört worden sein.«
»Ja, wahrscheinlich von Brencken«, fügte Warwitz hinzu. »Wie kamen Sie denn um diese Zeit kurz nach Dienstschluß dahin?«
»Ich kam vom Stabsgebäude und wollte zum Offizierheim. Da sah ich im technischen Bereich Oberleutnant Perino ...«
Der Technische Offizier fuhr hoch. »Mich? Unmöglich! Ausgeschlossen, Herr Hauptmann!«
»Gewiß nicht, Perino. Sie saßen auf der Tür Ihres Alfa und notierten irgend etwas, dann sprangen Sie in den Wagen und zischten ab.«
»Bestimmt nicht, ich war nicht bei den Faunen.«
Warwitz sagte ruhig: »Das hat Brencken auch nicht behauptet. Brencken hat nur gesagt, er habe Sie am technischen Bereich gesehen. Der liegt zwar gleich bei den Faunen, aber dasselbe ist es nicht. Warum regen Sie sich auf?«
»Ja, das stimmt.« Perinos Stimme klang erleichtert. »Da habe ich mir schnell aufgeschrieben, was ich noch zu erledigen habe und bin dann losgefahren. Das stimmt.«
Warwitz blickte vor sich hin. Stertzner sah den Technischen Offizier an: »Warum haben Sie sich denn so aufgeregt, Perino? Da ist doch nichts dabei, wenn Sie im technischen Bereich sind – Sie als Technischer Offizier.«
»Aufgeregt? Ich wollte mich nicht mit dieser Zuckersache in Verbindung bringen lassen, Herr Oberstleutnant.«
»Das hat ja auch niemand versucht, Herr Perino«, sagte Warwitz.

»Jedenfalls«, fuhr Brencken fort, »sah ich Sie da stehen, dann erinnerte ich mich daran, daß der Unteroffizier Praller von der Dritten Benzin geklaut hatte, und wollte die Plombierung der Kanister überprüfen. Und so kam ich zu den Geräteträgern und sah den ersten Zucker.«
»Schöne Schweinerei!« fiel Perino beflissen ein. »Wir brauchen ein paar Tage, bis wir das wieder in Ordnung haben.«
Stertzner erhob sich. »Na ja, wir werden sehen. Warwitz, haben Sie das Ding schon der Brigade gemeldet?«
»Jawohl, Oberst von Wächtersberg kommt morgen her. Der Stellvertreter sagte mir, in den anderen Bataillonen habe es bisher nichts Derartiges gegeben.«
»Ausgerechnet bei uns«, sagte Stertzner.
»Und das Besondere Vorkommnis habe ich bereits über Fernschreiben abgesetzt.«
»Die Kriminalpolizei hat nichts gefunden.« Warwitz erhob sich ebenfalls.
»Keine Spuren oder sonst was?« fragte Perino.
»Nichts. Aber die Leute vom Abschirmdienst haben sich für heute nachmittag angesagt.«
Perino meldete sich ab.
Warwitz sah ihm nach.

»Und ich sage dir, das mit dem Zucker hat einen Hintergrund hier bei uns.« Stockdreher schob mit dem Messer den Knochen des Schweinerippchens an den Tellerrand.
Tolini, der ihm gegenüber saß, fragte: »Sag bloß – wer hat da ein Interesse dran!«
»Wer wohl? Die anderen.«
Bohrkamp wischte sich den Mund ab. »Die anderen, die nicht wollen, daß wir einsatzbereit sind.«
»Das klingt mir zu primitiv«, sagte Lawanski, »als ob der Russe einen herschickt, der ausgerechnet in Werkenried Zucker in die Fauntanks pustet.«
»Zucker ist doch nicht weiter schlimm«, sagte Tolini.
»Idiot«, erwiderte Bohrkamp, »wenn du Zucker in einen Tank tust, setzt du die Maschine außer Gang, mußt den Tank rausreißen und sorgfältig saubermachen, was seine Zeit dauert, be-

sonders wenn ein Dutzend und mehr Faune Zucker geschluckt haben. Und außerdem sollst du mal erleben, was passiert, wenn du nicht merkst, daß du Zucker im Tank hast.«
»Was denn?«
»Was denn, fragt der Mensch! Paß auf, Mann! Der Sprit mit dem Zucker kommt in die Maschine, und du hast einen prachtvollen Kolbenfresser und kannst die Maschine wegschmeißen. Weißte, was 'ne neue kostet?«
»Mann o Mann – dreizehn neue Faunmaschinen – das Geld möchte ich haben!«
»Ich habe den langen S 4 wetzen sehen«, sagte Stockdreher, »aber er hat den Kerl nicht mehr erreicht.«
»Kein Wunder.« Bohrkamp grinste. »Der hat ja auch schon seine siebenundvierzig Lenze auf dem Kreuz.«
»Wenn sie den Kerl kriegen – was bekommt der?«
»Na, den buchten die ganz schön ein. Aber dazu müssen sie ihn erst einmal haben.«
Sie erhoben sich, brachten die Teller zur Essenausgabe und wuschen die Bestecke in dem großen Spülbecken am Rande des Speisesaales.
»Kantine?« fragte Bohrkamp.
»Auf ein kleines Bierchen!« sagte Stockdreher.
Sie holten sich, inmitten einer Menge von Soldaten, ihre halben Liter vom Tresen und setzten sich an einen Fenstertisch.
»Eigentlich habe ich überhaupt nicht zum Bund gewollt«, sagte Tolini.
»Wer hat das schon?« fragte Stockdreher. »Ich hätte auch lieber weiterstudiert.«
»Und warum hast du nicht?«
»Weil sie mich nicht gelassen haben.«
»Hättest doch einfach sagen können, du studierst.«
»Das hatte ich schon dreimal gesagt. Das ging jetzt nicht mehr.«
»Und warum hast du den Wehrdienst nicht verweigert?«
Lawanski wartete auf die Antwort, die Stockdreher auf seine Frage bereit haben würde.
»Habe ich auch überlegt. Aber dann habe ich gedacht, meine Gründe reichen nicht.«

»Irrtum, wenn du ordentliche Gründe gehabt hättest, hätten sie gereicht.«
»Was sind ordentliche Gründe?«
Bohrkamp schaltete sich ein, nachdem er einen großen Schluck genommen hatte. »Wir hatten bis vor ein paar Wochen einen, der wollte ein Zettschwein werden, und da haben sie ihn abgelehnt. War auch ein dummes Stück, der Werwirth. Dann hat er KDV gemacht.«
»Was ist das?« fragte Stockdreher.
»Nie gehört? Kriegsdienstverweigerung, Junge.«
»Ich kenne die Abkürzung nicht. Und was war dann?«
»Dann haben sie ihn abgewimmelt, und dann hat er Dingsbums eingelegt, Berufung, und damit ist er durchgekommen.«
»Ersatzdienst?«
»Nee, kein Platz.«
»Scheiße.«
»Eben.«
Nach einer Weile, als sie ihre Biergläser ausgetrunken und sich entschieden hatten, jetzt am Mittag keines mehr zu trinken, fragte Tolini: »Gibt's was Neues über die Tschechei? Lauter Konferenzen, hab' ich gehört. Vielleicht schießen sie doch nicht.«
»Aber die Manöver?«
»Manöver – Manöver –« Stockdreher stand auf, »wenn die Hunde bellen, beißen sie nicht. Und die drüben bellen.«
»Bis sie aufhören«, sagte Bohrkamp.
»Wollen wir mal den Chef in der Aktuellen drauf ansprechen?« Lawanski machte den Vorschlag. »Der weiß vielleicht etwas mehr.«
»Meinst du, in den Geheimsachen, die der zu lesen kriegt, steht das drin?«
»Wir können ja mal fragen, schlicht fragen. Kostet nichts.«

Hauptmann Buttler meldete sich bei Stertzner. »Herr Oberstleutnant, die Situation in der ČSSR macht unseren Leuten Kopfschmerzen, ich hatte heute in der aktuellen Stunde eine ganze Menge Fragen dazu.«
Stertzner fragte Warwitz. »Haben Sie was Neues aus Bonn?«

Warwitz schüttelte den Kopf. »Nein, nichts. Ich habe allerdings ein Interview gelesen, das der stellvertretende Ministerpräsident Cernik dieser Tage gegeben hat, als eine Delegation aus Moskau zurückkehrte. Wenn man das liest, fragt man sich, ob es denn überhaupt jemals Differenzen zwischen dem Kreml und dem Hradschin gab. Breschnew hat zugegeben, daß Moskau gewisse Fehler gemacht habe; man habe entschieden keine Beeinflussung der ČSSR gewollt. Er hat dann sehr gefühlvoll sein Bedauern darüber ausgesprochen und betont, daß das Verhältnis unverändert herzlich und innig sei.«
»Na, zu dem Thema möchte ich mal unseren sächsischen Lenin hören!«
»Besonders schön wurde es, als Cernik sagte, er hätte nicht geglaubt, daß er einmal Tränen in den Augen eines Kremlchefs sehen würde – ein so hoher Funktionär und Frontsoldat! Und so weiter.«
Stertzner wischte mit der Hand durch die Luft. »Mir kommt es auf ganz was anderes an. Gesetzt den Fall, die Sowjetunion läßt ihre T 54 marschieren – wie verhält sich die NATO! Wie verhalten wir uns?«
»Was meinen Sie, Buttler?« fragte Warwitz.
»Mobilmachen. Damit der merkt, er kann nicht, wie er will.«
»Der Westen hat, als es unsere Armee noch nicht gab, weder 1953 noch 1956 mobil gemacht, obwohl schreiendes Unrecht geschah. Glauben Sie allen Ernstes, wir würden es diesmal tun?«
Buttler schüttelte den Kopf. »Aber was sollen wir denn machen?«
»Wenn es geschieht, werden wir nichts tun«, sagte Stertzner. »Denn es wird, genau wie beim Bau der Mauer, so eine Art Signal geben: Wir tun euch nichts; das ist unsere interne Angelegenheit.«
»Wir reden«, sagte Warwitz, »als wären wir überzeugt, daß es geschehen wird. Ich fürchte, es wird geschehen. Und wenn es geschieht, werden die Menschen drüben, die auf einen menschlichen Sozialismus hoffen an Stelle des Stalinschen Konzeptes vom Zusammenleben der Völker, dran glauben müssen.«

»Und was sagen wir den Soldaten, wenn sie fragen?« wollte Buttler wissen.
»Genau das, was wir hier sagen«, antwortete Stertzner. »Wir hoffen auf die Vernunft, und es gibt tausend Anzeichen für die Vernunft. Sofern sie nicht bewußt gelogen sind. Wir hoffen – wir müssen aber auch damit rechnen, daß die Vernunft versinkt.«
»Und der Frieden?«
»Der bleibt erhalten – wenn Sie darunter das verstehen, was schon 1961 und 1956 und 1953 erhalten wurde.«
»Sie sind verdammt pessimistisch, Herr Oberstleutnant.«
»Was wollen Sie, Buttler? Ich hoffe ja doch!«

In diesen Tagen erreichte den Hauptmann Brencken die Einladung des Traditionsverbandes seiner Kriegsdivision. Wir treffen uns, hieß es, um der gefallenen Kameraden zu gedenken und mit dem Suchdienst des Deutschen Roten Kreuzes gemeinsam nach unaufgeklärten Soldatenschicksalen zu forschen. Denn immer noch warteten, wider alle Vernunft, dreiundzwanzig Jahre nach dem Ende des Krieges Menschen auf ihre Söhne, Männer, Väter, Freunde. Manchmal sah Brencken in einer Zeitschrift des Roten Kreuzes die Bilder der Vermißten. Junge Köpfe, Gefreite, Leutnants, Feldwebel, Zahlmeister. Köpfe von Matrosen und Piloten und Panzerfahrern. Ernste Gesichter, lachende Gesichter. Junge Gesichter.
So sahen sie aus, damals, vor dreiundzwanzig Jahren, vor vierundzwanzig und sechsundzwanzig. Heute würden sie anders aussehen. Älter, tiefer die Falten, müder die Augen. Sehr anders.
Brencken besaß noch Bilder von sich aus jener Zeit. Wenn er sie betrachtete und anschließend den Hauptmann der Bundeswehr im Spiegel, konstatierte er nicht nur, daß er seinem Vater immer ähnlicher wurde, sondern auch, daß nur die innere Seele des Gesichtes erhalten blieb. Alles Weiche fiel ab, das Alter modellierte die Träume heraus und die Wirklichkeit hinein. Strähnen grauen Haares an den Seiten, ein Grauschimmer über dem lichter gewordenen Rechtsscheitel, Parallelfalten auf der Stirn, die schweren Kerben von den Nasenwinkeln zu den Ek-

ken des Mundes. Manchmal erlebte man im Kino, wie junge Schauspieler in zwei Stunden durch die Kunst der Maskenbildner um ein halbes Jahrhundert alterten. Ihm kam die Veränderung erst zu Bewußtsein, wenn er ein älteres Bild von sich betrachtete. Oder einen Film, den er mit einer Freundin irgendwo im Süden gedreht hatte. Man sah erschreckend aus, mittlerweile.
Nur: die da so jung aus der Rotkreuzzeitschrift blickten, die sahen gar nicht mehr aus. Sie waren wahrscheinlich tot. Und wurden noch immer gesucht. Aber gut, den Angehörigen mochte das helfen – und insofern hatten solche Veranstaltungen einen Sinn.
Und es mochte auch einen Sinn haben, zu sehen, was aus denen geworden war, die neben uns gingen, damals. Zu hören, was sie sagten, zu erfahren, wie sie heute dachten. Der General lebte noch, eisgrau. Er verzehrte seine Pension.
Das würde Brencken auch bald tun.
Brencken erwog die Einladung lange.
Begrüßung durch den General, Schläge auf die Schulter – hallo, Kamerad! Hoch die Tassen! Rede am Ehrenmal. Stasswerth. Ja, das konnte sich lohnen, Stasswerth.
Was würde Petrick machen?
Und Anja?
Brencken entschloß sich, zum Traditionstreffen seiner Panzerdivision zu fahren.

Man hatte den Saal mit den Fahnen der Stadt und des Landes drapiert, darüber schwang sich in einem weitgezogenen Bogen das Schwarz-Rot-Gold der Bundesfahne, und dazwischen hing das taktische Zeichen der Panzerdivision aus dem Zweiten Weltkrieg. Sie war schon vor 1945 zusammengeschossen und schließlich aufgerieben worden.
Das war dreiundzwanzig Jahre her. Seit dreiundzwanzig Jahren gab es diese Division nicht mehr. Keine Panzerregimenter, Panzergrenadierregimenter, keine Artillerie. Keine Begleitkompanie. Und es gab auch diese Soldaten nicht mehr.
»Das Artillerieregiment tagt im ersten Stock«, sagte einer zu Brencken.

»Und wo da?«
»Dicht neben der Division, dazwischen ist nur noch der Dinafü.« Mein Gott, der Dinafü. Der Divisionsnachschubführer. Auch so ein uralter Terminus. Es war beinahe gespenstisch. Die Division tagte auch auf dem ersten Stock. Wie vor sechzehn Jahren.
Brencken, im dunklen Anzug, ein wenig unsicher, stieg die Treppe empor. DINAFÜ. Da war das Schild. Und daneben das Zeichen der alten Panzerdivision. Daneben der Raum für die Artillerie. Brencken trat ein.
Ganz vorn, an einer Art Vorstandstisch, stand einer und redete. Zigarettenrauch lag blau, eine dicke Schicht, über den Tischen.
»Es kann nicht Sinn dieser Tagung sein«, sagte der am Vorstandstisch, »mit dem Kopf voran in die Vergangenheit zu stürzen. Wir sollen uns ruhig darüber unterhalten, wie das gewesen ist, damals in der Ukraine oder bei Bolschaja Snamenka im Brückenkopf Nikopol. Oder später bei Alt- und Neusohl in der Slowakei. Das ist alles in Ordnung.«
Brencken setzte sich. Den Nachbarn zur Rechten kannte er nicht, der linke kam ihm bekannt vor.
»Aber wir wollen auch daran denken, daß wir unseren Vermißten schuldig sind, so lange nachzuforschen, bis ihre Angehörigen endlich erfahren, ob und wie sie gefallen sind. Und deshalb bitte ich herzlich darum, die ausgelegten Listen des Roten Kreuzes sorgsam durchzusehen.«
Der linke Nachbar sah Brencken an. »Kennen wir uns?«
»Ich weiß nicht. Ich heiße Brencken.«
»Brencken! Ich bin Langenheim, kennen Sie mich nicht mehr?«
Langenheim?
Woher kannte er den Namen?
»Mühle, Brencken, Mühle von Ariupol!«
Die zerschossene Mühle, Prachlowitz, Gelterblum . . .
Der Feuerschlag.
Schmerz und das Ende.
Nein, nicht das Ende. Es ging weiter, bis heute.
Brencken lächelte den anderen mühsam an. »Langenheim –«
Wer war Langenheim? Richtig. Der Ordonnanzoffizier, der

damals verwundet wurde. Der Mann mit der herrlich tiefen Baßstimme.
Nur schnell etwas sagen jetzt – weg mit den Gedanken.
»Ja, natürlich, Herr Langenheim! Ich erinnere mich. Wir sehen uns zum ersten Mal seit damals. Was machen Sie?«
Langenheim setzte den Bierkrug ab. »Ich bin Architekt, in Hannover. Geht ganz gut. Und Sie?«
»Bundeswehr.«
Langenheim wurde noch munterer: »Schon lange? Wo? Erzählen Sie, bitte.«
»Nun ja, seit 1956, bei der Artillerie, wie gehabt.«
»Welcher Dienstgrad?«
»Hauptmann.« Wie schön wäre das, wenn er jetzt Oberst sagen könnte. Oder wenigstens Major.
»Soso«, sagte Langenheim, »Sie sind also wieder dabei.«
»Wer hat denn da eben gesprochen?« fragte Brencken.
»Das war der frühere Major Laschke. Der hatte das Regiment während der paar Wochen, als Gelterblum verwundet war.«
Oberst Gelterblum. Kommandeur des Regiments. Hatte sich später mit seiner Familie erschossen.
Das Gespräch versiegte.
»Sie sind doch Brencken?« Ein jüngerer Mann im dunklen Anzug blieb vor ihm stehen. »Erbling, Leutnant bei den Grenadieren. Erinnern Sie sich?«
Brencken dachte angestrengt nach. »Helfen Sie mir bitte.«
»Jassy, Rumänien, Schloß Stanca – wissen Sie es jetzt?«
Schloß Stanca – April 1944 – Rumänien. Der letzte große Angriff. Unternehmen Sonja. Der Stabsarzt von den Grenadieren hatte sich dort das Ritterkreuz geholt.
Erbling –
»Sie waren Vorgeschobener Beobachter bei meiner Kompanie.«
Erbling lächelte. »Ich werde das nie vergessen. Sie waren bei mir im Loch, wir tranken einen Bénédictine. Sie sagten, es sei ein schlechtes Gefühl, hier zu liegen. Und das wurde schlimmer, je später der Abend wurde.«
»Ja«, sagte Brencken, »und ich wurde immer unruhiger. Ich wollte weg. Und Sie hielten mich für feige.«

»Ich hielt Sie für feige, Herr Brencken, ja. Ich dachte, was ist das für ein Artillerist, der herkommt und sagt: Hier wird etwas passieren. Hier wird bald der Iwan hinkommen. Sie wollten weg. Anstatt zu schießen und uns zu helfen.«
Brencken trank einen großen Zug. »Ich wollte weg, und es war mir egal, ob Sie mich für feige hielten. Ja, jetzt weiß ich es genau. Sie haben kein Wort gesagt, Sie haben mich nur angesehen.«
Er hatte ihn nur angesehen, ein wenig spöttisch, ein wenig überlegen. Und Brencken hatte den Kommandeur angerufen, ihn gebeten, um Gottes willen den Vorgeschobenen Beobachter auf eine andere Stelle zu setzen, um Gottes willen, das hatte er gesagt. Der Kommandeur hatte geschwiegen, lange, in den Drähten der Fernsprechverbindung hatte es geknackt und gezwitschert.
»Gut, daß wir heute mal drüber reden«, sagte Erbling. »Ich hatte gehofft, Sie hier zu sehen, um Ihnen das zu sagen. Es hat mich nicht mehr losgelassen. Denn Sie hatten recht, Herr Brencken.«
Na schön, hatte der Kommandeur gesagt, Sie können da doch nichts ausrichten, gehen Sie zum Bataillonsgefechtsstand und melden Sie sich da. Als er sich erhoben und seinen beiden Funkern mit den schweren Gustavgeräten das Zeichen zum Aufbruch gegeben hatte, da hatte – er würde es nie vergessen – der Leutnant Erbling ihn überaus spöttisch angeschaut.
»Ich erinnere mich genau«, sagte Erbling, »ich kam mir sehr überlegen vor. Was ist das für ein Feigling, dieser Leutnant Brencken, habe ich gedacht. Und dann habe ich Sie gefragt, warum Sie weg wollten.«
»Und ich habe Ihnen gesagt, daß es in dieser Nacht an dieser Stelle etwas geben würde, was Ihnen und mir und unseren Männern das Leben kosten wird.«
Erbling legte ihm die Hand auf den Arm. »Heute denke ich anders, Herr Brencken, ist ja wohl klar. Ich dachte damals, wenig später, schon anders. Sehen Sie, wenn mir einer gesagt hätte, ich will hier weg, hier stinkt es, ich hätte Ihnen gesagt: Verdammt, wo stinkt es nicht in diesem Unternehmen Sonja! Aber Sie sagten das mit einem Blick, der mich beeindruckte. Sie gin-

gen, und ich schaute Ihnen nach und hatte auf einmal – nennen Sie es Übertragung Ihrer Gefühle oder wie auch immer – einen ähnlichen Anflug von Angst. Und da habe ich – wir lagen in einer Senke, erinnern Sie sich? – meine Männer eine halbe Stunde später aus der Senke herausgezogen und sie an die nächsten Hänge gebracht.«

Brencken spürte für einen Augenblick noch einmal diese würgende Angst, sterben zu müssen, wenn er an jener Stelle bliebe.

»Um Mitternacht kamen sie, nach einem rasenden Überfall mit ihren schweren Granatwerfern, sie kamen mit Panzern und rollten in die Senke und drehten in den Löchern die Gleisketten, daß jeder, der dort geblieben wäre – brr, reden wir nicht davon.«

Brencken hatte es am anderen Morgen erfahren. Der Kommandeur hatte ihn beim Bataillon angerufen und ihm gesagt, es sei alles in Ordnung, er habe recht gehabt.

»Und deshalb, Herr Brencken, möchte ich Ihnen heute sagen, daß ich Sie schon am anderen Tag nicht mehr für feige gehalten habe.«

Sie tranken schweigend, während der Lärm um sie brandete, viele laut erzählende, grölende, singende Stimmen. »Ich habe nie geglaubt, daß es Ahnungen gibt«, sagte Erbling später, »seit jenem Apriltag bei Stanca weiß ich es.«

»Das einzige Mal, daß ich so etwas gespürt habe«, sagte Brencken. »Ich habe es nie wieder erlebt.«

»Und ich habe mir angewöhnt, nie wieder aus einer Emotion heraus jemanden zu verurteilen. Wiedersehen, Herr Brencken.«

Dieses vage Gefühl, ihm werde nichts passieren, hatte Brencken fortan begleitet. Man sagte ihm nach, er sei kugelfest. Und er habe keine Angst. Ach, was wußten die! Was wußten sie von der Angst, die ihn manchmal so anfüllte, daß er gefühllos wurde. Diese Ahnung, daß ihm nichts geschehen werde, hatte die Angst nicht vertreiben können.

Nur ein einziges Mal, ein halbes Jahr nach dem Unternehmen Sonja, hatte er keine Angst gehabt – besser, keine Zeit, Angst zu haben: damals, an der Mühle von Ariupol.

Die Mühle von Ariupol – der Befehl – das Feuer – der verdammte Befehl – und dann das Feuer im Leib . . .
Er wischte sich hastig den Schweiß von der Stirn.
»Sie sind Brencken?« Major Laschke, der Mann vom Vorstandstisch, reichte ihm die Hand. »Ich habe viel von Ihnen gehört. Sie sind der einzige aus unseren Reihen, der wieder aktiv geworden ist.«
Brencken lächelte etwas gequält. »Das ist sicher schade, Herr Laschke. Wieviel von unserem alten Regiment sind denn hier?«
»Vielleicht vierzig. Wissen Sie, das blättert allmählich ab. Man weiß eigentlich nicht mehr, was man sagen soll.«
»Das, was ich von Ihnen hörte, war sicher etwas, das gesagt werden mußte.«
»Danke, Herr Brencken, aber das ist für mich selbstverständlich. Ich möchte vermeiden, daß wir hier ein Veteranentreffen veranstalten, an dem gesoffen wird, daß die Steine aus der Erde brechen, und sonst nichts.«
»Und sonst nichts«, wiederholte Brencken. Vielleicht hätte er doch nicht kommen sollen. Er sah sich um. Er kannte keinen. Durch seine Verwundung und die Zeit im Lazarett bis zum Kriegsende waren ihm offenbar einige Verbindungen verlorengegangen. Er ging ins Erdgeschoß. Wen gab es denn da von früher? Wo war Petrick?
Er ging wieder die Treppe hinauf. »Kannten Sie Petrick?« fragte er Langenheim.
»Natürlich. Der kann nicht kommen, wissen Sie doch.«
»Keine Ahnung.«
»Man merkt, daß Sie Jahre nicht hier waren. Petrick ist gelähmt.«
»Wieso denn das?«
»Sie wissen es wirklich nicht? Petrick war Postinspektor . . .«
»Das hat er mir damals erzählt.«
»Dann wissen Sie wahrscheinlich auch, daß seine Frau fremdgegangen ist, während er in Gefangenschaft war.«
»Was hat das damit zu tun, daß er gelähmt ist?«
»Ja, Herr Brencken, offenbar war die Sache doch nicht ganz ins rechte Lot gekommen. Sie blieb bei ihren Ausflügen in fremde

Betten. Ein paarmal hat er ihr verziehen, dann hat er das Fenster im dritten Stock aufgemacht und sich hinausgestürzt.«
»Rollstuhl?«
»Ja. Querschnittgelähmt.«
»Und wer pflegt ihn?«
»Seine Frau.«
»Bitte – wer?«
»Offenbar hat der Fenstersturz ihr die Augen geöffnet.«
»Und zu unserem Treffen kommt er nicht mehr?«
»Seit zwölf Jahren nicht mehr. Seine Ehe ist ganz ruhig geworden, seine Frau steht zu ihm. Aber er schämt sich.«
Brencken dachte an die dröhnende Stimme Petricks, damals, vor sechzehn Jahren, beim ersten Treffen. Schade.

Später marschierten sie zum Ehrenmal. Sechs Säulen, die auf ihren Kapitellen einen schmucklosen Sims trugen. Der Findling zwischen den Säulen. Zwei Mann in Zivil hielten mit Pechfackeln Wache. Auch zwei Bundeswehrsoldaten waren im Rund postiert. Stahlhelm, Gewehr, Blick geradeaus.
Ein Mann trat in die Mitte, nahm den Hut ab, räusperte sich.
»Karraden!« Eine rostige Fanfare.
War es derselbe wie vor sechzehn Jahren? Weiße Haare, weißer Schnauzbart. Nein, es war ein anderer.
»Es ist eine Tradition, hier zu stehen und unserer Toten zu gedenken.« Die Stimme blieb rostig.
»Wer ist das?« fragte Brencken einen Nachbarn.
»General a. D. Brixium, war früher beim Infanterieregiment und später Divisionskommandeur in Ostpreußen.«
»Im vorigen Jahr sprach unser verehrter Herr Schlambitten, in diesem Jahre mußten wir ihn zu Grabe tragen. Er starb an den Folgen einer Verwundung, die er sich bei den Kämpfen auf der Kurischen Nehrung zugezogen hatte.« Schlambitten, Ort, Schloß und Mann. Es war jener, der vor sechzehn Jahren die Trauerrede gehalten hatte.
»So ist in diesem Jahre eintausendneunhundertachtundsechzig die Ehre an mich gekommen, zu sagen, was zu Ehren unserer Toten zu sagen ist.«
Fast wie Schlambitten. Die Bundeswehrsoldaten bewegten sich.

Flaschen, dachte Brencken, ihr müßt doch wenigstens eine halbe Stunde ruhig stehen können. Augendisziplin, irgendwo fest anhängen und nicht weichen – aber wer bringt euch das schon bei!
»Diese unsere Kameraden liegen in Rußland, in Italien, auch in Frankreich und in Polen, in der Slowakei und in Deutschland, wenn wir Ostpreußen noch so nennen dürfen.« Der frühere General machte eine kleine Pause. »Und unsere Gedanken gehen heute, mitten in dieser freudig-freundlichen Zusammenkunft, zurück in unsere alten ostpreußischen Garnisonen, die für uns nicht nur die jeweilige militärische Heimat sind, sondern ein Stück lebendiger Vergangenheit, an der unser Herz hängt.« Brixium räusperte sich. »Wir müssen uns mit den gewordenen Realitäten abfinden, schon deshalb, weil wir selbst mitgeholfen haben, Zustände zu schaffen, aus denen die heutigen Realitäten entstanden. Davon können wir uns nicht freisprechen, wir Deutschen von heute. Davon werden uns auch unsere Kinder und Enkel nicht freisprechen. Aber vielleicht werden sie verstehen, daß unser Herz dort hängengeblieben ist.«
Dies hatte Brencken bisher von keinem Gedenktagredner gehört. Es klang sehr nüchtern und sehr wahr.
»Unsere Toten, die neben uns gingen, fragen uns, ob wir denn alles tun, damit es nicht wieder zu dem komme, was ihnen das Leben nahm. Sie waren bereit, zu sterben, wie wir es selbst auch waren. Wir hatten Glück.«
Bewegung unter den Männern. Räuspern. Unruhe in den hinteren Reihen. Warum?
»Und wenn wir ihrem Sterben einen Sinn geben wollen, liebe Kameraden, dann doch nur, indem wir, ihre Gefährten von gestern, die wahren Interessen unseres Volkes verteidigen, auch im täglichen Leben. Dann wird vielleicht wahr werden, was die toten Kameraden aus dem Jenseits uns wünschen mögen: daß wir in Einigkeit und Recht und Freiheit leben. Ihnen, die überleben wollten wie wir, die an die gleichen Ideale glaubten wie wir, ihnen gilt unser Gedenken, Kameraden!«
Brencken nahm die Hände zusammen und beugte den Kopf. Danke, dachte er, das war ein gutes Wort.

Brixium folgte den beiden Kranzträgern, auch sie waren Bundeswehrsoldaten. Er beugte sich über den Kranz, strich die Schleife glatt, neigte den Kopf und trat zurück.
Und nun das Solo eines Trompeters: »Ich hatt' einen Kameraden«. Sie standen ergriffen. Das Lied riß an den Nerven.
In diesem Augenblick trat ein bärtiger Mönch hervor, in brauner Kutte und Sandalen, ein weißes Seil um die Hüfte, Knoten und Rosenkranz.
»Das ist der Opperle!« flüsterte der Nachbar. »Der war bis zum Schluß dabei. Kommandeur des Pionierbataillons, Major, Ritterkreuz, neunmal verwundet.«
»Und jetzt Mönch?«
»In Mainz, Guardian der Kapuziner.«
Pater Opperle schob seine Hände in die weiten Ärmel der Kutte. Er schaute in die Runde, schweigend und Schweigen fordernd.
»Meine Kameraden.« Eine ruhige Stimme. »Es ist für uns alle nicht leicht, unserer Toten zu gedenken. Denn es ist nicht leicht, daran zu denken, daß sie starben, obwohl sie es nicht wollten. Und es ist nicht leicht, daran zu denken, daß sie für etwas starben, das wir niemals gutheißen können.« Wieder kam etwas Unruhe auf, wie zuvor bei Brixium. »Natürlich müssen wir bereit sein, für das zu sterben, was wir verteidigen wollen: die Freiheit und das Recht, zu denken und zu leben, wie wir wollen.« Die Unruhe legte sich wieder. »Und vielleicht auch dafür, daß wir so beten können, wie wir wollen – daß wir überhaupt beten können. Aber wir dürfen bei allem, was uns mit unseren toten Kameraden verbindet, nicht vergessen, daß das, wofür sie gestorben sind, auch Diktatur und Gaskammer und Tod und Lager war.« Die Unruhe setzte wieder ein. Was redet der da? »Und wir wollen nicht vergessen«, fuhr der Guardian des Kapuzinerklosters in Mainz fort, »daß keiner von unseren Freunden und Kameraden sterben wollte. Sie wollten leben wie wir. Sie wollten fröhlich sein wie wir. Sie wollten ihr Leben lieben und ihre Mädchen, und sie wollten Kinder haben wie wir. Sie hatten auch Kinder, die nun ohne sie aufgewachsen sind. Und da frage ich uns alle, ob Gott dies gewollt haben kann.«
Das war ein schwerer Schritt in unbekanntes Land. Die Zuhörer

wurden noch unruhiger. Mönchlein, du gehst einen schweren Gang, dachte Brencken.
»Gott hat es zugelassen, daß sie starben, wie Gott auch den Krieg zuließ. Und wenn Gott zuließ, daß sie starben, die Gerechten wie die Sünder, die Zarten wie die Groben, die Väter wie die Söhne, dann muß das Maß dessen, was das Menschengeschlecht Ihm angetan hat, voll gewesen sein.« Theologie, aber gut hineingebracht. »Gott offenbart sich nicht jedem. Viele von uns wissen nicht, warum der Vater, der Bruder, der Sohn von hinnen genommen wurde.« Von hinnen genommen – altmodisch. »Gott ließ es zu. Und Er sah, wie Menschen Menschen erschlugen, in die Luft sprengten, verbrannten, vergasten, zerbombten. Und Er sah, daß sie sich selbst Zeichen setzten, in deren Sinn sie zu handeln vorgaben. Und Er legte Seine schwere Hand auf die Erde.« Das war wie früher, der Teufel steht und wartet und so weiter. Brencken spürte Enttäuschung. »Und wenn wir das in unsere Sprache übersetzen, dann heißt das so: Unsere Freunde und Kameraden sind für eine schlimme Diktatur gefallen, nicht für Deutschland, denn Deutschland ist nicht Tyrannei. Sie sind gestorben für ein Land, das andere Länder unterjochte. Sie sind zerrissen worden für ein System, das Menschen in den Tod schickte mit der Begründung, sie seien anders als wir – obwohl sie gar nicht anders sind: unsere jüdischen Brüder. Aber unsere Kameraden wußten nichts von diesen Verbrechen. Die meisten nicht.«
Diese Rede hatte noch keiner gehalten. Einige Zuhörer räusperten sich, einige schüttelten ungehalten den Kopf.
»Und unsere Kameraden wollten auch nicht sterben. Sie wurden gestorben. Nehmen Sie dieses Wort so, wie ich es sage: sie wurden gestorben. Denn wer stirbt schon freiwillig und opfert sich? Das ist nur wenigen gegeben, die wir bewundern, aber nicht nachahmen sollten.«
Ja, so ist es, dachte Brencken.
»Dieses Land hat sich von den Lasten eines verlorenen Krieges erholt. Eines Krieges, den es, das wollen wir hier offen sagen, weitgehend selbst verschuldet hat.«
Weitgehend oder ganz, dachte Brencken.
»Wenn wir in die Runde schauen, sehen wir, daß wir Boden

unter unsere Füße bekommen haben. Nicht nur, weil ein bißchen Wohlstand ins Haus gekommen ist. Auch, weil wir ehrlicher geworden sind. Wir alle. Und wenn wir die Namen auf diesen Tafeln lesen, dann werden wir gezwungen, daran zu denken, daß es Millionen gibt, die nicht mehr aufbauen können. Die der Krieg nicht mehr hergegeben hat.«
Der Pater nahm die Hände aus den Kuttenärmeln und erhob sie gegen den Findling.
»Unter diesen Millionen sind auch jene, die uns nahestanden, mit denen wir in Rußland eingefallen sind. Und in Belgien und in den Niederlanden und in Frankreich. Und überall. Jene, die mit uns gingen, fuhren, ritten, schossen, froren und schwitzten und Angst hatten. Und die dann starben. Wir, die wir überlebten, müssen uns fragen, was wir ihnen voraushaben. Glück, sagen wir. Gut, Glück. Und Erkenntnis. Das ist etwas, was diese Toten nicht mehr gewinnen konnten. Wir Übriggebliebenen erkannten, was falsch, grausam falsch war, wie entsetzlich wir getäuscht wurden.«
Er machte eine kleine Pause. Es war jetzt ganz still geworden.
»Wenn ich, ehedem Kommandeur Ihres Pionierbataillons, heute ein Kapuzinermönch aus dem Orden des heiligen Franziskus von Assisi, so zu Ihnen spreche, dann sollten Sie spüren, wie sehr ich unseren Toten zugetan bin – aber auch, wie sehr ich mich, mit Ihnen, von billiger Heldenverehrung distanzieren möchte.«
Einige gingen. Brencken trat ein paar Schritte nach vorn.
»Ich erinnere mich an eine der vielen Beerdigungen in meinem Bataillon. Der Pfarrer stand an den offenen Gruben und sagte still das Wort aus der Geheimen Offenbarung des heiligen Johannes: Und siehe, der auf dem Stuhl machet alles neu.« Nach einer kleinen Pause wiederholte Pater Opperle: »Und siehe, der auf dem Stuhl machet alles neu. In diesem Sinne empfehlen wir unsere toten Kameraden und uns selbst und unser Land dem Herrn.«
Er beugte den Kopf und trat in die Menge der schweigenden Männer zurück.
Mut zu sagen, was ist. Wie wurde so etwas Kapuziner?

Am frühen Abend, als schon viele abgereist waren, ging Brencken zu der Bar, in der er vor sechzehn Jahren Anja getroffen hatte. Die Bar hatte schon geöffnet.
Hinter der Theke saß ein junges Mädchen, zwanzig vielleicht oder zwei drüber. Langhaarig, dunkel, bemalte Augenlider, ein Streifen Verruchtheit am Unterlid. Überaus reizvoll in dem enganliegenden Kleid.
Er bestellte einen Whisky.
»Suchen Sie jemand?« fragte das Mädchen.
»Nein, das heißt ja. Ich bin vor vielen Jahren einmal hier gewesen; daher kannte ich sie, Anja, meine ich.«
Das Mädchen lächelte. »So alt sehen Sie gar nicht aus. Anja, das ist die Chefin. Aber die steht schon seit vielen Jahren nicht mehr hinter dem Tresen.«
Natürlich nicht, das überließ man Jüngeren. Schließlich war das schwarzhaarige Mädchen Anja auch sechzehn Jahre älter geworden. Wie mochte sie aussehen?
»Sie muß gleich kommen.«
Sie kam, als er den dritten Whisky bestellt hatte. Ganz anders, als er sie in Erinnerung hatte. Kein Mädchen, eine rassige, schwarzhaarige Frau in den besten Jahren, atemberaubend schön, wie damals. Sie ging kurz grüßend vorbei.
»Der Herr kennt Sie«, sagte das Barmädchen.
»Woher kennen Sie mich?«
Brencken lächelte. »Ich bin bei einem früheren Treffen einmal hier gewesen, Sie werden sich nicht an mich erinnern.«
Sie betrachtete ihn, schüttelte den Kopf. »Tut mir leid, Herr –«
»Brencken, Karl-Helmut Brencken.«
Sie zog die Augenbrauen hoch. »Mein Gott, Herr Brencken, Sie sind das!«
Herr Brencken sagte sie, nicht Karl-Helmut. Hatte er geglaubt, sie werde jene Liebesnacht zum Gegenstand von Erörterungen machen? Daraus würde sich eine neue ergeben? »Ja«, sagte er, »ich bin das. Wieder einmal im Land. Gestern war Veteranentreffen.«
»Wir haben es am Geschäft gespürt«, sagte Anja. »Nett, daß ich Sie wieder einmal sehe.«

Er hatte inzwischen ja auch einiges erlebt und die Mädchen nicht gezählt . . .
»Ich habe vor zwölf Jahren geheiratet«, sagte sie, »mein ehemaliger Chef ist heute mein Mann.«
Ach so, deshalb. Na ja. »Und? Sind Sie zufrieden?«
Sie lächelte. »Ja, Herr Brencken, ich bin zufrieden.«
Er trank seinen Whisky aus, zahlte bei der Bardame, küßte Anja die Hand.
»Auf Wiedersehen, gnädige Frau.«
»Auf Wiedersehen, Herr Brencken.«
Auf Wiedersehen, Anja.
Was heißt hier eigentlich auf Wiedersehen?

Die Erregung ergriff auch Werkenried.
Würde Alexander Dubček seinen menschlichen Sozialismus durchhalten können?
Sie saßen nach dem Mittagessen bei einer Tasse Kaffee. Major Warwitz schüttelte den Kopf. »Ich glaube nicht mehr daran. Das ist ein klassischer Fall von politischer Entwicklung, die sich der Breschnew nicht bieten läßt.«
»Nicht nur Breschnew«, sagte Stertzner. »Ulbricht wohl auch nicht.«
»Die Manöver sind doch normal«, sagte Buttler. »Um diese Zeit sind immer Manöver.«
»Sicherlich – aber haben Sie verfolgt, wie sie angelegt sind?« fragte Stertzner. »Wenn Sie das verfolgt haben, sagen Sie nicht mehr, es sei alles normal.«
»So genau habe ich mir das nicht angesehen.«
»Aber ich. Im Juni die Stabsübung Böhmerwald, Leitung Marschall Jakubowski. Dann Flottenmanöver Nord, geleitet vom obersten Sowjetadmiral Gorschkow. Dann Manöver der Rückwärtigen Dienste, genannt Njemen, geleitet von Armeegeneral Marjachin. Himmelsschild nannten sie das Luftabwehrmanöver, das der Genosse Batitzkij leitete, der die gesamte sowjetische Luftabwehr befehligt. Na ja, und jetzt läuft ein reines Fernmeldemanöver an.«
»Das sind doch ganz verschiedene Manöver, Herr Oberstleutnant.«

»Ich habe einen guten alten Freund, der in Bonn sitzt und der Russisch kann«, sagte Warwitz. »Der liest Prawda und Iswestija und Krasnaja Swesda. Und der hat mir vor ein paar Tagen gesagt, zwar würden diese Manöver alle als Stabsrahmenübungen aufgezogen, aber die Bilder in den Zeitungen zeigten stets Volltruppe. Und wenn man dann liest, daß der aggressive Imperialismus den Demokratisierungsprozeß in der Tschechoslowakei unterstütze, was faktisch auf die Beseitigung der sozialistischen Errungenschaften hinauslaufe, dann weiß man wieder ein bißchen mehr.«
»Wo steht das?« fragte Brencken.
»In der sowjetischen Presse, ich habe eine Zusammenstellung gesehen.«
»Sie glauben also doch«, fragte Buttler, »daß die Sowjetunion eingreifen wird?«
Nach kurzem Überlegen antwortete Stertzner: »Wissen Sie, ich sage jetzt etwas Blödes: Wenn der Kommunismus sich selbst treu bleibt, muß er eingreifen. Ich argumentiere jetzt sozusagen von der anderen Seite her. Was der Dubček da macht, ist eine nicht zu duldende Variante des Kommunismus.«
»Aber die können doch nicht einmarschieren – bei den eigenen Leuten!«
»Doch, können sie, Buttler. Wenn sie es tun, begründen sie es eben damit, daß der böse Imperialismus dabei war, in der Tschechoslowakei den Sozialismus abzuschaffen und den Kapitalismus wieder einzuführen. Das aber widerspräche der Lehre, denn die Entwicklung der Geschichte ist vorgeschrieben: Rückschritte zu einer überwundenen Stufe gibt es nicht.«
»Aber der Dubček will doch nichts anderes als Kommunismus, Herr Oberstleutnant.«
»Sicher – aber Sie wissen auch, was die da drüben unter Sozialdemokratismus verstehen. Die Kommunisten haben große Angst, der demokratische Sozialismus westlicher Prägung könnte attraktiver sein als das eigene System. Und Dubčeks Variante zielt darauf hin – in den Augen der Leute aus dem Kreml.«
»Ich kann mir das nicht vorstellen: einfach einmarschieren – mit Panzern und Soldaten!«

»Aber ich, Herr Buttler«, sagte Stertzner. Er verschwieg, daß ihn vor ein paar Tagen ein Gespräch mit einem Kameraden aus dem Kommandeurlehrgang des Jahres 1960 in diesen Ansichten bestärkt hatte. Jener Oberstleutnant war über den Militärischen Abschirmdienst zur militärischen Auswertung des Bundesnachrichtendienstes nach Pullach gekommen. Als sie sich trafen, war das Geschehen in Prag das Hauptthema gewesen.
»Mir sagt die Entwicklung genug, meine Herren. Die Toleranzgrenze ist für den Kreml überschritten. Warten Sie ab.«
»Und was wird mit uns?«
Stertzner hob die Schultern. »Vielleicht werden wir einen Alarm erleben, vielleicht nicht. Ich weiß es nicht. Ich weiß nur, daß die unrecht behalten werden, die solche Warnungen verlachen und die Warner kalte Krieger nennen.«
»Und wenn sie einmarschieren?«
»Dann werden sie orthodoxe Ordnung schaffen, das Ganze als freundliche Nachbarschaftshilfe tarnen, und wir im Westen werden ein Jahr später vergessen haben.«
»Nie!« sagte Buttler.
»Doch!« sagte Warwitz. »Doch, ich stimme dem Kommandeur zu. Wie lange hat es gedauert, bis der 17. Juni vergessen war? Oder der polnische Aufstand? Oder das Geschehen in Ungarn?«
»Und wer regt sich heute noch über die Mauer auf?« sagte Stertzner.

Es gab keinen Alarm.
Der 21. August 1968 war ein gewöhnlicher Tag.
Am nächsten Morgen sagte es einer dem anderen: »Sie sind einmarschiert.«
»Die Russen?«
»Und die Polen und die Ungarn und Bulgaren und die Deutschen«, sagte Bohrkamp.
»Und die Deutschen«, wiederholte Lawanski. »Vor dreißig Jahren sind auch die Deutschen einmarschiert.«

»Vor dreißig Jahren waren es auch die Deutschen«, sagte Brencken zu Stertzner. »Ich denke, in der Geschichte wiederholt sich nichts.«
Sie hingen an den Transistorradios, an den Fernsehgeräten. Die Operation der fünf Armeen des Warschauer Paktes hatte am Abend zuvor gegen dreiundzwanzig Uhr begonnen. Gegen ein Uhr fünfzehn meldete die Deutsche Presse-Agentur, daß sowjetische Panzer die Grenze zur ČSSR überschritten hätten.
Morgens gegen sieben Uhr verurteilte der Ministerrat der ČSSR die Invasion.
Gegen Mittag war immer noch kein Alarm.
»Es gibt auch keinen«, sagte Stertzner, »denn die NATO weiß, daß das Ganze eine Aktion innerhalb des Ostblocks ist. Klingt ein bißchen zynisch, ist aber so.«
»Klingt verdammt zynisch«, sagte Brencken.
Der Dienst ging weiter, als sei nichts geschehen.
Natürlich hatte die NATO es gewußt. Und wenn sie es von Pullach hatte, vom Bundesnachrichtendienst. Daher hatte sie es auch . . . Stertzner erinnerte sich an seinen Kameraden, der im Compound von Pullach saß und bereits Anfang Juni orakelt hatte, man werde sich sehr wundern, wer wann wem und wie etwas tun könne.
»Eigentlich sehr einfach herauszukriegen, ob die kommen«, sagte Stertzner am Abend des ersten Invasionstages bei einem Bier. »Merkwürdigerweise schalten auch die Iwans vor einem Angriff ihre Funkgeräte ab. Und die Funkstille ist so laut, daß man es merken muß.«
»Haben sie das im Krieg auch so gemacht?« fragte Mörberg.
»Aber ja doch. Ich wette, die Divisionen aus den fünf Staaten haben sich genauso verhalten.« In der Tat – zwei Stunden vor dem Beginn der Invasion war totale Funkstille gewesen.
»Nun hat der Ulbricht seinen Blumenkrieg«, sagte Warwitz. »Was werden die Leute in Karlsbad begeistert sein, wenn die Deutschen kommen!«
»Als Verbündete, um sie von der Konterrevolution zu befreien«, ergänzte Perino.
Sie hörten die Sender der kommunistischen Republiken ab und stellten fest, daß sie außer gestelzten Kommuniqués nichts

brachten. Sie hörten die sich rasant vermehrenden Stationen aus der ČSSR und erfuhren, daß ein ganzes Volk passiven Widerstand leistete.
Im bayerischen Raum hatten Brigadekommandeure auf eigenes Risiko alarmieren lassen. Sie stellten sich vor, wie es da zugegangen sein mochte: Alarm, Sachen verpacken, Privatautos zusammenfahren und Papiere abgeben, die Fahrzeuge beladen, Akten mit grünem Dreieck mitnehmen, solche mit rotem Dreieck verbrennen – oder wenigstens vorbereiten zum Verbrennen. Vielleicht hatte der zuständige Divisionskommandeur zugestimmt, vielleicht hinterher erklärt, das, bitte sehr, ginge aber denn doch nun wirklich nicht, nicht wahr?
»Ich habe keinen in der Batterie, der nicht empört wäre«, sagte der Chef der Ersten. »Im Gegenteil, man merkt bei der Aktuellen Information, wie böse sie sind.«
»Wie lange wird das anhalten?« fragte Warwitz skeptisch.
»Ein Jahr, wenn es hochkommt«, erwiderte Stertzner. »Dann ist das vergessen, und die Genossen haben wieder einen guten Ruf.«
Hat er schon mal gesagt, entweder rastet das Gedächtnis aus, dachte Brencken, oder es liegt ihm viel daran, es zweimal zu sagen.
Mörberg sah nachdenklich auf den Marmortisch. »Ich habe mich in letzter Zeit viel mit den jungen Leuten befaßt, die auf die Straße gehen. Studenten und andere. Da gibt es eine ganze Reihe, die diese Invasion begrüßen.«
»Und von der geschlagenen Konterrevolution reden – nicht wahr?« fragte der Kommandeur.
»Ja«, sagte Mörberg, »davon reden sie. Aber wenn sie in diesem Fall auch unrecht haben, was sicher ist wie das Amen in der Kirche: Wenn sie bei uns Reformen fordern, haben sie, mindestens teilweise, recht.«
»Und die Mittel? Barrikaden? Terror gegen die Professoren?«
»Die verurteile ich«, sagte Mörberg. »Aber hätte man ihnen nicht den Wind aus den Segeln nehmen können, wenn man wirklich reformiert hätte?«
Warwitz machte eine geringschätzige Handbewegung. »Natürlich hätte man sollen, aber damit kommt man nicht weiter.

Wenn die jetzt nicht bald anfangen zu reformieren, wird es erst richtig losgehen mit den Unruhen. Und nicht nur auf dem Campus!«
»Wäre in unserer Generation nie vorgekommen«, sagte Brencken.
»Bestimmt nicht«, sagte Stertzner, »ganz bestimmt nicht. Denn uns hat man zum Gehorsam erzogen, hat uns abgerichtet, nicht zu fragen, hat uns, heute würde man sagen, gut programmiert. ›Wer auf die Fahne schwört, hat nichts mehr, was ihm selber gehört.‹ ›Ich dien.‹ Und da gab's noch Dutzende solcher Sprüche. Wissen Sie, Vaterland ist schön – wenn es wirklich wert ist, verteidigt zu werden. Aber damals war es Vaterland um jeden Preis.«
»Und wenn wir den Krieg gewonnen hätten?« fragte Mörberg.
»Dann, junger Mann, wären Sie bald Major, Adjutant eines Rayonkommandanten am Ural und müßten beim Heimaturlaub vor jedem Briefkasten strammstehen.«

Als im September die dritte Batterie von einem längeren Marsch mit allen Kraftfahrzeugen zurückkam, lud Buttler Hauptmann Brencken zum Manöverball in einer der benachbarten Gemeinden ein. »Zünftig«, sagte er, »Arbeitsanzug, Moleskin, wenn Sie ihn schon haben. Der Alte kommt auch.«
»Danke«, sagte Brencken, »ich komme gern.«
Er fuhr mit dem Kommandeur. An der Gaststätte hielt der Fahrer, Stertzner und Brencken stiegen aus.
»Rupf den Vogel vom Kotflügel«, sagte Stertzner zum Fahrer. Der löste den dreieckigen roten Stander mit dem schwarzen Querstrich aus der Halterung. Kommandeure fuhren mit Standern, damit man sah, es saß einer im Wagen – nein, eben nicht einer, sondern der Kommandeur. Die Stander waren genormt: Bataillone hatten dreieckige, Regimenter viereckige, die Divisionskommandeure fuhren große dreieckige. Später kamen dann wieder viereckige. Generale hatten an ihren Wagen zusätzlich rote oder blaue Schilder, auf denen Sterne angebracht wurden, damit man sah, wieviel Sterne der Insasse auf den Schultern trug – so, wie bei den Franzosen die Flugzeuge

der Befehlshaber die Anzahl der ihnen zustehenden Sterne aufwiesen.
Der Saal der Dorfgaststätte war gut besetzt. Ein blauer Hecht lag über den Tischen. Blechmusik spielte auf, freiweg im Marschrhythmus, auch Volkslieder und moderne Schlager, dazwischen Walzer und Polka.
»Hier bitte, zu uns!« rief Unteroffizier Pützke und zog Brencken an einen Tisch im Hintergrund. Er sah den Gefreiten Lawanski, der zurückhaltend lächelte, er sah Bohrkamp mit der Faust auf den Tisch hauen und lachen. Und andere, ihm nicht bekannte Gesichter. Brencken schob einen Stuhl an den Tisch. Bald stand ein Krug mit Bier vor ihm, ein Schnaps daneben. Dröhnend setzte das Blech ein, Bohrkamp sprang auf und kam einem Unteroffizier bei einer aufgeschossenen Schönen aus dem Dorf zuvor.
»Wie der die anguckt«, sagte Schlommel. »Gleich wird er!«
»Maul halten«, sagte Tolini, der Brencken gegenüber saß.
»Wie gefällt es Ihnen bei uns?« fragte Brencken den Panzerkanonier Stockdreher. Er mußte über den Anfang hinweg. Bei fremden jungen Soldaten befiel ihn Befangenheit. Vielleicht lag es daran, daß die Jungen heute so selbstbewußt waren.
»Es geht so«, erwiderte der Jurastudent.
Brencken biß sich auf die Unterlippe. Falscher Anfang.
»Was sind Sie denn von Beruf?«
»Student.«
Das war hingemotzt. Der mochte wohl nicht. Bitte sehr. »Nun, Lawanski, wie lange haben Sie denn noch zu dienen?«
Der Gefreite antwortete bereitwillig. »Fast genau ein halbes Jahr. Die Tage werden am Zentimetermaß abgeschnitten.«
Brencken nickte. »Versteh ich sogar. Sie studieren?«
»Jura. In Bonn, Herr Hauptmann.«
»Mit Ihrer Freundin, nicht wahr?«
Lawanski staunte. »Sie kennen Birgit?«
»Nein. Persönlich nicht. Ich habe sie ein paarmal gesehen, mit Ihnen zusammen, vor der Buchhandlung Kappenberger. Und Fräulein Widderstein kennt Ihre Freundin und Sie.«
Richtig, der Brencken war ja mit der Widderstein liiert. So ein alter Mann mit so einem jungen Mädchen. Für ihn war die

Buchhändlerin eine Schuhnummer zu groß – und zu alt, natürlich. Wie die wohl zu Brencken paßte? Wie war der im Bett? Lawanski ärgerte sich. Die Vorstellung war ihm unangenehm.
»Ja, wir studieren zusammen in Bonn. Sie auf der PeHa.«
»Was ist das?«
»Pädagogische Hochschule. Und ich gehe zur Uni.«
»Wie geht es Bohrkamp? Seine häuslichen Verhältnisse – sind sie wieder in Ordnung?«
»Sind sie, einigermaßen. Der Vater hat eine Haushälterin von der Caritas.«
Bohrkamp kam erhitzt zurück. »Na, Herr Hauptmann, ein Bier mit dem alten Bohrkamp?«
»Wenn der alte Bohrkamp seinen Exchef einlädt und dabei so fröhlich ist, wie kann man da nein sagen?«
Sie stemmten die Literkrüge und ließen laufen, was hineinging. Brencken dachte an die vielen Bierjungen, die er in Ostpreußen mit den Wachtmeistern getrunken hatte, mit Behrendt und Skorzinski und Bukowski und Schwulera und Gawletta und mit all den anderen, die der Rasen decken mochte. Auf die Stühle – Bier auf den Kopf – Achtung – Fertig – Los! Und herunter das Bier und gezogen und gewonnen gegen Skorzinski und Schwulera und nie gegen Behrendt und Gawletta.
Aber dafür jetzt, nach sechsundzwanzig Jahren oder siebenundzwanzig, gegen den Gefreiten Bohrkamp, der noch zog, als Brencken bereits die Nagelprobe machte.
»Donnerwetter«, keuchte Bohrkamp, »Donnerwetter, Herr Hauptmann, das ist eine reife Leistung!«
»Früh gelernt, Bohrkamp.«
»Da muß ich noch was zulernen.«
»Nee, lassen Sie mal, Ihr Tempo ist schon gut, sofern diese dumme Sauferei überhaupt gut ist. Vergessen Sie nicht, ich komme aus der kalten Heimat –«
»Ostpreußen?« fragte Lawanski.
»Preußisch-Eylau. Und da haben wir es von unseren Unteroffizieren gelernt. War ziemlich mühsam übrigens und hat viel Geld gekostet.«
Die Musiker setzten ihre Instrumente neben die Stühle und gingen zur Theke.

»Warum sitzt Ihr hier eigentlich allein?« fragte Brencken. An allen anderen Tischen war bunte Reihe.
»Wir sind später gekommen und haben uns diesen Tisch noch dazugerückt. Ist auch besser so.« Lawanski lachte. »Wir sitzen in der Loge.«
»Tanzen Sie nicht, Lawanski?«
»Vielleicht nachher, ich bin ein bißchen verwöhnt.«
»Angeber!« sagte Stockdreher. »Du traust dich nicht.«
»Ich lache hohl, Genosse«, erwiderte Lawanski, »mit den Ischen hier allemal.«
»Wir werden sehen.«
Brencken bemerkte, wie sich beide einen Augenblick mit eiskalten Blicken maßen. Da war so etwas wie Rivalität.
»Was halten Sie von der Tschechei?« fragte Bohrkamp Brencken.
»Klare Sache, mein Lieber. Der Dubček tanzte aus der Reihe, und dafür muß er büßen. Und das wird auch noch so weitergehen.«
»Aber die Konterrevolution ist geschlagen, Herr Hauptmann, das ist die Hauptsache.«
»Sie reden wie der Deutschlandsender, Bohrkamp.«
»Der hat ja auch recht. Der Sozialismus kann sich das nicht gefallen lassen. Oder sehen Sie das anders?«
»Todsicher sehe ich das anders. Dubček wollte Kommunist bleiben. Aber er wollte einen menschlicheren Sozialismus.«
»Sozialismus ist immer menschlich.«
»Das ist eine Behauptung, die nicht einmal wahr ist. Stalin – und?«
»Das war eine Verirrung durch Überziehung des Personenkults, Herr Hauptmann.«
»Mann, Bohrkamp, wir wollen hier nicht politisch diskutieren, dazu ist der Abend nicht da –«
»Kneifen Sie?«
Brencken sah den untersetzten westfälischen Dreher an. Mann mit Herz, mit Sturheit, mit vielen Mädchen, mit unvergorenen Ideen vom Sozialismus. »Nein, sicher nicht – aber eine Frage: Sind Sie vielleicht Kommunist?«
»Bin ich der einzige? Vielleicht bin ich der einzige, der es sagt,

Herr Hauptmann. Und ich bin es, weil ich will, daß es uns besser geht. Und ich scheiß auf die verdammten Studikers, die reden, daß einem der Arsch offenbleibt. Entschuldigung, Herr Hauptmann. Sie sind keiner, Sie können auch kein Kommunist sein. Sie sind von einer anderen Klasse, Herr Hauptmann. Und jetzt bin ich ein Vaterlandsverräter – oder?«

Brencken schluckte. Bohrkamp war der erste Soldat, der ihm offen sagte, er sei Kommunist. Und er mochte diesen widerborstigen Mann und hatte doch plötzlich den Gedanken, daß vielleicht der Bohrkamp neulich – das mit den Faunen, mit dem Zucker in den Tanks . . . Bohrkamp? Nein. Bestimmt nicht.

»Vaterlandsverräter? Quatsch, ich meine nur, daß Sie guten Glaubens auf dem falschen Dampfer sind, Bohrkamp.«

»Und wer garantiert mir dafür, daß Sie nicht die falsche Reise antreten?«

Die Musik setzte blechern und sehr laut mit einer Polka ein. Bohrkamp eilte zum Nebentisch, um seine aufgeschossene Schöne abzuholen.

»Der vögelt die heute noch, wetten?« fragte Tolini. Brencken hörte es, obwohl der Satz nicht für ihn bestimmt war. Hauptmann Buttler tanzte mit der Frau des Bürgermeisters, Stertzner rauchte ruhig seine Brasil und trank einen Schoppen Rotwein. Oberfeldwebel Schmidt stand mit einigen Soldaten am Tresen und trank Kurze.

Brencken winkte der dicken Kellnerin und beorderte eine Runde Doppelkorn.

In der Pause sagte er: »Nasderowje, was soviel heißt wie Prost, meine Herren!« Sie hoben die kleinen Gläser.

»Prost, Herr Hauptmann.«

»Warum soll der Bohrkamp kein Kommunist sein?« fragte Stockdreher.

»Warum nicht?« fragte Brencken zurück. Vorsicht, der wollte provozieren.

»Aber der steht ja nicht zum Grundgesetz«, sagte Stockdreher.

»Der steht«, warf Lawanski ein, »der Bohrkamp steht, da lege ich meine Hand für ins Feuer.«

»Der steht nicht!« rief Stockdreher.

Brencken spürte erneut, daß es zwischen den beiden nicht stimmte. »Bohrkamp kenne ich«, sagte er, »der ist in Ordnung. Aber ich kenne auch die Kommunisten.«
»Und das heißt?« fragte Stockdreher lauernd.
»Das heißt«, sagte Brencken entschieden, »daß ich die Ideologie kenne und einzuschätzen weiß und daß ich jetzt nicht weiter drüber reden möchte.«
»Also doch kneifen, Herr Hauptmann?«
Brencken sah den anderen an. »Nein, nicht kneifen. Und schon gar vor Ihnen! Aber wir sind hier auf einem Manöverball und nicht in einer Diskussionsrunde. Schluß jetzt.« Aus dem Gespräch könnte ein Eklat werden. Deshalb war ihm ein Ende zu setzen.
Lawanski hatte den Dialog verfolgt. Seit dem Fußmarsch wußte er, daß der Jurastudent, der ein halbes Jahr nach ihm ausscheiden würde, es auf ihn abgesehen hatte. Er wußte nicht, warum. Er spürte es nur. Und er nahm sich vor, auf der Hut zu sein.
Bohrkamp hatte ruhig zugehört. Jetzt stand er auf und wandte sich an Stockdreher. »Du kannst mich im Arsche lecken«, sagte er würdevoll und strebte zum Nachbartisch, wo das Mädchen ihn schon erwartete.
»Der kann's nicht mehr erwarten«, sagte Tolini und erhob sich ebenfalls, um ein Mädchen aufzufordern.
Brencken dachte kurz daran, daß auch der Panzerkanonier Stockdreher in den Verdacht geraten könnte, in der Kaserne Saboteuren behilflich zu sein. Leuten, die beispielsweise Zucker in die Betriebsstofftanks der Faun-Geräteträger schütteten. Aber dann wischte er das wieder weg.
Später sagte Lawanski, der nicht tanzte, zu Stockdreher: »Ich weiß nicht, warum du es tust, aber ich bin es langsam leid.«
»Was?«
»Deine provozierende Art.«
»Ich bin so.«
»Und ich mag das nicht, nimm dich zusammen.«
»Du kannst mich.«
Beide waren Stubengenossen, beide waren hochintelligent, Lawanski gab sich fair, Stockdreher ging Brencken auf die Nerven.

»Ruhe im Beritt«, sagte Brencken, »Sie werden sich doch nicht prügeln wollen – oder?«
Lawanski starrte Stockdreher in die Augen. »Nein«, sagte er. »Jedenfalls nicht im Moment.«
Brencken schüttelte den Kopf und setzte sich wieder an seinen Platz. Intelligente Burschen und stur wie ein Munitionshinterwagen aus der Artillerie des Königreiches Preußen.

Die Leute vom Abschirmdienst kamen in Zivil. Oberstleutnant Stertzner erfuhr ihre Dienstgrade aus ihren Ausweisen. Ein Oberleutnant, zwei Hauptfeldwebel. Stertzner zog Brencken und Warwitz hinzu. Oberleutnant Czymczik vom Abschirmdienst – er stammte hörbar aus Ostpreußen – blätterte in einem Block. »Wir haben ähnliche Fälle auch bei ein paar anderen Einheiten im Wehrbereich«, sagte er. »Aber der bei Ihnen ist der dickste. Am hellichten Tage – wir rätseln daran herum, wie der wohl hereingekommen ist.«
»Wir auch«, sagte Major Warwitz. »Eigentlich sind nur zwei Möglichkeiten übriggeblieben: Entweder er ging über den Zaun – was am Tage schwierig ist – oder er wurde huckepack im Kofferraum eines ihm bekannten Soldaten oder Zivilisten hereingeschafft.«
»Es gibt noch eine dritte Möglichkeit«, sagte Czymczik. »Er kann mit einem echten oder gut gefälschten Dienstausweis fröhlich durch die Wache gegangen sein. Mir macht etwas ganz anderes Kopfschmerzen: Warum nimmt der Mann das Risiko auf sich und macht das am Tage?« Sie überlegten. Czymczik fuhr fort und machte sich dabei Notizen: »Nachts hätte er den Schutz der Dunkelheit für sich – und die größere Ruhe und die Streifen gegen sich. Tagsüber hat er die Helligkeit und die Möglichkeit, daß einer kommt, gegen sich – was hat er am Tage für sich?«
Brencken hob die Schultern. »Ich wüßte nichts.«
»Es klingt zwar sehr unwahrscheinlich – aber es könnte ja sein, daß einer auf ihn aufpaßt.«
Stertzner wurde hellhörig. »Wollen Sie damit sagen, daß einer aus dem Bataillon für diesen Mann und damit der Sabotage in die Hand arbeitet?«

»Ausgeschlossen«, sagte Warwitz.
»Nichts ist ausgeschlossen«, erwiderte Czymczik, »ich weiß nicht, wie viele Kommunisten in der Bundeswehr dienen, aber ich weiß, daß Kommunisten bei uns dienen. Ich will das auch nicht feststellen, sondern auch diese Möglichkeit, als eine von mehreren, offenlassen.«
Stertzner nickte. »Ja, Sie haben recht. Man muß das durchdenken. Rekapitulieren wir also: Einer kommt herein – entweder offen mit gültigem Ausweis oder versteckt im Kofferraum, und schüttet Zucker in die Tanks. Hauptmann Brencken geht zufällig zum Abstellplatz unserer Geräteträger und sieht, wie sich da einer zu schaffen macht. Er folgt ihm, es wird eine aufregende Jagd, die der andere gewinnt, weil er schneller ist. Wir sind alle nicht mehr jung, Brencken, es macht Ihnen keiner einen Vorwurf. Er rennt einen Posten um, ein Fahrzeug wartet, offenbar mit laufendem Motor, unser Mann springt rein und ist weg. So, und wenn der Herr Czymczik vom MAD recht hat, dann ist es auch denkbar, daß einer ihn hier in der Kaserne abgeschirmt hat. Wir müssen uns also auch darum kümmern. Wer könnte es sein?«
Wer kann es sein? Brencken ging die ihm bekannten unsicheren Kantonisten bei den Unteroffizieren durch. Nein, das würde keiner tun. Keiner?
»Haben Sie politisch unzuverlässige Leute hier?« Czymczik schaute Stertzner gespannt an.
Der Kommandeur dachte nach. »Nein, ich weiß keinen, wenigstens haben wir bisher so etwas nicht bemerkt. Oder wissen Sie einen, Herr Brencken?«
Brencken schüttelte den Kopf. »Ich habe eben alle unsere Unteroffiziere überdacht – keiner. Und von den Mannschaften weiß ich auch keinen.«
»Bohrkamp?« fragte Stertzner.
»Bestimmt nicht, Herr Oberstleutnant.«
Warwitz schaute angestrengt auf die Wandkarte.
Später sprach Stertzner mit Warwitz und Czymczik. Als er sein Dienstzimmer verließ, machte er ein sehr nachdenkliches Gesicht.
Hauptmann Brencken ordnete an, daß ab sofort die Kanister

und Tankverschlüsse unregelmäßig zu kontrollieren seien; Stertzner hatte ihm das aufgetragen.
Am Abend dieses Tages traf er im Offizierheim den Technischen Offizier. »Hallo, Te-Null«, frozzelte er, »alles klar, Zukker wieder aus den Tanks?«
Perino nickte. »Ordonnanz, zwei Gin-Tonic auf meinen Bon. Ich bin bald verzweifelt«, sagte er zu Brencken. »Das Scheißzeug muß ja wieder aus den Tanks – ablassen, reinigen, füllen, probefahren. Ich möchte nur wissen, welches Schwein das gemacht hat.«
»Der MAD war heute da.«
Perino zögerte einen Augenblick, als er Brencken das Glas reichte.
»Was Besonderes?«
»Nein, Routine. Die haben gleich alle möglichen Hypothesen parat. Wie in einem Krimi.«
»Zum Beispiel? Welche Hypothesen?«
»Ach Gott, Perino, wie er reingekommen sein kann und ob ihm einer geholfen hat und so.«
»Und wer hat ihm geholfen – nach Ihrer Meinung?«
»Na, mindestens doch der Fahrer vor der Kaserne, der den Wagen mit laufendem Motor bereithielt.«
Perino hob das Glas. »Trinken wir darauf, daß wir diese Arbeit nicht noch einmal machen müssen, Herr Hauptmann.«
»Prost, Perino.«
Leutnant Mörberg trat mit einem Whisky dazu. »Ihr Schlitten ist wirklich verdammt schick, Herr Perino.«
»Deshalb habe ich ihn mir gekauft.«
»So einen rasanten Untersatz hab' ich mir schon immer gewünscht. Wie teuer war der?«
»Das war ein Vorführwagen, Mörberg, ein Drittel billiger. Aber immer noch teuer genug. Und wenn meine Frau nicht die Boutique hätte – glauben Sie, ich könnte mir mein Traumauto leisten, ohne Bankrott zu machen? Von dem Gehalt – A 10? Das ist kaum ein Butterbrot mehr, als Sie haben!«
»Dachte ich mir«, sagte Mörberg, »von dem Gehalt geht das bestimmt nicht. Allenfalls von Ihrem, Herr Hauptmann.«
»Aber auch nur, wenn man kein Kind und kein Rind zu versor-

gen hat und so schrecklich alt ist wie ich. Da kommen nämlich die entsprechenden Stufen dazu. Aber ein schicker Schlitten ist das wirklich, Perino.«
Der Technische Offizier lächelte stolz. »Und wenn der abflitzt, dann hat er eine Vau-Null von hohen Graden.«
»Wie neulich im technischen Bereich, als wir den Kerl erwischten, was?« Brencken lachte laut. Perino fiel erst eine Sekunde später ein.
»Skat?« fragte Mörberg. »Kleiner Bierlachs gefällig?«
Perino sah auf die Uhr. »Ja, ich habe noch eine Stunde Zeit.«

Natürlich gingen Gerüchte durch das Bataillon. »Linke Studenten« hätten sich eingeschlichen. Und sie hätten Sympathisanten in der Einheit.
Sie saßen in der Kantine. Lawanski neben Bohrkamp. Auch Stockdreher und Schlommel waren dabei.
»Kann doch auch sein, daß so'ne Kerle in geklauten Uniformen reingekommen sind und das mit dem Zucker gemacht haben«, sagte Bohrkamp. »Muß doch nicht unbedingt einer von uns gewesen sein!«
Lawanski sagte mit einem Blick auf Stockdreher: »Nein, das muß keiner von uns gewesen sein. Kann aber.«
»Quatsch«, sagte Tolini, der gerade die Kantine betreten hatte.
»Das soll der MAD rauskriegen«, sagte Schlommel, »der ist dazu da.« Er zog eine Flasche Rum aus der Aktentasche. »Nehmen wir einen davon.« Auch die kleinen Gläser holte er aus der Tasche.
Lawanski lehnte ab.
»Du trinkst nicht mit mir?«
»Doch, aber ich mag jetzt keinen Rum.«
»Gib ihm Milch«, sagte Stockdreher.
»Red keinen Stuß«, warnte Bohrkamp. Sie tranken.
»Was ist, spielen wir jetzt einen Skat?« sagte Lawanski.
»Gib ihm ein Menschärgeredichnicht«, sagte Stockdreher.
Lawanski schwieg. Stockdreher wollte offensichtlich auf Krach hinaus. Was hatte er gegen ihn? Bei dem Gewaltmarsch neulich hatte es angefangen. Konnte Stockdreher es nicht verwinden,

daß er ihn auf den letzten hundert Metern geschlagen hatte? Oder mißfiel ihm seine differenzierte, nicht ganz negative Haltung zur Armee? Oder hatte er etwas dagegen, daß er nicht so viel herumsoff und auch nicht auf die üblichen Mädchen stieg, die Stockdreher die »Werkenrieder Wanderpreise« nannte? Auf dem Manöverball wäre es beinahe zu einer Schlägerei gekommen. Hauptmann Brencken hatte sie verhindert.
»Und vielleicht bindet er sich noch ein rosa Schleifchen ins Haar«, hänselte Stockdreher weiter.
»Wenn du dein Maul nicht hältst, gibt es Krach, verdammt«, sagte Bohrkamp und stand auf.
»Mit dir habe ich nichts«, erwiderte Stockdreher.
»Aber ich werde bald was mit dir haben!«
Lawanski trank sein Bier aus und erhob sich. »Tschüs«, sagte er, »ich hab' genug für heute.«
»Feigling«, höhnte Stockdreher hinter ihm her.
Einen Augenblick zögerte Lawanski, dann ging er weiter. Keine Schlägerei, dachte er. Schläge sind keine Argumente. Aber gegen die offenkundige Antipathie Stockdrehers gab es keine Argumente. Er würde nicht drumherumkommen, sich irgendwann mit dem Jurastudenten zu prügeln.
Bohrkamp blieb am Tisch. »Du bist ein verdammt hochgestochenes Schwein, das will ich dir sagen. Und wenn du dem da was tust, schlag ich dich zusammen!«
Stockdreher erhob sich, schob angewidert das Rumglas beiseite und ging wortlos.
»Was der nur hat!« sagte Tolini.

An einem Montagabend ging Brencken nach Werkenried hinunter. Sein Fahrzeug stand in der Werkstatt zur Zehntausend-Kilometer-Inspektion. Vor ihm gingen Lawanski und Bohrkamp. Sie lachten und hieben sich auf die Schultern.
Als er sie eingeholt hatte, sagte er: »Die Herren sind ja prächtiger Laune! Darf ich mich Ihnen anschließen?«
»Trinken Sie ein Bier mit uns?« fragte Bohrkamp.
»Wenn es bei einem bleibt, warum nicht?«
Im Schützenhaus war Betrieb. Brencken suchte einen Ecktisch.
»Drei Lange, drei Kurze!«

Der Wirt verbeugte sich.
»Was ich immer schon fragen wollte«, sagte Brencken nach dem ersten Schluck. »Habt ihr eigentlich Angst gehabt, es geht los, als die Russen in Prag einmarschierten?«
»Nein«, sagte Lawanski.
»Doch«, sagte Bohrkamp.
»Warum doch?«
»Weil der Kapitalismus dem Sozialismus immer Knüppel zwischen die Beine wirft.«
»Auch eine Erklärung. Warum nicht, Lawanski?«
»Weil ich weiß, daß die da drüben genau kalkulieren und kein Risiko eingehen. Sechsundfünfzig sind sie in Ungarn einmarschiert und haben den Aufstand der Arbeiter niedergeschlagen –«
»– der Konterrevolution, nicht der Arbeiter«, sagte Bohrkamp empört.
»Hör auf, ich habe es dir schon x-mal gesagt: Das war ein Aufstand der Arbeiter, wie 1953 in der Dingsbums da, der DDR. Aber in Ungarn konnten sie ihn niederschlagen, weil die Franzosen und Engländer zur gleichen Zeit Ägypten bombardiert haben. Und diesmal haben sie wahrscheinlich durch den heißen Draht wissen lassen, daß sie nichts gegen den Westen vorhaben.«
»Das ist doch imperialistische Propaganda, Will! Und du schwätzt sie nach!«
Lawanski winkte ab. »Darf ich Sie etwas fragen, Herr Hauptmann? Was ist, wenn es losgeht, wirklich los? Ich meine: schießen wir dann auf unsere sogenannten Brüder und Schwestern?«
»Sie meinen, ob es einen Bruderkrieg geben könnte?«
»So kann man es auch formulieren.«
»Sehen Sie, wir befinden uns in der Situation eines Mannes, der einen gewalttätigen Bruder hat, vor dem er Haus und Hof beschützen muß.«
»Der Kapitalismus ist gewalttätig«, protestierte Bohrkamp.
»Da der gewalttätige Bruder bewaffnet ist, muß unser Mann auch bewaffnet sein.«
»Umgekehrt ist das!«

Brencken achtete nicht auf Bohrkamps Einwand. »Und wenn er angegriffen wird, muß er sich wehren. Notwehr nennt man das.«
»Und Sie glauben, daß wir niemals einen Krieg anfangen werden? Ganz sicher?«
»Ganz sicher, Lawanski. Es gibt in keinem westlichen Panzerschrank und in keiner NATO-Planung nur die geringste Andeutung eines präventiven Angriffsplanes. Bewußt unter Inkaufnahme von Nachteilen hat sich das Bündnis auf Verteidigung beschränkt und muß daher den ersten Schlag einstecken. Dann aber kann es zurückschlagen.«
»Und was soll ich dann tun?«
»Was würden Sie tun, wenn Ihr Bruder ins Haus bräche und mit dem Gewehr in der Faust verlangte, ihm alles zu übergeben?«
»Weiß ich nicht – auf keinen Fall sofort übergeben.«
»Und wie können Sie das anders verhindern als mit der Waffe?«
»Das ist doch primitiv«, sagte Bohrkamp. »Zunächst sollte man doch wohl versuchen, sich zu verständigen! Sozialisten sind für den Frieden, Herr Hauptmann. Ich bin Sozialist. Ich bin für den Frieden. Ich würde nicht schießen.«
»Und was sagen Sie zu Prag?« fragte Brencken.
»Scheiße war das, der Dubček war doch ein guter Kommunist«, sagte Bohrkamp.
»Möglich, aber er ist festgesetzt. Und wenn Stalin noch lebte, lebte der Dubcek sicher nicht mehr. so wird er nur abgesetzt.«
»Er ist nicht abgesetzt.« Bohrkamp hieb die flache Hand auf den Tisch.
»Noch nicht, warten Sie nur ab.«
Lawanski bohrte weiter. »Wir sind in der NATO. Amerika auch. Und wenn die USA uns in Vietnam brauchen, wird unsere Regierung uns dort einsetzen!«
»Das wird sie sicherlich nicht tun. Erstens, weil sie das nicht darf, zweitens, weil die Amerikaner so etwas gar nicht verlangen.«
»Halten Sie das, was in Vietnam geschieht, für einen gerechten Krieg?«

»Gibt es gerechte Kriege?«
»Lenin sagt ja«, sagte Bohrkamp.
»Mein Gott, was Sie alles wissen«, wunderte sich Brencken.
»Wo haben Sie denn Ihre Parteischulung gemacht?« Bohrkamp schwieg und sah auf seinen Bierkrug. »Wissen Sie, Gefreiter Bohrkamp, ich nehme Ihr Bekenntnis zum Kommunismus nicht so ganz ernst. Wenn Sie nämlich durchschauen würden, was diese Genossen wirklich wollen, würden Sie ihnen mit Grausen den Rücken kehren.«
»Aber was wird, wenn die USA das verlangen?« beharrte Lawanski.
»Dann wird ihnen der Bundeskanzler als der Mann, der die Richtlinien der Politik bestimmt, höflich nein sagen.«
»Das gebe Gott«, sagte Lawanski. »Und wenn die Amis Atomwaffen einsetzen?«
»Wer zuerst schießt, stirbt als zweiter. Das wissen die Amerikaner. Sie können damit rechnen, daß der Präsident der USA zuerst alles andere versucht, ehe er die Atome losläßt. Trauen Sie das unserem Verbündeten nicht zu?«
»Manchmal nicht.«
»Vietnampropaganda.«
»Oder Fakten, Herr Hauptmann.«
»Wir sollten gelegentlich wieder darüber reden«, sagte Brencken. »Eigentlich hatte ich mir ein leichteres Gespräch vorgestellt.« Er sah durchs Fenster. »Aber da kommt Tolini, und der Stockdreher kommt gleich dahinter – ich gehe meinen Wagen abholen. Bitte zahlen!«
Als Brencken gegangen war, sagte Stockdreher im Vorbeigehen zu Bohrkamp: »Ranschmeißer! Mit einem Hauptmann zu trinken! Pfui Teufel!«

Als der November die Tage kalt und naß machte, brach das Feldartilleriebataillon des Oberstleutnants Walther Stertzner zum Truppenübungsplatz Wildflecken auf.
Der von der amerikanischen Siebenten Armee betreute Platz zwischen Fulda und Bad Kissingen besitzt alle Eigenschaften, die einem Artilleristen das Leben schwer oder schön machen können. Große Höhenunterschiede können dazu zwingen, in

der oberen Winkelgruppe zu schießen, also in steiler Flugbahn aus einem über fünfundvierzig Grad gehobenen Rohr. Die Feuerstellungen sind, wie auf allen Plätzen in der Bundesrepublik, von vornherein festgelegt und verpflockt. Das, was die älteren Offiziere des Bataillons im Kriege so oft tun mußten: ihre Batterien aus dem Marsch heraus in eine blitzschnell erkundete Stellung werfen und im Handumdrehen feuerbereit machen, das geht hier nicht. Das kann man nur ohne den scharfen Schuß üben.
Stertzner ließ an der Autobahnabfahrt Bad Brückenau sein Bataillon an sich vorüberziehen. Die dritte Batterie marschierte an der Tête. Es folgte die zweite, dann die vierte. Die Stabs- und Versorgungsbatterie bildete die letzte Marscheinheit.
Oberleutnant Perino war Schließender, letzter Offizier in der Marschkolonne, der alles auffangen mußte, was unterwegs ausfiel. Der Kranwagen und der Instandsetzungszug marschierten ganz am Schluß.
Es war gegen 22 Uhr, als die dritte Batterie am Fuße des Hügels ankam, auf dem die Kommandantur der Amerikaner liegt. Als Stertzner von rückwärts sein Bataillon entlangfuhr, begann er zu fluchen. »Was ist das für ein Mist«, sagte er zu seinem Fahrer, einem blondhaarigen Obergefreiten, »warum fahren die Kerle nicht weiter? Das gibt doch Verkehrshindernisse, wenn wir mit den dicken Faun-Geräteträgern herumstehen. Warum fährt der Buttler denn nicht weiter?«
Es war stockdunkel, die Scheinwerfer des Jeeps schnitten Streifen aus der Nacht. Die nasse Straßenoberfläche begann zu erstarren. »Das fehlt gerade noch, Eis auf der Basaltstraße, verdammt, das wird es sein!«
Die mit kleinen Basaltsteinen gepflasterte Straße hinter der Einfahrtkontrolle war in der Tat spiegelglatt. Der Obergefreite fuhr mit Schwung an, aber dann drehte sich das Fahrzeug, der Fahrer bremste, das Fahrzeug stand. Als der Obergefreite anfahren wollte, drehten die Räder auf der dünnen festen Eisschicht durch.
Ein amerikanischer Jeep mit der Aufschrift »Military Police«, Ketten um die schweren Reifen, fuhr mühelos den Berg hinauf.

»Alsdann«, sagte Stertzner zu Hauptmann Buttler, »durchgeben: Ketten auflegen!«
»Wird ein bißchen dauern, Herr Oberstleutnant«, sagte Buttler. Fahrer und Beifahrer sprangen ab, öffneten die Säcke und begannen die Schneeketten vor oder hinter den Rädern ihrer Fahrzeuge auszurollen.
Der Fahrer des Geräteträgers sprang auf die glatte Erde, rutschte aus und fiel hin. Er stöhnte, als ihm Lawanski und Bohrkamp aufhalfen, und zeigte auf seinen Unterschenkel.
»Doktor nach vorn!« schrie Pützke. Hauptmann Buttler sah nach dem Verletzten. Stabsarzt Dr. Hockberger kam zu Fuß, mit der Glätte kämpfend. Er beugte sich nieder, faßte das Bein an. Der Fahrer stöhnte auf.
»Der muß sofort weg, Verdacht auf Fraktur im linken Unterschenkel«, sagte der Doktor. »Kommen Sie gleich mit der Trage, wir können ihn nicht hier auf dem Eis liegen lassen.«
Bohrkamp hatte seine Feldjacke ausgezogen und legte sie unter die Schultern des Verletzten.
Brencken kam den Berg herauf. »Was passiert?«
»Scheiße, Herr Hauptmann, tut verdammt weh.«
Brencken griff in die Schenkeltasche seines Kampfanzuges. »Hier, nimm erst mal einen!«
Der Gefreite setzte die gebogene Flasche an den Mund, trank und gab sie Brencken zurück. »Danke für den Flachmann.«
»Wer will noch einen?« fragte Brencken. Sie tranken der Reihe nach einen Schluck hochprozentigen Rums und wischten sich den Mund ab.
Zwei Sanitäter kamen. »Hier ist die Bahre«, sagte einer. Stabsarzt Dr. Hockberger ließ den Verletzten vorsichtig anheben, stützte das Bein ab und sagte: »Wenn der auf der Bahre läge, wäre er tot. Bahre ist Totenbahre. Der liegt auf einer Trage – klar?« Sie trugen ihn vorsichtig den vereisten Weg hinauf. Bohrkamp zog seine Feldjacke wieder an.
»Wer fährt?« fragte Lawanski seinen Geschützführer.
»Nur der Schlommel hat einen Führerschein für den Faun. Sie fahren, Gefreiter Schlommel.«
Schlommel begann die Ketten auszurollen. »Helft mal, Genossen!«

Bohrkamp bückte sich neben ihm und entwirrte die Ketten.
»Ich bin nicht dein Genosse«, sagte er, »deiner bestimmt nicht.«
»Hehei«, mischte sich Stockdreher ein, »wenn du Genosse bist und nicht seiner – wem bist du es dann?«
»Deiner ganz bestimmt auch nicht«, sagte Bohrkamp.
Schlommel kletterte auf den Führersitz, ließ den Motor an und fuhr langsam rückwärts.
»Halt!« schrie Lawanski. »Zumachen jetzt die Dinger!« Sie fuhren mit den Ketten glatt hoch.

Der erste Schuß aller drei schießenden Batterien fiel pünktlich um neun Uhr. Die Sicht war klar, es hatte in den frühen Morgenstunden zu regnen aufgehört.
Gegen Mittag kamen Fahrzeuge der Batterien, um heißen Tee zu holen. Stertzner hatte, nach entsprechender Verordnung des Stabsarztes, den Ankauf von Rum genehmigt, Tee mit Rum wärmte mehr. Stertzner stand gegen 14 Uhr auf der Beobachtungsstelle der zweiten Batterie. Der Personaloffizier des Bataillons, Leutnant Ullrich, schoß. Er gabelte das Ziel ein und befahl zwei Gruppen der ganzen Batterie. Die Geschosse zogen mit dem typischen singenden Ton über sie hinweg zum Ziel.
»Wie haben Sie denn Ihre Stellungen vermessen?« fragte Stertzner.
»Im scharfen Schuß, später nachgeprüft.«
»Gut, danke«, sagte der Oberstleutnant.
Sie verfolgten das Schießen. Stertzner hatte dem Leutnant ein neues Ziel angewiesen, Ullrich begann das Einschießen. Stertzner verfolgte die Arbeit des Feuerleittrupps. Als Ullrich wieder zwei Gruppen befahl, also je Geschütz zwei Schuß, sagte er:
»Stopp, mein Lieber, andere Leute wollen auch noch schießen. Sie können Ihr Einschießen mit den Flügelgeschützen nachprüfen, mehr nicht. Was meinen Sie, was diese Munition kostet!« Die beiden Schüsse lagen rechts und links des Zieles.
»Sehen Sie, Kleiner, es stimmt, auch ohne daß Sie das große Bumbum machen. Der nächste.« –
General von Wächtersberg kam am Nachmittag. Stertzner meldete ihm sein Bataillon.

»Hallo, Herr Stertzner«, sagte der General, »ich freue mich, daß ich da bin. Ein paar Schleifpartien mit meinem Opel hab' ich gern in Kauf genommen. Sie haben Ketten auf?«
»Sonst hätten wir den spiegelglatten Berg nicht geschafft. Und hier auf dem Platz ist es an einigen Stellen kaum weniger glatt.«
»Und was schießen Sie so zusammen?«
Stertzner lächelte. »Eigentlich bin ich für den ersten Tag ganz zufrieden, Herr General. Meine zweite hat heute morgen mit scharfem Schuß vermessen, die Überprüfung ergab nur unwesentliche Abweichungen. Und was die jungen Herren so zusammenschießen, das ist ganz gekonnt. Ich bin zufrieden.«
»Wir müssen heute abend ein paar Takte über die Sabotagegeschichte in Ihrer Kaserne reden, Herr Stertzner. Ich habe mit dem MAD-Menschen gesprochen, Zimik oder so, der kommt nicht von der Idee weg, daß der Saboteur einen Verbindungsmann in Ihrem Bataillon oder in Ihrer Kaserne haben muß. Abwegig erscheint mir das nicht.«
»Es ist eine Möglichkeit, mehr nicht. Meine Vermutungen bewegen sich in einer bestimmten Richtung.«
»Haben Sie Beweise?«
»Sie wissen, Herr General, daß der MAD schon einmal auf die Geldausgaben in der Düsseldorfer Bar aufmerksam machte. Das hat Oberleutnant Perino zwar erklären können; seine Frau ist an einer Boutique beteiligt. Und der sündhaft teure Alfa Romeo ist als Vorführwagen gekauft worden. Und daß Perino zufällig auf dem Abstellplatz war, das konnte er uns auch erklären. Hinterher war er ein bißchen nervös – aber was will das schon beweisen?«
»Die Augen aufmachen müssen Sie, Herr Stertzner, ich kenne den Oberleutnant Perino nur flüchtig. – Wir sehen uns wohl beim gemeinsamen Abendessen?«
»Jawohl, Herr General.«
General von Wächtersberg trat zur Feuerstelle und begann, sich in die Arbeit der Soldaten zu vertiefen. Oberstleutnant Stertzner stand neben ihm. Kurz darauf befahl er Stellungswechsel.

Die dritte Batterie rückte aus dem Gelände des Truppenübungsplatzes Wildflecken in die Unterkünfte. Der Gefreite Schlommel fuhr den Faun-Geräteträger, der mit seinem Portalkran das Geschütz huckepack genommen hatte. Neben und hinter ihm saßen die Soldaten der Geschützbedienung. Das Verdeck war übergezogen, die Seitenteile waren in die Halterungen geschoben. Die Heizung wärmte angenehm.
»Du fährst nicht schlecht«, sagte Bohrkamp. »Wirklich, Schlommel, du fährst gut.«
Schlommel lächelte geschmeichelt. »Ist ja nicht schwer.«
»Ja, was ist schon dabei!« sagte Stockdreher.
»Wenn du Arschloch es gelernt hättest, wüßtest du, daß eine ganze Menge dabei ist, ein solches Schiff bei diesem Wetter durch die Landschaft zu steuern.«
»Kann doch jeder«, sagte Stockdreher.
»Du mieser Angeber«, erboste sich Bohrkamp, »halt endlich dein verdammtes Großmaul!«
»Ruhe, hier wird nicht gestritten!« schrie Unteroffizier Pützke.
Lawanski stieß Bohrkamp an. »Hör auf, Mann, du weißt doch, wie er ist.«
»Ruhe!« schrie Pützke. Nach einer Weile sagte er: »Wir haben heute mit allen Schüssen gut gelegen, der Batteriechef hat es mir gesagt.«
»Na ja.« Stockdreher lächelte mokant.
»Sie haben gut gerichtet, Bohrkamp, alle Achtung!«
Bohrkamp wurde rot. Er wußte, daß er der beste Richtkanonier der Batterie war, aber wenn es ihm einer so sagte, wurde er verlegen.
Schlommel zog das Lenkrad nach rechts, der schwere Geräteträger folgte der Straße. Die Lichter des Lagers wurden sichtbar. Wenige Minuten später rangierte Schlommel das Fahrzeug in die Reihe der anderen und stellte den Motor ab.
»Absitzen«, sagte Pützke, »und gleich zum Quartier. Fertigmachen zum Abendessen.«
»Ich habe mächtigen Kohldampf«, stöhnte Tolini. »Hoffentlich gibt es keinen Eintopfpamps.« Sie stapften über den Platz und über die Lagerstraße, wichen glatten Stellen aus, gingen hin-

tereinander am Straßenrand. Sturmgepäck und Gewehre machten im beginnenden Abenddämmern dunkle Gespensterfiguren aus ihnen. Die Kälte zog an. Sie spürten es in den Nasen, die kalte Luft ließ den Rotz erstarren. Der Atem stand wie Nebel vor ihren Gesichtern.
In der Stube warfen sie die Gepäckstücke auf die Betten, zogen Feldjacken und Kampfjacken aus und gingen zu den Waschräumen. Es gab Eintopf, hergestellt aus den Konzentraten der EPA, das war die Abkürzung für »Einheitspackung Verpflegung«. Das heutige Konzentrat bestand aus Nudeln mit Ei und Schinken. Sie stocherten lustlos in ihren Kochgeschirren. »Scheißfraß«, sagte Stockdreher.
Sie aßen im Mannschaftsspeiseraum an langen Tischen. Die Unteroffiziere stellten ihre Kochgeschirrdeckel oder das Campinggeschirr, das sie mitgebracht hatten, auf die Tische der Unteroffiziermesse, und wieder in einem anderen Raum aßen die Offiziere. Für alle gab es das gleiche Essen aus derselben Küche. Hauptfeldwebel Schöffung nannte das Konzentratgericht einen Schlangenfraß, Hauptmann Langenbach beschwor seine italienischen Ferien; seither wisse er, wie Nudeln schmecken können.
»Ich wollte, diese Ernährungsphysiologen müßten das selber essen«, sagte Warwitz, »nachdem sie einen kalten Tag lang in Wildflecken an den Geschützen oder auf B-Stellen gestanden haben.«
»Kalorienmäßig stimmt es«, erwiderte Stertzner, »daran besteht kein Zweifel. Das Zeug ersetzt, was verbraucht wurde. Aber die Zunge kommt dabei zu kurz. Es schmeckt wirklich wie der letzte Schlangenfraß, Leute.«
Als Lawanski sein Kochgeschirr ausgewaschen hatte, fragte Bohrkamp, der mit einem bürstenartigen Pinsel die Reste des Essens aus dem Geschirr wischte: »Gehst du mit? Wir können einen schmettern heute abend.«
»Einverstanden, Mann.« Sie schlenderten zu ihren Unterkünften.
Später sagte der Spieß bei der Parole, daß um 23 Uhr Zapfenstreich sei und daß sich keiner besaufen solle, und morgen werde es rundgehen. Und gute Nacht.

In der Kantine, nach dem sechsten halben Liter, nannte Stockdreher Lawanski einen kommißgeilen Halbidioten, Bohrkamp einen scheißdummen Arbeiter, der die Vorteile der Beratung durch fortschrittliche Studenten nicht begreife und sich einen Kommunisten nenne, obwohl er keine Ahnung vom dialektischen Materialismus habe, Tolini einen Halbaffen und Schlommel einen Vollidioten.

Er war volltrunken, torkelte von seinem Stuhl hoch und mit erhobenen Fäusten auf Lawanski zu. Dann besann er sich einen Augenblick, griff sich einen Krug und schüttete den Inhalt in Lawanskis Gesicht. Der wischte das Bier ab, trat einen Schritt näher und schlug mit der Faust mitten auf die Nase des Jurastudenten. Sofort floß Blut über das Kinn.

Erstaunt riß Stockdreher die Augen auf, sah das Blut und sprang plötzlich mit einem Satz auf Lawanski. »Schwein«, keuchte er, »mieses Schwein, jetzt gebe ich es dir.« Seine Faust krachte in den Magen Lawanskis, der sich sofort krümmte und so den nächsten Hieb auf das Ohr erwischte. Er streckte sich wieder und griff nun seinerseits an.

Bohrkamp wollte dazwischen.

»Laß, Mann«, sagte Tolini, »das müssen die unter sich ausmachen!«

Blut lief aus einer Platzwunde über Lawanskis rechtem Auge. Immer mehr Soldaten sammelten sich um die beiden. Lawanski sagte kein Wort, er schlug nur zu. Stockdreher zeigte Wirkung, seine Schläge kamen ungezielt. Dann sackte er plötzlich zusammen und blieb am Fuße eines Tisches liegen.

Lawanski zog sein Taschentuch und wischte das Blut ab. Plötzlich war Leutnant Mörberg da. »Was ist hier los?«

Lawanski schüttelte den Kopf.

»Er hat ihn beleidigt, da hat er zurückgeschlagen«, sagte Tolini aufgeregt.

»Der Stockdreher hat ihn angegriffen, Herr Leutnant«, sagte Bohrkamp. »Und wo steht geschrieben, daß man sich nicht wehren darf?«

Mörberg befahl, Stockdreher sofort in den Sanitätsbereich zu bringen. »Hoffentlich ist ihm nichts Ernstes passiert, sonst sind Sie dran, Lawanski«, sagte er.

»Wenn einer dran ist, dann der Stockdreher«, widersprach Bohrkamp.
»Das werden wir rauskriegen. Wer hat es gesehen?« Er schrieb die Namen auf, dann betrachtete er das Gesicht des Gefreiten Lawanski und befahl auch ihm, in den Sanitätsbereich zu gehen. »Lassen Sie sich Jod aufpinseln, damit Sie keinen Ärger kriegen, vielleicht muß die Wunde über Ihrem Auge auch genäht werden. Sie haben ganz schön zugelangt – mußte das sein?«
Lawanski sah Mörberg an. Dann sagte er leise: »Ja, diesmal mußte es sein, Herr Leutnant.«
»Na dann«, sagte Mörberg.
Der Stabsarzt nähte die Wunde über dem rechten Auge mit ein paar Stichen.
Stockdreher, dem nichts Ernstes zugestoßen war, lag betrunken und röchelnd auf seinem Bett.
»Schweinehund«, sagte Bohrkamp, als er auf die Stube kam, und trat gegen den Bettpfosten. Aber Stockdreher erwachte nicht.

Am Tage darauf erschien Hauptmann Brencken in der Feuerstellung der dritten Batterie. Die Geschütze standen, keilförmig angeordnet, mit Schußrichtung Nordwest. Die Stimme des Batterieoffiziers kam scharf über die Stellung: »Feuerkommando!«
Sie sprangen an die Geschütze.
»Zwote Ladung – Aufschlag – zwotes allein!«
Der Munitionskanonier entfernte so viele Beutel mit Pulver, daß nur zwei in der Messingkartusche blieben, und legte das Geschoß zurecht. »Von Grundrichtung dreiunddreißig weniger!«
Bohrkamp drehte am Rundblickfernrohr, bewegte das Handrad für die Seitenrichtung. Als die Wischerrichtlatte auf den senkrechten Streifen im Fernrohr wanderte, hob er die Hand. Okay, verstanden, hieß das.
Wieder die Stimme Schmidts: »Dreihundertsechzig Strich! Libelle dreihundert! Feuerbereitschaft melden!« Das war der Wert der Rohrerhöhung. Lawanski drehte am Handrad, das

Rohr des Geschützes mit der Mündungsbremse hob sich, blieb stehen.
Die anderen fünf Geschütze richteten mit. Die Rohre standen parallel und auf gleicher Höhe. Wenn sie alle schössen, würde ein Raum mit Granatwirkung abgedeckt, der so breit war wie die Feuerstellung. Dazu kam noch das, was die Splitterwirkung der Geschosse von den Flügelgeschützen nach außen hergab. Die Libelle spielte ein, der Geländewinkel war ausgeschaltet.
Bohrkamp hob die Hand, nachdem Panzerkanonier Tolini das Geschoß in das Rohrmundstück geschoben hatte. Er rammte es mit dem Ansetzer fest, Stockdreher, beide Augen blaugrün und Schrammen auf der Nase, schob die Kartusche hinterher. Lawanski schloß den Verschluß des Geschützes.
»Feuerbereit!« meldete Unteroffizier Pützke.
Dann war einen Augenblick Ruhe.
Brencken erinnerte sich an die Schubkurbelflachkeilverschlüsse der schweren Feldhaubitze achtzehn, mit der er im Kriege geschossen hatte. Vierzig war er auch Richtkanonier gewesen, einundvierzig ritt er als Scherenfernrohrunteroffizier, zweiundvierzig wurde er Leutnant.
»Zwotes« – klang die helle Stimme des Batterieoffiziers – »Feuer!«
Lawanski zog an der Abzugsleine, der Mündungsknall kam hart, das Geschoß verließ das Rohr. Lawanski öffnete sofort den Verschluß, Pulverqualm kam aus dem Rohrmundstück.
Brencken nickte den Soldaten zu und ging zu seinem Jeep. Es hatte jetzt sowieso keinen Sinn, mit Lawanski über die Prügelei zu sprechen.
Neue Kommandos kamen, das Grundgeschütz feuerte weitere Schüsse. Brencken winkte seinem Fahrer. »Wir fahren zum Bataillonsgefechtsstand.«
Als Brencken die Feuerstellung verließ, kommandierte Oberfeldwebel Schmidt einen ganzen Kampfsatz. Die Geschütze schossen sechs Schuß in der Minute – machte zusammen sechsunddreißig.
Es klang wie damals ...

Brencken wartete in Dalherda, am Rande des Übungsplatzes, auf den General. Der Wirt stellte ein großes Glas Bier vor ihn.
»Ich kenne Sie irgendwoher, Herr Hauptmann.«
Brencken sah auf. »Mag sein, ich war vor ein paar Jahren schon einmal hier.«
»Und Sie waren dabei«, sagte der Wirt, »als ein Major in meiner Küche ein Schweineschnitzel zubereitete mit Apfelsinen, wenn ich mich recht erinnere.«
Auch Brencken erinnerte sich: das war der stellvertretende Kommandeur eines anderen Artilleriebataillons gewesen, der leidenschaftlich kochte und das hier erfundene Steak sogar einmal im Fernsehen vorgeführt hatte.
General von Wächtersberg kam herein, schüttelte sich und lachte: »Sauwetter, Brencken, was? Einen Grog bitte, Herr Wirt, aber nach dem Rezept – Rum muß, Zucker kann, Wasser braucht nicht.«
Der Wirt lachte und ging in die Küche.
»Ich habe Sie hierher gebeten, Herr Brencken, weil ich mit Ihnen über Ihre militärische Zukunft reden will. Und Dalherda lag näher als Wildflecken, besonders, weil ich nachher noch zu Ihrer dritten Batterie will.«
Was wollte der General?
»Wir kennen uns nun schon viele Jahre, seit damals, als ich noch Stellvertreter bei Frédéric war.«
»Gott ja, Frédéric«, sagte Brencken, »das ist beinahe schon eine andere Welt.«
»Es ist wirklich eine andere. Sehen Sie, Herr Brencken, die Modernen in unserer Bundeswehr sind das eine Element, die Konservativen – ich meine damit nichts Schlechtes – sind das andere. Anode und Kathode sozusagen, dazwischen die Unentschlossenen, die sich irgendwo anlehnen. Aber unser Meister Frédéric, das war ein Stockkonservativer, ein eitler, ein manchmal extrem egozentrischer Mann. Mit dem hatten wir's alle nicht leicht. Hätten wir uns ihm gegenüber seiner Methoden bedient, er wäre viel früher gefeuert worden.«
»Sie hatten am meisten unter ihm zu leiden, Herr General.«
»Nicht leiden – das war es nicht. Ich habe nur manchmal sehr mühsam an mich halten müssen. Was Sie mitbekommen ha-

ben, ist noch das wenigste. Was sich so ganz unter uns abspielte, war viel bösartiger.«
»Und warum haben Sie nicht eine einzige Beschwerde gestartet?«
»Lieber Herr Brencken, ich bin bei manchen Gelegenheiten sehr altmodisch. Und zu meinen altmodischen Gewohnheiten gehört es, gegen meinen direkten Vorgesetzten erst dann formal vorzugehen, wenn mir wirklich nichts anderes mehr übrigbleibt. Ich habe versucht, so viel wie möglich abzubiegen; oft ist mir das auch gelungen. Sie hatte er übrigens auch gefressen, Brencken.«
»Ich weiß, Herr General.«
»Und leider haben Sie ihm auch Anlaß gegeben.«
»Wieso?«
»Ihre Leistungen gaben ihm Anlaß. Und deshalb habe ich manchmal nichts für Sie tun können.«
Brencken schaute auf die Tischplatte.
»Sie werden 1969 nach Mainz gehen?«
»Jawohl, ich hatte ein Personalgespräch mit Oberstleutnant Wiegand.«
»Weiß ich, Herr Brencken. Sie bleiben im S-4-Geschäft, und das halte ich für gut.«
»Jawohl, Herr General.«
»Herr Brencken, Sie sind zu alt, als daß noch etwas an Ihnen geändert werden könnte. Sehen Sie, Ihre Kameraden und Vorgesetzten schätzen Sie, weil Sie ein sympathischer Mann sind. Aber Ihre Leistungen sind nicht dazu angetan, daß sich ein Vorgesetzter uneingeschränkt über Sie freuen könnte. Verstehen Sie mich bitte nicht falsch. Ich möchte hier keine Kritik vortragen, sondern von Mann zu Mann mit Ihnen reden.«
»Jawohl, Herr General.«
»Lassen Sie doch bitte diese Formeln beiseite, Herr Brencken. Sehen Sie, als neulich Ihr Geschäftsbereich von einer Kommission der Brigade unvermutet überprüft wurde, haben wir eine Reihe von vermeidbaren Mängeln festgestellt. Mein G 4 hat mir das sofort gemeldet, und Ihr Kommandeur war ganz schön sauer.«
»Ich weiß.«

»So etwas kann man doch vermeiden, wenn man sich um seinen Kram kümmert. Im Materialnachweis sind die notwendigen Prüfungen nicht zu finden, die vorgeschriebenen Beurkundungen fehlen ebenfalls. Das ABC-Material – Sie sehen, ich weiß das sogar auswendig – war unter dem Hund schlecht gelagert, dafür waren die Betriebsstoffdinge gut geordnet. Ihr Truppenversorgungsarbeiter hatte eine vorzüglich geführte Bekleidungskammer vorzuweisen. Das andere, wie gesagt, wäre vermeidbar gewesen, Herr Brencken.«

Der Wirt brachte den Grog. Wächtersberg rührte den Zucker im heißen Wasser um und goß den duftenden Rum darüber. Natürlich war das alles vermeidbar. Er war lasch, einfach lasch. Der Materialnachweis war unter dem Hund, der Oberfeldwebel taugte nicht viel. Dann hätte er eben seine Ablösung beantragen müssen. Stertzner hätte ein Einsehen gehabt. Nun war sogar der General mit der Nase auf eine mangelhaft geführte Materialnachweiskartei gestoßen worden. Einen Punkt runter in der Beurteilung. Wächtersberg würde sie Stertzner anrechnen, Stertzner seinerseits würde sie in die Beurteilung seines S 4 einfügen.

»Beim Wehrbereichskommando werden Sie einen fest umrissenen Aufgabenkreis haben, weniger als hier und besser zu überschauen – obwohl das hier ja schließlich auch überschaubar ist. Ich möchte Ihnen einen Rat mit auf den Weg geben, Herr Brencken, einen guten, kameradschaftlichen Rat: Was Sie außerhalb der Dienstzeit machen, ist Ihr Bier. Aber während des Dienstes sollten Sie sich ausschließlich auf Ihren Pflichtenkreis konzentrieren. Von den vielen gut getanen kleinen Dingen hängen die Erfolge der großen Vorhaben ab. Als Brigadekommandeur möchte ich dem Kommandeur meines Artilleriebataillons blind vertrauen können. Und ich frage mich, ob ich das kann, wenn sein S 4 seine Pflichten nur unvollkommen erfüllt. Natürlich vertraue ich Oberstleutnant Stertzner, natürlich kenne ich Sie und weiß, daß Sie ein anständiger Kerl sind. Aber schon unter unserem gemeinsamen Feindfreund Frédéric mußte ich Einschränkungen machen: Der Brencken neigt dazu, in weniger entscheidenden Dingen, die sich aber sehr bald als entscheidend erweisen können, fünf gerade sein zu lassen. Und diese Mischung aus guter Mensch und Ausreichend-Offizier sind Sie geblieben – nicht böse sein, daß ich es Ihnen so deutlich sage. Aber Sie müssen wissen, wie wir denken und warum wir gern wollen, daß der bald fünfzigjährige Hauptmann aus der Truppe wegkommt.«

Brencken drehte sein Halbliterglas in den Händen. »Herr General, ich weiß, daß Sie, und auch mein Kommandeur, recht haben. Ich spüre, daß es richtig ist – was heißt spüren; es ist ja schließlich nachzumessen, was falsch und schlecht ist. Das sehe ich auch. Und manchmal sehe ich auch ein, daß ich zu alt bin für dieses Bataillon und überhaupt für die Truppe. Ich glaube, daß ich etwas verkorkst aus diesen letzten fünfundzwanzig Jahren herausgekommen bin.«

»Schon gut, Herr Brencken. Ich wollte Ihnen nur gesagt haben, daß Ihr Schicksal mir ein bißchen am Herzen liegt und daß ich versuchen will, das Beste für Sie herauszuholen.«

»Danke, Herr General.«

»Zahlen, Herr Wirt!«

Brencken half ihm in den Mantel. Der Fahrer des Generals schraubte den Kommandeurstander in die Fassung und öffnete den Wagenschlag.

»Alles Gute, Herr Brencken! Bevor Sie gehen, sehen wir uns sicher noch ein paarmal. Und außerdem melden Sie sich bei mir ab, ja?«

»Jawohl, Herr General.«

Er grüßte, Wächtersberg stieg in den Wagen. Die Räder drehten einen Augenblick durch, ehe sie griffen. Der General winkte.

»Auf geht's, nichts wie heim«, sagte Brencken zu seinem Fahrer und stieg in den Jeep. Es würde noch kälter werden. Das hatte aber den Vorteil, daß die Sicht zum Schießen klar blieb. Brencken schüttelte die Schultern in der warmen, gefütterten Feldjacke und steckte sich eine Zigarette an.

Ziemlicher Mist, daß einen der Brigadier bestellte, um ihm zu sagen, warum er ihn loshaben wollte. Andererseits: Brencken kannte genügend Kommandeure, die ihnen unliebsame Offiziere wortlos in die Wüste schickten. Anruf bei der Personalabteilung in Duisdorf genügte. Bald mußte er sich beim Befehlshaber im Wehrbereich melden. Und das wäre dann die letzte Station im zweiten Soldatenleben des Karl-Helmut Anatol Brencken aus Preußisch-Eylau.

Das Bataillonsschießen erstickte im Schnee.
Um neun Uhr sollte der erste Schuß fallen. Gegen elf Uhr war noch immer keine Sicht. Oberstleutnant Stertzner schüttelte den Kopf. »Das ist ein großes Unheil, Freunde. Wir haben noch zwei Tage, bis es wieder nach Hause geht. Und jetzt dies.«
Der Wind trieb den Schnee fast waagerecht daher, die wässerigen Kristalle setzten sich in die Wimpern. Die Sicht betrug nur wenige Meter.
Kurz nach zwölf gab Stertzner den Befehl, das Schießen abzubrechen. »Einrücken, hat keinen Zweck mehr, Brencken, lassen Sie die Munition wieder zusammenfahren. Und halten Sie bitte für heute nacht die Leuchtmunition bereit. Wenn der Schnee aufhört, können wir wenigstens das noch durchführen. Wieviel Schuß haben wir da?«
»Achtzig, Herr Oberstleutnant.«
»Na, das wird ein schönes Feuerwerk.«
Es wurde kein Feuerwerk. Der Schneefall hielt an. Auf den Straßen über den Truppenübungsplatz maß man bald vierzig Zentimeter Schnee.
Abends saßen die Offiziere in der Bar. Stertzner trank nachdenklich seinen Whisky. Warwitz kam erst gegen zweiundzwanzig Uhr, er nickte dem Kommandeur zu. Brencken, Mörberg, Perino und Stabsarzt Hockberger spielten einen Doppelkopf, der Arzt fand sich nur mühsam in den Karten zurecht.
Zwei amerikanische Offiziere saßen auf den Barhockern, junge Captains mit kurzem Haarschnitt und Westpoint-Profil. Einer trug eine ganze Handvoll Auszeichnungen an seiner Uniform. Vietnam. Für Korea war er zu jung. Später legten sie die Karten beiseite.
»Und wie gefällt es Ihnen beim Kommiß?« fragte Brencken.
Dr. Hockberger zögerte einen Augenblick mit der Antwort.
»Ehrlich«, sagte er dann, »ich habe es mir anders vorgestellt.«
»Schlimmer?«

»Ja, mehr Kommiß. Das ist alles ein wenig anders, als wir es erwartet haben.«
»Na, das ist doch recht positiv.«
»Sicherlich, das ist positiv. Aber über meine Haltung zu der Frage der Streitkräfte ist damit noch nichts ausgesagt, Herr Brencken.«
»Sie meinen – ob wir notwendig sind?«
»Ja, das meine ich.«
»Einfach zu beantworten, Doktor. Es ist klar, daß wir mit unserer militärischen Existenz eine abschreckende Wirkung ausüben.«
»Auf den Warschauer Pakt?«
»Ja, und vor allem auf die Sowjetunion.«
»Da setzen meine Zweifel ein. Wer sagt Ihnen, daß die kriegslüstern sind?«
Oberstleutnant Stertzner hatte aufmerksam zugehört. Er stand auf und setzte sich neben den Arzt. »Ob die einen Krieg wollen, Doktor?«
»Ja, daran zweifle ich.«
»Ich nicht. Die wollen keinen.«
»Sagte ich doch!«
»Jetzt keinen, Herr Doktor Hockberger. Denn damit gingen sie ein viel zu großes Risiko ein. Und im Gegensatz zu unserem Herrn Hitler kalkulieren die Männer im Kreml ihre Chancen peinlich genau. Hätte Hitler damals nur ein bißchen Bescheid über das Potential der USA gewußt, er hätte den Vereinigten Staaten niemals den Krieg erklärt. Ach was, er hätte überhaupt keinen Krieg geführt.«
»Und Sie meinen, wenn wir schwach sind –«
»Dann sind wir für die ideologischen Weltverbesserer eine Versuchung, gerade wir in Mitteleuropa.«
Der Arzt wurde nachdenklich. »Wer sagt Ihnen das alles, Herr Oberstleutnant?«
»Nun, man sollte seine Texte lesen. Das Parteichinesisch der Veröffentlichungen aus Moskau und Ost-Berlin reizt nicht zur Lektüre, sicher. Aber wenn man den Inhalt aus dem Kauderwelsch herausschält, wird man ganz schön belohnt – mit offenen Worten nämlich. Koexistenz – was ist das? Das Nebenein-

anderleben von zwei gesellschaftlich verschiedenen Systemen, ohne daß der eine dem anderen etwas tut. So denken wir. Aber unsere Brüder und Schwestern in Rot sagen das so: friedliche Koexistenz zwischen zwei gesellschaftlich verschiedenen Systemen bedeutet nicht, daß der Klassenkampf aufhört, im Gegenteil. Es gibt keine ideologische Koexistenz. Da wird hart gekämpft, wenn es sein muß, auch mit der Waffe, für die Unterdrückten und gegen die Unterdrücker. Und wer unterdrückt und wer unterdrückt wird, darüber befindet natürlich das ideologisch gefestigte Kollektiv.«
»So sehe ich das nicht.«
»So sehen das viele Leute nicht. Wissen Sie, ich habe nach dem Krieg ein paar Jahre Politik studiert, bei einem, der uns den dialektischen und historischen Materialismus großartig beigebracht hat. Das war in Hamburg, noch vor den fünfziger Jahren.«
»Damals war ich auch kurz dort oben«, sagte Brencken.
»Wo?«
»Nördlich Kiel. Korpsgruppe Stockhausen, das war so eine Art deutsches Militärskelett.«
»Ich weiß«, sagte Stertzner, »ich war damals in der Nähe von Büsum, bei der Korpsgruppe Witthöft. Wo sind Sie denn entlassen worden?«
»In Kiel, im Februar 46.«
»Ich im Januar, auch in Kiel. War eine ziemlich miese Prozedur, wie?«
Brencken griff sich plötzlich ans rechte Ohr.
»Die Engländer haben uns damals entlassen«, sagte Stertzner.
»Und wir Deutschen haben ihnen dabei geholfen. Das war weiter nicht schlimm. Aber der Stempel, nachdem wir entlaust waren –«
»Hinter dem Ohr«, sagte Brencken.
»Wie der Trichinenbeschauer beim Schwein«, ergänzte Stertzner.
»Das ist wohl 'n Witz, das tun doch die Engländer nicht«, sagte Leutnant Mörberg.
»Ach, Mörberglein, sie befahlen es, und wir führten es aus. So war das damals, und es wird immer wieder so sein – oder glau-

ben Sie, wir seien ein Volk von lauter Helden? Du lieber Gott, wenn ich da an die ersten Nachkriegsjahre denke – nein, Leutnant Mörberg, fragen Sie uns Alte, warum wir so skeptisch sind! Wir sind es, weil diese Deutschen ebenso zu den größten Leistungen wie zu den miesesten Taten fähig sind. Und verdammt, die anderen sind auch nicht viel besser.«
Brencken dachte, daß dies genau den Nagel auf den Kopf traf.
»Das mit dem Stempel ist eine Schweinerei«, sagte Leutnant Mörberg, »das geht gegen die Ehre. Was haben Sie dagegen getan?«
»Nichts«, sagte Stertzner, »dagegen konnten wir nichts tun.«
»Man kann das doch verweigern?«
»Mörberg, Sie sind so herrlich jung, daß Sie es wirklich nicht wissen können: Man konnte es nicht verweigern. Und außerdem – sosehr ich das alles haßte damals –, ich habe nie vergessen können, daß wir Leuten, die uns ebenso wenig getan hatten wie wir unseren britischen Entlassern, die KZ-Nummern unverwischbar auf die Arme tätowierten. KZ heißt Konzentrationslager, falls Sie es nicht wissen sollten.«
Brencken hatte damals, in Kiel, im Augenblick, als er den Stempel hinter das Ohr erhielt, nicht an die KZ gedacht. Daran dachte er erst etwas später, als der Major im Generalstabsdienst Stasswerth sagte, wegen dieser KZ müßten sie alle rot werden vor Scham bis an ihr Lebensende.

»*Das amerikanische Hauptquartier gibt bekannt:
Die oftmalige Außerachtlassung der einfachsten
Höflichkeitsformen durch die deutsche Bevölkerung
beim Vorüberziehen der amerikanischen Flagge
oder beim Spielen der amerikanischen
Nationalhymne hat es notwendig gemacht, die
Bevölkerung darauf hinzuweisen, daß der
amerikanischen Flagge und der amerikanischen
Nationalhymne von den Deutschen dieselben
Ehrenbezeigungen wie von seiten der
amerikanischen Zivilisten zu erweisen sind.
Alle haben in solchen Fällen ruhig
stehenzubleiben, das Gesicht der Flagge oder der
die Hymne spielenden Musik zugewandt. Die
männliche Bevölkerung hat den Hut
abzunehmen.*«

13. Mai 1946

*Es sei eine uralte Lehre der katholischen
Moraltheologie, daß der Schöpfer die Erdengüter
zunächst der Menschheit im ganzen übergeben
habe, damit jedem einzelnen das zum Leben
Notwendige zur Verfügung stehe. Nach dem
Sündenfall sei nach dem Willen der Natur und des
Schöpfers die Aufteilung eines Teiles der Güter in
Sondereigentum der einzelnen erfolgt. Die Kirche
sei die letzte, die diese Wahrheit anzweifele. In
höchster Not des einzelnen aber trete die
ursprüngliche Bestimmung der Erdengüter, allen
das zum Leben unbedingt Notwendige zu bieten, in
den Vordergrund und gebe ihm das Recht, dies zu
nehmen, wenn er es auf andere Weise nicht
erlangen könne. Dabei sei folgendes zu bemerken:
1. Es müsse sich um höchste oder quasi-höchste Not,
d. h. unmittelbare Gefahr des Todes, schwerer*

*Gesundheitsschädigung, des Verlustes der Freiheit
handeln.
2. Der andere dürfe dadurch, daß ihm sein
Eigentum genommen werde, nicht in die gleiche
Notlage versetzt werden.
3. Die Pflicht eines nachträglichen
Schadensersatzes bleibe bestehen.*

Josef Kardinal Frings, Erzbischof von Köln,
Metropolit der Rheinischen Kirchenprovinz, am
31. Dezember 1946 in der Kirche St. Engelbert zu
Köln-Riehl.
(Auf diese Predigt geht das Wort »fringsen«
zurück, das die Besorgung von Lebensnotwendigem
auf eigene Faust umschreibt.)
Zitiert nach Kölnische Rundschau

1946 Captain P. L. Mesty, Royal Army, saß auf der Vorderkante des Stuhles und schaukelte. Die hinteren Stuhlbeine knirschten. Captain Mesty rauchte eine lange dünne Zigarette. Der Tabak war hell, blond, und der Geruch zog in die Nasen der Leute, die an ihm vorübergingen. Neben Mesty thronte ein Sergeant und bewegte automatenhaft einen Stempel über die Papiere. Sein Chef schaute kühl jedem der Vorbeiziehenden ins Gesicht, las den Namen auf dem Entlassungsschein, schaute noch einmal auf, und erst dann malte er mit einem hellblauen Füllhalter seinen Namen auf den Schein. Erst dehnte er das P lang nach rechts, dann zog er zwei Längsstriche und einen Kreis darum, dann schrieb er »Mesty«. Aber das konnte keiner lesen. Während des Schreibens ließ er das Schaukeln sein, dann wiegte er sich wieder hin und her und musterte durch seine goldgefaßte Brille die Schlange der Männer vor ihm. Auf seine braunen Schulterstücke waren drei Sterne gestickt.

Captain P. L. Mesty, R. A., wickelte einen Teil der deutschen Armee ab. Jetzt kannte auch Karl-Helmut Anatol Brencken das Verfahren. Er hatte es nicht glauben wollen, als man ihm davon erzählte.

»Sagen Sie, was Sie wollen«, hatte er dem entlassenen Stabsfeldwebel erwidert, »ich glaube nicht, daß der ritterliche Sinn der Engländer so etwas zuläßt.«

Aber da hatte der Stabsfeldwebel nur laut gelacht und nichts mehr gesagt. Es war gekommen, wie er es angekündigt hatte.

Brencken erhielt den Auftrag, die Entlassungskolonne nach Kiel zu führen. Es waren dreißig oder vierzig Männer. Die drei Generalstabsoffiziere hatte er in seine Kolonne aufgenommen, nachdem ihm der General gesagt hatte, worum es ging.

»Hören Sie, Brencken, das muß so gemacht werden. Die Majore fahren morgen mit Ihnen. Sie kennen die Gerüchte, daß Generalstabsoffiziere verbannt werden sollen, nicht entlassen werden dürfen, festgehalten werden sollen und so fort. Die drei fahren morgen mit Ihnen nach Kiel und werden unter anderem Namen entlassen. Für Sie ist das kein Risiko.«

»Und wenn!« hatte Brencken erwidert.

Nun, mit den Generalstäblern war es glattgegangen. Major

Stasswerth hatte ihm nach den ersten Entlassungszeremonien zugenickt. Es war alles in Ordnung.
Aber der Stabsfeldwebel hatte recht behalten.
Brencken saß einem Schreiber gegenüber, einem deutschen Gefreiten.
»Name, Vorname, Dienstgrad, Geburtsdatum?«
Brencken nannte seine Daten.
»Und?« fragte der Gefreite.
»Was und?« fragte Brencken.
»Na, ich dachte . . .«, sagte der Gefreite. Dann wandte er sich an den neben ihm sitzenden Feldwebel. »Nichts zu rauchen? Merkwürdiger Verein.«
Brencken hatte eine scharfe Antwort auf der Zunge. Aber Major Stasswerth, der neben ihm saß und eiskalt »Papsberg« als seinen Namen genannt hatte, stieß ihn in die Seite.
»Letzter Truppenteil, Dienststellung?« fragte der Gefreite mürrisch.
Brencken gab knappe Antworten. Der Gefreite suchte in den Taschen, fand einen Zigarettenstummel, setzte ihn in Brand, machte zwei Züge und drückte ihn in einem Suppenteller aus.
Brencken ging ins nächste Zimmer.
Alles war hervorragend organisiert. So, als ob die Engländer schon immer entwaffnete Armeen »ordnungsgemäß abgewickelt« hätten.
»Wo sind Ihre Dienstgradabzeichen?« fragte ein Unteroffizier.
Brencken zog den langen Fahrermantel aus. Mit einer Schere trennte der Unteroffizier die beiden silbernen Schulterstücke von der Schulter. Brencken überlief es eiskalt. Er schloß die Augen, während die Hand mit der Schere das rote Tuch durchtrennte, den Knopf abschnitt und die Schulterstücke in einen Kasten warf.
Das war also das Ende, dachte Brencken. Ein deutscher Unteroffizier schneidet dem Oberleutnant Brencken die Schulterstücke ab. Er dachte an Vater, dem 1918 die Revolutionäre die Schulterstücke vom Rock gerissen hatten. Dieser hier schnitt wenigstens. Und man stellte sich selbst. Man ging in das Zimmer, zog den Mantel aus und ließ sich die Schulterstücke ab-

schneiden. Als er sie bekommen hatte, vor drei Jahren, war er sehr stolz gewesen. Bolzengerade hatte er vor dem Lehrgangskommandeur gestanden: »Gehorsamsten Dank, Herr Major!«
Der Unteroffizier drehte Brencken herum und begann die linke Knopfreihe des Mantels von oben nach unten abzuschneiden. Er sah, wie einer der grauen Knöpfe nach dem anderen fiel. Der Mantel war nicht mehr zu schließen.
»Das muß sein«, sagte der Unteroffizier. »Auf das Tragen von Uniformen steht nach alliiertem Befehl eine hohe Strafe, es kann auch Todesstrafe verhängt werden. Die Knöpfe müssen herunter, Herr Leutnant.«
Herr Leutnant, hatte er gesagt, Brencken verzog die Mundwinkel. Dann ging er weiter, der Mantel schlappte um seine Waden. Im nächsten Zimmer saßen drei frierende Männer, einer im weißen Kittel. Der rauchte mürrisch eine dünne, selbstgedrehte Zigarette und starrte auf die bedruckten Zettel, die ihm zugeschoben wurden. Die anderen drehten große Bleistifte in den Händen.
»Narben?«
»Rechtes Knie, Rückenpartie«, antwortete Brencken. Es widerte ihn an.
»Freimachen«, sagte der Arzt.
Brencken zog den Stiefel aus, schob die Hose hoch und machte das Knie frei.
»Der Rücken«, sagte der Arzt.
»Bißchen schnell, bitte!« knurrte der eine der beiden Schreiber.
Brencken zog Pullover und Hemd aus der Hose und zeigte seinen Rücken. Die Schreiber schwiegen. Der Arzt kam um den Tisch herum. »Wo haben Sie sich das geholt?« fragte er.
»Ariupol 1944.«
»Haben Sie Beschwerden?« fragte der Arzt, ging wieder hinter den Tisch zurück und drehte sich eine neue Zigarette.
»Nein.« Brencken dachte an die Nächte, in denen die Schmerzen ihn stundenlang umhertrieben, noch jetzt, weit über ein Jahr war es her, daß der glühendheiße Splitter ihn zur Erde gefegt hatte. »Nein«, wiederholte er, »es ist nicht so schlimm.«

»Halten Sie keine Reden, Mann, ziehen Sie sich an und machen Sie, daß Sie weiterkommen!« Der Schreiber sah ihn böse an. »Wir wollen endlich aus dieser Affenkälte heraus.«
»Ja«, sagte Brencken. Nicht jawohl, nicht jawoll, einfach ja.
»Tauglichkeitsstufe?« fragte der Arzt, der wieder in seine durchfrorene Teilnahmslosigkeit versunken war.
»Schreiben Sie kv«, sagte Brencken und ging.
»He, Sie«, schrie der eine der beiden Schreiber, »Ihr Entlassungsschein!«
Brencken nahm den Schein und ging.
Der Sanitätsobergefreite füllte ein Pulver in eine große Spritze und winkte Brencken zu sich. »Auf geht's«, sagte er, »hier werden Sie garantiert entlaust, hier werden alle entlaust, Fürsten und Bettler, Generale und Stabsgefreite. Alle mit dem Allheilmittel der Befreier.« Er hielt die Spritze an Brenckens rechten Ärmel, stieß eine Wolke Pulver hinein, wiederholte das Manöver am linken Ärmel und redete ununterbrochen. »Alle die lieben Läuse werden auf der Stelle tot umfallen, sage ich dir. Der tödliche Staub wird sie treffen, wie weiland die Hethiter der Arm des Herrn.« Die Spritze schob sich in den Hemdkragen. Brencken spürte das Pulver den Rücken hinunterrieseln.
»Auf, mein Freund, nebenan gibt es den Stempel«, sagte der Sanitäter und schob die Spritze in den Hemdkragen Stasswerths.
Jetzt kam, wovon der alte Stabsfeldwebel erzählt hatte: der Stempel. Brencken betrachtete sich den Mann, der den kreisrunden Stempel auf das blaue Kissen drückte, ihn hob und – Brencken trat zurück. »Nein!« sagte er.
»Brencken!« mahnte hinter ihm Stasswerth. »Seien Sie vernünftig!«
Brencken starrte den Mann mit dem Stempel an.
»Los, komm her, Mann«, sagte der beruhigend, »mach keine Sachen! Jeder muß den Stempel an die gleiche Stelle bekommen. Das hat der Engländer so befohlen.«
Stasswerth schob Brencken sanft nach vorn, der Mann am Tisch hob den Stempel abermals. Brencken wehrte sich nicht, als er den Gummi hinter dem rechten Ohr spürte. Er ging drei Schritte weiter und blieb stehen. Stasswerth faßte ihn unter

dem Arm, führte ihn weiter. »Brencken!« sagte Stasswerth beruhigend.
Als Brencken dem Major in die Augen sah, fand er sie so kühl und ruhig wie immer.
»Glauben Sie wirklich, daß dieser Stempel hinter dem Ohr uns trifft?« fragte Stasswerth.
»Aber Herr Major! Wir sind abgestempelt wie die Schweine vom Trichinenbeschauer, wie die . . .«
»Nein, Brencken, glauben Sie mir, wir nicht! Damit haben die Tommies nur sich selber abgestempelt. Wenn wir später einmal über diese Zeiten reden werden, als freie Männer, und wir erzählen irgendeinem englischen Kaufmann, der uns in unserem Geschäft besucht, daß seine Landsleute uns abgestempelt haben, dann wird dieser Geschäftsmann aus London, aus Bombay oder Montreal, aus Edinburgh oder Sydney sich für diese schämen. Vorwärts, Brencken, hier gibt es Geld.«
Dann stand Brencken endlich dem Captain gegenüber. Der Fleck aus Stempelfarbe brannte hinter dem Ohr.
»What is your civil occupation?« fragte Captain Mesty. Seine Stimme war ein wenig ölig, er sprach Oxford-Englisch.
»Ich verstehe Sie nicht«, erwiderte Brencken.
Der Captain schaukelte, der Rauch der Zigarette, die er nicht aus den dünnen Lippen genommen hatte, stieg Brencken in die Nase.
»Translate it«, sagte der Captain zu seinem Nachbarn, dem Sergeanten, ohne den Blick von Brencken zu wenden.
»Welches ist Ihr Zivilberuf?« fragte der Sergeant.
»Ich habe das Abitur gemacht«, erwiderte Brencken.
»Nothing«, übersetzte der Feldwebel, »he was a student.«
»Did you fight in France?« fragte der Captain weiter. Der Feldwebel übersetzte.
»Nein, in Rußland.«
»In Russia«, übersetzte der Feldwebel.
»You were a Nazi?« Die Frage kam wie nebenhin.
Der Feldwebel übersetzte: »Sie Nazi gewesen?«
»All Germans were Nazis. All German people were Nazis. Go to hell!«
Brencken, der jedes Wort verstanden hatte, wollte schon wieder

hochfahren. Abermals spürte er Stasswerths Hand auf seiner Schulter.
Der Captain malte das langgezogene P, den Kreis und den unleserlichen Rest und schob den Zettel weiter. Jetzt erst sah Brencken, daß der Engländer Handschuhe trug, mit drei Knöpfen über dem Puls geschlossen. Der Zeige- und der Mittelfinger des rechten Handschuhs waren braun vom Nikotin. »He, Nazi«, sagte er plötzlich, »what was your rank?«
»Oberleutnant«, erwiderte Brencken, ohne den Feldwebel übersetzen zu lassen, »Oberleutnant.«
»Of course, lieutenant. And you've killed the jews in Russia and you don't know anything about the KZs. Go to hell, all Germans are Nazis, all Germans are criminals.« Und dann noch einmal deutsch: »Geh zur Hölle, verdammter Nazi!«
Brencken war auf einmal ganz ruhig. Er ging weiter, ohne ein Wort. Drückte seinen Daumen auf ein Stempelkissen und dann auf den Schein und stand draußen, auf der Straße. Es war Februar, die dünne Sonne wärmte noch nicht. Stasswerth zog eine Zigarette aus der Tasche, halbierte sie sorgfältig und reichte ihm die Hälfte. »Wischen Sie sich den Stempel ab, Brencken. Hier wird er überflüssig. Und rauchen Sie erst noch ein paar Züge, ehe Sie etwas sagen.«
»Ach, Herr Major«, sagte Brencken, »das ist alles so . . .«
»Schweigen Sie, dienstlicher Befehl, der letzte, Brencken. Wir reden später darüber.«
Brencken schwieg. Das Taschentuch war voll blauer Stempelfarbe, als er es wieder in die Manteltasche steckte.
»Von der Fahne schleichen, ist bitter«, sagte ein alter Mann, der eben noch Hauptmann war, »aber von der Fahne gejagt werden, ist schlimmer.« Er wartete nicht auf Antwort, sein Gang war müde und schleppend.
»Fahne ist nicht mehr«, sagte Stasswerth und ging auf den Wagen zu. Brencken folgte ihm. Immer noch brannte das rechte Ohr, als habe einer mit einem glühenden Eisen daran gerührt. Als wären wir geschlachtete Schweine. Sie werden rot werden, die Engländer, später, wenn wir ihnen das erzählen, dachte er. Und dieser dünnhäutige Captain, und überhaupt diese Engländer.

Diese Engländer hatten übrigens das Konzentrationslager Bergen-Belsen gesehen.
Das erfuhr Brencken am selben Abend von Stasswerth. »Und sehen Sie, Brencken, deswegen werden wir rot werden. Unser ganzes Leben lang. Auch wenn wir nichts davon gewußt haben. Wir sind nicht schuld, aber wir müssen uns schämen, Brencken. Ich glaube, ein Leben lang schämen reicht nicht aus.«
»Auch wenn wir wirklich nichts geahnt haben?«
»Auch dann. Es ist in unserem Namen geschehen. Deutsche Menschen haben Menschen umgebracht, zu Hunderttausenden, zu Millionen –«
»Kennen Sie Zahlen?«
»Was sind Zahlen, Brencken! Und wären es nur zehn oder fünf oder einer – wird das Unrecht geringer, wenn die Zahlen sinken?«
»Aber wir haben doch unseren Eid geschworen, Herr Major!«
»Das haben die SS-Leute auch, die an den Gruben standen.«
»Hauptmann Kurth hat es mir einmal angedeutet, damals an der Mühle.«
»Ariupol? Das war, als –« Stasswerth unterbrach sich, fuhr dann etwas hastig fort: »Da muß er großes Vertrauen zu Ihnen gehabt haben, der Gero Kurth.«
Er unterbrach sich, dachte Brencken, er weiß es, er denkt daran, wie ich daran denke.
Dieser Oktobertag an der Mühle von Ariupol!
Und er schweigt, wie ich drüber schweige.
Ich werde nun kein Verfahren mehr haben – aber der Major Stasswerth denkt auch daran, daß ich kein Verfahren haben werde.
»Major Kurth –«, begann Stasswerth.
»Er ist noch Major geworden? Wo steckt er?«
»Er wurde Ende Oktober Major, wir haben das auf unsere Art gefeiert, im Kasinobus. Zum Schluß haben wir die leeren Kognakflaschen durch die offene Tür geschmissen und haben geschrien, daß uns dieser Krieg gestohlen werden kann und daß uns das Oberkommando der Wehrmacht am Arsch lecken kann, und überhaupt könnten uns alle am Arsch lecken. Der General, der vor der Tür schon längere Zeit zugehört hatte,

meinte dann, wir hätten unsere Vorgesetzten beleidigt, aber er wolle uns nicht so gern melden oder bestrafen. Da sagten wir jawohl und gingen in unsere Schlafsäcke. – Was aus Kurth geworden ist? Ich habe ihn Mitte November, als wir in Ungarn eben noch einer Einkesselung ausweichen konnten, zum letztenmal gesehen. Er grinste, als er die letzte Flasche Schampus öffnete und uns einschenkte. Und er sagte: ›Tschüs, Stasswerth, wenn wir uns wiedersehen, sieht alles anders aus.‹ Sicher, sagte ich, dann sind wir aus dem Kessel raus. Und trank und schmiß das Glas an die Wand. Ich habe ihn nicht wiedergesehen. Soldaten aus dem rechten Grenadierregiment haben später von einem einarmigen Major erzählt, der, die Pistole in der Hand, in der Dämmerung gegen den Iwan stürmte und immerzu ›Angriff – Angriff!‹ brüllte. Als sie ihn aus dem Niemandsland holten, hatte er eine mittlere Maschinengewehrgarbe im Leib.«
»Freiwillig?«
»Vermutlich, Brencken, er hat diese Welt nicht mehr ertragen.«

Mit einem leisen Klatsch versank die Waffe im See.
Brencken steckte die Hände in die Tasche, besah die sich ausdehnenden Wellenkreise und drehte sich dann schnell um. Das war das letzte gewesen; die kleine Pistole zu versenken, damit er sie nicht abzugeben brauchte. Als einer der wenigen hatte er nach der Kapitulation noch das Recht gehabt, eine Waffe zu tragen. Der rotumrandete Schein, der auch die Sperrstunde für ihn unwirksam machte und ihm erlaubte, sich in ganz Holstein bis nach Hamburg zu bewegen, war jetzt überflüssig geworden. Vor einem halben Jahr hatte ihn ein Captain Brown von einem britischen Artillerieregiment, das den Namen Yeomanry trug, ausgestellt und mit einem Stempel versehen, der das britische Wappen trug.
Langsam schritt Brencken den schmalen Weg vom See zu den Eckernförder Kasernen hoch, die sie seit Mai 1945 bewohnt hatten. Ein halbes Jahr lang hatten sie einen deutschen Marinestab, ein deutsches Lazarett, die deutsche Wehrmachtskommandantur, eine britische Batterie und ein Detachement kana-

dischen Luftwaffe beherbergt, einträchtig nebeneinander, ohne daß es Reibereien gegeben hatte. Man hielt sich zurück. Zwar mußten unter rangleichen Offizieren die deutschen die englischen zuerst grüßen, zwar legten die Briten besonderen Wert auf diese Grußpflicht, und es hatte auch einige unliebsame Szenen gegeben, aber das war unwichtig. Die deutsche Kommandantur, unter Leitung eines Generals, hatte die Unteroffiziere und Feldwebel betreut, die in den Landgemeinden als »Deutsche Militärpolizei« Gendarmendienste taten und polnische Banden in wilden Feuergefechten bekämpften. Sie verwaltete auch die Liegenschaften und stellte Kraftfahrzeuge. Sonst hatte die Kommandantur nichts zu tun. Es war gespenstisch, wie der vertraute Kommißbetrieb ablief – geordnet, doch ohne Sinn, ohne Inhalt, gleichsam um seiner selbst willen. Man konnte im Kino sorgfältig ausgewählte Filme sehen, man ging ins Kabarett, wo das Vergangene persifliert wurde, und es tat immer ein wenig weh, wenn man schweigend zuhören mußte, wie alles, was einem lieb und wert gewesen war, heruntergerissen wurde. Lieb und wert – das schon. Aber auch wertvoll? Das würde sich erweisen, dachte Brencken.

Im Kasernenhof exerzierten englische Kompanien. Die Kommandos standen schrill und fremd in der Luft, mit abgezirkelten Bewegungen drehten die khakibraunen Briten ihre Runden. Brencken ging am Rande des Exerzierplatzes entlang zu seiner Unterkunft. Er mochte nicht hinsehen. Er konnte es nicht mehr sehen. Unwillkürlich griff er zum rechten Ohr.

Er warf sich auf das Bett, das er vor Weihnachten 1945 mit Hilfe von vier Klötzen Brennholz in eine Art Sofa verwandelt hatte. Neben seinem Kopf stand der Rundfunkempfänger. Er brachte Jazzmusik – für ihn nur wirre Dissonanzen, die ihn anwiderten. Aber er konnte die Hand nicht heben, um das Gerät abzustellen. Er lag reglos, wie mit Blei gefüllt, und versuchte, seine Gedanken fortzujagen.

Anfangs konnte er nicht einmal auf die Uhr sehen, auf das schwarze Zifferblatt der Dienstuhr, ohne daran zu denken, welche Folgen ein verpaßter Zeitvergleich haben konnte.

Brencken begann sich auszuweichen.

Später wich er immer häufiger, immer gekonnter aus. Wenn

kein Richter Klage gegen Karl-Helmut Anatol Brencken erhob, warum sollte er es selber tun? Und selbst wenn er sich zum Richter über sich selber hätte machen wollen: Wenn jeder Angeklagte das Recht hatte, vor seinem Richter zu lügen – warum sollte er es nicht auch dürfen?
Natürlich darfst du das nicht, sagte er sich, du nicht!
Aber ausweichen, an anderes denken, an die Gegenwart, an die neuen Anforderungen – ja, ausweichen, sich nicht mehr drum kümmern, vergessen, einfach neu anfangen. Einfach die Weiche umstellen ...
Er würde diese Kunst noch meisterlich beherrschen lernen, bis alles im Unterbewußtsein war, verbannt, versiegelt, verschwunden. Verschwunden? –
Was würde in einem solchen Falle Vater getan haben? Brencken gestand sich ein, daß er seinen Vater nicht gut genug kannte, um diese Frage zu beantworten.
Er erinnerte sich, wie er das Paket des Bahnhofskommandanten von Fastow erhielt: die letzten Halbseligkeiten des Oberstleutnants Friedrich Wilhelm Anatol Brencken, der, auf dem Wege von der Front nach Ostpreußen, für den Führer und Großdeutschland gefallen war, getroffen im Eisenbahnzug von einer Fliegerbombe, wie sie die schwarzen Nataschas nachts auszuladen pflegten – er hatte selbst oft genug in ihren Einflugschneisen gelegen. Das Grab in Preußisch-Eylau, das Grab neben dem Bahnhof von Fastow – er mochte nicht mehr daran denken.
Aber es dachte sich von selbst.
Mit ganzen siebzehn Jahren hatte er jenen Schein erhalten, der ihm bescheinigt hatte, er sei nunmehr reif. Reif wozu? Zum Krieg.
Den Nachweis hatte er dann bald geführt.
Er war einer von Millionen gewesen, in Angriff und Abwehr, in Begeisterung und Zorn, in Zweifel und Gewißheit, in Liebe und Haß. Und manchmal war er nur einer von wenigen gewesen: wenn Vater nach dem Tod der Mutter von den Deutschen und den Polen sprach, oder wenn der Hauptmann Kurth ihm Zweifel in seine Gewißheit stieß.
Dann war das Ende gekommen, heimlich erhofft, heimlich gefürchtet. Den Russen aus den Fängen gewitscht, dann der

Transport, das Lager in Schleswig-Holstein, der Hof mit dem Bauernehepaar, die Niederkunft der Tochter, deren Mann beim Iwan geblieben war, das schreiende Kind und die Antwort der jungen Mutter auf seinen Glückwunsch: »Er war ein wunderbarer Mann, Herr Brencken! Ich bin so stolz auf unseren kleinen Sohn!« Sie war eine von jenen Frauen, die in »stolzer Trauer« sein konnten. Er konnte es nicht, er fand es unnatürlich – aber sie war so. Bauerntochter aus Dithmarschen.
Dann dieses Zimmer, kahl, mit dem Blick auf den nächsten Block. Die beiden Kameraden hatten es leichtergenommen, sie hatten schnell Anschluß gefunden. Brencken war einmal dabeigewesen, wie die beiden Leutnants, nicht älter, nicht jünger als er, mit jungen Mädchen ausgingen: brave, dralle Bauerndirnen, gesund und rotwangig, und sehr stolz, daß die Herren Offiziere sich mit ihnen abgaben.
Und später hatte er sie nach Hause kommen hören. Ein dummes Kalb sei die seine, sagte der eine, und jetzt habe er nur Kohldampf. Na, und die seine, sagte der andere, die sei ein prächtiger Käfer und im Stroh sei es warm gewesen, und anschließend habe sie ihm noch ein paar gut belegte Brote zugesteckt. Und dann lachten beide laut, diese dummen Gänse, sagten sie.
Was würde nun werden? Er hatte nichts gelernt. Er hatte nichts als das Zeugnis der Reife – und vielleicht würde er sogar das neu erwerben müssen, womöglich vor einem Tribunal, welches seinen Offiziersrang als schwere Belastung ansah.
Denn es gab nichts, was nicht von den Alliierten beeinflußt war. Waren es nicht die Alliierten, so würden einem die Deutschen das »Dabeigewesensein« als Schuld ankreiden. Man hatte genug gehört. Der Nürnberger Prozeß lief schon seit Oktober. Man vernahm die zweifellos tendenziösen Nachrichten und die kaum zumutbare Stimme des kubanischen Kriegskorrespondenten Gaston Oulman, der in Nürnberg zweimal am Tage über den Prozeß sprach.
Dieser Prozeß war der erste seiner Art in der Geschichte, und es saß der Sieger über den Besiegten zu Gericht, eiskalt und sich mit dem Mantel des gerechten Richters bedeckend, die Fahne des Rechtes in der Hand und bereit, mit dem Schwert des Rech-

tes zuzuschlagen. Und mußte nicht Gericht gehalten werden, wenn man Auschwitz bedachte und Bergen-Belsen und die Geiselerschießungen und alles, was mit Lidice und Oradour zusammenhing?
Ja, sagte er sich, es muß. Aber sollen das die tun, die gewonnen haben? Wo ist die neutrale, die unerbittlich urteilende, aber neutrale Instanz, die mit unbeflecktem Gewissen Gericht halten könnte?
Denn hatten nicht auch die Alliierten oft genug gegen das Recht gehandelt?
Wer also sollte zu Gericht sitzen? Der Papst? Schweden? Die Schweiz? Der klägliche Völkerbund? Oder die UNO?
Die Jazzmusik im Radio endete mit einer von Trompeten hochgequälten Dissonanz. Dann kam eine wohlgenährt klingende Stimme: »Dies ist Radio Hamburg, ein Sender der Alliierten Militärregierung. Sie hören jetzt Nachrichten.«
Brencken schaltete ab. Keine Nachrichten, Ruhe brauchte er. Er war entlassen, er sollte in die Amerikanische Zone. Die Amerikaner, so hieß es, behandelten ihre Deutschen besser. Vielleicht erwischte er einen günstigen Kohlenzug. Er müßte versuchen, an einer Universität anzukommen. Vielleicht Philologielehrer werden. Oder besser Jura, das bot mehr Chancen.
Er wußte nicht einmal, wovon er leben sollte. Da waren ein paar Mark auf einem Sparkonto in Ostpreußen – weg. Die wenigen Leutnantsgehälter hatten ohnedies nicht gereicht. Harte Währung war die Zigarette.
Verwandte hatte er im Westen nicht. Sollte er nach Kommlingen gehen – oder nach Wiltingen, wo er seine Arbeitsdienstzeit verbracht hatte? Nein, die Erinnerung war bitter genug. Außerdem waren da die Franzosen – Armeleutegeruch in der Zone, die sie besetzt hielten. Und das Saarland würden sie sich nicht entgehen lassen. Kam also auch nicht in Frage. Frankfurt vielleicht? Oder sollte er in Kiel bleiben? – Er kramte eine Zigarettenkippe aus der Tasche. Der heimlich entlassene Generalstabsmajor Stasswerth hatte seine letzte Zigarette mit ihm geteilt, der Stempel brannte.
Jene ganze Zeit in Holstein über hatte es fast so ausgesehen,

als sei alles in Ordnung, als laufe alles planmäßig am Schnürchen. Die Offiziere hatten gelebt, als täten sie Friedensdienst, nicht alle, aber viele. Das Schicksal hatte zahlreiche Stabsoffiziere hierher verschlagen. Viele hatten ihre Frauen wiedergefunden. In behelfsmäßigen Unterkünften hatten sie sich rührend bemüht, so etwas wie eine gepflegte Atmosphäre herzustellen.
Brencken dachte an den Grafen Hellberg, einen Kavalleristen, der vor dem Kriege jahrelang Remonten ausgesucht hatte, der im Kriege noch Pferdemann geblieben war, bis man ihm ein Nachschubregiment angehängt hatte. Auch da hatte er sich geweigert, die gelbe Waffenfarbe gegen die blaue einzutauschen. Graf Hellberg war Oberst gewesen, ein langaufgeschossener, hagerer, vornübergebeugt gehender Mann. Auch er hatte hier seine Frau getroffen. Die Gräfin war um etliches jünger und eine handfeste Person.
Hellbergs hatten Brencken einmal zum Tee gebeten. Die Gräfin servierte ihn in zartem Porzellan, das ihr der Hausherr, ebenfalls ein Graf, der hier seit Jahrhunderten ansässig war, geliehen haben mochte. Selbstverständlich trank man echten englischen Tee.
Graf Hellberg hatte seine Uhr einem irischen Sergeanten gegeben. Der hatte ihm dann ein riesiges Schnupftaschentuch voll Tee gebracht und dem Grafen auf die Schulter geklopft. Er sei ein Prachtknabe, und er, Mike, wisse noch genug fucking men, die eine gute Uhr benötigten.
Man trank also englischen Tee zur englischen Teezeit, saß in entsetzlich unbequemen Stühlen, in einem Schlauch von Zimmer, das unlängst noch ein Gang gewesen war, worin sollte man wohnen, wenn das ganze Schloß voller Grafen und Barone und Freiherrn aus dem Osten mit ihren Frauen und Kindern war!
Die Tassen wurden in den Händen gehalten, und Graf Hellberg sagte zum Baron von Nerking, ach ja, das seien doch die Urbergs, deren männliche Linie sich zurückverfolgen lasse bis auf die märkischen Grafen von Potzwiltz. Und die alte Urberg sei eine geborene Fürstin Jussupoff, also dem Hause Romanow verwandt, eine reizende alte Dame, die das R immer so drollig

rollte. Und ihre Tochter habe den Baron Soundso geheiratet, wie heißt er noch, Sie wissen doch, lieber Freund, der später bei der Kavallerie in Mecklenburg stand und nicht nur bravourös ritt, sondern das ganze Casino einschließlich des alten Oberst Soundso – ich habe ein scheußliches Namensgedächtnis –, also jenen Oberst, unter den Tisch soff, hahaha. Aber gewiß, meine Liebe, gern noch ein Täßchen Tee.
»Lieber Brencken, Sie sind so schweigsam, beteiligen Sie sich doch ein bißchen an unserem Gespräch, wie bitte?«
»Ach ja, lieber Graf Riesenberg, jenes großartige Turnier in Ludwigslust, damals, 36, Gott ja, ich ritt den ›Tamerlan‹ in der Dressur M, nachher den ›Blitz‹ im Jagdspringen Klasse L, M wollte ich auch noch, aber da war der ›Silberpflug‹ nicht in Ordnung. Und die Baronin . . .«
Brencken hatte nicht mehr hingehört, er hatte die Gräfin betrachtet, die sich mit Stasswerth unterhielt. Sie sprachen – er traute seinen Ohren nicht – über die Zubereitung eines Napfkuchens, und Stasswerth gab Erfahrungen im Kuchenbacken zum besten, die die Gräfin hell auflachen ließen.
Nach einer Stunde war man gegangen, Graf Hellberg hatte gesagt, es sei reizend gewesen, wirklich sehr nett, man habe sich wunderbar unterhalten und man solle doch bald wiederkommen, bis dahin würde der Schlauch wohnlich eingerichtet sein, ganz bestimmt.
Frau Gräfin, Handkuß, Herr Oberst, Verbeugung, und gern, wir werden wiederkommen.
Brencken hatte dem Grafen später mit Betriebsstoff aushelfen können, als der seinen Sohn aus einem nahe der Demarkationslinie liegenden Lazarett holte. Der Graf hatte ihm schweigend die Hand gedrückt.
Und der Oberhofmarschall einer preußischen Prinzessin, die in der Nähe ein Gut besaß, hatte ihm in gedrechselten Worten am Telefon gesagt: »Ihre Kaiserliche Hoheit sind Ihnen sehr dankbar, daß Sie die Fahrzeuge zum Herantransport der Flüchtlinge in unser Gut zur Verfügung gestellt haben. Ihre Kaiserliche Hoheit haben mich beauftragt, Ihnen das ausdrücklich zu übermitteln.« Die Kaiserliche Hoheit besaß Charakter. Man erzählte sich, daß das englische Königshaus, dem sie verwandt

war, sich durch einen Abgesandten nach ihrem Befinden hatte erkundigen lassen. Strahlend hatte eines Tages einer der Feldwebel berichtet, die alte Dame habe den Hofbeamten glanzvoll ablaufen lassen. Sie sei, wenn man das von einer Kaiserlichen Hoheit sagen dürfe, ein wundervoller Hausdrachen, wahrhaftig!
Nur langsam löste Brencken sich aus den Erinnerungen an die letzten zehn Monate. Stasswerth würde sich in München niederlassen und studieren, der General auf ein Schloß irgendwelcher Verwandten in der Amerikanischen Zone ziehen, der ehemalige Oberstleutnant Moberg würde eine Kochlöffelproduktion anlaufen lassen, hier in Schleswig-Holstein, am Ufer der Eider. Ob er nicht mitmachen wolle, hatte der gefragt.
Einen Augenblick spielte Brencken mit dem Gedanken – dann sagte er entschlossen nein – Kochlöffel, bitte sehr, nein.
Für alle war ein entscheidender Abschnitt des Lebens zu Ende. Es würde keine deutsche Armee mehr geben, bei Gott, nein, dafür würden die Alliierten schon sorgen. Jahrzehnte würden vergehen, bis alles einigermaßen wieder aufgebaut war. Und alles, alles würde anders werden.
Vielleicht hatten die es am besten, die noch kurz vor Kriegsschluß gefallen waren, wie Oberstleutnant Prachlowitz, sein Abteilungskommandeur. Oberst Gelterblum, sein letzter Regimentskommandeur, hatte seine Familie schon im Juni 1945 wiedergefunden und seine Frau, seine beiden Töchter und sich erschossen. Major Kurth hatte den Tod gesucht und gefunden.
Ihn, Karl-Helmut Anatol Brencken, hatte das Ende des Krieges der Notwendigkeit enthoben, sich vor einem Kriegsgericht verantworten zu müssen. Stasswerth wußte darum, natürlich. Die Division hätte ihn, trotz aller Sympathien, vor ein Kriegsgericht gestellt, wenn er nicht schwer verwundet abtransportiert worden wäre. Sicherlich, es hätte mildernde Umstände gegeben, aber der Tatbestand war nicht wegzuleugnen.
Nun gut, er würde nach Frankfurt gehen, er würde studieren. Er würde versuchen, der Erinnerung zu entgehen. Er erhob sich von seinem Bett.
Krieg, das war gestern – Preußisch-Eylau, das war schon vorgestern. Die Gräber dort und am Bahnhof Fastow in der

Ukraine – das war gestern und heute zusammen, vielleicht noch ein bißchen morgen.
Er begann, seine Sachen zusammenzupacken.

Knallend flog die Tür der Kasernenstube an die Wand, und Leutnant Müllner dröhnte: »Brencken, Sie blasen Trübsal und rauchen schlechte Zigaretten! Hier, nehmen Sie eine englische. Dünner, blonder Tabak, mit Parfüm, riecht gut, schmeckt gut. Sie sollten sich auch ein Bratkartoffelverhältnis zulegen. Sie glauben gar nicht, wie gut schwarzgeschlachtetes Schweinefleisch frisch vom Kessel her schmeckt. Mein Marjellchen war wieder mal rührend.«
»Ja«, sagte Brencken und nahm die Zigarette.
»Übrigens«, fuhr Müllner fort, »ich bleibe vorläufig hier. Marjellchen hat gesagt, ihr Vater erlaubt, daß ich auf dem Hof bleiben kann. Ich könnte da was arbeiten. Na, wir werden sehen. Und Sie?«
»Ich fahre morgen, Müllner, auf jeden Fall.«
»Sie sind dumm, Brencken, saudumm, mit Verlaub. Da haben Sie das Angebot, bei dem abgetakelten Oberstleutnant Moberg das laufende Band der Kochlöffelproduktion für die Flüchtlingslager einrichten zu helfen – ein unerhörtes Angebot! –, und Sie fahren einfach los. Wenn Sie zu den Amis kommen, stecken die Sie nochmals in ein Lager. Trotz Entlassungsschein. Und wenn Sie ganz besonderes Schwein haben, werden Sie zur Auffüllung des Menschensolls ins französische Bergwerk geschickt.«
»Trotzdem«, sagte Brencken und stopfte seinen Rucksack voll. Später legte er sich auf den hölzernen Rahmen und schlief bald ein, indes der ehemalige Leutnant Müllner aus raschelndem Papier ein großes Stück Wellfleisch wickelte und es, mißtrauisch zu Brencken hinüberschielend, verschlang.

Brencken warf sich den Rucksack über, nahm den Pappkoffer, schloß die Tür hinter sich, ging durch den langen Gang. Die noch benagelten Schuhe hallten. Er war versucht, den Querstreifen der Platten auszuweichen, wie er es als Kind getan hatte. Niemand begegnete ihm, es war gegen neun Uhr mor-

gens. Die noch »Dienst« taten, waren in ihren Zimmern oder draußen. Brencken stieß die Tür mit dem Fuß auf, schlüpfte hindurch und ging die Treppe hinunter.
Mit raschen Schritten eilte ihm Müllner entgegen. »Hallo, Brencken«, sagte er und blieb stehen, »nun geht's also los. Ich halte es ja für falsch, aber Sie müssen wissen, was Sie tun.«
»Ja«, sagte Brencken und gab ihm die Hand. »Auch alles Gute, Müllner. Ich glaube, es ist besser so.«
Dann ging er weiter, der Koffer pendelte leicht in der Hand. Auf dem Hof kam ihm ein älterer Mann entgegen, der in seinem schlecht sitzenden Zivil sehr viel unvorteilhafter aussah als vordem in der Uniform eines Generalleutnants der deutschen Wehrmacht. »Abmarsch, Brencken?« fragte der General.
»Jawohl, es ist soweit.«
»Was wollen Sie anfangen, Brencken?« Der General bot ihm eine Zigarre an.
»Ich weiß es noch nicht. Studieren, Herr General, umsatteln auf Arbeit und Lernen.«
»Löblich, junger Freund, löblich. Was Sie können, ist nicht mehr gefragt. Schießen, Gelände erkunden – aus damit, Brencken, völlig aus.«
»Das ist gut so, Herr General«, erwiderte Brencken abweisend. »Schließlich sind wir nicht dazu da, einander umzubringen.«
»Richtig, Brencken, richtig.« Der Alte pflegte seine Worte zu wiederholen, und das klang manchmal peinlich senil. »Aber was ist mit der Tradition?«
»Die bewahrt sich auch so, Herr General.«
»Soso. Na ja, jetzt kommt ja die Zeit, in der Sie sehen werden, was gut ist. Ich wünsche Ihnen jedenfalls viel Glück, Brencken, und Erfolg.«
»Danke, Herr General. Ebenfalls – und auf Wiedersehen, Herr General.«
Er nahm seinen Koffer und ging. Ging vorbei an leeren Fahnenmasten, vorbei an den Posten der britischen Artillerie, die gelangweilt hinter ihm hersahen. Der Union Jack, am letzten Mast, flatterte aufdringlich laut.
So sah das also aus, wenn man sich von der Fahne schlich. Mit einem Mantel, dessen Knopfreihe fehlte, mit einer alten Feld-

mütze, ohne Adler und Kokarde und mit schrägem Schirm, mit einem Pappkoffer, der außer dem Rasierzeug nur ein Handtuch, eine Garnitur Unterwäsche und ein Brot mit einem Stück schlechter Wurst enthielt. Und mit einem Herzen, das verdammt leer war.
Brencken beachtete die Fahrzeuge nicht, die ihm entgegenkamen, nicht die Frauen, die, die Taschen voll Kartoffeln, gleich ihm zur Stadt wollten. Er dachte an gar nichts mehr, sein Hirn war ausgebrannt.
Der Zug war überfüllt. Brencken zwängte sich in die Toilette, stellte den Koffer unter das schmale, weißgestrichene Fenster und setzte sich auf ihn.
Auf dem Abortdeckel hockte ein alter Mann, neben ihm stand ein Junge von vielleicht sechzehn Jahren, ein junges Mädchen lehnte an der Wand. Keiner sprach. Sie waren zu müde.
Während er auf die Wand mit ihren obszönen Inschriften starrte, spürte Brencken plötzlich, wie eine Faust nach seinem Rücken griff, wie sich, von der Narbe ausgehend, Feuer in ihm ausbreitete, er wollte schreien, weil der Schmerz ihm die Luft aus den Lungen über die Stimmbänder hetzte, aber er brachte keinen Laut hervor. Der Schmerz hob ihn für Sekunden aus dem Bewußtsein und warf ihn dann wieder brutal zurück.
Die Leere nach dem Schmerz war bedrückend. Schweiß stand auf seiner Stirn. Sein Blick ging zu dem Mädchen, das an der Wand lehnte, dann zu dem alten Mann, dann zu dem Jungen. Keiner hatte etwas bemerkt. Er begriff, wie einsam der Schmerz ihn machte, und ballte die Hände.
Der Zug holperte über die Gleise und hielt. Einer rief die Station aus. Das Mädchen stand noch immer reglos an der Wand, der alte Mann rauchte ein unbeschreibliches Zeug aus einer zerkauten Pfeife. Draußen schien eine dünne Frühjahrssonne. Im Nebenabteil gab es einen erregten Wortwechsel, einer wollte zur Toilette. Das Mädchen ging für einen Augenblick hinaus, der alte Mann und der Junge folgten, draußen wurde wieder geschimpft. Brencken drückte sich an einem jüngeren Mann vorbei, der laut fluchte.
Später nahm der Mann wieder auf dem Deckel Platz, das Mädchen lehnte wieder an der Wand, der Junge stützte sich auf ei-

nen aus der Wand ragenden Griff. Brencken hockte auf seinem Koffer, der Zug holperte über die Weichen.
Wenn er die Augen schloß, spürte er die Schienenstöße noch kräftiger. Er dachte an den Lazarettzug, der ihn damals weggebracht hatte. Weg von seiner Schuld.
Weg, dachte er, ich will es endlich vergessen.
Aber es kam wieder – mit dem Schmerz.
Vielleicht war diese Demütigung vor dem englischen Hauptmann Mesty der Anfang einer Sühne gewesen, die kein Gericht verhängte. Vielleicht gehörte der Schmerz zur Sühne.
Aber das war doch Unsinn. Sie hätten ihn vorladen sollen, damit er sagen konnte: Hier, ich, Karl-Helmut Anatol Brencken, habe diese Schuld auf mich geladen. Tut, was eures Amtes ist. Aber die tun sollten, was ihres Amtes war, die kamen nicht, denn sie hatten kein Amt mehr. Sie standen in Zivil vor den leeren Kasernen und sagten, die Tradition müsse hochgehalten werden. Sie brachten auf die zwar geschlagene, dennoch ruhmreiche Armee ein dreifaches »-rra-rra-rra!« aus, hielten das Glas an den zweiten Knopf und schütteten den Inhalt in sich hinein, starren Gesichtes, als zelebrierten sie eine Weihehandlung.
Brencken neigte zur Bequemlichkeit des Denkens. Wenn er die Kreuze und Medaillen und Bänder betrachtete, die er sich erworben hatte, empfand er das beruhigende Gefühl, daß man diese Dinge und die Taten, mit denen er sie sich verdient hatte, in die Waagschale werfen könnte zugunsten des Menschen Karl-Helmut Anatol Brencken.
Dann träumte er wieder, er stehe vor einem Kriegsgericht, das ihn verurteilen wolle. Er wollte sich verteidigen, aber niemand hörte ihn. Und als der Vorsitzende das Urteil verkünden wollte, war er aufgewacht. Ohne Urteil.

Brencken kannte Hamburg aus den Tagen der Auflösung, als der Gauleiter Kaufmann die Stadt übergeben hatte. Damals hatte er mit Grauen die vielfältigen Spuren des entsetzlichen Bombardements aus dem Jahre 1943 gesehen. Um die Menschen hatte er sich damals kaum gekümmert.
Jetzt war es schon anders geworden. Zwar häufte sich der

Trümmerschutt zu Bergen, zwar waren die Gesichter der Frauen verhärmt, aller Frauen, auch der jungen, und die Gesichter der Kinder erschreckend oft von scharfen Falten gezeichnet – aber der Ausdruck lähmender Angst war doch aus ihnen gewichen. Am Dammtorbahnhof trieben sich schräge Typen herum, in deren Taschen die Zigaretten auf Abnehmer warteten, die gleichen dünnen Blonden, die Captain Mesty geraucht hatte. Und wenn Brencken über den Bahnhofsvorplatz ging, musterten ihn die Frauen und Mädchen, die hier in den Abendstunden herumlungerten, verächtlich. Was willst du hier, hieß das, hast keine Zigaretten, keinen Kaffee, nicht einmal Geld, dieses schäbige, schmutzige Geld, das einen Dreck wert ist. Kommst also bei uns nicht ran.
Brencken ging langsam weiter, erreichte nach einiger Zeit den Hochbunker, der ihm als Quartier diente, und ließ sich auf einer strohsackbedeckten Pritsche nieder, den Pappkoffer nahm er als Kopfkissen. In wenigen Sekunden war er eingeschlafen.
Er erwachte davon, daß sich jemand neben ihm niederließ. Als er sich umwandte, sah er einen gut angezogenen Mann, der ein Jahrzehnt älter als er sein mochte. Er lag mit offenen Augen und starrte zur Decke. »Verzeihen Sie«, sagte er, »woanders war kein Platz mehr.«
»Bitte«, erwiderte Brencken, »es reicht für uns beide.«
Nach einer Weile richtete sich der andere auf und sah sich vorsichtig um. Dann nestelte er an seiner Tasche. Brencken bemerkte, wie er mit sicherem Griff eine Ampulle durch Absägen des Halses öffnete, den Arm entblößte, den Inhalt in eine Spritze zog und ihn in die Venen jagte.
Brencken war zu müde, um zu fragen. Warum auch? Der Mann spritzte sich Morphium oder so etwas. Als er wieder ruhig lag, sagte er plötzlich, ohne Brencken anzusehen: »Sie wundern sich?«
»Nein«, sagte Brencken.
»Und warum nicht, wenn man fragen darf?«
»Weil eine Ampulle Morphium heutzutage keinen Menschen mehr aufregt. Wenn Sie sich draußen umschauen, werden Sie zugeben müssen, wie unbedeutend Ihre Morphiumsucht ist gegenüber dem, womit andere fertig werden müssen.«

»Sie sind ein Philosoph, junger Mann. Übrigens – ich bin Arzt. Dr. med. habil. – damit Sie es ganz genau wissen.«
Brencken nannte seinen Namen und schwieg dann wieder. Er war entsetzlich müde.
»Morphium, junger Mann, ist das einzige, was mich hochhält. Ohne Morphium geh' ich vor die Hunde.«
Was kommt es darauf an, dachte Brencken, einer mehr, einer weniger, was kommt es darauf noch an.
»Haben Sie einmal darüber nachgedacht, warum ein habilitierter Arzt sich heimlich Morphium spritzt? Und als Sie eben sagten, daß meine Morphiumsucht unbedeutend sei gegenüber dem, was draußen in der Welt geschieht – haben Sie da auch nur eine Sekunde überlegt, was mich wohl dazu gebracht hat, Morphinist zu werden?«
Die Stimme klang jetzt scharf, höhnisch, und doch spürte Brencken, daß der Mann den Versuch machte, sich zu rechtfertigen.
»Junge, abgetakelte Offiziere haben natürlich auf der Stelle ein Urteil: Süchtiger Doktor, kann sich die Rezepte selbst schreiben, kann sich das Zeug leicht besorgen, weiß, wie gefährlich es ist, spritzt es trotzdem, ist also selber schuld! So, und jetzt kann man die Augen wieder zumachen und weiterpennen.«
Seine Stimme wurde noch ätzender. Das Gift in der Blutbahn tat seine Wirkung, schärfte den Verstand, präzisierte Beweggründe und Entschuldigungen.
»Ich weiß nicht, was Sie wollen –«, sagte Brencken.
»Ihr Schweigen ist arrogant – ich spüre das«, sagte der andere. Dann wurde er ruhiger. »In meiner Tasche sind noch hundert solcher Ampullen. Ich habe sie alle aus der Apotheke meiner Sanitätskompanie gestohlen, alle hundert und noch mal soviel dazu, die habe ich schon verbraucht. Und wenn diese hundert verbraucht sind, werde ich Mittel und Wege finden, mir neue zu beschaffen. Verdammt, so sagen Sie doch etwas, rühren Sie sich doch!«
Brencken war jetzt hellwach. Der andere saß aufrecht und sah erbittert auf ihn herab.
»Aha«, bellte er plötzlich laut, viel zu laut, andere Schläfer erwachten und fluchten. Der Doktor senkte die Stimme wieder,

als er fortfuhr: »Aha, man weiß nicht mehr weiter. Man ist zu bequem, hinter die Kulissen zu schauen, zu feige!« Er rüttelte Brencken am Arm. »Hören Sie zu, abgetakelter Leutnant – das sind Sie doch? Alle Leutnants, denen die Felle und Sterne davongeschwommen sind, sehen so aus wie Sie – hören Sie genau zu, was ich Ihnen sage. Dann werden Sie wissen, warum ich Morphinist bin.«
Er wälzte sich auf die linke Seite, stützte den Kopf in die Hand und begann zu erzählen, leise, daß die anderen es nicht hörten, und voll Bitterkeit, wie es Brencken schien, der ihm jetzt voll ins Gesicht sah.
»Als unser herrliches Regime abgewirtschaftet hatte, da hatte ich schätzungsweise einige tausend Arme und Beine abgeschnitten, Wunden genäht, Blut gerochen – wissen Sie, wie Blut riecht, eitriges Blut? Hatte tagelang in der blutigen Schürze gestanden, mich mit Kaffee aufgeputscht, am Tag hundert Zigaretten geraucht und keine Gesichter mehr gesehen, nur noch Wunden, zerfetzte Schultern, zerbrochene Rippen in blutigem Fleisch und faustgroße Löcher in den Leibern und immer wieder Blut und Blut – verdammt, ich kann das Wort nicht mehr hören.« Er starrte vor sich hin. »Dann kam das unrühmliche Ende. Wir standen im rechtsrheinischen Gebiet, sie nahmen uns eines Tages einfach hoch. Meine Verwundeten wanderten in die Lazarette der Amerikaner, das Personal wurde dort beschäftigt, und ich riß eines Nachts aus. Jetzt können Sie mir kommen: Arzt verläßt seine Patienten nicht. Aber da war meine Familie, meine Frau, die so alt war wie Sie, als ich sie heiratete, die beiden kleinen Mädchen, die Mutter, der gelähmte Vater – alle jenseits der Elbe, wo der Russe saß. Dort mußte ich hin. Ich ließ mir von irgendwelchen Leuten Zivil geben und schlich nachts los. Immer nachts. Ich weiß nicht, wieviel Tage ich gebraucht habe, bis ich an die Elbe kam. Es war Wahnsinn, die Menschen kamen auf Schleichwegen nachts vom Osten nach dem Westen, ich ging auf Schleichwegen nach Osten. Ungesehen kam ich durch, kam dann schließlich in einer Nacht in die Stadt, schlich unbemerkt durch Seitenstraßen und stand schließlich vor meinem Haus. Drin lag ein russischer Stab, irgendein Kommandant mit einem Posten vor der Tür,

Fernsprechschnüre liefen hinein, Licht brannte, ein Radio spielte überlaut, im oberen Stock herrschte ein unbeschreiblicher Lärm. Gläser flogen an die Wand, Stimmen grölten und lachten. Natürlich konnte ich nicht hinein. Plötzlich war eine alte Frau neben mir, erkannte mich – es war eine Nachbarin. Sie führte mich schnell in den Keller ihres Hauses. Wo meine Frau sei, wollte ich wissen. Sie sagte, ich solle mich hinsetzen, sicher sei ich müde. Wo die Kinder seien, fragte ich, und meine Eltern. Da wollte sie mir eine Tasse Kräutertee anbieten. Ich schrie, ich wollte wissen, wo meine Frau ist. Da sah ich, daß ihr die Tränen über die Backen liefen. Was soll ich Ihnen lange Geschichten erzählen! Die Russen haben meine Frau nach den Berichten, die ich sammelte, mehrere Male hintereinander vorgenommen, haben den alten Mann im Rollstuhl, der ihr Vater war, zuschauen lassen, haben die Mutter mit den kleinen Mädchen in ein Nebenzimmer gesperrt. Und nun kommt's, junger Mann –« Und jetzt fing er an zu lachen, es schüttelte ihn richtig – »nun geht's erst los. Ich bin natürlich stolz auf meine Frau, so grotesk das klingt. Sie hat einem der Russen die Pistole geklaut, und dann hat sie am nächsten Abend die beiden Kinder, meinen Vater, meine Mutter und dann sich erschossen. Und seitdem brauche ich Morphium. So, und nun lassen Sie mich in Ruhe!« Er drehte sich auf die Seite.
Brencken wagte nicht, ihn anzusprechen.
Als er am Morgen erwachte, war der andere schon gegangen.
Leichter Nebel lag über Hamburg, als Brencken den Bunker verließ. Ihm kamen, als er die nächtliche Erzählung seines Nachbarn überdachte, Zweifel, ob das, was man gemeinhin die Ehre einer Frau nennt, wirklich so viel wert sei, daß man zu ihrer Wiederherstellung fünf unschuldige Menschen umbringen darf. Danach kam er auf den Gedanken, daß eine solche Tat sich vielleicht aus dem Herrenmenschenwahn der vergangenen zwölf Jahre erklären ließ. Oder aber aus der entsetzlichen, tödlichen Angst dieser Frau, dies sei nur der Anfang all dessen, was ihr und den Ihren noch bevorstehen würde.
Als Brencken an diesem Nachmittag in den Hamburger Außenvierteln nach einem Güterbahnhof suchte, von wo aus er vielleicht mit einem Kohlenzug nach Süden fahren konnte,

sah er abgemagerte Kinder, die aus Stoffetzen Puppen gemacht hatten und mit ihnen spielten. Ein Mädchen hielt ein Lumpenbündel im Arm und sang mit einem trostlosen Fistelstimmchen: »Schlafe, mein Prinzchen, schlaf ein.« Es sang um einen halben Ton zu tief, aber es sang unbekümmert um die Jungen, die es auslachten. Brencken hätte dem Kind über den flachsblonden Schopf streichen mögen. Aber er ließ die Hände in den Manteltaschen und zog die Schultern hoch, hinter sich das Stimmchen: »Schlafe, mein Prinzchen ...«

Die Fahrt mit dem langen Kohlenzug war mühsam genug. Die offene Lore bot keinen Schutz gegen den rieselnden Regen, der sich mit dem Kohlenstaub zu einer widerlich schmutzigen Masse mischte. Oft hielt der Zug, manchmal eine Stunde und länger. Brencken saß allein in seinem Waggon, bis zur britisch-amerikanischen Zonengrenze. Obwohl er gültige Entlassungspapiere hatte, stand er nicht auf, als er draußen die Militärpolizisten hörte. Er wußte nicht einmal, wie weit dieser Zug fuhr. Als er auf ein Abstellgleis rangiert wurde, sprang er ab, gelangte zum nahe gelegenen Personenbahnhof und schaffte es gerade noch, in einen überfüllten Personenzug zu steigen. Nach unendlich langer, rüttelnder Fahrt lief er in einen großen Bahnhof ein.
Er dürfe jetzt nicht hinaus, wurde ihm bedeutet, jetzt sei Sperrstunde, Curfew. Dort drüben sei ein Wartesaal. Das war gegen ein Uhr.
Er saß zwischen hungernden Menschen und starrte auf die besudelte Tischplatte. Wieder überfiel ihn der Schmerz. Mitten aus dem Nichts kam er und packte ihn wieder vom Rücken her. Er würde das niemals beschreiben können, was da mit ihm geschah. Er selbst war ausgelöscht. Der Schmerz, Ausbruch weißglühender Lava, hatte ihn verzehrt. Seine weitgeöffneten Augen nahmen nichts mehr wahr. Und es waren doch nur Sekunden, die auf der Uhr am Handgelenk zerrannen.
Als die Schleier sich langsam zerteilten und das Unfaßbare sich über ihn hinweghob, schloß er einen Augenblick die Augen. Der Schmerz hinterließ eine Leere, die wohltat. Dann hörte er wieder Stimmen und schlug die Augen auf.

Noch immer saß er an dem schmutzigen Tisch, die Menschen um ihn herum hatten nichts gemerkt. Neben ihm saß ein junges Mädchen, nicht sehr groß im Sitzen, das dunkelblonde Haar war zu einem Knoten gewunden.
Der alte Mann gegenüber hatte Hungerfalten im Gesicht. Er trug die abgewetzten Kleider eines Soldaten. Sein Blick fiel auf das junge Mädchen. »Ja, Fräuleinchen«, sagte er, »das ist eine schlechte Zeit. Wir haben alle Hunger. Richtig essen müßte man mal wieder. Bratkartoffeln. Mögen Sie Bratkartoffeln?« Der alte Mann wartete keine Antwort ab. »Bratkartoffeln ohne was dabei, wissen Sie, richtige Bratkartoffeln mit Zwiebeln, knusprig gebraten, ein Bier dazu – ein richtiges schäumendes Bier dazu. Nicht das Zeug, das sie hier anbieten. Da trinke ich schon lieber dieses widerliche Heißgetränk. Ich war einmal Küchenchef in einem großen Hotel in Zoppot, und ich konnte was. Dreimal Gehaltserhöhung in vier Jahren, so gut war ich. Ich war Küchenchef, ja – aber was Hunger ist, habe ich nicht gewußt: Hunger nach etwas Vernünftigem, nach frischem Brot mit guter Butter, nach einem jungen Gemüse, nach Obst, nach Bratkartoffeln.«
»Ja, das verstehe ich«, sagte das Mädchen.
»Halt's Maul, Alter«, sagte ein jüngerer Mann am Nebentisch.
»Laßt mich doch reden«, sagte der Alte. »Wo bleibt das ganze Zeug denn? Es wächst doch, die Natur beschert es uns, wir haben herrliches Wetter. Die Natur schert sich einen Dreck um die Okkupation und um unser mieses Geld. Und doch ist alles weg! Und alles können doch die Besatzer nicht essen! Neulich habe ich gehört, der Eisenhower hat in Bad Homburg nur die Spargelspitzen gegessen und die gelben Salatherzen. Und ich weiß, daß die Amis alle Reste wegschütten müssen – Hygiene nennen sie das. Und ich weiß auch, daß die Franzosen ihre ganze Verwandtschaft mitbringen. Großmütter, Mütter, Kinder, Onkels, Tanten, Enkel und Nichten. Aber irgendwo muß doch noch was sein – es wächst doch, wo bleibt es denn? Kartoffeln, Äpfel, Birnen, Bohnen . . . Ich habe solchen Hunger.«
Das Mädchen kramte aus seiner Tasche ein Stück Brot. Gierig griff er danach, stieß die Zähne hinein, nahm es wieder aus dem

Mund und sagte: »Verzeihung, Fräuleinchen – danke, vielen, vielen Dank, Fräuleinchen!«
An den anderen Tischen hingen die Menschen übermüdet in ihren Stühlen. Es war 23.15 Uhr, erst um vier Uhr endete die Sperrstunde, bis dahin waren alle gezwungen, hier zu warten. Das Mädchen legte den Kopf auf den Tisch und schloß die Augen. Der alte Mann faltete seinen Mantel zusammen und schob ihn ihr behutsam unter den Kopf mit den dunkelblonden Haaren. Sie ist hübsch, dachte Brencken, trotz der schrecklichen Militärklamotten, die sie umgearbeitet hat. Er betrachtete die schmalen Augenbrauen über den geschlossenen Lidern, den sinnlichen Mund, den ausgeprägten Liebesbogen. Darüber schlief er ein. –
»Vier Uhr, wir dürfen raus«, sagte eine Stimme. Er erwachte, das Mädchen sah ihn mit ihren dunklen Augen an. Der alte Mann war nicht mehr da.
»Kennen Sie Frankfurt?« fragte sie.
»Nein«, sagte er, »ich war nie hier.«
»Und was wollen Sie hier?«
»Studieren, vielleicht. Mal sehen.«
»Ich studiere hier. Für Offiziere – Sie sehen so aus, waren Sie einer?«
»Ja.«
»Für ehemalige Offiziere sieht es nicht gut aus. Der Rektor der Uni mag die nicht, obwohl er selber einer war. Kommt aus amerikanischer Gefangenschaft.«
»Und schon Rektor?«
»Na ja, umerzogen. Wie heißen Sie übrigens?«
»Brencken.«
»Ich heiße Ursula Kronring. Ich bin von hier. Ich studiere hier Medizin.« Als er sich erhob, fragte sie: »Und was wollen Sie hier in Frankfurt als nächstes anfangen?«
»Mich nach einem Zimmer umsehen, Arbeit suchen, Immatrikulation beantragen.«
»Mein Gott, Sie sind ein Optimist, Herr Brencken! Zimmer suchen – glauben Sie, hier werden Zimmer für Geld vermietet? Die Leute wollen etwas dafür haben, harte Sachen, Kaffee, Zigaretten, am besten Zigaretten. Oder sonst etwas Wertbestän-

diges. Und Arbeit suchen? Ja, doch, Sie können Trümmer räumen.«
»Warum auch nicht?«
»Weil Sie damit nur deutsches Geld verdienen, mit dem Sie nichts anfangen können. Woher kommen Sie eigentlich?«
»Aus der Gegend nördlich von Kiel.«
»Kohlenzug? Jedenfalls sehen Sie so aus.«
»Ja, Kohlenzug. Zwischendurch auch Toilette Personenzug, aber meistens Kohlenzug.«
»Nördlich von Kiel? Da waren Sie wohl bei der deutschen Armee, die dort übriggeblieben ist?«
»Woher wissen Sie das?«
»Stand in der Zeitung.«
Ursula Kronring schaute auf die Uhr. »Ich mache Ihnen einen Vorschlag. Sie kommen jetzt erst einmal mit zu mir. Da werde ich Ihnen raten, was Sie tun sollen. Ich wohne in Sachsenhausen, auf der anderen Mainseite, meine Eltern sind tot. Die Wohnung steht noch, ich habe das große Zimmer, die anderen werden von Nachbarn bewohnt, die ausgebombt sind. Da können Sie fürs erste auch noch unterkommen.« Brencken wollte danke sagen, aber sie stoppte ihn schon beim Atemholen. »Ach was, ich glaube, ich habe Menschenkenntnis genug. Sie scheinen ein ordentlicher Mensch zu sein.«
Wie sie das sagte, ein ordentlicher Mensch. Jetzt erst fiel ihm ihr hessischer Dialekt auf. »Ich danke Ihnen sehr«, sagte er nun doch noch. »Ihre Menschenkenntnis in Ehren – aber ein Risiko bleibt es doch, einen wildfremden Mann im Bahnhof aufzulesen und einfach mitzunehmen.«
»Wenn wir uns nicht helfen, wird uns niemand helfen«, sagte sie. »Kommen Sie, wir wollen gehen.«
Brencken nahm seinen Pappkoffer, zog den Mantel zusammen und folgte ihr zum Ausgang.
»Zigaretten, wer braucht?« murmelte ein junger Mann und zeigte verstohlen eine Packung Camel. Ursula Kronring schüttelte den Kopf. Eine Straßenbahn kreischte in der Kurve.
»Nein, nicht einsteigen«, sagte das Mädchen. »Das ist die 39, die Roundup, nur für Amis, da haben wir Deutschen nichts verloren. Wir warten auf die 16.«

»Haben Sie schon öfter – ich meine, bin ich der erste – entschuldigen Sie, ich wollte fragen, ob Sie schon anderen Leuten geholfen haben.«
»Ja«, sagte das Mädchen.
Die Straßenbahn mit der Nummer 16 fuhr nach Offenbach, in Sachsenhausen stiegen Brencken und Ursula Kronring aus. Sie wohnte in einem großen Haus aus der Jahrhundertwende. Stuck an der Decke, hohe Treppen zum Eingang, gebauchte Gitter vor den Küchenräumen im Parterre. »Hat mein Großvater gebaut«, sagte sie beim Aufschließen.
Das Zimmer war groß und hoch, auch seine Decke war mit Stuck verziert. Ein alter Frankfurter Schrank, breites Bett, Couch, zwei Sessel, kleiner Elektrokocher, Bücher, auf einer Leine Slips, die sie sofort abnahm.
»Ziehen Sie den Mantel aus!« sagte sie. »Versuchen Sie, sich ein wenig zu Hause zu fühlen.«
Er fühlte sich zu Hause.
In der zweiten Nacht kroch sie zu ihm auf die Couch, er spürte ihre Nacktheit, sie griff nach ihm.
»Ich mag dich«, sagte sie.
Von da an schlief er in dem großen französischen Bett.
Er lebte zum ersten Male mit einer Frau, die ihn glücklich machte. Manchmal überwältigte ihn der Schmerz, dann hielt sie ihn fest und streichelte seine Stirn. Die Narben auf dem Rücken berührte sie nur mit den Fingerspitzen.

Als Brencken die Einladung las, war er entschlossen hinzufahren. Der ehemalige Leutnant Müllner, mit dem er in Dithmarschen das Zimmer geteilt hatte, schrieb ihm, er solle ins Ruhrgebiet kommen. Er habe den Bauernhof verlassen, wohne jetzt in der Nähe von Dortmund und rechne fest mit einem Besuch. Auf einer seiner Fahrten ins Ruhrgebiet, wo er Tauschgeschäfte gemacht habe, sei er an ein Mädchen geraten, das ihm den Kopf derart verdreht habe, daß er alle seine Holsteiner Pläne habe fahrenlassen. Er wohne bereits im Hause der Angebeteten, deren sehr nette Eltern dagegen nichts einzuwenden hätten, sofern er nur – na ja, Brencken wisse schon. Und er habe sich bisher daran gehalten. Seine kleine Freundin, die täglich mehr

werde als nur eine Freundin, freue sich auch auf seinen Besuch, er habe viel von ihm erzählt.
Er würde fahren, ja. Ursula mitnehmen? Es behagte ihm nicht so recht, er war froh, als sie ihm sagte, er müsse allein fahren.
»Studium geht vor, Liebling, fahr nur, bitte.«
»Willst du nicht doch –«
»Nein, Liebling. Erstens nicht, weil ich nicht mag, und zweitens nicht, weil du nicht willst.«
»Aber ich habe doch gesagt –«
»Natürlich hast du gesagt, aber wir Frauen hören immer noch ein bißchen mehr heraus. Vielleicht hütest du den Krieg und deine Erinnerung so sehr, daß du keinen anderen ranlassen willst.«
»Unsinn, Ursula.«
»Fahr nur, ich rechne ja nicht damit, daß du gleich ins nächste aufgeschlagene Bett steigst.«
»Bitte –«
»Bestimmt nicht, ich weiß nur, daß du deinen Krieg in dir hütest. Das spür' ich. Hast du mir viel davon erzählt?«
»Ich erzähle keinem davon.«
»Eben. Weißt du, ich glaube wirklich, daß das erst aufhört, wenn du es dir irgendwie von der Seele geschafft hast. Jetzt fangen schon die ersten an, es sich herunterzuschreiben. Hast du das mal versucht?«
Brencken lächelte müde. »Ja. Aber das kann man nicht herzeigen. Gedichte – mir gelingen die Sprachbilder nicht. Und Prosa gerät immer zu schwülstig.«
»Vielleicht solltest du doch bald was lernen. Einen Beruf. Oder studieren. Dann vergißt es sich leichter.«
»Vielleicht.«
»Und bis dahin behalt deine Erinnerung, ich will sie nicht, meine langt mir, ich bin auch nicht eifersüchtig auf deinen Krieg. Ich liebe dich.«
Brencken zog sie an sich. »Ich weiß, daß du mich verstehst, auch wenn ich nicht davon reden mag.«
Sie zog die Vorhänge zu, sie liebten sich, obwohl es erst zehn Uhr am Morgen war – was heißt hier erst? Sie liebten sich halb ausgezogen und hastig auf dem Teppich und dann nackt und

lange in dem französischen Bett. Brencken spürte, wie sie auf seinen Rücken Rücksicht nahm, er dankte es ihr mit Zärtlichkeit.
Beglückt und erschöpft schliefen sie in den Nachmittag.
Brencken benutzte den Eilzug nach Kassel und übernachtete im Weinberg-Bunker. Er saß auf einer harten Bank, den Rücken sorglich an die Wand gelehnt. Neben ihm erzählte ein Mann mittleren Alters mit tiefen Kerben im abgezehrten Gesicht, er sei Hauptmann und Kommandeur eines Fallschirmjägerbataillons aus der siebten Fallschirmdivision. Er erzählte nichts anderes als Geschichten, wie sie aus dem Himmel fielen, angriffen, siegten und am Ende doch verloren. Er war nicht immer bei der siebten Fallschirmdivision gewesen, aber er nannte Namen: Kreta und Eben Emael und Newa und einige andere, die Brencken nicht kannte.
Dann schwieg der ehemalige Hauptmann und schlief abrupt ein. Sein Kopf sank auf Brenckens Schulter, der schob ihn sanft beiseite. Dabei erwachte der Hauptmann und sagte: »Verdammtes Theater, scheißverdammtes Theater, dieses Nürnberg. Und dieser Prozeß. Scheißprozeß.«
Brencken schwieg.
Als der andere erneut eingeschlafen war, zog Brencken die letzte Rede des amerikanischen Richters Robert Jackson und einen Rotstift aus der Tasche und begann zu lesen.
Der Zug nach Warburg verließ Kassel um 7.10 Uhr. In Warburg hob der Mann mit dem roten Hut die Kelle um 15.15 Uhr. Er hatte fast vierundzwanzig Stunden gebraucht, um von Frankfurt nach Westfalen zu gelangen.

Gerhard Müllner begrüßte ihn überschwenglich. Das Mädchen neben ihm war von beinahe exotischer Schönheit. Unter einer pechschwarzen Madonnenfrisur modellierten die Jochbögen ein Antlitz von östlichem Reiz. Die grazile Gestalt, ein wenig größer als der untersetzte, fast bullige Müllner, hielt sich sehr aufrecht.
»Ich heiße Renate«, sagte das Mädchen und gab ihm die Hand. »Ich freue mich, Sie kennenzulernen, Gerd hat von Ihnen erzählt.«

»Ich bin sehr froh, daß ich Sie besuchen darf«, sagte Brencken. Ihre Eltern begrüßten ihn als ihren Gast und wiesen ihm ein Zimmer an. Müllner warf sich in den Sessel. »Also, Brencken, ich muß sagen, ich fühle mich hier sauwohl!«
»Bratkartoffelverhältnis?«
»Nein, bestimmt nicht. Mehr. Bestimmt mehr.«
»Würde mich für dich freuen, Müllner.«
»Renate, mein Lieber, ist ganz anders. Du weißt, daß ich ein Draufgänger war – am ersten Abend in die Betten. Aber jetzt –«
»Mann«, sagte Brencken, »das muß aber tiefsitzen.«
»Sitzt es auch. Und du?«
Brencken lächelte. »Studentin, teilt ihre Wohnung mit mir, liebt mich, ich liebe sie. Noch was?«
»Bratkartoffelverhältnis?«
»Nein, bestimmt nicht. Mehr. Bestimmt mehr.« Sie lachten.
Später besuchten sie zu dritt einen Buchhändler. Einhard Schukamm war Kriegsberichterstatter der Luftwaffe gewesen, hatte beide Kreuze und die goldene Frontflugspange. Zuvor war er ein großer Zeitungsmann gewesen, jetzt war sein Glaube an den Staat zertrümmert.
»Setzen Sie sich, Tee kommt gleich. Ich habe ihn getauscht gegen Hitlers ›Mein Kampf‹. Nicht mein Exemplar, das habe ich gerettet, als mich die Amerikaner filzten, wird mal sehr wertvoll sein. Vorher die Titelseite eines Kriminalromans hineingeklebt – na ja, was man nicht alles tut.«
Sie saßen auf einem niedrigen Gestell, Holzrahmen auf vier Ziegelsteinen, darüber eine Matratze mit alter Wehrmachtsdecke. Schukamm servierte den Tee in unglasierten Tonschalen.
»Ich freue mich, daß wir uns morgen sehen werden«, sagte er. »Dann werden wir mehr Zeit haben, um reden zu können, über diese Zeit und uns. Vielleicht auch über Politik, jetzt kann man ja wieder reden, wie der Schnabel gewachsen ist. Wir müssen nun alle in die Kommunistische Partei.«
Müllner fuhr hoch. »Gestern bei den Nationalsozialisten – heute bei den Kommunisten – wie wollen Sie das zusammenbringen?«

Schukamm lächelte. »Die westlichen Demokratien, die uns besiegten, sind morsch. Was für morgen Bestand haben soll, muß stark sein. Stalin ist stark. Also müssen wir den Kommunismus unterstützen.«
Renate Fischer schüttelte den Kopf. »Ich möchte nicht leben, wo Kommunisten herrschen, jetzt nachdem ich weiß, wie schlimm die Nationalsozialisten waren. Ich möchte gern sagen und tun können, was ich möchte.«
Schukamm sagte ebenso streng wie konziliant: »Sie müssen lernen, Fräulein Fischer, daß Ihr Tun und Lassen ganz und gar unwichtig ist gegenüber den großen Umwälzungen, die der Kommunismus uns bringen wird.«
»Herr Schukamm, wir kennen uns, seit Sie in dieser katholischen Buchhandlung verkaufen, was man Ihnen zu verkaufen aufträgt. Und ich schätze Sie als einen Mann, der frei und unabhängig denken kann. Was wird aus Ihnen, wenn Sie nicht mehr frei denken können? Wenn Stalin Ihnen befiehlt, was Sie zu denken haben?«
»Wir werden das alles ändern, Fräulein Fischer. Das sind nur notwendige Übergangserscheinungen. Wenn wir dran sind, geben wir dem Kommunismus ein anderes Gesicht!«
Brencken erinnerte sich daran, wie viele Leute den Nationalsozialismus hatten »ändern« wollen. »Fühlen Sie sich so stark?« fragte er.
»Wir, ich betone, wir werden so stark sein, glauben Sie mir, Herr Brencken.«
Am Abend besuchten sie ein Opern- und Operettenkonzert. Uschi Sommer hieß die Altsängerin, sie hatte etwas Ähnlichkeit mit Renate Fischer; Lenelore Spitzlay war die Sopranistin, die mit ihrer hellen, strahlenden Stimme eine ansteckende Fröhlichkeit ausstrahlte. Brencken freute sich auf den zweiten Auftritt der Altistin. Ich müßte zu ihr in die Garderobe gehen, dachte er, und ihr sagen, daß sie mir gefällt. Verrückt, völlig verrückt. War das feige? Nein, entschied er. Finger weg, denk an Ursula.
Renate kam auf die Idee, die beiden Sängerinnen einzuladen. Müllner war begeistert. Brencken stimmte zu.
Uschi Sommer sah strenger aus, wenn sie die Haare unter dem

Kopftuch verbarg. Aber ihre braunen Augen lächelten, lächelten besonders Brencken an, wenn er sich nicht täuschte.
Sie gingen zu Schukamm. Er brachte die kostbare chinesische Teekanne mit heißem Wasser, eine zweite kleinere mit Tee-Extrakt und ein Schälchen mit Kandiszucker. Dann zeigte er ein paar Stücke aus seiner Keramiksammlung: Sizilianische Kannen, die »bambula« genannt werden und aussehen wie griechische Amphoren, niederdeutsche Schalen und Krüge.
Schukamm saß auf einem Taburett und erzählte. Sein schmaler Kopf wirkte alt und weise gegen Müllners und Brenckens Jungengesichter. Er sprach langsam und sehr pointiert, ohne jede Geste. An der Wand hing eine Karte des Mittelmeeres. Schukamm zog einen flüchtigen Kreis: »Hier habe ich hundertvierundzwanzig Einsätze geflogen.« Auf einem niedrigen Wandschrank stand ein Bild des Oberleutnants Schukamm. Tropenuniform mit der weißen Luftwaffenmütze, das Eiserne Kreuz der ersten Klasse, die goldene Frontflugspange.
»Und wozu dies alles?« fragte Brencken.
Schukamm drehte sich eine Zigarette. »Der Sinn ist nicht ersichtlich. Wenn in Zukunft mal einer eine Gedenkrede auf die Toten dieses Krieges halten will, muß er vorher umlernen. Wer von namenlosen Helden und ähnlichem spricht, wird sich schämen müssen. Ich habe immer schon ein ungutes Gefühl gehabt, wenn einer behauptete, daß der Tod für das Vaterland traurig, aber schön sei. Denn das war nicht so.«
Brencken nickte. »Selbst der gnädige Tod einer Granate, der den Menschen sofort hinwegnimmt, ist gräßlich – wer von uns hätte es nicht gesehen. Es gibt keinen schönen Tod – und wir werden das laut sagen müssen.«
Renate Fischer fragte unvermittelt: »Was halten Sie vom Nürnberger Prozeß?«
»Ein Prozeß mit vorbestimmtem Urteil ist eine Farce. Mit juristischem Rahmen zwar, aber eine Farce. Ich weiß nicht, wie lange er noch laufen wird. Ich rede jetzt nicht von den Verbrechen – die sind über alles Begreifen entsetzlich. Sie werden hängen, das ist klar. Viele auch mit Recht. Aber sollten dann nicht wir die Richter sein? Wir, an denen sie sich vergangen haben?«

»Weil wir ihnen die Niederlage verdanken?« fragte Müllner.
Schukamm schwieg einen Augenblick. »Das wäre entsetzlich pragmatisch. Aber viele werden es so sehen, leider. Nein: Weil sie sich gegen den Menschen vergangen haben und gegen die Gesetze des Miteinander.«
»Weil sie die Juden ermordet haben«, sagte Uschi Sommer.
»Ja, die Juden, die Männer, die Frauen und die Kinder. Menschen schossen auf Menschen, weil sie eine andere Nase hatten. Und schlugen Kinder tot und vergasten schwangere Frauen und alte Männer und Kranke und Gesunde.«
Sie sagten eine Weile nichts.
»Und doch, stimmt das mit dem Prozeß?« wiederholte Renate Fischer.
»Wenn wir die Geschichte so betrachten, wie das diese Pragmatiker, diese sogenannten Pragmatiker tun, dann stimmt das. Sonst stimmt es nicht mit diesem Prozeß.«
»Denn die Russen haben doch auch –«
Schukamm fuhr auf. »Ja, sie haben Katyn, das heißt Tausende polnischer Offiziere auf dem Gewissen und vieles mehr. Aber wird unsere Schuld deswegen kleiner?«
»Sie behaupten, daß auch die Sowjets Kriegsverbrechen begangen haben – das hindert Sie aber nicht, Kommunist zu sein?« sagte Brencken.
»Nein«, erwiderte Schukamm geduldig, »ich will das zu erklären versuchen. Wir müssen zu erkennen trachten, was möglich, was notwendig, was erreichbar ist. Erreichbar scheint zunächst nichts. Erreicht werden soll eine Gesellschaftsform, in der die Menschen miteinander leben können, ohne daß Konflikte entstehen. Möglich ist das nur, so sehe ich es, wenn wir uns des Kommunismus bedienen, weil nur er die Kraft dazu hat. Ich vertraue nicht auf die Demokratie. Und was notwendig ist? Sehen Sie, wir sind durch zwei schwere Kriege gegangen, wir haben immer noch nicht zu der uns gemäßen Lebensform gefunden. Wir brauchen eine dritte schwere Zeit, die des Kommunismus, damit sich das aus uns herauskristallisieren kann, was für das deutsche Volk von morgen wichtig sein und was dann auch Bestand haben wird. Nationalkommunismus – Volkssozialismus: das ist unser Weg. Der Osten wird nach dem

Westen kommen – alle siebenundzwanzig Generationen kommt der Osten nach Westen: die Hunnen, die Mongolen, nun die Sowjets. Wir müssen es durchstehen, wir müssen den Kommunismus, der uns heute angeboten wird, ändern – und wir müssen die Kraft haben, uns zu ändern. Und der erste Schritt dazu ist der Eintritt in die Kommunistische Partei Deutschlands.«

Brencken spürte, wieviel Schukamm daran lag, sich verständlich zu machen, er sah jedem in die Augen, aber es war ihm offenbar nicht gelungen, einen seiner Gäste zu überzeugen. Auch Brencken vermochte nicht nachzuvollziehen, was dieser ehedem so gläubige Nationalsozialist – jetzt Gehilfe in einer katholischen Buchhandlung – in die Zukunft projizierte.

Schukamms Gesicht verschloß sich wieder. »Sie werden sehen«, sagte er still, »Sie werden sehen, daß ich recht behalten werde.«

Es wurde ein seltsames Fest. Manchmal ging es laut und fast brutal heiter zu. Schukamm besaß einen Haufen Schallplatten: Verdi, Wagner, Schubert, Mozart, Goldberg-Variationen auf dem Cembalo, Lehár und ein Continent-Fox. Neue Schlager – Sentimental Journey hieß einer, der jetzt viel gespielt wurde, dann Glenn Miller mit »Tuxedo Junction«.

Nach Mitternacht brachte Brencken die Sängerinnen zum Hotel und notierte sich ihre Adressen.

Aber er würde ihnen nicht schreiben. Auch den früheren Leutnant Gerhard Müllner sah er nicht wieder. Ein Briefwechsel mit Renate Fischer schlief schon im selben Jahr wieder ein.

Brencken hatte sein erstes Semester Jura begonnen. Für dieses Fach hatte er sich nach langen Gesprächen mit Ursula Kronring entschieden.

»Juristen werden überall gebraucht«, hatte sie gesagt, »in den Gerichten, in der Verwaltung, in den Kommunalbehörden, als Rechtsanwalt, als Syndikus, ohne Juristen kommt auch keine Regierung aus. Wo findest du mehr Chancen?« Brencken hatte zugestimmt.

Meistens gingen sie gemeinsam zur Johann-Wolfgang-Goethe-Universität, wo Ursula Medizin studierte. Die Magnifi-

zenz, ein Professor, der in den USA in Gefangenschaft gewesen war und dort umgelernt hatte – so behaupteten viele spöttisch –, hatte offenbar doch nichts gegen den ehemaligen Offizier einzuwenden.
Bei einigen Kommilitonen lernte er Ray Dadloo kennen, einen dicken, Deutsch sprechenden, die Deutschen liebenden Amerikaner aus Neuengland.
»What is that, No-fraternisation?« fragte er, angesprochen auf das Verbot, sich mit Deutschen zu unterhalten. »Ich bin ein freier Amerikaner, ich werde sprechen, wo ich will.«
»Und die Folgen?«
»Oh, ich kenne sie nicht, sie sind mir – wie sagt man – egal.«
Ray liebte es, mit den Deutschen zu reden, ihnen zu erzählen, wie sich das demokratische Leben in seiner Heimat abspielte, er verschenkte Zigaretten und trank Whisky mit seinen deutschen Freunden. Das heißt, Ray Dadloo trank nicht, er soff. Und seine deutschen Freunde soffen mit.
Mit seinen deutschen Freundinnen pflegte er ausgiebig und phantasievoll zu schlafen. Meist waren es solche, die nichts gegen eine Zugabe in Gestalt von Zigaretten und Whisky einzuwenden hatten. Ray störte das nicht.
»Wissen Sie«, sagte er, »ich erwarte nicht große Liebe, sondern etwas für die – wie sage ich besser – Hormonspiegel. Sie verstehen? Ich will nicht Verklemmung in Herz, sondern Befreiung und freundliche Unterstützung. Und da ich nicht erwarte Liebe, ich bin zufrieden mit dem, was ich erhalte. Okay?«
»Okay«, sagte Ursula Kronring. »Sie sind ehrlicher als Ihre Freundinnen, Ray.«
»Sagen Sie nicht, Urrsulla«, er betonte die Konsonanten besonders, »daß ich nicht kann lieben auch mit Seele. Aber ich habe nicht gefunden das Mädchen. Oder wenn ich es habe gefunden, dann es war – wie sagt man – besetzt. Sorry, girl, sorry.«
Brencken verkaufte Rays Zigaretten am Frankfurter Hauptbahnhof. »Zigaretten, wer braucht?« wurde ein geflügeltes Wort. Rays Zigaretten finanzierten sein Studium.
»Hallo, Ray«, sagte er, »ich glaube, Sie finanzieren einen künftigen Staatsanwalt.«

346

»Ist mir egal, Charly, ich finanziere ein guter Mann, wie ich glaube.«
Die Zigaretten steckte Brencken in die Außentaschen seines Jacketts. Wenn ein Kunde die Scheine bereithielt, wanderten sie blitzschnell in seine Taschen.
Als er einmal von einem deutschen Polizisten erwischt wurde, boxte Ray ihn frei und riet ihm, vorsichtig zu sein.

Irgendwann in dieser Zeit begann Brencken Parteiversammlungen zu besuchen. »Ich habe mich bisher engagiert, weil ich Deutschland liebe«, sagte er zu Ursula Kronring. »Es ist nur zu natürlich, daß ich das auch jetzt tue.«
Sie schaute ihn von der Seite an. »Klingt – verzeih, mein Lieber – etwas hochgestochen: weil ich Deutschland liebe. Meinst du das wirklich so?«
Brencken reagierte empfindlich. »Warum nicht? Genau so meine ich das! Warum zweifelst du daran?«
»Ich bin immer etwas mißtrauisch, wenn einer große Worte braucht. Wir haben ja wohl einige Erfahrung damit ...«
»Gut, dann will ich es anders ausdrücken. Ich meine, daß die siebzig Millionen Deutschen, oder wieviel es noch sein mögen, sich für das System, in dem sie nun leben sollen, interessieren müssen. Kommst du mit? Ich will heute abend nach Offenbach zur CDU.«
Aber Ursula Kronring hielt es für gescheiter, sich auf ihr Physikum vorzubereiten.
Das Nationaltheater in Offenbach, ehemalige Synagoge, von den Nationalsozialisten nach der »Reichskristallnacht« am 9. November 1938 ihrem liturgischen Zweck entfremdet, diente als Versammlungsraum. Das Parkett war fast gefüllt, als Brencken sich in der Mitte einen Platz suchte. Mit einem Blick stellte er fest, daß das Publikum dieser CDU-Versammlung überwiegend aus Frauen bestand.
Kurz nach 20 Uhr betrat eine Dame an der Spitze von acht Männern die Bühne. Frau Maria Müller schaute sich gelassen um. Ein Mann mit eisgrauen Haaren und Vollbart, der helle Sommeranzug schlotterte um seine hagere Figur, trat zum Rednerpult und begrüßte die Anwesenden mit heiserer Stimme

und überaus leise. Er sagte, das neue Deutschland müsse nun wachsen. Die kommenden Kommunalwahlen müßten eine deutliche Mehrheit für die bürgerlichen Vorstellungen erbringen. Dann verlas er die Namen der Kandidaten. »Und nun ein wichtiger Punkt«, fuhr der Eisgraue fort. »Besonders die Jugend soll und muß sich an der Wahl beteiligen. Ich gebe das Wort daher an Herrn von Seckenberg zu dem Referat ›Jugend, dein Weg, deine Zukunft‹.«
Der junge Adelige trat zum Rednerpult. »Werte Anwesende!« Dann begann er Vergleiche zu ziehen – 1918 und 1945 – Situationen nach verlorenen Kriegen, es dürfe kein neues 1923 mit Märschen zu Feldherrnhallen geben, die Jugend müsse in den Aufbau gestellt werden. So sagte er: »in den Aufbau gestellt«. Deshalb hinein in die CDU!
Bißchen wenig, dachte Brencken. Der Beifall war dünn.
Maria Müller hatte sich das Thema »Christlicher oder marxistischer Sozialismus« vorgenommen. Sie erwies sich als routinierte Rednerin, die frei sprach, sauber gliederte und wußte, wo sie die Akzente zu setzen hatte. Philosophischen Materialismus, historischen und dialektischen Materialismus und Erkenntnislehre stellte sie bestechend klar einander gegenüber. Maria Müller prophezeite und motivierte eine Koalition von CDU und SPD, aber es hörte sich an, als ob die Sozialdemokraten kaum mehr als ein Gnadenbrot erwarte.
Dann stellte der Bärtige die Referate zur Diskussion. Ein Mann, offenbar Sozialdemokrat, begann ungeniert zu polemisieren. Als er in den Saal rief, die Zuhörer möchten doch bitte ihre Intelligenz nicht überschätzen, wurde er niedergebrüllt.
Ob es wahr sei, daß sie früher in der Kommunistischen Partei gewesen sei, wurde Maria Müller gefragt.
»Ja, ich bekenne dies. Aber mein Weg in den christlichen Sozialismus begann, als ich das Menschenunwürdige jenes Systems erkannte.« Auf der Galerie pfiff einer. Beifall aus dem Parkett.
Dann ging diese Wahlversammlung auseinander. Brencken würde Maria Müller Jahre später in der SPD finden und noch ihre Rückkehr zur CDU registrieren können.
Betrunkene amerikanische Soldaten vor ihm auf dem Bürger-

steig, fünf oder sechs schwankende Gestalten. Er wechselte auf die Straße, versuchte einen Bogen um die johlende Meute zu machen. Einer lief ihm nach, zwei lange Latten in den Händen. Brencken starrte in ein verzerrtes Gesicht, ganz nahe. Widerlicher Alkoholdunst schlug ihm entgegen. Der Amerikaner bellte ihn an. Brencken verstand nichts. Er zwang sich zur Ruhe. Nur nicht zuschlagen, das würde ihn vor das amerikanische Militärgericht bringen. »Ich verstehe nichts«, sagte er. »Verstäh nix«, äffte der Amerikaner ihm nach. Er hob die Latte und schlug sie Brencken über den Kopf. Die Amerikaner schrien und lachten. Der Mann trat zurück und schlug nun mit beiden Latten zu.
Brencken stand reglos, mit erhobenen Armen. Dann zwang er sich, weiterzugehen. Es hatte keinen Sinn, sie waren stärker. Die Gruppe zog johlend davon. Er wischte sich das Blut von der Stirn.

Zur Versammlung der Sozialdemokratischen Partei zwei Tage später, ebenfalls in der alten Synagoge, fanden sich nicht so viele Zuhörer ein. Arbeiter und Bürger waren gekommen, aber nur wenig Frauen. Ein rotes Tuch mit dem Bild des Reichspräsidenten Ebert spannte sich um den Tisch.
Erst gegen zwanzig Uhr dreißig erschienen zwei Männer auf der Bühne, einer im Sportanzug, zigarettenrauchend, mit weißer Haarmähne und goldgeranderer Brille, schlohweiße Bürste unter der Nase. Der zweite Mann trug eine Aktentasche und ein Glas mit Wasser. Er stellte sich hinter das Rednerpult: »Werte Anwesende, Genossinnen und Genossen!« Das war der Unterschied zur Exgenossin Maria Müller. Er freue sich sehr, den Regierungspräsidenten, Herrn Professor Dr. Berger, begrüßen zu können, der Genosse Referent werde Wertvolles zu sagen haben.
»Genossinnen und Genossen ...« Er sprach über Wirtschaft und Demokratie, nannte Hitler »einen blöden Narren«, was ihm einen einsamen Pfiff eintrug, erklärte, Deutschland sei bereits 1914 mit dem Einmarsch in das Königreich der Belgier vertragsbrüchig geworden. Mit Maria Müller rechnete er mittels eines Zettels ab, den er aus der Westentasche zog, er be-

zeichnete sich als den Vater des Gedankens, antifaschistische Kriegsgefangene gegen Nazis auszutauschen – und die Behauptung von Maria Müller, er treibe damit Stimmenfang, sei eine Unverschämtheit. Dann wandte er sich den Kommunisten zu. Es könne keine Fusion mit einer Partei geben, die die Diktatur anstrebe. Die habe man soeben erst mit anderen Vorzeichen gehabt. Dann setzte sich der Redner und zündete eine Zigarette an, die er einer Camel-Schachtel entnommen hatte. Der Beifall kam matt.
Die Diskussion begann mit dem Auftritt eines Mannes aus der Kulisse. »Genosse Knecht von der KPD!« Knecht begrüßte den Professor Berger mit Handschlag, was der mit erkennbarem Widerwillen geschehen ließ. »Genossen und Genossinnen!« Dieselbe Anrede – dieselben Ideen? Genosse Knecht versicherte, diese Anrede sei angebracht, denn Sozialdemokraten und Kommunisten könnten miteinander reden. Die KPD habe 1918 bis 1933 gegen die damalige Demokratie gearbeitet, weil das keine Demokratie gewesen sei. Die Reaktion habe sich eingeschlichen. Die Reaktion erhebe auch heute ihr Haupt und müsse geschlagen werden. Getarnte Faschistenhaufen allüberall!
Brencken sah sich unversehens in eine Redeschlacht versetzt. Der Kommunist schleuderte Wortkaskaden in den Saal. Einer schrie »Sozialfaschist!« Das Gesicht des Redners wurde eckig und verkniffen.
»Diktatur raus!« – »Schluß mit den Kommunisten!«
Endlich kam der Redner wieder zu Wort, versicherte, die KPD habe den Hals voll von der Diktatur, um im gleichen Atemzuge festzustellen, das Proletariat benötige eine Phase der Diktatur, bis die klassenlose Gesellschaft erreicht sei. Erneut brandeten die Entrüstungsrufe an das Rednerpult. In die Unruhe hinein pries Knecht Lenin, rief zur Verschmelzung der beiden Arbeiterparteien auf, begrüßte beinahe ekstatisch die Sowjetunion in Deutschland als Garanten der Zukunft und schrie den Professor an, er wolle lieber eine Koalition mit der CDU statt mit den Arbeiterbrüdern der KPD. Die Entrüstung wurde so laut, daß Knecht aufhören mußte. Der Professor sagte, ihm sei in der Tat die Koalition mit der CDU lieber als die mit den Kommunisten,

die seien nach seinem Geschmack mit einer bestimmten Besatzungsmacht zu eng liiert, aber grundsätzlich sei seine Partei eben für jede Koalition offen.

Ursula Kronring brachte eine Dose Kaffee und eine Dose Eipulver nach Hause. »Getauscht. Gegen ein paar Stücke unseres Familiensilbers. Möchtest du jetzt einen guten Kaffee trinken?«
Sie küßte ihn auf die Stirn. »Ich möchte, daß es dir gutgeht, dann geht es uns gut.«
Er nahm sie in die Arme und hielt sie fest. Dann tranken sie Kaffee.
Ursula lauschte Brenckens Bericht aufmerksam. Daß er sich nicht – noch nicht – entscheiden konnte, war ihr erklärbar. Zwei Wahlversammlungen reichten nicht aus, um einen Standpunkt zu finden oder gar zu begründen.
»Karl-Helmut, ich glaube dir das Engagement, das dich in diese Versammlungen treibt. Aber sei mir nicht böse: Meinst du nicht, daß du etwas mehr für dein Studium tun solltest?«
»Magst recht haben, vielleicht kommt das Studium jetzt ein bißchen zu kurz. Aber ich glaube, daß man versuchen muß, die Strömungen, die unsere Zeit jetzt bestimmen, zu erkennen – wenn man in dieser Zeit bestehen will. Und das tue ich jetzt.«

Der Alliierte Kontrollrat ordnete Mitte Mai 1946 die Zerstörung aller Kriegerdenkmäler an, soweit sie nicht Grabsteine von Soldatengräbern seien.
Der ehemalige Fallschirmgeneral Generaloberst Student wurde zu fünf Jahren Freiheitsentzug verurteilt. Ein britischer General hatte für ihn ausgesagt.
Der ehemalige SS-General Mayer, Panzer-Mayer genannt, wurde zu lebenslänglichem Zuchthaus in Kanada begnadigt.
»Die Deutschen in der von den Amerikanern besetzten Zone müssen Fahne und Hymne im ruhigen Stehenbleiben mit Front zu Fahne und Band grüßen, Männer haben den Hut abzunehmen.«
Als Brencken diese Notiz las, erinnerte er sich, daß die Männer im besetzten Rheinland 1921 die hutlose Mode eingeführt hatten.

In dieser Woche wurden die Rationen für die Verbraucher über achtzehn Jahre auf wöchentlich 100 Gramm Brot herabgesetzt. Das waren pro Tag zweieinhalb Schnitten.

Manchmal dachte Brencken an Schukamm. Im Wachtraum sah er ihn mit roter Fahne samt Hammer und Sichel, und mit Traurigkeit in den Augen: »Helfen Sie, Brencken, zu retten, was noch zu retten ist!«
Hinein in die KPD? Ganz bestimmt nicht.
SPD wählen? Deutscher Sozialismus nach Kurt Schumacher? Ohne den Patriotismus des arg geschundenen Sozialdemokraten würde man nicht weiterkommen. Natürlich: Ohne die moralischen Grundsätze des Christentums auch nicht. Aber christliche Politik – war das nicht ein Widerspruch in sich? Und wen hatte die CDU dem Kurt Schumacher entgegenzusetzen? Man sprach jetzt oft von dem früheren Kölner Oberbürgermeister Adenauer. Aber der war schon über die siebzig Jahre hinaus – was war da zu erwarten!
Oder LDP – die Liberalen. Was war das eigentlich: Liberalismus? Man würde es studieren müssen.

Zuerst dachte er, hier dominieren die Rauschebärte, die dreizehn Jahre lang auf Eis gelegen haben. Grenzenloses Geltungsbedürfnis paarte sich mit gutem Willen und echtem Patriotismus – eine diffuse Mischung. Nußknacker sind das, dachte Brencken, nachdem er zum ersten Male Gast auf einer Sitzung der Liberaldemokratischen Partei gewesen war. Wir Jungen müssen die langsam ausschalten. –
Parteitag in Gießen.
Der Vorsitzende von Groß-Hessen stand zur Debatte. Schlagworte schwirrten durch den Raum: Vorläufer für eine neue Reichsverfassung – Zweikammersystem – kein Staatspräsident – Gemeinschaftsschule statt Konfessionsschule. Nehmen wir Schwarz-Rot-Gold oder Rot-Weiß als Flaggenfarben? Einer sagte, als Schwarz-Rot-Gold genannt wurde, für diesen Lappen lasse er sich nicht totschießen. Ein älterer Mann fuhr hoch – Schwarz-Rot-Gold sei im vergangenen Jahrhundert die Farbe der Freiheit gewesen. Brausender Beifall.

Die älteren Männer rauften sich um die Plätze auf der Kandidatenliste. Einer schlug einen Pfarrer für Platz sechs vor. Der, auf Platz acht gesetzt, erwiderte, es sei ihm gleich, wo er rangiere. Ein anderer meinte, dann solle man den Pfarrer getrost auf Platz acht sitzenlassen. Dagegen protestierte der Pfarrer energisch.
Ein junger Delegierter stand auf und fragte, wie man denn hier den Begriff des Sozialismus interpretiere. Der wendige, frisch gewählte Vorsitzende meinte, er möge sich die Interpretation von der SPD holen – für Sozialismus sei die LDP nicht zuständig. O Gott, dachte Brencken, ist das die Partei, die Deutschland aufbauen will?
Ein Delegierter erklärte, er sei von bitterer Sorge erfüllt, weil die sowjetischen Besatzungsbehörden zu mustern begännen – ob das denn da drüben schon wieder deutsche Soldaten geben solle. »Ja«, sagte er, »fängt das schon wieder an?«
Der Parteivorsitzende beruhigte ihn mit ein paar Worten und warf einen scheuen Blick auf den anwesenden amerikanischen Offizier.
Ein Spitzbart, ehemaliger Schulmeister, Vorsitzender eines Entnazifizierungsausschusses, voll guten Willens, redete wie ein Wanderprediger. Die LDP wolle eine maßvolle Entnazifizierung, eine gerechte Entnazifizierung, die die Kleinen nicht mit den Großen in einen Topf werfe.
Ein Kriegsblinder ließ Brencken aufhorchen: »Gebt uns Soldaten unsere Ehre wieder!« Der sprach ihm aus dem Herzen!
Frontsoldaten seien keine Militaristen, sagte der Blinde. Überhaupt sei ihm nicht recht klar, was da unter Militarismus verstanden werde. Kürzlich habe einer in der Nachbarstadt die Umbenennung der Merowingerstraße gefordert. Die Merowinger seien alte Militaristen gewesen.
Der Blinde wurde wieder ernst. Er und seine Generation – sie hätten auch lieber sorglos gelebt, statt zwischen Atlantik und Wolga jahrelang zu töten und getötet zu werden. Von vielen Seiten werde ein Generalpardon für die Jugend gefordert – er lehne das ab, für Schuldlose dürfe es keinen »Pardon« geben.
Wenig Zuhörer, viel Beifall. Der Mann hatte ihm aus der Seele gesprochen, hier würde er sich engagieren können. Aber gleich

schreckte er wieder zurück. Noch hatte er sich nicht genügend mit dem Nationalsozialismus auseinandergesetzt. Wie konnte er jetzt schon unterscheiden zwischen dem, was gut, und dem, was böse daran gewesen war? Die Bindungen waren noch zu stark, das war es.

Eberhard Klanke war im Krieg Hauptmann gewesen, er trug das Ritterkreuz und einige andere Auszeichnungen auf der Innenseite seines Jacketts angenäht – und außerdem die Parteizeitung der LDP zu den Interessenten. Brencken freundete sich mit ihm an. Ihre Gespräche blieben in der Politik hängen.
»Rauchen Sie?« fragte Klanke beim dritten Besuch. »Ich habe ein paar Amis hier.«
»Fünf Mark das Stück?«
»Nein, geschenkt bekommen von unserem amerikanischen Resident Officer.«
»Danke«, sagte Brencken. »Die erste seit sechs Tagen.«
»Was ich noch sagen wollte –«, Klanke zog den Aschenbecher näher, »die Lage scheint gespannt. Die Amis haben den Russen das Demontieren von Industrieanlagen hier in ihrer Zone verboten. Damit dürften sie erst anfangen, wenn die Iwans das, was sie in ihrer Zone geklaut hätten, zurückgäben.«
»Was die nie tun werden, wie ich sie kenne.«
»Gewiß nicht. Aber das ist nicht alles. Die Sowjets fordern eine Reparationsleistung von sechsundsiebzig Milliarden Reichsmark. Der Notenumlauf beträgt zur Zeit einundsechzig Milliarden.«
»Können wir nie bezahlen. Aus solchen unsinnigen Forderungen entstehen die Hitlers.«
Klanke überlegte laut: »Die Russen kriegen den Rachen nicht voll. Wollen sie wieder Krieg? Will Stalin mit seinen ehemaligen Verbündeten Krieg führen? Vielleicht sollten wir uns das wünschen, damit wir aus dem miesen Schneider dieser Zeit kommen.«
»Wir – einen neuen Krieg wollen?« fragte Brencken. »Ich nicht! Wirklich nicht. Reicht das denn nicht, was wir hinter uns haben?«
»Aber es gibt keine dauerhafte West-Ost-Allianz bei diesen

unterschiedlichen Anschauungen über die elementarsten Dinge. Diese beiden politischen Systeme sind unversöhnlich. Und wir, dazwischen, werden immer ein Problem bleiben, ein Stein des Anstoßes, des Ärgers.« Klanke schüttelte den Kopf. »Also dann schon lieber einen schmerzhaften Schnitt, an dem der Patient gesundet. Sonst werden wir in der roten Flut zugrunde gehen.«
»Nein, Herr Klanke, wir müssen uns endlich daran gewöhnen, mit unseren Problemen zu leben, statt sie mit Gewalt lösen zu wollen.«
»Wissen Sie, was Sie da sagen? Ewig mit unseren ungelösten Problemen leben? Mögen Sie das?«
»Und Sie? Wollen Sie schon wieder schießen und erschossen werden, Klanke?«
»Ich weiß, daß der nächste Krieg kommen wird. Je schneller er kommt, desto schneller werden wir ihn hinter uns haben und dann endlich aufbauen können.«
»Oder tot sein. Massengrab bei Hannover statt bei Stalingrad.« Oder an der Mühle von Ariupol, dachte er – und wurde schweigsam. Etwas später fragte er Klanke: »Was machen Sie eigentlich beruflich?«
»Ich tue Dienst als Military Policeman im Hauptquartier von General McNarny.«
»Also schon auf der richtigen Seite?« fragte Brencken weiter. Klanke verschloß sich. »Ich hoffe.«
»Und Sie glauben, daß diese Amerikaner, die bereits fleißig abrüsten, wieder in den Krieg ziehen werden, um unsere Probleme zu lösen?«
»Weiß ich nicht.«
»Was sagen die Amis zu den Reparationsforderungen?«
»Amerika wird sie nicht anerkennen. Die Amis sagen, dieses Deutschland kann sich nicht einmal selbst ernähren – wie sollte es dann Reparationen zahlen? Sie werden vorschlagen, auf solche Reparationen zu verzichten und dafür die deutsche Industrie wieder aufzubauen. Dann können wir produzieren und auf dem Tauschweg die notwendigen Nahrungsmittel beziehen.«
»Vernünftig, weiß Gott. Aber werden sich die Amerikaner gegen die Russen durchsetzen können?«

»Ich habe Ihnen ja gesagt, welche Entwicklung ich für wünschenswert halte.« Und dann fragte Klanke, ob Brencken schon von dem Gerücht gehört habe, der Führer sei in Argentinien.
»Parolen«, erwiderte Brencken, »richtige Scheißhausparolen. Bormann hat im spanischen Rundfunk gesprochen, Deutsche haben den Fernzünder für die amerikanische Atombombe erfunden, der Papst unterhält eine Zentrale zur Unterstützung flüchtiger Nazis. Ich habe keine Lust, diesen Blödsinn zu glauben.«
Brencken wiederholte nur, was Ursula vor ein paar Tagen geäußert hatte, als er ihr mit solchen Gerüchten gekommen war.

»Liebling, deine Gedanken werden dich noch verrückt machen. Du mußt die Dinge einfacher und wahrhaftiger sehen. Du mußt unterscheiden lernen, differenzieren lernen.« Ursula saß auf seinem Schoß und strich ihm über die Haare. »Meinst du, ich hätte mich nicht mit diesen Dingen auseinanderzusetzen? Mein Vater war Studienrat in Frankfurt. 1939 wurde er Soldat, 1944 ist er gefallen. Hat man uns geschrieben. Später sagte einer uns die Wahrheit. Vater war wegen defätistischer Äußerungen degradiert, zu einem Strafbataillon versetzt worden und wurde beim Grabenschaufeln von einer Granate zerrissen.
Meine Mutter erzählte mir das, kurz bevor sie starb. Beide waren gegen den Nationalsozialismus, weil sie gute Katholiken waren. Und Mutter hatte außerdem den Nachbarn, Juden, stets von ihren Lebensmittelmarken abgegeben, damit die nicht verhungerten. Sie sind dann in Auschwitz vergast worden. Meinst du nicht, daß ich mir auch Gedanken mache?«
Es war das erste Mal, daß Ursula Kronring von ihren Eltern sprach. Brencken drückte sie fest an sich.
Nach einer Weile fuhr sie fort: »Siehst du, Karl-Helmut, meine Einstellung ist fast mathematisch. Jede Zahl kann durch vorgesetzte Zeichen in negativ oder positiv verwandelt werden. Verlust der persönlichen Freiheit, Terror, Mord an Millionen – das alles ist so negativ, daß das Vorzeichen dieser Zeit negativ sein wird, solange Menschen denken werden.«

Es klang so logisch – und er sah es auch ein. Der Tod von Millionen im Kriege, der Tod der Juden, wie viele es auch immer gewesen sein mochten, einer war zuviel! – der Tod der Leute, die am 20. Juli 1944 rebelliert hatten, der Tod vieler, die unerlaubt fremde Sender gehört hatten – millionenfacher Tod lastete auf allem, was in dieser Zeit gewesen, getan und unterlassen worden war.
»Fällt es dir so schwer, Liebling, das einzusehen?«
Brencken zögerte, dann sagte er: »Nein, es fällt mir nicht mehr schwer.«
Sie strich ihm über das Haar. »Und deshalb verstehe ich auch, daß du dich engagierst. Ich freue mich darüber. Nur vergiß darüber nicht das Studium. Du wirst erst etwas tun können, wenn du etwas bist. Und du bist erst etwas, wenn du etwas dafür getan hast. Vergiß das nicht.«

Klanke erzählte von seiner Vergangenheit.
Auch ihn hatte ein Mädchen in Frankfurt am Bahnhof aufgegriffen, als er ratlos umherirrte. Hatte ihn mit nach Rumpenheim genommen, einem kleinen Vorort der Lederstadt Offenbach.
»Bratkartoffelverhältnis?« fragte Ursula Kronring.
»Nein, nicht so.« Klanke wirkte verlegen, gar nicht so selbstsicher. »Ich bin verheiratet«, sagte er, »in Kempen am Niederrhein. Ich habe zwei Söhne, einer sechs, der andere ein halbes Jahr alt. Im Januar dieses Jahres ist meine Frau nach Kassel, zu meinen Schwiegereltern, gefahren.«
»Und?« fragte Ursula.
»Als ich dort ankam, sagte sie zu mir, für mich sei kein Platz mehr. Nur für sie und ihre Kinder. Und um meine Sachen brauchte ich mich nicht zu kümmern, die hätte sie für sich umgeändert. Da bin ich halt gegangen.«
»Und Ihre beiden Kinder?«
»Sind in Kassel – ich weiß nicht, was ich für sie tun kann.«
»Und wie soll es weitergehen?«
»Sie war gestern hier, Aussprache. Feierabend. Ich muß selber sehen, wie ich zurechtkomme, Fräulein Kronring.«
Typische Kriegsehe, dachte Brencken.

Tage darauf traf er eine verhärmte Frau in dem Saal, in dem er wieder einer LDP-Versammlung beiwohnen wollte.
»Herr Brencken? Herr Klanke nannte mir einmal Ihren Namen. Kann ich Sie einen Augenblick sprechen?«
»Gern, um was geht es denn?«
»Herr Klanke ist mit meiner Tochter durchgebrannt.«
»Bitte, was?«
»Herr Klanke ist mit meiner Tochter durchgebrannt.«
»Das ist doch nicht möglich.«
»Wenn ich es Ihnen sage.«
»Ich bin ganz außer mir«, fuhr sie fort, »ich habe ja nichts gegen Eberhard Klanke. Aber wenn das alles ist, was er tun kann, tut er mir leid. Morgen früh sind seine Sachen bei der Polizei, ich will ihn nicht mehr sehen.«
»Noch ist es ja nicht bewiesen.«
»Doch, sie haben auch meine Lebensmittelkarten mitgenommen.« Sie ging aufgeregt auf und ab. »Die beiden können ja ruhig heiraten. Aber er soll sich erst einmal scheiden lassen. Er wohnt bei mir umsonst, ißt umsonst, ich gebe ihm alles. Den ganzen Tag knutschen geht ja auch nicht. Gestern mittag suche ich Gitta, finde sie mit ihm im Bett. Nackt. Was soll denn das werden, wenn sie ein Kleines bekommt?«
Brencken redete ihr gut zu. Aber sie schüttelte den Kopf, war abwesend. Er bot ihr einen Stuhl an, sie saß mit dem Rücken zur Bühne und wartete, aber niemand kam. Dann ging sie, mitten durch die Versammlung, mit kleinen Schritten hinaus.
Viel später erfuhr Brencken, Klanke habe seinen Posten bei der amerikanischen Militärpolizei aufgegeben und sei über eine Anmeldestelle in Vallendar bei Koblenz in die Fremdenlegion gegangen.
Gitta war schon nach wenigen Wochen wieder bei ihrer Mutter erschienen.

Brenckens Engagement für die Politik ließ nach. Er sah keinen Sinn darin, redete er sich ein. Er kann sich nicht für eine Sache engagieren, dachte Ursula Kronring. Und bei mir bleibt er nur, weil es so bequem ist.
Sie würde ungern darauf verzichten, ihn zu lieben und von ihm

geliebt zu werden. Aber es war, als suche er in der Liebe den Ausgleich für das fehlende Engagement, dachte sie.
Er ist der beste Mann, den ich mir für mein Bett denken kann. Aber er ist nicht der beste Mann, den ich mir für mein Leben denken kann.
Schade.
Im Frühjahr 1948 meinte Ursula Kronring, man habe sich leider nicht mehr viel zu sagen, obwohl sie ihn natürlich noch recht gern habe. Und ob er sich nicht ein Zimmer suchen wolle, sie könnten bestimmt gute Freunde bleiben.
Brencken liebte es, ihren warmen Körper in seinen Armen zu halten, er liebte es, wie sie sich aufschloß, wenn er sie nahm, aber er liebte sie nicht so, daß ihm die Welt untergehen würde, könnte er nicht mehr bei ihr sein.
Über zwei Jahre hatte er mit Usch zusammen gelebt wie Mann und Frau. In einem Zimmer mit Stuck aus der Gründerzeit und einem riesigen französischen Bett. Über zwei Jahre hatte er den warmen, weichen Körper des Mädchens neben sich gespürt und nach ihm gegriffen, wann er es wollte.
Ehrlicherweise mußte er zugeben, daß sie auch nach ihm gegriffen hatte, wann sie wollte. Und sie wollte häufig. Sie liebte mit Hingebung, mit einer hinreißenden Wandlungsfähigkeit – keusch-zögernd, sich verwehrend, nur langsam nachgebend, dann wieder wild und fordernd und führend und in immer neuen Varianten. Er wußte, daß er viele Varianten mit Usch zum erstenmal erlebt hatte.
»Daß dir immer etwas Neues einfällt – das mußt du doch irgendwo gelernt haben?«
»Teils, teils. Teils gelernt, teils eigene Phantasie.«
»Ich liebe deine Phantasie, Usch.«
»Deine ist nicht geringer, gottlob.«
»Und wo hast du das gelernt, was nicht der eigenen Phantasie entsprang?«
»Willst du wissen, wieviel Männer vor dir waren?«
»Ja.«
»Die gehen dich nichts an, du bist der beste von allen, ich denke nicht mehr an die anderen. So viele waren es übrigens gar nicht. Einer von ihnen war der große Techniker. Bei dem spürte ich

es bis in die allerletzten Fasern, wenn ich kam. Aber mein Herz blieb ganz kühl.«
»Kannst du lieben ohne Wärme?«
»Es ging da gar nicht um Liebe. Ich war einfach seiner Technik verfallen. Er wollte in mir nur eine gute Partnerin für den Sex haben, und die war ich ihm auch. Aber von Liebe habe ich bei ihm nichts gespürt.«
Erotisch und phantasievoll waren sie gewesen, beide. Sie spannten ihre Beziehung in ein Wechselspiel erfundener Begegnungen und reizvoller Kostümierungen. Nüchtern sprachen sie nicht in den Worten dieser Stunden – ein Tabu, das nie gebrochen wurde.
Das war nun alles vorbei. Vorbei das Streicheln der seidenweichen Innenseiten ihrer Oberschenkel, das Berühren ihrer Haare mit den Lippen, der Blick in diese grünen Augen. Nicht wehleidig werden, Charly Brencken.
Aber was würde er nun tun? Und wovon leben?
Rays Zigarettenstangen – die hatten nur die kleineren Summen eingebracht. Eigentlich hatte er von dem Geld gelebt, das Ursula Kronring aus dem Erbe ihrer Eltern nahm. Damit finanzierte sie ihr Studium, sein Studium – und den Lebensunterhalt für sie beide.
Ausgehalten also.
Aber er hätte natürlich alles zurückgezahlt, später. Später? Oder nie? Er spürte, daß er sich belog. Der Gedanke an Rückzahlung war ihm erst eben gekommen.
Natürlich hatte er sich aushalten lassen. Beide hatten es nicht so aufgefaßt, aber so war es doch: Karl-Helmut Anatol Brencken wohnte in Frankfurt-Sachsenhausen bei seiner Freundin und Geliebten Ursula Kronring, die den gemeinsamen Lebensunterhalt bestritt und überdies ihrer beider Studium finanzierte.
Dafür durfte er sie lieben, wann er wollte. Und wann sie wollte. Komisch, das hatte er eigentlich nie so gesehen. Also ja, er würde das Geld zurückzahlen, später, fester Vorsatz, ganz bestimmt.
Er überdachte die vergangenen Monate und Jahre.
Usch hatte über ihren Büchern gesessen, mit Freunden ihre

Vorlesungen und Übungen diskutiert. Er hatte daneben gesessen, gelesen, getrunken, geschwiegen. Später, wenn die Diskussion ins Breite ging, hatte er sich beteiligt. Aber er hatte sich immer – ja, wie sollte man das nennen – als Prinzgemahl gefühlt. Nur in dem großen französischen Bett hatte er solche Anfechtungen nicht gehabt.
Er studierte Jura, aber er konnte sich schlecht konzentrieren. Wenn er Versicherungen warb, »Scheine schrieb«, wie es im Fachjargon hieß, kam er abends müde nach Hause und war zu keinen Diskussionen aufgelegt, ja, sogar einem ruhigen Gespräch mit Ursula abgeneigt. Nur wenn sie ihn wollte, dann wollte er sie auch.
Bißchen eintönig, Kamerad, wie? Vielleicht hatte sie ihn auch deshalb weggeschickt.
Bedurfte es dessen? Wußtest du es nicht selbst? Er wußte es, aber er sprach lieber nicht davon. So hatten sie in den letzten Monaten aneinander vorbeigelebt.
Und wovon würde er jetzt leben? Versicherungen, natürlich, das warf genug ab.
Und Mädchen, die mit ihm schlafen würden, gab es in Frankfurt genug.
Eine kleine Wohnung würde er auch finden, wenn er erst einmal aus dem Gröbsten heraus war.
Schon nach einigen Tagen hatte er sich von Ursula Kronring gelöst. Er wußte nicht, daß sie noch Wochen später nachts erwachte, neben sich ins Leere griff und zu weinen begann. Daß ihr Körper sich nach dem seinen sehnte, auch dann noch, als sie das erste Mal mit einem anderen Mann schlief.

Brencken zog in ein kleines Zimmer in Bonames und traf, als er die letzten Sachen abholte, Ray Dadloo bei ihr.
Ursula Kronring heiratete Ray Dadloo Weihnachten 1948, ging mit ihm in die USA, kehrte eineinhalb Jahre später geschieden zurück und nahm ihr Medizinstudium wieder auf.
Um diese Zeit hatte Karl-Helmut Anatol Brencken das Jurastudium aufgegeben und die Vertretung eines Versicherungsagenten übernommen, die ihm ein wenn auch bescheidenes, so doch sicheres Einkommen garantierte.

Um diese Zeit schlief er zuweilen mit Louella, einer Amerikanerin, die es immer haben wollte. »Bett ist wonderful, like my wishes always, yes.« Er verließ sie, ließ sich verleugnen, wenn sie ihn besuchen wollte, verreiste für ein paar Wochen und atmete auf, als er sie los war.

Später begegnete er Ursula, die aus den Staaten zurück war. Sie lud ihn zu einem Besuch ein, er kam mit Blumen, verführte sie am Nachmittag auf der Couch ihrer hübschen Dreizimmerwohnung und erfuhr, warum sie ihn damals weggeschickt hatte. Sie hatte fürchten müssen, an einen Mann zu geraten, der Charme mit notorischer, offenbar selbstverschuldeter Erfolglosigkeit paarte. Das sei nichts für ein ganzes Leben gewesen, an das sie, aber gewiß nicht er, gedacht habe.

Und Ray? Ray sei erst ins Spiel gekommen, als sie Brencken weggeschickt hatte. Und damals, als Brencken seine Sachen holte, habe Ray nichts anderes vorgehabt, als sie zu trösten. Sein Antrag sei erst viel später gekommen.

Sie küßte ihn zum Abschied, legte ihre Fingerspitzen auf die Narben seines Rückens und sagte: »Es war schön mit dir, wie früher. Und es wird nicht wieder sein wie früher, Karl-Helmut, nie mehr. Leb wohl!«

Auf der Straße fragte er sich, was alles er seit jener Nacht im Frankfurter Wartesaal falsch gemacht haben mochte.

1968 Hauptmann Buttler sagte zu Hauptfeldwebel Schöffung: »Schicken Sie mir den Stockdreher rein, bitte.«
Er überflog die Liste, die vor ihm lag, und schüttelte den Kopf.
Der Gefreite Stockdreher trat ins Zimmer. »Ich melde mich wie befohlen!«
Das Schiffchen saß vorn auf der Nasenwurzel. Seine Haltung war provozierend lasch.
»Nehmen Sie Ihren Hut ab, Gefreiter Stockdreher, und stehen Sie bequem.« Buttler sah von seinen Papieren auf. »Die Reihe Ihrer Dienstvergehen nimmt langsam Formen an, die mir mißfallen. Wegen permanenter Unordentlichkeit habe ich Ihnen in den letzten Wochen ein paar erzieherische Maßnahmen verpassen müssen. Sie haben den Zapfenstreich neulich um sechs Stunden überschritten. Dafür habe ich Ihnen vierzehn Tage verschärfter Ausgangsbeschränkung zumessen müssen. Heute höre ich, daß Sie die Ausgangsbeschränkung gebrochen haben.«
»Ich habe sie nicht gebrochen.«
Buttler schob die Papiere beiseite und sprach ruhig weiter. »Verschärfte Ausgangsbeschränkung bedeutet, daß Sie die Gemeinschaftsräume nicht betreten und keine Besuche empfangen dürfen.«
»Ich habe sie nicht betreten.«
»Doch. Sie haben sich einen Sessel in den Vorraum der Kantine bringen lassen und dort mit anderen Soldaten gezecht – drei Stunden lang.«
»Seit wann ist der Vorraum ein Gemeinschaftsraum?«
»Seit Sie ihn dazu umfunktioniert haben. Außerdem haben Sie Besuch gehabt.«
»Meine Freundin war zufällig gekommen.«
»Aber Sie wußten doch, daß Sie keinen Besuch empfangen dürfen.«
»Ich habe ihn ja auch nicht empfangen, er war da.«
Hauptmann Buttler holte tief Luft. Nicht reizen lassen, dachte er. »Ich halte Sie für einen intelligenten Mann, Gefreiter Stockdreher. Ich weiß nicht, was für eine Vorstellung Sie von meinem Intelligenzquotienten haben. Aber welche auch im-

mer, sie ist falsch, denn so dumm, Ihnen Ihren Schnack zu glauben, bin ich wirklich nicht. Sie provozieren. Warum?«
Stockdreher lächelte mokant. »Ich provoziere doch nicht, Herr Hauptmann.«
»Dieser Bruch der Ausgangsbeschränkung liegt nun acht Tage zurück. Und jeder dieser Tage brachte neue Schweinereien – Sie lassen sich gegen den Kasernenbefehl einen Hund in Ihre Stube bringen, Sie kommen zu spät zum Dienst, sie versehen Ihren Stubendienst nicht, Sie kippen die Aschenbecher im Flur Ihres Kasernenblocks auf den Boden – inzwischen sind Sie um Urlaub wegen des Todes Ihrer Großmutter eingekommen.«
Stockdreher sah seinen Batteriechef unverwandt an.
»Wir haben heute mit Ihrer Großmutter telefoniert, Gefreiter Stockdreher. Die Dame ist kreuzfidel.«
Stockdreher grinste nun.
»Was sagen Sie dazu?«
»Nichts.«
Buttler kämpfte mühsam seinen Zorn nieder. »Warum tun Sie das?«
»Weil ich nicht einsehe, daß mir einer meine vom Grundgesetz garantierte Freiheit beschneidet, Herr Hauptmann. Und wenn ich schon einen draufkriege wegen der Sache im Vorraum der Kantine, dann kann ich das gleich auch ausnutzen. Und mehr kriege ich dann auch nicht.«
»Danke. Raus!« Buttler rief die Schreibkraft seiner Batterie herein. »Frau Schmerlein, schreiben Sie bitte: Üblicher Kopf. An Kommandeur oder Vertreter im Amt. Betrifft Disziplinarsache Gefreiter Stockdreher. Nach Paragraph 19 Wehrdisziplinarordnung gebe ich die Disziplinarsache Gefreiter Stockdreher an Sie ab, da Bruch der Ausgangsbeschränkung vorliegt, der mit Arrest zu bestrafen ist. Und so weiter und so weiter. Danke, Frau Schmerlein.«
Der Alte würde den Gefreiten Stockdreher anhören, danach den Gefreiten Lawanski als Vertrauensmann. Dann würde er einen Arrestantrag an den zuständigen Richter beim Truppendienstgericht schicken, der würde die Strafe ihrer Art und Dauer nach für rechtmäßig erklären, und dann würde der Gefreite Stockdreher, im großen Dienstanzug mit Stahlhelm, in

Begleitung von Hauptmann Buttler, vor Stertzner erscheinen und seine Strafe erhalten.

Kurz vor Weihnachten zog der Gefreite Stockdreher für achtzehn Tage in die Arrestzelle der Prinz-Eugen-Kaserne. Seine Beschwerde, die die Vollstreckung der Arreststrafe zunächst aufgeschoben hatte, war überraschend schnell vom Truppendienstgericht negativ beschieden worden.

»Wir werden uns dann ja nicht mehr sehen«, sagte der Gefreite Bohrkamp, »denn am 21. Dezember mache ich Mücke.«

»Leck mich am Arsch«, erwiderte Stockdreher.

Lawanski, der erst im nächsten Quartal seinen Abschied nehmen würde, sagte gar nichts. Seit der Prügelei auf dem Übungsplatz Wildflecken hatten die beiden kein einziges Wort mehr miteinander gesprochen. Stockdreher betrank sich allabendlich in der Kantine, wenn er keinen Nachturlaub hatte, sonst tat er es draußen in einer der Bars, die mit rotem Licht und willigen Mädchen den Soldaten die Groschen aus der Tasche zogen.

Stockdreher packte seine Toilettensachen zusammen, rollte den Schlafanzug in eine Decke und empfahl sich, mit dem rechten Zeigefinger ans Schiffchen tippend.

»Sei froh, daß du ihn nicht wiedersiehst«, sagte Lawanski zu Bohrkamp.

»Der soll mich.«

»Hast du denn mit deinen vielen Mamis schon Abschied gefeiert?«

»Wieso viele? Ich habe meistens nur eine, die anderen sind dann schon verabschiedet. Und von der einen verabschiede ich mich so gründlich, daß jeder, der danach kommt, zur Flasche degradiert wird.«

Lawanski dachte an Birgit, die sich jetzt auf das Abitur vorbereitete. Er freute sich auf den Urlaub und auf Bonn. Und vor allem auf Birgit. Sie wollten drei Tage wegfahren, nicht sehr weit, Eifel oder Mosel, und richtig zusammen leben. Er wußte schon, daß sie eigentlich diese drei Tage nur essen und schlafen und lieben würden. Aber richtig. Petting nur als Horsd'œuvre. Und das kommende Glück erfüllte ihn schon jetzt.

Er mußte noch überlegen, welches Geschenk er Birgit machen

würde. Ein Schmuckstück vielleicht, einen besonders schönen Ring. Oder einen Anhänger, eine Halskette, einen Armreif. Und auf jeden Fall ein Buch.
Wieso der alte Hirsch, der Brencken, nur zu dieser netten jungen Buchhändlerin kam?
Aber eigentlich gönnte er das schöne Mädchen dem Hauptmann, den er mochte.

Am Abend vor dem letzten Antreten der Reservisten, wie sie sich nannten, als sie schon bunte Strohhüte auf dem Kopf hatten, mit kleinen Kanonen und Lastwagen auf der Krempe, und mit Stock und Klingel herumliefen, meldete sich der Gefreite Bohrkamp auf dem Dienstzimmer Brenckens.
»Herr Hauptmann, wir machen ja morgen Schluß, und da wollte ich noch einen draufmachen. Und da hätte ich gern gefragt, ob wir Sie einladen dürfen, weil Sie doch damals so für mich –« Er wurde verlegen.
Brencken lachte. »Wann, wo und in welchem Anzug?«
»In Zivil und um acht in der Kneipe gegenüber, Herr Hauptmann.«
Sie trafen sich, Bohrkamp, Pützke, Lawanski, Tolini, Schlommel und der Panzerkanonier Litz, der seit ein paar Tagen von einer anderen Einheit zu ihnen versetzt war, in der Gastwirtschaft »Zum Jägerhof« im Nebenzimmer.
Brencken erschien und setzte sich neben den Dreher aus dem Ruhrpott, auf der anderen Seite saß Lawanski.
»Prost, Herr Hauptmann«, sagte Bohrkamp.
Sie tranken bis gegen Mitternacht. Lawanski stützte den stark angetrunkenen Bohrkamp, Schlommel war schon nach dem sechsten Doornkaat nach Hause gebracht worden.
»Dieser kommunistische Dreher Bohrkamp, Herr Hauptmann«, sagte Lawanski, »ist für unseren Staat ein besserer Mann als der intellektuelle Jurist Stockdreher. Deshalb habe ich nie etwas auf ihn kommen lassen.«
»Ich weiß«, sagte Brencken, »ich habe diese Batterie ja einmal vertretungsweise geführt. Ist er wirklich Kommunist?«
»Ich bin Kommunist!« sagte Bohrkamp dumpf. »Ich bin einer.«

»Na ja, ist schon gut, gleich bist du im Bett.« Lawanski wandte sich wieder an Brencken. »Sicher ist er nicht besonders beschlagen in historischem und dialektischem Materialismus – aber er ist insofern Kommunist, als er seine Rechte als Arbeiter wahren will.«
»Dazu braucht man kein Kommunist zu sein.«
Lawanski lächelte. »Das wird er in den nächsten Jahren vielleicht noch lernen, Herr Hauptmann.«
Sie überquerten die Straße und passierten die Wache.
»Aus welchen Gründen sind Sie nicht Reserveoffizier geworden, Lawanski?«
»Weil ich nicht will. Ich möchte mich in der Armee nicht engagieren. Ich werde tun, was ich muß, aber nicht mehr. Und in drei Monaten bin ich auch dran – mit dem Abschiednehmen, meine ich.«
»Na ja.«
»Darf ich Sie etwas fragen, Herr Hauptmann?«
»Gern.«
»Warum sind Sie noch Hauptmann – in Ihrem Alter, meine ich.« Er sah, daß Brencken die Augenbrauen zusammenzog. »Ich meine«, fuhr er hastig fort, »wir mögen Sie alle, und wir fragen uns, warum ausgerechnet ein Brencken – verzeihen Sie – nichts wird, und ein Birling kriegt, wie wir erfahren haben, einen Hörsaal.«
Brencken dachte einen Augenblick nach. »Das liegt daran«, sagte er, entschlossen, zu Lawanski offen zu sprechen, »daß ich meine Lehrgänge nicht geschafft habe.«
»Das verstehe ich nicht, der Birling hat sie doch auch geschafft.«
»Vielleicht weil er jünger ist, Lawanski. Sehen Sie, meine Generation reicht in eine Vergangenheit, die zwar noch recht nahe ist, in der Sie und Ihre Altersgenossen aber keine Wurzeln haben. Der Krieg hat viele verwandelt. Mich auch.«
Sie schwiegen. Bohrkamp ging mit weichen Knien neben Lawanski.
»Bringen Sie den Bohrkamp ins Bett und kommen Sie dann noch auf einen Sprung ins Offizierheim.«
»Darf ich das?«

»Als mein Gast – immer.« Brencken legte dem betrunkenen Bohrkamp die Hand zum Abschied auf die Schulter. »Danke, Alter, das war nett.«
Im Offizierheim war Ruhe. Die Ordonnanzen hatten schon Schluß gemacht, weil niemand mehr gekommen war. Brencken setzte sich auf einen Barhocker, nahm eine Flasche Whisky aus dem Regal, holte Eis aus dem Kühlschrank und stellte eine Kanne mit Wasser parat. Lawanski meldete sich zehn Minuten später.
»Sind wir eigentlich sehr anders, als Sie waren?« fragte Lawanski.
Brencken schob das Glas von sich weg. »Sehr, noch mehr als sehr. Sie sind vielleicht sogar so, wie wir hätten werden wollen, wenn es an uns gelegen hätte.«
»An wem lag es denn?«
»An den Umständen, Lawanski. Der Hitler hat – nichts anderes haben wir damals gesehen – Ordnung geschaffen. Daß er dazu Konzentrationslager brauchte, wollten wir nicht wahrhaben. Und Begriffe wie Vaterland und Ehre und Soldat – die spürten wir geradezu körperlich. Diesen Stolz. Dieses Glück, dabeisein zu dürfen. Diese Ehre, sich opfern zu dürfen . . . Und fünfundvierzig haben wir dann gemerkt, daß man uns beschissen hat. Aber da waren wir schon vierundzwanzig oder ein bißchen drüber oder drunter.«
»Kommen Sie jemals davon los?«
Brencken hob den Kopf. Was fragte der junge Mann da? »Ob ich davon loskomme?« Lawanski goß Whisky nach, die Eiswürfel klirrten. Brencken schwieg immer noch. »Ich glaube«, sagte er dann, »daß dies eine entscheidende Frage ist. Und die Antwort, für mich wenigstens, heißt: Nein, ich komme nicht davon los.«
»Eben«, sagte Lawanski. Schon das Gespräch im Jägerhof gegenüber der Kaserne hatte ihn fasziniert. Nie zuvor hatte er mit einem älteren Mann ein so gutes Gespräch gehabt. Und als Brencken ihn ins Offizierheim eingeladen hatte, war ihm klar, daß sich hier eine Gelegenheit bot, diese Generation etwas besser begreifen zu lernen.
Brencken hob das Glas: »Prost, Junior, Sie sind ein gescheites

Haus. Ich wünsche Ihnen viel Glück. Haben Sie ein nettes Mädchen?«
Lawanski lächelte. »Ja, ein sehr nettes.«
»Hübsch?«
»Nein.«
»Nicht?«
»Nein, nicht hübsch. Schön.«
Brencken lachte.
»Aber Fräulein Widderstein ist noch schöner«, sagte Lawanski. »Ehrlich!«
Stich ins Herz. Vorbei. »Ja«, sagte Brencken. »Sie ist wunderschön.«
»Da kann man Ihnen nur gratulieren.«
»Danke.«
Der Dialog wurde quälend.
»Wir werden zusammen studieren«, sagte Lawanski.
»In Bonn?«
»Jawohl.«
Schweigen. Sie tranken noch ein Glas.
Abrupt erhob sich Brencken und reichte Lawanski die Hand.
»Gute Nacht, ich bin müde.«
»Gute Nacht, Herr Hauptmann. Und danke schön.«
»Nichts zu danken.«
Wenn sie beide aus einer Generation wären, dachte Brencken, hätten sie Freunde werden können. Und dann hätten sie sicher noch Stunden gesessen und geredet. Merkwürdig. Vielleicht machte man viel zuviel her um diesen Altersunterschied.

Weihnachten verbrachte Brencken allein in seiner Wohnung, Einladungen zu Kameraden hatte er ausgeschlagen. Silvester fuhr er nach Garmisch-Partenkirchen und lief drei Tage lang Ski. Das klare, kalte Wetter pustete ihm die Gedanken aus dem Hirn.
In drei Monaten würde er in Mainz sein.

Der Dreher Bohrkamp half seinem Vater, den Weihnachtsbaum zu schmücken und die Geschenke für die Geschwister zu kaufen. Von der Mutter hatten sie nur gehört, daß sie in Nord-

bayern, bei Aschaffenburg, eine Wohnung bezogen hatte, die von ihrem Freund bezahlt wurde.
Kurz nach Silvester nahm er die Arbeit in seiner Firma wieder auf. Dem Gefreiten Lawanski schrieb er in seiner schweren Handschrift, daß daheim alles in Ordnung sei und er jetzt wieder arbeite. Und daß er gelegentlich nach Werkenried kommen werde, um einen draufzumachen, aber ohne Stockdreher.
Der Gefreite Stockdreher wurde am 23. Dezember aus der Arrestzelle geholt. Hauptmann Buttler eröffnete ihm, daß er die Vollstreckung der Strafe für zweiundsiebzig Stunden unterbreche, weil Weihnachten sei, und daß Stockdreher am 26. Dezember um sechzehn Uhr wieder einzuziehen habe. Käme er nicht, würde er durch Feldjäger und Polizei geholt werden. Stockdreher erschien am dritten Feiertag gegen fünfzehn Uhr und wurde um genau sechzehn Uhr wieder in die Arrestzelle eingeschlossen. Dort verbrachte er Silvester.
Der Gefreite Lawanski fuhr am 21. Dezember nach Dienst in die sogenannte Weihnachtsdienstbefreiung und verlebte den Heiligen Abend im Elternhaus. Am ersten Weihnachtsfeiertag fuhr er mit seiner Freundin Birgit nach Hatzenport an der Mosel. Sie bestellten ein Doppelzimmer und liebten sich von der Ankunft am frühen Nachmittag bis zum Abendessen, von einundzwanzig Uhr bis nach Mitternacht und begannen den nächsten Tag damit, einander erneut zu begreifen und glücklich zu machen. Sie kehrten am 27. Dezember nach Bonn zurück. Er meldete sich am 28. pünktlich zum Dienst. Silvester hatte er Bereitschaft und verblieb in der Kaserne. Am 4. Januar begann wieder das normale militärische Leben. Mein letztes Quartal, dachte er.
Der Oberstleutnant Walther Stertzner versammelte am 21. Dezember seine Offiziere im Offizierheim und dankte ihnen für die Arbeit im abgelaufenen Jahr. Für die Feiertage wünschte er allen Soldaten und ihren Angehörigen gute Zeit und für das kommende Jahr Frieden und gute Arbeit für den Frieden. Er verbrachte die Feiertage in seiner Familie, zelebrierte traditionsgemäß am Silvesterabend seiner Familie den Kardinal, eine Rotweinbowle, und begann am 4. Januar seinen Dienst mit der Lektüre des Jahresausbildungsplanes, den Major Warwitz

ausgearbeitet hatte, der aber aus Zeitmangel nicht mehr, wie vorgesehen, Ende Dezember hatte verteilt werden können.
Die Gefreiten Schlommel und Litz mußten Weihnachten in der Kaserne bleiben. Der Gefreite Tolini feierte Silvester in der Kantine.

Der Oberleutnant Czymczik vom Abschirmdienst besuchte den Kommandeur des Feldartilleriebataillons, Oberstleutnant Stertzner, Mitte Januar.
»Haben Sie schon einmal in Düsseldorf die Boutique von Frau Perino besucht?«
»Nein, ich hatte es vor, aber ich bin nicht dazu gekommen, Herr Czymczik.«
»Aber wir.«
»Und?«
»Mitten auf der Kö, luxuriös, sündhafte Preise für exquisite Sächelchen.«
»Und?«
»Die Mitinhaberin ist zwanzig Jahre älter. Graue Haare, elegant angezogen, Feldwebeltyp.«
»Und? Mann, lassen Sie sich die Dinge nicht aus der Nase ziehen.«
»Herr Oberstleutnant, viel mehr wissen wir auch nicht. Ich habe mir überlegt, ob wir den Oberleutnant Perino einmal anhören sollen.«
»Was könnten Sie von dem erfahren?«
»Wie Madame an die Boutique gekommen ist.«
»Gesetzt den Fall, Ihre Theorie stimmt, mein Lieber – glauben Sie, daß sich der Oberleutnant Perino die Würmer aus der Nase ziehen läßt? Und glauben Sie nicht auch, daß er sofort Leine zieht?«
»Daran haben wir natürlich auch gedacht. Und deshalb meinen wir, wir sollten noch etwas warten. Und Sie bitten, die Augen offenzuhalten. Wer weiß von unserem Verdacht?«
»Nur mein Stellvertreter, Major Warwitz. Wer sich sonst einen Reim darauf macht, weiß ich nicht.«
»Brencken?«
»Mag sein, ich glaube aber nicht.«

»Streiten Sie alles ab, Herr Oberstleutnant, wenn er draufkommen sollte. Wir müssen den jungen Mann auf frischer Tat ertappen.«
»Richtig, wenn er überhaupt mit drinhängt, lieber Herr Czymczik.«
Oberleutnant Czymczik ging zum Abstellplatz der Kraftfahrzeuge und schaute auffällig zwischen die Reihen. Vielleicht würde Oberleutnant Perino es bemerken. Nervöse Leute machen öfter Fehler.

Mitte Februar 1969 stellte die Personalabteilung Brencken den üblichen Vordruck mit der Versetzungsverfügung zu. Zum 1. April war er zum Wehrbereichskommando nach Mainz versetzt, ab Mitte März vorauskommandiert. In vier Wochen also.
Sein Nachfolger würde ein paar Tage früher kommen, ein junger Hauptmann, der demnächst zur Vorausbildung für den Generalstabsdienst heranstand. Wahrscheinlich einer von den alerten jungen Herren, von denen er schon einige kennengelernt hatte. Die waren meist schon mit fünfunddreißig Jahren Oberstleutnant, rundum gebildet, konnten überall mitreden, nicht nur in militärischen Dingen, kühl bis ans Herz hinan und mit einem nicht einmal schwachen Anflug elitärer Arroganz. Das durfte aber nicht darüber hinwegtäuschen, daß der Bundeswehr in diesen Männern eine Führungselite heranwuchs, deren Fähigkeiten weit über dem Durchschnitt der meisten Offiziere lagen.
Hauptmann Brencken begann, seinen Haushalt auf den Umzug vorzubereiten. Er würde in Mainz wieder eine Wohnung nehmen, ein größeres Appartement wahrscheinlich.
Vier Jahre hatte er im Bataillon des Oberstleutnants Stertzner verbracht, vier gute Jahre, wenn er seine beschränkten Möglichkeiten bedachte. Natürlich waren viele an ihm vorbeigezogen, hatten höhere Dienstgrade erreicht, Männer, die gerade geboren waren, als er in Preußisch-Eylau sein Abitur bestand. Aber daran hatte er sich gewöhnt. Das war nun einmal nicht anders. Mit wie vielen Mädchen hatte er geschlafen, deren Vater er hätte sein können ...

Der Gedanke an Susi tat weh. Sie hatte ihn vor Monaten verlassen, manchmal hatten sie sich, zufällig, getroffen. Aber über ein konventionelles »Wie geht's?« waren sie nicht hinausgekommen. Natürlich hatte Stertzner, hatten auch die anderen bemerkt, daß ihr Verhältnis nicht mehr bestand. Vorsichtige Fragen hatte er mit einer Handbewegung weggewischt, später wurde er nicht mehr gefragt. Aber die Sehnsucht blieb ihm. Sehnsucht nach einem Gespräch, nach ihrem Schweigen, nach dem Blick über den golden schimmernden Remy Martin in die abgedunkelte Stehlampe. Nach ihrem Körper, der sich seinen Liebkosungen so zärtlich unterworfen hatte, nach ihren weit offenen Augen und den breiten Nasenflügeln. Nach der schweigenden Ruhe hinterher, die Hand auf ihrer nackten Brust, die ihre in seinen Nackenhaaren.
Der Gedanke an Susi tat wirklich weh.
Er wußte aber auch, daß dies alles nicht mehr wiederkommen würde. Vorbei und zu Ende, ehe er es für immer hatte festhalten können. Quatsch, natürlich hätte er gekonnt, sie hatte recht. Er wußte es, er sagte es sich, wenn er trank, er schrie sich an, wenn er ins Stadium der Betrunkenheit glitt, er stellte den Plattenspieler mit dem Lied »Komm, geh mit mir« auf Dauer und höchste Lautstärke, er sprach mit ihr – hallo, Susi, natürlich war es dumm von mir, das alles, ich liebe dich, ich möchte bei dir bleiben, willst du mich heiraten, ich will nicht mehr allein sein, und allein bin ich immer, wenn du nicht da bist, ich möchte dich neben mir spüren, mit dir einschlafen, mit dir aufwachen, mich freuen, wenn du mich abends empfängst, mich freuen, wenn wir zusammen in Urlaub fahren, ja, diesmal bestimmt nach Tunesien, wir werden immer zusammen sein, ich werde dir immer dankbar sein, daß es dich für mich gibt, Susi, Liebling, komm, lächle, wie du es immer getan hast, wenn ich abends kam, gib mir deine Hand, ich will sie nicht mehr loslassen – ach, was redest du für einen Unfug, Brencken, Karl-Helmut Anatol, Versager allenthalben, Hauptmann mit achtundvierzig Jahren, Hauptmann bis zum Ende deiner Bundeswehrtage, Versager, Flasche, Idiot, selbst hast du dir alles zerschlagen, rechne nur nach, Junge, vom Stuckzimmer in Frankfurt-Sachsenhausen bis zur Buchhandlung der Susanne

Widderstein, rede dir nicht ein, daß andere daran schuld sind, du bist es allein, wo ist die Whiskyflasche – komm her, ich sauf' das Zeug jetzt pur, ohne Eis, was soll ich noch einmal an den Kühlschrank gehen, und ohne Wasser auch, o Gott, das zieht über die Zunge, direkt ins Hirn geht das, besoffen wirst du in einer halben Stunde sein, stinkbesoffen, Junge, na und? – will ich ja, so rundum den Arsch vollsaufen, daß ich nicht mehr denken kann. Gottogott, ist das Zeug warm, warmer Whisky, wo hast du den denn schon getrunken, ach ja, bei Anja, wie sich die Dinge einprägen, bei Anja im Zimmer über der Bar, naß aus dem Bad geholt, warmer Whisky, Susi, komm her, letzter Schluck und dann das alte Kommando »Batterie fall um!« und geschlafen, Susi hierhaben und mit ihr schlafen. – Von wegen, kannst du gar nicht, besoffen wie du bist, auch nicht mehr der Jüngste, Brencken, nicht so angeben, ach verdammt, gute Nacht.
Schwaden im Hirn am anderen Morgen, als ob man auf Wattebäuschen geht, Glasglocke um den Kopf, nein, um den ganzen Brencken herum, der Dienst strich an ihm vorbei. Routine.
Susi anrufen. Die Hand schon am Telefon, nein, nicht, oder doch? Du bist es? Nett, Charly, nein, tut mir sehr leid, ich habe keine Zeit, nein, auch morgen nicht, begreif doch bitte, daß ich gar keine Zeit mehr für dich haben kann. Tschüs, Charly. Aber bevor er nach Mainz ging, würde er noch einmal hinschauen. Also, er würde in ihre Buchhandlung gehen und sich verabschieden und ihnen beiden damit ersparen, was er fürchtete: eine Szene, die er ihr machte und die sie glatt an sich ablaufen ließe. Sie liebte ihn eben nicht mehr.
Er erinnerte sich an die Geschichte eines Bekannten, der, mit vier Kindern, sich von seiner Frau hatte scheiden lassen, weil deren Liaison mit einem Industriellen den Faden zerschnitten hatte. Jahre hindurch hatte der Oberregierungsrat Haushälterinnen beschäftigt und seine Liebe mühsam und erfolgreich totgetreten, bis nach beinahe zehn Jahren sich seine geschiedene Frau am Telefon meldete und ihm schluchzend versicherte, sie könne ihn nicht vergessen und sie liebe ihn und sie wisse, was sie alles falsch gemacht habe, und er solle es, bitte, noch einmal versuchen.

Vermutlich liebte ihn Susi noch immer, aber sie war so konsequent wie der Oberregierungsrat, der seiner geschiedenen Frau geantwortet hatte, ihn verbinde nichts mehr mit ihr, seine Gefühle seien allenfalls eine Mischung aus Mitleid und Sympathie, und er habe sie, was die Seele und den Körper betreffe, vergessen. Sie solle, so hatte der Oberregierungsrat seiner geschiedenen Frau geraten, mit einem Mann, den sie möge, schlafen und sich erregen und ihn vergessen. Und sie hatte ihm geantwortet, sie fände schon am Anfang jeden anderen zum Brechen, weil sie immer nur ihn vor sich sehe. Da hatte er aufgehängt.
Er würde sich immer nach Susi sehnen.
Oder mindestens so lange, wie er sich nach Usch und Anja und Barbara und Elina gesehnt hatte. Abschied nehmen? Ja, er würde in die Buchhandlung gehen. Das ersparte ihr das Neinsagen.

Der Chef der ersten Batterie zog Brencken beiseite. »Ich weiß ja nicht, was der Alte denkt, Brencken, aber langsam habe ich das Gefühl, mit dem Perino stimmt was nicht.«
»Sie auch, Sagel?«
Hauptmann Sagel, knapp zwanzig Jahre jünger als Brencken, schüttelte den Kopf.
»Der Perino hat schon wieder einen neuen Alfa. Anderes Modell, funkelnagelneu, oder fast. Unter uns, wo hat der das Geld her?«
»Habe ich auch schon drüber nachgedacht. Seine Frau hat eine Boutique in Düsseldorf, die für teures Geld teure Sachen anbietet.«
»Und die geht so gut?«
»Weiß nicht, ich war noch nicht da.«
»Madame Perino läßt sich nie bei uns sehen!«
»Liegt wohl daran, daß sie zuviel zu tun hat.«
»Und die Barbesuche?« fragte Sagel.
»Barbesuche?«
»Ja, Perino läßt da einiges Geld.«
»Das vermutlich Madame verdient.«
»Sie finanziert ihn also.«

»Kann man auch anders sagen«, meinte Brencken. »Sie finanziert beider Vergnügen – er den Haushalt.«
»Können Sie auslegen, wie Sie wollen. Mir kommt da was nicht ganz koscher vor.«
Brencken schob das leere Whiskyglas der Ordonnanz hin. »Mach noch mal voll, Kamerad. –«
Major Warwitz trat an ihren Tisch. »Herr Brencken, der Kommandeur läßt fragen, ob Ihr Abschiedsabend am Freitag, dem 28. März, steigen kann. Da sind Sie ja schon in Mainz, aber wir rechnen damit, daß das letzte Wochenende Ihrer alten Garnison gehört.«
Brencken blätterte im Terminkalender. »Ja, das geht, Herr Major.«
Warwitz setzte sich an den Tisch, bestellte einen Gin Lemon und sagte: »Übrigens, Mörberg wird auch versetzt. Er geht nach Marburg zur zweiten Division.«
»War ich auch«, sagte Sagel. »Zweite Hessische Arbeiter- und Bauerndivision haben wir dazu gesagt.«
»Sagt man von der vierten in Regensburg auch: Bayerische Arbeiter- und Bauerndivision«, erwiderte Warwitz, »das sind so die handelsüblichen müden Scherze.«
Später am Abend kam die Ordonnanz zu Brencken. »Telefon, Herr Hauptmann, eine Dame.« Er griff zum Hörer.
»Guten Abend, Charly, hier ist Susi.«
Sie rief ihn an! Sein Herz ging einen Takt schneller.
»Ich höre, du gehst bald nach Mainz.«
»Ja, bald.«
»Wann?«
»Mitte März. Woher weißt du es?«
»Frau Stertzner war in meinem Laden.«
»Ja, Mitte März kommandiert, Ende März dann endgültig.«
»Sehen wir uns vorher noch einmal?«
»Mein Gott«, entfuhr es ihm, »ich hätte schon längst . . .«
»Sehen wir uns noch einmal vorher?« unterbrach sie ihn.
»Selbstverständlich, gern. Wann du willst!«
»Wann mußt du in Mainz sein?«
»Am Siebzehnten, Susi.«
»Dann schlage ich vor, daß wir uns am Samstag davor bei mir

sehen, für ein Stündchen. Ich möchte nicht so Abschied nehmen, einfach tschüs und weg.«
»Danke, Susi.«
»Du hast keinen Grund, danke zu sagen. Ich meine, wir waren so gut miteinander, daß es nicht anders sein sollte.«
»Ich bin richtig glücklich, Susi.«
»Das solltest du nicht sein, ich meine, es besteht kein Anlaß.«
»Doch, daß ich dich noch einmal sehen kann. Ich hatte mir auch vorgenommen, dir einen Abschiedsbesuch zu machen.«
»So.«
»Ja, in deiner Buchhandlung.«
»Na ja, es ist schon besser bei mir als im Laden. Sagen wir kurz nach zwanzig Uhr, Charly?«
»Ja, gern, selbstverständlich, ich meine, ich komme und – du hast mich völlig überrumpelt mit dem Anruf.«
»Gute Nacht, Charly.«
Tote Leitung. Er legte den Hörer in die Gabel. Vielleicht ging doch alles wieder gut. Er ging zurück ins Clubzimmer.
»Rendezvous, Brencken?« fragte Sagel grinsend.
»Na ja«, erwiderte er lahm, »nicht ganz, so was Ähnliches. Abschiedsbesuch.«
»Muß ja sein.«
O Gott, wenn das wirklich noch einmal gutginge mit Susi . . .
Ihr etwas zum Abschied – oder zum Neuanfang – schenken. Erinnerung oder Start, ganz gleich, er wollte ihr etwas schenken. Etwas sehr Schönes.
Düsseldorf, fiel ihm ein. Boutique von Frau Perino. Ja, das war es.

Die Autobahn war naß in den ersten Märztagen des Jahres 1969. Schneereste verrotteten in den Ackerfurchen und auf den windumgangenen Höhen. Brencken fuhr sehr schnell. Er war in Zivil.
Was schenkte er Susi? Natürlich kannte er ihre Weiten. Vielleicht etwas mit Pelz? Oder einen kostbaren Kimono – oder einen Hauch von Nachthemd, etwas dichter gewebt als Chanel Nr. 5 . . . Er grinste, während er einen Lastzug überholte.
Vielleicht ging alles wieder gut, vielleicht gelang es ihm, sie zu

verführen, vielleicht gewann er sie so zurück. Nein, das war nicht der richtige Weg. Er würde offen sagen, daß sie recht gehabt hatte und daß er sich bessern werde – sie müsse ihn nur weiter lieben.
Die Konturen der Stadt am Horizont, gegen einen dämmernden Abendhimmel. Pastell, das keiner malen kann. Er verlangsamte das Tempo. Neon stach blaukalt in das Halbdunkel. Vor ihm Ketten von rotem Licht.
Ampeln auf Rot, rasches Gelb, drängendes Grün. Die Königsallee. Irgendwo mußte er einen Parkplatz finden und dann zu Fuß gehen. Wie hieß der Laden überhaupt? Er kannte Frau Perino gar nicht, wie sollte er sie dann finden? Und wenn, was sollte er kaufen?
Er fand eine Parklücke, schloß den Wagen ab, warf zwei Zehnpfennigstücke in den Automaten und schlug den Kragen seines hellen Trenchcoats hoch.
Er schlenderte die Königsallee entlang. Betrachtete die Schaufenster. Sah nach der Uhr. Noch eine gute Stunde bis Ladenschluß.
Eine Boutique. Die junge Dame lächelte ihn an.
»Kann ich bitte Frau Perino sprechen?«
»Frau Perino? Da sind Sie hier falsch, mein Herr.«
»Wissen Sie, wo –«
»Aber ja.« Sie lächelte immer noch. »Haben Sie die Adresse nicht gleich mitbekommen?«
Brencken schüttelte verwundert den Kopf. »Nein, wieso?«
»Ach so, entschuldigen Sie bitte. Also, Sie gehen auf dieser Seite der Kö etwa dreihundert Meter nach rechts, an der Ecke zur Seitenstraße finden Sie Frau Perino.«
»Vielen Dank.«
»Oh, bitte«, sagte die Dame. »Bitte sehr.«
Er dachte, warum die wohl so lächelt, so verdammt maliziös? Schließlich hat sie auch eine Boutique, und das ist ja ein normales Geschäft.
Irgend etwas war sonderbar. Alfa Romeo – Barbesuche – Perinos Nervosität – Verdächtigungen, die nichts bewiesen – diese Boutique – man hatte Frau Perino noch nie in der Garnison gesehen. Keine Zeit, hatte er sie entschuldigt.

Und diese Frage: Haben Sie die Adresse nicht gleich mitbekommen? Warum sollte ihm einer die Adresse gleich mitgeben? Und wer sollte sie ihm mitgeben? Perino? Nein, den hatte die Frau in der Boutique sicher nicht gemeint. Das war schon eine geheimnisvolle Geschichte. Und wenn man den Zucker im Tank damit in Zusammenhang brachte, ergab das geradezu abenteuerliche Kombinationen.
Die Schrift am Schaufenster war Pop und Jugendstil in einem. Superkurze Minis und knallbunte Hosen lagerten in einer violettgrünen Stofflandschaft. Er schloß die Tür hinter sich.
»Guten Tag«, sagte eine tiefe Stimme hinter ihm.
Er drehte sich um. »Guten Abend, gnädige Frau.«
Kastanienrotes Haar über dunkelbraunen Augen, schmales Gesicht mit spitzem Kinn, lange Wimpern, künstlich wahrscheinlich, warum auch nicht? Minirock. Sie konnte ihn mit der gleichen Selbstverständlichkeit tragen wie Susi. Die ist eine Sünde wert, dachte er.
»Sind Sie, bitte, Frau Perino?«
Sie zog die Augenbrauen hoch. »Ja, ich bin Frau Perino. Woher kennen Sie meinen Namen?« Ein Schatten huschte über ihr Gesicht.
»Ich heiße Brencken, gnädige Frau –«
»Ja, bitte, Herr Brencken?«
»Ich kenne Ihren Mann sehr gut.«
»Der ist bei der Bundeswehr.«
»Ich weiß, ich bin auch dort.«
Sie schien erleichtert, sie lächelte plötzlich ganz unbefangen. »Dann sind Sie im selben Bataillon . . .«
». . . wie der Oberleutnant Perino, ganz recht.«
»Wenn das so ist –« Sie ließ den Satz in der Luft hängen. »Was kann ich für Sie tun?«
»Ich wollte ein Geschenk kaufen.«
»Für Ihre Gattin?«
»Nein. Ich bin nicht verheiratet.«
»Daß es das noch gibt – so attraktiv und unverheiratet.«
Geht sie nichts an, dachte er. Die Bemerkung hätte nicht fallen dürfen. »Kommt zuweilen vor, gnädige Frau.«
»Was soll es denn sein?«

»Ich dachte an einen Kimono oder an etwas Ähnliches.«
»Sollte sich die Dame das nicht lieber selber aussuchen? Ich meine«, fügte sie rasch hinzu, »das erspart große Umtauschaktionen. Es sei denn, Sie kennen ihren Geschmack sehr genau.«
»Durchaus«, sagte er.
»Beneidenswert«, erwiderte sie und nahm einen goldfarbenen Kimono aus einem Regal.
»Nein, der ist zu – zu laut, wenn Sie wissen, was ich damit meine.«
»Ja, ich verstehe schon, zu laut. Also etwas Bescheideneres.«
»Muß nicht sein. Etwas Leiseres, bitte.«
Sie schaute ihn einen Augenblick nachdenklich an. »Schön, da haben wir etwas Leiseres.«
Sie empfahl ihm einen dunkelroten Kimono, der ihm gleich gefiel. Der Rücken zeigte feine, schwarzsilberne Stickerei: einen langbeinigen Vogel, der den Hals zur Erde beugte.
»Das wird das Richtige sein«, sagte er.
»Ich wundere mich immer, wie Männer sich so schnell entscheiden. Ihre Dame würde sich bestimmt noch viele andere zeigen lassen.«
»Möglich – aber dieser wird ihr gefallen, da bin ich sicher.«
Während sie die Rechnung ausschrieb und den Kimono verpackte, fragte sie: »Haben Sie meine Anschrift von meinem Mann?«
»Nein, der weiß gar nicht, daß ich hier bin.«
»Und woher haben Sie sie?«
Warum interessiert sie das? dachte er. »Von einer Kollegin von Ihnen, dreihundert Meter weiter.«
Sie fuhr herum, blickte ihn an, etwas erschrocken, wie es schien. »Und was hat die gesagt?«
Was sollte das nun wieder?
»Sie gab mir die Anschrift Ihrer Boutique. Was hätte sie denn sonst sagen sollen?«
Einen Augenblick schien Frau Perino verwirrt, dann lächelte sie ihn an. »Natürlich, was hätte sie sagen sollen, Herr Brencken. Ich fragte auch nur wegen der – der Konkurrenz. Die ist sehr stark hier in Düsseldorf.«

Die Türklingel läutete melodisch. Herein kam ein älterer, elegant gekleideter Mann. Aus den Augenwinkeln nahm er wahr, daß Frau Perino eine Kopfbewegung machte. Gab sie dem Mann ein Zeichen?
Sie verschnürte das Paket, kassierte und sagte: »Danke, Herr Brencken. Sie haben bestimmt einen guten Kauf gemacht. Ein Ringeltäubchen, dieser Kimono – viel zu billig hergegeben.«
Sie lachte, hoch und unnatürlich. Hatte das mit diesem Kunden zu tun? Der wartete bescheiden, interessierte sich für eine Vitrine mit Modeschmuck und schien auf das Gespräch nicht zu achten.
»Vielen Dank, gnädige Frau«, sagte Brencken.
Sie geleitete ihn zur Tür, wieder schien sie dem älteren Herrn einen Wink zu geben.
»Soll ich Ihren Mann von Ihnen grüßen?« fragte er.
Sie wurde plötzlich laut. »Vielen Dank für Ihren Besuch! Auf Wiedersehen, auf Wiedersehen . . .« Rasch schloß sie die Ladentür.
Er blickte zurück, sah, daß der ältere Herr auf sie zutrat, sah, wie sie den Finger auf den Mund legte und mit ihm in einem Hinterzimmer verschwand.
Was, zum Teufel, bedeutete das alles?
Während er den Motor seines Wagens anließ, fragte er sich, warum sie ihm keinen Gruß an ihren Mann aufgetragen hatte. Wegen des Kunden? Schadete es dem Geschäft, wenn man erfuhr, daß sie verheiratet war?
Er lenkte den Wagen in die Straßenmitte und fädelte sich in den Abendverkehr ein.
Perino hatte seine Frau niemals zu einem Fest des Bataillons mitgebracht. Er sprach auch kaum von ihr. Die Offiziere wußten nur, daß es sie gab – als Mitinhaberin einer Boutique in Düsseldorf. Sie war eine bemerkenswert attraktive Frau, weiß Gott.
Während der Fahrt durch die nasse Nacht verlor er sie nicht aus dem Sinn: langbeinig, etwas, aber nicht zu breit in den Hüften, mit einem Busen, von dem man früher gesagt hätte, er sei »just eine Kavaliershandvoll«, mit einem hohen schönen Hals und einer herrlichen roten Löwenmähne über den großwimperigen,

dunkelbraunen Augen. Wie die wohl im Bett sein mochte? Temperament hatte sie bestimmt, wie alt war sie wohl? Kaum älter als achtundzwanzig – oder er müßte sich sehr täuschen. Perino war neunundzwanzig. Diese Frau war so bemerkenswert, daß ihre dauernde Abwesenheit von Werkenried auch schon wieder bemerkenswert schien.
Natürlich konnte er Perino nicht fragen, warum seine Frau sich so merkwürdig verhielt. Brencken entschloß sich, weder zu ihm noch zu anderen etwas darüber zu sagen. Nur etwas genauer hinsehen wollte er in Zukunft.

Oberstleutnant Stertzner sagte in der wöchentlichen Chefbesprechung: »General von Wächtersberg hat gestern angerufen, meine Herren. Im Panzergrenadierbataillon hat es Sabotage gegeben. Diesmal kein Zucker in den Tanks, sondern kleines Feuerchen, neben den Munitionsbunkern.«
Major Warwitz zuckte mit den Schultern. »Da werden die wohl genausowenig rausbekommen wie wir.«
»Der General sagt, daß das Feuer nachts ausbrach und daß kein Brandstifter gefunden wurde.«
»Also!« kommentierte Hauptmann Sagel.
»Ich rechne zwar nicht damit, daß es nun wieder bei uns losgeht, aber wir wollen, Herr Warwitz, die nächtlichen Kontrollzeiten des Offiziers vom Dienst alle drei Tage ändern. Machen Sie das bitte selbst.«
Hauptmann Brencken fragte den Kommandeur: »Hat denn der Abschirmdienst gar nichts herausbringen können?«
»Leider nicht. Nicht die Spur eines Verdachtes.«
Oberleutnant Perino fügte hinzu: »Das wundert mich nicht, denn es gibt ja keine Anhaltspunkte. Außer dem Mann, den Brencken gesehen hat. Und der ist entfleucht.«
»Eben«, sagte Major Warwitz kühl.
»Ich wäre Ihnen dankbar, wenn Sie alle, meine Herren, ab und an, nach Dienst und auch während des Dienstes natürlich, einen Abstecher in den technischen Bereich machten. Das und die Änderung der Kontrollzeiten sollte die Wahrscheinlichkeit erhöhen, daß wir einen Täter erwischen.« Damit beendete Oberstleutnant Stertzner die Chefbesprechung.

Als Hauptmann Brencken an diesem Abend zum Offizierheim ging, es war bereits dunkel, sah er über dem nahen Standortübungsplatz eine Leuchtkugel hochgehen – Dreistern grün. Die dritte Batterie machte eine Nachtübung. Gewehrfeuer klekkerte herüber. Dann fegte eine gelbliche Spur in den Himmel, eine weiße Leuchtkugel erhellte ihn grell, während sie langsam am seidenen Fallschirm herniedersank. Maschinengewehrfeuer setzte ein. Buttler machte Nachtangriff mit Feuerzauber.
Die Peitschenleuchten strahlten helle Streifen in das Dunkel. Brencken sah sich um. Der Alte hatte heute morgen besondere Wachsamkeit verlangt. Die schweren Geräteträger standen Bug an Bug. Dahinter waren die Einhundertfünfmillimeter-Haubitzen aufgefahren.
Plötzlich hörte er Schritte. Er fuhr herum, aber zu spät. Ein harter Schlag fegte auf seinen Kopf, die Mütze fiel herab. Brencken wollte nach dem Fremden greifen. Aber da traf ihn der zweite Schlag und warf ihn in Bewußtlosigkeit.

Er erwachte schmerzhaft.
Ein Ring preßte sich hart um seinen Kopf, seine Augen nahmen nur Umrisse wahr.
Eine Hand legte sich auf seine Schulter. »Er kommt zu sich«, sagte die Stimme des Kommandeurs.
Brenckens Gedanken quälten sich zurück. »Was ist?« fragte er mühsam.
»Ruhe, Brencken«, sagte die Stimme des Kommandeurs.
»Wo bin ich?« fragte er.
»Im Sanitätsbereich, Brencken. Einer hat Ihnen eine übergebraten, Gott sei Dank hat Sie der Offizier vom Dienst rechtzeitig gefunden.«
Die Erinnerungen setzten sich zusammen. Der Gang durch den technischen Bereich. Die Leuchtkugeln. Maschinengewehrfeuer. Der Schlag auf den Kopf. Wer war das?
»Nur Ruhe, Brencken«, sagte der Kommandeur. »Sie müssen jetzt viel schlafen, der Doktor kommt nachher und untersucht Sie nochmals. Hoffentlich kommen Sie mit den beiden Platzwunden davon. Aber auch wenn Sie eine Gehirnerschütterung

haben, ist das die Welt nicht, Brencken, Unkraut vergeht nicht.«
»Jawohl, Herr Oberstleutnant.«

Die Verletzungen am Kopf waren harmloser, als der Arzt angenommen hatte. Brencken konnte nach drei Tagen den Sanitätsbereich verlassen und war eine Woche später wieder im Dienst.
Als er sich bei Stertzner zurückmeldete, sagte der: »Wir rätseln immer noch an der Sache herum. Oberleutnant Czymczik vom MAD war wieder hier – aber ohne Erfolg.«
»Ich meine, das muß einer aus dem Bataillon gewesen sein.«
»Sage ich auch, sagt der Czymczik auch, Herr Brencken. Aber wer? Es ist ein verdammt beschissenes Gefühl, zu wissen, daß da so ein Schwein herumläuft, das man nicht fassen kann.«
»War denn wieder etwas an den Fahrzeugen?«
»Ach, das wissen Sie noch gar nicht? Natürlich. Bei sechs Fünftonnern waren Reifen platt, mal einer da, mal zwei hier, insgesamt sieben.«
»Schweinerei. Man müßte dem Kerl eine Falle stellen. Ich werde darüber nachdenken.«
»Denken Sie lieber ans Abbrechen Ihrer Zelte. In knapp einer Woche beginnt Ihre Kommandierung nach Mainz.«
Brencken erhob sich. »Daran denke ich eigentlich ununterbrochen.«
»Wir werden Ihnen einen schönen Abschiedsabend geben, Brencken. Einverstanden?«

Brenckens Nachfolger, Hauptmann Siewerth, gerade über dreißig Jahre alt, traf am 10. März ein. Er meldete sich bei Stertzner und kam dann zu Brencken.
»Haben Sie schon eine Ahnung vom S-4-Geschäft?« fragte der.
»Gewiß, Herr Brencken, ich war zwei Jahre Chef einer Stabs- und Versorgungsbatterie und habe meine Lehrgänge.«
»Da können wir uns viel sparen.«
Sie begannen die Übergabe beim Materialnachweis, jener Buchhaltung, in der sowohl die großen Faun-Geräteträger als

auch die kleinsten Schrauben registriert wurden. Am Nachmittag monierte Siewerth: »Eigentlich ein bißchen durcheinander, Herr Brencken.«
»Aber nicht viel, Herr Siewerth. Wir hatten in der letzten Zeit viele Abhaltungen, mein Personal wechselte häufig, der Feldwebel ist seit vier Wochen krank – das kommt so zusammen.«
»Aber die Buchungsfehler sind älteren Datums. Und auf dem neuesten Stand sind die Dinge auch nicht. Seien Sie mir bitte nicht böse, aber ich möchte meinen Anfang hier nicht mit Minuspunkten machen.«
Brencken wurde rot. Der äußerst bestimmte Ton mißfiel ihm, er hatte schließlich einige Jährchen mehr auf dem Buckel. Aber in der Sache hatte der Neue verdammt recht. »Wir bringen das noch in Ordnung.«
»Das werden Sie wohl kaum schaffen, Herr Brencken, Sie müssen sich ja schon in wenigen Tagen in Mainz melden.«
»Es kam ja auch noch dazu, daß ich selbst krank war.«
»Ich habe davon gehört, Ihnen hat einer über den Kopf geschlagen. Wissen Sie schon, wer?«
»Nein, da sind Kripo und MAD dran. Gesehen habe ich nur einen Schatten, mehr nicht.« Er fand auf einmal, daß er den Überfall nicht als Entschuldigung für schlechte Leistungen angeben durfte.
Oberstleutnant Stertzner fand dies später auch. »Wie immer, Brencken, wie immer. Guter Wille und schlechte Ausführung. Sie werden es mir nicht verübeln, wenn ich Ihnen dies in die Beurteilung schreiben muß. Ich sage Ihnen das rechtzeitig, damit Sie sich darauf einrichten können.«
»Jawohl, Herr Oberstleutnant.«
Stertzner seufzte. »Sie ändern sich nicht mehr, Brencken, ich sage auch nichts mehr. Was wollen Sie denn tun, wenn Sie pensioniert sind? Ich frage, weil ich mir eigentlich nicht recht vorstellen kann, was Sie tun könnten.«
»Das weiß ich noch nicht, Herr Oberstleutnant. Irgend etwas wird sich schon finden. Versicherung und so.«
»Versicherung, na ja. Danke, Herr Brencken, danke.«
Er meldete sich ab und verließ das Zimmer seines Kommandeurs.

Stertzner quittierte die Verbeugung mit einem Nicken und vermutete, der Hauptmann a. D. Brencken würde wahrscheinlich nichts tun, sondern nur von seiner Pension leben. Für einen reichte die auch. Und daß er noch eine Frau finden würde, traute er ihm nicht zu. Auf eine entsprechende Frage hatte Susanne Widderstein nur kurz gezögert. »Eigentlich passen wir doch nicht zusammen, und es ist besser, das jetzt zu erkennen, als später – in der Ehe.«
»Schade, nicht wahr?«
»Ja, schade, Herr Stertzner.«
Stertzner nahm die Beurteilung für Hauptmann Brencken aus dem Blechschrank. Er las die Bemerkungen aus dem vergangenen Jahr, fand, daß sie immer noch stimmten, und entschloß sich, keine neue Beurteilung zu schreiben, sondern die bisherige in vollem Umfang aufrechtzuerhalten. Dafür gab es ein Formular. Unterschrift, Gegenzeichnung durch Brencken, und ab zur Brigade damit.

Die Ermittlungen des Oberleutnants Czymczik kamen nicht von der Stelle. Weder der Urheber des Zuckerattentats auf die Geräteträger noch der Mann, der Brencken niedergeschlagen hatte, wurden sichtbar. Der Verdacht gegen den Technischen Offizier verdichtete sich. Perino wurde observiert, wie es in der Fachsprache hieß. Aber es fanden sich keine Spuren.
Perino zeigte sich allerdings zunehmend nervöser. Sein Gebaren war fahrig, manchmal zuckte er zusammen und wurde rot oder bleich. Gelegentlich saß er schweigsam vor dem Fernsehapparat im Offizierheim, Schweiß auf der Stirn.
Wenn man ihn ansprach, lächelte er verkrampft, murmelte etwas, was kaum zur Sache gehörte, und verfiel wieder in sein Schweigen.
An diesem Tage war er über eine Stunde im Dienstzimmer des Kommandeurs gewesen. Die Offiziere erfuhren nicht, was dort gesprochen wurde.
Am Abend nahm Perino Brencken beiseite. »Ich möchte Sie unter vier Augen sprechen, Herr Hauptmann.«
»Bitte, Perino, was gibt es?«
»Sie waren neulich in Düsseldorf?«

»Ja. Ich habe eingekauft.«
»Bei meiner Frau.«
»Ja, vielleicht hätte ich Ihnen das sagen sollen, aber so wichtig schien mir das nicht.«
»Eingekauft. Darf ich fragen, was Sie gekauft haben?«
Brencken sah ihn an. »Im Grunde geht Sie das nichts an, Herr Perino. Sie könnten ja auch Ihre Frau fragen.«
»Ich weiß, Herr Hauptmann, ich weiß. Aber antworten Sie mir bitte – was haben Sie eingekauft?«
»Ich finde Ihr Verhalten merkwürdig, aber wenn Sie es unbedingt wissen wollen – einen Kimono, ein prächtiges Stück übrigens. – Raus mit der Sprache – was ist, Perino?«
»Und nur zu diesem Zweck sind Sie nach Düsseldorf gefahren?«
»Zum Teufel, ja, Perino.«
»So ein Ding hätten Sie aber auch hier kaufen können.«
»In Werkenried? Mann, haben Sie eine Ahnung!«
»Also schön, das war alles, das mit dem Kimono?«
»Alles, ich denke nicht mehr daran, Fragen zu beantworten, wenn Sie mir nicht sagen, warum Sie so herumbohren, Perino.«
»Ich kann es Ihnen nicht sagen, verstehen Sie bitte, ich kann es nicht.«
»Haben Sie was ausgefressen?« Brencken dachte an den Perino auf dem Abstellplatz der Faune, an dem Tag, als der Zucker in den Tanks war. Und an den neuen Alfa Romeo. Und an Perinos sündhaft teure Zivilanzüge. Und daran, daß der Oberleutnant seine Frau nie vorgezeigt hatte. Konnte das alles irgendwas miteinander zu tun haben? Unsinn, dachte er, Blödsinn. Wenn das etwas miteinander zu tun hätte, wäre Perino längst über alle Berge.
Warum hatte Frau Perino danach gefragt, ob er die Anschrift von ihrem Mann hätte? Der ältere Mann, der bei seinem Anblick stutzte – da paßte so einiges nicht zusammen, aber es mußten zwischen den Fragen dieses verwirrten Offiziers und den Beobachtungen, die Brencken in Düsseldorf gemacht hatte, Beziehungen bestehen, die alles erklärten. Nur – er hatte sie noch nicht gefunden.

»Nein, ich habe nichts ausgefressen«, sagte Perino, »nichts, gar nichts.«
Er schaute Brencken grübelnd an, stand dann plötzlich auf und ging hinaus – ohne Gruß und Erklärung.
»Was hat der denn?« fragte Hauptmann Sagel. »Haut wie ein angestochener Eber einfach ab.«
»Ich kriege das nicht zusammen, Sagel.«
»War schon länger nervös, glaube ich. Vielleicht hängt es mit der Ehe zusammen.«
»Sie meinen, weil er seine Frau nie mitgebracht hat?«
»Nein, weil er nur zum Wochenende nach Düsseldorf fährt. Umziehen wollte er nicht, eben wegen der Frau und der Boutique. Wie sieht sie eigentlich aus?«
»Höchst attraktiv. Langes Fahrgestell unter aufregendem Minirock, kastanienrotes Haar, sympathisches Gesicht – Dame von Format, würde ich sagen.«
»Na ja, da guckt man nicht hinter, Brencken.«

Hauptmann Brencken hatte an Hauptmann Siewerth übergeben. Anfang der kommenden Woche mußte er sich in Mainz melden. Er begann seine Sachen zu packen. Der Umzug, Anfang April, würde ein paar Tage in Anspruch nehmen.
Oberleutnant Czymczik hatte ihn eingehend befragt, aber er konnte nicht mehr sagen, als daß einer ihn zusammengeschlagen hatte und daß er nicht wußte, wer es war. Während er seine Bücher in Kisten räumte, grübelte er wieder über die Zusammenhänge nach.
Hatte er einen Mann gestört, der gerade wieder etwas unternehmen wollte? Wenn ja, wen hatte er gestört, und was hatte der unternehmen wollen? Racheakt?
Was auch immer es war – er trug neuerdings die kleine Beretta-Pistole bei sich, Kaliber sechsfünfunddreißig. Das war zwar kein Colt zum Löcherschießen, wohl aber reichte die Kugel für solche Fälle, wie er sie erlebt hatte.
Ende März würde Stertzner die Abschiedsrede auf ihn halten. Sie würde vielleicht herzlich für den Menschen Brencken werden. Und wenn Stertzner es gut meinte, würde er den S 4 nicht sehr viel erwähnen. Brencken wußte, daß der Alte die Beurtei-

lung aufrechterhalten wollte. Ausreichend, es reichte aus, Note ohne Lob und Tadel, grau in grau, und doch, unausgesprochen, viel Tadel in dieser Note, schon deshalb, weil sie relativ selten vergeben wurde. Der mit »ausreichend« qualifizierte Offizier rangierte, auch wenn man die Inflation guter Bewertungen berücksichtigte und relativierte, am Ende der Schlange.
Übermorgen würde er sich in Mainz melden, sicherlich hatte Stertzner schon telefoniert – und wenn nicht, dann würden der G 4 und der Chef des Stabes und der Befehlshaber die Beurteilungen lesen, die ihnen der Personaloffizier vorlegen würde. Na ja, würde der Befehlshaber sagen, na ja, auf einen mehr oder weniger kommt es nicht an. Wie lange hat er noch? Bis 73? Setzen Sie ihn ein, wo er keinen Ärger macht. Und sie würden ihn freundlich anlächeln. Und wenn der Befehlshaber wechselte, würde der neue General alsbald die Akten seiner Offiziere durchsehen und bei der des Hauptmanns Brencken die Augenbrauen hochziehen. So etwas gibt es hier? Wie macht er sich? Ausreichend? Na ja, 73 geht er ja in den Ruhestand.
Während Brencken seine Zukunft überdachte, fühlte er, mehr als er wußte, daß er allein bleiben würde – im Dienst und zu Hause. Es sei denn, Susi besänne sich.
Die Einladung beflügelte seine Phantasie. Er nahm den Kimono heraus, betrachtete ihn, stellte sich ihren schlanken, nackten Körper darin vor, spürte, daß er sie begehrte.
Er goß sich einen Whisky ein, trank ihn ohne Eis und Wasser. Weg mit den Gedanken. Wenn es wieder werden würde, dann wollte er es dankbar und mit der Gewißheit entgegennehmen, daß er auf dem Weg in die Zukunft nicht mehr einsam sein würde. Wenn er sich aber zu sehr darauf einstellte, würde die Enttäuschung ihn um so härter treffen.
Mainz – die rheinhessischen Weinorte –, Dienst in einem sehr großen Stabe mit vielen Vorgesetzten. Sicher, ein Mädchen, mit dem er ein Verhältnis haben würde, fände er immer. Das war ihm nie schwergefallen.
Es gab eine ganze Reihe junger Mädchen, die ihre Bettpartner gern mit den viel Erfahrung verheißenden ersten grauen Strähnen an den Schläfen sahen. Es würde alles sein wie bisher: Sie würden mit ihm schlafen, mit dieser oder jener würde er

in den Urlaub fahren, aber eines Tages würden sie gehen –
tschüs, es war sehr schön. Und irgendwann würde er sie wiedersehen, an der Seite eines jungen Mannes. Und die, bei denen sein Alter keine Rolle spielte, würden aus denselben Gründen gehen wie Susi. Und Usch.
Brencken stellte fest, daß es ihm, kurz vor dem fünfzigsten Lebensjahr, auch gleichgültig zu werden begann, ob er noch eine Gefährtin für den Rest seines Lebens finden würde. Bei denen, um die es sich gelohnt hätte, hatte er geschwiegen, hatte sie gehen oder hatte sich wegschicken lassen. Und er hatte den Abschied meistens schnell überwunden.
So wie seine Beurteilungen und die beiden Stabsoffizierslehrgänge in Hamburg.
Er schüttelte den Kopf über sich und beschloß, den Abend im Offizierheim zu verbringen. Vielleicht war jemand da, der mit ihm einen Skat oder einen Doppelkopf auflegte. Das war die beste Methode, zu vergessen, daß Susi ihn eingeladen hatte und daß er den neuen Abschnitt seines militärischen Lebens, den letzten, mit genau derselben Gleichgültigkeit begann wie alles andere auch. Er legte den Kimono wieder in die Verpackung zurück und verschloß sie.

Als er die Klingel drückte, hatte er Herzklopfen.
»Hallo, Charly«, sagte Susanne Widderstein.
»Hallo, Susi.«
Er hängte den Mantel an die Garderobe. Sie nahm ihn vom Haken und schob einen Bügel in die Ärmel.
»Wie immer«, lächelte er.
»Wie immer«, sagte sie.
Er fühlte sich befangen. Kam alles wieder ins Lot? Er sollte sie einfach fragen. Nein, das ging nicht. Wenn sie bei ihrer Ablehnung blieb, müßte er seine Niederlage öffentlich einstecken. Wenn er nicht fragte, würde eine Niederlage, weil nicht als Urteil ausgesprochen, eher zu ertragen sein. Sie wäre dann zwar auch erfolgt, aber, sozusagen, nicht aktenkundig.
Susi goß Sekt auf den Pernod.
»Wie immer«, sagte er.
»Wie immer«, lächelte sie zurück.

»Ich habe dir etwas mitgebracht, Susi.« Sie sah ihn aufmerksam an. »Gewissermaßen als –« er zögerte ein wenig, »als Abschiedsgeschenk.«
»Das ist lieb von dir, Charly.« Wie kühl das klang. Er nestelte an den Schnüren. Das Papier fiel raschelnd zur Seite. Er legte den dunkelroten Kimono über den Arm. Susi stand auf. »Charly, ist der schön!«
»Schöne Mädchen sollen schöne Sachen haben.« Er legte ihr den Kimono über die Schulter. »Dieses warme Rot steht dir gut.«
»Du hast immer gewußt, was du mir schenken sollst, die ganzen Jahre über, Charly, ich danke dir sehr.« Sie beugte sich zu ihm und küßte ihn auf die Wange. Er wollte die Arme heben, um sie zu umarmen, aber sie hatte sich ihm schon entwunden.
»Nachher werde ich ihn anziehen, ja?«
»Nachher?«
»Ja, nachher, Charly, wir wollen erst etwas essen.«
Im kleinen Eßzimmer hatte sie aufgedeckt. Avocados mit Krabbenmayonnaise, Toast, Chablis. Später wechselte sie die Gläser und goß einen St. Emillion, Tête de Cuvé ein, servierte Tournedos und einen blättrigen Salat. Dann brachte sie eine Bavaroise d'oranges.
Brencken öffnete die Flasche Heidsieck und sagte: »Dies alles ist aber sehr kostbar. Wie du, Susi.«
»An einem solchen Abend, Charly, ist nichts kostbar genug.«
Was hieß das? Fing es wieder an – o Gott, das wäre... Sie ging hinaus, er räumte die Teller und Gläser in die Spülmaschine und setzte sich wieder auf die Couch. Hier hatte er nackt gesessen und den Stuhl vor die Tür gesetzt bekommen, er hatte zum roten Frottiertuch gegriffen, um seine Blöße zu bedecken, und er hatte sich zum ersten Male bei Susi seiner Nacktheit geschämt.
Nachdenklich trank er den letzten Schluck Sekt. Wenn er nur wüßte, wie er es anstellen sollte, daß sie wieder zu ihm käme, bei ihm bliebe, ihn vielleicht heiratete! Was sagte man da? Er hatte es achtundvierzig Jahre lang niemandem gesagt. Er wußte wirklich nicht, wie er das formulieren sollte. Darf ich um deine Hand bitten? Würdest du mich heiraten? Wollen wir zusam-

menbleiben? O Susi, vergiß das alles, komm und bleib bei mir. Aber dazu war es vielleicht doch zu spät.

Susi stand vor ihm. Der Kimono schmiegte sich an ihren Körper. Sie drehte sich lächelnd einmal um sich selbst, er sah den hochbeinigen Vogel mit dem geneigten Hals auf ihrem Rücken, in Schwarz und Silber. »Du«, sagte sie, »der ist herrlich. Ich danke dir.«

Brencken stand auf und nahm sie in die Arme. Er spürte, wie sie sich an ihn schmiegte, er spürte, daß sie unter dem Kimono nackt war. Plötzlich atmete er flach. Er fühlte das Begehren bis in die Fingerspitzen. Sie legte die Arme um seinen Körper, ihr Kopf lag an seiner Brust. Sie wollte ihn, also würde es wieder gut werden.

Brencken spürte sein Herz gegen die Rippen klopfen. Er drückte seine Lippen in ihr Haar und sagte: »Susi, Susi, ich liebe dich, Susi.«

»Charly«, sagte sie.

Seine Hände glitten über ihren Rücken, den hochbeinigen Vogel entlang, eine Bewegung, die sie stets in höchste Erregung versetzt hatte.

Sie preßte sich enger an ihn und flüsterte: »Es ist zuviel Stoff zwischen uns, Charly.«

Er trug sie in ihr Schlafzimmer. Sie umfing ihn, wie sie es hundertmal getan hatte, er spürte ihre kleinen Brüste, ihre Lippen an seinem Hals, ihre Zunge suchte ihn. Während sie die Schenkel um ihn schloß, dachte er, Gott sei Dank, sie bleibt bei mir, sie ist bei mir, ich bin bei ihr. Er spürte, wie sie ihn aufnahm, und dachte dann nichts mehr als ihren Namen, bis sie erschöpft nebeneinanderlagen.

Für Brencken war alles so klar, daß er nicht mehr fragte. Er war glücklich. »Bist du glücklich?« fragte er.

Sie hielt die Augen geschlossen. »Ich spüre, daß dies alles glücklich ist, was neben dir liegt«, sagte sie dann.

»Du sagst das so komisch.«

»Ich meine es aber so: das, was glücklich sein kann, ist glücklich. Das weißt du doch. Du bist einfach gut.«

»Gut? Susi, ich bin nur das Echo auf dich. Du bist eine Geliebte, die alles vergessen macht.«

Sie schwieg. »Schlaf«, sagte sie dann.
Er legte den Kopf auf ihre Schulter und schloß die Augen. Später erwachte er, als sie sich an ihn drängte und mit einer nie erlebten Wildheit von ihm Besitz ergriff. Und er spürte, daß das Glück nun ganz da war. Er schlief mit der Hand auf ihren Schenkeln ein.
Erst nach Stunden erwachte er. Er griff zur Seite, griff ins Leere. Jäh richtete er sich auf, sprang aus dem Bett. Es war dämmerig, kein Licht, kein Laut.
»Susi!« rief er.
Er schaltete das Licht ein. Der Kimono lag über dem Stuhl. Ihre Unterwäsche, die am Abend ebenfalls dort gelegen hatte, war verschwunden.
Brencken ging nackt ins Wohnzimmer. Alles aufgeräumt. Auch in der Küche keine Spur von Susi. Er kehrte ins Schlafzimmer zurück, ratlos, verblüfft, enttäuscht, voller Angst. Angst, der Traum dieser Nacht könne ein Traum geblieben sein.
Auf dem Nachttisch fand er einen Briefbogen. Er setzte sich auf den Bettrand und las.
»Charly, es war wunderschön. Ich werde nie wieder so lieben wie mit Dir. Verzeih, daß ich Dir weh tun muß. Ich wollte es noch ein einziges Mal haben, ehe Du gehst. Du magst aus unserem Zusammensein den Schluß gezogen haben, daß alles wieder gut sei. Nein, Charly, es ist nicht wieder gut. Aber ehe Du gehst, mußte ich Dich innerlich loswerden – ich wußte keinen anderen Weg als den, mit Dir noch einmal so zu schlafen, wie wir es so oft getan haben. Ich war sehr glücklich. Ich werde das alles mit hineinnehmen in ein Leben ohne Dich, Charly. Es war Dir gegenüber nicht ganz fair – aber verzeih mir, wenn Du kannst, daß ich mit dieser letzten Nacht Dich endgültig aus mir streichen mußte. Versuche nicht, mich zu suchen – ich bin heute morgen auf einen lange geplanten Urlaub gefahren. Leb wohl, Charly, es war schön.« Unterzeichnet war dieser Brief mit einem einfachen S.
Eigentlich wußte Brencken erst in diesem Augenblick, daß er den Rest seines Lebens allein bleiben mußte. Und während er im Bad die kalte Dusche über seinen Leib laufen ließ, sagte er

laut: »Und schuld an allem ist Karl-Helmut Anatol Brencken, Herr Brencken, hast du es endlich begriffen, verdammt?«
Er sah Susanne Widderstein nicht mehr. Als sie vom Urlaub zurückkehrte, hatte er seinen Dienst in Mainz bereits angetreten.
Später erfuhr er, sie habe sich mit einem um zehn Jahre älteren Buchhändlerkollegen verlobt.
Keiner war so gut wie Brencken – oder wie war das?

Als Hauptmann Brencken sich bei Oberstleutnant Stertzner Mitte März abmeldete, hatte Oberleutnant Czymczik vom Abschirmdienst die Sabotagefälle geklärt.
»Wir haben alle falsch getippt, Brencken«, sagte der Kommandeur. »Und dem Oberleutnant Perino hätten wir beinahe bitteres Unrecht getan. Das Bundeskriminalamt hat, in Zusammenarbeit mit dem Abschirmdienst, eine Gruppe von meist noch sehr jungen Leuten gefunden, die mit diesen Sabotageakten auf eigene Faust demonstrieren wollten, daß ihnen alles stinkt, besonders die Armee.«
»Und wer hat den Mann in unsere Kaserne gebracht, der den Zucker in die Tanks geschüttet hat?«
»Keiner von uns, Gott sei Dank. Der ist mit einem Ausweis durch die Wache, den die Burschen irgendwo bei einem Soldaten geklaut hatten. Und als Sie ihn entdeckt haben, Brencken, ist er ab, in den bereitstehenden Wagen, und weg war er.«
»Hat die Polizei ihn?«
»Ja, ihn und sein Geständnis.«
»Und wer hat mir die zwei über den Schädel gezogen?«
»Das wissen wir nicht, Herr Brencken. Das müssen Leute hier aus dem Bataillon gewesen sein. Haben Sie irgend jemand, der Ihnen ans Leder will?«
»Ich wüßte nicht, Herr Oberstleutnant.«
»Dann weiß ich nicht, wie wir das klären sollen.«
»Und Perinos Verhalten? Das war doch sehr merkwürdig.«
»Ja, das war es.« Stertzner betrachtete seine Hände. »Darüber möchte ich Ihnen nichts sagen, das ist sehr privat, Herr Brencken.«
»Hängt das mit seiner Frau zusammen?«

»Wie kommen Sie darauf?«
Brencken berichtete sein Erlebnis aus Düsseldorf und erwähnte auch Perinos intensive Fragen.
Stertzner sah vor sich hin. »Ich werde es Ihnen sagen müssen, Herr Brencken, mit der Auflage, es jedermann gegenüber zu verschweigen. Ich möchte nicht, daß Perino ins Gerede kommt. Er hat gerade genug am Hals.« Stertzner bot ihm eine Zigarette an und ging ein paar Schritte auf und ab. »Sehen Sie, die Nervosität Perinos ... Er war ganz einfach unsicher, ob seine Vermutungen über seine Frau stimmten oder nicht. Leider stimmten sie.«
»Welche Vermutungen, Herr Oberstleutnant?«
»Daß seine Frau fremdging.«
»Ach«, sagte Brencken.
»Ja, aber das war alles noch einen Grad schlimmer, Brencken. Die Boutique, die ihr und einer anderen, älteren Frau gehört, ist für sie nur ein Teil ihrer Existenz.«
»Der andere Mann hielt sie aus?«
»Nein, die anderen Männer bezahlten dafür.«
»Ach du lieber Himmel – Callgirl.«
»Richtig.«
Brencken rekapitulierte seinen Düsseldorfer Besuch: Die Frage, wo er die Anschrift herhabe, der Mann, mit dem sie im Hinterzimmer verschwand, der aufgeregte Perino – jetzt erklärte sich alles. Frau Perino eine Edelnutte – kein Wunder, daß der Kleine sie nie vorzeigte.
»Das muß Perino sehr ins Kreuz gefahren sein.«
»Ist es auch. Er hat sie gebeten, alles aufzugeben und bei ihm hier in Werkenried zu bleiben. Aber sie hat ihn ausgelacht. Was er, ein kleiner Oberleutnant der Bundeswehr, ihr denn schon bieten könne – na und so weiter und so weiter.«
»Und nun hat er die Scheidung eingereicht?«
»Gestern.«
»Armes Schwein.«
»Es bleibt dabei – kein Wort, auch nicht Perino gegenüber.«
»Ist klar, Herr Oberstleutnant.«
Als Brencken zu seiner Wohnung fuhr, dachte er daran, daß Perino nun so allein sein würde wie er. Ob er sich trösten

könnte? Und bald? Oder ob er an dieser ganz gewiß attraktiven und bettfreudigen Frau jahrelang leiden würde? Er konnte sich vorstellen, daß jede Frau, die auch nur entfernte Ähnlichkeit mit ihr hätte, ihm Herzklopfen machen würde. Es würde ihm selbst nicht viel anders ergehen, sähe er eine Frau, die auch nur entfernte Ähnlichkeit mit Susanne Widderstein hätte.
Vielleicht ergab sich irgendwann einmal die Gelegenheit, sich mit Perino auszusprechen. Und ihm zu sagen: Kleiner, ich habe nicht mit deiner Frau geschlafen, sondern wirklich nur einen Kimono gekauft.
Die Autobahn von Köln nach Süden war an diesem schon ein wenig sonnigen Märztag ziemlich frei. Brencken fuhr hundertdreißig. Im Laufe des Tages sollte er sich in Mainz melden. Es reichte, wenn er kurz vor Mittag einträfe. Er drehte das Radio an. Der Deutschlandfunk brachte Nachrichten. Fünf Minuten nach zehn. Es lagen keine Meldungen über Verkehrsstörungen vor.
Dienst in der G-4-Abteilung des Stabes – was erwartete ihn? So eine Art Elefantenfriedhof? Oder Aktivität? Vorgesetzte, die jünger waren als er? Natürlich, daran mußte er sich gewöhnen. Und das kannte er auch schon. Sein neuer Befehlshaber war ein Mann der ersten Stunde, Panzermann, wenn die Erinnerung nicht trog.
An der Abfahrt Wandersmann bog Brencken ab, fuhr bis zum Erbenheimer Kreisel und nahm dann die Straße nach Mainz. Als er über die Theodor-Heuss-Brücke fuhr, sah er die Silhouette der alten Bischofsstadt. Auf der Brückenrampe bog Brencken rechts ab, suchte und fand die Rheinallee, fragte nach der Generalfeldzeugmeisterkaserne, fand die Freiligrathstraße, das Hochhaus und stellte den Motor ab.
Er zeigte dem Pförtner seinen Dienstausweis. »Der Aufzug funktioniert heute mal wieder«, sagte der zivile Wachtposten.
»Tut er das nicht immer?« fragte Brencken.
»Nein, leider. Da ist schon mancher steckengeblieben.«
Brencken drückte den Knopf zum dritten Stockwerk und ließ sich nach oben tragen.
Im Gang hingen gerahmte Kalenderfotos aus den verlorenen Ostgebieten. Man könnte natürlich auch Sprüche an die Wände

hängen. In einer Kaserne hatte er einmal den Spruch gelesen: »Der Krebsschaden dieser Armee ist die Truppe – was hätten die Stäbe für ein Leben, wenn es die Truppe nicht gäbe!« Brencken meldete sich auf dem Geschäftszimmer der G-1-Abteilung, Personal, Innere Führung, Recht. In der Tür stand ein Oberstleutnant der Luftwaffe.
»Ach, Sie sind Herr Brencken aus Werkenried. Kommen Sie herein.« Brencken setzte sich in einen Sessel am Schreibtisch. »Ich heiße Sie erst einmal herzlich willkommen, Herr Brencken. Gute Fahrt gehabt? Schön, Herr Brencken, wir freuen uns, daß Sie ab 1. April bei uns sein werden, der G 4 wartet schon auf Sie.«
»Was werde ich machen?«
»Das wird er Ihnen selbst sagen.«
Der Oberstleutnant hatte sein Zimmer mit einer Karte der Länder Hessen, Rheinland-Pfalz und Saarland dekoriert. Daneben hingen Fotos: Panzer und Panzerfahrer, ein Starfighter.
»Bei wem muß ich mich sonst noch melden, Herr Oberstleutnant?«
»Gehen Sie erst einmal zum Personaloffizier, hier, auf demselben Stockwerk. Dann wird Sie der Chef des Stabes sehen wollen – und natürlich auch der G 4. Den finden Sie einen Stock höher und den Chef des Stabes im sechsten Stockwerk.« Der Oberstleutnant erhob sich. »Auf gute Zusammenarbeit, Herr Brencken. Wenn Sie etwas brauchen oder Sorgen haben – Sie wissen, wo Sie mich finden.«
Der Personaloffizier, ein älterer Major, hatte Motive aus Wien an der Wand. Daneben las Brencken den Spruch: »Fasse dich kurz oder hilf mir arbeiten!« Ein Scherzbold. Schon beim ersten Satz stellte Brencken fest, daß er einem ostpreußischen Landsmann gegenübersaß.
»Guten Tag, Herr Brencken, herzlich willkommen in Mainz. Ich heiße Angelus.«
»Woher aus Ostpreußen kommen Sie?«
»Aus Ebenrode – und Sie?«
»Preußisch-Eylau.« Brencken gab Feuer.
»Wahrscheinlich wird Sie der G 4 als Nachfolger des Haupt-

manns Bortewitz einsetzen. Der ist auf dem Wege in den Ruhestand.«
»Und was hat der gemacht, Herr Major?«
»Mob-Vorbereitungen – alles, was mit den Vorbereitungen für die Mobilmachung auf dem Gebiet des Nachschubs zu tun hat.«
»Männermordender Job?«
»Nein, nicht ganz, aber Fisselkram, verstehen Sie, Kleinarbeit, bißchen Pracherei, wenn wir ostpreußisch reden.« Major Angelus schob die Papiere auf seinem Schreibtisch beiseite. »Sie sind erst kommandiert, warten wir mit der Änderung Ihres Ausweises, bis Sie endgültig hier sein werden.«
»In vierzehn Tagen, Herr Major.«
»Ich würde mich freuen, wenn wir uns dann auch einmal privat sähen und ein bißchen über die kalte Heimat plaudern könnten.« Angelus geleitete Brencken zur Tür. »Am besten gehen Sie erst einmal zum G 4, einen Stock höher.«
Dort sagte der Oberst mit den Generalstabsspiegeln: »Willkommen, Herr Brencken. Ich heiße Fahlert und hoffe, daß wir gut miteinander auskommen werden. Nehmen Sie bitte Platz.«
Ich habe mich nicht einmal richtig gemeldet, dachte Brencken. Er legte die Hand an die Stirn: »Hauptmann Brencken meldet sich zum Wehrbereichskommando vier kommandiert und ab 1. April diesen Jahres versetzt.«
Oberst Fahlert winkte ab: »Danke schön, Lieber, danke schön, nehmen Sie Platz.«
Er bot eine Zigarette an, kramte eine Flasche Sherry aus dem Schrank. »Zum Wohlsein und auf gute Zusammenarbeit. Freuen Sie sich auf Ihre neue Aufgabe?«
»Ich kenne sie noch gar nicht.«
»Richtig, mein Guter, Sie werden die Alarm- und Mob-Maßnahmen in der Logistik bearbeiten.«
»Viel Schreibtisch, Herr Oberst.«
»Fast nur. Ihr Vorgänger hat alles auf dem aktuellen Stand, Sie brauchen es nur auf dem laufenden zu halten. Das ist gar nicht so schwer für einen, der den S-4-Laden kennt. Und den kennen Sie. Vielleicht finden Sie draußen in den Vororten ein hübsches

Appartement, Herr Brencken. Morgen früh werden wir Sie dann hier einweisen.« Er erhob sich und reichte ihm die Hand. »Bis morgen früh, Hauptmann Brencken.«
Als der Aufzug unten ankam und die Tür sich öffnete, fiel Brenckens Blick auf den Zivilpförtner, der sich rasch erhob und salutierte. Brencken lächelte über den Scherz und stieß gegen einen etwas fülligen Mann in Uniform.
»He«, sagte der General mit den zwei Sternen, »Sie haben es aber eilig wegzukommen.«
Brencken fuhr zusammen und legte die Hand an die Mütze: »Verzeihen Sie, Herr General, ich habe Sie nicht gesehen.«
»Dachte ich mir, mit Absicht macht man so etwas im allgemeinen nicht. Ich kenne Sie nicht, wer sind Sie?«
»Hauptmann Brencken, ab heute kommandiert und ab 1. April zum Wehrbereichskommando vier versetzt.«
»Ach ja«, sagte der General, »ich habe es gelesen. Sie kommen aus – wie heißt das Kaff doch gleich, aus –«
»– aus Werkenried, Herr General.«
»Richtig, Werkenried. Wie alt sind Sie?«
»Achtundvierzig, Herr General.«
»Na ja, melden Sie sich gelegentlich bei mir, Herr Brencken. Ich bin Ihr Befehlshaber, guten Tag.«
»Guten Tag, Herr General.«
Der Lift trug den General in die Höhe.
Im Haus des Deutschen Weines aß Brencken zu Mittag, fuhr dann ein wenig durch die Stadt, sah sich den Dom und das Kurfürstliche Schloß an und kehrte zur Freiligrathstraße 6 zurück.
Er würde ein Zimmer suchen, sich morgen beim Chef des Stabes melden, dann anfangen. Der Oberst würde ihm eine Einweisung geben lassen, dann würde er sein, was er sich nie gewünscht hatte: aufgebahrt in einem großen Silo, kleiner Captain unter vielen ebenso kleinen Stabsoffizieren.
Und in Werkenried saß ein anderer Hauptmann, jünger, dynamischer, bereit, alles anders zu machen. Den Hauptmann Brencken würden sie nach einem Jahr vergessen haben – ach was, schon nach einem halben Jahr würde kein Mensch mehr an ihn denken.

Was soll's!
Hauptmann Borkewitz wies Brencken in sein neues Aufgabengebiet ein. Komplizierte Zusammenhänge entschleierten sich nicht auf der Stelle, unzählige Kleinmaßnahmen versperrten die Sicht auf die großen Entscheidungen, die im Ernstfall getroffen werden mußten.
Brencken wußte bereits am dritten Tag, daß er hier, bis er alles begriffen haben würde, doppelt soviel zu arbeiten hatte wie in Werkenried.
Und eigentlich hatte er sich hier ein wenig Ruhe gönnen wollen.

Brencken fuhr die Bundesstraße 9 nach Norden. Er mied die Autobahn, weil der Deutschlandfunk gemeldet hatte, zwischen der Abfahrt Siebengebirge und Köln-Königsforst sei ein Stau von sieben Kilometern entstanden. Außerdem wollte er in Bonn Pauling besuchen.
Brencken fuhr langsam, die schönste Rheinstrecke zu genießen, soweit ein Kraftfahrer das kann. Er sah die Dame Germania den Arm in die Luft recken, erinnerte sich an die Bavaria in München – mächtige Walküren als Symbole deutschen Wesens, er sah Rüdesheim und die Pfalz bei Kaub und riskierte einen schnellen Blick auf den bronzenen Marschall Blücher, der mit seinen Preußen und Russen hier den Rhein überschritten hatte, um Napoleon zu verfolgen. Brencken erinnerte sich daran, daß die alten Männer aus dem Ersten Weltkrieg ihm und seinen Arbeitsdienstkameraden zugerufen hatten, sie sollten dem Franzmann die Hosen strammziehen . . . Die Loreley – da oben hatte Heinrich Heine seine schiffermordende Jungfrau hingesetzt. Ein schroffer, hoher Felsen mit einer Fahnenstange. Einer hatte da oben einmal einen Handstand gemacht und war nicht heruntergefallen. Braubach, die Marksburg, die der letzte Kaiser hatte restaurieren lassen. Koblenz, die Festung Ehrenbreitstein. Die Bundesstraße 9 führte auf hohen Trägern am Andernacher Krahnenberg entlang. Andernach, erste Garnison dieser Armee. Armee aus dem Nichts. Noch immer nicht aus dem Experimentierstadium heraus. Zwölf Monate Wehrpflicht, achtzehn Monate Wehrpflicht, vielleicht bald wieder

zwölf oder fünfzehn. Und die Konsequenzen: immer neue Umstellung der Ausbildung.
Kurze, verlängerte, wieder gekürzte Ausbildung zum Offizier. Und wer wollte überhaupt noch Offizier werden? Der Beruf stand am Ende der Wunschlisten junger Leute, aufmüpfiger junger Leute, die revoltierten – nicht nur in der Bundesrepublik Deutschland.
Und wie war das mit den Notstandsgesetzen?
Während Brencken einen Blick auf die Apollinariskirche links von der Straße warf – Remagen hatte er gerade hinter sich –, dachte er, daß jeder Staat berechtigt sein müsse, Maßnahmen für den Notfall zu treffen. Dieses Land hatte die beste Verfassung, die freiheitlichste seiner Geschichte. Alle Staaten trieben Vorsorge für den Notfall, für den Kriegsfall, den man hierzulande stets mit dem Satz begleitete, »den Gott verhüten möge«. Warum gingen die jungen Leute auf die Straße? Warum trugen sie rote Fahnen? Warum schwankten Bilder des Vietnamesen Ho Chi Minh über ihren Köpfen und die bärtigen Köpfe von Marx und Engels und Lenin?
Er und seine Generation hatten geglaubt, das mit dem Kommunismus sei vorbei, endgültig. Irrtum, dachte er, das fängt erst richtig an.
Er passierte die Botschaft der UdSSR in Rolandseck, ein großes, strahlendhell getünchtes Gebäude mit blankgeputztem Messingschild. Die Kraftfahrzeuge trugen Nummernschilder mit der Ziffer 8 vor dem Strich.
Mehlem – Bad Godesberg. Brencken fuhr einige Umleitungen, fand keinen Parkplatz, kurvte mehr als einen Kilometer herum, setzte in einer Nebengasse endlich in eine Lücke.
Bernd Pauling trug einen weißen Kittel und beriet gerade eine dunkelhäutige Dame über die Behandlung gefrorener Puter. Als er nach dem gelblichweißen Löwenzahnsalat greifen wollte, erkannte er Brencken. »Welche Überraschung!« sagte er und drückte ihm die Hand. Die dunkelhäutige Dame packte Salat und Truthahn ein und ging zur Kasse. »Kommen Sie, Herr Brencken, wir gehen für einen Augenblick nach oben.«
Im Arbeitszimmer entkorkte er eine Flasche. »Marsala, schmeckt ganz gut am Morgen. Was bringt Sie nach Bonn?«

»Ich bin versetzt, nach Mainz, da komme ich gerade her. In Werkenried packe ich nur noch meine Sachen zusammen, der Abschiedsabend am 29. März ist dann das letzte.«
»Und warum so schnell?«
»Das ist nicht schnell, Herr Pauling. Ich war jetzt über vier Jahre im Bataillon in Werkenried. Und schließlich – für die aktive Truppe ist ein achtundvierzigjähriger Hauptmann auch nicht das Gelbe vom Ei.«
»Na ja«, sagte Pauling, »so alt sind Sie nun auch wieder nicht.«
»Doch, ich bin es. Mein Nachfolger ist neunundzwanzig, mein Bataillonskommandeur, der nur ein Jahr älter als ich ist, fühlt sich für seinen Job auch schon zu alt, und der Brigadekommandeur ist etliche Jahre jünger als wir beide.«
»Wenn Sie's so sehen. Was werden Sie in Mainz machen?«
»Im selben Arbeitsgebiet etwas anderes. Hat mit Alarmmaßnahmen auf dem Gebiet des Nachschubs zu tun.«
Das Telefon klingelte, Pauling führte ein kurzes Gespräch. Als er auflegte, sagte er: »Und was macht Ihre hübsche und kluge Freundin, das Fräulein Widderstein?«
»Die ist in Urlaub gefahren, Herr Pauling.« Und nach einer winzigen Pause: »Sie ist auch nicht mehr meine Freundin, wir haben uns getrennt. Im gegenseitigen Einvernehmen.«
»Das ist schade«, sagte Pauling. Er sah auf die Uhr. »In einer Stunde ist Feierabend. Wollen Sie mit mir essen gehen?«
Brencken überlegte – bis Werkenried brauchte er eine gute Stunde, ja, es ging. »Gern«, sagte er. »Ich muß mich aber erst umziehen.«
»O nein, behalten Sie Ihre Uniform ruhig an, Herr Brencken. Ich gehe gern mit einem Soldaten in Uniform aus. Hier gegenüber ist ein Café – warten Sie da auf mich. Von da sind es dann nur ein paar Schritte bis zu unserem Lokal.
Die Vorderfront des Restaurants war sehr klein. Dunkle Scheiben verwehrten den Blick ins Innere. Dort ging man durch einen schmalen Schlauch von Raum. Rechts, in einer Nische, war das »Bügeleisen«, an dem nur zwei oder höchstens drei Personen Platz hatten.
Die Wirtin ist eine Bonner Institution. Wer zur Begrüßung ein

Küßchen auf die Wange bekommt, ist »in«, wer zwei kassiert, gehört zu den privilegierten Gästen. Drei Küßchen haben soviel Seltenheitswert wie viele hohe Kochmützen im Michelin. Andererseits kennt jeder, der in Bonn »in« ist, Ria Alzen und ihr Feinschmeckerrestaurant »Maternus«. Wer Glück hat, findet an einem Abend Minister und Staatssekretäre aus der Großen Koalition und prominente Politiker der Opposition in schönster Eintracht, auch hier sorgsam klassifiziert durch Ria Alzens Küßchenprivilegien.
Pauling bekam zwei und nahm sie kurz in die Arme.
»Wie geht es? Du warst lange nicht mehr da.«
Pauling lächelte. »Muß ja auch noch arbeiten. Dies hier ist übrigens Herr Brencken, Ria. Hauptmann Brencken.«
Sie reichte ihm die Hand. »Am kleinen Tisch im Nebenraum ist noch Platz«, sagte sie, »komm mit.«
Der Kellner brachte eine Flasche Bernkasteler Badstube Spätlese. »Von der Chefin.«
Sie tranken und bestellten. Pauling einen Filettopf, Brencken Scampis und ebenfalls einen Filettopf. Für den letzten orderten sie einen Château Neuf du Pape, Tête de Cuvé.
Pauling dankte dem Kellner und sagte: »Ich bin neulich mit einem Bekannten hier gewesen, einem Reservehauptmann übrigens. Der übte in der Nähe bei einem Bataillon. Wir saßen da hinten an dem Vierertisch. Gegen Mitternacht kam der Schauspieler Williwerner Schlick herein. Wissen Sie, das Theater hier lebt von Gastspielen. Wir hatten schon zwei Flaschen vom Schloß Neun des Heiligen Vaters – denselben, den wir gleich trinken – hinter uns. Als wir uns vorgestellt wurden, da sagte mein Bekannter: ›Hallo, freut mich, Sie kennenzulernen, schon oft im Film gesehen, die bekannte Rosemarie Schlick ist ja wohl Ihre Mutter, haha.‹ Der Schlick verzog sein Gesicht, als ob er den Dr. med. Hiob Prätorius spielte. ›Nein, mein Herr, die Rosemarie ist meine Schwester.‹ Der Reservehauptmann schlug die flache Hand auf den Tisch und sagte, da höre doch alles auf, das müsse er doch wissen, die Rosemarie Schlick sei seine Mutter, nicht seine Schwester. Der Schlick hob nur die Augenbrauen hoch und erwiderte ganz, ganz fein und vornehm: Nun ja, dann sei seine Schwester eben seine Mutter; mit

derlei Ödipuskomplexen habe er sein Leben lang zurechtkommen müssen!«
»Manche Offiziere sind im Panzer durch die Kinderstube gerollt«, sagte Brencken.
»Der nicht, der war nur ein bißchen voll.«
Die Scampis waren mit Dillsauce angerichtet. Der Filettopf erzeugte, was Brencken die »gefräßige Stille« nannte. Während sie aßen, fragte Pauling: »Und die jungen Leute heute – sind die eigentlich auch in der Bundeswehr so aufsässig?«
»Ich kann nur aus meiner beschränkten Perspektive urteilen, Herr Pauling. Nein, sie sind nicht so.«
»Wie sind sie denn?«
»Anders als wir, ganz sicher, anders als wir damals waren.«
»Das meine ich. Unsere Erziehung war eine andere, der verlorene Krieg hat einiges dazu getan, daß die neue Generation nicht mehr so heroisch und verlogen erzogen wird.«
»Verlogen?« fragte Brencken.
»Ja, das meine ich. Das ist mir inzwischen aufgegangen. Auch wenn ich nur mit – wie sagte Oberstleutnant Stertzner? – mit kandierten Ameisen handele.«
»Was war verlogen, Herr Pauling?«
»Daß man uns, eine so gläubige Generation, unter dem Mißbrauch heiliger Begriffe wie Vaterland und Treue und Deutschland, eben auch für die Gaskammern von Auschwitz ins Feld geschickt hat.«
So ähnlich hatte es auch Pater Opperle gesagt, dachte Brencken.
Pauling schob den Teller beiseite. »Ich bin ganz bewußt ein Konservativer, was nicht bedeutet, daß ich einer von gestern bin. Auch Konservative sind für Weiterentwicklung. Könnte man den ganzen Abend drüber sprechen, ist aber nicht unser Thema. Aber ich bin nur deshalb für Veränderung, weil ich erkannt habe, was alles gesündigt worden ist. Und eins steht für mich fest, lieber Herr Brencken: diese jungen Leute, mag uns das passen oder nicht, leben ehrlicher als wir damals. Sie kennen ihre Umwelt, sie sind kritisch. Natürlich, manchmal geht mir auch das Messer in der Tasche auf – wie vor einiger Zeit, als hier in Bonn die Demonstrationen gegen die Notstandsge-

setze stattfanden. Transparente mit linken Parolen, rote Fahnen – so gingen sie auf die Barrikaden, die jungen Leute. Allerdings zeigten sie sich über das, was sie bekämpften, reichlich uninformiert. Das – und nur das nehme ich ihnen übel. Aber daß sie ihren Standpunkt so energisch vertreten, gegen die Autorität, das imponiert mir. – Wir damals?«
Brencken nickte. »Wir wären nicht auf die Barrikaden gegangen. Nicht nur weil wir anders erzogen waren, sondern auch weil es damals zu gefährlich war, auf die Barrikaden zu gehen . . . Aber um auf Ihre Frage zurückzukommen: Wir haben bei uns eine repräsentative Auswahl. Da ist alles vertreten: Karlchen Müller und der intellektuelle Neinsager. Aber ich habe noch keinen getroffen, der bewußt sabotiert. Vielmehr weiß ich aus Erfahrung, daß diese jungen Leute bis an die Grenzen ihrer Leistungsfähigkeit zu führen sind, wenn man das nur richtig anfängt.«
»Innere Führung also, Baudissin und Karst.«
»Das hat es auch schon damals gegeben, Herr Pauling.«
»Hat es das wirklich in diesem Umfang gegeben? Ich bin da skeptisch – die Dinge haben sich doch verändert. Unsere jungen Leute haben ein anderes Verhältnis zur Vätergeneration als wir.«
»Weiß Gott.«
»Und die Umwelt ist offener geworden. Kontakte sind überallhin möglich, Information kommt überall her und ist erlaubt und erwünscht.«
»Ich stimme zu, Herr Pauling. Aber gerade deshalb frage ich mich oft, was die Studenten, nicht nur in unserem Land, auf die Barrikaden treibt.«
»Vielleicht liegt es – auch – daran: Ich las neulich in einer Statistik, daß bei uns – und überall – die Hälfte aller Menschen dreißig Jahre und jünger ist. Nichts Neues, wie?«
»Sicherlich nichts Aufregendes!«
»Ich finde es über alle Maßen aufregend, Herr Brencken. Nicht nur die Gewohnheiten sind andere. Nehmen Sie nur die Vorliebe unserer jungen Leute für den Musikkonsum!«
»Ja, Radio Luxemburg!«
»Sagen Sie das nicht abschätzig – diese Leute haben eine Lücke

entdeckt und nachgestoßen. Schauen Sie sich unsere deutschen Sender an. Europawelle Saar hat angefangen, den ganzen Tag heiße Musik mit heißen Informationen zu mischen – ein Bombenerfolg.«
»Worauf wollen Sie hinaus?«
»Ich meine, daß wir Älteren ein anderes Empfinden für viele Dinge haben. Nicht nur für die Musik, Herr Brencken. Auch was den Staat betrifft.«
»Und wie sehen Sie das?«
Pauling bestellte eine zweite Flasche. »Das ist relativ einfach, Herr Brencken. Diese jungen Leute sind eine oder sogar eineinhalb Generationen jünger als wir. Was wir in unserem Leben hinter uns bringen mußten, das haben sie nur aus dem Unterricht erfahren, wenn überhaupt. NS-Zeit, Krieg, Zusammenbruch, Wiederaufbau. Und die Quintessenz unserer Erfahrungen ist bestimmt nicht die ihre.« Er sah Brencken gespannt an.
»Was folgern Sie daraus?«
Brencken dachte einen Augenblick nach. »Andere Erfahrungen ergeben andere Lagebeurteilungen und andere Entschlüsse.«
»Militärisch knapp formuliert. Aber ich meine tatsächlich dasselbe. Wenn unsere Nachkommen nicht unsere Erfahrungen haben, reagieren sie zwangsläufig anders. Was wir als Krönung unserer Aufbaubemühungen sehen, nämlich unseren Wohlstand, den nehmen sie zwar gern hin, aber er ist für sie bestimmt nicht von existentieller Bedeutung. Wir haben nur an den Aufbau gedacht, nur ans Materielle. Wir haben ihnen kein Zeichen gesetzt. Aber Jugend hat ein Recht auf Vorbilder und Ideale. Wir haben sie, unsicher und tief enttäuscht wie wir waren, nicht aufgezeigt. Wen wundert's, wenn sie sich selbst welche suchen?«
»Oder Vorbildern nacheifern, die ihnen von – anderswoher angepriesen werden.«
»So ist es, Herr Hauptmann.«
Brencken schwieg nachdenklich. Wie hätte er seine Söhne erzogen? »Haben Sie Kinder?« fragte er.
»Ja, zwei Töchter und einen Sohn. Ich weiß, was Sie jetzt hören wollen. Natürlich hatte ich meine Schwierigkeiten mit ihnen. Beim Sohn fing es mit siebzehn an. Da glaubte er, daß dem Al-

ten der Kalk aus der Hose riesele. Mit einundzwanzig wurde das dann wieder besser. Aber in diesen vier Jahren, in denen auch die Töchter – wie sagt man? – emanzipiert wurden, habe ich gelernt, mich umzustellen. Früher dachte ich, was der Chef sagt, gilt. Nur weil ich der Chef bin. Aber das stimmte gar nicht. Sehen Sie, ich fuhr einmal mit meiner Familie über Silvester zu Freunden. Ivo war damals achtzehn oder neunzehn. Er wollte zu Hause bleiben. Gut, sagte ich, aber dann such dir bei deinen Freunden Unterkunft, mein Laden wird abgeschlossen, bis wir zurückkommen. Basta.«
»Und?«
»Basta habe ich gesagt. Ivo schwieg. Am nächsten Tag lag ein Brief auf meinem Schreibtisch. Es sei doch unlogisch, schrieb er, daß ich ihm das Haus jetzt verwehre, wo er es mit dreizehn Jahren über eineinhalb Wochen allein habe hüten müssen. Gut, sagte ich zu ihm, hast recht, ich habe dummes Zeug geredet, okay.«
»Und die Töchter?« fragte Brencken.
»Die könnten bald heiraten. Wir haben früh geheiratet, meine Frau und ich. Die leben schon ihr eigenes Leben in meinem Haus.«
»Ärger?«
»Mit Männern? Nein, keinen. Natürlich weiß ich, daß sie keine Jungfrauen mehr sind. Es wäre weltfremd, das zu glauben. Ich lasse sie ihre Freunde auch ins Haus bringen. Bisher war keiner dabei, den ich nicht als Schwiegersohn akzeptiert hätte. Natürlich haben die Mädchen nicht mit allen geschlafen. Aber die Ältere sagte mir vor ein paar Monaten, wenn sie einen Mann liebhabe, dann gebe sie ihm auch nach, ob ich das verstehen könne. Ja, sagte ich. Da fiel sie mir um den Hals. Du bist ja richtig modern, sagte sie.«
»Ich weiß nicht, ob ich als Vater so klein beigeben könnte.«
»Ich nenne das nicht klein beigeben, Herr Brencken. Ich muß mich, ohne daß ich dabei an Substanz verliere, dem anpassen, was die Zeit aus unseren Kindern gemacht hat – und was wir daraus gemacht haben, das gehört dazu, positiv wie negativ.«
Später, auf der Autobahn nach Köln, wiederholte Brencken

diesen Satz des Spezereienhändlers Pauling: Wir müssen uns dem anpassen, was die Zeit aus unseren Kindern gemacht hat, und auch, was wir daraus gemacht haben, positiv wie negativ. Also müssen sich auch die Vorgesetzten anpassen.
Es war ein gutes Gespräch, dachte er, als er über die Hängebrücke auf die rechtsrheinische Seite fuhr. Er würde die Einladung, demnächst wiederzukommen, gern annehmen.

Noch drei Tage bis zur endgültigen Abreise. Am 28. März wurden die Soldaten entlassen, die eineinhalb Jahre früher ihren Wehrdienst begonnen hatten. Brencken rief Hauptmann Buttler an. »Ich möchte gern noch einmal Ihren Gefreiten Lawanski sprechen, Buttler.«
»Ach ja, Sie gehen beide. Abschied?«
»Ja, noch ein paar Worte. Ich habe ihn als Vertrauensmann aus meiner Zeit in guter Erinnerung.«
»In Ordnung. Ich schicke ihn.«
»Heute abend ins Casino, bitte.«
Lawanski meldete sich in Zivil. »Die Uniform haben wir schon abgegeben, Herr Hauptmann.«
»Ist doch egal. Kommen Sie, wir setzen uns hier in die Ecke. Wein oder Kurze?«
»Lieber Wein.«
Brencken klingelte nach der Ordonnanz. »Eine Ayler Kupp aus 67.« Er wandte sich an Lawanski. »Wenn Sie jetzt resümieren – wie denken Sie über Ihre Zeit?«
»Nicht anders als vorher. Vielleicht habe ich mehr als früher begriffen, daß hier Gemeinschaft vermittelt wird. Angefangen vom Erlebnis der Schweißfüße des Gefreiten Bohrkamp bis zu den gemeinsamen Abenden in der Kantine. Na ja, überhaupt: das gemeinsame Ertragen von Strapazen. Ja, das wäre eine Art Resümee.«
Die Ordonnanz brachte den Wein und die Gläser. Sie tranken den ersten Schluck.
»Wir sprachen neulich, hier nebenan in der Bar, über die Unterschiede zwischen Ihrer und meiner Generation. Lassen Sie mich fragen: Warum geht ihr auf die Barrikaden, Lawanski?«
»Weil wir einiges umbauen müssen in dem Haus, in dem wir

leben, Herr Hauptmann. Wir werden morgen die Hausherren sein, und wir möchten gern zeitgemäß leben.«
»Muff unter den Talaren – und so?«
»Auch das. Unsere Universitäten entsprechen längst nicht mehr den Anforderungen, weder nach Kapazität noch nach Struktur. Aber es geschieht nichts. Wundert es Sie dann, daß wir meutern?«
»Was soll denn geschehen?«
»Mit noch so ehrwürdigen Traditionen aus alten Zeiten können wir nichts mehr anfangen. Die Studienpläne, die Zusammenarbeit zwischen Professoren und Studenten, die Formen der Wissensvermittlung – das alles muß reformiert werden.«
»Und dazu braucht ihr rote Fahnen und Marx und Engels?«
»Es gibt viele, die das für wichtig und wesentlich halten. Ich brauche es nicht. Aber mit den Roten einig bin ich darüber, daß endlich etwas geschehen muß.«
»Und die Demonstrationen in Bonn und Paris? Rudi Dutschke und seine Genossen? Billigen Sie denn diese extremen Ansichten? Und die Ausschreitungen?«
»Ist es nicht entscheidend, Herr Hauptmann, daß überhaupt etwas geschieht, um die Leute aus dem Schlaf zu wecken, die jahrzehntelang nichts getan haben? Wer so tief schläft, muß eben etwas unsanft geweckt werden.«
»Ich komme da nicht mit.«
»Das ist schade, Herr Hauptmann. Aber trotzdem bleibe ich bei meinen Ansichten.«
»Aber es wird doch so vieles zerstört – Paris voriges Jahr!«
»Das müßte nicht sein, da haben Sie recht. Aber per saldo sind ein paar in Brand gesteckte Autos eben doch der geringere Schaden.«
»Vielleicht sind auch solche – Wertungen eine Generationsfrage«, meinte Brencken. »Wir haben im Krieg so viel zerstören müssen, daß wir allergisch reagieren, wenn junge Leute so leichtfertig vom Kaputtmachen sprechen.«
»Gerade deshalb müßten Sie uns verstehen: Wer einen ganzen Kontinent in Brand gesteckt hat, sollte sich über ein paar demolierte Autos wirklich nicht mehr aufregen!«
Brencken schüttelte den Kopf. »Aber so begreifen Sie doch! So

fängt es an! Ganz ähnlich hat es damals auch angefangen. Aber das haben Sie eben nicht erfahren. Es ist doch eine Generationsfrage!«
Lawanski fand, damit mache man es sich zu einfach. »Sehen Sie, mein Vater ist Geschäftsführer eines Industrieverbandes, Reserveoffizier, Bundesverdienstkreuz, natürlich CDU. Verdient klotzig Geld, uns fehlt's daheim an nichts. Er trinkt seine Spätlesen, auch mit mir. Aber sonst hat er nie Zeit für mich gehabt. Nicht als ich zehn war und nicht als ich fünfzehn war. Er hat gearbeitet wie ein Pferd, er ist ein Mann der Wiederaufbaugeneration. Und dabei ist ihm leider der Sensus für uns Junge abhanden gekommen – falls er ihn je gehabt haben sollte. Wir müssen also, die meisten von uns, mit unseren Vorstellungen selbst zu Rande kommen.«
»Was Ihnen ja auch nicht schwerfällt, wie man sieht.«
»Das brauchen Sie gar nicht so bitter zu sagen, Herr Hauptmann. Das ist so. Die Generation vor uns hat die ungeheure Aufbauarbeit nach dem verlorenen Krieg musterhaft bewältigt. Aber sie hat darüber vergessen, daß sie auch aus Menschen mit Fleisch und Blut besteht. Ich mache meinem Alten keinen Vorwurf, er ist halt so. Ich bin anders, und das muß er kapieren.«
Brencken dachte: ich kann mich nicht hineindenken. Wie würde ich reagieren, wenn ich einen solchen Sohn hätte?
»Verstehen Sie das?« fragte Lawanski.
»Ich versuche es.« Er dachte an das, was Pauling gesagt hatte. Hier kam die Bestätigung von der anderen Seite. »Und was ist mit Leuten wie Stockdreher und Bohrkamp? Von den anderen nicht zu reden – die sind doch ganz anders als Sie.«
Lawanski lächelte. »Herr Hauptmann, der Stockdreher ist einer, wie es ihn überall und in allen Schichten unseres Volkes gibt: ein hoffnungsloser Egozentriker. Begabter Hund, aber einseitig. Sie erinnern sich daran, daß ich mich mit ihm geschlagen habe. Das lag damals in der Luft. Angefangen hat das mit einem Fußmarsch.«
»Ich kenne die Geschichte, Buttler hat sie mir erzählt.«
»Stockdreher ist einziges Kind seiner Mutter. Der Vater hat sie vor Jahren wegen einer Jüngeren verlassen – allerdings großzügig gezahlt. Sie hat dann ihren Komplex durch ein reichlich

übertriebenes Gesellschaftsleben kompensiert. Irgendwann hat das der Stockdreher erzählt. Er hielt nicht viel von der alten Dame, und den Vater haßte er geradezu.«
»Und Bohrkamp?«
»Sehen Sie, Herr Hauptmann, für einen Bohrkamp, mit dem ich nur über sein Zuhause, über seine Mädchen und über, Pardon, das Vögeln reden konnte – für diesen gebe ich ein Dutzend Stockdreher hin. Der Bohrkamp hat nur sechs Volksschuljahre, dann Dreher gelernt. Messerrückenbreites Hirn und ein großes Herz. Zu Hause die Misere. Das mit der Mutter lag wohl schon lange in der Luft. Vielleicht hat er davon seinen Mädchenkomplex. Aber er war ein ehrlicher Kerl – er ist es. Und er half uns, wo er konnte. Daß Sie ihn damals nicht bestraften, hat er Ihnen nie vergessen.«
»War doch klar.«
»Nein, der Birling hätte ihn eingesperrt.«
»Vielleicht, Lawanski, vielleicht.«
Brencken bestellte eine zweite Flasche. Sie tranken und rauchten und sprachen über das Artilleriebataillon in Werkenried und über die Bundeswehr überhaupt. Brencken erzählte vom Krieg und aus der Zeit nach seiner Entlassung.
»Manches wird mir jetzt verständlicher, wenn ich das alles höre«, sagte Lawanski.
»Wir haben genug damit zu tun gehabt, es zu vergessen.«
»Haben Sie es vergessen?«
Brencken schaute auf. »Nein. Ich wenigstens nicht. Ich glaube, Oberstleutnant Stertzner hat es auch nicht vergessen.«
»Und da haben wir wieder einen Unterschied zwischen uns, Herr Hauptmann. Sie werden den Krieg nicht los – manchmal scheint uns übrigens, Sie wollen ihn gar nicht loswerden. Aber wir wollen nichts davon wissen. Ich habe einen Klassenkameraden gehabt, dessen Vater hat ein Buch über den Krieg geschrieben, einen Roman, der millimeterdicht an der Wahrheit geblieben ist. Ich glaube, der alte Herr hat nur genau aufgeschrieben, was er erlebte, und hat nur die Namen verändert. Na, vielleicht wollte der es wirklich loswerden auf diese Weise.«
»Bestimmt«, sagte Brencken.

»Der Bert hat das Buch seines Vaters erst nach dem Abi gelesen, vorher hat er sich nicht dafür interessiert. Aber unser Deutschlehrer, ein Pionierhauptmann, ist im Laufe der letzten beiden Jahre seine ganzen Kriegserlebnisse in unserer Klasse losgeworden – und mit welcher Wonne! Aber als der Bert das Buch seines Vaters gelesen hatte, wußte er, warum der mit seinen Erlebnissen nicht geprotzt hat.«

»Sie machen sich viele Gedanken um Ihren Vater und seine Generation?«

»Muß ich das nicht? Ich werde ja täglich mit gewissen Anschauungen und Ergebnissen konfrontiert.«

»Ich danke Ihnen sehr«, sagte Brencken, »das war ein gutes Gespräch. Mancher mag annehmen, daß sich Ihr Denken gegen die Väter richtet. Aber ich glaube, daß Ihre Generation nur ehrlicher ist als die unsere. Es geht Ihnen nicht um Für oder Gegen – sondern nur darum, daß Sie einen besseren Weg finden als den, den wir gegangen sind.«

»Mein Gott, Herr Hauptmann«, sagte Lawanski ziemlich unvermittelt, »glauben Sie, ich liebe meinen Vater nicht – trotz allem, was uns trennt?«

Sie lachten und schüttelten sich die Hände. Lawanski ging. Brencken sah ihn am nächsten Tage, einem Samstag, gegen Mittag mit einem Koffer die Kaserne verlassen. Er traf ihn später nicht wieder.

Am selben Tage sperrte Oberstleutnant Stertzner den Gefreiten Stockdreher zum zweiten Male, diesmal für zwanzig Tage, in Arrest. Er hatte seinen ihm gewährten Wochenendurlaub um mehr als vierzig Stunden überschritten. Gleichzeitig befahl er seinem S 1, den Fall an die Staatsanwaltschaft abzugeben.

Der Gefreite Schlommel fuhr nach der Entlassung des Fahrers Spitzlar den Geräteträger. Tolini hatte sich zu einem passablen Richtkanonier entwickelt. Litz bewunderte den Mut des Gefreiten Stockdreher.

Der Kommandeur hatte für neunzehn Uhr dreißig ins Offizierheim gebeten. Bevor er Brencken verabschiedete, wollten sie noch einmal gemeinsam essen. Ein »gehobenes Würstchen«

nannte Hauptmann Sagel diese Art von Abendessen. Der Küchenmeister, ein noch junger Berufskoch, hatte einen pikanten Schweinepfeffer mit Kartoffelklößen und Salat bereitgestellt.
Brencken saß neben Oberstleutnant Stertzner. Manchmal bemerkte er den unruhigen Blick des Technischen Offiziers; er verstand Perino jetzt.
Major Warwitz sprach von Brenckens neuer Aufgabe. »Eigentlich müßte Ihnen das doch liegen. Der Wehrbereich vier umfaßt ganz Hessen, Rheinland-Pfalz und das Saarland. Die Nachschubprobleme für den Ernstfall – ich glaube, das geht weit über das hinaus, was Sie hier gemacht haben. Wie ging's denn zu bei Ihrer Einweisung?«
»Die waren alle sehr nett zu mir, Herr Major. Der G 4, ein umgänglicher Oberst, hat mir versichert, wenn ich erst einmal einen Überblick gewonnen hätte, würde ich die Alarm- und Mobilisierungsmaßnahmen bald in den Griff bekommen.«
»Hat der Befehlshaber Sie schon empfangen?«
»Nein, der hatte keine Zeit. Ich soll mich Anfang April bei ihm melden.«
»Wie fanden Sie die Offiziere? Wie war die Stimmung?«
»Was ich sah, hat mir gefallen. Ich denke, ich werde mich gut einordnen können, Herr Oberstleutnant.«
Später saßen sie in den Sesseln des Klubraums. Ordonnanzen füllten die Gläser mit einer Art Kalter Ente, einer von Hauptmann Sagel erfundenen Mischung aus badischem Weißherbst und trockenem Sekt, grundiert mit ein wenig Cointreau.
Stertzner erhob sich.
»Meine Herren, es gilt wieder einmal Abschied zu nehmen. Unser militärisches Leben ist durchzogen von solchen Abschieden. Entweder gehen wir selber weg, oder wir trinken Geleit für scheidende Kameraden. Wir alle wissen, daß dies so sein muß – und auch, daß unsere Kinder zu leiden haben, wenn die Väter versetzt werden und sie selbst sitzenbleiben. Das System unserer Schulen im reichlich föderalisierten Deutschland macht das alles nicht einfacher.« Stertzner schob die linke Hand leger in die Tasche und fuhr fort: »Heute geleiten wir unseren lieben Brencken in die letzte Phase seines militärischen Lebens. Nach menschlichen Berechnungen werden Sie, lieber Herr Brencken,

in vier Jahren, am 1. April 1973, aus der Bundeswehr ausscheiden. Dann sind Sie zweiundfünfzig, jung genug noch, um im Zivilleben, in der freien Wildbahn, etwas mit dem Karl-Helmut Anatol Brencken anfangen zu können.«

Was werde ich mit Brencken anfangen, dachte Brencken.

»Der Blick zurück in die etwas über vier Jahre, die Sie, Herr Brencken, in meinem Bataillon waren, ist zugleich auch ein Blick zurück in Ihren Werdegang, ein Blick, meine jüngeren Herren, in unsere Generation, in Ihre Vätergeneration, wenn Sie so mögen. In einem Alter, in dem Sie die Annehmlichkeiten Ihrer Jugend genießen, hat man unsere Generation zu einem Trip nach Europa und Afrika und auf die Weltmeere gezwungen. Wolga und Atlantik sind reizvoll wie Marsa Matruk und Biarritz, wenn man freiwillig, sozusagen zur Lust und in Freuden, dorthin fährt. Wir fuhren hin, um zu töten und getötet zu werden. Man nannte das damals zwar anders, aber es war so. Sie, Hauptmann Brencken, haben den Krieg mit einer schweren Verwundung beendet, Sie haben sich in der Nachkriegszeit ohne eine feste familiäre Basis gehalten und sind dann, 1956, zur Bundeswehr gegangen. Man nehme unsere Karrieren, wie man will: Ich meine, daß Sie, mit nur zwei Verwundungen, eine größere Stabilität Ihr eigen nennen konnten als die meisten von uns.«

Brencken schaute unauffällig in die Runde. Warwitz drehte das Glas in den Fingern. Sagel lächelte Brencken zu. Mörberg hing an den Lippen des Kommandeurs, Buttler verschränkte die Arme über der Brust.

»Sie sind seit dem 1. Februar 1965 in diesem Bataillon, also jetzt fast zwei Monate mehr als vier Jahre. In dieser Zeit haben Sie nicht nur als S 4 Ihr Päckchen zu tragen gehabt, Sie haben auch von Fall zu Fall Chefs vertreten. Sie kennen dieses Bataillon sehr gut, besser als mancher Chef. Und Sie waren immer da, wenn man Sie brauchte.«

Ob er die Vorfälle an den Faunen und im technischen Bereich bringen würde? Er brachte sie.

»Sie haben einen Saboteur entdeckt. Und man hat Ihnen einige gottlob leichtere Verletzungen am Kopf beigebracht, für die wir bisher keine Erklärung haben. Am Ende Ihrer Dienstzeit, Herr

Brencken, die Sie in diesem Linienfeldartilleriebataillon verbracht haben, bleibt mir, als dem Ältesten der Gemeinde, Ihnen herzlichen Dank zu sagen, Ihnen alles Gute für die Zukunft zu wünschen, Gesundheit vor allem, und eine Tätigkeit, die Sie zufrieden macht. Denn nichts ist für einen Mann schlimmer, als seinen Beruf als Last zu empfinden.«
Stertzner griff hinter sich und wickelte aus einem Papier einen großen Silberbecher mit der Gravur des Bataillons und den Daten der Dienstzeit.
»Dies, lieber Herr Brencken, möge Ihnen Erinnerung sein an Ihre Zeit hier in Werkenried. Sie aber, meine Herren, bitte ich, sich zu erheben, das Glas zu ergreifen und den ersten Schluck auf Hauptmann Brencken zu trinken – als Dank für seine Arbeit und zum Auftakt für das Neue, das ihn in Mainz erwartet.«
Er hob das Glas, trank Brencken zu und setzte sich. Brencken blieb stehen.
»Herr Oberstleutnant, meine Herren! Dies ist das zweite Mal, daß ich innerhalb der soldatischen Gemeinschaft Abschied nehme. Aber ich tue es mit anderen Gefühlen als vor vier Jahren. Ich sage es offen, daß mir der Abschied damals leichtfiel.«
Frédéric – von diesem Typ ließ es sich leicht Abschied nehmen.
»Das lag weniger am Kameradenkreis als vielmehr an – nun ja, an gewissen Umständen. Hier aber gehe ich aus einem Kreis, dem ich mich, nicht zuletzt dank Ihnen, Herr Oberstleutnant, von Herzen zugehörig fühlte. Sie haben mein Wirken hier mit guten Worten bedacht – ich danke Ihnen, ich tat, was in meiner Macht stand.« Das tat er, dachte Stertzner. »Ich hinterlasse hier einen Kreis guter Kameraden, an den ich stets gerne zurückdenken werde. Ihnen allen möchte ich für Ihre Kameradschaft danken und für die Zukunft Zufriedenheit und Soldatenglück wünschen!« Er hob sein Glas, hielt einen Augenblick inne und zitierte dann den bekannten Spruch des Generalobersten Beck: »Ich wünsche Ihnen allen die Gelassenheit, Dinge zu ertragen, die Sie nicht ändern können, und den Mut, Dinge zu ändern, die Sie ändern können, und die Kraft, beides voneinander zu unterscheiden. – Zum Wohle, Herr Oberstleutnant – meine Herren!«

Das Gespräch setzte ein. Stertzner zündete sich eine Zigarre an, die Ordonnanz schenkte nach. Sie sprachen von den Bundestagswahlen im Herbst, von der Großen Koalition. Sie redeten von Disziplin und von der Inneren Führung. Sie freuten sich auf die M 109, die neuen Panzerhaubitzen, und darauf, daß die Faun-Geräteträger mit den kleinen »Püstern« von 105 Millimetern in die Depots wandern würden.

Gegen Mitternacht gingen die ersten. Stertzner verabschiedete sich: »Sie haben sich heute offiziell abgemeldet, fahren Sie mit Gott. Und lassen Sie gelegentlich von sich hören, Herr Brencken. Herzlich alles Gute.«

Als Brencken in den Klubraum zurückkam, waren nur noch vier Offiziere da, darunter Oberleutnant Perino. Der schaute ihn ein paarmal an, als versuche er, einen Entschluß zu fassen. Brencken sah, wie er hastig einen doppelten Whisky hinunterschüttete und sich das Glas erneut vollgießen ließ. Die Augen des jungen Offiziers waren schon etwas verschwommen. Angetrunken, dachte Brencken, warum säuft der sich heute voll?

Gerade als Brencken sich setzen wollte, stand Perino auf. »Herr Hauptmann, ich möchte, wenn Sie wollen – ich meine . . .«

»Was ist los, Junior?« fragte Brencken. »Sie wollen mich sprechen?«

»Jawohl, Herr Hauptmann.«

»Schießen Sie los!«

»Nein, bitte nicht hier. Unter vier Augen, wenn Sie gestatten.«

Brencken schaute ihn an. »Wie Sie wollen, Herr Perino. Wohin?«

»In die Bar. Die Ordonnanzen sind schon weg. Ich mache uns einen Whisky.«

»Haben Sie nicht schon genug, Perino?«

»Herr Hauptmann, ich trinke, soviel ich will – Verzeihung, ich meine –« Perino sah ihn herausfordernd an. Brencken lenkte ein.

»Was trinken Sie, Herr Hauptmann Brencken?«

»Scotch, bitte.«

»Ich habe einen Chivas Regal hier, Herr Hauptmann.«

»Privatflasche?«

»Jawohl.«

Perino schaltete die Wandbeleuchtung ein, holte aus dem Kühlschrank die Flasche mit dem braunen Etikett und goß zwei Gläsern eine Fingerbreite ein und einen Fingerbreit daneben. Er stieß auf.

»Ich muß Ihnen etwas sagen.«

»Also los!«

»Etwas beichten, Herr Hauptmann.«

»Sie – mir? Da bin ich aber gespannt.«

»Zum Wohl, Herr Hauptmann, es kann sein, daß Sie hinterher nicht mehr mit mir trinken werden.«

»Das halte ich für ein Gerücht, Perino. Prost!« Sie tranken den puren Whisky. »Also, nun schießen Sie wirklich los.«

»Hat Ihnen der Schlag sehr weh getan?«

»Sie meinen –«

»Ich meine das, was Sie neulich im technischen Bereich erlebt haben.«

»Ja, das hat weh getan, und es waren zwei Schläge. Was soll's?«

»Ich brauche nicht eigens zu bitten, daß Sie schweigen, Herr Hauptmann.« Perino rutschte vom Barhocker und trat einen Schritt beiseite.

»Natürlich, also los!«

Der Technische Offizier schlug die Faust auf den Bartresen.

»Ich habe – ich meine, Sie haben doch in Düsseldorf –« Er schüttelte den Kopf, setzte sich wieder auf den Hocker. »Ich war damals auch besoffen, ganz schwer besoffen – sonst wäre es nicht passiert. Ganz bestimmt nicht.«

Brencken dämmerte, was Perino mit dem Überfall zu tun haben könnte.

»Also, Sie wissen, daß meine Frau –« Perino zögerte einen Augenblick, »– daß meine Frau eine Boutique in Düsseldorf hat.«

»Sicher, ich habe dort ja den Kimono gekauft – und ich habe es Ihnen erzählt.«

»Das ist es, Herr Hauptmann. Ich wußte von Ihnen, daß Sie meine Frau besucht haben.«

»Und daß ich einen Kimono gekauft habe.«

417

»Das haben Sie gesagt, aber das habe ich Ihnen zunächst nicht geglaubt.«
Auf einmal wußte Brencken, was kommen würde.
»Meine Frau ist sehr schön, ich finde sie jedenfalls sehr schön. Sie lebt in Düsseldorf und wollte nicht mit umziehen. Sie wollte auch unsere Feste nicht besuchen, deswegen kennt sie auch keiner hier. Außer Ihnen. Sie ist wirklich sehr schön – nicht wahr, Herr Hauptmann, das müssen Sie doch zugeben . . .« Er geriet ins Schwärmen, fing sich aber sofort wieder.
Brencken sah, wie der Glanz in seinen Augen wieder erlosch.
Er geht wie die Katze um den heißen Brei, dachte Brencken.
»Und?«
»Da ich sie aber liebe, hoffte ich, daß sich ihre Einstellung im Laufe der Zeit ändern würde. Aber ich habe eines nicht gewußt. Nämlich daß sie – ich meine, daß meine Frau mit Männern – daß sie außer der Boutique auch Männer –« Er unterbrach sich.
»Sie meinen, daß sie fremdgeht, Perino?«
»Ich weiß, daß sie fremdgeht, gegen Geld, Herr Hauptmann.«
»Scheiße«, sagte Brencken.
Perino atmete tief auf. »Daß sie auf den Strich geht, Herr Hauptmann. Auf einen teuren allerdings. Und da habe ich gedacht, Sie sind doch Junggeselle und waren in Düsseldorf, da habe ich gedacht, Sie haben für ein paar Blaue mit ihr geschlafen, habe mich besoffen, und dann habe ich Ihnen einen übergebraten, weil ich nicht wollte, daß einer mit meiner – ich meine, daß Sie mit ihr das tun, was ich als Ehemann allein tue – verdammt, ich wollte Ihnen was, weil ich meinte, Sie hätten sie gehabt.«
Brencken schwieg einen Augenblick. Dann legte er dem Jüngeren die Hand auf den Arm. »Seit wann wissen Sie es?«
»Seit einigen Monaten. Und ich lebte immer in der Angst, daß es einer hier herausbekäme. Und ich liebte sie immer noch so sehr, daß ich keinen Schritt tat, der Endgültiges provoziert hätte. Ich hoffte, sie bliebe bei mir und gäbe das auf.« Perino schien nüchterner zu werden.
»Und?«
»Sie gibt es nicht auf. Wir trennen uns.«

»Gott sei Dank, Kleiner, Gott sei Lob und Dank.«
»Sie meinen –«
»Ich meine, daß Sie sich das ganze Leben belasten, wenn Sie bei dieser Frau bleiben, Perino.«
»Aber ich liebe sie.«
»Natürlich, Sie werden auch lange Zeit brauchen, bis Sie die Dame los sind – innerlich, meine ich – und bis Sie bereit sein werden, eine neue Verbindung einzugehen.«
»Ich will danach keine Bindung mehr.«
»Ach, Kleiner, il amore fa passare il tempo – il tempo fa passare il amore, das ist ein alter wahrer Spruch.«
»Die Zeit läßt auch die Liebe vergehen, meinen Sie? Ich kann es mir nicht vorstellen.«
»Kippen Sie nochmals zwei große Chivas Regal nach, Kleiner, wir wollen trinken.« Und als sie die Gläser abgesetzt hatten: »Und den Scheiß vergessen, Junior. Mein kostbares Haupt hat nicht sonderlich gelitten. Ihr Gewissen kann sich beruhigen. Und wenn es das nicht tut, sagen Sie ihm, daß dieses Bekenntnis heute abend schon Zeichen genug ist für Reue und guten Vorsatz.«
Perino atmete tief auf, drückte Brenckens Hand und goß noch einmal nach. »Ich danke Ihnen sehr, ganz von Herzen, Herr Hauptmann. Das andere ist schwer genug, aber ich habe wenigstens den Unsinn von der Seele, der Ihnen beinahe gefährlich geworden wäre.«
»Und Ihnen – wenn das rausgekommen wäre . . .«, fügte Brencken hinzu. »Und jetzt Schluß damit, kein Wort mehr. Haben Sie die Scheidung eingereicht?«
»Ja. Sie erhebt keinen Widerspruch. Ich werde halbe-halbe machen, damit sie nicht zu sehr –«
»Nichts dergleichen werden Sie tun, Perino, das ist Unfug. Sie klagen auf Ehezerrüttung durch die Dame, klagen auf Scheidung allein aus ihrem Verschulden. Glauben Sie denn, daß man Ihnen später abnimmt, Sie hätten wirklich keine Schuld?«
»Kommt es darauf an?«
»Und wenn es Ihrer künftigen Frau darauf ankommt?«
»Sie haben recht, ich werde darüber nachdenken, Herr Hauptmann.«

Sie tranken in dieser Nacht die Flasche leer.
Oberleutnant Perino, Anfang April zum Hauptmann befördert, wurde schuldlos geschieden und trauerte der Dame aus der Düsseldorfer Boutique noch lange nach.
Hauptmann Brencken fuhr am anderen Morgen an der Buchhandlung vorbei, unterdrückte den Wunsch, noch einmal hineinzugehen, und nahm den Weg zur Autobahn.
Er trat seinen Dienst in der G-4-Abteilung des Wehrbereichkommandos in Mainz pünktlich an und entschloß sich, den Rest des alten Urlaubs aus dem Vorjahr und einen Teil des neuen zusammenzulegen und im Juli nach Mallorca zu fliegen.
Er flog übrigens allein.

Das Meer in der Bucht von Alcudia zeigte auf türkisgrünem Grund kleine weiße Schaumkronen. Brencken schritt rasch den Strand entlang. Jeden Morgen, seit er mit dem Flugzeug Palma de Mallorca erreicht hatte und mit dem Taxi nach Ca'n Picafort gefahren war, pflegte er einen Marsch durch den dünnen Sand zu machen – zuerst bis an das Ende der Playa im Ort, dann zurück und bis zu einem weiß gestrichenen Turm mit Balkon. Dort ruhte er ein paar Minuten, schaute zum Kap hinüber und ging dann ebenso raschen Schrittes zurück.
Badischen Dialekt hörte er so gut wie kölnischen und hessischen. Selten einmal, daß er ein paar Worte Französisch oder Englisch aufschnappte. Den Typ der Mädchen schätzte er auf gehobene Sekretärin, meist schon im Alter, da sie morgens vor dem Spiegel die Fältchen in den Augenwinkeln massierten. Manche lagen, die Innenseiten der Arme zum Bräunen nach oben gedreht. Die meisten glänzten vor Öl und brieten Stunden bewegungslos. Eigentlich sehen die so aus, als möchten sie, dachte er. Er kniff die Augen zusammen, die Sonne schoß feuergoldene Pfeile auf den Strand. Er umging ein Algenfeld und warf sich ins flache Wasser, schwamm weit hinaus und drehte sich auf den Rücken. Ein Schlauchboot fuhr an ihm vorbei landwärts. Die Berührung mit einer Qualle verursachte einen scharfen Juckreiz auf dem Rücken. Brencken schwamm an Land.

Wenn die Quallen kamen, wurde es ungemütlich.
In der Bar am Strand bestellte er einen Palo, jenen typischen Apéritif der Insel, der ein wenig wie Malz schmeckte. Die schwarzbraune Creme floß zäh über den Eiswürfel, Soda schoß aus dem Syphon dazu. Brencken drehte das Glas ein wenig, ehe er den ersten Schluck nahm. Der kalte Malzgeschmack tat ihm wohl.
Der Barkeeper lächelte ihm zu. »Muy caliente, si?«
»Ja«, nickte er, »es ist wirklich verdammt heiß heute.«
Der zweite Palo schmeckte noch stärker nach Malz. Der Barkeeper nahm die Sodaflasche und setzte sie nebenan hin. Brencken merkte, daß er nicht mehr allein an der Bar saß. Der Mann mochte in seinem Alter sein, hatte jedoch schon sehr graue Haare. Er trug eine weiße Badehose und war gertenschlank.
»Sie sind auch Deutscher?« fragte der Fremde.
»Wer ist es hier nicht!« Der andere lachte und zündete sich eine Zigarette an. »Im allgemeinen ist es zwar nicht üblich, daß man sich in der Badehose und am Strand einander vorstellt – aber es ist so komisch, mit einem anonymen Partner zu reden. Ich heiße Thewalt.«
Brencken reichte ihm die Hand und nannte seinen Namen. Thewalt bestellte zwei Whisky. Die Eiswürfel fielen in die hohen Gläser. »Cheerio!« Sie unterhielten sich über die Reisegewohnheiten der Deutschen und ihr Schwanken zwischen kritikloser Bewunderung und arroganter Verachtung des Auslands und der Ausländer.
»Wir sind in unserem Selbstbewußtsein durch Krieg und Umerziehung zu tief getroffen worden«, meinte Brencken.
»Man sollte nicht für jede unserer Untugenden den Krieg verantwortlich machen«, sagte Thewalt. »Diese Mixtur aus Servilität und Überheblichkeit gehört wohl doch zu unserem Volkscharakter.«
Als Brencken sich verabschieden wollte, um pünktlich zum Mittagessen im Hotel zu sein, schlug Thewalt vor: »Sie lassen das Essen sausen und kommen mit mir – ich möchte Sie heute zum Essen einladen. Vorher fahren wir am Gran Playa vorbei, und Sie ziehen sich an. Machen Sie sich keine Gedanken, ich

habe hier ein Haus – nicht sehr luxuriös, aber ganz hübsch. Und meine spanische Köchin hat auch heute so viel gekocht, daß es auf einen mehr oder weniger nicht ankommt. Wenn Sie einverstanden sind«, er lächelte ihm zu, »trinken wir uns aber hier noch ein paar Appetitecken an.« Thewalt bestellte noch einmal zwei Whisky.

»Es gibt hier in Spanien einen schönen Spruch. Salud y pesetas y tiempo pará gastarlas – vor dem Trinken herzusagen, heißt auf deutsch: Gesundheit und Peseten und viel Zeit, um sie auszugeben. Darauf, Señor Brencken!«

»Auf diesen, Señor Thewalt – y tiempo – wie geht das weiter?«

». . . para gastarlas – um sie auszugeben.« Sie tranken den Whisky in langen Zügen. Thewalt lachte: »Die gleiche Angewohnheit! Trinken Sie immer so?«

»Meistens.«

Brencken spürte, daß ihm der Alkohol in den Kopf stieg. Was für ein Unfug, dachte er, am hellichten Mittag schon mit Whisky anzufangen.

Das »ganz hübsche« Haus war im modernen spanischen Bungalowstil erbaut. Thewalt führte Brencken in einen angenehm kühlen Raum. »Bitte entschuldigen Sie mich einen Augenblick. Ich bin sofort wieder da.«

Durch die grün gestrichenen geschlossenen Fensterläden, deren Querhölzer schräg standen, drang das grelle Sonnenlicht nur sehr stark gefiltert ins Innere. Die Wände waren hell, sie trugen altersdunkle Gemälde: ein heiliger Hieronymus im Gehäuse, das Kloster Montserrat und ein Bildnis des Ignatius von Loyola. In der Mitte stand ein schwerer, runder, fast schwarzer Tisch, hochlehnige Stühle um ihn herum. Sommersitz eines wohlhabenden Mannes.

Thewalt kam wieder, jetzt in heller Hose, mit offenem Hemd, in den Händen ein Tablett mit zwei hohen Gläsern. »Diesen nehmen wir vor dem Essen. Es ist wiederum Palo, der ja hier in wer weiß wie vielen Varianten existiert. Diese hier hat mein Freund Don Ramón erfunden. Nehmen Sie ihn pur wie ich.« Das Getränk, eiskalt und fast schwarz, schmeckte besonders aromatisch. »Consuelo wird gleich servieren. Machen Sie sich auf ein echt mallorquinisches Mahl gefaßt.«

»Ich freue mich darauf, Herr Thewalt. – Aber verraten Sie mir: wie sind Sie an dieses wunderschöne Stück Erde gekommen?«
»Das ist kein Geheimnis. Ich habe mir vor vier Jahren dieses ›solar‹ gekauft, ein ziemlich anständiges Grundstück. Und dann holte ich mir aus Palma de Mallorca einen guten Architekten und sagte ihm, was ich wollte: einfaches Haus ohne viel Außenfenster, das Innenleben konzentriert auf ein schattiges Atrium, Schwimmbad und so weiter. Und das ist es.«
»Eine wirklich gediegene Sache«, sagte Brencken anerkennend. »So richtig, um sich zurückzuziehen und nachzudenken.«
»Dazu brauche ich es auch, Herr Brencken. Ich schreibe nämlich Romane. Reißer, wenn Sie wollen.« Er griff unter den runden Tisch und förderte eine Illustrierte zutage. »Hier zum Beispiel, das ist der Vorabdruck einer geradezu klassischen Schnulze, mit der ich viel Geld verdient habe – und, durch Auswertung der Nebenrechte, immer noch verdiene.«
Er schlug eine Seite auf. Brencken las einen sehr bekannten Namen und den Titel eines Romanes, der gerade in einer deutsch-spanischen Gemeinschaftsproduktion verfilmt worden war. Verblüfft sagte er: »Das sind Sie?«
Thewalt lachte. »Eins meiner drei Pseudonyme.«
Die spanische Bedienerin brachte ein Tablett, setzte Teller und Schalen auf den Tisch, goß eine goldbraune Flüssigkeit in schmale Gläser. »Alsdann, auf geht's«, sagte Thewalt, »Sie essen ein Vorgericht, wie es die Mallorquiner essen, Sie trinken einen trockenen Jerez.«
Der Käse kam aus Menorca, man aß ihn zusammen mit gerösteten Mandeln. Thewalt wies auf die Muscheln. »Die einen sind in einer Marinade bereitet, die mir Consuelo nicht verrät, die anderen rupfen Sie sich bitte selbst aus der Schale.«
Zum zweiten Gang reichte die Köchin Consuelo flache Teller, auf denen sich, zartrosa, große Krabben aus mit Essig gewürzten Kartoffelstücken hoben.
Thewalt füllte ein neues Glas. »Und das hier ist Sangria, eine spanische Spezialität. Sie wird, je nach der Landschaft, unterschiedlich zubereitet. Ich habe mein Rezept von einem Alcalden. Der nahm Rotwein, eine Orange und eine halbe Zitrone, alles schön in Viertel geschnitten, fügte einen oder zwei Eßlöf-

fel Cointreau oder Curaçao und genausoviel Kognak hinzu, gab ein paar Würfel Eis hinein und – voilà! Trinken wir aber erst einmal diesen anderen, den mallorquinischen Sangria! A su salud!«
Das Getränk war leicht und angenehm.
»Und wie ist der gemacht?«
»Ein paar Pfirsiche, eine halbe Zitrone, Zitronenlimonade und Eis und Rotwein. In diesen Breiten bevorzuge ich das Rezept meiner Consuelo – das andere haut ganz schön dicke Bretter vors Hirn.«
Plötzlich hub draußen ein Geschrei an. Brencken unterschied kein Wort, eine männliche Stimme keifte in einem Tempo, vor dem selbst rheinische Schnellsprecher kapituliert hätten. Thewalt lächelte. »Das ist Pablo. Er kommt einmal in der Woche und bringt Obst und Eier und selbstgebackenes Brot. Das, was Sie da hören, sind nicht etwa wüste Beschimpfungen, sondern nur die Neuigkeiten aus Santa Margarita.«
Consuelo brachte den nächsten Gang. Brencken gestand sich, daß die Vorspeisen seinen Magen kaum belastet hatten, sie hatten sogar den Appetit noch erhöht. Consuelo lächelte stolz, als sie die Platte vor Brencken niedersetzte. »Gamba«, sagte sie. Der geschuppte Panzer war aufregend rot, das Fleisch der großen Languste lag, in Scheiben angerichtet, auf zugeschnittenen Endivienblättern. Thewalt drückte einen der Fühler ab, brach ihn an der Gelenkstelle und sog den oberen Teil genüßlich aus. Dann aß er den schmalen Fleischteil und forderte Brencken auf, es auch so zu machen. Der leicht nußartige Geschmack der Gamba sagte ihm außerordentlich zu.
Consuelo trug andere Teller auf, wechselte die Bestecke und brachte eine neue Platte: Koteletts mit grünen Bohnen, Tomatenmark und Kartoffelpüree. Ein Ruch von Knoblauch verbreitete sich.
»Ich weiß nicht, ob Sie das mögen«, sagte Thewalt, »aber es gehört zu den Unausweichlichkeiten im Süden unseres Kontinents: Hammel.«
»Ich finde Hammel köstlich, seit im Kriege einer meiner Unteroffiziere aus dem mir damals so mies riechenden Fleisch Koteletts gemacht hat, die ihresgleichen suchen dürften.«

»Das sind die, die sie suchten«, sagte Thewalt. »Ich mag Knoblauchzwiebeln mehr als andere Würzen. Sie schaffen eine Art von – wie soll ich sagen, von Hall im Gaumen, der noch wächst, wenn der gute Koch das alles mit ein wenig Alkohol kompensiert. Knoblauch ist ein Meilenstein auf dem Wege zum guten Kochen, ein unentbehrlicher Helfer für jeden, der kochen lernen will, und natürlich für jeden, der es schon kann.«
Nach dem Essen sagte Thewalt: »Trinken Sie den Roten aus, wir wollen eine kleine Pause machen. Zigarette?« Und als Brencken dankte: »Das ist zwar ziemlich amerikanisch, vor dem Nachtisch zu rauchen, aber was übernehmenswert ist, sollte übernommen werden. Ich war ein Jahr drüben, als Austauschjournalist, in New York.«
»Beinahe wäre ich auch für sechs Wochen rüber. Schade, daß es dann doch nicht geklappt hat.«
»Wo wollten Sie hin?«
»Nach Leavenworth.«
»Leavenworth?« Thewalt wurde aufmerksam. »Sie sind Offizier?«
»Ja, seit einigen Jahren wieder.«
»Komisch.«
»Was ist daran komisch?«
»Daran ist nichts komisch. Komisch ist nur, daß ich mich schon seit geraumer Zeit frage, welchen Beruf Sie wohl haben. Auf alles mögliche habe ich getippt – aber auf Offizier bin ich weiß Gott nicht gekommen.«
»Ich bin nicht sicher, ob das ein Kompliment für mich ist«, sagte Brencken. »Vielleicht doch?«
»Wieso?«
»Nun, wenn ich so aussähe, wie mein Beruf es in der Meinung vieler Leute immer noch verlangt, dann wäre ich ein Kommißkopf mit Monokel und schnarrender Stimme und knallte ständig die Hacken zusammen, spräche im Telegrammstil und hätte noch viele andere liebenswerte Eigenschaften. So stellt sich doch Lieschen Müller – und auch Doktor Lieschen Müller – immer noch den Offizierssoldaten vor. Da Sie aber vergeblich geraten haben, bin ich wohl doch nicht ganz der alte Typ.«
»Stimmt, Herr Brencken. Ich bin allerdings auch nicht Lieschen

Müller. Ich hatte Sie für einen Studienrat gehalten. Deutsch, Geschichte, Englisch vielleicht. Und mit pädagogischem Eros. Wie steht es denn heutzutage hier mit den jungen Leuten?« Thewalt zeigte auf die Stirn.
Brencken lächelte ein wenig gequält. Die Frage nach den »jungen Leuten« wurde immer wieder gestellt; diese Jugend hatte für viele aus seiner Generation etwas Beängstigendes. »Es ist schon besser geworden. Die Abiturienten und die sogenannten Mittelgereiften taugen etwas – bei den anderen darf man nicht allzuviel voraussetzen.«
»Die Schulen?«
»Ach, die Schulen. Wie oft haben wir mit Lehrern gesprochen. Die älteren sind überfordert; sie haben deutsche Geschichte in mehreren Versionen gelehrt; kaiserlich, republikanisch, nazistisch, demokratisch. Aber im Grunde ihres Herzens sind sie oft nicht über Bismarck hinausgekommen. Ich habe bei einer Tagung an einem bayerischen See, in einer dieser Akademien, einen Oberstudiendirektor erlebt, der bei einer Diskussion mit jungen Leuten ungefähr folgendes sagte: Er müsse sie um Entschuldigung bitten, er vermöge wirklich nicht, ihnen aus voller Überzeugung gültige Maximen mitzugeben. Er habe einen Eid auf den bayerischen und auf den deutschen Staat geschworen, einen als Lehrer, einen als Offizier, dann habe er einen auf die Weimarer Republik geschworen, dann habe er einen auf den Führer geschworen, nicht nur einen, sondern einen als Lehrer, einen im ›Stahlhelm‹, einen nächsten, als der ›Stahlhelm‹ von der SA übernommen wurde, einen wiederum als Offizier im Zweiten Weltkrieg. Und jetzt habe er einen als Oberstudiendirektor geschworen. Und mit jedem Eid sei eine neue Auffassung unserer jüngsten Geschichte verbunden gewesen – wie sollten sie, die jungen Menschen, ihm denn noch abnehmen, was er ihnen erzähle. Und steckte beide Hände in die Taschen und ging.«
»Und die Jungen?«
»Die standen etwas verlegen herum, bis einer sagte, vor dem da hätte er verdammten Respekt.«
»Und was ist mit den jungen Lehrern?«
»Ich glaube, in den höheren Schulen ist das jetzt besser. Aber

ich habe auch da meine Erfahrungen. Einer meiner jungen Offiziere hatte ein Verhältnis mit einer Lehrerin. Sie sah sehr nett aus, hatte auch gute Umgangsformen. Als wir eines Tages in einem Restaurant saßen, fragte ich sie, wie es denn mit den gemeinschaftskundlichen Fächern sei. Sie schaute mich groß an. Nun ja, sagte ich, wie entsteht ein Gesetz, was tut der Bundestag, was ist eine Republik und so. Nie was gehört. Wie, nie etwas davon gehört? Nie, sagte sie, nie. Und da habe ich abgeschnallt.«
»Wie sollen dann die jungen Menschen mit der Demokratie umgehen können, wenn sie ihnen nicht beigebracht wird? Das genügt doch nicht, wenn die paar höheren Schüler das wissen.«
»Manchmal habe ich das Gefühl«, sagte Brencken, »daß manche Leute aus unserer Geschichte aussteigen wollen.«
»Dann sind Sie wohl so etwas wie eine Hilfsschule der Nation?«
»Das stimmt sogar. Wenn Sie annehmen, daß wir nachholen, was die Schulen in dieser Hinsicht versäumt haben.«
Consuelo brachte frische Früchte. Thewalt füllte einen trockenen Sekt in die Kelchgläser. »Nett, Herr Brencken, daß Sie einem einsamen Urlauber Gesellschaft leisten. Morgen bekomme ich übrigens Besuch. Meine Schwägerin, die Witwe meines Bruders. Wie lange bleiben Sie denn noch?«
»Zwölf Tage. Vielleicht darf ich Sie und Ihre Frau Schwägerin einmal zu einer Paella einladen?« Sie erhoben sich.
»Gern«, sagte Thewalt. »Und nun entschuldigen Sie mich bitte, ich muß noch ein bißchen an meine Maschine. Sehen wir uns heute abend an der Bar im Gran Playa?«
Brencken ging am Strand entlang zurück. Der Alkohol vernebelte sein Denkvermögen. Morgen würde die Schwägerin kommen, die Witwe. Vielleicht würde es doch noch ein Urlaub ohne die befürchtete große Einsamkeit werden. Wie schön, wenn Susi hier wäre.
Der Gedanke an Susi tat schon nicht mehr weh. Ob ihr der Gedanke an Charly weh tun würde? Oder hatte sie sich diese Gedanken beim letzten Liebeserlebnis aus der Seele geschlafen? Im Hotel ließ er sich den Schlüssel geben, legte sich mit Klei-

dern aufs Bett und schlief, bis der Zimmerkellner kam und ihm sagte, an der Bar warte der Señor Thewalt. Er hielt den Kopf unter die Dusche, kämmte sich und glaubte, niemand werde ihm anmerken, daß er schon am frühen Nachmittag beinahe betrunken gewesen war.

Werner Thewalts Schwägerin entsprach nicht den Vorstellungen, die Brencken sich gemacht hatte. Thewalt selbst war knapp fünfundvierzig oder wenig darüber – da mochte die verwitwete Schwägerin Mitte dreißig, vielleicht etwas rundlich und Mutter einiger Kinder sein.
Als er am anderen Abend einer Einladung folgte, führte ihn Consuelo in den Innenhof des Atriumhauses. Thewalt saß am Rande des Schwimmbeckens, hielt ein Glas in der Hand, rauchte und begrüßte, ohne aufzustehen, den Gast: »Hallo, Señor, nett, daß Sie da sind.«
»Hallo«, sagte Brencken, sich dem Stil anpassend, »ich freue mich, daß ich dasein kann. Wo haben Sie Ihre Schwägerin gelassen?« Thewalt lächelte.
»Hier«, sagte eine dunkle, rauhe Stimme hinter ihm. Sie war höchstens neunundzwanzig und mindestens einssechsundsiebzig groß. Sie war schlank und von einer vollkommenen Ebenmäßigkeit der Figur. Sie trug einen winzigen weißen Bikini auf der braunen Haut. Sie hatte langes, hellblondes Haar. Sollte es gefärbt sein, so war es vollkommen gefärbt. Sie hatte lange Beine, angenehm breite Hüften, einen kleinen Busen und eisblaue Augen, die ihn ungeniert musterten.
»Das ist Herr Brencken«, sagte Thewalt, »Feriengast im Gran Playa, derzeit daheim in Mainz, Bundeswehroffizier, Whiskytrinker, was noch?«
»Nichts«, sagte Brencken.
»Und das«, fuhr Thewalt fort, »ist Frau Annemarie Rapp, die Schwägerin aus Frankfurt, schön wie der Mond in einer Augustnacht.«
Brencken trat auf sie zu, küßte ihre Hand, sah in die eisblauen Augen. Die Stimme, die Augen, das Lächeln. Ein eisblaues Feuer. Nimm dich in acht, dachte er. Ein ganz anderer Typ als je zuvor – gefährlich für dich.

Annemarie Rapp ging zu einem Tisch und schenkte aus einem Krug in zwei Gläser ein. Der Sangria war eiskalt und stimmte ihn unvermittelt fröhlich. Oder war diese Frau daran schuld? Als sie sich für einen Augenblick entfernt hatte, zog Brencken sich aus, schlüpfte in die Badehose und setzte sich neben Thewalt. »Attraktiv, Ihre Schwägerin!«
»Sie war Mannequin, mein Bruder hat sie bei einer dieser Damenoberbekleidungsmessen kennengelernt. Drei Jahre später stürzte er mit einer Düsenmaschine in Japan ab. Witwe mit sechsundzwanzig Jahren.«
»Und wann war das?«
»Ach, Sie wollen wissen, wie alt sie ist. Mein Bruder starb vor vier Jahren, sie wird jetzt einunddreißig.«
»Sieht viel jünger aus.«
»Zweifellos. Sie führt jetzt einem der großen deutschen Couturiers die Einkaufsabteilung.«
»Und macht Urlaub bei Ihnen?«
»Ja. Auch meine Frau wird in den nächsten Tagen nachkommen.«
Annemarie Rapp kam wieder, jetzt in einem leuchtendroten Hosenanzug, was sich gut zu ihrem blonden Haar machte. Brencken schwamm ein paar Runden, Thewalt begleitete ihn. Am Beckenrand saß Annemarie Rapp und reichte ihnen die Sangriagläser. Sie tranken, schwammen, lachten und erzählten Geschichten.
Später kam Consuelo mit einem Riesentablett voller Sandwiches, dazu grüne Gurken und Oliven, gefüllt mit Mandeln, Paprika und Anchovis. Thewalt nahm Brencken bei der Hand, sie stahlen sich in die Bar, kippten eiskaltes Bier, aßen Oliven, die Käse- und Schinkensandwiches dazu und sprangen wieder ins Wasser. Am Abend erschien Annemarie Rapp, die ein paar Stunden geschlafen hatte, in einem schwarzen Hosenanzug.
»Hauptmann – ist das ein Beruf?« fragte sie, etwas spöttisch, wie ihm schien.
»Ich denke, doch, gnädige Frau.«
»Na ja, vielleicht. Bloß – da will doch keiner mehr so recht ran, wie? Ich denke, das ist vorbei mit der Offiziersherrlichkeit?«
»Wenn etwas vorbei ist, gnädige Frau, dann die Privilegien aus

jener Zeit, da der Feldmarschall den protokollarischen Vortritt vor dem Reichskanzler hatte. Wir möchten heute nichts anderes, als so leben zu können, wie wir wollen.«
»Das will ich auch, Herr Brencken, wer sollte mir das verwehren?«
»Möglicherweise die Leute, die es ihren Cousinen und Vettern in Halle oder Dresden nicht erlauben, so zu leben wie sie wollen.«
Sie schwiegen. Annemarie füllte die Gläser nach. Interessant, dachte sie, diesen Typus kenne ich nicht. Geht freiwillig zur Armee. Als er sich umdrehte, sah sie die Narben auf seinem Rücken, schwere tiefe Streifen und Löcher, weißlich verfärbt in den tieferen Stellen.
»Sie sind verwundet.«
Er wandte sich um und wurde verlegen. »Ich war, gnädige Frau. Das ist jetzt beinahe fünfundzwanzig Jahre her, da vernarbt so einiges. Entschuldigen Sie, schauen Sie nicht hin.«
Er stellte fest, daß sie von diesem Augenblick an anders mit ihm umging, ein wenig behutsamer. Aber das eisblaue Feuer blieb.
Am späten Abend tischte Consuelo gebratene Hühner auf, für jeden eines. Sie aßen es aus der Hand, mit flockigem Weißbrot, und tranken einen herben Rotwein vom spanischen Festland. Am Rande des Schwimmbeckens leerten sie einige Kannen Sangria. Es war der übermütigste Abend, den Brencken seit langem erlebt hatte. Immer wieder schaute er auf das Profil seiner Nachbarin.
Und was ist mit Susi? Schon vergessen? Zwei Jahre Susi, zweihundertmal mit Susi im Bett, kein einziges Mal langweilig, Wärme im Herzen, Phantasie in den Händen, erotisch bis in die Fingerspitzen.
Und jetzt diese Frau, rassig und kühl – vermochte sie es wirklich, Susi Widderstein in weniger als vierundzwanzig Stunden zu verdrängen? Sie war ganz anders als alle anderen vorher.
Plötzlich, nachts in seinem Zimmer im Gran Playa, ging ihm auf, daß alle Mädchen und Frauen, die in seinem Leben eine wesentliche Rolle gespielt hatten, einander ähnlich waren: selbstbewußt, aber bald hingegeben – leidenschaftlich und, wenn sie ihn aufrichtig zu lieben begannen, auch anspruchs-

voll. Nicht nur im Bett – sie wollten bald auch den ganzen Mann, einen ehrgeizigen, um die gemeinsame Zukunft bemühten Mann. Usch, Elina, Susi – sie waren sich darin sehr ähnlich gewesen. Und nun Annemarie. Die nichts von ihm wollte, nichts zu erwarten schien. Dieses eisblaue Feuer.
Mit ihr schlafen. Langsam ausziehen. Den weißen Bikini-Oberteil öffnen, die Brüste freilegen, zärtlich mit der Zunge küssen. Wie würde sie reagieren?
Er sah sie jetzt so überdeutlich vor sich, daß er aufsprang, die Brause aufdrehte, aus der nur lauwarmes Wasser kam, sich anzog, in der Bar einen doppelten Scotch trank und sich wieder aufs Bett warf, ohne von der Vorstellung erlöst zu sein, wie es wäre, wenn diese eisblauen Augen mehr sagten als guten Tag, Herr Brencken, oh, Sie sind verwundet, ist das ein Beruf, Hauptmann? Wenn sie einmal sagte: Ich mag dich ein bißchen. Ich liebe dich würde sie wohl niemals sagen. Dazu schien sie ihm zu distanziert, zu kühl.
Besaufen wollte er sich, verdammt.
Und wenn er besoffen wäre, würde er die paar hundert Meter bis zu ihrem Haus gehen und sie fragen, ob sie es mit ihm tun wolle. Darüber schlief er ein.
Am anderen Morgen, als er den schwarzen, scharf gebrannten Kaffee in die Tasse goß, sagte er sich, das sei doch alles dummes Zeug. Zwar wollte er mit ihr schlafen, aber er würde ihr das nicht sagen. Zwar nahm er an, daß sie durchaus in der Lage sei, zu sagen, ich liebe dich, daß es aber Unfug sei, zu glauben, sie werde dies gerade ihm sagen.
Er schwamm weit hinaus ins Meer, wich Quallenflotten aus, tauchte und betrachtete das bunte Leben auf den Felsenriffen. Er legte sich auf den Rücken und leckte sich das Salzwasser von den Lippen. Langsam paddelte er wieder zum Strand.
Mittagessen. Siesta. Hitze, Nichteinschlafenkönnen. Bei geschlossenen Augen das Bild der nackten Annemarie Rapp auf der Netzhaut. Griff zur Sprudelflasche. Lauwarm. Dann auf dem Bauch in der Sonne liegen. Braten. Wie die Damen um ihn herum. Lieber doch auf den Rücken drehen. Wegen der Narben. Ging keinen was an. Keine was an. Allenfalls Mitleid. Salziges Wasser. Rausschwimmen. Kein Blick zum Haus des Wer-

ner Thewalt. Augen zu, Sonne auf der salzigen Haut. Tretboot fährt vorbei. »Hallo«, winkt ein Mädchen. »Hallo«, sagt er und hebt die Hand mit geschlossenen Augen.
Eisblaues Feuer – Eis und Feuer, wie paßte das zusammen? Es paßte zusammen. Bei Annemarie Rapp. Er dachte an nichts anderes mehr. Das makellos blonde Haar, das auf die Schultern fiel. Der Schnitt dieses Gesichtes: ein schmaler, rosé geschminkter Mund unter einer klassisch schönen Nase. Blonde, leicht gewölbte Brauen. Eisblaue Augen. Hohe Stirn. Keine Falten um die Augen, auch keine Lachfalten. Die runden, braunen Schultern. Die kleine, volle Brust, ungestützt in einem weichen, weißen Bikini. Glatter brauner Bauch, der Venushügel unter dem weißen Slip. Der runde, kleine, handliche Po. Lange Schenkel. Gewölbte Zehennägel, rosé wie Mund und Fingernägel. Wann je hatte er eine Frau so genau mit der Netzhaut fotografiert?
Aber von dem Menschen Annemarie Rapp wußte er am dritten Tag noch immer nichts. Schulbildung? Lebenserfahrung? Die Männer vor und nach dem Ehemann? Lesbische Neigungen? War die Überlegenheit Maske? War sie im Grunde naiv, heiter, offen? Oder melancholisch? Brencken war nie in seinem Leben so begierig gewesen, mehr von einem Menschen zu erfahren.
In der Hotelbar eine Band, fünf Mann. Ein Schlagzeuger, den man bis Barcelona hören mußte. Die aschblonden Sonnenanbeterinnen in den Armen der schwarzhaarigen Spanier. Knie zwischen den Schenkeln, Hände tief auf dem Gesäß. Der entrückte Blick der Sonnenanbeterinnen. Nachher würden die Spanier es ihnen besorgen.
Brencken stand auf, zahlte seinen Carlos Primero und ging zum Strand. Seine Schritte fanden den Weg zu Thewalts Haus von selbst. »Hallo«, sagte er, als Annemarie Rapp öffnete.
»Nett, daß Sie kommen«, sagte sie. »Werner ist heute abend in Muro, beim Alcalden – beim Bürgermeister. Nehmen Sie mit mir vorlieb?« Sie ersparte ihm die Antwort. »Was trinken Sie?« Eiswürfel klirrten, brauner Trank floß in die Gläser. »Wasser?« Sie goß aus einer Karaffe nach. »Ich bleibe bei pur.« Sie hoben die Gläser.
»Sie wohnen in Frankfurt?«

»Ja, am Dornbusch.«
»Ich war zehn Jahre in Frankfurt.«
»Noch als Zivilist?«
»Ja, ich habe zunächst studiert, später war ich in der Versicherungsbranche.«
»Wo haben Sie gewohnt?«
»In Niederrad, später in Bonames.«
Brencken fühlte sich befangen. Früher hätte er, routiniert, ein Gespräch begonnen, das schnell in verfängliche Bemerkungen mündete, er hätte nicht lange gewartet, zugegriffen und sie geküßt; hätte sie ausgezogen und sie geliebt. Kaum eine, die sich gewehrt hatte, die hatten alle auch gewollt. Er hatte das immer richtig einzuschätzen gewußt. Hier wußte er nichts. Hier quälten ihn seine erhitzte Phantasie und der mangelnde Mut, zuzugreifen.
Er trank den Whisky aus, hielt ihr das Glas hin. »Sind Sie bitte so nett? Ich mag es besonders gern, wenn Damen einschenken – bitte nicht böse sein.«
»Böse?« Sie lächelte ihn an, während sie die Eiswürfel im Glas kreisen ließ. »Ich versuche, aus Ihnen schlau zu werden, Herr Brencken. Sie interessieren mich.«
»Darf man wissen, warum?« Er nahm das gefüllte Glas entgegen.
»Nun, Sie sind ein gutaussehender Mann – bitte, nicht zu bescheiden, Herr Brencken, Sie wissen, wie Sie aussehen –, Sie sind knapp fünfzig, unverheiratet, intelligent, von Beruf Offizier, aber wohl kein sehr hoher – oder wie nennt man das? Sie sind eine merkwürdige Mischung. Wie soll man sich das erklären?«
»Daran ist wohl vor allem der Krieg schuld, gnädige Frau.«
»Die lassen Sie bitte ab sofort weg. Ich heiße Annemarie. Und Sie?«
»Danke, Annemarie, ich heiße Karl-Helmut. Meine Freunde nennen mich Charly.«
»Ich möchte Sie lieber Karl-Helmut nennen.«
»Einverstanden. Ja, da war zunächst der Krieg. Ich komme aus Ostpreußen. 1945 war alles weg: Land, Haus, Eltern, und die Trümmer lagen nicht nur außen 'rum.«

»Meine Erinnerung geht nur bis zu den Lebensmittelkarten.«
»Sie sind eine andere Generation mit anderen Erfahrungen, Annemarie. Sie leben anders, als wir gelebt haben.«
»Wie das klingt, Karl-Helmut. So weise und erfahren und überlegen. So jung und unerfahren bin ich auch nicht.«
»Das wollte ich auch nicht sagen. Nur, daß die Basis, von der her ich in meinem Leben operiere, eine weitgehend andere ist als die Ihre.«
Sie lachte. »Mein Gott, Sie drücken sich aber geschwollen aus! Ist das militärisches Fachchinesisch?«
Er lächelte verlegen. »Ja, man kann es natürlich auch einfacher sagen.«
»Zum Beispiel wie?«
»Zum Beispiel so: Ich bin viel, viel älter als Sie, Annemarie.«
Sie sagte nichts darauf und sah ihn nur prüfend an, so schien es ihm. Nach einem langen Schweigen sagte er: »Ich mag Sie übrigens, Annemarie. Sehr.«
Ihr Gesichtsausdruck veränderte sich kaum. »Ich habe mir das schon gedacht.«
Er beugte sich überrascht vor. »Wieso?«
»Weil ich das immer ein Weilchen vorher spüre, wenn Männer sich entschließen, so etwas zu sagen.«
Er wartete auf ein weiteres Wort, aber sie schwieg. »Verzeihung, ich bin natürlich zu weit gegangen«, sagte er und spürte, wie er rot wurde. Niederlage.
»Warum? Weil Sie mir sagten, daß Sie mich mögen? Ich höre das gern, Karl-Helmut. Welche Frau hört es nicht gern?«
»Sie sind –« Er stockte.
»Nun, was bin ich?«
»Sie sind wie ein kaltes, eisblaues Feuer.« Es war heraus.
»Sie sollten sich nicht gar so poetisch ausdrücken. Das paßt nicht zu Ihnen.«
Er war ein wenig gekränkt. Auf dieses Bild war er ziemlich stolz gewesen. »Also gut. Unpoetisch: Sie sind sehr überlegen, überall und in jeder Situation.« Ob auch im Bett?
»Wenn Ihnen das so vorkommt, dann lassen wir es dabei.« Sie lächelte immer noch.
Er stand auf und beugte sich über sie und berührte ihre Lippen

mit den seinen. Sie zog seinen Kopf herunter, ihre Zunge küßte ihn mit Kraft und Zärtlichkeit, sie löste sich, streifte mit den Lippen hauchzart die Ränder der seinen, küßte ebenso zart seine Augenbrauen und suchte wieder seinen Mund.
»Du –«, sagte er.
»Sie sollen nichts sagen!« Sie sagte weiter Sie zu ihm. Und sie schob ihn sanft, aber sehr bestimmt, auf seinen Platz zurück.
Er trank. Ich muß mich deutlich, aber unpoetisch ausdrücken, nahm er sich vor.
»Nicht zufrieden?« fragte sie.
Er wählte seine Worte vorsichtig: »Sie sind so intensiv und zugleich so distanziert, daß ein Mann an dieser Diskrepanz zerbrechen könnte. Ein Mann, der Sie wirklich liebt, meine ich.«
»Die meisten Männer sammeln doch nur: Die habe ich auch gehabt.«
»Schlechte Erfahrungen?«
»Glauben Sie, daß ich mich sonst vor Gefühlen schützen müßte?«
»Sie leisten sich keine Gefühle?«
»Nur dort, wo es sich lohnt. Was nicht bedeutet, daß ich nicht manchmal meine Prinzipien vergesse und dann meistens mit einem faden Geschmack im Mund aufwache.«
»Sie sind sehr offen.«
»Darf ich das nicht?«
»Doch, ich freue mich darüber.«
»Sie wissen jetzt, daß ich Sie mag, Karl-Helmut. Aber ich warne Sie.«
»Ich bin mutig genug, diese Warnung in den Wind zu schlagen.«
»Das sollten Sie nicht tun.« Sie erhob sich, beugte sich über ihn und küßte ihn mit der gleichen Intensität wie zuvor. Seine Hände fuhren an ihren Seiten nach unten, die Fingerspitzen berührten sie unter dem Kleid.
»Das wäre es«, sagte sie und streifte seine Hände weg.
»Schade.«
Als sie ihm wieder gegenübersaß, fragte er: »Wildere ich vielleicht? In einem fremden Revier?«
»Ist das so wichtig?«

»Vielleicht ja.«
»Sie wildern.«
»Pardon.«
»Aber das ist ja meine Sache, Sie wildern zu lassen oder nicht.«
Ihre Selbstsicherheit verschlug ihm die Sprache.
»Es ist wirklich meine Sache, Karl-Helmut. Ich habe keine ewigen Bindungen, ich bestimme selbst, ob, wo und wie lange ich jemanden wildern lasse.«
Eisblaues Feuer – er kam von seinem Gleichnis, über das sie sich amüsiert hatte, nicht los. Und er wußte, daß er im Begriffe war, seinen Kopf zu verlieren. Und daß dies alles anders war als je zuvor. Schlechtes Gewissen wegen Susi? Nein, sie hatte Schluß gemacht, nicht er. Vielleicht gab es hier noch einmal einen Anfang. Aber – wenn alle anderen ihn verlassen hatten, warum sollte ausgerechnet diese Frau bei ihm bleiben?
Er strich mit den Fingerspitzen über ihre bloßen Schultern, küßte sie auf den Nacken, füllte die Whiskygläser.
»Wollen Sie mich betrunken machen?« fragte sie.
»Nein, das werde ich sicher nicht können. Denn Sie bestimmen stets selbst, wie weit Sie gehen.«
»Sie lernen hinzu, mein Freund!«
Sie trank einen Schluck. Als sie ihn dann zart auf die Lippen küßte, ganz anders als vorhin, spürte er den Whisky und den herben Duft ihres Parfüms.
»Ich glaube, ich bin unsterblich in Sie verliebt, Annemarie.«
»Wovon Sie bitte in Zukunft nicht mehr reden wollen, lieber Karl-Helmut.«
Ihre Bewegungen waren von fließender Harmonie, geschmeidig und kraftvoll. Er sah sie wieder nackt unter dem Kleid, dessen Saum weit über den Knien aufhörte.
»Ich muß bald gehen«, sagte er.
»Schon?« fragte sie zurück und lächelte.
»Ja. Ich muß.«
»Wollen Sie nicht auf Werner warten?«
»Nein, bitte, ich muß wirklich gehen. Bis morgen.« Er erhob sich, schaute sie einen Augenblick an und küßte ihre Hand.
»Ciao«, sagte sie, »bis morgen?«

»Bis morgen, ciao, Annemarie.«
Er lief mehr als er ging und betrank sich in der Hotelbar, damit er schlafen konnte. Aber er sah bis in den dämmernden Morgen ihren nackten Leib, er spürte ihren Kuß, er erlag seinen Vorstellungen und schlief endlich ein.

Brencken besuchte Thewalt und seine Schwägerin täglich. An einem der letzten Abende aßen sie die Paella. Aber es kam nicht mehr zu einem Gespräch zwischen Annemarie Rapp und ihm. Er sehnte sich nach ihrem Kuß, nach der Stunde, in der er sie lieben würde, nicht hastig in einem dieser Hotelzimmer, nein, nackt und zärtlich und lange sollten sie einander genießen. Er liebte sie.
Sie begleiteten ihn zum Flugplatz nach Palma und winkten ihm von der Terrasse zu, als er zur Maschine ging.
»Sehen wir uns in Frankfurt?« hatte er gefragt.
»Vielleicht.« Und sie hatte gelächelt.
Die Boeing stieß steil nach oben. In neunzig Minuten würde er in Frankfurt sein.
Frankfurt. Das war jetzt Annemarie Rapp. Natürlich rief er sie drei Wochen später an.
»Ich bin gerade zurückgekommen«, sagte sie. »Morgen fliege ich nach Berlin, am Wochenende nach Paris. Wollen Sie mich in zwei Wochen noch einmal anrufen?«
»Ich werde Sie anrufen.«
»Sie wollen wohl wieder wildern, Karl-Helmut?«
»Das hängt von Ihnen ab.«
»Ganz gewiß.«
»Habe ich Aussicht auf Erfolg?«
»Ciao, Karl-Helmut.« Sie hängte ein.
Noch zwei Wochen.

Im August 1969 bezog Brencken ein Zwei-Zimmer-Appartement in der Nähe des Pulverturms, ziemlich nahe am Kern der Stadt Mainz. Von seinem Wohnzimmerfenster aus hatte er einen Überblick über die Stadt und die Rheinlandschaft.
Oberst Fahlert ließ ihm Zeit zur Einarbeitung. Brencken saß über den Akten und lernte, daß die Aufgaben der Wehrbereiche

groß und im Kriege von höchster Bedeutung waren. Bei der Truppe hatten sie liebevoll-abschätzig die Territorialverteidigungssoldaten »Landesbogenschützen« genannt. Nun war er selber ein Landesbogenschütze.
Manchmal saß er mit Major Angelus und dessen Frau, die in Wiesbaden wohnten, zusammen. Die beiden Söhne des Ehepaares dienten in der Bundeswehr, der eine als Leutnant bei einer Fernmeldeeinheit, der andere als Fähnrich bei der Marine. Angelus hatte ihn gebeten, den Dienstgrad in der Anrede wegzulassen. »Wenn Sie einverstanden sind, wollen wir den Brauch preußischer Regimenter pflegen und auch auf das Herr verzichten, einverstanden?«
»Danke, Angelus.«
Anfang September 1969 rief Brencken bei Annemarie Rapp an.
»Darf ich Sie wiedersehen?«
»Ich bin übermorgen in Mainz, ich hätte Sie sowieso angerufen.«
»Ich werde mir erlauben, ein bescheidenes Abendessen selbst herzurichten. Essen Sie Schalentiere?«
»Ich habe eine geradezu unanständige Vorliebe für Krusten- und Schalentiere. Sie können kochen?«
»Ein bißchen.«
»Fein, ich werde kommen, Karl-Helmut. Aber ich habe eine Bitte.«
»Im voraus gewährt.«
»Vorsichtig, Karl-Helmut, Sie wissen nicht, um was ich Sie bitten werde. Ich bitte Sie, noch jemand einzuladen.«
Die Enttäuschung machte ihn stumm.
»Sehen Sie«, sagte die dunkle, rauhe Stimme aus dem Hörer, »ich habe es gewußt.«
»Ich freue mich, daß Sie kommen, Annemarie.«
»Wen werden Sie einladen?«
»Einen Kameraden, einen Major mit seiner Frau.«
»Fein, bis übermorgen, Karl-Helmut, Ciao.«
»Ciao, Annemarie.«
Er hatte die ganzen Wochen seit seiner Rückkehr von Mallorca nur an sie gedacht. Er hatte an diesem Abend, wenn sie nach Mainz käme, mit ihr schlafen wollen. Vielleicht würde sie ihn

so küssen wie in Mallorca, vielleicht würde sie seine Hände, die die anderen vor ihr so gelobt hatten, einen Augenblick an den Hüften und Lenden dulden, sie dann wieder abstreifen ... Aber sie vermied es ja, mit ihm allein zu sein.

Annemarie Rapp trug ein knapp sitzendes schwarzes Kostüm und einen schwarzen Hut mit silbernem Schmuck. Ihr Anblick benahm ihm den Atem. Er küßte ihr die Hand.
Sie legte den Hut ab, nahm in einem tiefen Ledersessel Platz und wünschte sich einen Campari.
»Keinen Scotch?«
»Keinen Scotch am Nachmittag, mein Lieber. Wann kommen Ihre Freunde?«
»Gegen acht.«
Sie sah auf die Armbanduhr. »Also in eineinhalb Stunden. Kann ich Ihnen helfen?«
»Nein, danke, ich habe alles vorbereitet.«
»Was gibt es?«
»Chinesische Hummerkrabbenschwänze, warm mit Reis, dann eine chinesische Hühnersuppe, eine Estouffade la Provençale, ein französisches Rindfleischgericht mit grünen Bohnen, schließlich Crêpes Suzette, aber Original, mit Grand Marnier und Kognak.«
»Das ist ja ein festliches Mahl!«
Wenn ich in diesen neunzig Minuten, ehe Angelus und seine Frau kommen, nicht mit mir und ihr im reinen bin, dachte Brencken, werde ich es nie schaffen. Aber wie diese kühle Überlegenheit brechen?
»Wie war es in den letzten Wochen in Ca'n Picafort?«
»Ruhig und erholsam.«
»Kam Frau Thewalt auch noch?«
»Ja, einen Tag nach Ihrer Abreise.«
Ich liebe sie und traue mich nicht, es ihr zu sagen. Vielleicht will sie auch nicht, daß ich es sage. Vielleicht will sie nichts als das Unverbindliche. Aber ich kann ihren Kuß nicht vergessen, nicht, was meine Hände spürten, als sie ihren Körper berührten. Und ich kann nicht vergessen, daß ich mich so viele Nächte im Bett herumgeworfen habe, weil ich sie besitzen wollte.

Der Campari war sehr bitter. Brencken zerbiß die Zitrone und spürte die Säure auf der Zunge. Ich war nie recht entschlossen, wenn es um meine dienstlichen Dinge ging. Aber wenn es um meine erotischen Wünsche ging, habe ich immer zugegriffen und Erfolg gehabt. Zunächst jedenfalls ... Bin ich jetzt alt?
»Warum sagen Sie nichts, Karl-Helmut?«
»Ich denke nach.«
Sie stand auf, trat auf ihn zu, er erhob sich ebenfalls. Sie nahm seinen Kopf, er spürte ihre Hände in seinem Nacken, ihre weichen Lippen suchten die seinen – und da war er, der wilde Kuß von Mallorca, die zärtlich spielende Zunge. Der Leib, der sich gegen ihn drückte, er spürte ihren festen Busen, seine Hände tasteten.
Da entwand sie sich ihm und sagte: »Und jetzt ist genug gewildert.«
»Warum?« drängte er. »Ich liebe dich, Annemarie, so sehr, wie ich niemanden bisher geliebt habe.«
Sie lächelte, steckte sich die Haare zurecht und sagte: »Ich werde nicht mit Ihnen ins Bett gehen, Karl-Helmut. Das hat nichts damit zu tun, daß ich Sie mag.«
Er biß sich auf die Lippen, warum hatte er ihr gesagt, daß er sie liebe? Sie lächelte über ihn, sie lächelte in seine Niederlage hinein. Er füllte ihr Glas, reichte es ihr und sagte: »Reden wir nicht mehr darüber.«
Major Angelus und seine Frau unterhielten sich mit Annemarie Rapp anregend und wunderten sich, daß Brencken einsilbig blieb, obwohl ihn Frau Rapp mehrmals ins Gespräch ziehen wollte.
Und Annemarie Rapp dachte, ein Mann wie Brencken müßte wissen, daß ein solches Nein nur ein Vielleicht war – weil ein Vielleicht stets ein Ja ist.

Im Oktober 1969 rief Oberst Fahlert Brencken in sein Dienstzimmer. »Setzen Sie sich, Herr Brencken. Ich möchte mit Ihnen etwas besprechen. Sie sind jetzt im siebten Monat in meiner Abteilung. Meine Überprüfung Ihrer Tätigkeit hat ergeben, daß Sie mit Ihren Arbeiten in Rückstand gekommen sind. Woran liegt das?«

Brencken erinnerte sich an ähnlich quälende Gespräche mit Stertzner und Wächtersberg. »Ich gebe mir Mühe, Herr Oberst.«
»Daran zweifle ich nicht. Aber es steht auch außer Zweifel, daß Sie nicht vorwärtskommen. Ihr Vorgänger – Verzeihung – war besser, Herr Brencken.« Und als Brencken schwieg: »Ich habe mir Ihre Beurteilungen geben lassen. Sie sind gleichmäßig – gleichmäßig schlecht, um es deutlich zu sagen. Ich kann nur bestätigen, was da steht.«
Brencken schwieg. Was sollte er sagen? Es wurde Zeit, daß man ihn pensionierte. Er war ausgebrannt. »Ich kann nur sagen, daß es mir leid tut, Herr Oberst. Ich tue, was ich kann.«
»Um es genau zu sagen: Sie wenden nicht Ihr ungeteiltes Interesse Ihren dienstlichen Obliegenheiten zu. Die Überprüfung und Änderung der Listen, die Einarbeitung der Mobilisierungsanweisungen des Führungsstabes kommen nur schleppend voran. Ich bin enttäuscht, Herr Brencken.« Der Oberst erhob sich. »So leid es mir tut, Brencken – denn Sie sind ein sympathischer Mann –, ich muß Ihnen eröffnen, daß ich die Absicht habe, diese Dinge als Behauptungen tatsächlicher Art aufzuzeichnen und in Ihrer nächsten Beurteilung zu verwenden.«
Scheiße, dachte Brencken. »Jawohl, Herr Oberst«, sagte er.
»Danke«, sagte Fahlert kühl, »das ist alles. Ich werde Ihnen morgen einen Termin sagen, zu dem Sie Ihre Arbeiten fertigzustellen haben. Klappt das nicht, so werde ich den Befehlshaber bitten, Sie zu versetzen.«
Brencken salutierte: »Hauptmann Brencken meldet sich ab.«
Auf dem Gang wurde ihm klar, daß seine bisherigen Kommandeure sehr viel Rücksicht auf ihn genommen hatten. Der Oberst Fahlert würde das nicht tun.
Was konnte er noch werden? Vielleicht Standortoffizier bei einem Verteidigungskreiskommando am Arsch der Welt. Noch zweieinhalb Jahre bis zur Pension.
Das Verlangen nach Annemarie hatte er totgesoffen. Einmal hatte er mit einer zweiundzwanzigjährigen Sekretärin geschlafen, aber beim ersten Mal versagt. Nanu, hatte das Mädchen gesagt, nanu. Ihre Bemühungen blieben eine halbe Stunde lang

umsonst. Erst als sie gehen wollte und er sie zurückholte, klappte es. Sehr. Aber er hatte dieses Nanu nicht vergessen. Er schüttelte den Kopf. Quatsch, war doch egal, wer fragte nach ihm. Er würde versuchen, seinen Kram zum vom Oberst befohlenen Termin abzuschließen, vielleicht schaffte er es. Dann würde der Oberst vielleicht nanu sagen – es aber anders meinen, als die Sekretärin aus dem Wehrbereichskommando vier in Mainz. Vielleicht.
Auf dem langen Gang vor seinem Dienstzimmer blieb er stehen. Vielleicht sollte er sich ein Aquarium ins Büro stellen, eines von diesen neuen ohne Metallrahmen, der doch nur rosten würde.
Grüne Pflanzen auf einem sauberen Kiesboden. Und Fische, großblättrige Skalare, ein siamesischer Kampffisch und ein paar Schwertträger, schöne rote. Und Guppis und Neonsalmler. Ein paar Keilfleckbarken. Und einen Königswels.
Und dann würde er vor dem erleuchteten Aquarium sitzen und die Fische betrachten, die so herrlich schweigsam durch das klare Wasser ziehen.

Natürlich machte Brencken sich Gedanken darüber, was er tun könnte, wenn ihm der Befehlshaber die Urkunde mit dem Dank der Bundesrepublik Deutschland für die geleisteten Dienste überreicht haben würde. Schließlich konnte er nicht den ganzen Tag in seinem Appartement am Pulverturm sitzen und lesen und saufen und mit kleinen Mädchen schlafen. Außerdem würden ihm nur noch drei Viertel seiner bisherigen Bezüge ausbezahlt werden. Den Rest mußte er dazuverdienen. Aber was er auch immer tun würde: es mußte ein bißchen Freude machen und durfte nicht in Arbeit ausarten. Einmal hatte er mit Major Angelus laut gelacht, als ihm der Personaloffizier vorschlug, sich eine fahrbare Toilette zuzulegen und sie auf den zahlreichen Festplätzen des rhein-mainischen Raumes gewinnbringend einzusetzen.
»Wie sagte doch Kaiser Vespasian, als er die römischen Klosetts besteuerte und von seinem Sohn Titus darauf angesprochen wurde?«
Angelus lachte. »Ich weiß, non olet pecunia. Geld stinkt nicht.

Aber im Ernst, das ist eine lukrative Sache. Ich kannte einen pensionierten Hauptmann, der ein solches Ding besaß und es über Land ziehen ließ. Da kam mehr heraus, als was er für Schnaps und Zigaretten brauchte.«
Brencken schüttelte den Kopf. »Irgend etwas werde ich tun müssen, Angelus. Aber es sollte nicht gerade ein fahrbares Scheißhaus sein.«
Sie kamen nicht mehr darauf zurück, aber Brencken dachte nun häufiger an das Danach und begann sich umzusehen.

Kurz vor Weihnachten rief Thewalt an. Ob er etwas von Annemarie Rapp gehört habe?
»Nein, seit September nicht mehr.«
»Sie war gestern hier und hat von Ihnen gesprochen. Sie treten ja wohl in absehbarer Zeit in den sogenannten Ruhestand?«
»Ja, das stimmt, wir Hauptleute gehen schon mit zweiundfünfzig. Bißchen früh – aber auch ein bißchen zu spät, um noch etwas mit sich anfangen zu können.«
»Deshalb rufe ich an, Meister. Kann sein, daß ich was für Sie habe. Oder haben Sie schon selber etwas gefunden?«
»Ich habe auf ein paar Inserate geschrieben, Versicherungen und ähnliches. Aber es war nicht das Richtige.«
»Hören Sie zu, Herr Brencken, Sie wissen, daß ich früher Journalist war. Ich kenne also viele Leute. Kürzlich fragte mich ein Bekannter, ob ich niemanden wüßte, der in seiner Kunststofffabrik ein bißchen organisieren könnte. Ziemlich große Kundschaft, gute Arbeitsatmosphäre. Hätten Sie Lust?«
Brencken überlegte. Das wäre eine Chance. Das Nötige müßte sich erlernen lassen. »Interessant, Herr Thewalt. Und wo ist das?«
»In der Nähe von Frankfurt. Kleine aufstrebende Gemeinde. Aber Dienstsitz in Frankfurt, auf der Zeil.«
Frankfurt. Annemarie Rapp in der Nähe . . .
»Kann ich Ihren Bekannten mal aufsuchen?«
»Ich werde das Gespräch vermitteln und rufe Sie an.«
Als Brencken eingehängt hatte, war er seit langer Zeit zum ersten Mal wieder in optimistischer Stimmung.
Vielleicht sollte er doch auf das Aquarium verzichten?

Am 26. Februar 1970 rief der Befehlshaber an.
»Lieber Herr Brencken, Sie werden heute neunundvierzig Jahre – herzlichen Glückwunsch.«
»Danke, Herr General.«
»Und für die letzten Jahre hier bei uns in Mainz alles Gute – ich hoffe, Sie haben sich inzwischen zurechtgefunden.«
»Das habe ich, Herr General, danke.«
Oberst Fahlert gratulierte liebenswürdig knapp und sagte zu, in der NATO-Pause ein Glas Sekt mitzutrinken. Major Angelus brachte eine Flasche Bärenfang und übermittelte auch die Grüße seiner Frau. Als die G-4-Abteilung kurz nach zehn Uhr mit dem Geburtstagskind anstieß, lächelte Angelus geheimnisvoll und meinte, irgendwelche Überraschungen werde es sicher noch geben. »Eine Ihrer süßen Freundinnen vielleicht?«
Brencken lächelte etwas mühsam. »Derzeit habe ich keine Favoritin, Angelus.«
»Nanu, das ist selten, beinahe einmalig.«
»Sie reden, als genösse ich hier den Ruf eines Don Juan.«
Angelus lachte. »Sie genießen ihn auch. Nur gut, daß Sie die alte Regel beachten: Nicht im eigenen Regiment und nicht unter dem eigenen Dach – meistens wenigstens.«
»Meistens? Fast immer, Angelus!«
»Meine ich ja.«
Sie lachten. Brencken goß den Mainzer Sekt nach. Er freute sich. An diesem Tage schienen ihn alle zu mögen, auch der kritische Oberst Fahlert.
Gegen zehn Uhr dreißig gingen die Offiziere und Beamten wieder an ihre Arbeit.
Brencken hatte sich für seinen Geburtstagsabend nichts vorgenommen. Er wollte in seiner kleinen Wohnung am Pulverturm eine Kleinigkeit essen, vielleicht einen Hummercocktail und ein Steak mit grünem Pfeffer, einen Côte du Rhône dazu, nacher einen Kiedricher Sandkaule Spätlese trinken und vielleicht noch einen dieser herben Mittelmosel, eine Bernkasteler Badstube Auslese. Er wollte ein gutes Buch lesen, ein bißchen Musik hören, vielleicht wieder einmal ein paar Toccaten und Fugen von Bach. Er fühlte sich ausgeglichen.
Nach Dienstschluß fuhr Brencken nach Rüsselsheim, wo er ei-

nen guten Metzger ausfindig gemacht hatte, kaufte zwei Filetsteaks und, nebenan, einen Treibhaussalat und kehrte zum Pulverturm zurück. Die Stadt war wieder ruhig geworden, seit die Narren in der vergangenen Woche ihre Geldbörsen in den schmutzigen Fluten des Rheines gewaschen hatten. Als Ostpreuße konnte Brencken den närrischen Bräuchen der Stadt nur wenig Geschmack abgewinnen. Einmal hatte er sich den Aufzug der Mainzer Ranzengarde angesehen, sich über die vielen Uniformierten, vom greisen »General« bis zum Kleinkind, gewundert und, bei einem Empfang des Wehrbereichskommandos, den Präsidenten des närrischen Klubs kennengelernt. Ganz muntere Leute, sicher, aber diese Fastnachtsnarretei konnte ihn nicht fesseln. Ernsthafte, dickleibige Männer in den Uniformen der kurfürstlichen Grenadiere, die flache Seite des Dreispitzes nach vorne gekehrt, den Säbel schwenkend wie einen Blumenstrauß – alles ganz schön, aber in Preußisch-Eylau kannte man das nicht, und es ließ sich wohl auch nicht verpflanzen.

Als er die Kognakmayonnaise aus der Dose über den Hummer gab, schellte es. Brencken drückte den Knopf der automatischen Türöffnung. Wer mochte ihn jetzt besuchen – wer wußte, daß er heute Geburtstag hatte?

Die Aufzugstür öffnete sich. Annemarie Rapp erschien. Sie trug einen besonders schlank machenden Pelzmantel, eine Pelzkappe schräg ins Haar gedrückt, und lachte ihn an: »Was, mich hätten Sie nicht vermutet?«

Und als er sich nicht rührte: »Soll ich hier stehenbleiben?«

Brencken löste sich aus seiner Erstarrung. »Mein Gott, Sie!«

»Ausgerechnet heute, meinen Sie, nicht wahr?«

»Ja – auch das. Woher wissen Sie?«

Er nahm ihr den Mantel ab und hängte ihn über einen Bügel. Sie nahm ihre Tasche und ein Päckchen und trat in sein Wohnzimmer.

»Das ist ganz einfach. Angelus! Ich hab' ihn doch hier bei Ihnen kennengelernt, wissen Sie noch? Neulich haben wir miteinander telefoniert.«

Er schob ihr ein Glas hin. »Ich habe Palo aufgetrieben, hier in Mainz. Mögen Sie?«

Sie schaute ihn einen Augenblick intensiv an. »Ja, gern, Karl-Helmut.«
Sie tranken einen Schluck des geeisten Aperitifs, dann setzten sie sich. Sie gab ihm das Päckchen.
»Von allein wäre ich natürlich niemals darauf gekommen; ich wußte ja nicht mal, daß es sowas gibt. Aber Angelus hatte das Buch schon für Sie besorgt. Er hat es mir dann abgetreten, weil er meinte, *ich* solle Ihnen etwas mehr Persönliches schenken – von ihm würden Sie auch einen Schnaps annehmen...«
»Einen Bärenfang, ich weiß.« Er beugte sich über ihre Hand. »Ich danke Ihnen sehr, vor allem dafür, daß Sie gekommen sind. Sie wissen gar nicht, wie ich mich darüber freue.«
»Weiß ich es wirklich nicht?« fragte sie.
Er stand verlegen auf. »Es ist nicht viel, was ich hier habe, aber, bitte, essen Sie mit mir! Ich wollte zwei Steaks essen, jetzt reicht auch eins. Tun Sie mir den Gefallen!«
»Gern, Karl-Helmut.«
Er servierte den Hummercocktail mit einem trockenen Sekt. Während er die Steaks mit grünem Pfeffer umgab und sie briet, stand sie mit dem Glas in der Küche und sah ihm interessiert zu. »Sie haben sich gar nicht mehr gerührt.«
Er sah sie an. »Nein, das habe ich nicht. Wissen Sie, es fällt mir nicht leicht, das zu sagen, aber ich spüre, wie sich mein Verhältnis zu Ihnen gewandelt hat.«
»Woher und wohin?«
Er wendete die Steaks. »Nicht ganz einfach zu sagen. Tucholsky hat in ›Rheinsberg‹ immer dann Kikeriki geschrien, wenn es ihn packte, das Begehren meine ich. So ähnlich war es doch – oder?«
»Ich erinnere mich.«
Er schwieg einen Augenblick. »Ich will es anders sagen. Wir balzen halt gern, wenn wir eine Frau haben wollen. So eine Art Auerhahn oder Pfau, wenn er sein wunderschönes Rad aufmacht.«
»Aha.«
»Ja, und so war das dann auch auf Mallorca. Auerhahn oder Pfau – ich weiß es nicht mehr so genau.«
»Mehr Pfau. Sie haben ein schönes buntes Rad geschlagen.«

Er trug die Teller zum Tisch, entkorkte den Rotwein, mischte den Salat, goß ein und sagte: »Salud y pesetas y tiempo para gastarlas.«
»Salud«, erwiderte sie. »Und die Spanier haben noch so eine schöne Lebensregel: Viel Liebe und wenig Arbeit.«
Er setzte sein Glas ab. »Nicht arbeiten? Das bringt keiner von uns fertig. Und die Liebe – waren nicht Sie es, der stop sagte?«
»Ich habe stop gesagt, weil Sie gleich mit mir ins Bett wollten. Das mag ich nicht so gern, dieses Supertempo.«
»Und – Ihre andere Liebe?«
»Wieso meine andere?« fragte sie mehrdeutig. Sie begann das Steak zu schneiden. »Sehr zart«, sagte sie. Und etwas später: »Ich habe übrigens nicht sehr viel Zeit. In einer halben Stunde muß ich weg.«
»Schade.«
»Wollen Sie nicht sehen, was ich Ihnen mitgebracht habe?«
Brencken wickelte das Päckchen aus. Er hielt ein dickes gelbes Buch in der Hand. Es war die sozusagen amtliche Geschichte seiner Kriegsdivision. Er fing gleich an, darin zu blättern.
»Damit haben Sie mir eine ganz große Freude gemacht, Annemarie«, sagte er mit etwas unsicherer Stimme. »Ich kann nun nachlesen, wie es war – obwohl ich das meiste natürlich weiß, aus eigener Erfahrung.«
Ja, es war die umfassende, realistisch und mit generalstabsmäßiger Kühle und Distanz geschriebene Geschichte seiner ostpreußischen Division.
Annemarie Rapp rauchte und sah ihn von der Seite an. Eben doch ein merkwürdiger Mann, dieser Brencken. Einzelgänger – und doch freiwillig im Kollektiv, versessen auf Amouren wie ein Playboy – und doch gleich beim ersten Widerstand kapitulierend. Sie wunderte sich darüber, daß dieser Mann sie nach wie vor interessierte. Über dieses Geschenk freute er sich offenbar wie ein Kind.
Plötzlich bemerkte sie, daß er zusammenzuckte. Er hatte immer hastiger geblättert, als habe er seine Besucherin ganz vergessen. Nur einmal sah er kurz zu ihr hin, fast scheu, als habe er ein schlechtes Gewissen. Dann schien er gefunden zu haben, was er suchte. Er las sich fest.

Sie sah mit Bestürzung, wie ihm der Schweiß auf die Stirn trat.
Brencken hatte Herzklopfen.
»Das Gefecht an der Mühle von Ariupol.«
Glatte, nüchterne Überschrift. Der Text darunter sprach von einem Gegenschlag der Division, von einer Massierung der Artillerie.
Er mußte es wissen, sofort: War er erwähnt? Wie war er erwähnt?
Nie so viel Artillerie ... Werfer und Mörser, Kanonen und Haubitzen ...
»... forderte der Kampf um den Hügel mit der schon zerschossenen Mühle unweit der Ortschaft Ariupol unverhältnismäßig hohe Opfer. Bevor die Division diesen Abschnitt übernahm, waren zwei Infanterieregimenter fast ausgeblutet, hatten aber die unablässigen Angriffe der beiden sowjetischen Mot-Schützendivisionen zurückweisen können. Das Armeekorps forderte nun von der herangeführten Division, daß der Mühlenhügel, der große taktische Bedeutung für den Besitzer hatte, genommen und gehalten würde.«
Diese trockene Sprache der Generalstäbler – Brencken wußte, was dahinter stand. Die Handflächen wurden ihm feucht. Seine Stirn war eiskalt.
»Was haben Sie?« fragte Annemarie Rapp. »Fühlen Sie sich nicht wohl?«
»Nichts.« Er machte eine fahrige Handbewegung, las weiter:
»Die Artillerie hatte den Mühlenhügel sturmreif zu schießen. Dazu waren dem Regimentskommandeur neben seinem eigenen Regiment eine Nebelwerferbrigade und eine Mörserabteilung unterstellt. Aus Gründen der Überraschung sollten die Panzergrenadiere in die letzten, vorzuverlegenden Salven der Geschütze und Werfer angreifen –«
»Mein Gott«, sagte er.
Annemarie Rapp saß plötzlich neben ihm, tupfte ihm den Schweiß von der Stirn. »Wollen Sie sich nicht ein bißchen hinlegen?«
Aber er wehrte ab. »Ich muß lesen.«
»Was müssen Sie lesen?«

Würde hier festgehalten sein, daß der Leutnant Brencken den Feuerschlag ausgelöst hatte? Und daß er ihn . . .
»Nun reden Sie doch, Karl-Helmut, was ist? Was regt Sie denn so auf an diesem Buch?«
Er klappte den gelben Band zu.
Er war nicht erwähnt.
Er schloß die Augen, er fühlte sich fiebrig.
»Nichts«, sagte er.
»Reden Sie keinen Unsinn. Was ist?«
»Sie müssen doch weg. Sie sagten doch vorhin, daß Sie nur eine halbe Stunde Zeit haben.«
»Sie brauchen mich jetzt.«
Das Wort tat ihm wohl.
Sie saß neben ihm, ihre Hand auf der seinen. Vielleicht brauchte er sie jetzt wirklich – aber auf ganz andere Art, als er es sich auf Mallorca vorgestellt hatte.
»Ich weiß nicht, was Sie bedrückt. Also reden Sie!«
»Es ist nicht wichtig.«
»Reden Sie, Karl-Helmut, sprechen Sie sich aus!«
Wie auf der Couch des Psychiaters, dachte er. Aber Annemarie sitzt neben mir und hält meine Hand. Er schloß die Augen. Jener Oktobertag vor nun beinahe fünfundzwanzig Jahren. Und der Abend davor.
Er begann zu erzählen – aber was er vor sich sah und zum ersten Mal nach fünfundzwanzig Jahren überdeutlich, lückenlos, bis ins kleinste, schmerzhafteste Detail nacherlebte, war viel mehr als seinen Worten zu entnehmen war . . .

Eine Leuchtkugel stand in der Nacht, flackerte fahlweiß, glitt langsam zur Erde, verlöschte zuckend. Die Nacht war klar. Der Wind rauschte in den Wipfeln alter Bäume.
Brencken sah die Auspuffflammen der beiden Nachtbomber über dem Gutshaus, hörte ihren schnurrenden, auf- und abschwellenden Ton, wartete auf das Aussetzen der Motoren, das Singen des Windes in den Verspannungen der alten, noch mit Segeltuch bezogenen Doppeldecker, auf das scharfe Zischen, auf den Einschlag der Bomben.
Grüne Perlschnüre rieselten auf ihn zu. Das Knattern der Ma-

schinengewehre folgte. Er warf sich zu Boden. Die Geschosse zirpten ins nasse Gras.
Dann setzte das Mahlen der Motoren aus, ein Zischen und Gurgeln, matter Feuerschein hinter dem Gutshaus – und dann der satte Krach der Explosion.
Die Auspuffflammen bewegten sich in Richtung auf die Hauptkampflinie. Brencken erhob sich wieder. »Zigarette aus, verdammter Idiot!« rief er einem Mann zu, der aus einem Kübelwagen stieg.
»Die sind doch schon weg!«
»Und woher wissen Sie, daß die nächste Natascha nicht schon im Anmarsch ist? Bißchen frontfremd, was?«
»Man wird doch noch –«
»Nichts wird man! Vorgestern rauchte auch einer so wie Sie, halboffen in der Hand. Es war seine letzte. Die schmeißen ziemlich genau.«
Der andere kam näher. »Was sagten Sie? Bißchen frontfremd? Mag stimmen, ich war einige Zeit zu Hause.«
Brencken wurde es unangenehm. Wen hatte er da vor sich?
»Und wer sind Sie?« fragte die tiefe Stimme.
»Leutnant Brencken – und Sie?«
»Oberst Gelterblum, der neue Kommandeur des Artillerieregimentes.«
Für einen Augenblick kam Brencken die Versuchung an, sich zu drücken. Dann nahm er die Füße zusammen und legte die Hand an die Feldmütze: »Oberleutnant Brencken meldet sich als Ordonnanzoffizier der dritten Abteilung, Herr Oberst.«
»Na, Brencken, bißchen naßforsch, wie? Aber mit der Zigarette hatten Sie recht. Strich drunter, einverstanden?«
»Einverstanden, Herr Oberst.«
Oberleutnant Brencken ergriff die Hand seines Regimentskommandeurs und geleitete ihn durch die Finsternis zum Gutshaus. Als er die schwere Decke beiseite zog, die die Lichtschleuse bildete, sah er sich den neuen Kommandeur näher an. Er war so groß wie Brencken, einmeterneunzig, breit wie ein Schrank. Er trug Überfallhosen und gut geschnittene Reitstiefel. Im Ausschnitt des grauen Panzerrockes glänzte das Ritterkreuz unter dem Hemdkragen.

Oberst Gelterblum nahm die Feldmütze ab. Rund um den massigen Schädel standen schüttere, aschblonde Haare, der Kopf war kahl. Eine Mützenschönheit. Leutnant Brencken grüßte stramm die Kommandeure und Chefs der anderen Einheiten, die der General hierherbefohlen hatte.

Rittmeister Hartwig streckte ihm die Hand hin: »Na, Brencken, ist Ihr Kommodore schon da? Ich sah ihn am Abend etliche Kilometer südlich von hier. Sie werden uns wohl helfen müssen. Wir sollen, glaube ich, auf die Mühle von Ariupol angreifen.«

Brencken hatte den Namen Ariupol schon öfter auf der Karte gelesen; daß es eine Mühle dort gab, wußte er nicht, es hätte ihm auch nichts bedeutet. »Ich weiß nicht, wo Major Prachlowitz jetzt ist, Herr Rittmeister. Aber das mit der Unterstützung wird schon klappen. Wir werden da schon mithalten können.«

In dem großen Zimmer, dessen Fußboden ein wertvoller, mit Täbrismustern durchwebter Teppich bedeckte, unterhielten sich die beiden Kommandeure der Grenadierregimenter mit Major Stasswerth, dem Ersten Generalstabsoffizier. Der nickte Brencken freundlich zu. »Schon Bekanntschaft mit Ihrem neuen Kommandeur gemacht?«

»Jawohl, Herr Major, ich habe ihn einen Idioten genannt.« Er schilderte die Begegnung.

Major Stasswerth lachte und wandte sich wieder den beiden Kommandeuren zu. Sein Lächeln verschwand, er sah besorgt aus.

Hauptmann Kurth, der Kommandant des Stabsquartiers der Division, schob Brencken mit dem Fuß einen Stuhl hin und reichte ihm sein Zigarettenetui. »Viel unterwegs gewesen, Brencken? Sie sehen verdammt müde um die Nase aus.«

Hauptmann Kurth hatte nur einen Arm. Er war, ohne Prothese, aus dem Ersatztruppenteil einfach ausgerissen und wieder zu seiner alten Division gestoßen. Er hatte so lange gebeten, bis der General den hochdekorierten Offizier zum Kommandanten des Stabsquartiers gemacht hatte.

»Ziemlich müde, Herr Hauptmann, mit Verlaub, es langt mir.«
In den letzten Nächten hatte er nur jeweils drei Stunden ge-

schlafen, unterbrochen vom Klingeln des Feldfernsprechers, von den Einschlägen des russischen Störungsfeuers und vom Bersten der Bomben. Er hatte sich mit Kaffee aufgepulvert und rauchte schon seit Wochen sechzig Zigaretten am Tage. Wenn er seine Hände betrachtete, fiel ihm das Zittern der Finger auf – es war das erste Mal, daß er so etwas an sich beobachtete.

»Es ist eine mächtige Scheiße, Leutnant«, sagte Hauptmann Kurth.

»Na ja, wir werden das schon wieder geradebügeln bei dieser Mühle von Ariupol.«

»Die meine ich nicht, Brencken. Ich meine allgemein, wenn Sie das verstehen.«

»Wie . . .«

»Allgemein, Brencken. Hier und an Ihrer komischen Mühle und beim Korps und in Berlin und überhaupt ist es eine mächtige Scheiße.«

»So kenne ich Sie gar nicht, Herr Hauptmann. Zweifeln Sie am Endsieg?«

»An was?«

»Am Endsieg, Herr Hauptmann. Daran, daß wir diesen Krieg irgendwann doch noch gewinnen werden.«

»Brencken, ich verrate Ihnen ein schreckliches Geheimnis.« Die Stimme des einarmigen Hauptmanns wurde leise, sein Gesicht geheimnisvoll, in den Augen blitzte Ironie: »Ich habe an diesen Dingsda, an den Endsieg, schon seit vielen Jahren nicht mehr geglaubt.«

»Herr Hauptmann!«

»Schon seit Jahren nicht mehr. Und was noch schlimmer ist, Brencken, ich habe ihn mir nicht einmal gewünscht.«

Mein Gott, was redet er da, er redet sich um seinen Kopf, wenn ihn ein anderer hört!

»Ich habe ihn mir nicht gewünscht, Brencken, seit ich einmal zufällig in Polen in ein Dorf geriet, in dem Männer in unseren Uniformen, mit diesem Vogel da auf dem Arm, alte Männer und Frauen und Kinder erschossen, Brencken. Seitdem habe ich ihn mir nicht mehr gewünscht, den Endsieg.«

»Selbst gesehen, Herr Hauptmann?«

»Mit diesen Augen, Brencken.«

Brencken dachte an seinen Großvater, an Gabitschka. Und an das Gespräch, kurz vor seiner Einberufung, mit dem Major Brencken, Kommandeur eines Grenadierbataillons im östlichen Ostpreußen, seinem Vater. Untermenschen hieß man die Polen – und jetzt die Russen. Die Intelligenz würde ausgerottet, hatte Vater gesagt, und Opa und Oma wären auch dabeigewesen, wenn sie noch gelebt hätten. Er erinnerte sich an sein Denkmodell: wenn dies alles stimmte, wenn das nicht nur eigenmächtige Ausschweifungen von Verbrechern waren, von denen die Führung des Staates nichts weiß, vor allem der Führer nichts weiß – dann wäre dieser Staat verbrecherisch und sie alle, die sie hier herumstanden und auf Befehle warteten, dienten einem Regime, das Menschen zu Hunderttausenden ausrottete. Undenkbar. Und dennoch: der Hauptmann Kurth hatte es gesehen.

»Wieso erschossen, Herr Hauptmann. Partisanen?«
»Alte Männer, Frauen, Kinder, Brencken! Menschenskind – glauben Sie, daß das Partisanen waren – allesamt? Nein, das waren Menschen, die zufällig eine andere Nase hatten.«
»Juden?«
»Juden.«
»Aber was soll das alles?«
»Die Juden sind unser Unglück, Brencken, steht schon in ›Mein Kampf‹.«
»Ja, aber dann – das sind sicher Leute gewesen, die selbständig gehandelt haben, ich meine auf eigene Faust.«
»Natürlich, Brencken, selbständig, auf eigene Faust! Kleiner Leutnant mit dem Vogel auf dem Arm treibt Frauen und Greise und Kinder hinaus und läßt sie mit Maschinengewehren erschießen. – In Eigenverantwortung. Oder mit Rückendeckung. Ach, hören Sie bloß auf, Schluß, Brencken!«
»Herr Hauptmann, wenn ich das noch sagen darf, sicher kam der Befehl von oben, aber von einer Zwischeninstanz. Ich kann nicht glauben, daß unsere Staatsführung so etwas befiehlt.«
Hauptmann Kurth schaute Brencken einen Augenblick unendlich hochmütig an, dann schüttelte er den Kopf. »Sie werden es auch noch lernen, Brencken, etwas später. Ich habe es gelernt, damals, in Polen. War eine harte Lektion. Und der Leut-

nant mit dem Vogel auf dem Arm, so einer dieser aalglatten SS-Typen, sagte mir, ich hätte darüber zu schweigen, das sei Geheime Reichssache. Ich habe es so satt, Brencken!«
»Und warum sind Sie dann wieder an die Front gekommen, nachdem Sie Ihren Arm verloren haben?«
»Ich bin gekommen, weil ich es da hinten noch weniger aushalte. Weil ich fürchte, daß ich eines Tages einem von denen eine Kugel vor den Latz knalle.«
»Mein Vater hat einmal Andeutungen gemacht – er war in Polen als Kommandeur eines Bataillons.«
»Und Sie haben ihm natürlich nicht geglaubt, nicht wahr?«
»Nein, erst nicht geglaubt, dann ein bißchen geglaubt, dann die Sache gerechtfertigt. Eine große Sache fordert große Opfer.«
»Wer hat Ihnen diesen entsetzlichen Unsinn beigebracht?«
»Unsinn? Das haben wir gelernt. Im Arbeitsdienst und in den ersten Wehrmachtsmonaten. Gelobt sei, was hart macht.«
Erschießen von Kindern. Macht hart – und ist zu loben?
Hauptmann Kurth faßte Brencken an der Schulter. »Mann, ich halte Sie immer noch für einen echten Kerl, sonst sprächen wir nicht darüber. Sie wissen, daß Sie mich mit einem einzigen Satz fertigmachen können!«
»Herr Hauptmann! Ich muß –«
»Sie müssen gar nichts, Brencken, außer sich darüber Gedanken machen, daß ich Ihnen nichts vorlüge. Daß ich mich um dieser Wahrheit willen in Ihre Hand begebe. Und Sie müssen endlich aufhören, diesen mörderischen Unsinn zu reden: Gelobt sei, was hart macht! Wissen Sie, daß diese – diese Menschen in den Erschießungskommandos sich selbst wegen der Härte bemitleiden, die sie, angeblich um Deutschlands willen, anwenden müssen? Das hat mir wörtlich einer gesagt, dem ich danach ein paar unangenehme Fragen gestellt habe. Um Deutschlands willen, Brencken! Und das soll das gleiche Deutschland sein, für das ich meinen Arm verloren habe, für das Sie Ihre Jugend wegschmeißen müssen? Haben Sie jemals mit einer Frau geschlafen, Brencken? Ich meine, mit einer, die Sie richtig geliebt haben, von Herzen?«
Brencken wurde rot und schüttelte den Kopf: »Was hat das damit zu tun?«

»Es hat, Brencken, es hat! Denn wenn Sie jetzt draufgehen bei dieser Mühle hier, dann werden Sie ins Grab fahren, ohne zu wissen, wie schön das Leben sein kann. Ich meine keine Nutte, kein Flittchen im Luftschutzkeller. Ich meine eine geliebte Frau.«

Brencken reichte Kurth Feuer. Inzwischen waren weitere Kommandeure mit ihren Adjutanten eingetroffen. Man wartete auf den General.

»Sind Sie verheiratet, Herr Hauptmann?«

Kurth stieß die Zigarette mit der linken Hand heftig in den Aschenbecher. »Ich war. Sie ist tot. Mit dem Kind. Bombe.«

»Verzeihung, ich wußte nicht –«

»Reden Sie keinen Quatsch. Was soll ich verzeihen? Daß Sie das nicht wußten? Was können Sie dafür?« Hauptmann Kurth erhob sich. »Brencken, Ihr Endsieg wird furchtbar werden. Gnade uns Gott!«

Das Stimmengewirr brach ab, als Major Stasswerth um Ruhe bat.

»Ich möchte Sie kurz vororientieren, ehe Herr General kommt. Im Zuge bisher nicht genehmigter Absetzbewegungen, die der Feind erzwungen hat, ist auch die Mühle von Ariupol gefallen. Ariupol – bitte sehen Sie auf die Karte – ist dieser Flecken, die Mühle liegt etwa zwei Kilometer südwestlich, genauer, süd-südwestlich davon. Haben Sie?«

Die Mühle mußte auf einem Hügel liegen, wenn die Karte stimmte, und das machte ihren Wert aus: wer sie besaß, hatte einen weiten Blick über das Land und in die Stellungen des Gegners.

»Die Regimenter, die vor uns hier lagen, sind im Kampf um diesen Mühlenhügel buchstäblich verblutet. Die durchschnittlichen Kompaniestärken liegen bei zwölf bis zwanzig Mann, die Lebensdauer der Kompanieführer, meist junge, unerfahrene Leutnants oder Feldwebel, lag bei zehn Stunden.«

Brencken spürte die Müdigkeit in allen Gliedern. Die Augenlider wurden schwer. Er riß sich zusammen.

»... muß also darauf ankommen, diese Mühle so oder so in unseren Besitz zu bringen, damit die Lage erst einmal konsolidiert werden kann.«

Oberst Gelterblum winkte Brencken heran. »Wo bleibt denn Prachlowitz?«
»Weiß ich nicht, Herr Oberst, ich sah ihn zuletzt vor ein paar Stunden.«
Wieder kroch die Müdigkeit hoch, er fühlte, wie die Beine steif wurden. Er riß sich abermals zusammen.
». . . Lage der Dinge nicht ganz einfach. Luftunterstützung ist nicht. Ich glaube, damit haben wir auch nicht gerechnet. Die Bevölkerung von Ariupol ist geflohen, die Mühle selber ist auch leer. Wir können also mit der gesamten Artillerie reinhauen.«
Die Hände zittern, dachte Brencken, als er sich eine Zigarette anzündete. Die Hände zittern – und ich bin erst dreiundzwanzig.
»Der Herr General!« rief Hauptmann Kurth.
Einer der beiden Grenadieroberstena sprang vor: »Meine Herren, ich melde!« Und wandte sich zu General Mallert: »Kommandeure stehen wie befohlen zur Besprechung!«
General Mallert nahm die Feldmütze ab: »Guten Abend, meine Herren, bitte nehmen Sie Platz.«
Stasswerth half ihm aus dem schweren Gummimantel. General Mallert trug stets diesen Kradmeldermantel.
»Ich komme eben von einer Besprechung beim Korps, meine Herren.« Er nickte dem Major zu, der ihm Feuer für seine Zigarre gegeben hatte, und blies den Rauch auf die Glut, ehe er fortfuhr. »Große Lage: Heeresgruppe Nord ist eingeschlossen seit fünf Tagen. In Kurland. Die Sowjets haben den Narew erreicht – das ist rund zehn Tage her. Sonst alles beim alten. Kräfteverhältnisse – na, da brauche ich nicht viel zu sagen. Sie kennen unsere Regimenter selbst am besten. So sieht es im großen aus. Stasswerth, haben Sie vorgetragen?«
»Jawohl, Herr General.«
Nun begann der General mit der Beurteilung der Lage. Stasswerth stand an der Karte und erläuterte mit einem Lineal die Vorhaben.
Plötzlich kippte ein Offizier mitsamt dem Stuhl um. Oberst Gelterblum bemühte sich sofort um ihn. »Mein Adjutant, Herr General, Hauptmann Lauterbach. Zusammengeklappt.«

Der General fuhr sich nervös durch das schüttere graue Haar. »Los, los, helfen Sie ihm!«
Gelterblum winkte Brencken herbei. »Zusammengefallen. Der muß mindestens zwanzig Stunden schlafen, bis er wieder da ist. Brencken, notieren Sie mit. Sie müssen nachher Prachlowitz einweisen und dann sofort Lauterbach vertreten, weil Sie Bescheid wissen.« Zwei Soldaten trugen den bewußtlosen Hauptmann hinaus.
Brencken nahm wieder seine Karte vor und begann, Notizen zu machen. Sicherlich würde Oberst Gelterblum ihn den Befehl des Regimentes festlegen lassen. Ob er das könnte? Nun, er hatte als zweiter Ordonnanzoffizier des gefallenen Regimentskommandeurs einigen Einblick erhalten.
Brencken verglich die Einzeichnungen auf seiner Karte mit der großen Lagekarte des Majors Stasswerth, ergänzte, was fehlte, und zeichnete vor allem genau den Verlauf der Hauptkampflinie ein. Und wieder kam, unausweichlich, die Müdigkeit, die Augen drehten sich nach oben, die Hand fiel vom Kartenbrett.
Das Korps dränge auf sofortige Ausbesserung der Linie an der Mühle von Ariupol, sagte der General. »Und es ist gelungen, eine ganze Reihe von Artilleriezusatzkräften auf Zusammenarbeit mit Ihrem Regiment anzuweisen, Gelterblum. Das wird Ihre erste große Sache werden. Der Arko hat Ihnen zugewiesen: eine Nebelwerferbrigade mit zwei Regimentern, noch immer voll ausgerüstet, da fehlt nicht ein Werfer, dazu eine Abteilung schwerer Mörser. Zusammen mit Ihrem Regiment ist das zwar nicht eben überwältigend, aber doch ganz beachtlich.«
Brencken hatte mitgeschrieben. Nachher würde er die Zahl der Rohre und Geschosse ausrechnen. Einen solchen Feuerschlag hatte er noch nicht erlebt, geschweige denn ausgelöst. Allerdings ließ auch der keinen Vergleich mit den wuchtigen Artillerieschlägen am Anfang des Krieges zu. Diese Rolle hatte jetzt die sowjetische Artillerie übernommen.
»Herrgott, träumen Sie nicht, Brencken«, flüsterte der Kommandeur scharf. »Passen Sie auf!«
Der General wies auf Stasswerth. »Die infanteristische Kampfführung. Bitte, Stasswerth!«

Die Tür wurde leise geöffnet, Brencken erblickte seinen Abteilungskommandeur. Major Prachlowitz nickte ihm zu und sank auf den nächsten Stuhl.
Draußen kreiste ein Nachtbomber und klapperte mit seinem Gewehr. Wie schön das aussah, wenn die grünen Perlschnüre hemiederrieselten, und das Knattern der alten Gewehre aus den Bombern folgte nach. Und wie gefährlich das war. Schon mehrere Male hätte es ihn um ein Haar erwischt.
Man hörte Stasswerth zu, gab sich gelassen, aber zugleich lauschte man angestrengt nach draußen.
Es mußten mehrere Nachtbomber sein. Denn das Geräusch wurde in Stufen dünner, hörte dann plötzlich ganz auf, so als ob mehrere Motoren hintereinander abgestellt würden. Dann schnitt das wohlbekannte Zischen in die Rede Stasswerths, der sofort abbrach.
Dann verlöschte im berstenden Krachen das Licht.
Zwei weitere Explosionen folgten.
Schreie. »Hilfe – Sani!« Waren Wachtposten verwundet?
»Los, Doktor, rasch, helfen Sie!« kam die ruhige Stimme des Generals.
»Karbidlampen bringen!« schnitt die Stimme Hauptmann Kurths dazwischen. »Aber vorher sorgfältig die Verdunkelung prüfen!«
»Ich werde dem den Hals umdrehen, der da wieder schlecht verdunkelt hat!« rief der General.
»Kann auch sein, daß einer draußen geraucht hat«, fügte Oberst Gelterblum hinzu. Weiß Gott, dachte Brencken, das kann sein.
Die Karbidlampen blakten. Zwei Soldaten putzten an den Brennern, dann stieg das Licht in den Raum, begleitet vom intensiven Geruch des mit Wasser vermischten Karbids.
»Ich fasse zusammen«, sagte Stasswerth dann ganz ruhig, »es kommt also darauf an, mit einem kurzen kräftigen Feuerschlag den Feind niederzustrecken und auch zu halten. Der Angriff des rechten Regimentes – hier, Herr Oberst – muß dann sofort erfolgen, damit die Überraschung ausgenutzt werden kann. Ihr erstes Bataillon greift abgesessen an, über diese freie Fläche –« er zeigte auf die Karte, »und zwar kurz bevor die Artilleristen

ihr Feuer vorverlegen. Das muß nahtlos ineinandergehen. Abstimmung bitte zwischen Ihrem Regiment und Oberst Gelterblum. Das andere fügt sich dann so ein, wie Herr General es soeben sagte. Wichtig ist nur eines: daß nämlich das Antreten des ersten Bataillons zeitlich genau mit der Artillerie abgesprochen wird.« Stasswerth zog ein Blatt Papier hervor und sagte: »So, und jetzt der Befehl im Wortlaut mit den genauen Aufträgen für jedes Regiment und die anderen Teile. Herr Oberst Gelterblum, Sie weisen bitte auch die mit Ihnen auf Zusammenarbeit angewiesenen Artilleristen genau ein.«
Während die Stimme des Majors die Einzelheiten zu erläutern begann, packte Brencken zum dritten Male die große Müdigkeit. Vor seinen Augen lösten sich die Offiziere auf, er sah zwei tanzende Wesen über dem Kartentisch, die seltsam langsam auf- und niederschwebten.
»Himmelwetter, Brencken«, stieß ihn Major Prachlowitz in die Seite, »wenn Sie pennen, können Sie sich nichts merken. Sie wissen doch, daß ich zu spät kam!«
»Jawohl, Herr Major. Unser neuer Regimentskommandeur hat mich zum Vertreter von Hauptmann Lauterbach gemacht, der vorhin zusammengefallen ist. Ich werde wohl beim Regiment sein müssen.«
Prachlowitz schüttelte mißbilligend den Kopf. »Auch das noch«, murmelte er.
Brencken bohrte sich seinen spitzen Bleistift in die Hand, kniff sich in den Arm, rauchte hastig eine Zigarette an. Etwas Kaltes zum Trinken, das würde ihn vielleicht wachhalten.
Endlich war Major Stasswerth fertig. »Alles klar?«
Oberst Gelterblum nahm Prachlowitz und Brencken beiseite. »Brencken hat mitgehört, Prachlowitz. Nachdem Lauterbach zusammenfiel, muß ihn Brencken für ein paar Stunden vertreten. Sie informieren Prachlowitz über das, was er nicht gehört hat, fahren dann zum Regimentsgefechtsstand und machen die Zielverteilung. Dabei kann Ihnen der Ordonnanzoffizier helfen, der kennt den Kram. – Tut mir leid, Prachlowitz, ich kann es nicht ändern. Sie, Brencken, überprüfen sofort, ob die Leitungen intakt sind und die Funkverbindungen stehen. Wir sind über Funk miteinander in Kontakt. Ich bleibe zunächst noch

hier bei General Mallert, später bin ich in der Nähe des rechten Regimentes. Alles klar?«
»Soll ich das Feuerkommando geben, oder wird das Feuer von Ihnen hier oder von der Division direkt ausgelöst, Herr Oberst?«
»Das machen Sie, Brencken. Vorher genauer Uhrenvergleich mit den Nebelleuten und den Mörsern, damit die alle ihre Püster fertig haben. Frage noch?«
»Nein, Herr Oberst, keine Frage. Gute Nacht, Herr Oberst.«
»Nacht, Brencken, Nacht, Prachlowitz.«
»Also, Brencken«, sagte Prachlowitz, als sie am Kübelwagen des Abteilungskommandeurs standen, »morgen sind Sie wieder da. Machen Sie Ihre Sache gut da oben. Bei einem Mann wie Gelterblum möchte ich gern ein wenig Ehre für die dritte Abteilung einlegen.«
»Wird eingelegt, Herr Major, gute Nacht.«
Auf dem Wege zum Gefechtsstand des Artillerieregiments schlief Brencken. Das Kartenbrett zwischen den Knien, saß er zusammengesunken auf dem Vordersitz des Volkswagens, der Kopf pendelte. Der Fahrer schob den Leutnant sanft zur Seite, wenn er ihm auf die Schulter fiel.
»Herr Leutnant, wir sind da«, sagte der Gefreite. Brencken stieg aus und ging auf die Baumgruppe zu, die ihm der Gefreite gewiesen hatte. Hinter ihr verbarg sich eine Kate. Auf seiner Uhr war es halb drei, genau: zwei Uhr neunundzwanzig.
Ostwärts stiegen fahle Leuchtkugeln. Von halb rechts vorn kam splitterndes Gewehrfeuer. Hinter ihm, in Richtung auf den Divisionsgefechtsstand, schlug krachend eine Bombe ins Feld.
Vor ihm holperte der Sanitätswagen heran. Brencken hielt ihn an. »Wer ist das?«
Der Fahrer beugte sich heraus und erkannte Brencken. »Das ist Oberleutnant Langenheim, Herr Leutnant, verwundet.«
Grollend tief kam es aus dem Inneren des Autos, so pflegte Langenheim, der erste Ordonnanzoffizier, immer zu sprechen, wenn er zornig war: »Mitten im Schlaf, stellen Sie sich das vor, Brencken, wie eine alte Frau, die einen Hexenschuß kriegt. Schmarren am Bein, Kratzer, wird bald heil sein. Und einen am

rechten Arsch. Wird auch bald heil sein. Bloß sitzen kann ich nicht. Wo ist Lauterbach?«
»Den werden Sie möglicherweise im Lazarett treffen. Er ist zusammengefallen bei der Besprechung, einfach vom Stuhl gerutscht. Ich nehme an, daß er ambulant behandelt wird, sich ausschläft und dann wieder herkommt. Alles Gute für Sie!«
»Machen Sie's auch gut. Sie vertreten doch?«
»Ja, aber nur heute, weil ich die Besprechung mitgemacht habe.«
Langenheim drehte sich fluchend zur Seite und sagte: »Tschüß! – Fahr los mit deinem Höllenkasten, Jodheini!« Der Fahrer lachte auf und gab Gas.
Brencken betrat die Kate, die eine Karbidlampe nur notdürftig beleuchtete. Der zweite Ordonnanzoffizier, Leutnant Rothe, reichte ihm einen Blechbecher mit heißem Kaffee. »Das tut gut.«
Brencken setzte sich an den kleinen Tisch und übertrug zunächst die Zielpunkte auf die Schießkarte, Rothe nahm die Koordinaten heraus und entfernte sich, um die notwendigen Zielpausen anfertigen zu lassen. Brencken entwarf den Feuerplan und ließ die Wettermeldungen durchgeben. Die Nebelwerferbrigade und die einundzwanziger Mörser hatten ihre vermessenen Stellungen bereits vor Brenckens Ankunft auf Planpausen gemeldet.
Brencken rief einen Schreiber und begann, den Befehl an die unterstellten Einheiten zu diktieren.
Das waren: drei Abteilungen zu je drei schießenden Batterien zu je vier Geschützen, macht sechsunddreißig Rohre zwischen 10 und 15 Zentimeter Kaliber, zwei Batterien schwerer Mörser zu je zwei Rohren, macht vier Rohre zu je 21 Zentimeter Kaliber, eine Nebelwerferbrigade zu zwei Regimentern zu je drei schießenden Batterien mit jeweils sechs Werfern zu je sechs Rohren, macht zusammen sechshundertachtundvierzig einzelne Rohre, aus denen die Raketen, elektrisch gezündet, abgefeuert würden. Das waren also achthundertfünfzig Schuß in ›der ersten Minute, denen nach dem Feuerplan weitere sieben folgen würden, ehe die schweren Waffen der Grenadiere einfallen würden.

Brencken überrechnete die Wucht dieses Feuerschlages aus seiner Erfahrung. Die Mühle von Ariupol würde einiges auszuhalten haben, wenn sie es aushielt.
Den fertigen Befehl unterzeichnete er mit dem Zusatz »Auf Befehl«, überprüfte noch einmal den Verteiler und ordnete an, daß die Melder der unterstellten Einheiten sofort die Schriftstücke zu überbringen hätten.
Dem Fernsprechtruppführer sagte Brencken, er wünsche auf jeden Fall in einer Stunde, sonst bei jedem Anruf, geweckt zu werden.
Auch Leutnant Rothe, der ihm nicht viel hatte helfen können, legte sich auf seinen Schlafsack.
Brencken fiel sofort in Tiefschlaf. Er träumte schwer. Unbekannte Männer faßten ihn an, wollten ihn einen Steilhang hinunterstürzen, sie trugen das Hoheitsabzeichen auf dem Arm, er hatte Angst.
Er erwachte davon, daß Rothe ihn rüttelte: »Sie werden gar nicht wach, die Division ist am Apparat!«
Er fuhr hoch, nahm den Hörer, nannte seinen Decknamen. »Ich verbinde«, sagte eine sachliche, hellwache Stimme.
Weit in der Ferne hörte Brencken, der die Augen noch immer geschlossen hielt, die Stimme von Hauptmann Ohlen, des Ordonnanzoffiziers beim IA der Division. Brencken verstand etwas von X-Zeit, hörte die Frage, ob er begriffen habe.
Er gab sich einen Ruck. »Nein, Herr Hauptmann«, sagte er.
»Himmeldonnerwetter«, schrie Hauptmann Ohlen, »jetzt sage ich Ihnen die Zeit schon extra durch, weil Sie sich bei der Sammelverbindung nicht melden – und nun schlafen Sie immer noch! Was ist los mit Ihnen?«
»Ich bin sehr müde«, sagte Brencken.
»Ich auch, mein Herr«, erwiderte der Hauptmann, »und der General auch – wer ist hier nicht müde? Los, schreiben Sie: X-Zeit gleich konrad ludwig anton berta. Fertig? Wiederholen Sie!«
Brencken wiederholte: »X-Zeit gleich konrad ludwig anton berta. Fertig. Danke, Herr Hauptmann.«
Und er schrieb mit schon wieder zufallenden Augen konrad – ludwig – anton – berta. Und hörte nichts mehr vom Uhrenver-

gleich. Und fiel um und schlief, bis ihn der Fernsprechtruppführer nach einer guten Stunde weckte.
Er schüttelte sich, goß sich einen Becher kalten Wassers über den Kopf, entschlüsselte die Zahlen. Alsdann, um 6.25 Uhr würde er das erste Feuerkommando geben, um 6.32 Uhr würden die schweren Waffen der Infanterie einfallen, zwei Minuten später würden die ersten Grenadiere auf die Mühle von Ariupol vorgehen, hinter dem vorverlegten Feuer her.
Es ging auf 6 Uhr.
Wenn er um 6.25 Uhr auslösen sollte, mußte er sich alle unterstellten Einheiten, drei Abteilungen, die Brigade und die Mörserabteilung in einer Sammelverbindung geben lassen und ihnen das Kommando für fünf Minuten später nach der Uhr geben. Die Abteilungen lösten dann für sich aus – sie brauchten noch Zeit, um ihrerseits die Batterien an die Strippe zu bringen. Mit den Werfern hatte Brencken gesprochen, die wußten Bescheid.
Um 6.10 Uhr brachte ein Melder einen Funkspruch von Oberst Gelterblum, der eine russische Bereitstellung erkannt zu haben glaubte. Brencken dirigierte rasch zwei Werferbatterien und eine Mörserbatterie um.
Um 6.15 Uhr schob Brencken noch einmal die Karten auseinander und überprüfte die befohlenen Zielpunkte. Dann zog er den Divisionsbefehl heran, vergewisserte sich, daß das erste Bataillon an der Naht zum Nachbarregiment um die gleiche Zeit antreten würde, und ließ sich schließlich eine Sammelverbindung geben.
Während er sich eine Zigarette anzündete, klingelte der Feldfernsprecher. Er meldete sich.
»Mann«, schrie die Stimme des Hauptmanns Ohlen, »Mann, wo bleibt Ihr Feuer, um Himmels willen, wo bleibt die Ari?«
Brencken wurde nervös, drehte den Arm mit der Uhr. »Ich will es gerade abrufen, Herr Hauptmann, es ist gleich 6.17 Uhr.«
Ohlen heulte geradezu auf, seine Stimme lag verzerrt über dem Rauschen und Knacken der feldmäßigen Verbindung: »Nein, es ist 6.26 Uhr! Brencken, Sie Unglücksrabe – ich warte schon Minuten auf die Verbindung, die Infanterie ist angetreten, halten Sie –«

Damit brach die Verbindung ab, es rauschte im Hörer, Brencken drückte wiederholt die Taste.
»Hauptmann Ohlen! Hauptmann Ohlen!«
Leutnant Rothe stand neben ihm. »Was ist, um Himmels willen?«
Brencken warf den Hörer hin. »Meine Uhr geht nach, der Feuerschlag müßte längst raus sein.«
Es klingelte erneut.
»Die Sammelverbindung, Herr Oberleutnant.«
Während er abwesend hinhörte, meldeten sich die Regimenter und Abteilungen, die Nebelwerferbrigade.
Was hatte Ohlen gesagt? Halten Sie –
Was halten?
Halten Sie mich für einen Narren?
Halten Sie Ihre Ohren demnächst auf?
Halten Sie –
Leutnant Rothe starrte ihn an. »Was zögern Sie? Donnern Sie den Scheiß raus!«
Brencken schaute den jüngeren Offizier an, nickte plötzlich und sagte mit scharfer Stimme in die Muschel des Feldfernsprechers: »Feuerschlag in zwei Minuten – Achtung – jetzt!«
Und legte auf.
»Klarer Entschluß, Brencken«, sagte Leutnant Rothe. Brencken nickte. »Holen Sie mir die Division an den Apparat.«
Die Sekunden schlichen.
Er lauschte, Blick auf dem Zifferblatt, nach draußen. Es war der richtige Entschluß, sagte er sich. Die Grenadiere brauchen das Feuer. Gleich mußten die Kanonen aufbellen, die Haubitzen und Mörser dröhnen, die Werfer aufröhren.
Schweigen, wie Blei im Ohr.
Dann röhrten die Werfer auf, es folgten die knallenden Abschüsse der Kanonenbatterie, mit tiefem Laut langten die Mörser dazwischen, die kleinen und großen Haubitzen schossen in schneller Folge.
»Großartig«, sagte Rothe, »so etwas habe ich noch nie gehört.«
Klarer Entschluß, hatte Rothe gesagt.
Der Feldfernsprecher.

Die Stimme des Kommandeurs.
»Brencken?«
»Herr Oberst?«
»Sie haben ausgelöst? Wann?«
»Vor etwa vier Minuten, Herr Oberst.«
»Haben Sie mit Ohlen gesprochen?«
»Jawohl, er sagte, meine Uhr ginge falsch.«
Die Stimme des Regimentskommandeurs war unnatürlich ruhig. »Sie ging nach, wie?«
»Was ist denn eigentlich los, Herr Oberst?«
»Und Sie haben ausgelöst?«
»Jawohl, ich habe mich entschlossen, durch den Feuerschlag unsere Grenadiere beim Vorgehen zu unterstützen.«
Eine Weile nur das Zwitschern in der Drahtleitung.
»Die Division konnte die Grenadiere nicht mehr stoppen, Herr Oberleutnant Brencken. Und als die beiden Regimenter antraten und auf Einbruchnähe heran waren, Herr Oberleutnant Brencken –« plötzlich schrie der Oberst, und seine Stimme stand ganz hoch, »– da hat Ihr verdammter Feuerschlag sie mitten in die Reihen getroffen, Brencken, Ihr verdammter, mieser Scheißfeuerschlag!« Und nach einer Weile, sehr leise: »Ich bin in einer halben Stunde bei Ihnen.«
Der Oberleutnant Brencken stand reglos, den Hörer in der Hand.
»Was ist los, Brencken?« fragte Leutnant Rothe.
Er rührte sich nicht, starrte dem Kameraden ins Gesicht.
»Brencken!« Rothe stieß ihn an. »Was, zum Teufel, haben Sie? So reden Sie doch!«
Brencken legte den Hörer auf den Apparat, drehte sich langsam um und sagte tonlos: »Das Feuer lag mitten in unseren Grenadieren.« Und als Rothe ihn nicht begriff, sagte er ebenso ausdruckslos wie zuvor: »Weil ich diesen Feuerschlag noch abrief, den Scheiß rausdonnerte, Rothe. Ich, nicht Sie!«
Kein Uhrenvergleich. Zu spät. »Halten Sie –« das hieß nicht Halten Sie die Ohren auf, Brencken. Das hieß auf gar keinen Fall Donnern Sie den Scheiß noch raus, Oberleutnant Brencken! »Halten Sie –« das hieß: Halten Sie um Gottes willen das Feuer an!

Und das hieß: Kriegsgericht für Oberleutnant Karl-Helmut Anatol Brencken.

Der Stabsgefreite aß das Brot, wie er es von zu Hause gewohnt war, mit dem Taschenmesser, indem er breite Streifen abschnitt und sie bedächtig in den Mund schob. Der Stabsgefreite Josef Bentinck, knapp über vierzig Jahre, schnitt heute morgen Speck in genauso breiten Streifen ab und schob sie neben das Brot. »Frühzeit«, nannte er das. Jeden Morgen aß er auf diese Art ein so großes Stück Brot, daß er notfalls den ganzen Tag ohne Verpflegung aushalten konnte.
Bentinck dachte, als der Leutnant vorhin noch einmal durchgesagt hatte, man werde sich durch diese Senke erst an den Iwan heranarbeiten müssen, dieser Leutnant könnte sein Sohn sein, da hätte er sich gar nicht besonders früh anzustrengen brauchen. Bentinck hatte keinen Sohn. Er hatte drei Töchter, immer mit zwei Jahren Zwischenraum, adrette Mädchen. Die älteste würde bald achtzehn, die jüngste müßte nun aus der Schule kommen.
Der Morgen griff fahl in den Himmel. Bentinck schob den letzten Streifen Brot in den Mund, wischte das Messer sauber und steckte es ein. Von ihm aus konnte es losgehen. Wenn die Ari genügend Zunder gab, war es ein Klacks. Dachte er.
Mit Rauchen war ja nun hier nichts. Auf dem Bau hatte er sich immer einen Stumpen angezündet, die ersten Züge genießerisch in die Lungen gesogen und durch die Nase vom Gerüst geblasen. Dann erst hatte er wieder Stein und Kelle in die Hand genommen. Polier würde er werden, wenn er heimkäme. Das gab Auftrieb, auch für Marga, die sich jetzt allein herumquälen mußte. Hoffentlich halfen ihr die Mädchen. Und hoffentlich gab sie auf die Mädchen acht. Dem würde er die Knochen zerschlagen, der seine Älteste –
Der Leutnant kam zurück. »Fertigmachen!« sagte er leise. »Na, Bentinck, alles klar?«
»Jawoll, Herr Leutnant, alles klar.«
»Gut, Sie nehmen mit dem Unteroffizier Millner die Spitze. MG umgehängt, Finger am Abzug, ja? Und vergeßt mir nicht zu brüllen wie die Stiere. Das macht Eindruck beim Iwan.«

»Jawoll, Herr Leutnant, geht in Ordnung.«
Der Leutnant ging weiter.
Bentinck hob das Gewehr mit einer Hand hoch, prüfte, ob der Gurt gut saß, und legte den Riemen über die Schulter. Der Stahlhelm saß bei ihm immer ein wenig im Nacken, so schauten vorn immer ein paar Haare heraus, wodurch das dicke rote Gesicht noch verschmitzter aussah.
Der Stabsgefreite Bentinck schob sich langsam nach vorn, stieß den Unteroffizier Millner an, er solle mitkommen, und ließ sich dann am Eingang der Senke nieder. Der Unteroffizier kroch ein paar Meter weiter nach vorn.
Inzwischen war es hell geworden. Die Sonne würde gleich über den Horizont steigen.
Der Leutnant schaute auf die Uhr, hob die Hand und ging als erster um die Krümmung. Bentinck sah ihn verschwinden, erhob sich und folgte.
Als er auf seine Uhr sah, war es 6.25 Uhr. Er sah, wie auch der Leutnant den Blick zum Handgelenk richtete und sich nervös umsah. Aber er achtete nicht darauf, sondern ging ruhigen und festen Schrittes hinter ihm her.
Wenige Sekunden später brüllten die Rohre der Artillerie von rückwärts auf, das Zischen der Geschosse schwoll markdurchzitternd an, dann sah der Stabsgefreite Josef Bentinck plötzlich vor sich seinen Leutnant, dessen Vater er hätte sein können, die Arme in die Luft werfen, kurz darauf wurde er selbst in den Mittelpunkt eines feurigen Kreises geworfen, ehe es schwarz und dunkel wurde.

Als der Fahnenjunkergefreite Bernhard Kalch, achtzehn Jahre alt und seit einem Tag bei einem Fronttruppenteil, in der Nacht zum ersten Mal nach vorn gekommen war, einen schweren Essenträger auf dem Rücken, mit Gasmaske, Stahlhelm, Gewehr, Patronentasche, Brotbeutel und kleinem Gepäck im Wäschebeutel, meldete er sich bei dem Leutnant, der gestern die Kompanie übernommen hatte. »Ich möchte gern vorn bleiben, Herr Leutnant.«
»Sie werden schon früh genug drankommen. Wie heißen Sie?«

»Fahnenjunkergefreiter Kalch vom Ersatztruppenteil zum Grenadierregiment versetzt.«

»Wenn Sie unbedingt wollen, gut, bleiben Sie hier. Sie können meinen Melder ersetzen. Den müssen wir morgen abend beerdigen.«

»Jawohl, Herr Leutnant.«

Beerdigen, hatte er gesagt. Beerdigen.

»Wie alt sind Sie?«

»Achtzehn, Herr Leutnant.«

»Mann«, sagte der Leutnant, der einundzwanzig war, »was man uns jetzt für junges Gemüse schickt.«

Der Fahnenjunkergefreite Kalch legte den Essenträger ab, über den sich gleich ein paar Mann stürzten. Sie schöpften den heißen Kaffee in die Becher und tranken langsam und schlürfend. Kalch hielt sich an seinen Leutnant. Ihm war das alles neu. Er hatte seine Rekrutenausbildung durchgemacht, war schnell Fahnenjunker geworden, und kurz darauf hatte man ihn zur Truppe geschickt, sich den Wind der Front um die Nase wehen zu lassen, ehe man ihn auf der Schule in Döberitz oder Dresden zum perfekten Leutnant machen würde.

Als eine Leuchtkugel zitternd milchige Helle auf das Land goß, duckte sich der Gefreite Kalch schnell zu Boden.

»Nicht so ängstlich, Freundchen«, sagte der Leutnant. »Die leuchten nur, die Treffer kommen später.«

Sie saßen noch eine Viertelstunde, dann empfahl der Leutnant, Kalch solle sich hinlegen, morgen früh werde es heiß hergehen.

»Wir greifen an, junger Freund. Da werden Sie gleich erleben, wie das früher war – vor zwei Jahren oder drei.«

Der Gefreite Kalch legte sich befehlsgemäß in der Nähe des Leutnants zu Boden, den Stahlhelm auf dem Kopf, das Gewehr fest in der Hand, damit das Schloß nicht feucht würde. Rost war übel. Er kannte das. Das wenigstens hatte er gelernt.

Als er erwachte, wurde es hell. Seine Uhr zeigte 6.05 Uhr. Er erhob sich, dehnte die steif gewordenen Glieder und sah sich nach seinem Leutnant um. Der schlief noch, oder es schien wenigstens so.

»Wie spät ist es?« fragte der Leutnant plötzlich mit geschlossenen Augen.

Kalch sah auf die Uhr. »Sechs Uhr acht, Herr Leutnant.«
»Gut, fertigmachen. Holen Sie mir die Zugführer.«
Als der Fahnenjunkergefreite Bernhard Kalch wieder zurück war, zeigte seine Uhr 6.17 Uhr. Der Leutnant hatte die Feldwebel eingewiesen, die erste Gruppe erhob sich und ging langsam vor. Kalch kostete den ersten Anblick sich zum Angriff anschickender Soldaten aus, er wandte das Auge nicht von ihnen, bis der Leutnant ihn am Arm nahm und sagte: »Vorwärts, junger Mann. Es geht los.«
Sie waren kaum hundert Schritte gegangen, als hinter ihnen die ersten Gruppen des Vorbereitungsfeuers aus den Rohren der Geschütze und Werfer brachen.
Der Fahnenjunkergefreite Bernhard Kalch hörte sich irrsinnig schreien und fiel dann in einen endlosen Schacht, der schwarz war und ohne Boden.
Der einundzwanzigjährige Leutnant schrieb am gleichen Abend einen Brief an eine Ortsgruppe der NSDAP in Köln, in dem es hieß, er erfülle die traurige Pflicht mitzuteilen, der Fahnenjunkergefreite Bernhard Kalch, achtzehn Jahre, Feldpostnummer drei – zwo – sechs – vier – zwo berta, sei in getreuer Pflichterfüllung für Großdeutschland gefallen.
Er schrieb nicht, daß man von dem Fahnenjunkergefreiten Bernhard Kalch nur eben so viel gefunden hatte, daß es in ein Kochgeschirr paßte.

Mit berstendem Krach fielen die Fenster aus den Rahmen, Mörtel brach aus der Wand der Kate, Leutnant Rothe warf sich zu Boden.
Die russische Artillerie schoß zurück. Die nächsten Einschläge, Sekunden später, lagen vor der Hütte.
Rothe sprang auf, riß Brencken mit. »Los, raus hier –«
Ein neuer Einschlag drückte die Wand der Kate ein. Rothe griff sich an den Hals, röchelte und fiel, sich grotesk drehend, langsam zu Boden.
Jetzt endlich gelangte Brencken zur Besinnung. Er kniete neben Rothe, aber dessen Augen standen schon starr nach oben. Das junge Gesicht fiel gelb und gelber zusammen. Ein Blick zeigte Brencken, daß ein Splitter ihm die Halsschlagader aufgefetzt

hatte. Brencken riß den Stahlhelm von der Wand, rannte quer durch die Baumgruppe hinüber zur Funkstation, die sich eingegraben hatte. Während er sich mechanisch hinwarf, wenn ein Einschlag zischend ins Gehör fuhr und barst, brannten in ihm die Worte des Hauptmanns Ohlen: »Halten Sie –«
Sechs Minuten zu spät.
Wieso eigentlich? Er rekonstruierte blitzschnell: entweder falsche X-Zeit oder verpaßter Uhrenvergleich. Und er erinnerte sich, während er über die Grasfläche jagte, daß Rothe ihm gesagt hatte: »Rausdonnern den Scheiß!« Er hatte es nicht tun wollen – aber er hatte es getan.
Wie auch immer, es war zu spät. Zu spät, unwiderruflich zu spät, hämmerte es in ihm. Was kommen würde, sein Hirn registrierte es, als er atemlos zu den Funkern ins Loch sprang und den Regimentskommandeur verlangte – was kommen würde, war eine Kriegsgerichtsverhandlung, war das Ende. Oberleutnant Brencken – degradiert, aus.
Als er das Rufzeichen des Kommandeurpanzers selbst ins Mikrofon schrie, bohrte sich das Geräusch der anfliegenden Iljuschin-Maschinen in sein Ohr. Er wandte sich um, sah zum ersten Male bewußt die Mühle von Ariupol, aber auch zugleich die Schlachtflugzeuge, die sich in rasendem Tiefflug näherten. Oberst Gelterblum meldete sich nicht.
Immer wieder schrie Brencken das Rufzeichen des Kommandeurs ins Mikrofon, sah zugleich die Bomben zu Dutzenden wie aus Kohleneimern fallen.
Er warf das Mikrofon beiseite, riß die Funker mit sich zu Boden, hörte die Einschläge der zahllosen kleinen Splitterbomben und das Anfliegen der zweiten Maschine, die Bomben zischten – und plötzlich war er eingehüllt in einen riesigen feurigen Schmerz, der ihn hochriß und wegwarf.

Der Oberleutnant Karl-Helmut Anatol Brencken aus Preußisch-Eylau, am Tage seiner schweren Verwundung fast zweiundzwanzig Jahre alt, lag noch etwa eine Stunde, bis ein Kraftwagen der Sanitäter ihn zum nächsten Hauptverbandplatz brachte. Dort versorgte ihn ein Stabsarzt und schickte ihn mit dem Befehl an den Kraftfahrer, besonders behutsam zu fahren, zum nächsten Feldlazarett. Der Oberleutnant Brencken lag hier mehrere Wochen. Die Rückzüge jener Monate machten immer wieder Verlegungen des Feldlazarettes notwendig. Für eine Fahrt nach Deutschland schrieb ihn der Oberfeldarzt nicht transportfähig.

Erst im Dezember, als Brenckens Division sich bereits, nach Rückzügen durch Polen und Ungarn, an der Grenze der ehemaligen Tschechoslowakei befand, wurde Brencken in ein Lazarett in Westfalen gebracht.

Dort fand er, sich langsam erholend, den Gebrauch seiner Gliedmaßen so weit wieder, daß er im Februar 1945 bei einem Ersatztruppenteil in der Gegend nördlich von Hamburg als Adjutant verwendet werden konnte.

Kurz vor Kriegsende führte der Oberleutnant Brencken die Reste dieser Abteilung in britische Kriegsgefangenschaft nach Holstein.

Drei Monate später, als die bedingungslose Kapitulation längst unterzeichnet war und sich herausgestellt hatte, daß sowohl der Vater des Leutnants Brencken als auch der Hauptmann Kurth recht gehabt hatten, was die Behandlung der Juden und Russen und Polen anging, wurde Brencken Sachbearbeiter bei einer Kommandantur, die im Auftrage der britischen Besatzungsmacht die geschlagene Wehrmacht abwickelte, wie man das nannte, und außerdem mit stiller Genehmigung der Briten dafür sorgte, daß ausländische Plünder- und Mordbanden aufgegriffen und notfalls bekämpft wurden.

Der Oberleutnant Brencken hatte sowohl dem Kommandeur der Ersatzabteilung als auch dem General, der die sogenannte Abwicklung der Wehrmacht leitete, gemeldet, daß er ein Verfahren erwarten müsse. Beide Offiziere hatten abgewinkt und vom bevorstehenden Ende gesprochen.

Der Oberleutnant Karl-Helmut Anatol Brencken wartete also vergeblich auf die Vorladung vor ein Kriegsgericht.

Sie hatte ihre Hand längst weggenommen, aber sie hatte ihn unentwegt angesehen und mit keinem Wort unterbrochen. Das also schleppt er mit sich herum. Sie stand auf und reichte ihm sein Glas.

»Und es steht nichts davon in diesem Buch, daß du daran schuld gewesen bist?«
»Nein, kein Wort, lies selber.«
Sie merkten erst jetzt, daß sie »du« gesagt hatten. Annemarie Rapp lächelte, mehr mit den Augen als mit dem Mund.
Aber daß in diesem Buch kein Wort über ihn stand, ätzte nicht aus, was nun aufgebrochen war. Schuld – Sühne – kein Verfahren – keine Sühne. Du schießt mit massierter Artillerie in die eigenen Reihen, und es passiert dir nichts. Du donnerst den Scheiß raus. Du tötest, und die Weltgeschichte geht weiter. Und auch deine eigene Geschichte geht weiter. Du lebst und liebst, als sei nichts gewesen, und kriegst es sogar fertig, nach Jahren wieder zur Artillerie zu gehen und wieder zu schießen! Ganz aus freiem Willen. Oder? Gab es da einen unheimlichen, unausweichlichen Zwang, die Situation seiner Schuld zu wiederholen? Du schießt weiter, diesmal ohne zu töten, du löschst das Leben von Vätern, Brüdern und Söhnen nicht mehr aus. Aber du schießt.
»Als sei nichts vorgefallen«, sagte er. »Nur daß die alle nicht mehr leben – dreißig, vierzig, wer weiß wieviel, seit fünfundzwanzig Jahren. Ja, wirklich, ich weiß nicht mal, wieviel es gewesen sind.«
Er griff zum Glas und stellte es wieder hin, ohne getrunken zu haben.
»Hattest du das alles vergessen?« fragte sie.
»Vergessen? Nein, nicht vergessen, Annemarie. Weggeschoben.«
Das war es. Immer wieder in diesen fünfundzwanzig Jahren hatte es sich gemeldet, angeklopft, auf oft seltsame Weise, aber unbeirrbar bemerkbar gemacht. Und doch war es nicht durch den Erinnerungsschutt gedrungen, den er daraufgehäuft hatte. Er wünschte nicht, sich erinnern zu müssen.
»Ich habe mich herausgemogelt«, sagte er und war erstaunt, daß ihm dieser Satz so leicht wurde.
Uhrenvergleich verpaßt? Wegdenken.
Schmerzen im Rücken, Verwundung? Wegdenken. Wegsaufen.
Abgebrochenes Studium. Weg.

Daß die Mädchen ihn verließen. Weg.
Daß er der ewige Hauptmann war. Weg.
Er vergaß, daß Annemarie Rapp schweigend im Sessel saß und ihn beobachtete.
Dieses Leben war fünfundzwanzig Jahre ein Stück Mühle von Ariupol gewesen. Wäre das nicht so, dann gäbe es einen Major oder Oberst oder Versicherungsdirektor Brencken, verheiratet mit der schönen Fernsehmoderatorin Elina oder mit der zärtlichen Buchhändlerin Susi.
Oder mit Annemarie Rapp?
Er wiederholte: »Ich habe mich herausgemogelt, Annemarie. Verstehst du das?« Er stand auf. »Entschuldige, daß ich dich mit alldem belaste.«
»Es belastet mich nicht. Aber es tut mir leid, und ich denke nach, wie ich dir helfen kann.«
Er dachte daran, daß er vorhin, bei seiner Erzählung, die Beherrschung verloren hatte. »Ich habe mich benommen wie eine Flasche. Sogar geheult hab' ich.«
»Ich habe es gesehen.«
»Das war sehr unmännlich. Entschuldige.«
»Hör auf, dich zu entschuldigen«, sagte sie, und das klang plötzlich sehr hart. »Vieles, was du bisher in deinem Leben getan hast, war unmännlich – und wie eine Flasche hast du dich wohl ziemlich oft benommen –, denn sonst wärst du kaum der geworden, den ich damals kennengelernt habe. Aber heute und hier, mein Lieber, warst du ehrlich. Ein Mann braucht sich nicht zu schämen, wenn er endlich einmal ehrlich vor sich selber ist. Und das bist du heute. Vielleicht zum ersten Mal.« Sie sprach jetzt ganz ruhig; was sie sagte, war für sie selbstverständlich – aber sie ahnte, daß es für ihn eine ungeheure Befreiung bedeuten könnte. »Und darum ist unser Zusammensein heute viel wichtiger – und auch schöner – als alle unsere Gespräche auf Mallorca, Karl-Helmut.«
Er richtete sich auf, wollte noch einmal nach dem Buch greifen, ließ es aber liegen, es war nicht mehr wichtig.
»Wenn du heute nicht zu mir gekommen wärst – ich weiß nicht, ob ich jemals zu mir gekommen wäre ...« Er fühlte sich schon wieder so überwältigt, daß ihm das Wasser erneut in die

Augen stieg. Er war gerührt, weil er zu sich gefunden hatte. Er schüttelte heftig den Kopf und trat ans Fenster, um die Stores zuzuziehen.
»Du drückst dich vor dir selbst – schon wieder«, sagte sie.
Sie hatte es gemerkt.
»Komm her!«
Sie zog seinen Kopf herab und berührte seine Augen zart mit den Lippen. »Begreif doch endlich«, sagte sie leise, »daß du ganz anders bist, als du die letzten fünfundzwanzig Jahre geglaubt hast.«
Er hielt still und richtete sich wieder auf. »Ich glaube, ich habe heute viel gelernt.«
»Mir fällt da noch etwas ein«, sagte sie nachdenklich. »Wenn dein Feuerschlag – so heißt das, ja? – nun rechtzeitig herausgegangen wäre, wenn er also keinen deiner deutschen Infanteristen getroffen hätte – was dann?«
»Wie meinst du das?«
»Ich meine, dann hätte er die Russen getroffen, nicht wahr?«
»Ja, natürlich hätte er. Sollte er ja auch.«
»Und es hätte ebenso viele Tote und Verletzte gegeben, ja?«
»Wahrscheinlich. Ich verstehe deine Frage nicht.«
»Das habe ich mir gedacht.«
»Für uns war das der Zweck der Sache. Wir mußten schießen, damit wir nicht erschossen wurden.«
»Karl-Helmut, heute schreiben wir 1970. Antworte 1970 – nicht 1944.«
Plötzlich begriff er sie.
»Natürlich hast du recht«, sagte er leise. »Wir hätten ebenso viele Mütter und Frauen und Bräute und Kinder ihrer Angehörigen beraubt. Es war Krieg. Und im Krieg mußten wir töten.« Und nach einer Weile: »Als ob es einen Unterschied gäbe zwischen einer Mutter aus Dnjepropetrowsk oder Hechtsheim bei Mainz. Wir sind hineinverstrickt gewesen – wie die drüben auch. Vielleicht hätten wir miteinander gesoffen bis in den Morgen, wenn wir uns anders begegnet wären. Vielleicht wären wir Freunde geworden.«
»Und wie konntest du wieder Soldat werden – wenn du das doch alles weißt?«

»Viele wissen das und sind doch wieder Soldat geworden.«
»Ihr könnt nicht anders«, sagte sie. »Ihr seid eine verlorene Generation.«
»Das hat man schon einmal von uns gesagt, gleich nach dem Krieg. – Es gilt bestimmt nicht für alle, aber einige von uns, und zu denen gehöre ich, können nicht anders. Wir wurden wieder Soldat – um nie wieder töten zu müssen.«

Brencken stand am Fenster, als der Befehlshaber mit dem amerikanischen Dreisternegeneral aus Heidelberg die Front der angetretenen Ehrenkompanie abschritt. Das Musikkorps aus Diez an der Lahn spielte den Preußischen Präsentiermarsch, die beiden Generale gingen raschen Schrittes an den Soldaten vorbei. Dann standen sie der Kompanie gegenüber. Das Musikkorps intonierte die amerikanische Hymne, dann die deutsche.
Ein Abschiedsbesuch. Der Amerikaner ging ins Pentagon zurück. Das Zeremoniell war stets dasselbe: Präsentiergriff der Truppe, Meldung an den Gast, Frontabschreiten, Händedruck des Gastes für den meldenden Offizier, Hymnen, Gang in das Gebäude, Gespräch mit Sherry oder Kaffee, die obligaten Fotos, Schluß. Wenn der Gast abgefahren war, wurde die Fahne mit den Streifen und Sternen niedergeholt.
»In wenigen Jahren sehen Sie sich so was als Zivilist an«, sagte die Stimme des Majors Angelus hinter ihm. »Werden Sie das alles vermissen?«
»Nein, ich glaube nicht«, sagte Brencken.
»Gang von der Fahne – zieht das nicht?«
Brencken überlegte, während er mit Angelus über den Gang schritt. »Ein bißchen schon, am Anfang. Aber ich glaube, das gibt sich bald. Damals – das war anders. Da waren wir jünger – und schließlich haben Jüngere mehr Ideale als wir alten Hirsche.«
»Fragt sich nur, ob es immer gute sind.« Sie standen vor dem Aufzug. »Na ja«, sagte Angelus, »vergessen wir nicht, daß damals das ›Soldatgewesensein‹ das einzige war, was wir aufzuweisen hatten. Da zählte ja nicht einmal mehr, daß wir mit ein paar Kreuzen aus dem Scheißkrieg herausgekommen waren. Nein, Sie haben recht, ich glaube, auch ich werde in zweiein-

halb Jahren nicht traurig sein, wenn ich die Uniform in den Schrank hänge.« Der Lift fuhr sie abwärts. »Übrigens, ich habe dieser Tage Ihre schöne Bekannte aus Mallorca gesehen.«
»Frau Rapp?«
»Richtig, Frau Rapp. Sie sagte mir, daß sie irgendwo hier in Mainz eine Modenschau zeige. Führt sie eigentlich selber vor?«
»Ich glaube ja.«
»Sie ist sehr nett«, sagte Angelus lächelnd und verabschiedete sich.
Brencken fuhr weiter ins Erdgeschoß und verließ das Gebäude.
Sie ist noch netter, dachte er.

Der Mann aus der Vorortgemeinde Frankfurts erwies sich als ein etwa vierzigjähriger Kaufmann, Kunststoffexperte, Sammler von Kerbtieren und Schmetterlingen, Vater von fünf Töchtern zwischen sechzehn und drei Jahren, Oberleutnant der Reserve der Fernmeldetruppe.
Bertram Silbermann nahm den Besucher gleich mit in sein Büro. Er setzte sich in ein rollendes Ungetüm von Schreibtischstuhl und drückte auf einen Knopf an der Unterkante des Tisches. »Bitte die nächste Stunde nicht stören.«
Er bot Brencken eine Zigarette an. »Um es kurz zu machen: Ich brauche einen Mann, der hier in diesem Betrieb, den ich Ihnen nachher zeigen werde, die Organisation auf Schwung bringt. Das bedeutet: Timing für die zwanzig Vertreter in der Bundesrepublik, in Österreich und der Schweiz, Kontrolle der Produktion nach den eingehenden Aufträgen, Kontrolle der juristischen Dinge und einiges mehr. Knappe Frage: Trauen Sie sich das zu?«
»Ja.«
»Sie sind mir von meinem alten Freund Thewalt empfohlen worden, das gilt bei mir als erstklassige Referenz. Und da eine so gescheite Frau wie Madame Rapp auch ja sagt, sind Sie eingestellt, wenn Sie wollen.«
»Ich bin in vier Jahren frei, Herr Silbermann. Und ich denke, daß ich es schaffen werde. Vielleicht kann ich mich während

meiner nächsten Urlaube etwas in die Kunststoffbranche hineinlesen.«
»Das ist nicht schwer, ich habe es auch so gemacht. An meiner Wiege hat mir auch keiner gesungen, daß ich einmal mit Kunststoffen reich werden würde. Zumal es die damals noch nicht gab.«
»Sie sind kein gelernter Fachmann?«
Silbermann lachte. »Doch, aber ein angelernter, Herr Brencken. Ich habe einmal Kaufmann gelernt, war dann aktiver Offizier der Bundeswehr – ja, das wollte ich einmal mein Leben lang machen. Besonders, weil man mich nicht mal bei Kriegsende als Offiziersanwärter haben wollte.« Brencken sah ihn fragend an. »Na ja, mein Vater war nicht arisch. Ich bin Vierteljude, wie man das damals nannte. Ende der fünfziger Jahre habe ich dann wieder aufgehört, weil sich mir diese Chance hier bot und ich außerdem meine alte Mutter noch unterhalten mußte. Aus alledem ist dann ein zweiundvierzigjähriger Oberleutnant der Reserve und Kunststoffexperte geworden. Kurzbiographie.«
Brencken drückte die Zigarette aus. »Ich glaube, es wird mir Spaß machen.«
»Und Sie fragen gar nicht, was Sie verdienen?«
»Das hätte ich schon noch gefragt, aber weil es nicht das Wichtigste ist, kommt es erst später.«
Silbermann malte eine Zahl auf einen Zettel und schob ihn über den Tisch. »Einverstanden?«
Brencken las. Das überschritt sein Monatsgehalt beträchtlich.
»Danke«, sagte er und lächelte.
»Okay«, sagte Silbermann und erhob sich. »Schauen wir uns den Laden einmal an.«

Im Sommer 1970 verbrachte Hauptmann Brencken vier Wochen zur Kur in Bad Mergentheim, im Herbst 1972 vier Wochen in Radolfzell. Dann begann er sein letztes Halbjahr beim Wehrbereichskommando vier in Mainz.
Die Abmachung mit Bertram Silbermann war zunächst ohne einen schriftlichen Vertrag perfekt geworden. »Ich werde es die paar Jahre noch ohne Sie schaffen«, sagte der Kunststoffmann,

»bisher ging es auch ohne Sie. Und mein Nervenkostüm ist noch einigermaßen intakt. Okay, ich merke Sie vor.«
Fünf Firmen und Karl-Helmut Brencken als – wie hatte Silbermann gesagt? – erster Generalstabsoffizier.

Das Verhältnis mit Annemarie Rapp blieb auf der fast zärtlichen Distanz jenes Abends. Sie aßen zusammen, besuchten gemeinsam gemeinsame Freunde, aber sie verlebten keinen gemeinsamen Urlaub. Er wußte nicht einmal, ob sie mit anderen Männern schlief.
Aus dem atemberaubenden Sturm auf der Mittelmeerinsel war stille, abgeklärte Zuneigung geworden. Kein Auerhahn. Kein Pfau. Kein Kikeriki.
Hallo, Lady, wunderschöne – sagte er. Und sie lächelte, mehr mit den Augen als mit dem Mund.
Es störte ihn auch nicht, daß er sie einmal in einem Hotel am Gravenbruch bei Offenbach mit einem sehr eleganten Mann sah. Er fragte sie nicht.
Vielleicht würde sie ihm eines Tages gehören, vielleicht auch nicht. Er wußte nicht einmal, ob er sie liebte. Er wußte nur, daß er sie brauchte. Aber wenn er länger darüber nachdachte, wußte er, daß er sie lieben würde, so verzehrend, daß er nicht mehr davon loskäme. Eisblaues Feuer.
Denn dies war ihm klar: jener Geburtstagsabend damals am Mainzer Pulverturm hatte ihn zwar aus der Verstrickung der Nachkriegsjahre gerissen, aber ein Sesam-öffne-dich, ein Patentrezept für bessere Zeiten war das auch nicht.
Er hatte sich zu stellen.
Und er stellte sich, auch Annemarie Rapp.
Denn er wollte, daß sie bei ihm bliebe. Seit jenem Abend, als sie ihm zärtlich die Augenlider geküßt hatte.

Der General unterschrieb die letzten Seiten der Vorlage an das Bundesministerium der Verteidigung und fragte dann: »Sagen Sie mal, Angelus, hat eigentlich der Brencken einen Job?«
»Er hat einen, Herr General. Kunststoffbranche. In Frankfurt.«
»Komischer Mann, nicht wahr?«

»Eigentlich nicht, Herr General. Nur Soldat hätte er nicht mehr werden sollen. In seinem Versicherungsgeschäft hätte er mehr Erfolg gehabt als hier. Hier fehlte ihm der rechte Impetus.«
»Ich habe nicht viel mit ihm gesprochen, aber diesen Eindruck hatte ich auch. Sie sind mit ihm befreundet?«
»Als Ostpreußen kennen wir uns natürlich näher, und ich schätze ihn, Herr General.«
»Was würden Sie ihm heute in die Beurteilung schreiben?«
Major Angelus zögerte ein wenig. »Eigentlich nicht viel anderes, als was in seiner letzten Beurteilung steht. Beurteilungen gehen ja von Fakten aus. Aber, um noch einmal auf seine Zukunftsaussichten zu kommen, Herr General: Ich glaube, daß ihm dieser Job in Frankfurt ein paar Korsettstangen einziehen wird. In letzter Zeit hatte ich das Gefühl, daß er sich gefangen hat. Wodurch – das weiß ich auch nicht.«
»Na ja, Angelus«, der General klappte die Unterschriftsmappe zu, »die Beurteilung für Hauptmann Brencken findet nicht mehr statt, wie man weiß. Zwei Jahre vor dem Ausscheiden hat das schon aufgehört.«
»Jawohl, Herr General«, sagte Angelus.
Und als er das Zimmer verließ, dachte er: Vielleicht ist es gut, daß es mit den Beurteilungen aufgehört hat. Ich glaube, dieser Brencken hat begriffen, daß ein Mann eines Tages lernen muß, sich selbst zu beurteilen.

„Kein Zweifel, daß die brisante Mischung aus Sherlock-Holmes-Abenteuer und Dokumentarbericht manchem prominenten Leser schlaflose Nächte bereitet."

tz, München

„Ein ‚Tatsachenroman' in dem es vor brenzligen Fakten nur so wimmelt."

Frankfurter Rundschau

„Eine wichtige und vor allem brisante Veröffentlichung."

Norddeutscher Rundfunk

„Die besseren Herrschaften, auf die es Engelmann ankommt, sind nicht wie in Schlüsselromanen ein bißchen verfremdet, sondern erscheinen mit ihren wirklichen Namen und Identitäten und mit allen peinlichen Details aus ihren Biographien, die Engelmann mit Dokumenten zu beweisen sucht. Aber wenn das Buch dem Recht der freien Meinung und Forschung eine weitere Bresche schlägt, so hätte Engelmann seinerseits das Bundesverdienstkreuz verdient."

DIE ZEIT

Bernt Engelmann:
Großes Bundesverdienstkreuz
Tatsachenroman
256 Seiten

AutorenEdition
im C. Bertelsmann Verlag München